이성과 본능

이성과 본능

발행일	2024년 4월 26일		
지은이	김기홍		
펴낸이	손형국		
펴낸곳	(주)북랩		
편집인	선일영	편집	김은수, 배진용, 김다빈, 김부경
디자인	이현수, 김민하, 임진형, 안유경, 신혜림	제작	박기성, 구성우, 이창영, 배상진
마케팅	김회란, 박진관		
출판등록	2004. 12. 1(제2012-000051호)		
주소	서울특별시 금천구 가산디지털 1로 168, 우림라이온스밸리 B동 B113~115호, C동 B101호		
홈페이지	www.book.co.kr		
전화번호	(02)2026-5777	팩스	(02)3159-9637

ISBN   979-11-7224-071-4 03810(종이책)   979-11-7224-072-1 05810 (전자책)

(주)북랩 성공출판의 파트너
북랩 홈페이지와 패밀리 사이트에서 다양한 출판 솔루션을 만나 보세요!
홈페이지 book.co.kr   •   **블로그** blog.naver.com/essaybook   •   **출판문의** book@book.co.kr

작가 연락처 문의 ▸ ask.book.co.kr
작가 연락처는 개인정보이므로 북랩에서 알려드릴 수 없습니다.

이성과 본능

김기홍 장편소설

북랩

도덕은 생존과 번식에 도움을 줄 뿐이다.
그 이상의 어떤 깊은 의미도 없고 허상이다 -과학철학자 마이클 루즈-

작가명 : 장순필
작품명 : 이성과 본능
재　　료 : Oil on Canvas
크　　기 : 162.2cm X 130.3cm

차례

III. 죽음(DEATH)

나는 나를 실험할 자유를 원한다.

화가를 업으로 삼는 사람이 소설가를 겸한다는 것은 농부 일을 하면서 동시에 어부일을 하는 것과 다를 바 없다고 생각한다. 이 두 예술은 같은 깃털을 가진 새처럼 각자 하는 일은 매우 다르지만 닮은 점이 있다.

인내심을 가지고 엉덩이로 작업을 한다는 점과 정신은 물론 신체적 학대가 따른다는 점에서 그렇다. 또한 누군가 그 사람의 자유를 문제 삼지 않는다면 철학으로 이루어져 있는 세상은 복수에 가담하지 않는다. 이런 점들이 그렇다.

이 소설의 내용을 두 가지로 정의한다면 '끔찍한 운명은 간혹 사악한 자에게 칼자루를 쥐여준다.'와 '파격과 휴머니즘 그리고 에로스의 거친 장식담론추리물'이다.

사람은 이성적인 동물이다. 하지만 자신의 본능과 자유를 억압하면 육체는 기억에 의존하기에 반격을 한다.

실존은 본질에 앞선다고 한다. 따라서 재능보다 운명이다.

인간성의 원초적 본능을 다루다 보니 기쁨과 슬픔, 고통과 쾌락, 선과 악 같은 양가적 감정이 충돌한다. 관념연합(觀念聯合)적 요소들로 꾸려진 성적 환타지는 성(聖)과 속(俗)이 한 몸이 되어 결탁하고 행동한다.

이런 추리물은 사회적 압력을 키워 내 안의 도덕과 양심이 극단적으로 개입하게 만들었다. 다급하게 이 방면의 전문가들을 찾아 나섰다. 나는 과학철학자 마이클 루즈의 도덕관과 프리디리히 빌헬름 니체의 사상에 매료되어 있었기에 기존의 모든 관념적 도덕을 깨부수기 위해 망치를 들었다. 난쟁이에 불과했던 내가 이 두 거인의 등 위에 올라타자 선생님이라는 페르소나를 과감히 내던질 수 있었다. 마치 자신의 엄지손가락이 물레를 돌리는 데 방해가 된다고 그것을 잘라버린 그리스인 조르바가 된 것 같았다. 이들의 도덕관이 성이라는 저수지로 모여들자 자본주의의 민낯이 적나라하게 드러나도록 수취의 휘장을 둘렀다. 창작의 싹이 움트기 시작했으며 이 드라마틱한 소설을 위한 수년간에 걸쳐 자료수집은 물론, 정신분석학, 신경정신의학, 미학과 철학을 공부하기 시작했다. 이 지난한 노력은 지식의 섬을 크게 쌓아 놓았다. 이는 미지의 해안선을 늘려갈 뿐이었음에도 나의 영혼과 정신은 동반 성장을 했다. 많이 알고 많이 잊어버리는 과정을 통해서 지식은 육화되어 소설 속에 깊숙이 스며들었다. 내 기존의 도덕관은 양심이란 절제장치로 조이고 닦아 기름칠을 했다. 가볍지만 무겁고, 암울하지만 통쾌했다.

성적 관념연합(觀念聯合)의 공감각에 크게 의탁한 이 책의 부제는 페티쉬(fetish)이다. 이성의 특정물을 통해 성적 쾌감을 얻는 것은 개인적 기호와 무관하게 도덕적으로 비난의 대상이 될 가능성에 대한 도전이었다. 이를 극복하기 위해서 "도덕이란 무엇인가?"라는 의문을 전제해야 했다.

세상에 툭 하고 던져진 우리는 하나의 오브제가 아닌 자신을 시험할 권리와 무한 자유라는 형벌을 받았다. 따라서 실존하는 도덕에 묶여 창조적 역량을 제약받는다.

예술가는 이를 극복하고 비난받을 자격과 졸작을 쓸 자유를 가져야 한다. 그랬을 때 창작의 숨통이 트이고 Number one이 아니라 Only one의 작품을 만들어 낸다.

이성과 본능은 2013년 〈바로북〉이라는 출판사에서 전자책으로 출간한 적이 있었는데 당시 상당한 인기를 얻었다. 그래선지 파주에 위치한 출판사에서 페이퍼 북으로 출판제의를 받았을 때는 세상을 다 얻은 기분이었지만, 좀 더 심도 있는 글을 담고 싶은 욕심에 미뤄두었던 것을 긴 숙고 끝에 첨삭과 수정을 통해 출간하게 되었다.

출간 전 원고를 받아본 사람들은 일성으로 '영화로 만들면 대박 나겠다.'는 말을 제일 많이 했다. '멘탈이 붕괴될 만큼 자극적이었다.', '악마를 보면 꼭 그 주변에서 바늘을 찾아보아야 한다.' 등 여러 의견들이 있었다.

독자의 감상평은 호불호가 반반으로 갈리기는 했으나 나는 나를 실험할 자유를 획득하기로 마음먹었다. 따라서 이 책은 내 도덕적 자유의 소산물이다.

I

탄생(BIRTH)

아름다운 것은 항상 목적의식을 숨기고 있다

남자의 시상하핵 교감 신경의 명령에 따라 수억 개의 정자가 방출되자 황폐하고 건조한 자궁 속에서 정자의 경주가 시작된다. 난자를 향한 정자들의 처절한 몸부림이 계속되고 있는 동안 씨를 뿌린 남자는 남은 맥주를 마셨고, 씨를 받은 여자는 씹던 껌을 뱉어내고 꽁초를 집어 들었다. 남자가 여자에게 약속한 돈을 지불하자, 여자는 방금 성교를 끝낸 자리에 밀어 넣었다. 여자가 남자에게 피우던 꽁초를 건네자, 필터 근처까지 빨아대고는 계약이 끝난 욕정의 아쉬움을 달래며 허무의 문을 열고 사라졌다. 이 여자의 난자는 정자에게 문을 열어주고 일주일을 품은 뒤 수정이 이루어졌다. 수정된 정자가 10개월간 머물 난막 양수 제대가 형성됨과 동시에 빠른 세포 분열이 진행되어 1g 정도의 생명체로 자라기 시작했다.

여자가 헛구역질을 하자 자신의 생리 주기 일자를 따져가며 혹시나 하는 의문을 품었지만, 술의 구역(nausea) 반사작용이 일어났을 뿐이라고 생각했다. 이를 해소할 겸 동네 구멍가게에서 소주를 샀다. 알코올의 능력이 부여한 일시적 쾌감이 끝나는 것이 아쉬워 두어 번 더 구멍가게에 들렀다. 여자는 낮 동안 내내 취해 있었다.

태아는 인간의 조건이 되는 3개월, 심장과 간 그리고 성기가 생겼다. 이때 남녀의 성별이 판결나는데 이 생명체는 남성성의 징후가 없다. 이로써 이 생명체의 일차 운명이 결정된 것이다.

태반은 열심히 영양을 공급하고 태아의 배설을 도우며 내분비 작용과 이물질 침입에 대한 방어 작용을 마쳤다.

여자는 생리가 끊긴 것에 대한 불안감으로 병원을 찾았다. 의사는 태아의 크기가 9cm이고 체중은 18g 정도라며 질과 음부에 공급되는 혈액량이 급속하게 증가하기 때문에 분비물이 늘어나기 때문에 신체를 청결하게 유지하라고 충고한다. 여자는 낙태를 원했지만, 의사는 배우자의 동의 절차가 필요하다고 말하며 동정어린 시선과 함께 생명의 고귀함을 에둘러 말했다.

태아가 250g이 되자 마침내 이목구비와 손톱 발톱이 생기면서 사람의 형태를 갖추게 되었을 즈음 태반의 혈행을 통해서 알코올(alcohol)과 담배 등의 독성물질이 침입하기 시작했다. 태반의 방어기전이 비상사태에 들어갔다. 태아는 죽을힘을 다하여 생명줄에 매달려 살길을 모색하기에 위하여 몸부림을 쳤다.

여자는 거나하게 취한 사내들이 자기 신체를 더듬는 것에 대하여 관대했다. 그중 인물은 반듯하나 성품이 방탕한 사내가 탐욕스런 눈빛과 간계의 말로 여자에게 자신과 두 사내의 씨를 뿌릴 시기와 장소 등에 관해서 심도 있는 논의가 필요하다고 말했다. 그러면서도 여자의 부른 배를 의심했다. 여자는 임신 사실을 부인하면서 돈은 거짓말을 하지 않는다는 사실을 증명할 기회를 달라고 말했다. 다음 날 밤 여자는 세 명의 남자와 난교를 했으며, 맥주로 시작해서 양주와 고량주로 끝장을 내는 동안 한 갑 반의 담배를 피웠다.

태아가 2kg이 되면서 눈을 떠 자기가 살고 있는 세상을 음미하기 시작하는 순간부터 입덧약 탈리도마이드는 기본이고 진토제, 제산제, 힝히으다민(histamine)제, 신동세, 항생제 능이 문별없이 침투해 들어 왔

이성과 본능

다. 자궁은 모든 힘을 동원해서 태아를 보호했음에도 불구하고 최후의 방어막이 뚫리고 말았다. 결과 태아의 뇌의 지각운동은 더뎌지고 마침내 대뇌변연계의 일부인 성욕을 억제하는 중추신경이 손상되고 말았다.

태아는 악마의 몸으로 천사의 모습을 함으로써 복수의 발톱을 감추었다. 지옥 같은 자궁 속에서 자신의 영혼을 불러 양수가 터지도록 유도해 나갔다. 양수가 하얀 태지를 녹였다. 태아의 장밋빛 탄력 있는 피부가 세상 밖으로 탈출하기 위한 준비를 마쳤다.

여전히 탯줄을 타고 니코틴(nicotine)과 알코올(alcohol) 등 이물질들의 침투는 계속된다. 그 결과 태반에서 박리현상이 일어났다. 이는 태아의 심장과 뇌 그리고 요도 계통에는 심각한 타격을 입혔다. 태아의 생존 전략은 오로지 자궁 탈출뿐이다. 머리를 골반 쪽으로 향했다. 생명체의 최후 생명보존 본능에 경외감이 든다.

여자는 불러오는 배를 주체할 수 없어서 태아의 아버지를 찾아 갔다. 태아의 아버지는 태아가 자기 씨앗인 근거와 증거를 대라며 그녀의 멱살을 잡아 팽개쳤다. 여자는 유산을 기대하며 온갖 약물과 자해를 서슴지 않았다. 그녀를 눈곱만큼이라도 아는 사람들은 태아가 정상적으로 태어날 수 있는 확률에 대하여 신의 저주가 없기만을 고대했다. 마침내 여자는 자학을 멈추고 복수를 선택했다. 애를 낳기 위하여 늙은 산파를 찾아간 것은 그나마 불행 중 다행이었다.

자궁 문이 열렸다. 난막이 찢어지면서 태포 내의 양수가 터졌다. 태아의 찌그러진 머리가 세상 밖으로 나왔다. 이어서 혈액이 섞인 양수와 함께 태아는 지옥 탈출에 성공한다. 태아가 악착같이 버텨왔던 자궁이 급격하게 수축한다. 태아를 감싸고 있던 자궁벽 역시 태반과 함께 축소된다. 그 사이 틈이 생겨 접착 면이 이동하면서 탈락막에 단열을 일으켜 태반이 박리되었다. 출혈과 태반과 난막이 탯줄과 함께 반출됨으로써 태아의 지옥 대탈출은 막을 내렸다.

막 세상에 얼굴을 내민 여아의 얼굴은 심하게 일그러져 있었지만, 세상의 그 어떤 아기보다 아름다웠다.

아기를 받은 할멈이 탯줄 자를 생각을 생각이 없는 듯이 아기만 뚫어지게 바라보다가 찰나적 순수 지각에서 비롯된 무의식적 언어로 소리쳤다.

"세상에! 뭔 아가 이리 이쁑강?"

여자는 아기에 대한 어떤 미련도 남아있지 않았기 때문에 가장 신성한 시간-아기와의 첫 대면-을 외면해 버렸다. 여자는 산파 할멈에게 얼마간의 돈을 쥐여주고 아기를 아기 애비라는 사람에게 보내 줄 것을 당부한다. 산파는 그런 일은 여자가 스스로 하는 것이 좋겠다면 출산 비용만을 요구했다. 여자는 아기를 강보에 둘둘 말아 윗목에 밀어놓고 그날 밤 내내 눈이 퉁퉁 붓도록 울었다. 여자가 왜 그렇게 밤새워 울었는지에 대한 의문은 의사 자신도 모르고 있었다.

가시밭에 떨어져 험난한 여정 끝에 싹을 틔운 이달기가 조우한 세상은 가난과 거짓과 모략, 중상, 헐벗음, 피폐함, 부패, 악행, 타락……이 판을 치는 곳이었다. 그렇게 열악한 환경에서 이달기가 열여섯 해를 보낸 어느 날부터 이성과 본능은 시작된다.

이성과 본능

1. 나였던 그 소녀의 죽음 심부름꾼

1-1

　민권 변호사인 박경철은 아들 박달의 성인식 자리에서 '쾌락만을 좇는 현 세태'에 대한 우려를 조목조목 따져가며 이에 따라 발생하는 사회악을 척결하는데 그가 앞장설 일선의 수사관이 되어달라고 당부한다. 그에 반해 아들은 법조계에서 어떤 외풍에도 휘둘리지 않는 정의로운 심판자가 되고 싶다고 했다. 두 사람 간의 의견이 법과 질서 그리고 정의란 무엇인가로 옮겨 갈 무렵에, 이달기의 나이는 16년 8개월 3일째가 되었다. 그녀는 이날 오후 8시 55분경에 당시로서도 찾아보기 힘든 부뚜막에 앉아 불을 지피고 있었다. 달기의 지난 세월은 헐벗음과 굶주림에 시달려 왔는데 앞문에서 호랑이를 막으니 뒷문으로 이리가 들어온다고, 자폐 질환까지 찾아와 있었다. 그간 단 한 번 승리의 역사도 없었기에 그 의미하는 바를 알 수 없는 것은 당연했다. 역병 같은 삶이다. 이 불우한 소녀가 지닌 희망은 단 한 가지 상상 속에서나 맛볼 수 있는 어미의 여윈 젖이었다. 그 속에는 애정이라는 무한의 꿀이 흘러나왔다. 어미의 젖을 물어본 경험이 없는 이달기로서는 참젖 맛을 알 턱이 없었다. 단지 꿈속에서나 맛을 본 무색무취의 아련한, 그러나 그 맛 속에는 사랑이 존재하고 있을뿐더러 그녀가 원하면 언제든지 찾아와 물려준 착한 꿀통이었다.

그녀는 지금도 여전히 그 달콤한 꿈을 빨고 있었다. 그러나 현실은 그런 행복조차 용납을 거부한다. 송진을 머금은 생소나무 가지가 빠지직 소리를 내며 아궁이 밖으로 불길을 쏟아 냈다. 그녀는 본능적으로 한 줌밖에 안 되는 몸을 반 줌으로 만들어 불길을 피했다. 그리고 또다시 잠에 빠졌다. 단 한 방울 어미의 꿈도 아까워 좀 전에 흘린 꿈에 집착한다. 양옆으로 트인 부엌을 통해 가만한 바람이 그녀의 머리카락을 건드리고 지나가자, 습관적으로 아궁이에 마들가리를 밀어 넣고 열기를 피해 몸을 비튼다.

어둑한 밤 창백한 달빛을 머금은 부실한 부엌 송판 문이 스쳐 가는 바람에도 힘에 부쳤던지 마른 신음 소리를 낸다. 검은 그림자 하나가 송판 문에 드리워지며 가뭄 든 땅에 물이 스미듯 재빨리 소녀 곁으로 다가가더니 우악스럽게 끌어안았다. 열여섯이라고는 믿기지 않는 여린 체구의 이달기가 튼실한 그림자의 완력에 제압당하는 순간은 너무나 짧고 단순했다. 그림자는 그녀를 안고 다급히 그러나 여유 있는 모습으로 헛간에서 멀뚱멀뚱 지켜보고 있는 잡종 개 순둥이 곁을 지나쳤다. 순둥이는 검은 그림자에 오줌을 지리고 꼬리를 흔들며 머리를 비비는 생존 전략을 구사했다. 달기의 흉내뿐인 몸부림은 슬픔을 어루만져주는 보이지 않는 가냘픈 유혹의 손짓에 굴복한다. 그녀가 비극과 환희의 상관관계에서 비롯된 유일한 행복의 장소와 시간을 빼앗긴 채 끌려가고 있을 내 안방 방문이 빼꼼히 열렸다. 쪽을 진 강순임이 관음

중 환자처럼 조심스럽게 내다보더니 냉소 한 자락을 흘리고는 다시 문을 닫음으로써 알리바이를 완성했다.

1-2

그곳에는 볼썽사납게 찌그러지고 녹물이 원래의 색처럼 자연스러워 보이는 1990년식 엘란트라 택시(elantra tax)가 마치 소풍을 떠나기 위해 기다리고 있는 유순한 종마처럼 웅크리고 있었다.

운전대 앞에서 콧구멍을 쑤시고 있던 까무끄름한 사내가 끌려오는 그림자를 발견하자 한 소리 한다.

"천연덕스럽긴……. 기지바, 밤마실이라도 가는 줄 아는 갑네."

도대체 믿음이라고는 담배씨만큼도 못한 택시가 매를 맞아야 말을 듣는 고집 센 황소처럼 최춘삼의 발길질에 입을 활짝 벌렸다.

"드런 놈의 똥차!"

달기를 끌고 온 검은 그림자는 소녀를 밀어 뒷좌석에 처박아 넣고 자신의 집을 향하여 손을 들었다. 마치 작별 인사라도 하는 것처럼 보였지만 실은 이달기의 작별 인사를 대신하고 있는 손짓이었다. 그동안 별 반항이 없던 이달기가 두 손을 흔들고 있는 문재를 향하여 조금은 흥분된 어조로 조심스럽게 물었다.

"무 문대 옵빠야 오 옵빠야, 가는 고야 오디?"

문재가 뇌의 지시에 따라 말을 뱉어 내려 했다. 얼굴을 찡그리고 손과 발을 움직이는 등 수반 증상을 보이더니 말더듬이 특유의 문장을 조합하여 배설해 냈다.

"구 구 구 궁금한 것 마마 많으면 배 배고파, 이년아!"

달기의 퇴행적 유순한 음색과 문재의 심한 말더듬이가 자연스럽다. 둘 사이에는 오랜 시간 막강한 갑과 노예와 다름없는 을의 관계를 유지하고 있었던 탓이다. 달기는 언어의 호사를 누릴 수 있는 나이임에도 불구하고 인출할 수 있는 단어가 부족한 탓으로 한정적이다. 게다가 잔뜩 주눅이 들어 있어서 그마저도 어눌한 세 살배기이다. 단숨에 불안을 조성하고 소녀의 작은 저항 의지마저 꺾어놓을 수 있는 이 청년의 권력은 어디에서 비롯된 것일까? 굴종이라는 단어만을 놓고 볼 때 소녀의 자유의지가 소멸한 시점이 연상된다.

엘란트라 택시는 초저녁에 일어난 이 암울한 사건의 진실 궤적을 감추는 데 일조라도 하고 싶은 듯 지옥 같은 어둠 속을 향하여 땅을 박차고 일어나 질주하기 시작했다.

택시는 녹슨 쇳내를 뿌리며 경기도 만선 마을을 지나 광주를 벗어났음에도 여전히 등속으로 달리고 있었다. 속력을 높이고 줄인다는 것은 늙고 낡아 빠진 조랑말로서는 불가능한 일처럼 보였다. 조랑말의 허덕거림을 당연한 일로 받아들이고 있는 사내들의 무심함은 문명의 낙오자로 길들어 있기 때문이다.

차 안은 무덤처럼 조용했다. 소녀는 미미한 저항 의지마저 감춘 채 임마의 젖을 다시 물기 위해서 잠을 청했다. 이내 서진 코골이 소리가 어둠을 깨고 사내들의 신경을 자극했다. 열여섯 소녀의 새근거리는 숨소리를 기대했던 까무끄름한 운전자 춘삼이가 볼멘소리로 내뱉었다.

"골빈 년, 암것도 모르고 잘도 쳐 자는구나."

운전자 최춘삼. 이문재의 불알친구인 그는 머리 손질에 게으름을 피우는 날에는 산 도적이라는 별명이 따라붙곤 했다. 장발에 곱슬머리다. 양 볼은 홍반 때문에 각시탈 같다는 말도 심심찮게 듣는다. 성격이 옹졸하고 손에 들어온 물건은 절대 놓지 않았다. 쉰밥이라는 별명은 쥐새끼처럼 약아 빠진 문재의 작품이다. 프랑스에 가면 유럽이라는 나라가 있다고 주장할 만큼 몰상식하다. 작은 돈의 유혹에도 쉽게 빠져들었는데, 오늘은 특별히 평소보다 과한 수고비로 문재의 치기 어린 행동에 동참하고 있다. 쉰밥이 호박씨 같은 눈을 룸미러에 바싹댄다. 그곳에 나타난 코골이 소녀를 염탐하면서 목젖이 오르내릴 만큼 마른침을 꿀꺽 삼켰다. 문재가 침을 뱉기 위해서 차 수동 창문을 돌려 내릴 때 월색을 머금은 바람이 훅하고 얼굴을 덮치자, 인상을 구기며 말했다.

"더 더 더럽고 더 더러운 기 기 기집애! 퉤 퉤 퉤."

이어 병약한 생각으로 지친 머리를 어루만지며

"저 저 절대로 나 나 나한테……."

"너한테 뒤집어씌울 생각은 말라고? 약속한 대로 쇠나 두둑이 쥐 인마. 근데……."

춘삼의 맹목적이며 저돌적인 맹렬한 욕정에 이성적 중추신경계의 작동에 문제가 생겼음이 분명했다. 놈이 평소와는 확연히 다른 표정과 낯빛 그리고 목소리의 떨림을 감추고 말을 이어갔다.

"저 지지배 그건 하냐? 가슴이 제법 뽕끗 올라온 걸 보면 여자 냄새가 풍기긴 하지만…… 시퍼런 사과처럼 맛은 시금털털할 텐데, 젠장 모르겠다."

쉰밥의 달뜬 음성에서 원시적 욕정을 느낀 문제가 좀 더 자극적인 말로 그가 극단적 욕정에 홀려 마지막 순간에 변심할지도 모르는 이성을 매장해 버리기로 작심한 듯 말했다.

"그 그럼 인마. 워 월경 시 시작한 지가 벌써 사 삼 년은 됐을 거다. 그 그때 울 옴마가 도 독살스럽게 구 굴긴 해 했지만, 뭐 너 너도 생각해 봐라. 머 머리에 피도 안 마른 것이 워 월경을 해 했으니 보 보통 엄마들 같았어도 가 가만있었겠냐고. 그 그때부터 저 저년 피 묻힌 거 어 울 옴마한테 아 안 보이려고 워 월경한 팬티에 싸고 또 싸고…… 고 고지랄로 미 미련했다면 마 말 다 했잖냐? 그 근데 말이다. 저 저년 거 거시기는…… 하 하여튼 그래."

그러고는 다시 수동 유리창 문을 돌려 열더니 침을 뱉어냈다. 그러자 쉰밥이 다시 룸미러를 통해 잠에 빠진 소녀를 살펴보고는 속삭이듯이 말했다.

"새끼, 다 알고 있는 사실을 가지고……. 너네 엄마, 저 애 괴롭히는 슘씨는 가히 명품 아니있니? 게다가 진일 꼬문 껑찰 노딕눌이나 이른

안이 뺨치는 고문 기술을 가지고 있다는 거 좁아터진 만선에서 아는 사람은 다 알고 있지."

"우 우 우리 엄마가 너 너무하긴 해 했다만……."

"계모로서 그만한 사람도 없을뿐더러 인간으로서 할 도리는 다했으니 남의 가정사 좆도 모르면 입 닥쳐라 응? 그 소리 아니냐? 이제 다 외웠네."

문재는 입을 닫아걸고 반응을 보이지 않았다.

문재. 경기도 광주 만선 부근 태생. 일그러진 성(sex)이 만들어 낸 불행을 담보로 쾌락을 좇는 이 형편없는 사내의 초상을 살펴보자. 밋밋한 낯짝에 짝눈과 짝귀, 그리고 절벽 같은 뒤통수 거기다가 육손이다. 용모 콤플렉스가 결국 심한 말더듬이로 변질되었다. 그렇게 몰아갈 수밖에 없는 불행한 환경과 달기라는 적절한 먹잇감은 계산된 미래를 예고하고 있었지만, 불행을 만들어 가기에 바쁜 사내는 병적 집착과 자신을 숨기고 들여다보기 좋아하는 관음적 사고 등을 부추겨 자신의 성이 가져야 할 성(sanctity)스러움을 포악의 매립지에 묻고 일그러진 성을 추종한다. 쾌락의 반란을 잠재울 그 어떤 원군도 없다. 게다가 정신을 붕괴시키기에 여념이 없는 환경의 오염정도는 심각하다 못해 자포자기 상태에 빠지게 한다.

인간은 미완성 작품이다. 환경이란 틀에서 그 환경의 모태로 재탄생된다. 별 모양 속에서는 별 모양이, 달 모양 속에서는 달 모양이 만들어진다. 석수장이가 돌을 깎아 그 무엇을 만들 듯 인간은 석수장이라는 환경의 성향과 생각 그리고 그 손재주에 따라 사람도 되고 동물도 된다. 독자들은 이런 환경 속에서 문재와 이달기가 어떤 모양으로 변해 가는지 수동적 이성과 능동적 본능의 막장 드라마와 다름없는 추체험(nacherleben)을 하게 될 것이다.

뼛속에 바람 든 늙은 나귀처럼 삐걱대는 엘란트라의 고통 소리만이 깊은 침묵을 깼다. 차창 밖 어둠은 한층 농익어 가고 문 틈새를 비집고 들어온 바람은 송곳 같았다. 문재가 옷깃을 여미며 소녀가 누워 있는 뒤 좌석을 돌아보고는 낮은 음성으로 물었다.

"쉬 쉬 쉰밥! 그 그 전날에 부 부탁한 거……"

"점순이 순자 갸들 거 말이지?"

"의 으 응 뭐 그 그러니까 이 있잖아……"

문재가 역겹기 그지없는 달콤하면서도 쌉싸름한 미소를 머금고 최악의 취미를 그렇게 얼버무렸다. 고질적으로 성기에서부터 피어오르는 요사스러운 간지럼을 즐기며 이악스럽게 내뱉었다.

"기지바들 찌린내 고린내 똥냄새 추출한 향수 개발해서 너 같은 변태들에게 팔면 대박날 텐데, 이참에 그거 한 번 개발해 볼 거나 변태야? 남자 변태용 여성 향수 마침내 출시 임박. 완죤 초 대박 난다."

이런 신랄한 빈정거림에도 문재는 개구리 낯짝에 물을 뿌린 듯 태연했다.

이성과 본능

"지 지랄. 쉬 쉰 바 밥! 니 니 년이 저 더 더러운 다 달기년 지지배 좋아하는 거 것 처럼 내 취 취미도 조 존중 해주었으면 조 좋겠다."

"어런 하시것어. 청국장 냄새 구리긴 해도 정들이면 일품이듯 그녀들 거시기 냄새야말로 신선들 방구 냄새 버금가지. 그니까 뭐 존중해 드릴게. 쪽 다 팔려 가면서 갠신히 얻어 냈으까 쇠나 넉넉히 내놔."

문재가 안주머니를 뒤져 지폐 한 장을 슬쩍 건네며

"이 이 이만 하 하면 패 패 패 패 팬⋯⋯."

"새끼 오늘따라 어지간히 더듬네. 그래 팬티하고 스타킹값 충분하다."

그리고는 깔고 앉은 방석 아래를 더듬거리더니 수치의 휘장-여성 속옷-에 입맞춤하고는 문재에게 휙 던진다. 춘삼이 좀 더 전위적인 언어를 찾아내지 못하고

"더런 놈!"

이라고 내뱉고는 목을 길게 빼더니 헤드라이트에 비친 교통 표지판을 보고 개벼룩 씹듯 우물우물 지껄였다.

"니미, 아무리 개미리라고는 하지만 좆나 구불구불하고 기네."

춘삼이의 불평 섞인 욕설로 인해 지저분한 마음의 짐을 덜기라도 했는지 주둥이를 벙싯대다가 스타킹을 말아 코에 대고 킁킁대며 말했다.

"너 너네 외삼촌 마 말대로라면 다 다 와 가니까 여 여기서 부 부부터는 처 천히 몰아야 할 걸?"

"그러네."

춘삼이 서서히 속력을 줄이면서 또다시 룸미러를 살피고는

"저 가스나한테 너가 별 지랄 다 했는데도…… 키득키득…… 너람 오금을 못 펴잖여. 그 찬란한 기술 좀 갈켜 주라 변태야? 니 인물이나 내 인물이나 씨알 거, 문딩이 콧구멍서 싹튼 마늘씨마냥 쭈그렁 대기는 도긴개긴인데 말이여."

"지 지 지랄. 내 내 내가 너 너보다는 하 한결……."

춘삼이 슬쩍 화제를 돌렸다.

"돌미나리 많이 나는 서낭당 아랫녘 냇가 말이야. 거기서 점순이 순자 지지바들 하가 저 지지바도 갸들과 겉이 목욕을 할 때 봤거렁. 달 기년 얼굴에 허연 버짐이 옴질옴질 폈음에도 그 때깔 하며 어디 하나 삐뚜름하지 않은 이목구비까지 어떻게 너네 계부 속에서 저런 씨가 나왔을까 싶더라고. 쓰레기장에 홀로 핀 장미라고나 할 거나? 그 때문에 너희 엄마가 더 열받은 거잖아."

이런 최춘삼의 칭찬에 문재는 딴청을 피웠다. 최춘삼이 멋쩍은 듯이 말했다.

"담뱃불이나 붙여서 물려 도라."

사람은 흔히들 한 치 앞도 예측할 수 없다고 한다. 그러나 우리의 앞날은 철저하게 계산되어 다가오고 있다. 그 계산법이라는 것은 너무나 단순해서 '오늘의 나는 어제 내가 선택한 결과'라는 답에서 볼 수 있듯이 내일의 답을 오늘 보여주고 있다. 그러함에도 사람들은 답을 모른다고 한다. 또한 운명론자들은 사람의 운명에 대하여 이찌면 '신이

각자의 유전자 프로그램을 통해 설치해 놓은 덫, 혹은 과정'일 지도 모른다는 말로써 오늘을 허비하고 있다. 인생이란 가파른 언덕을 어떤 짐을 지고 어떤 각도로 올라가고 있는지, 그래서 어떤 결말을 맺는지, 현재의 행동이 어떤 인연으로든 미래와 연결되어 줄기차게 따라다니는지, 이들은 증명할 것이다. 또한 이 환영뿐인 세상에서 잠시 존재하는 것들의 타락만이 우주의 쓰레기가 되어 영원히 떠돈다는 것을 과거의 나를 통해 현재의 내가 말하게 될 것이다.

1-3

밤은 점점 더 깊숙함을 더해간다. 늙은 엘란트라는 빙판 위의 스케이트 날처럼 미끄러지듯 나아간다. 그러다가 언덕을 오를 때는 관절염 환자인 양 삐걱거리더니 설설 기어오른다. 춘삼의 입에서 절로 한숨이 흐른다. 언덕마루를 넘자, 엘란트라는 언제 그랬냐 싶게 습기 내려앉은 도랑을 부드럽게 끼고 돌았다. 그곳의 두꺼비들은 교미를 끝낸 뒤 깊은 잠에 취해 버렸고 풀잠자리 두 마리는 뒤늦게 물 비듬 위에서 날개를 적시다 덜컹거리며 오르는 조랑말의 불빛에 놀라 풀숲으로 숨는다.

"여기 어디쯤이라고 했는데……?"

"사 사 사 삼……."

"외삼촌이 그려준 지도 말이냐? 내 머릿속에 있어."

"……."

갑자기 춘삼이 클러치를 밟고 기어를 뺐다. 잡풀이 무성한 농로를 향해 핸들을 꺾자 경운기나 다닐 법한 울퉁불퉁한 길이 나타났다. 키 큰 풀들이 차창을 때리고 놀란 곤충들은 헤드라이트 불빛으로 뛰어들었다. 차량의 울렁거림을 완충시키기 위해서 엉덩이를 의자에 밀착했다. 어른 키만 한 소나무들이 빽빽하게 들어차 있는 오솔길을 지나 메밀꽃이 서리처럼 하얗게 내린 밭을 끼고 돌았다. 문재가 김 서린 차창을 손등으로 문지른 뒤 메밀씨같이 모로 난 눈으로 사방을 요리조리 살핀다.

"저 정말로 사사 사람 새끼라곤 어어 얼씬도 아 않는단 말이지?"

"그렇다니까."

엘란트라는 털털대면서도 그런 길에 익숙한 경운기처럼 몇 개의 무덤을 지나 고구마밭을 넘어 아카시아와 잡목으로 둘러싸인 막다른 길로 들어섰다.

"국산 차도 이젠 쓸 만해. 이쯤 세워 두고 내려서 살펴보자고."

두 사내의 두런거림이 졸참나무 사이로 뻗어가고 있는 손전등 불빛에 매달린 듯이 위태롭게 들렸다. 문명화된 것들도 하나의 자연으로서 그 값어치를 부여받기 위해서는 그만큼의 세월이 흘러 자연과 가까워져야 한다는 것을 증명이라도 하는 것만 같았다. 이 앙상블(ensemble)이 엮어낸 볼거리가 어둠과 정신적 혼돈으로 사라져간다. 동시에 갑작스러운 불빛에 놀란 나무들이 수줍음을 이기지 못하고 몸을 감추기에 바쁘다. 문재가 손전등을 하늘 쪽으로 올리자, 띠 막대 불빛이 목적 없이 내 딛다가 밀대긽은 포플러 시니 그루 나란한 곳에서 부동사세를

이성과 본능

취했다. 포플러는 누군가의 시선을 애타게 기다리고 있었던 것처럼 그들을 반겼다. 그 나무 사이로 붉은 벽돌 건물이 창백한 달빛에 젖어 도드라져 보였다. 건물은 야생 담쟁이가 반쯤은 덮고 있어서 방치된 세월이 만만치 않음을 말해 주고 있다. 게다가 동화 속에 나오는 마녀의 젖무덤처럼 낮고 옴팍한 것이 옹색하기는 했지만, 당찬 맛은 있어서 은밀하게 음모를 꾸미려는 자들에게는 최적의 장소가 되어가고 있었다.

"망루까지 있네. 영화 속 요새 같다, 그치?"

"디 디 디게 크 크다. 드 드 드 들어는 가 가 봤어?"

그렇게 질문하는 문재의 음성이 아주 멀리서 개 짖는 소리에 묻힐 만큼 작고 여리게 들렸다. 춘삼이 영혼을 도굴당한 나머지 빈 껍질뿐인 생명체에서 흘러나온 것이라고 밖에 생각되지 않는 음성으로 대답했다.

"시 실은 나도 처음이야."

"너 너 너 저 정말 하 할 수 있어?"

그는 자기 음성의 부자연스러움과 떨림을 감추기 위하여 자연스럽게 손가락으로 동그라미를 보였다. 문재가 이를 눈치채고 정곡을 찔렀다.

"떠 떠 떨고 있으면서……"

"떠 떨긴 누가 떤다고 그래. 밤공기가 차가우니까 한기가 들어서 그렇지."

"뭐 뭐하던 고 고 곳이라고 했지?"

"노숙자하고 정신질환자 등을 수용하던 기도원. 원장이 여자 집사였대. 하느님인가 예수님인가한테 은혜를 받은 사람이었대. 그런데 왜 이렇게 기분 나쁜 마 맘이 들까? 지미, 가는 날이 장날이라고 오늘이 귀 귀신들 게 모임 날인강?"

값을 올리려는 춘삼의 수작을 눈치 챈 문재가 놈의 마음이 변질될까 두려워 주절거렸다.

"요 요즘 세세 세상에 귀귀 귀신이라니 마 말도 아 안 된다. 귀 귀 귀신보다 산 사람이 더 무섭다, 너."

춘삼이 의도했던 바를 포기하고 객기를 부렸다.

"공동묘지에서 수박 깨 먹고 상엿집에서 요여와 불삽이를 빼온 사람이 누구게? 바로 이 몸이시다. 이 변태야!"

"그 그 근데 이자식이 마 말끝마다 벼 변태래! 쉬 쉰밥 주제에."

"그니까 날 믿으라고 짜샤."

"그 그 금방 나 나올 거지?"

"내가 토낀 줄 아니?"

"너 너 너 기 기어이……."

춘삼이 대답 대신 문재의 등을 툭하고 치더니 엘란트라 뒷문을 잡아채듯 열었다.

이성과 본능

2. 삶은 우연과 선택이 지배한다

<u>2-1</u>

어린 박달이 엄마와 함께 종로에 있는 맥도날드에서 새우버거와 튀긴 감자를 토마토케첩에 찍어 콜라와 함께 먹고 있을 때, 택시 안의 이달기는 여전히 깊은 잠에 빠져 꿈을 꾸었다.

현실과 다름없는 꿈 속에서의 포악한 두 인간의 손길에는 온정이라고는 겨자씨만큼도 없어 보였다. 문재는 이달기를 자기 목구멍에 걸린 가시에 비유하며 침을 뱉었고, 성가신 티눈 같다며 그녀의 온몸을 이불 삶는 막대로 찔러댔고, 하찮은 똥막대기에 비유하며 처삼촌댁 강아지 대하듯 발길질을 해댔고, 영악하기가 시궁쥐 같다며 솔밭이며 도랑이며 논밭과 미나리꽝으로 몰고 다녔다. 그런 하찮은 년이 잠꼬대까지 한다.

"배꼬파 배꼬파……."

세상천지 뭐가 뭔지도 모르고 잘도 처자고 있다. 세상을 온갖 구겨진 생각으로 바라보던 문재가 달기를 사정없이 흔들어 깨웠다.

"여 여 여 염병 배 배 뱃속에 거지새끼가 드 드 들어앉아 있냐? 꾸 꾸 꿈속에서조차 처 처 처먹고 싶다고 지 지 지랄을 떠 떠네. 그 그만 이 이 인나. 이년아!"

딜기가 꿈을 삼킨 뒤 총기 잃은 눈으로 주변을 두리번거리다 주변의 생소함에 놀랐는지 한동안 멍청히 앉아 있더니 천진스럽게 물었다.

"오 옵빠야! 오데야 요기가?"

"내 내 내려와!"

"옵빠야! 옵빠야!"

"그 그 그 비비 빌어먹을 오 오 오빠 소리. 왜 왜 내 내가 니년 오빠야!"

춘삼이 문재를 밀치고 소녀를 번쩍 안았다. 그러고는 나이답지 않게 너그럽고 인자한 목소리로 말했다.

"달기야. 이제부터 이 춘삼이 오빠야가……"

"시 시러! 다 달그는 시러! 어서 내려 누아. 달그는 문대 옵빠야한테 가꼬야."

문재는 최악의 비웃음을 머금고 뒷걸음질을 쳤다. 달기를 안은 춘삼이 멋쩍은 듯 뒤뚱거리자 달기가 탈출 의지와 방어 본능에 따라 그의 팔을 물어뜯었다.

"아 아악!"

문재의 주먹이 B-29 전투기처럼 악지있게 날아 이른 봄 갈대 같은 달기의 몸을 밭고랑에 처박아 버렸다. 물린 팔의 아픔이 달아날 만큼 놀란 춘삼이 그녀 곁으로 다가가 자기 여자라는 인식이 뚜렷한 어조로 소리쳐 말했다.

"이 새끼가 내 허락도 없이 함부로 주먹을 날리고 지랄이야. 죽어버리년 어쩌려고……"

"아 아 아주 자 잘된 일이지 씨알! 그 그 자리에 걍 묻어버리면 깨 깨끗하잖아. 그 그 그런데 저년은 저 절대로 주 주 죽지 않아. 어 어 얼마나 독종인데······."

"이 미친 변태 년아 너나 저리 비켜라! 달기야! 괜찮니? 눈을 떠봐."

춘삼이 달기의 얼굴에 묻은 진흙을 조심스럽게 털어내자, 아무 일 도 없었다는 듯이 배시시 미소를 짓는다. 이마에 커다란 혹 하나를 달 고서.

도대체 속이라고는 눈곱만큼도 없다. 무뇌 인간이 저럴까? 최춘삼 이 안도의 한숨을 내리 쉬며 말했다.

"살아 줘서 고맙다, 이달기."

마치 자신의 여동생처럼, 아니 여자가 될 사람처럼 그렇게 곱살 맞 은 춘삼의 행동에 문재가 버럭 화를 내며 다그쳤다.

"내 내 내가 뭐랬어. 저 저 절대 죽지 아 않는다고 해 했지. 꼬 꼬 꼴 도 보기 싫으니까 빠 빨리 처넣고 오란 말이야!"

춘삼이 택시 룸미러에서 춘향이처럼 맵시 있게 그네를 타고 있는 기도하는 소녀 헝겊 인형을 잡아챘다.

"달기야 이거······ 갖고 싶다고 했잖어."

달기가 함박웃음을 머금을 듯하다가 불현듯 표독스러운 살쾡이처 럼 이빨을 드러내고 위협적인 음성으로 중얼거린다. 그녀의 이런 행동 은 먹이를 사수하려는 새끼 고양이의 본능과 반가움에 대한 반사적인 행동과 다를 바 없었다.

"기도하는 소녀 닌영……. 내 꼬야."

그녀는 인형을 가슴에 꼬옥 품고는 마치 새끼 잃은 늑대처럼 슬픈 눈으로 바라다본다. 소녀는 유달리 인형을 좋아했다. 그녀가 가장 아끼는 플라스틱 못난이 인형. 팔, 다리조차 없었지만 문재에 의해서 박살이 났던 때처럼 발작에 가까운 행동을 보였었다. 외로운 날 유일한 말동무였고, 배고픔을 달래 주는 엄마였으며, 고문과 다를 바 없는 체벌을 함께 아파해 주지 않았던가. 소녀에게 인형은 혈육 그 이상이었다.

이점을 훤히 꿰뚫고 있는 춘삼이 또 다른 미끼를 던졌다.

"달기야! 저기 저 건물 보이지. 거기 드가면 이보다 백배는 이쁜 닌형들이 하늘만큼 땅만큼 있거릉. 우리 같이 가보지 않을래?"

소녀가 격한 몸짓을 하며 속삭였다.

"달기 닌영 마아니 가질 꼬야."

"거게 닌형들이 널 보고 '옴마' 그렇게 부를 지도 몰라."

"울 옴마……."

달기가 앞장서 뛰어갔다. 거기에 있을 엄마와 동무와 꿈과 희망과 기쁨을 위하여. 춘삼이 문재를 돌아보며 엄지손가락을 펼쳐 보였다.

검은 구름이 한입에 둥근 달을 꿀꺽 삼켜 버렸다.

삽시간에 주위는 칠흑처럼 어두워졌다. 그 틈을 타고 춘삼도 자취를 감추었다. 내면의 정신과 감정이 시각화된 그의 표정은 달을 삼킨 구름이나 그녀들을 삼킨 건물이나 시치미를 뚝 떼고 있는 모습에 질려 있다. 쥐 잡아먹고 능청을 떨고 있는 능구렁이같이 우멍해 보이긴 마찬가지다. 술래가 되어 버린 밤이 먹구름 삼켜 버린 달을 찾아 홀로 방황한다. 문재는 모래알처럼 흩어져 두려움의 존재가 되어 버린 사물들의 본래 모습을 기억해 내려는 노력을 거두고 꼰지발을 한 채 기도원을 살폈다. 거인 곱사등이 같은 기도원은 치렁치렁한 검은 옷을 걸치고 포플러 나무 사이에서 삐죽델 뿐이다. 그마저도 먹구름 속에 있던 달님이 만물을 지배하는 시간을 허용할 때만이 가능했다.

산 중턱에서는 소쩍새 배고픈 며느리는 솥 적다고 울고, 호랑지빠귀는 귀신 울음소리로 공포를 몰고 다니며 어둠과 정적을 더욱더 선명하게 했다. 문재의 마음은 자연을 아름답게 보는 눈을 잃은 지 오래다. 그래선지 자연의 너그러움을 받아들일 만한 여유가 사라지고 없었다. 자연의 심술에 대한 반감으로 욕설을 뱉어 내기 시작했다.

"저 저저 미 미친 녀 년놈의 새 새는 따 따라다니며 지랄이네. 그 그나저나 이 이 씹 새끼는 끄 끝냈으면 빨랑 기어 나올 일이지 뭐 뭔 지랄을 하기에 여태……."

춘삼이 벌써 일을 끝마치고 돌아와 차를 몰고 돌아갈 시간이 훌쩍 지나 버렸기 때문에 문재의 가슴은 타들어 가고 있었다.

먹구름이 입을 벌려 달을 토해냈다. 사방은 변함없는 시선으로 문재를 지켜보고 있었다. 연신 담배만을 뻐끔뻐끔 피워 대던 녀석의 공포가 빼앗은 생각이 욕을 만드는 기계 역할에 충실하다. 욕지거리를 씹이데며 운전석 문을 열었다.

"여 여 엠병! 여 여 엠병!"

클랙슨을 서너 번 눌러댔다. 밤공기를 찢어 갈기는 소리가 메아리가 되어 두려움을 몰고 되돌아왔다. 싸늘한 밤기운에도 불구하고 손전등을 움켜쥔 손에서 땀방울이 솟구친다. 손바닥을 바짓가랑이 사이에 문지르며 충혈된 눈으로 기도원 건물을 본다. 수천수만 마리의 뿔 달린 원숭이와 밤 군무를 펼치던 박쥐 떼 같은 검은 구름이 문재를 향해 몰려오기 시작했다. 먹구름은 후드득 빗방울 소리와 번개를 내던졌다. 산자락으로 떨어진 번개는 앙칼지고 격노한 모습으로 지축을 뒤흔들더니 문재의 고막을 찢어발길 듯 포악을 떨었다. 천지에 순식간에 나타났다 순식간에 사라진다. 자연은 뭇매를 얻어맞은 듯 자지러져 버렸고 그는 기암이라도 할 것처럼 입을 벌린 채 깔딱거리고 있었다. 연신 딸꾹질을 해대며 성가신 분노를 달래 보지만 하체로 빠져나가 버린 힘은 되돌아오지 않았다. 조금은 남아 있을 성싶은 힘을 동원하여 그 자리에 뿌리박은 발을 뽑았다. 무언가에 홀린 듯 몸통을 틀어 앞으로 나섰다. 하늘을 보고 땅을 보고 기도원을 향해 다가가고 있는 자신의 발걸음 소리에 놀라 불뚝 섰다. 여전히 입에 욕을 달고 있지 않으면 뭔가가 목덜미를 잡아챌 듯 뒤끝이 서늘하다.

"씨 씨 씨팔! 씨팔! 지 지미 씨팔! 미미 미치고 화 환장 하 하겠네."

욕이 그를 지탱해 주는 가녀린 지팡이 역할을 하는 것은 분명했지만 쾌락이 더 큰 쾌락을 추구하다 결국 절망에 빠지듯 그 결과는 참담했다. 괴물로 변해버린 욕설이 그의 영혼을 갉아먹기 시작했다.

연이은 천둥 번개가 다시 검은 구름을 찢고 나타난다. 용으로 변신한 번개는 순식간에 자기 번식으로 태어난 새끼들을 동반하고 기도원 건물을 향해 질주해 갔다. 그곳은 폭격을 맞은 공동묘지처럼 어수선해 보였고 이내 자취를 감추고 말았다. 굵은 빗방울과 함께 흙먼지를 품은 바람이 포플러 굵은 가지를 분지르며 또 다른 희생물을 발견하기까지 상당 시간을 주변에서 맴돌다 수수밭 이랑을 지나 휭하니 사라졌다.

그의 똥끝이 타들어 간다. 목구멍에서 피리 소리가 났다. 허파에도 정신이 있나 보다. 위 대장 소장 콩팥…… 뱃속에서 꿈틀대는 임자도 없는 두려움이 목울대를 타고 올라온다. 똥과 오줌이 마렵다. 입이 마르고 입술이 탄다. 온몸에 깃든 정신은 원망을 부른다.

"씨 씨 씨알! 어 엄마는 나 나 나한테 이 이 이딴 일을 시켜 가지고!"

그는 손전등을 집어 들었다.

"추 추 춘삼아! 최에~ 추운 삼!"

기도원의 육중한 철문을 열고 들어서자마자 낡고 산만한, 그러면서도 온몸을 적셔 버릴 것만 같은 음습한 공기와 역겨운 기운이 오장을 휘저었다. 잡초가 우거진 마당을 지나 본 건물 현관으로 들어서려니 오래된 송판 마루가 낯선 이를 경계하는 눈빛으로 기괴한 신음으로 용알이했다. 그의 외기댁 골방에서 들었던 고장 난 베틀 소리아 너무도 닮아 있다.

송판 틀에 합판을 덧대어 입힌 사무실 문이 열려있다. 검은 먼지를 뒤집어쓰고도 외려 당당한 집기들은 작은 움직임에도 뿌옇게 먼지를 피워 올렸다. 사무실을 지나자 긴 복도가 나타났다. 그들의 흔적을 따라 애인에게 홀린 햄릿처럼 발걸음을 옮겼다. 연신 그의 호흡기로 빨려 들어오는 먼지의 양이 증가하면서 인체는 가래를 생산하기에 바빴지만, 정신의 문제에 빠져 있어선지 이 기관의 트러블은 뒷전이다.

"추 추 춘삼아! 춘우운삼아! 이 미 미 미친놈이⋯⋯. 어 어디 있는 거야? 지 지금 자 자 장난칠 때가 아니잖아."

울먹이는 음성. 침묵은 집채만 한 공포를 양산한다. 마름모꼴 환기통 사이로 번갯불이 힐끗 보고 사라진다. 강건한 내력벽조차 기함하게 만들 천둥소리가 치근덕대던 가을비를 멈춰 서게 하더니 암흑을 유혹하여 숨고르기를 한다. 직관적 행동가에 가까운 그의 원망이 전략적 자기도취에 빠진다.

"하 하 할 수 있어. 아 암 것도 무섭질 않어. 그니까 나 나 나 혼자 가 버릴 거다. 저 저 정말 나 혼자 가가가 버려도 되냐고 이 개 개 놈아!"

그는 정말로 뒷걸음질을 치면서도 연신 씨부렁댔다.

"지 지 지하실이라고 고 해 했는데⋯⋯. 지 지 지하실⋯⋯."

중얼거림이 고함보다 크게 들렸다. 번갯불이 들이닥쳐 십자가에 매달린 예수 얼굴에 난사하고 사라진다. 고통으로 일그러진 예수의 모습이 미묘한 미소를 머금고 어둠의 정령과 조우한다. 어디선가 한 생명이 삶의 희망을 노략질당했을 때 그러하듯 신음이 죽어간다.

"무무무무 문재야······· 이 세상이 나 날 버리려나 봐. 으 으 으 음······."

그를 가진 적이 없는 세상에 할 소리는 아닌 듯싶었다. 다급해진 문재의 발걸음에 용기가 실린다. 손전등 불빛이 소리를 향하여 내닫는다. 정적을 머금은 물체들이 두 눈을 멀뚱거리고 있다. 거푸집이 발목을 잡는다. 이번에는 장방형의 기둥이 눈알을 부릅뜬 거인의 모습으로 그의 앞에서 우뚝 선다. 곤두선 머리털에서조차 땀방울이 우르르 떨어진다.

몇 걸음을 더 내딛자, 각이 틀어진 문틀과 문짝 그리고 구들과 누런 비닐장판이 어지럽다. 하체가 후둘 대더니 몸이 균형을 잃는다. 더듬거리던 손이 문짝을 잡으려는데 통째로 넘어진다. 손전등이 바닥으로 떨어지면서 불빛이 사라진다. 순간, 거대한 무덤 속처럼 어둡고 축축하며 냉랭한 기운이 온몸을 휘감는다.

"추 추 추 추 추 춘삼아! 추 춘삼아! 다 다 다 다 달기야!"

두 개의 파란 불이 번개만큼이나 빠르게 그를 향하여 돌진하고 있었다.

"아 아이쿠 옴마야!"

문재의 고함에 놀란 수상한 파란 불빛이 어수선한 가구들 속으로 침감힌다. 디듬디듬 손진등을 찾아냈다. 주위를 밝히는가 싶더니 이내

다시 빛을 잃는다. 온갖 색을 덧칠한 듯 어둠이 탁하다.

손전등의 불빛이 두 번 간담을 서늘케 깜박이더니 세 번째서야 눈알을 부라린다.

"지 지미, 가 간 떨어질 뻔했잖아!"

주방 문을 열자 싸한 검은 곰팡이와 시궁창에서 금방 퍼 올린 곯아 버린 잡냄새와 어울려 콧속을 아리게 한다. 애면글면 졸아드는 심실에서 피를 퍼내는지 혈압이 오른다. 전등 불빛을 욱여넣었다. 검붉게 녹이 슨 철문이 문재를 기다리고 있기라도 한 듯이 크게 입을 벌리며 반긴다.

조심스럽게 한 발을 들여놓았을 뿐인데 거미줄이 머리와 얼굴과 목과 팔에 엉긴다. 포획한 먹이가 자신이 감당할 수 없는 물건임을 인지한 거미는 구멍을 찾아 몸을 숨긴다. 검은 곰팡이의 고린내마저 공포를 불러일으킨다. 좁고 가파른 나선형 계단 아래 깊숙한 곳에서 경험하지 않았던 유기체 썩은 냄새가 솔솔 올라왔다.

마치 생매장된 수십 구의 시체를 내버려둔 것 같은 검은 동굴이 연상되기도 했다. 벌레와 그 먹이들이 그들먹한……. 분명 그네들이 거기 어디쯤 있을 것이라는 생각이 들자, 그는 공포와 합치하려는 전략을 쓰기로 했다.

"추 추 추 춘삼아! 다 다 달기야, 너 너희들 거기 있는 거 마 맞지?"

달팽이 속을 빼닮은 지하 계단은 불확실한 미래 같았다. 끝은 없고 지루하게 쇠여 있다. 문재의 음성이 한동안 지하실의 어둠 속을 떠다니며 짐승의 울음처럼 윙윙거렸다. 계단을 내려서자, 쇠창살이 가로막았다. 또다시 손전등이 깜박댔다. 언뜻 사람 모습이 보였다. 다시 불이 들어왔다.

철창 안의 그녀는 거기에 동화된 듯 천연덕스럽다. 갑자기 들이닥친 불빛에 이마를 찌푸릴 뿐이다. 철창살 그림자가 그녀를 반으로 갈라놓고 있다. 머리털이 쭈뼛하고 선다.

"문대 오 옵빠야!"

"추 추 추운 사암이는?"

이달기가 천연덕스럽게 손짓했다.

"조오기."

"추 추 추 춘삼아!"

그녀가 태연하게 말했다.

"주건나 봐."

그녀는 죽은 듯 잠을 자고 있다는 표현을 그렇게 했다. 아니 그녀는 삶과 죽음의 경계를 모르고 있는 듯했다.

손전등 불빛이 그녀의 손길을 따라 다다른 곳엔 춘삼이 아랫도리가 벗겨진 채 누워 있었다. 이달기가 피식 웃자 붉은 피가 주르르 흘러내렸다.

"사 사람 살려!"

따듬작따듬작 걸어 나오는 달기를 발길질로 겁을 준다.

"지 지 지 지리 끼 끼 끼저."

이성과 본능

그녀는 그러거나 말거나 계단을 오른다. 마구잡이로 내지르는 놈의 발에 챈 달기가 굴러 떨어진다. 혼미한 정신으로 혼미한 힘을 통해 기다시피 다시 계단을 오르며 애원하듯 부르짖는다.

"오 옵빠야! 오 옵 빠야 가조마!"

문재는 달기의 외침이 악마의 기다란 혓바닥처럼 느껴졌고, 마침내는 자기 몸을 휘감아 버릴 것이라는 극단적인 생각에 사로잡혀, 계단을 뛰어오르자마자 철문 빗장을 걸고도 모자라 버팀목까지 설치했다. 그러고는 안도의 한숨을 쉬며 돌아서려는데 꽤 멀어진 달기의 날카로운 음성이 거머리처럼 달라붙는다.

"옵빠야! 나 두고 가조마. 무 무서버! 무서버!"

그녀의 절규는 공포와 절망을 말하고 있었다. 야속한 어둠은 태초에 그랬던 것처럼 모든 것을 삼킨 채 묵묵하다. 시간이 흐르고 그 밤은 아무 일도 없었다는 듯이 괴괴한 적막이 흐른다. 그녀의 운명이 점지한 공간은 절망과 교접하여 악귀를 탄생시키기에 모자람이 없어 보였다.

문재의 험난한 앞날을 예고라도 하듯이 여전히 천둥 번개를 동반한 비는 눈 앞을 가렸다.

인간은 위기의 순간 초능력이 발휘된다. 방어반응이 총동원되어 육신을 풀무질하기 때문이다. 그는 수 미터 높이의 담도 뛰어넘고, 물 위를 달리며, 아기를 향해 달려오는 중형 트럭도 아기엄마가 밀쳐낸다는 초능력으로 무덤을 두 개나 뛰어넘더니 고구마밭 다섯 개의 이랑은 식은 죽 먹기였다고 훗날 기억했다.

"배 배 뱀을 자 잡아먹을 때부터 아 아 알아봤어야 했어. 저 저 저 년은 이 이 이 인간이 아니야. 이 이 인간이 아니었다고!"

춘삼이 '너네 엄마, 달기한테 너무하기는 했어.'라고 했을 때 문재는 죄라도 뒤집어쓴 양 이렇게 얼버무렸다.

"우 우 우 울 엄마 특기잖냐. 나 남 잘되는 거 저 저 절대로 그냥 두고 못 보는 거. 다 다 달기란 년 오기 전까지만 해도 우 울 엄마 그 그 그렇게까지 도 독기를 품지 않았단 말이야."

2-2

스페인 포도밭 농가에 유럽 참새 내외가 둥지에 새끼를 낳았다. 이를 시샘한 둘째 부인이 첫째 부인이 없는 틈을 타고 침입하여 새끼들을 무참히 쪼아 죽이고 둥지를 부숴 버렸다. 이런 둘째 부인은 어떤 처벌을 받을까? 처벌은 없다. 자연은 이를 당연시한다. 자기 종족을 더 많이 퍼트리기 위한 이런 잔혹한 행위는 비단 유럽 참새에게만 있는 것은 아니다.

자연의 모든 생명체가 이런 생존 전략이 필요한 것은 가급적 많은 씨를 뿌려 자손을 남기지 않으면 진화 대신 도태(die out)의 길을 걷기 때문이다. 인간은 예외일까? 교묘한 방법과 수단을 동원하여 처벌을 면할 수 있는 힌도 네에서 수도 없이 지길러지고 있는 징의롭지 못한 사건들을 지금부터 적나라하게 보여줄 참이다.

때는 초겨울. 화장기 짙은 여자가 강보에 싸인 달기를 툇마루 아래 내려놓고 쫓기는 짐승처럼 사라졌다.

이후 강보의 아이를 본 강순님은 둔기로 뒤통수를 얻어맞은 사람처럼 멍하더니, 온역(murrain)에 걸린 듯 바들바들 떨면서도 작두샘으로 달려가 정수리에 물을 퍼붓는 강단을 보였다.

물웅덩이에 빠진 생쥐 꼴을 한 순님은 입이라도 열면 핏물이라고 쏟아낼 것만 같은 표정을 짓고 남편 이깨철을 쏘아 보았다. 아이는 마루 끝에서 죽는다고 울어댔고 깨철은 그녀의 눈치를 살피느라 안절부절못한다.

강보에 싸인 아이를 사이에 두고 여섯 살이나 어린 남편 깨철과 마주 앉은 부인 순님이 입술을 짓씹다 말고 묻는다.

"깨철이 네 새끼 맞지?"

그는 애써 아이를 피하며 머리를 긁적인다. 순님이 버럭 소릴 지른다!

"기면 기다 아니면 아니다 왜 말을 못 혀?!"

그가 담배를 두 대째 피워 문 뒤 어리광을 부리듯 말했다.

"아 아 아녀. 아녀. 내 새끼 아니라니께 그러네. 언 년이 남의 집에 핏덩어리를 비리고 갔다냐? 네 이년올 잡기만 해봐라!"

부인은 남편의 담배를 빼앗아 문턱에 짓이겨 끄면서

"삼거리 정 가넌하고 바람피운 거 내 모를 줄 알고? 인간아! 언제나
철이 들래?"

"어 언 년놈들이 마 말도 안 되는 소문을……. 그 그리고 저 정가
년하고 붙어먹은 놈들이 한둘이 아니라는 건 이 이곳 사람들이라면
다 알고 있는 것을……. 하여튼 내 내 새끼는 아녀, 아니라고!"

"알고 보니 그년이 네 새끼 뺐다고 동네방네 떠들고 다녔다는 거 나
만 모르고 있었어."

애교는 여자의 전유물이 아니라는 듯이, 남편은 코맹맹이 소리와
몸을 외로 꼬는 하찮은 동작으로 순님을 녹이려 들었다.

"수 순임이, 업댕이 하나 들어왔구나 하고 생각하자고. 응? 이번 참
에 술 담배 도박 이딴 것들 확 끊어 버린다. 두고 보라니께? 아 안 그
러면 내 내가 누님 속에서 나왔다 그래."

그러고는 순님을 덥석 끌어안는다.

"쥐꼬리는 송곳집으로나 쓰지 이 천하에 난봉꾼 잡놈을 어따가 쓴
다냐! 그따위 말 믿지도 않지만, 오냐 키워주마. 자알 키워준다고!"

처음 우려와는 달리 달기를 대하는 순님의 태도는 가끔 착한 심성
을 내보였다.

"어린 네가 무슨 죄냐. 죽일 연놈들, 아니 네 애비 놈! 징글징글한
그놈의 뻑껭이 인대ㅏ 휘두를 기이 문제지……."

과부였던 문재의 엄마 순임은 인물만 번드레한 깨철과 결혼했다. 자신보다 정신 연령이 매우 낮은 신랑은 매사 하는 짓마다 가관도 그런 가관이 없었는데 건달의 삼 종 세트-술, 노름방, 계집질-로 살림살이는 달동네 생쥐보다 못했다. 이런 상황에 덜컹 나타난 핏덩어리는 보통 골칫거리가 아니었다. 처음에는 아기를 대함에 네 떡 네가 먹고 내 떡 내가 먹겠다는 무관심으로 살아가면 된다고 생각했던 그녀였다. 그런데 아기 아비의 거듭된 난봉질과 도박에 질려 심술통이 커지자, 화풀이 대상으로 달기를 택했으니.

"동네 사람들이 뭐래는 줄 알아? 내가 계모라서 저년한테 그리 독하게 한다느만!"

곁에서 눈치만 살피던 아이의 아비가 이맛살을 찌푸리며 한동안 어린 것을 노려보았다. 아비의 멈칫거림은 계모의 울화통을 터트리기 일쑤였다. 계모의 넋두리와 눈물 바람이 뒤섞인 신파는 아비를 초조하게 만든다. 아비는 계모의 비위를 맞춰 자신의 안위를 챙겼다. 매가 될 만한 것을 집어 든다. 파리채다. 그놈의 파리채는 늘 아비의 눈에 띌만한 곳에 있기 마련이었다.

"여 여보! 이 이 구더기 밑살 같은 년, 내가 가만 안 둔다. 오늘!"

바닥에 머리를 처박은 어린 달기의 등짝 위로 파리채가 수도 없이 춤을 추었다. 이렇게 본업을 파기 당한 파리채는 어린 달기의 강단에 두 동강이 났다. 성이 덜 풀린 아비는 부러진 파리채로 어린 이달기의 온몸을 찔러대며 욕설을 쏟아냈다.

"내가 뭐랬쩌. 이년아! 니 에미 욕 먹일 짓하면 죽여 버린다고 했쪄 안 했쪄?!"

달기가 작은 신음조차 숨기고 토악질한 고깃덩어리처럼 나뒹굴어져 있자 계모가 서슬 퍼렇게 독설을 토해냈다.

"저 숭한 년 보소! 빽 소리 한마디 없이…… 아이고, 독 한 년! 아이고 독한 년! 지미 년이 저리 독한감?!"

아비의 매는 어린 달기의 몸에 핏물이 들게 했지만, 통점이 없는 물고기처럼 처연할 뿐이었다. 그러자 아비는 어린 달기의 머리채를 잡아 동댕이쳤다. 아이는 솜뭉치만큼이나 가벼웠기 때문에 날아가는 듯이 보였고 하필 장롱의 모서리에 처박히고 말았다. 아이의 이마에서 선홍빛 핏물이 흘렀다. 어린 달기가 숨이 넘어갈 듯이 깔딱거린다. 아비가 다급하게 아이를 보듬고는 일말의 동정을 보였다.

"워 워째 이려?! 워 워째……."

어린 달기의 눈에서 눈물이 주르르 흘러내렸다. 그렇게라도 아비의 정을 받고 싶었나 보다. 아비가 할 말은 해야겠다는 듯이 그러나 웅얼거리듯 말했다.

"이 이 어린 것이 뭘 알겠어? 제때 밥 좀 챙겨주고……."

계모는 땅을 치고 눈물을 뿌리며 게거품을 물었다. 남편의 한마니가 날카로운 비수가 되어 가슴을 도려낸 것처럼 아팠다. 그래서 신파를 엮다가 협박으로 돌아섰다.

"세상 사람들이 뭐라 캐도 당신이 그따구루 역성을 들면 마른하늘에 날벼락을 맞지! 똥구맹 찢어지구로 가난한 이 썩을 놈의 집구석에 시집와, 이년 팔자 기구해서 끼니마다 첩년 새끼 미음 쒀 맥이고 나면, 입힐 옷이 없다 해서 시집올 때 친정 어미 날품 팔아 계우 장만해 준 공단 치마 북북 찢어 맨들어 가 호사호사 그런 호사 없이 키웠더니만. 이 이게 뭔 신소리다냐. 근심에 마르고 설움에 살이 찐다더니 복도 복도 지지리 없는 이년이 그 짝일세. 문재야, 문재야 짐 싸자! 이놈의 집 구석에 하루라도 더 있다가는 우리 모자 숨통 맥혀서 죽어 버릴 것이여. 저년 애미년 데려다 자아알 살아보라지.”

언제 왔는지 문재가 문밖에서 계부를 뚫어지게 바라다보고 있었다. 열두 살배기 눈으로 서른 살의 독기를 뿜었다. 계모는 싸울 때마다 문재를 불렀고 문재는 항상 그런 눈으로 계부를 쏘아보았다. 깨철이 순님을 향해 재빨리 두 손을 든다.

“누 누 누님! 지(氣)와 집 속에도 근심이 있다고 않든가? 아 알았으니께 그만 좀 하소! 항상 이 가시내가 문제를 일으킨 다니께!”

비굴한 아비는 달기를 담보로 화평을 자청한다. 어린 담보물은 계모의 화풀이로 그만이기 때문이다. 계모는 달기에게 아침은 굶겼고 점심은 건너뛰었으며 저녁은 구정물 통 잔반을 먹였다. 그 밤 달기는 밤 뻐꾸기가 호곡(wail)하다 지쳐 기함할 때까지 꾸덕꾸덕한 이불을 빨고 또 빨다가 잠들었다고 전해 졌다.

계모에게 어린 달기의 야뇨증은 늘 골칫거리였다.

처음에는

"갠신히 벼룩 무릎 꿇릴만한 집구석에서……."

라고 시작했다.

"뱅신 고운 데 없다더니 시도 때도 없이 오줌을 퍼질러 싸냐!"

술값이나 타 내려던 아비가 계모의 눈치를 살피다가 부화 거리를 찾았다는 듯이 목청을 돋웠다.

"이런 육장(muscle plasma)을 낼 년 봤나!"

아비가 어린 달기의 머리채를 움켜잡는다. 아랫도리를 벗기자 앙상한 가지색 허벅지가 확연하다. 달기의 허벅지 세포는 아비의 위협에 질려 분열을 멈춘다. 달기가 겁을 집어먹고 발버둥을 쳤다. 아비가 어린 달기의 두 다리를 잡고 사타구니를 벌리더니 계모를 불렀다.

"여보, 이년 다리 좀 잡아 봐봐."

"싫어! 퍼질러 놓은 년 따로 있고 버릇 가르치는 년 따로 있냐? 지미 년도 포기한 앞가림을 왜 내가 받아 싸!"

"아무래도 이년 오줌 구녕을 틀어막아야겠어. 거기 휴지 좀 가져와 봐 보라니께!"

순님이 돌아앉으며 경대 아래 나뒹굴어져 있는 두루마리 휴지를 울긋불긋한 덧신 발로 툭 차준다. 아비는 눈을 돌리지 않고도 용하게도 휴지를 잡아 뜯어 어린 달기의 성기에 몰아넣는다.

"이래도 쌀 테냐 이년아! 이래도 말이여!"

강순님 문을 열고 나서며 깨철을 향해 소리친다.

"기시 소공 뻔드(bond) 사아 가이고 이참에 붙여 버려라 이 저질아!"

저녁 무렵 아이는 피똥을 쌌고, 습기 먹은 달은 그 집 창 아래로 떨어져 즉사하고 말았다.

2-3

민권 변호사 박달의 아버지가 사시 동기인 양선택 검사를 저녁 식사에 초대하였는데 양 검사의 딸 양승방도 함께 했다. 두 사람은 식사와 함께 술잔을 기울이면서 박달과 양승방의 혼사 이야기를 농으로 안주 삼아 주고받는다. 박달이 자신의 문제가 아니라는 듯 딴전을 피우고 있을 때, 달기는 유대인이 홀로코스트에서 겪어야 했던 고난과 버금가는 고통을 이어간다. 그녀는 이 대명천지의 민주사회에서 그 누구도 겪어보지 않은 일들의 연속선상에 놓였지만, 공권력은 외면했고 타인들은 관음증 환자를 자처했다.

작두샘 아래 오동나무 가지가 남서풍의 악지에 힘없이 부러지던 날, 순님은 툇마루에 걸터앉아 손거울을 바라보며 머리를 매만지고 있었다. 그 곁에서는 문재가 대바구니에 담긴 감자와 찰옥수수 중 무엇을 먼저 고를 것인지 행복한 고민에 빠져 있다가 엉뚱한 질문을 했다.

"오 오 옴마! 다 다 다 달기는 내 내 이 이복 도 동생 아 아니야?"

경대 거울을 접고 있던 순님이 두툼한 입술로 덮고 있던 잇몸을 살짝 드러낸다. 그러고는 처사돈 개 나무라듯 건성으로 대꾸했다.

"다 큰 녀석이 사리분별이 그렇게 어두워서야……"

"그 그 그 그니까 부 분명히 마 마 말해 달란 마 마 마 말이야."

"네 애비가 네 친 애비냐 아니문…… 그럼 계산해 봐."

"치 치 치 친아부지 아 아니지. 다 다 다 달기도 어 엄마 딸 아 아 아니고. 그 그 그럼 뭐 뭐지?"

"이 착한 등신아, 뭐긴 뭐야. 순전히 남남이지."

문재는 싱글벙글거리며 삶은 옥수수수염을 떼어 내며 말했다.

"고 고 고마워, 옴마!"

문재는 자신이 달기에게 저지르고 있는 행동들, 예를 들면 성희롱과 그 이상의 행위에 대한 근친 간의 도덕적 안전판을 획득하고 싶었다. 이런 사실을 알 턱이 없는 순님이 아들의 머리를 쿵 하고 쥐어박으며 자신의 불량한 씨앗을 탓하려는데, 양철로 우겨 만든 대문이 벌컥 열리며 깨철이 달기를 앞장세우고 의기양양하게 들어선다. 술기운과 핏대로 인해 붉게 달궈져 있는 얼굴과 달기의 손목을 앙칼지게 움켜쥔 손에 곤두선 힘줄이 금방이라도 끊겨 나갈 것처럼 팽팽해 보였다. 애비는 달기를 무거운 강냉이 자루 다루듯 팽개치고 허리춤에 그 손을 얹는다. 불안으로 솟아난 눈물이 달기의 동공의 벼랑 끝에서 망설인다.

애비가 오른손 팔뚝을 둥둥 걷더니만 충혈된 눈알을 부라리며 소리친다.

"이년! 오늘 이 자리에서 요절을 내고 말 것이구먼!"

순님이 관심이 없다는 듯이 접힌 경대를 다시 펼치며 중얼거린다.

"히? 힌 날 골뱅이 눈깔 해 가지고 동네방네 개지랄 떨며 대니더니,

이젠 레퍼토리(repertory)가 다 떨어지셨나벼? 뱅신 딸년 잡아다놓고 어서 염병이야 이 화상아?! 아나 요절을 못 내도 븅신이다."

순님의 빈정거림에는 관심이 없는 깨철이 고자질에 분주하다.

"필순이네 구정물 통에서…… 요 년이 다꽝 쪼가라 건져서 처묵다가…… 내 한티 딱 걸렸다니께 그러네."

"그러니까 죽이든 살리든 요삽떨지 말고 알아서 하라고 이 화상아!"

깨철이 순님 곁으로 슬그머니 다가가 어깨를 주무르며 속삭인다.

"이번 일만 잘 되면 저년 고아원에 처넣어 버리고 우린 서울로 이사 감세."

"이번 일?"

깨철이 순님의 되물음에 반색하며 떠들어 댄다.

"그래, 며칠 있음 서울 가락동 농수산물 도매상 사장이…… 에 또 그러니께, 여기 배추밭 일대를 구경하러 올 것이구먼. 아 아니지. 사 사업차 온다더만. 한 차에 삼십만 원씩 떨어지니께, 열 대만 해도 얼마야? 그래서 말인데 그 도매상 사장을 누가 먼저 꼬셔버리느냐 하는 것이, 땅 짚고 헤엄치는 본사업의 관건이다 그 말이지. 이 동네서 사람 꼬시는데 나만큼 사업 수완 좋은 사람 있음 나와 보라고 혀. 그렇게만 된다면 말여. 어디 여기뿐인감? 광주 일대 배추밭이란 배추밭은 모두 이 깨철이 손에서 좌지우지될 것이란 말이지. 이제 누님도 사모님 소리 듣는 거 시간문제 아닐까 생각하네. 어떻게 생각혀? 헤헤헤……."

"그래서?"

"그것이…… 거 거기 바 박 사장님을 접대하긴 해야 하는데 말이여. 아무리 수완가라고 해도 맨입으로 되겠는가? 그래서 말인디…… 그렇다고 많이 드는 것도 아녀. 엄청난 사업의 규모에 비하면 순전히 애들 껌값이라니께."

"그러니까 요는 돈 내놔라! 아이구, 우리 서방님이 이제야 철들었는가 보네. 비즈니스를 하시겠다는데 그깟 정도야 구들장이라도 뜯어내어 팔아…… 드려야지."

웬일로 순님이 가뿐한 발걸음으로 토방을 내려와 부엌으로 사라지자, 깨철이 어깨춤을 추며 흥얼거린다.

"우리 각시 화통해서 좋을 씨고, 십만 원, 아 아니 오만 원도 좋으니 돈 돈 돈……."

그러고는 부엌을 향해 크게 소리친다.

"장래 사모님! 이놈 깨철이 충심으로 사랑합니다."

깨철이 곁에서 오로지 눈치만 살피던 달기가 슬그머니 일어나더니 미끼를 본 쥐새끼처럼 조심스럽게 문재 곁으로 다가간다. 문재가 빛보다 빠른 솜씨로 옥수수를 뜯어 물기 시작한다. 미처 문재의 입속으로 빨려 들어가지 않은 옥수수 알갱이 이삭줍기에 바빠진 달기. 문재가 사레들어 입에 문 옥수수알갱이들을 품어내며 기침한다. 달기는 횡재라도 만난 양 쓸어 담아 입에 넣는다. 이 모습을 발견한 깨철이 사정없이 달기의 손모가지를 움켜쥐고 입안에 옥수수알갱이들을 후벼 파낸다. 번비에 걸린 애인이 항문 속을 파내던 솜씨다.

"예라, 이 속 창시도 없는 년아!"

그러면서도 문재를 바라보며 눈을 찡긋하더니 엄지손가락을 들어 보이고는

"하여튼 네 엄마 알짜는 알짜여. 조금만 기다려라. 인천 앞 바다에 금궤 실은 배 들어오면 께임 끝이다, 이 말이여. 그땐 문재 너, 그깟 옥수수 트럭으로 줘도 싫다 할 것이다. 그니께 거기 그거, 아 아니 통통한 이놈 말이여, 감자도 괜찮으니께 이년 처먹으라고 줘 버려라!"

문재 대바구니를 뒤로 감추며 단호하게 말했다.

"시 시 시 싫어!"

"그 그려 그려. 저 저년한테는 옥시기(옥수수) 하 한 톨 주기도 아까운데 어찌 감자까지……."

순님이 부엌문을 열고 나타나더니 들고 온 구정물 바가지를 깨철이를 향하여 쏟아붓는다.

"이거나 처먹고 정신 차려. 내가 누구라고 사기를 쳐. 지 등신 딸년만도 못한 인간아!"

"문재야! 문재야! 네가 부엌 찬장에 넣어둔 고등어 간스매(통조림) 먹어 치웠냐? 외삼촌 오면 끓여 주려고 했는데 그걸 다 손댔어?!"

"나 나 나 아 아 아 아니야."

문재는 입술 언저리를 훔치며 시치미를 뚝 뗐다. 문재의 잘못은 언제나 어린 달기가 감당해야 할 몫이다. 계모는 절대로 시시비비를 가리지 않았다. 무조건 이린 달기 때문이란 생각뿐이었다.

"찬장 음식들이 솔솔 없어진다 했더니……. 내가 도둑괭이를 키웠

어!"

계모는 다짜고짜 어린 달기의 멱을 감아쥐었다.

"이년이 지 에미년을 닮아가지고……."

달기의 여린 볼이 계모의 우악스러운 힘으로 눌리자, 입이 벌어진
다. 계모는 색 바랜 파리채 살에서 허연 창자를 드러낸 파리 한 마리
를 뜯어 달기의 입으로 가져갔다.

"아나 퍼먹어라. 아나 퍼먹어!"

달기가 발버둥을 쳤지만, 계모의 악지는 뭉개진 파리를 달기의 입안
으로 밀어 넣는 데 성공했다.

"맛있지? 맛있냐고? 동네 망신시키더니 이젠 집구석 물건까지 손을
대?"

분이 풀리지 않은 계모는 또다시 주변을 두리번거려 달기의 입속으
로 처넣을 곤충을 찾았다. 멋모르고 세상을 염탐하던 곤충들은 여지
없이 달기의 입속에서 사라졌다. 달기는 곤충이 목을 넘어갈 때 꾸꿈
스럽다고만 생각했다. 배고픈 것에 비하면 그 정도는 아무것도 아니었
다. 참 거추장스러운 생존이다. 이 생존에는 공식도 방식도 없다. 두뇌
는 시각 정보나 인지적 판단을 거부하고 단지 인체가 작동할 수 있는
에너지만 조른 탓이다. 이로부터 그녀의 인체는 모든 공감각(synesthe-
sia)이 사라져가고 있었다.

그날 이후 달기는 귀뚜라미도 먹고 여치도 먹었다. 배를 채울 수 있
다는 행복은 달기를 진화시켰다. 개구리, 쥐, 뱀과 같은 파충류들로
……

3. 금지된 장난

3-1

중학생이 된 박달은 양 검사의 딸 양승방의 일방적인 돌진에 곤욕을 치른다. 토요일 오후 박달은 친구로부터 생일 초대를 받아 대문을 나서는데 전신주 뒤에 숨어 있던 양승방이 다짜고짜 박달의 손을 잡고 에버랜드에 가서 공포 체험실에 들어가 보자고 조르고 있을 때, 이달기는 동네 개구쟁이 사내놈들에게 시달림을 당하고 있었다.

"달기야! 달기야 똥 달기야! 상처에 닭똥 쌈 싸 먹는 똥 달기야!"

"순둥이 밥 빼트라 먹는 똥 달기야!"

동네 개구쟁이 사내놈들 서너 명이 참외 껍질을 줍고 있는 달기를 보고 하는 소리다. 달기는 개구쟁이 놈들이 흙과 모래를 던지며 놀려댔지만 꿈쩍도 하지 않고 주운 참외 껍질에 묻어난 흙을 털어내기에 여념이 없었다. 아이의 몸은 눈과 입을 빼고 모두가 흙먼지로 뒤덮여 있어서 어설픈 조각가의 테라코타(terra-cotta) 같았고 때론 먼지를 만든 인형처럼 푸석푸석해 보였다. 상고머리에 입가에 버짐이 핀 꼬맹이가 물었다.

"너 그거 먹을라고 그러지?"

달기가 도리머리를 하며 대꾸했다.

"달긔 닭 주꼬이."

"거짓말. 먼젓번에도 닭 준다면서 네가 먹었잖아. 문재 형아가 그러는데 너는 모래주머니가 있댔어. 그니까 흙을 먹어도 닭들처럼 아무렇지도 않잖아?"

달기의 눈두덩이 보랏빛으로 서서히 변해가기 시작했다. 언제부턴가 두려움과 화가 나면 나타나는 증상이었다.

"문대 옵빠야한테는 일러지마 응? 달기 맴매해."

"너 정말로 찍찍 새앙쥐도 먹어 봤쩌? 얌얌 먹어 봤냐고?"

"……"

"말해봐. 쥐 꼬랑지도 먹었쩌? 어흐 찡그려?"

상고머리가 오만상을 찌푸리며 몸을 떨자, 곁에 있던 볼살이 잘 익은 토마토처럼 붉은 꼬맹이가 끼어들었다.

"내가 저기 저 애기 묏등 뒤서 꾸워 먹는 거 봤쩌."

달기가 식식대며 말했다.

"쥐 쥐 아녀. 뒤아지 깜자 꾸워 먹었져. 그니까 일러지마 응?"

"잠지 한번 보여주면 안 이르지~"

"이 씨!"

"문재 성은 거기다 맨날맨날 오줌 싸고 침 뱉는다고 했짜나."

"너 주거!"

"똥 달기! 잠지 한번 보여주면 안 이르지~"

달기가 개구멍바지를 넓적 벌렸다. 아이들이 소리쳤다.

"이달기 잠지는 낭태 할멈이 따갔대요."

"저 저 저년 주서 먹고 다 다니는 버 버 버릇 어떻게 고치지? 도 동네 차 차 차 창피해서 우 울 엄마 죽겠다고 난리도 아니다."

문재의 투덜거림을 듣고 있던 춘삼이 손가락을 튕겼다.

"뒷동산 솔밭에 가면 예비군 아저씨들 진지가 있어. 거기에다 가둬 버리자."

악동들은 자신들의 황당하기 그지없는 창조적 행동을 실천으로 옮기기 위하여 달기를 불러 세웠다.

"너 너 넌 오 오 오늘 주 죽었어!"

기세등등한 문재의 겁박에 잔뜩 주눅이 든 달기가 손톱을 심하게 물어뜯는다.

"애 애 애들이 그 그러는데 너 너 너 오 오늘도 차 참외 껍질 주 주워먹고 다녔다든서?"

달기가 두 눈을 뒤룩뒤룩거리며 주춤주춤 뒤로 물러난다.

"......."

문재가 확신한 듯 뒤어쓴 눈으로 소리쳐 말했다.

"마 말 해!"

"잘모했더 옵빠야."

"이 그 그지 지지배야! 지 지 에 에미년을 다 다 다 닮아가지고."

달기는 언젠가부터 본능적으로 얼굴 한 번 보지 못한 자신의 생모를 비난하는 것에 대하여 대단히 민감한 반응을 보였다. 그럴수록 이 대책 없는 악동들은 그 빈도를 높여갔다. 신연한 보라색을 띤 딸기의 눈두덩 아래 눈동자에서 강렬한 빛이 쏟아져 나올 것만 같았다.

"달기 옴마 룩하지 마!"

"어 어 어쭈구리?"

달기의 까칠한 반응에 흥이 난 악동들은 꿈틀거리는 굼벵이가 그다음은 어떤 재주를 부릴지 궁금했다. 춘삼이 혀를 날름대며 놀려댄다.

"달기 옴마 룩하지 마! 달기 옴마 룩하지 마!"

3-2

뒷동산 솔밭 예비군 동굴 진지

예비군 훈련용으로 파 놓았다가 방치되어 지금은 잡풀이 다소 우거져있는 진지는 안쪽으로 옴팍하게 들어가 있어서 동굴처럼 보였다. 어린 달기에게 이곳은 그 어떤 천연 동굴보다 깊고 커 보였다. 문재가 달기의 등을 떠밀었다.

"드 드 드 들어가!"

달기가 찻잔 속의 풍랑처럼 미미한 반항을 했다. 엉덩이를 뒤로 뺀다.

"아 안 드여가꼬야!"

문재가 달기의 엉덩이를 걷어차려는데 곁에서 멀거니 바라보고 있던 춘삼이 갑자기 달기를 감싸며 잔혹한 음심을 드러냈다.

"문재야, 너 그거 알아? 죄수들은 감옥에 처넣기 전에 옷을 전수다 빨개 뱃기고 몸 수색 하는 거."

넘어진 자를 또다시 차버리고 싶은 것이 인간의 심성이다. 문재는 내심 이 녀석의 천재성을 부러워하면서도 자신도 그런 생각을 하고 있었다는 듯이 달기를 향해 강압적인 목소리로 말했다.

"버 버 버 벗어!"

참으로 알다가도 모를 묘한 일이 벌어지고 있었다. 달기는 문재의 앙칼진 한마디에 헐어빠진 개구멍바지를 홀러덩 벗어버렸다. 자기 몸을 보여주는 것을 부끄러워할 나이임에도 불구하고 숨을 쉬는 것만큼이나 그 모습이 자연스러웠다. 또한 형체도 추억거리인 팬티마저 아무렇지도 않게 벗어 내동댕이칠 때는 악동들이 오히려 부끄러운 듯 고개를 돌렸다.

그런 달기에게 문재가 누룽지 한 조각을 내밀었다. 그녀는 길든 동물처럼 조련사의 보상을 달가워하며 날름 받아서 씹기 시작했다.

"우두둑"

버거운 삶을 씹는 소리는 오래가지 않았다. 목구멍이 재촉을 해대기 때문이다.

서늘한 바람이 멀리서 달려온 듯 가쁜 숨을 내쉬며 솔밭을 훑고 지나갔다. 마녀의 망토 같은 검은 매지구름이 몰려오던 몇 개의 빗방울이 그녀의 맨살에서 부서졌다. 하늘이 의지가지 하나 없는 약자의 비극에 불편한 심기를 내비친 것인가? 슬픔이 만들어 낸 것들이 눈물이든 빗물이든 이 순간 존재하는 것들의 소원은 어린 소녀가 무사히 이 밤을 넘기는 것이었다.

그녀의 몸에 소름이 돋아나더니 신서리를 진다. 준삼이 벌거벗은 달기를 꼭 끌어안는다.

"달기야! 비 맞아. 어서 감옥으로 들어가야지. 응?"

어느새 문재가 여러 개의 소나무 가지를 손에 들고 춘삼이를 바라보고 있었다. 춘삼이 피식거리며 말했다.

"실팍하네. 어서 구했냐?"

"저 저 저년 집어 처넣기나 해 해 해라 쫌!"

달기는 싸늘하게 밀려드는 추위를 피하고 싶었다. 게다가 체념이 몸을 편케 한다는 것을 터득하고 있었기 때문에 스스럼없이 동굴 감옥 안으로 들어갔다.

창살 너머 달기의 모습은 길고양이가 웅크리고 앉아 주변의 환경을 탐색하고 있는 것처럼 조심스러웠다. 문재는 우리 안에 갇혀 있는 동물을 대하듯 무심하게 말했다.

"조 조 좋냐? 조 조 좋냐고 이년아!"

잔뜩 웅크리고 앉은 달기가 고개를 주억이며 말했다.

"으응."

"나나 나 나 나쁜 짓을 하 하 하 하면 그 그 그렇게 가 감옥살이를 하는 거 거야 아 알았지? 아 앞으로 하 한 번만 더!……."

문재가 뭔가 두려움에 쫓기듯 심하게 말을 더듬는 것을 보다 못한 춘삼이

"동네 길바닥에서 주워 먹었다는 소릴 들었다간 여기서 죽을 때까지 감옥살이시켜 버릴 거다. 아무도 모르게 산 재로 묻어 버릴지도 몰

라. 오늘 밤에는 저번달에 목매달아 죽은 저 저기 경렬 할매 무덤 속에서 할매가 나타나 내 다리 내놔라 할지도 모르지만……. 하여튼 배가 고프걸랑 땅을 파서 잘 뒤져봐. 지렁이나 개미 지네 같은 곤충들은 비타민인가 단백질인가 뭐 그런 것들이 엄청 많다는데 넌 좋겠다. 문재야, 이렇게 말하려는 거 맞지?"

"자 자 자식이 귀 귀 귀신이네."

잔솔밭을 말끄러미 바라보고 있는 어린 그녀의 눈이 불그숙숙해진다. 울 줄을 모르기 때문에 눈물이 없다.

악동들은 개선장군처럼 어깨를 들썩이며 한동안 주위를 배회하다가 벼락이 떨어질까 두려웠던지 가을 운동회날 이어달리기할 때보다 빠르게 뛰어 달아났다.

악동들이 사라졌다. 갈증에 시달리던 숲들이 일제히 안온한 자리를 마련하기 위하여 그 품을 열었다. 아이는 죽은 엄마를 기다리는 처마 밑 어린 참새처럼 홀쭉해진 얼굴로 창살 너머 어린 소나무들이 차츰 그 색채를 잃어가는 모습만을 넋을 놓고 바라보고 있었다. 어둠과 친해진 아이는 이미 불어 터진 엄지손가락을 빨아대며 이 순간만큼은 엄마의 맵자한 젖을 찾았다. 그 모습은 구순기(oral phase)의 영아만큼이나 천진난만했고, 두려움이라는 개념의 토대가 형성되려는 초기인 듯이 멀뚱거리던 눈가에 공포의 이슬이 맺힌다. 한 줌으로 오그라든 몸은 겨울비 맞은 강아지처럼 사정없이 떨기 시작했다. 발가락은 자꾸만 황토를 파고들었고 시퍼레진 입술 사이로 새어 나오는 말은 안타깝

이성과 본능

게도 "옴마!"였다.

몸은 스며드는 물을 피해 자꾸만 작아지고 있었다. 아이는 태어나던 그날 산파 할멈의 손아귀에 쥐어졌을 때만큼이 작아지고 말았다. 어떤 절대자의 자비가 없다면 아이가 저체온증에서 살아날 확률은 의학적으로 불가능한 상태에 놓인 것이다. 이런 사실을 알 턱이 없는 악동들은 룰루랄라 산을 내려갔고, 따뜻한 아랫목에서 삶은 고구마와 시원한 동치미 국물로 간식을 즐겼다.

그날 밤 악동들의 괴악망측(shocking behaviour)한 행위로 인하여 아이에게는 그 뿌리조차 존재 여부를 판가름할 수 없는 열조(great ancestor)들을 통곡게 했지만, 실질적인 도움은 주지 못했다.

대신 바람이 비구름을 남동쪽 구릉 너머로 몰아내자, 온대성 편서풍이 서서히 다가와 늦가을 한밤의 추위를 몰아냈다. 몇 년 만에 한 번 겪을까 말까 하는 그날 밤 고온 현상 때문에 만선 사람들은 이불 없이도 잠을 잤다.

문명의 발전만큼이나 쾌락의 질도 다양해졌다. 어떤 쾌락은 이성적이나 어떤 쾌락은 악마적이다. 더 크고 더 많은 쾌락은 엄청난 보상을 요구한다. 심지어는 목숨을 담보로 제공하면서 쾌락을 추구하기도 한다. 쾌락이 절제를 잃으면 흉기가 되어버리기도 한다. 비이성적 쾌락을 즐기기 위해서 인간이 얼마나 잔인해질 수 있는가? 악마적 쾌락에 중독되어 버린 계모 강순님이 어린 달기를 구박하는 과정은 과히 교과서

적이다.

아비는 달기가 운다고, 먹는다고, 똥오줌을 못 가린다고 매를 들었는데, 아비가 매를 들지 않으면 조급증에 시달렸다. 계모는 정신적인 고통을 통하여 그러잖아도 피폐해진 달기의 두뇌를 황폐하게 만들기로 작정했다.

식충이 밥충이 멍청이라고 시작하던 욕설이 또라이 쓰레기 버러지로. 이년 저년 잡년이 염병에 땀구멍 막혀 죽을 년, 오줌에 담가 똥물에 절일 년, 밑구멍으로 처먹고 입으로 똥 쌀 년으로 옮겨갔다. 그리고 욕 말미에는 늘 달기 엄마가 있었다-달기는 계모의 마루타가 되어가고 있었다.

계모는 달기에게 소금을 버무린 밥을 주며, 먹이 가린다고, 눈에 밟힌다고, 달기의 엄마가 사채놀이하는 놈하고 놀아났다고, 돈이 벌리지 않는다고, 심지어 노름방에서 돈을 잃었다고 구박을 일삼았다. 계모는 그 아비를 말리는 시누이 노릇을 톡톡히 해냈다. 이는 매를 들기 위한 환경을 만드는 데 희열을 느끼고 있어서다. 그마저도 허겁지겁 먹던 달기가 심한 구역질과 함께 토악질을 하면서 토사물을 쏟아냈다. 계모는 달기의 머리를 눌러 토사물을 삼키도록 강요했다. 처음에는 쥐가 소금을 먹듯 천천히 조금씩 핥는 듯하였으나, 계모의 회초리가 눈알을 부라리자 폭풍 흡입이 시작되었다. 눈물과 콧물이 한데 어울린 토사물이 다시 달기의 입속으로 사라지기까지는 그렇게 오랜 시간이 걸리지 않았다. 입가심으로 달기의 소변을 마시게 한 후에야 계모는 방을 나섰다.

계모는 달기가 엄동설한에 매를 맞고 시퍼렇게 질려 떨고 있는 모습이 변해가는 과정을 궁금해했다. 한설(freezing) 치는 마당에 세워 놓고 관음증 환자처럼 몰래 훔쳐보았다. 달기가 자지러지고 마는 불쾌한 쾌감을 통해 엉뚱하게도 아리스토텔레스(Aristoeles)적 카타르시스(catharsis)를 느낄 때면, 자신의 주이상스(jouissance)적 쾌락을 옮겨다 붙였다.

"얼마를 더 세워 놓으면 죽을까? 그때는 어떤 모습일까? 어느 곳이 가장 아플까? 항문을 막아 버리면 똥은 어떻게 될까?"

이런 악마의 속삭임이 어디선가 들리는 듯했다. 때로는 자신의 악마적인 취향과 창의적인 행동에 감동하기도 했다. 이런 최악의 유희에도 불구하고 생존을 위한 달기의 처절한 노력은 멈추지 않았다. 신의 짓궂은 장난이 노골화되기 시작한 것은 이 무렵이었다. 마귀들이 널을 뛰는 북쪽 나라 정치범 수용소 같은 환경에서도 달기 나이 열서너 살을 넘어설 무렵 그녀는 화사한 꽃처럼 피어나기 시작했다. 보는 사람마다 아깝다는 말로 달기를 두둔했다. 인간의 아름다움은 기상천외한 사건 발생의 숙주다. 행복과 불행이 함께한다. 계모는 아름다운 달기를 용서할 수 없었다. 제 얼굴 못난 년이 거울 깬다더니 계모는 모든 잘못을 달기 탓으로 돌리며 심술은 날이 갈수록 늘어만 갔다.

달기는 거울을 좋아했다. 거울 속에는 자신이 아닌 누군가가 자기 모습을 하고 기다리고 있는 것 같았다. 그 안의 달기는 상상 이상으로 아름다웠다. 그 예쁜 달기를 위하여 계모의 화장품은 줄어들었다. 그 녀는 거울 속 아름다운 아이와 이별하는 것이 죽기보다 싫었다.

"그러케 예쁜 너는 누군데? 가조마. 달기하고 사라. 응? 달기가 맨날 맨날 닥꼬지도 주고 옥수수랑 뒤아지 감자랑 그런 거 있자나 맛난 거 마니 주꼬야."

그녀는 웃다가 울다가 토라지기를 반복하며 오전 내내 거울과 놀았다. 꼬리가 길면 잡힌다고 했는데 그녀는 긴 꼬리에 대한 개념이 없었다. 결국 손에 든 계모의 립스틱과 머리빗이 단서가 되었다. 계모는 긴 잠복 끝에 도둑을 잡은 형사처럼 의기양양했다. 계모는 손거울을 부수고 달기의 머리에는 가위를 들이댔다. 그녀의 머리는 서툰 벌초 꾼이 다듬어 놓은 무덤처럼 변해갔다.

흘겨보았다는 이유를 만들어 스무 군데나 손톱자국을 냈다. 그래도 성이 차지 않자, 손톱을 깎아 준다는 핑계를 대며 대가위(a large pair of scissors)로 살점을 뜯어냈다.

그녀는 인간이 참아 내기 가장 어렵다는 작열통과 맞먹는 통증에 맞설 힘이 없어 까무러져 가고 있었다. 이를 보다 못한 인도의 요기니들이 뭉쳤다.

"고통은 아름다운 것이며, 고통은 신선한 샘물과도 같은 것이고, 고통은 맛있는 음식이며 없어서는 안 될 절대적으로 고마운 것이다. 고통은 네가 안전하게 살아가기 위한 신호등이고 위험이 닥칠 것을 대비한 경고등이며 빌진의 밑거름이 될뿐더러 세상에 둘도 없는 스승이다.

이성과 본능

이런 고통 없는 세상은 생각만 해도 끔찍한 일이니 어찌 고통을 반기지 않을 것이냐. 애야 고통을 배우고 즐기렴."

달기는 이어지는 계모의 악랄한 열정에도 불구하고 헤실헤실 웃었다. 어느새 신경전을 벌일 정도로 성장한 것이다. 계모는 속이 타들어가면서도 태연한 얼굴로 놀라움을 숨겼다.

달기는 소낙비는 피하고 보라는 동네 어른의 이야기를 이해할 나이가 되어 있었다. 계모는 빨랫방망이를 들고 쫓아다녔다. 그녀는 본능적으로 툇마루 밑으로 기어들어가 웅크리고 있었다. 계모는 긴 장대를 들고 막힌 하수구를 뚫듯 쑤셔대며 소리쳤다.

"어서 나와 이년! 이래도 안 나올 테냐? 이래도……."

장대는 달기의 머리, 배, 다리를 공격했지만, 꼼짝도 하지 않았다. 계모는 사건을 전개 시키는데 천재다. 이번에는 구정물을 쏟아부었다. 그래도 꿈적하지 않자, 모깃불을 피워 연기를 밀어 넣었다. 풀어 헤쳐놓은 삼단 머리 같은 모기향 연기조차 계모 편이었다. 연기가 코를 타고 목구멍을 넘어 폐 기능을 상실하게 했다. 그녀는 쥐약 먹고 죽은 고양이처럼 얼굴을 땅바닥에 처박고 흙을 물었다. 계모는 가마솥에 물을 끓이기 시작했다. 마른 장작 터지는 소리가 솥뚜껑을 울린다.

"이년이 이래도……!"

때마침 아이의 아비가 나타났다.

"당신 시방 뭐 하는 짓이요?"

"하이고 여보! 마침 잘 왔네. 달기 년 좀 끌어내, 어서. 저년이 하도 더러워서 목욕시키려고 했더니 마루 밑으로 들어가서 꼼짝도 않지 뭐야."

3-3

그녀를 모질게 만든 것은 모진 북풍한설이었다. 얼어붙은 땅에서도 그녀는 하루하루 곱게 피어 있었다. 단언컨대 신(god)의 장난에 걸려든 그녀는 숨을 곳이 없었다. 아름답다는 이유만으로 갚아야 할 운명적인 일들이 기회의 빛마저 거두어 갔다.- 아름다워서 더욱더 나락으로 떨어져야 한다는 논리의 부정확성. 가난한 농부의 수박밭에만 떨어지는 우박 덩어리. 해석될 수 없는 불행의 악순환. 이 무한의 패러독스 (paradox)!- 신으로부터 어떤 목적에 의해 점지된 이달기란 인간은 서서히 말라 죽어 가더니 그 뿌리에서 이달기의 모조품이 서서히 자라기 시작한다. 모조품은 생명체로서 별 값어치가 없기 때문에 강순임의 양심의 무게는 점점 가벼워지고 있었다.

"네 에미년은, 뱃대 밑에 바람 들어 머저리만도 못한 네년을 퍼질러 이 집구석에 던져 놓고 사라졌다. 죽어서도 무덤 차지 못할 네 애비놈은, 벼룩 이마빡 만한 집구석 잡혀 놀음질 기집질 번갈아 가며 지랄 염병 떨다가 그것도 모자라 이제는 감빵에 처들어가더니 옥바라지 하란다. 나가 이년아! 필순네 논 빼미에 코 처박고 콱 뒈져 버리기라도 하란 말이야. 쇠심줄 보다 질긴 년아!"

이성과 본능

결국에 내쳐진 달기의 귀와 떼꾼한 눈이 보랏빛 눈두덩을 밀고 계모를 쏘아보았다.

"이년 봐라! 멕여주고 입혀주고 등 따시게 해 준 공도 모리고 으따가 도끼눈을 치카 뜨고 지랄이야 지랄이!"

자기가 자기 분에 못 이겨 가슴을 쥐어뜯고 있는 계모를 달기는 냉소를 머금고 눈을 감았다. 분노의 한계에 이른 계모는 생체실험을 생각했다. 일본의 731 마루타 부대 창설자 이시이 시로가 빙의된 듯 차가워진 가슴으로 달기를 통나무로 여겼다. 자신이 전생에 이시이 시로였는지도 모른다는 생각을 했다. 그러자 인간은 원래가 차가운 가슴을 가지고 태어났기 때문에 잔인함이 기본 심성이라고 순자의 주장에 근거를 제공받았다.

계모는 이시이 시로의 실험 정신을 이어받아 그대로 해 볼 심사였으나 피실험자의 한계에 봉착하고 만다. 대신 가장 통증을 느낀다는 신체 부위를 찾아내어 고통 속에서 무감해지는 방법으로 희열을 맛보고 싶었다. 그 희열 뒤에 찾아올 허탈감을 달래기 위해서 인간이 고통을 참아 내는 인내의 한계가 어디까지인지를 염두에 두고 있었다. 목적은 호기심을 풀기 위해서였지만 과정은 악마적 희열을 뿌리칠 수 없어서였다.

이런저런 생체 실험이 필요할 때면 계모는 자신의 화(anger)를 돋우었다. 흥이 나야 뇌가 열려 그럴듯한 아이디어가 떠오르기 때문이다. 계모는 이런 성(anger)과 함께 도덕적 불감증이 사라질까 두려워히고 있었다. 달구어진 인두로 달기의 분기(rouse to action)를 빼앗고 관절을 꺾어 보기로 마음먹었다. 곧이어 달기의 이마에서는 살타는 냄새가 피어올랐다.

"아 아악. 아파!"

"아파? 이년 사람 맞네. 그런데 나는 마음이 아파. 네 에비 놈 메뚜기 마빡만 한 이놈의 집구석 노름질해 회 쳐서 먹더니, 그마저도 모자라 사람까지 찔러 옥에 가면서 네년 잘 부탁한다더라. 그래서 그랬지. 공주님 모시듯 자알 모시겠다고! 이렇게 말이야 이 육창을 내 먹을 년아!"

"아아 악!"

"어디 초 처먹은 쥐새끼 쌍판때기 한 번 볼거나?!"

달기의 비명과 애원과 까무러침은 계모를 더욱더 흥분시켰다. 계모는 관절을 꺾을 것이고 달기는 단장(heartbreak)의 고통을 이겨낼 자신이 없었다. 해서 달기는 입술이 터지고 잇몸에 균열이 갈 만큼 앙다물고 참기로 했다. 이마와 콧등에서 송골송골 땀이 배어 나오고 내장이 타는 듯 후끈한 열기가 목을 타고 사정없이 쏟아졌다. 달기가 이내 정신을 잃어 계모의 다음 행동을 앗아가 버렸다.

인도의 요기니들조차 놀라 자빠질 계모의 이런 행위에 요기니들은 늑간(intercostal space) 신경통으로 시달리더니 달기 곁을 떠나고 만 것이다. 계모는 인두를 팽개치며 깨문 이빨 사이로 "이 독한 년!"이라고 흘렸다.

계모는 달기의 이마 화상에 된장을 발라 쥐와 벌레들이 들끓는 골방에 가두어 버렸다. 열이 오르고 머리통이 깨지는 듯한 두통을 앓고 있었지만, 신음조차 낼 힘도 없었다. 상처에서는 고름이 흐르고 구더기가 생겼다. 뇌는 아직도 배가 고프다는 명령을 내릴 만큼 멀쩡한지 요깃거리(foodstuffs)를 졸랐다. 구더기와 피고름이 범벅인 된장을 찍어 입맛을 다셨다. 뇌가 맛있다는 판정을 내리기까지는 그리 긴 시간이 걸리지 않았다. 허겁지겁 그것도 단 한 점의 된장과 피와 고름이 사라질 때까지 상처를 훑어낸 손가락을 빨고 또 빨았다. 그녀는 천상의 맛이 이럴 것으로 생각했다.

나흘 만에 음식이 들어왔다. 박카스 병에 담긴 물 한 병, 보리 누룽지와 장아찌 한 조각이 전부였다. 좀 전에 먹은 된장 맛에 버금간다는 생각이 들었다.

열흘째 어둠에 익숙한 그녀는 골방 안의 곤충들로 배를 채웠다. 개미는 시고, 바퀴벌레는 짭조름했고, 노래기는 노린내가 났고, 귀뚜리는 아린 무 씹은 맛이었고, 사슴벌레는 고소했다. 이런 작은 것들로 그녀의 왕성한 식욕은 갈무리될 수 없었다.

쥐를 잡는 일은 절대 만만하지 않았다. 여러 번의 실패 끝에 쥐덫을 만들기로 마음먹었다. 방구석에 있던 헝겊 포대에 쥐가 들어갈 수 있는 구멍을 내고 불린 누룽지를 미끼로 넣어 두었다. 숟가락으로 구멍 입구를 받쳤다. 길게 실을 묶어 구석 자리로 물러났다. 숨을 죽이고 한나절을 기다린 인내는 배반하지 않았다. 쥐가 나타났다. 그러나 쥐는 포대 주변만을 탐색하고는 사라져 버렸다. 오랜 경험을 통해 가장 큰 실수는 포기해 버리는 것이라는 것을 달기는 알고 있었다. 결국 쥐가 그녀의 입안으로 사라진 것은 그로부터 7시간이 지난 후였다. 언젠가 국물 맛을 본 닭고기 맛이 난다고 생각했다.

그녀는 일반사람과 다르게 살아가고 있었지만, 그들보다 더 아름다워지고 있었다. 마치 토끼가 풀만을 먹고도 부드럽고 예쁜 털을 가지듯, 공작새가 벌레를 먹고도 그 화려함을 유지하듯, 호랑이가 짐승 내장만 먹고도 그처럼 우아한 털을 뽐내듯 그녀의 유전자 프로그램(program)은 남달랐다. 신은 오랫동안 그녀의 미를 감춰 두었으나 더 이상 인내하지 않았다. 하지만 어떤 목적으로 감춰 두었는지 추론할 근거조차 없다. 감추어진 미에는 독이 있다. 그녀의 이성이 그 독을 제어하지 못한다면 본능은 그녀를 악녀로 놓아둘 참이다.

그러나 자연의 섭리는 무섭다. 아직 그 아름다움은 남겨 두었으나 무성히 자라고 있던 증오라는 독초는 무정한 세월 앞에 삭정이가 되어 갔다. 지능은 턱없이 떨어졌고, 따라서 계모는 거칠 게 없었다. 계모는 큰 악 속에서 작은 선으로 죗값을 갚아나가며 시도 때도 없이 기어 올라오는 양심이란 놈을 눌러놓았다.

달기는 보름 만에 골방에서 따듬작따듬작 기어 나왔다.

계모의 눈에 달기는 모든 것을 빼앗고도 빼앗을 그 무엇이 남아있는 게집이이다. 세월은 된장을 익게 만들지만, 두부는 쉬고 만다. 달기는 성년이 되어가고 있었지만, 그녀는 쉰 두부처럼 어디에도 쓸모가 없는 인간이 되어가고 있었다. 부자가 제일 무서워하는 것이 세월 가는 것이지만, 고통받는 사람의 약은 세월이 가는 것이다. 모든 것은 지나가기 마련이고, 영원한 것은 없음에도 달기의 역경의 세월은 끝이 없을 것만 같아 보였다.

태양, 달, 별은 한통속이 되어 울부짖었다.

"달기야, 네가 지금 모든 것을 잃었지만 네게는 아직도 내일이 남아 있구나. 이달기 파이팅!"

"문재야! 어제 저년 아비한테서 전화가 왔는데……."

"추 추 추 출소 해 했어……?"

계모가 듬쑥하게 자란 문재를 자랑스런 눈으로 바라보며

"이달 말. 그래서 말인데 그 인간, 달기 년 저 꼬라지 보았다간 자기 씨라고 무슨 엠병을 떨지 모르잖여. 춘삼이 놈 읍내서 택시하고 있다는 소리 들었다. 갸하고 같이 저년 어따가 그니까 아무도 모르는 곳에 버리고 와라. 지 에비한테는 지 에미년 찾아 야반도주해 버렸다고 해 버리면 뭐라 못할 거여. 그때처럼 장터 말고……. 맘 같아서는 무인도 같은데 버리고 왔으면 딱 좋겠지만 뒤웅스런 년이 길눈은 어찌나 밝은지. 알았지?"

"그 그 그 자식 또 똥차 언제 서버릴지도 모르지만, 기 기 기름값하고 수고비만 넉넉하게 줘. 그 그럼 귀신도 못 찾는 곳으로 보 보내 버릴 테니까."

"너 설마!"

"어 엄마도 미쳤어? 내가 저 저 따위 더러운 년 피 피 피를 묻히게."

"동네 소문 안 나게 쥐도 새도 모르게 해야 한다."

II
선택(CHOICE)

4. 욕구는 미래를 볼 수 없다

<u>4-1</u>

 그로부터 15년 후.

 남아메리카 아마존(North America Amazon)강에 무리 지어 서식하고 있는 피라냐(piranhia)가 강력한 턱과 무시무시한 이빨로 강을 건너던 원주민을 잡아먹었다. 과연 있을 수 있는 일인가? 이처럼 과대 포장된 물고기도 드물 것이다. 이빨이 있는 피라냐(piranhia)는 육식한다는 이유 하나로 그처럼 무시무시한 이야기들의 주인공이 된 것이다. 피라냐가 서식하는 강에서 수영을 즐기고 그 고기를 잡아 음식을 해 먹는 원주민들이 있다는 사실 만으로 그 물고기의 고정관념을 깨트릴 수 있을까? 이 또한 아니다. 어떤 것에 대한 부정적인 소문은 그것에 대한 진실을 상당히 무력화할뿐더러 더러는 확대 재생산되어 엄청난 괴물을 만들어 버리는 경우를 우리는 수도 없이 보아 왔다.

 공안부 공안 1과에서 상당한 실력을 인정받고 있는 신출내기 수사관 박달은 훤칠한 키에 소위 말해서 훈남이라는 괜찮은 꼬리표를 늘 달고 다니는 차도남이 되었다. 연갈색 바람머리와 남성성을 강조하기 위한 구레나룻을 정성스럽게 다듬은 모습은 선한 눈매와 어울려 날카로운 코의 차가운 느낌을 어느 정노는 보완해주고 있다. 그는 중앙 수사부 수사 기획관의 호출에 잔뜩 긴장된 얼굴로 사무실에 들어섰다.

그는 상대방과 대화할 때 늘 시선 처리에 신경을 곤두세우고 있어서 자기 모습이 비치는 곳이면 아무 곳이나, 심지어 밥을 먹던 숟가락에까지 눈동자를 살피는 버릇이 있었다. 이는 남이 나를 어떻게 생각할 것인지에 대한 불안감에서 시작된 것으로, 도덕적 강박에 시달리고 있다는 증거이며 이런 강박에서 벗어나기 위한 몸부림 때문에 웃지 못할 경험도 숱하게 겪는다.

수사 기획관이 박달을 보자 대뜸 말했다.

"자네 요즘 안팎으로 상한가를 치고 있다는 소린 들었네."

박달은 절도 있게, 그러나 그 절도는 부드러움 속에서 나온 것이라는 인상을 주기 위해서 장식된 겸양을 떨었다.

"좀 과장된 소문이긴 하지만…… 부인은 하지 않겠습니다." "이 사람 넉살까지? 하여튼 좋아. 요즘 연쇄 살인 사건과 실종 사건에 대한 자네 의견을 듣고 싶어서 부른 건 아니지만…… 함 들어보세."

"관계자분들이 열심히 뛰고 계시니까 조만간 해결되지 않을까 생각하고 있습니다."

"그런 원론적인 말 말고 수사 방향이랄까 범인의 행적 등 좀 무게 있는 소견을 듣고 싶단 말이지."

"제가 아는 것이라고는……."

기획관이 그의 다음 말이 적이 사무적이나 고답적(highbrow) 대답을 이어가리라는 것을 알아채고는, 기픈고 박달을 끌어들이겠다는 듯이

"이번에 실종된 채연이 자네 옛 애인이었다는 소문이 돌던데 사실인가?"

"……."

"미안하네. 참! 본론을 이야기한다는 것이 이야기가 샜구먼. 양선택 차장검사님께서 자네에게 이번 사건과 관련된 그에 대한 업무를 맡기시려는 눈치가 보이던데 혹시 알고 있었는가?"

"저희 부서와는 동떨어진 문제라서 감이 오질 않습니다."

"벌써 석 달 째야. 식인 피라냐 한 마리가 온 나라를 들끓게 만들고 있어. 아직 살인범의 윤곽도 못 잡고 있으니, 낯 뜨거워 어디서 검찰에 있다는 소리도 못 해. 청와대에서는 전화가 빗발치고……. 이러니 검찰 경찰 할 것 없이 초비상 아닌가. 이것이 공안부에서 펄펄 날고 있는 자네가 필요한 이유가 아닐까?"

"고기를 잡기 위해서는 저 같은 인물보다 튼튼한 그물이 아닐까요?"

그는 이런 비상사태에도 불구하고 검경의 형식뿐인 검문검색을 비웃고 있었다.

"그물? 그게 어디 보통 고기여야지 말이야! 식인 물고기란 말 일세. 오늘 밤 7시 오사카야. 왜 있잖은가. 일본 마쓰에 성을 본떠 지은 청사 뒤로 있는 건물 말이야. 사무실이 아니라서 놀라고 있는 눈치군. 분명 그럴 만한 이유가 있을 거야. 그렇지 않고서야 그 깐깐한 양반이 사적인 자리를 만들 이유가 없을 테니까."

바닥을 우뚝 선 콧날을 손등으로 문지른 뒤 나가 봐도 되느냐고 물었다. 수사 기획관이 오케이 사인을 보내며 덧붙였다. 양 검사의 팽이 가시랭이 같은 성미 때문이다.

"차장검사님 비위 잘 맞추게."

"관조적(contemplative) 이성으로 말씀인가요?"

"사람이 참, 관용적으로 말이야."

그는 공안 사건이라면 나름대로 노하우가 있다지만 생소하기만 한 강력 사건에 경험도 없는 자신에게 왜? 라는 의문점과 함께 불현듯 수영장 속에서 피라냐를 만난 것처럼 소름이 돋았다.

"서 설마……."

양 차장검사 외동딸 양승방 때문인가? 박달의 입에서 한숨이 절로 나왔다. 그러나 어디까지나 추측은 추측일 뿐이다. 양 차장검사는 공식적인 자리에서 사적인 문제를 들먹일 인물이 아니다. 안도의 한숨이 절로 흘러나왔다.

화사한 햇살을 머금은 뭉게구름 사이로 채연이 살며시 고개를 내밀었다. 가슴 밑바닥에서 뜨거운 뭔가가 울컥 치밀어 올라왔다. 응어리진 그리움이 녹아 시린 가슴 사이로 줄줄 흘러내린다.

"채연아! 제발 살아만 있어 다오."

4-2

일식집 오사카

박달은 약속된 시간에 맞춰 오사카 주차장으로 들어섰다.

순차적으로 담배 한 대를 맛있게 피워 물었다. 니코틴은 두뇌를 이완시킨다는 근거 없는 소문의 위로를 받으며 코끝이 알싸해질 때까지 빨아댔다. 적어도 그 순간만큼은 이 난감한 기호식품의 해악으로부터 스트레스를 받고 싶지 않았다. 꽁초를 자동차 보닛에 문질러 끈 뒤, 분해해 버려야 할지 말지를 망설이다가 바지 주머니 속으로 밀어 넣고는 침을 뱉을까 말까 하다가 삼켜 버렸다. 도덕의 눈이 내 마음을 훔치고 있어서다. 생존과 번식에 도움을 줄 뿐인 허상뿐인 도덕 강박증이라니. 어길 줄도 알아야 진정한 자유인이라고 자신에게 그렇게 타일렀건만 소용이 없다. 머릿속 깊숙이 처박힌 바른생활 계획표를 찢어버리고 싶었던 적이 한두 번이 아니었지만, 그럴 때마다 '국가의 녹을 먹는 자로서!……'라고 시작하는 아버지의 말씀이 떠올랐다.

검찰 신출내기로서는 아무리 아버지 친구분이라고는 하나 하늘 같은 차장검사를 만난다고 하니 긴장되지 않을 수 없는 노릇이다. 게다가 두 분의 관계가 법 해석 문제로 소원해진 이후 오랫동안 얼굴 한번 보지 못했으니 말해 무엇 하겠는가?

박달은 일식집에 들어서기에 앞서, 붉은 시스루룩(see through look)에 섹시한 맵시를 뽐내고 있는 글래머 모델 같은 빨간 스포츠카 앞으로 다가가 운전석 유리창에 얼굴을 비춰본다. 굳어 있는 얼굴 근육을 풀기로 하고 눈동자를 좌우로 움직이다가 입가를 씰룩거리기도 하고 입을 벌려 턱관절을 요리조리 움직인다. 자신감에 찬 표정을 짓기 위해 눈과 입을 힘주어 들었다 내리다 갑자기 차창이 스르르 내려온다. 붉

이성과 본능

은 모자에 붉은 블라우스를 입은 여자가 씨익 웃는다. 그러고는 붉은 입술로 무슨 말인가를 하려다가 고개를 돌려 시동을 건다. 그는 무안해진 얼굴로 찡긋 윙크를 날려주고 일식집으로 도망을 치듯이 들어갔다. 사정없이 끌어당기는 그녀의 응시를 피할 방법은 없었다. 이 가차없는 시선은 그가 신발을 벗어 신발장 속에 깊숙이 집어넣을 때까지 따라붙었다. 울트라마린색 기모노에 동그란 얼굴을 한 종업원의 안내를 받아 예약된 방으로 끌려가다시피 따라갈 때야 현장 분위기에 젖어 들었다.

오사카는 때 이른 시간이어선지 그 섬세하고 양감 있는 조형미와 연륜에서 느껴지는 중후함 그리고 레몬 옐로빛의 따뜻한 분위기에도 불구하고 썰렁한 느낌에 멱살 잡힌 형국이다. 인테리어 가구 위 여러 개의 크고 작은 일본 목각 인형에 시선과 정신을 모았다. 그러자 신기하게도 붉은 시스루룩과 인공 향이 슬며시 자취를 감춘다. 후각이 시각을 다시 후각이 시각에 내몰림을 당한 결과다. '이처럼 주변의 신변잡기에 끄달림을 당하는 것은 불안한 정서 때문이야.'라고 중얼거린 뒤 채연의 실종 사건과 그녀와 연관된 추억들이 새록새록 떠올랐다. 그모든 것들이 아픔이 되어 그리움을 몰고 왔다. 그놈은 참으로 잔인하다. 하늘나라에 가버려도 그립고, 멀리 떨어져 있어도 그립고, 미안해도 그립고, 고마워도 그립고, 미워해도 그립고, 사랑해도 그리우니 곁에 있어도 그립다. 그러나 생사를 알 수 없는, 비록 지금은 헤어져 옛 추억으로 남아 있지만, 그녀에 대한 그리움은 그 모든 그리움 중에서 가장 으뜸으로 그립다. 그는 아린 그리움을 지우기 위해서

"이런 고급 일식집에서 나 같은 쫄다구를 보자니 오래 살고 볼 일이야. 혹시 아버지가?"

그러고는 고개를 살래살래 흔들면서 중얼거렸다.

"자존심 하나로 버텨 오신 분인데 그럴 리 없지."

이때 양선택 차장검사와 중수부장이 함께 들어오고 있었다. 살짝 벗겨진 머리, 금테 안경 뒤로 깊숙한 눈, 날카로운 콧날, 얇은 입술에서 뾰족한 턱까지 관상만으로도 차가움의 극치다. 차장검사가 박달을 발견하고는 미소를 머금었다. 자리에서 벌떡 일어나 깊숙이 고개를 숙였다. 양 검사가 먼저 입을 열었다.

"박 수사관, 길거리에서 만나면 몰라보겠군. 인물 좋은 건 예나 지금이나 여전해. 기억 속의 자네보다 더 멋져졌어. 부친께서도 무탈하신가? 자네 부친 옳은 건 옳다고 하고, 그른 건 그르다고 딱 부러지게 주장하는 사람인지라, 옳은 건 그르다고 하고, 그른 건 옳다고 하는 내 심술에 그동안 둘 사이가 소원해졌지만, 암만 생각해도 참된 지혜는 모난 것이 드러나지 말았어야 했다는 소신에는 변함이 없다네. 예술이 그렇지 않은가?"

양 검사의 마음은 크게 변하지 않았다는 것을 암시하는 말이다. 자신을 두둔함에 때와 장소가 없다. 참으로 자기애가 강한 사람이다.

두 분은 종종 술잔을 기울이시며 옛 주상들 풍습을 들먹이시고 했느

데 특히 친구끼리 사돈을 맺는 일을 중세 유럽(Europe)의 예를 들어가면서 열을 올리시곤 했었다. 양 검사가 적극적이었던 것으로 기억했다.

"자네가 검찰 수사관이 되었다는 게 믿어지질 않아. 대단한 인물이 되어 있을 것이고 생각했었는데 말이야."

오래전에 이런 유의 공습을 흔히 받아 왔던 박달은 예방주사라도 맞은 듯 태연했다. 딸 바보 아빠인 양 검사를 녹녹하게 만드는 것도 오늘 그가 할 일인 것처럼 보였다.

4-3

앞서 밝힌 대로 양승방은 양성택의 무남독녀.

두 분은 언젠가부터 사돈이란 단어를 스스럼없이 나누더니 결혼설까지 흘렀다. 그들에게 사돈이란 정책은 꽤 합리적인 역설을 가지고 있었다. 인권 변호사는 살아 있는 권력이 필요했고 살아 있는 권력은 온기 있는 정의가 필요해서다. 중학생인 박달은 장차 이 결혼이 암흑천지가 될 것이라는 공포에 시달렸다. 그도 그럴 것이 꼭 인물을 밝히는 것은 아니었지만, 세숫대야만한 얼굴에 볼륨 없는 몸매까지는 그렇다 쳐도 앞뒤가 꽉 막힌 성격은 어쩌란 말인가. 그는 아버지의 근엄함과 양 검사의 예리함에 주눅이 들어 있었던 터라 감히 말대꾸는 꿈도 꿀 수 없는 처지였다. 그러나 이는 죽고 사는 것보다 더 심각한 문제라는 생각으로 가득 차 있어서 콧등에 송골송골 솟아나는 땀방울을 닦아가며 반항 의지를 비쳤다.

"두 분이 어떤 사돈 관계를 맺으시든 저와는 아무 상관 없는 일입니다."

양 검사가 맹랑하다는 듯 물었다.

"우리 승방이가 싫은 게니?"

"저와는 코드(code)가 맞지 않는 것 같습니다."

"사랑이라는 거 생각처럼 그렇게 로맨틱하거나 환상적인 모습만 가지고 있는 것이 아니다. 옛날 어른들은 얼굴 한번 안 보고 혼사를 올렸지만, 아들딸 쑥쑥 잘 낳고 살았잖니?"

"제 타입은 따로 있습니다."

"오라, 인물 값하느라고 양귀비를 찾고 있구만. 그렇다면, 꼭 양귀비를 만나야지. 평생 인물 뜯어먹고 살 수 있으면 그렇게 해."

"모든 것을 외양으로 결정짓는 세상 저도 싫습니다. 하지만 무시할 수 없는 것도 현실이라고 알고 있습니다."

"그러니까 승방이 외양이 형편없다 그런 뜻이냐?"

아버지가 수습에 나섰다.

"배워먹지 못한 놈처럼 어른에게 꼬박꼬박 말대꾸로구나. 당장 사과드리지 않고 뭐 하는 거냐!"

사과는 곧 양승방과 혼인 계약을 의미한다고 생각했기에 참을 수가 없었다.

"자존감과 소신이 없는 사내는 사내가 아니라고 저에게 늘 말씀해주신 분이 아버지십니다."

박달은 그날 아버지가 그렇게까지 화를 내시는 모습을 본 적이 없었다. 금방이라도 주먹을 날릴 듯이 붉으락푸르락하셨지만, 양 검사가 한발 물러섬으로써 일단락 지어졌다.

"아직 달이가 어려서 그러니 참으시게. 달아, 사람은 열 번 변한다. 우리 승방이도 시집갈 때쯤 활짝 피어날 게다. 그땐 네 녀석이 달라고 해도 못 준다. 알았니?"

그러고는 허탈하게 껄껄껄 웃던 모습이 아직도 눈에 선하게 남아 있다. 그날 모욕이라는 둔기로 강타당한 뒤통수를 감싸 쥐고 내내 담배만 피워 물던 양 검사의 모습이 기억에 설핏 지나갔다. 양 검사의 빈정거림은 그때부터 뿌리를 내렸을 것이다.

그날 박달은 밤이 무서웠다. 아버지 박경철의 불호령이 떨어질 것은 불을 보듯 뻔했기 때문이다. 박달은 일찍이 잠자리에 들어 버렸다. 밤, 그의 아버지는 굳은 표정으로 방으로 들어왔다. 박달은 자는 척 눈을 감고 있었지만, 불벼락이 어느 순간에 어떻게 떨어질지 조마조마했다. 그런데 경철은 박달의 볼에 술 냄새를 풍기며 뽀뽀를 하더니 두어 번 더 머리를 쓰다듬고 조용히 방을 나가시며 속삭이듯 말했다.

"아암, 박경철 아들다웠다."

꽤 세월이 지난 오늘 다시 그 뿌리에 물이 오르기 시작하고 있다. 이미 멀리 도망간 추억에 발목을 잡힐까 불안했다. 양 검사의 눈빛은 수년 진 그날의 눈빛과 똑같아 보였으니, 그세 오기가 늘어 보였다. 안경 너머 예리하면서도 쫀득쫀득한 눈과 냉소를 품은 입가의 주름살이 그걸 말하고 있었다.

양 검사가 갑자기 정색을 하더니

"자네가 나와 같은 밥을 먹고 있다는 것이 믿어지지 않아. 근무하는데 고충 같은 건 없나? 내가 힘이 되어 줄 일이라도 있으면 언제든지 말하게."

박달은 이때다 싶게 양 검사와 자신의 관계를 확실하게 매듭지으려는 듯 잘라 말했다.

"그 말씀만이라도 제겐 큰 힘이 되어 준다는 것 잘 알고 있습니다만 ……."

중수부장이 자기 일을 발견한 듯 발끈 했다.

"이 사람 지금 여기가 어느 안전이라고 싸가지없게시리 말대꾸야. 영광으로 받아들이지 않고 서리!"

어이없이 잽을 맞은 양 검사가 부장을 말린다. 그리고 얄팍한 복수의 칼날을 내밀었다.

"부장. 그만 해요. 이 친구 자기 아버지를 닮아 가지고 목에 칼이 들어와도 할 말은 하고 마는 성격이거든. 언젠가 그랬던 것처럼 말이야. 껄껄껄. 시장한데 거기 벨 좀 눌러 봐요."

"심 박사님이 오시거든……."

"긴급히 부검해야 할 일이 생겨서 조금 늦을 것 같다며 먼저 하고 있으라고 했어요."

이성과 본능

박달이 중수부장을 보며

"혹시 심동일 박사님을 말씀하시는 거 아닌가요?"

양 검사가 고개를 끄덕이고는

"그러고 보니 자네 법의학 강의 그분한테 들었지? 그런 인연이 있어서 자넬 추천했구면. 박사님 오시면 말하려고 했었는데 기왕 말이 나왔으니…… 긴말 하지 않겠네. 이번 연쇄 살인 사건 말인데 나 좀 도와주어야겠어."

"저는 강력 사건을 맡아본 경험이 없습니다."

"경험이 없다? 젊은 사람의 입에서 할 소린 아닌 것 같은데 말이야. 내가 사람을 잘못 본 건가? 아님 그 사이 변한 건가? 내가 원하는 건 ……."

감히 말을 잘랐다.

"능력 밖이라서요."

"자네 같이 유능한 인물이 할 말은 아닌 것 같은데 사회 물 좀 먹더니 비겁해졌어."

미미했던 복수의 칼날이 점점 깊이 들어오고 있다. 방어만이 능사는 아니다. 복수의 칼날이 무뎌지기를 기대하며 촌철살인(a cutting remark)에 가까운 한마디를 뱉어 냈다.

"소신을 비겁하다고 말씀하시는 건 영감님의 자격지심에서 나온 건 아닌지요!"

"자네의 자각은 자네를 허영심으로부터 구출했네. 헌데 이 말이 내

자격지심?"

양 검사가 깨득깨득 웃으면서도 여유를 잃지 않고 반격한다.

"이 사람 이거 배짱 한번 두둑해졌군. 그래서 심 박사가 그렇게 추천을 한 건가?"

겉으로는 태연한 척 의뭉을 떨고 있지만 자격지심을 건드려 놓은 것이 분명했다. 후덕한 중수부장은 아부할 때를 잘 알고 있는 듯이 또다시 같은 말을 반복했다.

"이 사람이 보자 보자 하니까 어느 안전이라고 아까부터 불쑥불쑥 나오는 대로 뱉어내고 있어!"

상사의 자존감을 최대한 높여주기에 이만한 언어 선택이 없다는 것에 고무된 중수부장이 양 검사의 눈치를 살핀다. 양 검사는 중수부장의 아부를 즐길 생각이 없는지 심드렁한 표정과 한풀 꺾인 말투로 입을 열었다.

"자넬 강력 사건에 투입하는 일 나도 달갑잖아. 허나 어쩌겠나. 심 박사의 요구가 하도 간절하니…… 페 뭐라더라?"

부장이 자신의 아부를 연장하기 위해서 기꺼이 끼어들었다.

"페티시입니다, 영감님."

양 검사가 안경을 벗어 닦아내며 마지못한 듯 미간을 찌푸린 채 되뇌거렸다.

"그 그래, 페티시……"

바닥 역시 미간을 찌푸리고 페티시에 대하여 어렴풋이 들어 알고

이성과 본능

있는 지식을 공유하려다가

"페티시라면…… 그러니까……."

"아 있잖은가. 변태들 말이야. 마침 심 박사가 오는군."

이지적인 얼굴에 검은 뿔테 안경을 걸친 심동일 박사가 벗어든 갈색 코트를 팔에 걸치고 성큼성큼 들어왔다. 올백으로 넘긴 반백의 M자 머리가 번들거리는 이마를 유난히 돋보이게 했다. 노년으로 접어들고 있는 나이임에도 불구하고 보톡스(Botox)를 맞은 듯 탄력은 물론 잡티 하나 없는 무결점 피붓결을 유지하고 있어서 젊은 여의사들에게조차 부러움을 사고 있다. 말을 할 때는 부드러운 턱선 아래 도드라진 목젖의 움직임이 인상적이다.

심 박사는 의문사 진상과 숱한 살인 사건들에 정통한 법의학 지식으로 사건 해결의 실마리를 제공하여 종종 신문 지상에 오르내리는 인물이다. 이번 사건의 부검의 박신길 박사와 함께 법의학계의 쌍두마차를 이루며 강직한 소신과 검소한 생활로 후학을 위하여 한평생을 바치고 있다. 낙후한 우리나라 법의학을 한 단계 높여 놓기 위하여 자신의 사재까지 털어 연구에 몰두하고 있다고 해서 더욱더 존경받고 있다.

두 사람의 인연은 박달이 법대생 시절 복수 전공으로 법의학 강의를 들으면서부터 시작되었다. 학문적으로는 어느 사제지간보다 일체감을 보였지만 현실적 삶에서의 사고와 방식은 사뭇 달랐다. 자신에게 엄격한 박달은 늘 일탈을 꿈꾼다. 이는 도덕적 강박에 대한 도전이라는 강박관념을 오히려 심화시키는 결과를 가져왔다. 박달의 이 강박은 심 박사의 유연하고 부드러운 성격과는 물과 기름처럼 섞일 수가 없었다. 물론 심 박사의 유연함이 박달의 세로토닌(serotonin) 분비에 어떤 영향을 미쳐 결국 심 박사를 존경하고 따르게 되었는지 밝혀진 바는 없다.

심 박사는 어떤 강한 것도 부드러움 앞에서는 무너지게 되어 있다는 신념으로 한평생을 살아온 사람이다. 이런 심 박사의 부드러움은 나약함이 전제된다. 간혹 줏대가 없어 보인다는 소릴 듣곤 했는데 이는 어떤 조건이 흔들리면 금방 포기해 버리기도 하지만, 때로는 무섭도록 집요함을 보이는 이중성을 보이기도 했다. 절대로 넘어지지 않는 오뚝이 근성과 그 맥이 닿아 있다고도 볼 수 있어서 숱한 법의학적 난관들이 이에 따라 해결된 사례는 부지기수였다.

심 박사는 박달의 내면에 자리 잡은 깊은 우수(gloom & anxiety)를 발견하고 이는 바른 심성을 가진 사람의 함정이면서 측은지심(compassion heart)의 근본이라고 믿었다. 큰 측은지심은 절대 선(the absolute good)에서 비롯되었기에 절대로 악마적 유혹에는 넘어가지 않는다고 입버릇처럼 학생들에게 말하곤 했는데 박달이 그렇다는 것이었다. 이런 선을 지닌 사람이야말로 심 박사가 늘 꿈꾸어 온 무남독녀 외동딸인 채연의 남자가 될 자격을 갖춘 것이라고 생각했다.

박달이 심 박사의 집으로 초대받던 날, 그는 저녁을 준비하는 채연을 보는 순간 심장이 멎는 것 같은 충격에 빠졌었다고 훗날 농담처럼 말했다. 그를 아는 사람들은 그의 농담 속에 감추어진 진실을 밝히는

이성과 본능

데 주저함 없이 놀려댔다. 그가 생각하는 여인의 아름다움이란 내면에서 절로 흘러나오는 온화한 향기를 말하며, 그 향기란 오랜 세월을 두고 농익은 깊은 맛과 같은 것으로써 인스턴트 음식 같은 순간적 교태라든가 가식이 아니었다. 그는 첫눈에 오래된 첫사랑의 여인을 만난 듯했고, 두 사람의 깊은 호흡은 순식간에 눈에 불을 냈으며 그 훈훈한 열기는 심 박사의 마음을 한층 달뜨게 했다. 그런데 이게 무슨 날벼락인가? 너무나 사랑을 하면 그 사랑을 버텨낼 기둥은 무른 것인가? 아니면 장애물 없는 사랑은 쉽게 얻은 물건처럼 쉽게 사라져 버리는가? 그것도 아니면 시기하는 그 무언가가 오해를 만들어 이별을 통보하게 하는 것인가? 둘은 석연찮은 이유로 이별하고 말았다.

말도 안 되는 밀당을 즐기다가 그만 사랑에 균열이 가기 시작했다. 이 또한 지독한 사랑의 일종이었다는 것을 그네들은 알 수 없었다. 처음에는 박달이 무릎을 꿇었다. 그런 이유가 이유가 되어 다시 이별, 그리고 줄다리기, 또 이별……. 그들은 사랑을 가꾸는 일에 소홀했다기보다 방법이 서툴렀다는 것을 이제 와서 깨닫고 있었다. 그 후 박달과 심 박사와의 인연마저도 끊어지고 말았다.

1년이 지난 오늘 깊게 묻어둔 그녀에 대한 그리움이 한꺼번에 폭발하듯 터져 올라오고 있다.

4-4

모두가 일어나 심 박사를 반겼다.

"어서 오시오. 심 박사님."

심 박사가 시계를 바라보며

"이런 실례를……"

라고 말을 하다 말고 박달을 돌아다보았다. 심동일이란 이름만 들어도 그 진한 그리움으로 가슴이 울렁거리던 박달이 허둥거린다. 심 박사가 불쑥 다가와 그를 담쏙 안으며 말했다.

"이 사람 오랜만이라고 얼굴도 잊어버렸나 보군. 나, 자네 스승이야."

박달의 뜨악한 표정을 감싸주려는 배려 깊은 말투와 행동이 배어 나온 탓일까 어색하기 그지없다. 박달은 기억으로부터 사라진 줄 알았던 심 박사의 옷에 배인 포비돈 요오드(povidone iodine) 소독약 냄새를 맡는 순간 울컥 눈물이 솟구쳤다. 그 냄새는 어머니의 품속과, 수십 년 만에 고향에 돌아온 사람이 느끼는 공감각성(synesthesia) 냄새였다. 그는 엉겁결에 심 박사를 밀치며 말했다.

"너 너무나 뜻밖이라 놔서요."

"양 검사님께서 사전에 말씀을 안 하신 모양이구만?"

"그동안 찾아뵙지도 못하고 죄송합니다."

연륜은 소모적인 추억에 대하여 연연하지 않는다.

"미안해할 거 없네. 피차에 바쁜 사람들 아닌가. 자네 검찰에서 눈부시게 활약하고 있다는 소릴 듣고 무척 기뻤다네. 연쇄 살인 사선 재부검을 맡게 되면서 불현듯 자네 생각이 나더군."

박달은 결국 끄집어내고 싶지 않은 그러나 꼭 해야만 하는 채연 이야기를 시작하려 했다.

"채연 씨 일은……."

그렇게 말했을 뿐인데 심 박사가 왈칵 쏟아질 것만 같은 눈물을 참느라 안경을 벗고 손등으로 부푼 눈두덩일 밀어냈다. 박달을 보자 더욱더 딸이 생각난 모양이다. 박달의 염려와는 달리 심 박사는 현실의 문을 열면서 고통의 문을 잠가버렸다. 그만큼 자기 일에 책임감이 강하고 공과 사를 철저히 구분 짓는 사람이었다. 박달은 그의 빛 바라지 않은 강직성에 절로 고개가 숙여졌다.

모두가 좌정하자 어색한 침묵이 흘렀다. 이런 어정쩡한 순간에는 영락없이 중수부장이 나섰다. 이는 냉철한 상관을 모시는 사람의 눈칫밥 연륜이 묻어난 행동이었으나 중수부장은 언제나 그 맥을 잘못 짚는 경향이 있었다.

"항간에 박사님께서 재부검을 자청하셨다는 소문이 돌고 있는 것으로 알고 있습니다만……."

차마 심채연 때문이란 말을 할 수 없었는지 에둘러 말을 이어가려 하자 양 검사가 중수부장의 두툼한 턱살을 물어뜯어 놓을 것 같은 표정을 지으며 그의 말을 잘랐다.

"심 박사, 따님 채연 양이 실종된 지 오늘로 보름을 넘겼어요. 박사님은 이번 연쇄 살인 사건과 실종 사건이 연관이 있다고 믿고 계시긴 하지만 꼭 그 때문에 재부검을 자청하신 것은 아니요."

심 박사가 상기된 음성으로 말을 받았다.

"재부검을 한다고 해서 예전과 별다른 결과가 나오는 건 아니겠죠.

다시 시작한다는 각오로 임해보겠지만 기대에 부응하게 될지 걱정입니다."

"국내외 법의학계에서도 그 존재감만으로도 존경받으시는 박사님이신데, 틀림없이 새로운 단서를 찾아내실 것으로 믿고 있겠습니다."

"협박같이 들립니다."

사람들은 크게 웃었다.

상이 차려지고 술잔이 한 순배씩 돈다. 심 박사가 슬며시 박달의 손을 잡는다. 그의 체온이 박달의 가슴과 머리에까지 전달된 듯 깊은 신뢰감이 느껴진다. 아직도 식지 않은 애정의 냄새와 신뢰의 맛이 교감을 하고 있어서다.

"지 에미 그렇게 하늘로 보내고 힘들어하더니……. 자네와 헤어진 후부터는 말수가 차츰 줄어들더군."

박달이 불편함이란 독을 편함이란 해독작용에 기대어 말했다.

"죄 죄송합니다. 저 또한 하루도 잊어본 적이 없었습니다. 채연 씨에게 연락하려고 했었는데……. 그랬는데…… 거절당할까 봐 두려웠거든요."

"채연이 녀석도 같은 이야길 하던데. 비록 헤어지긴 했지만, 그런 것이 진짜 사랑 아니겠나."

"그깟 자존심이 뭐라고. 저, 참 못나 보이죠?"

"젊다는 증거라네. 나이를 먹으면 뻔뻔해지잖나."

중수부장과 무슨 이야긴가 주고받던 양 검사가 박달에게 술잔을 내밀며 말했다.

"승방이가 자네 안부를 묻던데? 시간 내보게. 언제 저녁이라도 함께 하세나."

박달의 가슴이 철렁하고 내려앉았다. 심 박사와 눈이 마주치자 큰 죄나 진 사람처럼 얼굴이 후끈 달아올랐다. 이런 속사정을 알 턱이 없는 양 검사가 계속했다.

"고 녀석 대학 졸업하고 요즘은 글쎄, 신부 수업을 한답시고 어찌나 조신하게 굴던지 기특해 죽겠다니까."

그러고는 스마트폰에 저장된 양승방의 사진을 건넨다. 그녀가 크게 변하지 않았을 것이라는 예상은 조금 빗나갔다. 양 검사 말대로 제법 예뻐진 구석도 없진 않았다.

"인석, 정말 많이 변했어. 어디다 내놓아도 빠지지 않는다고 생각하는데 자네 생각은 어떤가? 자네와 티격태격하던 어린 학생 때하고는 아주 딴판이지 않나?"

양승방의 옛 얼굴을 확실히 기억하는 박달로서는 몇 가지 가능성을 전제로 그녀의 사진을 관찰했다. 첫째, 변장이나 다름없는 화장술에 힘입었을 가능성. 둘째, 능란한 포토샵(phot shop) 실력을 발휘했을 가능성. 셋째, 성형외과 상담실장의 뻔한 거짓말에 속아 몇 군데는 손을 보았을 가능성. 때문에 박달의 입장에서는 나이 차 예뻐 보이지 않는 계집 없다는 말에서 조금도 벗어남이 없어 보였다. 하얀 거짓말이

라도 해서 양 검사를 위로하려다 말고 자신도 모르게

"네, 길거리에서 봐도 금방 알아볼 만큼 아버님을 쏘옥 빼 닮았습니다."

라고 말했지만, 다행히 양 검사는 말의 진의를 곡해하고 있었는지

"쇠뿔도 단김에 빼랬다고 날짜 잡지. 왜 왜 그러나? 초등학교 동창회 한번 해 보라는데……."

"이번 사건 잘 마무리 짓고 나서……."

심 박사의 눈치를 살피던 양 검사는 재바르게 마무리 지었다.

"그래서 내가 자네를 좋아한단 말일세. 일의 순서를 알고, 공과 사가 분명하니 말이야."

양 검사가 까르르 웃는다. 그러나 양 검사의 말 속에 적잖은 가시가 돋아나 있음을 알 수 있었다.

박달은 채연 실종 사건과 연쇄 살인 사건과 무슨 연관이 있어 심 박사가 재부검을 자청하였는지 의아했다. 양 검사가 박달의 의문에 앞서 알 수 없는 막을 쳤다.

"지금부터 자넨 나 외에 누구의 지시도 따를 필요가 없어. 검찰 내부에서조차 아무도 모르는 그야말로 특명을 내릴 걸세."

라고 마무리를 지을 태세를 보였기 때문에 이점은 묻어두기로 하고 갑자기 들이닥친 문제에 집중하기로 했다.

"인무가?"

"좀 특별하지. 차차 심 박사께서 설명해 주실 걸세."

심 박사가 말을 받았다.

"지금은 설명할 단계가 아닌 성싶구먼. 이번 사건과 전혀 무관한 일일 수도 있어서 말이야."

중수부장이 양 검사의 눈치를 살핀 뒤 심 박사에게 시선을 건네며 슬며시 운을 떼었다.

"채연 양 실종 사건 말인데……."

중수부장은 심 박사와 양 검사의 친분을 고려한 껄끄러운 내용에 대해서는 자신이 꼭 짚고 넘어가야 한다는 듯이 사명감에 불타는 눈으로 계속했다.

"따님에게 과외받던 학생 집 BMW가 종로 쪽 입시학원 지하 주차장에서 발견된 것은 채연 양이 그 차를 운전했을 수도 있다는 이야기가 같은데요."

"때에 따라서 그 차 운전대를 잡곤 했으니 그럴 만도 하지요."

"혹여 채연 양 나름대로 말 못 할 고민이 있어서 종적을 감춘 일이 아닌지에 대해서도 고려해 보셨습니까? 그래서 말씀……."

중수부장이 양 검사의 눈총을 받고 얼른 입을 다물었다. 심 박사가 담담한 표정을 짓고 대꾸했다.

"보름씩이나 집을 나가 있을 이유가 없습니다."

그리고 뜨악한 시간이 흐르자, 참을성 없는 중수부장이 다시 입을 열었다. 이번에야말로 양 검사의 눈총 따위는 신경 쓸 필요가 없다는 듯이 돌직구를 던졌다.

"항간에도 연쇄 살인 사건과 실종 사건 용의자가 동일범일 것이라는 추측들이 떠돌고 있습니다. 허나 검찰의 판단은 다릅니다."

심 박사의 이마에 주름이 잡힌다.

"채연이 사건은 우연히 겹친 결과다 그 말이군요."

"그렇죠."

중수부장이 되받았다.

"박사님께서는 실종자들이 연쇄 살인자에 의해서 납치되어 살해되었을 가능성을 시사 하셨습니다."

"그렇습니다."

중수부장이 더 이상 분위기를 엉망으로 만들어 버리기 전에 이야기의 마무리를 지어야겠다는 의지가 담긴 말투로 양 검사가 심 박사에게 술잔을 권하며 입을 열었다. 그러고는 심 박사와 중수부장에게 주었던 시선을 박달에게 돌리며 친근한 미소와 이를 배반하는 냉엄한 음성으로 구형하듯 근엄한 표정을 지으며 말했다.

"검찰청법 제16조 4항에는 대검찰청에는 대통령령이 정하는 바에 의하여 차장검사 또는 부장 밑에 정책의 기획, 계획의 입안, 연구, 조사, 심사평가 및 홍보를 통하여 그를 직접 보좌하는 담당관을 둔다고 되어 있네. 이 경우 그 담당관은 3급 또는 4급 상당 별정직 공무원으로 보하되, 특히 필요하다고 인정될 때는 검사로도 보할 수 있다고 규정하고 있어. 해서 말인데 자네에게 그와 상당한 권한과 힘을 실어 줄 테니 심 박사님과 함께 최선을 다해 주게."

여전히 답작대기 좋아하는 중앙수사부장이 떨떠름한 눈으로 박달을 바라보며 덧붙였다.

"검찰 총장님이 정하는 수사 업무의 기획 및 조정 등을 맡아 대검 중앙수사부장인 나를 보좌하는 역할을 말씀하시는 것일세. 수사기획관 말이야."

양 검사가 수사부장의 오해를 불식시키기 위해서 덧붙인다.

"수사부장 잘 들어요. 박달은 아주 특별한 임무를 맡게 될 것이요. 그러자면 그만한 힘이 필요하오. 부장이 신경 써서 밀어줘요. 이 순간부터 박달 수사관이 수집하고 연구 조사한 내용은 직접 내가 챙기겠소. 따라서 박달의 직속상관은 바로 내가 될 것이요."

수사부장이 좌불안석이다. 새까만 말단 수사관이 차장검사를 직속상관으로 모신다면 자신과 동급이니 알아서 하라는 차장검사의 은근한 압력이 아닌가. 오늘 자신의 과오가 무엇이었는지 곱씹고 또 곱씹었다.

4-5

경찰청 대 회의실

차장, 국장 그리고 특별수사팀의 민완 형사들 그리고 법의학 박사, 심리학 박사 등이 레이저 빔으로 영사된 연쇄 살인 사건 화면을 뚫어지게 응시하고 있다. 이때 경찰청장이 문을 열고 들어온다. 잠시 화면

이 정지 상태에 들어간다. 심 박사가 레이저 포인터(laser pointer)를 건넨다. 청장이 사람들의 웅성거림이 멈춰질 때까지 부동자세로 서 있다가 그래도 사람들의 웅성거림이 계속되자 부동자세를 풀고 레이저포인터를 화면 가운데 쏜다. 붉은 레이저 불빛 점이 청장의 작은 손 떨림에도 반응한다. 청장은 유화적(pacificatory) 권위야말로 이 시대가 원하는 지도자상이라는 것을 몸소 실천하려는 타입 같았다.

"금번 사건에 관하여 대통령님의 전화를 받느라고 늦었습니다. 단도직입적으로 말씀드리겠습니다. 무슨 수를 써서라도 이번 달 안으로 범인을 색출해 내라십니다. 열악한 환경 속에서 불철주야 쉬지 않고 고생하는 본 사건 수사관 그리고 담당자 여러분, 지금까지 열심히 해 왔습니다. 그러나 조금만 더 뜁시다. 불안에 떨고 있는 국민을 안심시켜 드려야 하지 않겠습니까?"

그는 화면의 피해자 시신 사진들을 일일이 지적하며 전문가 이상의 고견을 말했다. 사람들은 숨소리조차 죽이고 경청하는 듯이 보였으나 누차 반복된 의견에 진저리가 났는지 아니면 영혼이 외출하여 복귀하지 않은 사람들처럼 멍해 보였다. 심 박사가 청장의 레이저포인터를 받아 들고 붉은 점을 여자 시신에 얹는다. 체크무늬 치마가 가슴을 넘어 목까지 치켜 올라가 있다. 하복부와 외음부는 심하게 침식되어 있다.

"이천 농로에서 발견된 시신 사진입니다. 보시다시피 사후 손괴가 매우 심한 편이어서 어떤 흔적, 예를 들면 성폭행이라든가 하는 부분은 찾아낼 수 없었지만, 이번 정밀 검시에서 손톱과 발가락에서 미량이

이성과 본능

타액이 검출되어 DNA 분석 결과를 기다리고 있으나 기대한 만큼의 결과가 나올 확률은 그리 높지 않다는 것이 국과수 의견입니다."

두 번째 살해 영상으로 바뀐다. 유방이 예리하게 절단되어 있었으며 복부에도 손상된 흔적이 남아 있었다.

"명륜동 지하 주차장에서 발생한 사건입니다. 약 10 Cm 정도 길이의 예리한 흉기가 사용되었고, 칼 다루는 솜씨가 예사롭지 않은 것으로 보아 도축업과 관련이 있음을 배제할 수 없어 보입니다. 잃어버린 물건이 없어 성폭행 여부를 찾아보았지만 이 또한 없었으며, 변태 행위에 의한 살해 가능성을 염두에 두고 이번 부검을 통해서는 유사 성행위의 흔적을 의심해 볼 만한 단서를 찾고 있습니다."

이어서 반듯하게 누워 있는 세 번째 네 번째 피해 여성이 영사된다.

"두 피해자 모두 전기 충격기가 사용된 흔적이 있으며 압박골절이 있는 것으로 보아 질식사로 판명되었습니다. 상기 피해자들과 마찬가지로 없어진 물건이나 성폭행의 흔적이 없습니다. 역시 유사 성행위에 대한 가능성이 있습니다. 팬티스타킹 등이 사라진 점으로 보아 변태 성욕자의 패턴으로 보고 페티시들을 의심하고 있습니다. 이상입니다."

영상이 사라지고 불이 실내 등이 휜하게 들어온다. 무궁화 네 개가 유난히 돋보이는 총경이 등장한다.

"금번 네 건의 연쇄 살인 사건은 연약한 여성들이 그 대상이었습니다. 피해 여성들은 하나같이 속옷이 실종되었으나, 성폭행의 흔적은 없었다는 것입니다. 살해 방법이 다양한 점으로 미루어 수사의 혼선을 일으키기 위한 동일범일 가능성과 또 다른 제2, 제3의 범인도 염두에 두어야 할 것입니다."

심 박사가 말을 받는다.

"여성 물건에 특별히 성적 흥분을 느끼는 소위 절편 음란증일 가능성, 페티시라고도 하지요. 수집벽도 일종의 정신 분석학적으로 강박증과 페티시즘(fetishism), 즉 물신주의로 설명되는데, 그 수집벽이 어디로 흐르느냐에 따라서 성도착증으로 바뀔 수도 있습니다. 어린 시절 애정 결핍으로 인해 촉발된 이런 물신주의는 수집된 물건은 더 이상 상처를 주지 않는 사물이기에 페티시 행위를 하는데 이는 무의식적으로 결핍을 메우려는 일종의 애정 행각이라고 합니다. 그래서 수집된 물건에 애착을 느껴 쓰다듬고 포옹도 하며 쾌감을 느끼는 것입니다. 이번 연쇄 살인 사건이 동일범의 소행인지, 아니면 각기 다른 범법자들에 의해서 저질러진 사건인지 그 점부터 찾아내는 일이 시급하다고 생각됩니다. 이상 질문 있으면 질문하십시오."

박달이 손을 들었다.

"이번 네 건의 연쇄 살인 사건이 근래 연쇄 실종 사건과 연관이 있을 것이라는 주장에 대한 의견을 듣고 싶습니다."

총경이 말을 받았다.

"심증뿐 물증이 없습니다. 그런 주장을 간과하지 않고 있지만 앞에서도 말했듯이 아직 동일범의 소행인지 아닌지조차도 밝혀지지 않은 상태입니다. 실종 사건은 따로, 전담 부서를 두고 있습니다."

"심증은 가지고 계시군요."

사이버수사대 소속 경찰관이 사건 해결에 도움이 될 것이라며 페티시에 관한 실제 내용을 알리기 위해 나섰다.

"저는 사이버 수사대에서 근무하고 있는 육봉이 경장입니다. 심동일 박사님께서 지적해 주신 페티시에 대해서 잠시 고통의 어두운 앙금이 고인 부연 설명을 하려고 합니다."

그는 곱슬곱슬하고 긴 머리카락 양옆을 두 부분으로 나눠 한 번에 몰아 묶은, 대한민국 경찰 공무원으로서는 있을 수 없는 파격적인 용모의 소유자 육봉이라는 인물이었다. 그는 언론의 집중적인 조명과 논란 그리고 공무원의 품행에 대한 복무규정 위반에 따른 징계에도 불구하고 자기 복장과 용모에 대한 자유를 포기하지 않았다. 진급 유보는 물론 용모 자유권에 관한 위헌 신청 중이다. 그는 매부리코에 올라앉은 검은 뿔테 안경과 얍삽한 입술이 예리한 철학자의 이미지와 맞아떨어진다는 동료 수사관들의 입담에 오르는 것을 좋아한 나머지, 공무상 통용되는 관용어(idioms) 대신 수사학적 언어 구사를 즐기고 있다고 해서 유명했다. 육봉이 경장의 수사적 표현과 철학적 가변성이 능통한 언어의 시작은 사람들의 시선을 한꺼번에 끌어모을 수 있었지만, 갑작스러운 이런 변화가 어색했던 박달은 그 언어에 대한 신뢰성에 의문이 들었다. 그러나 용의자를 탐색하는데 마약견처럼 탁월한 탐지 능력을 인정받아 공무원 복무규정을 재고해야 한다는 여론과 직속상관들의 탄원으로 현직을 유지하기에는 문제가 없는 인물이기도 했다. 정의는 민주주의의 전제이고 민주주의 없는 정의는 없다. 대한민국 경찰 공무원 중에 이처럼 자유의사를 분명히 하는 정의의 민주주의를 몸으로 실천하고 있는 육봉이 경장의 용기는 후한 점수를 받을 만하다고 박달은 생각했다. 그의 낯선 현학적 정보와 현란하게 꾸려진 언어의 유희를 즐겨보자.

"지난 1990년대 일본에서는 부르세라숍(shop)이라고 하는 여성 중고 속옷 가게가 성행했더랬는데 그것이 한국에 상륙한 것입니다. 이 죄악의 발작이라 칭할 만한 변태 문화는 날로 진화를 거듭하여 욕정의 블랙홀이 되어가고 있습니다. 성적 판타지에 빠진 못난 남자들이 주 고객인데 오늘날엔 수줍은 겉치레조차 식상한 듯 주요 포털사이트 카페나 블로그에서 거래되는 물건들의 종류는 쪽박집 메뉴판처럼 기하급수적으로 늘어나고 있는 실정입니다. 돈과 욕정을 좇는 추한 관념의 소유자들은 제도의 모순을 틈타 욕망의 역습과 절제의 자유를 추앙하며 이런 상관관계에서 비롯된 그들만의 거룩한 오브제(objet)라 할 수 있는 그녀들의 속옷이 발전하여 보다 구체적인 물질들, 이를테면 대소변 가래침 멘스 혈 등등 차마 입에 담기 수치스러운 이성의 물건들을 거래하고 있습니다. 게다가 여성의 속옷은 오래 입었던 물건일수록 가격이 덩달아 뛴다는 것입니다. 또한 판매 시 본인 것을 확인해 주기 위해서 인증사진이나 동영상을 같이 보내 주는가 하면, 자신을 지배하고 있었던 기존의 도덕적 패러다임을 쾌락의 전략으로 바꾼 구매자를 만날 시엔 그 자리에서 직접 벗어주기도 합니다. 진품 팬티 보증 시스템

이성과 본능

인 셈이죠. 현재는 현장감과 실재감을 느끼게 해 줄 다양한 유형의 부르세라숍들이 생겨나고 있답니다. 물론 이웃 나라 이야기이긴 합니다만. 무리하게 퍼내 독 안에 국물뿐인 페티시들에는 사람보다 그 이성 물건에 더 흥분합니다. 정념의 고갈이 문제의 발단이며 극복되지 못할 이성은 잠재적 숨통이 끊어진 채 벌레의 모습으로 내일을 끌어당겨 오늘을 살고 있다 할 수 있습니다. 이들은 대개가 소심한 편으로 위험하다고는 볼 수 없지만, 이 음침하고 자학적인 광란은 그 위험 수위를 점차 높여가는 경향이 있어 때론 욕정의 파티를 위하여 잔악한 행위를 마다치 않는 사이코패스(psychopath)적 경향을 보이는 예도 있다고 하니 특히 주의를 기울여야 할 것입니다.”

사람들이 술렁이자, 육봉이는 잠시 뜸을 들인 뒤 계속했다.

“얼마 전에 저희 수사대에서 붙잡힌 거짓의 오물만을 진리의 속성이라 주장하던 20대 여대생의 말에 따르면, 구매자와 판매자는 서로의 신상에 대해 묻지 않는 것이 그 바닥의 불문율이라 합니다. 그 여대생은 사회 곳곳에 만연해 있는 이런 간계의 입맞춤을 거리낌 없이 토설하면서도 부끄러움조차 도굴당한 듯 태연하게 조서에 사인을 하였습니다. 영혼을 팔아 악마와 관계한 이들의 수입이 그저 용돈벌이에 그치지 않을 것이라는 것을 쉽게 짐작할 수 있습니다. 민법 제103조에 보면 ‘선량한 풍속 기타 사회질서에 위반한 사항을 내용으로 하는 법률행위(계약)는 무효로 한다.’로 되어 있고 제35조 전기통신사업법은 불법 통신(음란한 부호, 문언, 음향, 화상 또는 영상을 배포, 판매, 임대하거나 공연히 전시하는 것 포함)을 금지하고 있으며 형법에서는 공연음란죄 등을 처벌하고 있습니다만, 자신이 입던 속옷을 판매하는 행위가 선량한 풍속 기타 사회질서에 반하는 것인지, 판매 행위가 음란하다고 봐야 하는 것인지, 입던 속옷 자체가 음란한 것인지 등에 대한 판단이 서 있지 않습니다. 그래서 이 여성도 음란물을 게재한 혐의만 받게 될 것으로 알고 있습니다. 제가 이 시점에서 이런 말씀을 드리는 것은 범인은 분명 페티시 마니아(fetish buff)들 중의 한 사람일 것이라는 확신이 섰기 때문입니다. 마니악(maniac)한 이들의 성향을 잘 분석하고 동선을 파악하는 일이 무엇보다 시급하다고 생각합니다. 그럼, 잠시 근래 인터넷과 일간신문에서 심심치 않게 등장하는 범인들의 기사를 올리도록 하겠습니다."

화면에 스크랩한 기사가 뜬다.

'충남지방경찰청 사이버수사대는 25일 인터넷을 통해 자신이 입던 속옷과 아동 음란물 등을 판매한 혐의(아동·청소년의 성보호에 관한 법률 위반 등)로 이 모(26·여) 씨를 불구속 입건했다고 밝혔다.

경찰에 따르면 이 씨는 지난 3월 인터넷 변태 카페 게시판에 속옷과 스타킹을 입은 사진을 올린 뒤 이를 보고 연락해 온 안 모(30) 씨 등 남성 9명에게 속옷을 판매해 190만 원을 받은 혐의를 받고 있다.

조사 결과 이 씨는 자신이 입은 속옷임을 증명하기 위해 구매 남성들과 이른바 '착용샷(shot)'을 주고받았으며, 입던 속옷은 3만~5만 원에 거래된 것으로 드러났다.

이 씨는 경찰에서 '여성이 사용한 속옷을 구매하는 남성이 있다는 사실을 알고 용돈을 벌기 위해 판매를 시작했다.'라고 진술했다.

경찰은 또 이 씨로부터 속옷을 구매한 남성 가운데 아동 음란물을 함께 구입한 남성 2명은 아동·청소년의 성보호에 관한 법률 위반 혐의로 구속 수사하기로 했다.'

육봉이 계속했다.

"이런 지혜 없는 반이성적 현상은 비단 우리나라에서뿐만 아닙니다. 얼마 전에는 가까운 이웃 중국에서 벌어진 일인데요. 길거리에서 덕 없는 명예를 존중하는 여성이 자신의 스타킹을 벗어서 행복 없이 쾌락을 추구하는 구매자에게 넘겨주는 동영상이 유-튜브를 통해서 전파되어 엄청난 조회 수를 기록하였습니다. 이런 일들이 창궐하고 있는 이 불행하고 어두운 시점에서 이들을 상대로 한 수사는 선택이 아니라 필수일 것입니다. 이상입니다."

박달이 벌떡 일어나더니

"이런 맥락에서 지금까지 일어난 연쇄 강간 살인 사건과 근래 들어서 연속적인 실종 사건에는 분명히 연관이 있다고 믿습니다. 최근 납치된 사람들이, 물론 채연 양 실종도 같은 맥락에서 보고 있는데 고가의 외제 승용차를 몰고 다녔던 점과, 장소가 부촌으로 소문난 청담동과 평창동이라는 공통점 때문입니다. 범인들은 무차별적으로 연약한 사람들을 상대로 살인 연습을 한 뒤, 담을 키워 더 큰 사건을 저지를 개연성이 분명합니다."

사람들이 웅성거리기 시작했다. 누군가 벌떡 일어서서 소리쳤다.

"소설 쓰자는 겁니까? 살인 연습이라니!"

차장이 나섰다.

"계속하세요. 우리는 지금 지푸라기라도 잡아야 할 심정이란 말이요."

박달.

"제 표현상에 문제가 있었음을 인정합니다. 살인 연습이 아니라 사람 목숨에 대한 존엄성을 상실한 정신이상자들의 무분별한 행위로 바꾸겠습니다. 계속하겠습니다. 살해된 피해자들의 소지품이 대부분 사라지지 않았으며 살해 방법이 다양했다는 점. 원한 관계도 없는 연약한 여자들을 잔인하게 살해했다는 점 등이 이를 뒷받침하고 있습니다."

양 검사가 고개를 좌우로 절레절레 흔들었다. 해학적 전문용어로 남자의 거시기도 모르면서 탱자탱자한다는 의미다. 반면 입을 열 때마다 입술을 삐죽이 내미는 버릇 때문에 오리주둥이라는 별명을 듣지만 정작 자기만 모르고 있는 청장이 고개를 끄덕끄덕하더니

"그런 추리 가능합니다. 범인들이 실종된 사람들과 관련되어 있다고 생각하는 이유를 말해 보게."

"심증에 불과하다는 것을 다시 한번 이해해 주신다면, 이렇습니다. 연쇄 살인 사건 대신 연쇄 납치 사건이 벌어지고 있다는 것입니다."

양 검사는 여전히 못마땅한 표정을 지으면서도 바달이 무모한 추리

력에 어떤 근거라도 있는지 살피는 눈치다. 청장이 계속했다.

"우연의 일치일 수도 있겠지만 박 수사관의 관점도 나쁘진 않다고 생각하네. 결국 돈 때문이란 말이지."

"그렇게 생각합니다."

심 박사는 아침 신문의 가십거리라도 펼쳐보고 있는 듯이 한가로운 표정이다. 청장이 결론을 내렸다.

"얼마든지 상상이 가능한 이야기요. 지금까지 수사해 온대로 범인은 성도착자이거나 정신병 경력이 있는 잔악무도한 자라는 점을 염두에 두고 비슷한 전과자를 중심으로 수사를 계속하시오. 그리고 연쇄 실종사건 역시 전국의 경찰 인력을 총동원하여 하루속히 해결하기를 바라겠소."

총장은 박달의 의견을 그렇게 슬며시 옆으로 밀어내 버렸다.

4-6

심동일 교수 병원 사무실.

"안녕하셨습니까?"

박달이 그렇게 인사를 하자 심 박사 벌떡 일어나 손을 내민다.

"어서 오게 달이. 그렇지 않아도 기다리고 있었네."

심 박사는 슬픔을 표현할 방법을 모르는 대부분 아버지들처럼 표정을 감추고 무덤덤하게 입을 열었다.

"마침 재언이 자네 모습을 드로잉한 거 보고 있었어."

자신의 얼굴이 그녀의 손을 통해서 켄트지에서 웃고 있다. 가슴이 뭉클하면서 그리움에 목이 메어 와 눈시울을 적셨다.

"늙은 애비가 맘에 걸려 시집가는 것조차 미루었지."

"채연 씨 그림 솜씨는 프로(pro) 못지않았잖습니까."

"지 이름을 걸고 번듯한 전시회를 열고 싶다고 했는데……"

심 박사가 안경을 벗어 눈가를 비빈다. 아버지란 울 장소가 없어서 슬픈 사람이다. 심 박사가 옷매무시를 가다듬으면서 말했다.

"아참, 오성 시신에서 발톱을 채취해 달라고 했지? 내려가 보세."

엘리베이터가 수 분 만에 지하실 복도에 멈춰 섰다. 창백한 형광등 불빛, 이렇다 할 장식품이 없는 담백한 복도, 유난히 크게 들리는 발걸음 소리, 싸늘한 냉기에 섞인 포르말린(formalin) 냄새 등이 불러온 억측들이 널을 뛴다.

그들은 어스름한 복도를 따라 두 개의 문이 개폐되는 검안실로 들어갔다. 차디찬 스테인리스 검안대가 형광빛을 받아 파란빛을 발하고 있다. 박달은 눈에 익지 않은 도구들 탓인지 잠복해 있던 또 다른 불안감이 슬며시 모습을 드러내자 심장 박동이 빨라지고 있다. 잠시 눈앞이 뿌옇다고 생각했는데 오히려 정신은 맑아지고 있다. 긴장한 탓에 손바닥이 끈적거릴 만큼 땀이 났다.

"처음이지?"

"법의학 공부할 때를 빼고는 솔직히 그렇습니다. 싱딩히 긴장되는 걸요."

"그게 정상이지. 자네는 지금부터 사람이 아닌 증거물을 대하는 거야."

심 박사는 차트를 뒤적인 후 번호를 확인하고는 28번째 냉동 관을 열었다. 싸늘한 냉기가 등골까지 오싹하게 만들었다. 시신은 창백하다 못해 빙판의 얼음처럼 은백색이었다. 박달이 시신의 허리 부분을 유심히 관찰하더니 고개를 끄덕였다.

"팬티스타킹을 신고 있었음이 분명하군요."

"페티시야, 스타킹. 이번 피해 여성 모두 속옷도 함께 사라졌지. 발가락에서 타액이 검출된 점도 이를 뒷받침하고 있어."

"동일범일까요?"

"살인자들은 적어도 세 명 이상이고 범죄 조직 내 인물들일 가능성이 크네. 시신마다 각기 다른 변태 성향이 발견되었거든."

"변태들이 변태 행위를 즐기기 위해 조직까지 만들어 살인까지 저질렀다는 이야기는 설득력이 없어 보입니다. 변태들 대부분은 자기 혼자서 그것도 은밀히 즐기는 것으로 알고 있었거든요."

"음……. 평창동에 사는 식이 엄마라는 사채업자 실종된 뒤 그 집 금고가 몽땅 털렸단 말이야. 범인들은 자신들이 저지른 네 건의 살인 사건으로 인해 국민의 동요가 생각했던 것보다 훨씬 크고 검문검색이 강화되자 납치 쪽으로 시선을 돌림으로써 수사의 혼선을 불러일으켜 놓고 본래 목석이었던 금품을 노린 기지."

"그렇담, 채연 씬……?"

심 박사가 애써 말을 돌렸다.

"이물질이 있다면 충분히 검출될 양일세."

심 박사가 안경을 닦다 말고 다시 입을 열었다.

"오성 범인은 발을 애무하는 습성을 가진 페티시네. 나머지 피해자들 역시 속옷과 스타킹이 없어진 걸로 봐서 내린 결론일세. 지금까지 수사일지를 꼼꼼히 살펴보았는데, 수사관들이 한 가지 간과한 사실이 있었어. 피살된 여자들 모두 컴퓨터를 잘 다룰 줄 아는 사람들이었어. 오산 젊은 여자는 그렇다 치더라도 원주 보성 피살자들은 주부들이야. 또한 역촌동 피해자는 중년 여성이었어. 그녀들이 똑같이 컴퓨터를 능숙하게 다룰 줄 알았다는 건 무얼 뜻하는가? 시간이 나거든 피살자들의 가족을 찾아가 보게. 틀림없이 채팅에 중독되어 있었을 것일세."

"그렇다면 챗방을 통해 유혹 살해되었을 가능성이 있다는 말씀이군요."

"그렇지."

"채연 씨 컴퓨터는 점검해 보셨나요?"

"일하는 아줌마가 뭘 잘못 손댔는지 몽땅 날아가 버렸더군."

"복원해 보죠, 뭐. 그럼 어느 정도 채연 씨가 행불되기 직전의 행적을 알아낼 수 있을 겁니다."

"복원은 가능하겠는가?"

"적어도 20%까지는 확실합니다."

"일단 피해 여성들 가족을 만나 보겠습니다."

"그건 그렇고. 페티시들이야 수도 없이 많을 것이고, 게다가 은밀히 행동하는 자들 아닌가?"

"호랑이를 잡으려면 호랑이 굴로 들어가야겠죠."

"호랑이 굴이 어디 있는지 모른다면 아무 소용이 없잖은가. 사이버 수사대 육봉이 수사관이 붙잡아 취조한 여대생 기사 보겠나?"

"자신의 속옷을 팔았다는?"

심 박사가 신문 한 장을 펼쳐 보이며 3단 기사 하나를 짚어 보였다.

기사의 헤드라인- 충격! 명문 여대생 인터넷으로 자신이 입던 속옷을 팔아 학비 충당

"사람이 못하는 짓이 없군요."

"그 여대생을 만나 보게."

"이 사건과 연관이 있다고 생각하십니까?"

"내가 종종 거래하고 있는 페티시 업자가 있는데…… 이 사람아, 그런 눈으로 보지 마. 난 아니야. 이 자를 쫓아보게. 분명 뭔가 있어. 난 일도 바쁘고 능력에 한계를 느껴서 말이야."

심 박사가 서랍을 열어 고등어 통조림 만한 몇 개의 밀봉된 깡통을 내밀었다. 벌거벗은 깡통에서 심 박사의 의중을 알아낼 수는 없었다. 단지 심상치 않은 뭔가가 불쑥 뛰쳐나올 것만 같았다. 박달이 머뭇거리자 심 박사가 재촉한다.

"어서 따보게. 나도 궁금하네."

박달은 일련번호 00898인 깡통 하나를 집어 들었다. 생각보다 가벼웠다. 고개를 갸우뚱하자 심 박사가 어서 따보라는 손짓을 했다. 뚜껑을 따자, 분홍색 여성 팬티 한 장이 들어 있었다. 박달이 실망한 표정으로 물었다.

"요즘은 팬티를 통조림 해서 파나요? 그런데 내, 냄새가 장난이 아닌걸요."

"체취 보존을 위한, 하여튼, 그냥 시중에서 파는 보통 팬티가 아닐세. 백 마디 설명보다 USB 내용을 보는 게 낫겠군."

박달이 멈칫대고 있을 때 심 박사가 USB 동영상 폴더를 열었다. 앳되어 보이는 여성이 치마를 걷고 팬티를 벗어 일련번호가 적힌 깡통에 넣는다. 깡통을 받아 든 삐쩍 마른 사내가 밀봉 기계에 넣어 밀봉한다. 얼굴은 모자이크 처리되어 있었다.

"다른 깡통도 보겠나? 깜찍한 육성이 담긴 녹음테이프도 들어 있을걸세. 종합 선물 세트 같은 것도 있는데 팬티, 휴지 그리고 양말까지……."

박달은 두 손을 내저었다. 아무리 수사 목적이라지만 채연이 아버지 앞에서 이런 수치스러운 것들을 대한다는 것이 여간 거북스러운 것이 아니었다. 그런 점에서 심 박사의 프로 정신이 대단하다는 생각이 들었다.

"안전하고 피해자 없다면 문제기 되지 않는다는 식이시. 그래선지

섹스 키워드로 고갸루(コギャル)라고 한다네. 그걸 구매하면서 신뢰를 쌓아 놓았네. 뒷조사를 해 보면 분명히 상상 이상의 성과를 거두리라고 확신하네."

"동영상 속 여성 말입니까?"

"그 여성은 생산자일 뿐일세. 이런 여성들을 모집해서 인터넷으로 판매하고 있는 ID는 69란 자 말이야. 이 자의 블로그하고 자주 이용하는 사이트를 알려주지. 사이버 수사대에서도 이 자들을 은밀히 추적 중이라는 소문이 들리더군. 양 검사는 애초부터 페티시들을 쫓는 일을 마뜩잖게 생각하고 있다는 점 명심하게. 사람이 워낙 고지식해서 암만 이야기해도 못 알아들어. 나만 이상한 사람이 되어 버렸다네, 허허허."

"이건 사이버 수사대에서 해야 하는 일 아닌가요?"

"그쪽을 못 믿어서가 아니라…… 개인적인 기호를 넘어 사회 병리학에서 비롯된 정신병적 접근이 필요한 수사라고 생각하네. 그들의 세계를 알지 못하고 있으면서 무슨 수로 단서를 찾아내 추적할 수 있겠는가?"

"무슨 말씀인지 알았습니다. 이렇게 다양한 페티시들이 존재하는 이유를 무엇 때문으로 보세요?"

"물론 여러 전문적인 이유가 있겠지만, 내 견해는 간단하네. 세상이 복잡해졌기 때문이지. 이 점을 이해하지 못하면 페티시들의 다양성에 대해서도 이해할 수가 없을 것일세."

"그래서 사회 병리학에서 비롯되었다고 하셨군요. 발전된 문명의 어두운 그림자쯤으로 이해해도 되겠습니까?"

"딱 일세."

"박사님의 명예에 흠이 가는 일이 없도록 최선을 다하겠습니다."

그는 우선 자신의 속옷을, 인터넷을 통해 판매한 여성을 만나보기로 했다.

5. 욕망이 말을 거는 장소(그 여자들의 거래 방식)

5-1

　후카이도 도카지 지방에서 서식하고 있는 큰 매의 어미는, 네 마리의 새끼를 키우고 있었다. 어미가 물어다 주는 먹이 경쟁에서 뒤처진 막내 매를 어미 매가 쪼아 죽인 뒤 나머지 형제들에게 나눠 먹인다. 세 마리의 새끼를 낳아 두 마리를 죽이고 한 마리만을 키우는 독수리가 매의 둥지를 넘본다. 큰 매 어미가 둥지를 비운 사이 독수리가 새끼 매 한 마리를 낚아채 푸른 하늘 하얀 구름 속으로 자취를 감춘다. 마침내 두 종간의 전쟁이 시작되었다.

　서울 구치소에서는 파란 죄수복이 교복을 입은 듯 단정해 보이는 여대생이 교도관에 이끌려 박달 앞에 앉았다. 언뜻 보기에도 서양인처럼 이목구비가 굵직굵직한 것이 서글서글해 보였다. 그녀의 겁먹은 큰 눈을 바로 볼 수 없어 미간을 주시하며 입을 열었다.

　"나 박달 수사관입니다, 학생."

　여자는 검찰 강력계라는 말에 냉소를 감추고 엄펑스러우면서도 겁에 질린 얼굴로 박달을 힐끗힐끗 바라다보았다.

　"취조하러 온 거 아니니까 긴장 풀어요."

　여자가 말을 이해 못 한 듯 입술을 어깃대며 큼지한 눈알만 굴리고 있었다. 그는 경직된 얼굴 근육을 풀어 보이기 위하여, 생각하기에 따라서는 얼간이 같은 행동으로 비쳤을지도 모르는 안면 근육 풀기 운동을 마쳤다. 상대의 마음을 편하게 해주자는 배려 차원이었다.

그가 친근한 미소를 머금자, 그녀는 어떤 희망이라도 발견한 것처럼 앳되고 파리한 얼굴에 잔잔한 미소가 잠깐이나마 입가에 머무는 듯했다. 박달은 긴 서두보다 직설화법이 최상이란 판단이 서자

"우리 거래 합시다."

여자가 거래라는 말뜻을 어떻게 받아들였는지 당황한 눈빛으로 박달을 올려다보았다. 그가 머리를 긁적이며 성급했던 언어 선택에 문제점을 인식하고

"내 말은……. 이거 참 쑥스럽구먼!"

박달의 머뭇거림이 길어지자, 여자가 모깃소리만 한 음성으로 말꼬리를 흐렸다. 과단성 면에서는 여자가 한 수 위다.

"무슨 거래를……."

"……."

"……."

"고객들의 면면을 말해줄 수 있나요? 주로 어떤 직업을 가지고 있었습니까?"

여자가 수치심을 나누자며 묘한 눈빛을 흘렸다. 박달이 시니컬(cynical)한 미소를 머금고 말했다.

"당신도 그중에 하나일 수 있다. 그러니, 그런 눈빛으로 바라다보지

마라?"

"그 그런 일 없습니다. 학생, 교사, 공무원, 사회 지도층 인사들……."

박달이 쩍하고 웃으며 물었다.

"고객 명단 있죠?"

"……."

"학생은 그 명단을 내게 주고 나는 학생을 불기소 처분하는 데 힘을 보태는 쪽으로 타협합시다."

"이 꼴난 삶에는 반전이란 없었죠. 그러니 희망을 주지 마세요. 깨어나 보면 늘 꿈이더라고요."

"그래서 이딴 짓을……. 하여튼 내가 이래봬도 믿음을 주기에 딱 좋은 얼굴인데 기대해도 좋아요."

심 박사 말대로 피해 여성들은 컴퓨터 채팅 중독자들이었다.

원주 피해자는 채팅에 빠져 이혼을 당할 위기에 처해 있었으며, 오성 여학생은 원조교제의 경력이 있었고, 보성 피해자는 채팅을 통해 몸을 팔던 직업여성이었다.

5-2

효자동 체리 바(cherry bar)

은은한 음악이 일탈을 꿈꾸는 사람들의 대뇌 피질을 간질인다.

야시시한 주명 또한 음욕을 부추긴다. 붉은빛 머금은 유리잔에서는 음기가 넘치고 그다지 넓지 않은 홀에 남녀가 소곤대고 있다. 낭만 어린 추상명사가 난무하고 성숙해진 밤은 선탈을 위한 몸부림을 치기 시작한다.

늘씬하고 요염한 바텐더 미진이 뽀드득 소리가 날 때까지 잔을 닦고 있다. 그녀의 이마와 날이 선 콧등에 떨어진 보랏빛 조명이 술맛을 돋운다. 박달은 술잔을 손가락 사이에 끼고 색기 넘치는 미진의 모습을 찬찬히 뜯어본다. 염미진과 첫 만남이 떠오른다. 미소가 절로 흐른다.

술에 잔뜩 취한 박달이 효자동 거리를 제집 안방처럼 휘젓고 거닐다가 체리바 간판을 발견하고는 멍한 눈으로 바라본다. 섹시한 몸매에 붉은 립스틱 칠을 한 여자가 붉은 앵두를 물고 있던 유명 양주 광고회사 사진이 떠올랐다.

바에 들어서자, 페퍼민트(peppermint) 향이 나는 진초록 칵테일을 만들고 있는 바텐더 염미진을 보자마자 다가가 그녀를 가슴에 품고는 중얼거린다.

"채 채연아! 어디 있다가 이제야 나타난 거야. 얼마나 보고 싶었는지 알아?"

염미진이 박달의 품을 살며시 벗어나며 어안이 벙벙한 모습으로 한 발 물러섰다.

"손님! 많이 취하셨네요. 꿀물 한 잔 타 드릴까요?"

박달은 여선히 꿈속에서 헤매고 있는 것처럼 그녀 곁으로 다가가며 말했다.

"여기서 뭐 하는 거니? 너도 나처럼 마음이 아파서…… 그래서 술을 마시려고……. 채연아!"

드라마 제작자가 시청률을 올리려는 의도가 분명한 행동, 이를테면 그의 뺨을 때린다던가 물을 끼얹으며 자극적인 말투로 박달의 이별을 우스꽝스럽게 만들어 버리는 행위는 없었다. 염미진이 슬그머니 잡힌 손을 빼고 돌아서며 타이르듯이 말했다.

"당신 매력이 내 손을 말리네요. 정신 차리세요. 난 채연이가 아니에요."

박달의 시각 정보는 현재 진행 상황을 차단하고 자신이 생각하고 있는 일들만 제공하고 있을 뿐이었다. 모든 기억이 채연과 이별할 당시의 상황과 맞닥뜨리고 있다는 것이 이를 증명한다. 그가 울부짖는다.

"왜 왜 그래 채연아! 왜 자꾸만 아니라고만 해."

그러고는 머리를 처박고 잠에 빠진다.

미진은 채연의 정갈한 눈썹을 제외하고는 깜짝 놀랄 만큼 닮아 있었다. 생판 남남인 두 사람의 사고방식이 외모가 같다고 해서 같을 순 없나.

그녀들의 외관에 대한 사고는 자라온 환경과 직업 그리고 경험에 근거한 관념론이 작용한다. 이를 근거로 미진은 몸매에, 채연은 건강에 대해 자부심이 있을 것이라는 박달의 생각을 고착시킨 것은 비신의 남다른 몸매 관리 때문이었다.

그녀들의 얼굴은 볼록 렌즈처럼 매끄럽게 살짝 튀어나온 이마와 우뚝 선 콧날, 선이 또렷한 입술, 자기 어머니의 가슴선처럼 아름다운 목을 지난 앙가슴에서 그 절정을 이룬다는 남다른 편견 또한 박달이 그녀들의 매력 속에서 헤어나지 못하는 수렁일 수밖에 없음을 인정한다. 그러나 미진의 귀밑에서 턱으로 흐르는 선이 지나치게 완만하여 사각 턱의 강인한 인상은 그 옛날 소피아 로렌의 중성적 이미지를 불러냈고, 이런 단점을 발견한 것은 채연에 대한 죄의식을 불식시키는 데 작으나마 일조했다. 그렇다고 미진의 매력이 채연이만 못하다는 의미는 아니었다. 그의 이런 이중적 태도는 매력적인 여자 문제에만 한정되어 있었기 때문에 그를 아는 사람들은 그의 인간성에 대한 부정적 논란을 피했다. 그는 한꺼번에 여러 명의 매력적인 여자를 사귈 수 있는 수완가였지만, 끝없는 양심의 도전을 받아야 했고, 그럴 때마다 여자들의 단점을 찾아내어 위로받곤 했는데, 이번 경우에는 그 양심이란 놈이 자취를 감추었는지, 채연과 미진의 저울추가 어느 한쪽으로도 치우치지 않아 21세기형 바람둥이 햄릿이 되어가고 있었다. 채연이냐 미진이냐 그것이 문제로다!

이후 박달은 미치도록 그리운 그리움을 이겨내기 위해서 습관적으로 체리 바에 들르곤 했다. 그녀는 채연의 얼굴과 몸으로 박달의 마음을 빼앗아 버렸다. 그리움에 허기진 육신의 끝은 그녀의 깊고 깊은 함정이었으며 벗어날 수 없는 덫이 되고 말았다. 그러면서도 언젠가는 떠날 수밖에 없는, 단지 양심에 빚을 진 육신임에 희망을 두었다. 양심이란 놈은 늘 그 모습이 달라진다는 사회적 통념으로 자신을 다독이면서.

이런 사랑은 끊어질 듯 이어지고 이어지다 끊어지는 습성이 있다. 끈질기면서 유약하고 유약하면서 지지부진하다. 이런 허약한 사랑은 시간 경영을 하는 그에게 매우 소모적인 것이어서 한시바삐 결단해야 한다는 강박에 시달리게 했다. 그녀가 이런 그를 눈치라도 챈 것일까? 비가 쉼 없이 쏟아지던 어느 날이었다. 그녀가 술기 머금은 얼굴로 더 이상 이런 사랑은 싫다며, 그날 비처럼 한바탕 눈물을 쏟아내더니 헤어질 것을 선언했다. 술과 양심과 절망에 빠진 박달은 작은 입맞춤도 없이 빗속에 몸을 던졌고, 미진은 자기 육체를 술잔 삼아 술을 가득 채웠다.

또다시 찾아온 이별은 박달을 일벌레로 만들었다. 어떤 일에 취하면 그 일에 푹 빠져버리는 습성이 있어 공안부에 발령 난 지 몇 달 만에 놀라운 실적을 올렸다. 그러던 차 채연의 실종 사실을 접하게 되었고 미진을 다시 만나야 할 절박한 이유를 만들어 체리 바를 찾은 것이다. 도덕적 관념이 이완된 틈을 타고 그녀를 찾아온 것은 절대 아니라는 확실한 변명도 없이 그랬다. 마치 아무 일도 없이 어제 헤어졌다가 오늘 다시 만난 사람 같은 표정으로 미진의 웃음기 가신 얼굴을 달뜨게 만들었다. 그녀 또한 거짓 이별의 상처가 치유되지 않았다는 것을

이성과 본능

노골적으로 드러내지는 않았다. 쿨한 미진은 손님이 아닌 지난날 애인으로서 맞이했다.

박달이 먼저 입을 열었다.

"자기 잔도 가져와."

"취하며 어쩌게요."

"취한 자기모습 얼마나 귀여운 줄 알아?"

"꼬시지 마세요."

"꼬시고 싶어."

그녀들은 잔을 들어 건배했다. 술잔 부딪치는 소리가 경쾌하다.

"오늘은 쨍의 의미가 뭐죠?"

"재회, 그리고 미진이 생일 축하."

"아직 열흘이나 남았는걸요."

"알아."

"선물 기대해도 되죠?"

"뭐가 좋겠어?"

"홈쇼핑 보니까 정말로 갖고 싶은 란제리랑 팬티가 한 세트에 구만 구천 원이더라고요. 염치없죠?"

"가진 건 돈밖에 없는 사람이야."

"매력은 어쩌구요?"

그들은 눈을 마주쳤고 이어서 입술을 마주쳤다.

"몇 시에 끝나?"

"정말 몰라서 묻는 거예요?"

"너무 급해서 그렇지. 꿈의 궁전 예약해 둘게."

"냉수 줘요?"

그녀가 눈을 흘기며 옆쪽 손님에게로 가 버린다. 옆 손님이 뭐라고 농을 거는 모양이다. 그녀가 연이어 까르르 까르르 웃는다. 그가 남은 술잔을 비우고 자리를 뜬다. 미진이

"벌써 가요?"

라고 했지만 모른 척 문을 나선다. 그녀가 쪼르르 따라 나오며 팔짱을 낀다. 여자들을 유혹하는 박달의 구닥다리 수법에 그녀가 말려든 척한다.

"삐지기 박사!"

"누가?"

"키스해 줘요."

벌레 먹은 낭만과 다를 바 없는 형식적 키스가 끝나고 박달이

"함께 갈 거야, 말 거야?"

"……."

"적화 남침이 시작됐단 말이에요."

"더 살됐군."

"당신 변태예요?"

"갈 거야 말 거야?"

"언제나 일방적이야, 씨!"

그녀가 그의 목에 팔을 걸자 작전 개시를 알리는 설근(muscles of tongue)이 준비운동을 한다. 형식과 감성이 주춤거린다. 그러자 이성이란 놈이 억제를 부추겼다.

"사업 문제로 긴히 의논할 게 있어서 그러니까……."

"아니기만 해봐욧!"

"실은……. 누굴 좀 찾고 있는데, 미진의 도움이 필요해서 그래."

"그게 누군데 모텔까지 가서……."

"나한테는 중요한 일이니까 도와 줄 거지?"

"뜸 들이는 거 보니까 쉽지 않은 일 같은 데 들어나 봅시다."

"오늘은 여기까집……."

이번엔 미진이 화를 냈다.

"뭐에요?! 괜히 달궈만 놓고선?"

6. 증거가 이끄는 곳으로 가라

6-1

양 선택 차장검사실

양 검사는 아침 식사 도중 아내에게 '미국 모 대학 연구진이 노화를 촉진하는 것을 발견했으니, 앞으로 늙을 염려가 없겠어'라고 했다가 말다툼을 벌인 기억이 내내 가시지 않았다.

아내가 양 검사에게 '노화 촉진을 막아주는 물질을 발견했다고 해야지, 잘못 들으면 노화를 촉진하는 것을 발견했는데 늙을 염려가 없다'라고 들리기 때문에 틀렸다는 것이다. 그러면서 범인을 상대해야 하는 사람이 그렇게 말실수를 하면 되잡히는 수가 있으니 언제나 신중하라고 충고까지 얹어 주는 것이 아닌가? 양 검사가 '내 말이 틀린 것이 아니라 우리가 서로 다른 말을 한 것'이라고, 간 크게 덤벼들었다가 국어를 잘못 배웠다며 비웃음까지 덤으로 얻어맞으면서 정말로 자기 말이 틀렸는지 따지고 또 따져 봐도 고개만 갸우뚱거려질 뿐이었다. 내내 그 바보 같은 말다툼 때문에 신경이 곤두서 있는데 박달이 들어왔다. 잠시 눈가를 비빈 뒤 멀뚱히 서 있는 박달을 보고 입을 열었다.

"강원도 양구에서 이상한 일이 벌어지고 있다는 보고가 계속 올라와서 보자고 했네."

"이상한 일이라니요?"

"가축들이 연이어 습격당하고 있는 모양이야. 어찌 된 일인지 다녀와서 보고서 작성하게."

박달의 얼굴이 일그러진다. 실망한 표정이 역력하다. 그런 사소한 일 따위로 시간을 축내고 싶지 않았기에 약간의 분노가 슬그머니 일기 시작했다. 그러면서도 하늘 같은 양 검사의 눈치를 살피고는 소량의 분노를 응축해 놓은 상태에서 입을 열었다.

"저 같은 고급 인력이 가축 피습 같은 자질구레한 일에 투입된다는 것은……."

"자네가 고급 인력이라는 것을 증명할 만한 세 가지만 열거해 보게. 아님 잔말 말고 어서 가서 자세히 진상을 파악하고 돌아와 보고해."

"첫째, 일개 요원이었던 본인이 양선택 차장검사님 직속 수사관으로서……."

"내 인내심을 시험하고 싶은가?"

"제가 하는 일이……."

양 검사가 미처 삭이지 못했던 화를 냈다.

"박달! 너 참 형편없는 놈이구나. 네 스타일이 아니라서 그러니?!"

그렇게 사적 감정을 드러낸 양 검사는 아내로부터 받은 작은 스트레스가 점점 자라나 그를 공격하고 있음에 외려 분노했다. 반면 박달은 '흘러가 버린 물로는 물레방아를 돌릴 수 없다는 사실을 모르는 영감이 또 양승방을 들먹이는구나'라고 생각했다.

박달은 떨어지지 않는 발걸음을 옮기자니 몸이 아우성친다. 이제 막

본격적으로 페티시들 간을 보기 시작했는데, 맥을 끊는다고 생각했다. 이번 수사의 앞날은 그리 순탄치만은 않을 것 같은 예감이 든다.

6-2

양구 경찰서 서장실

양 검사의 스트레스성 화풀이에 영향을 받은 박달은 양구 경찰서장 앞에서 짜증스러운 음성으로 입을 열었다.

"가축 피습사건 때문에 왔습니다."

피둥피둥 살이 오른 오십 중반의 서장이 젊은 박달의 무례를 질타하고 싶은 욕구를 참아가며 창밖으로 시선을 돌렸다. 그는 한동안 유독 검은 입술을 굳건하게 닫아걸고 있었다. 간간이 머릿결을 쓸어 올린다. 박달은 서장의 검은 머리 뿌리 쪽 흰 머리카락이 확연히 눈에 드러나는 것으로 보아 염색할 시기를 가늠하고 있을지도 모른다는 생각을 하면서 그의 침묵에 맞대응하고 있었다. 서장이 입을 열면 검은 입술 사이로 고리타분한 관념의 말들을 쏟아낼 것만 같았다. 상부에서 조사차 나온 수사관에게 예의에 벗어날 시간을 염두에 두었을까, 서장이 검은 입술을 달싹이더니

"몇몇 지각없는 농민들이 청와대 홈페이지에 올린 모양입디다."

라고, 퉁명스럽게 던지고는 다시 창밖으로 고개를 돌렸다. 마치 창밖에 괜찮은 구경거리라도 있는 양 그랬다. 박달은 서장의 정수리 쪽 흰 머리카락이 앞쪽보다 좀 더 많이 자라 올라 오고 있어서 보기가 흉

하다는 생각을 하면서 다음 말을 기다렸다. 서장은 그만하면 자신의 불편한 심정을 알아차렸을 것으로 생각했는지 슬머시 상부 쪽 사람들을 건드렸다.

"서울서는 시앙(시방) 연쇄 살인 사건 땜에 골머리를 앓고 있을 터인데……"

하찮은 일로 인력과 시간을 낭비하고 있으니 얼마나 한심한 노릇이냐고 비아냥대고 싶었을 것이다. 서장의 말이 이어졌다.

"상부에 올릴 보고서는 적당히 만들어 놓으라고 지시해 놓겠소. 박 수사관은 이삼일 푹 쉬었다가 올라가요. 머무는 동안 불편함이 없도록 해줄 거요."

자신의 무례를 그런 식의 배려로 무마하려는 서장의 복지부동은, 명령과 원칙에 죽고 사는 양구 11사단 중대장으로 근무하고 있는 남성태 선배를 떠올렸다. 그와 대폿잔이라도 기울인다면 이 밤 조금은 위로받을 것 같아 휴대폰을 뒤적이고 있는데 머리가 숭숭한 방범 과장이 헐레벌떡 들어와 조사 보고서를 서장에게 건넨다. 형식적으로 서류를 훑어보던 서장이 박달의 눈치를 살핀다. 봐야 뻔한 일이니 방범 과장에게 브리핑이나 듣고 말라는 눈치다.

"음, 열흘 간격으로 네 차례나 습격을 당했군요."

반 대머리 방범 과장의 짙은 눈썹과 풍성한 수염이 인상적이다. 박달의 단골 치과의사라면 그의 머리털이 숭숭한 것은 양쪽 어금니 쪽에 문제가 있어서 혈류가 제대로 흐르지 않았기 때문이라고 단정을 내렸을 것이다. 방범 과장이 말했다.

"여우나 살쾡이 짓이 분명합니다."

그리고는 연신 어금니를 꾸욱 깨물었다. 금니에 문제가 있는 것이 분명했다. 박달이 과장을 보며 정색하고 물었다.

"여우라니요? 이 땅에 아직도 서식한단 말이요?"

과장이 다급하게 말을 바꿨다.

"내 말은 맹금류 중의 뭔가⋯⋯."

서장이 받았다.

"내 생각도 그렇소. 박 수사관 의견은 어떻소?"

"글쎄요, 눈으로 직접 보지 않아서 뭐라고 말씀드릴 수는 없겠지만, 사진상으론 그렇게 보일 수도 있다는 생각이 듭니다. 혹시 다른 장기들이 손상되었거나, 뭐 그런 흔적은 없었습니까?"

"글쎄 그게 나도 이해가 가지 않아요. 피살된 짐승들 모두의 귀가 아작났다는 겁니다. 그리고 정확하게 두 장기들만 사라졌어요."

"귀가 아작나다니요?"

"뭔가 예리한 송곳 같은 것으로 깊숙이 찔러 엉망으로 만들어 놓았단 말이지요."

서장이 안경을 다시 쓰며 거울을 본다.

"과장, 오늘 밤 박 수사관 잠자리 불편하지 않도록 해주고, 사건 빨리 마무리 짓도록 해요. 그럼, 박 수사관 난 바빠서 이만⋯⋯."

별 시답지 않은 애송이가 찾아와 까탈을 부린다고 생각했는지 문닫는 소리가 요란하다. 박달이 사진을 꼼꼼히 살펴보고는 뭔가 구린 냄새를 맡은 듯이 말했다.

"맹금류의 피습이라고 보기에는 석연찮은 구석이 너무 많습니다."

방범 과장이 수사 기록을 내려놓으며 박달의 의견을 정면으로 반박했다. 과장 역시 하찮은 일에 주말 낚시 계획을 망치고 싶지 않은 모양이다.

"아니면 사람 짓이란 말이요?"

"단정을 내릴 수는 없지만 지능이 상당한 뭔가가……."

과장이 혼잣말처럼 중얼거렸다.

"제기랄, 내가 지금 유인원 논란이나 하고 있어야 한다니……."

박달이 못 들은 척 서류 가방을 들고 일어났다.

"피해 농민들을 직접 만나 정확한 상황을 작성해서 상부에 올려야겠어요."

"서장님이……."

"됐구요. 누군가는 하는 척이라도 하는 사람이 있어야 이놈의 무능한 공화국이 돌아갈 거 아닙니까? 내일을 위해서 말입니다. 그럼."

피해 농가를 찾아다니며 몇몇 미심쩍은 부분을 낱낱이 기록한 후 남성태 중대장에게 전화를 걸었다.

"선배님, 술 한 잔 사십시오. 요즘 따라 스트레스받는 일이 얼마나 많은지 죽겠습니다."

"박달! 그러잖아도 너 왔다는 소릴 듣고 막 연락을 하려던 참이었다. 그런데 어쩌냐? 하필 지금 비상 대기 중이니."

"오늘만 날은 아니잖우."

"끝나면 연락 하마."

아무 일도 하지 않고 한가하기란 어려운 일이다. 양구 시내 한 PC방으로 들어가 심 박사에게 전화했다. 심 박사의 음성이 고무되어 있다.

"자네가 던져 놓은 미끼를 물겠다고 문의가 폭주하고 있네."

"이 땅의 페티시들을 모두 상대해야겠군요."

"지금부터는 인내와의 전쟁을 선포해야 할 걸세."

"이 일이야말로 노가다(土方に行く)네요."

그는 결전 의지를 다지며 컴퓨터로 시선을 돌렸다.

6-3

양선택 차장검사실

신문에 몰두해 있던 양 검사가 초췌한 모습으로 문을 열고 들어서는 박달을 보고 시큰둥하다. 그는 보고서를 내려놓고 양 검사를 멀뚱히 바라보고 있었다.

"나귀 샌님 쳐다보듯 뭘 그렇게 말똥말똥 보나? 앉아."

"동물 피습사건 보고서입니다."

"거기 뭐."

"저어–"

"뜸 들이지 말고 할 말 있음 어서 하고 나가봐."

"맹금류들의 피습으로 인한 피해……."

양 검사가 지나가는 말로 말을 끊었다.

"농민들도 그리 생각하던가?"

"네."

양 검사가 여전히 무관심한 표정으로 말했다.

"별일 아니라니 다행이군. 나가봐."

이게 또 무슨 소린가? 박달이 계획적인 똥개 훈련에 동원된 지랄 같은 기분으로 방문을 나서려는데 양 검사가 더 같잖은 말로 읊조리듯이 말했다.

"아무리 힘들어도 행색은 말끔해야지. 자칫 난 놈이 말이야."

또다시 양승방이다. '징그럽소! 밤새워 페티시들과 한판 벌인 사실을 알 턱이 없으니 당연하겠지요. 보고서보다 내 행색에 신경을 쓰고 있는 당신이 더 한심하구려.'그렇게 내뱉고 싶은 심정이었으나 꿩 대신 닭이라고

"제 행색 보고 발령 내린 건 아니지 않습니까?"

"단정한 행색도 업무의 일종이야."

"이럴 줄 알았으면 복무조항을 꼼꼼히 읽어둘 걸 그랬습니다."

"꼬박꼬박 말대꾸하는 걸 보니 그간 가정교육 잘 받았구나."

"아버님께서는 제게 늘 타당한 답변을 하는 데 주저함이 없어야 한

다고 말씀하셨습니다."

"어련했겠니."

칭찬하면 진저리가 나고 비방하면 화가 났다. 영감의 능숙한 간계의 깊이를 헤아려 두는 것으로 만족하기로 했다. 이기는 것을 즐기는 자는 반드시 그 적을 만나리라. 공자님 말씀이다.

이성과 본능

7. 고단백 아미노산(*amino acid*) 비상구가 들썩거린다

7-1

박달 사무실 컴퓨터 모니터 앞

밤을 새워 페티시 사이트를 뒤지다가 지쳐 잠을 청하려는데 눈을 번쩍 뜨게 하는 글을 발견했다. 오선달이라는 ID를 가진 인물이 올린 글이다.

한 번도 실패한 적이 없는 나의 물총.

전 슴 아홉입니다.

스타킹이 필요 하신 분은 저의 노하우를 배우세여.

자체 제작한 물총을 가지고 압구정동으로 헌팅에 나섰는데

거기 물이 얼마나 좋은지 쭉쭉 빵빵 엄청 많았습니다.

눈팅을 즐기다 커피색 스타킹을 발견허거덩;;

슬쩍 흰색 물총을 쏴 줬지요.

금방 쭈욱 번지더군요.

시치미를 뚝 떼고 슬금슬금 뒤따라갔습니다.

그 아가씨 기겁을 하고 세븐 일레븐으로 들어 가대여.

'저걸 조져 말어'라고 생각하고 있는데

얼마 후 스타킹을 사 가지고 나오더니 글쎄

어느 건물로 쏙.

쿵;;;

물론 여자 화장실을 찾아간 거겠죠.

쓰레기통에서 그네를 타고 있는 명품 스타킹…

담엔 명륜동으로? ^.. ^

와방~ 사랑스런 그녀.

죽여주는 꼬리한 냄새와 성욕을 돋우는 향기.

바로 딸 잡았습니다.

사냥감 공유하고 싶은 분 연락 주삼.

공안부에서 얻은 경험에 의하면 활동성이 강한 자는 목적을 위해 물불을 가리지 않는다는 것이다. 청담동과 명륜동이라……. 이 지독한 구린내. 군기반장이라는 ID로 놈에게 접속을 시도했다.

"오선달님, 부럽네여."

페티시다운 간접언어로 답이 왔다.

"숨넘어가는 그녀의 앙칼진 보챔 후의 노략질."

이건 또 무슨 소린가? 슬며시 관심을 보였다.

"죽이는데요?"

놈이 넙죽 물었다

"얼마 전 대단한 보상을 받았습니다.

 팬티 2장에 커피색 팬티스타킹 다섯 장!

 조낸 기분 업"

"사냥감 공유하고 싶은데."

"오는 정이 있어야 가는 정도 있삼."

"어떻게 해야죠?"

"뜻이 있는 곳에 길이 있다.

 두드려 보세어. 열릴 것이요."

제법 밀당을 즐길 줄 아는 놈이다. 이번엔 심리전이다.

"난, 쉽게 취한 물건은 별로던데……. 스릴 없는 섹스처럼 말이지."

"빡치네."

갑작스런 태도 변화를 보임으로써 박달의 진의를 파악하려는 고수임이 틀림없다. 박달 역시 진의를 감추고 무감하게 대꾸했다.

"흠!"

7-2

하루 종일 시신을 바라보며 이 사람은 어떻게 죽었을까만을 생각해야 하는 유일한 여성 법의관 최인순이 헐레벌떡 뛰어 들어오는 박달에게

"이번엔 강원도 신북에서 터졌어. 건장한 남자야."

라고 소리치고는 잔뜩 구겨진 얼굴을 하고 있다. 최인순 박사를 듬

직한 여성 법의관으로 상상했다면 크게 실망하였을 것이다. 얼굴은 물론 팔다리도 길쭉하다 보니 과장된 표현을 쓰자면 쭈욱 늘어난 노란 고무줄 같았다. 그러다 보니 보는 사람마다 최 박사의 길쭉한 얼굴에 있는 눈코입이 고생깨나 하고 있다는 생각을 갖게 한다. 그렇다고 인상이 병약해 보인다거나 동정심을 느낄 만큼 강단이 없어 보이지는 않았다. 박달은 자신의 시선을 최 박사의 미간에 고정해 버림으로써 시신의 처참한 모습을 피할 수 있었다.

"누님, 고생이 많으십니다. 심 박사님은요?"

"금방 내려오실 거야. 한 달에 40여 건을 처리해야 하니……. 이거 정말 죽을 맛이구만."

"누님 같으신 분이 계시니까 그나마 우리나라 법의학계가 이만큼이라도 건재하는 거죠."

"말로만?!"

"그런 의미에서 오늘 한잔 쏠게요."

"미안하지만 할 일이 태산같이 많다네. 부검만으로 확인할 수 없는 사항들을 검사 의뢰한 건수가 좀 많아야지. 그뿐인 줄 알아? 온라인으로 통보받은 자료를 바탕으로 부검 감정서를 작성하자면 이 밤이 모자라."

"야식 잘하는 곳을 알고 있거든요."

그녀는 듣는 둥 마는 둥 긴 얼굴을 찌푸리며 시신 쪽으로 다가갔다. 그리고는 귀 쪽을 가리키며

"이번엔 가평 쪽인 것 같더군. 날카로운 물건으로 귀안 삼반 고리관을 쑤셔서 기절시킨 뒤 혀와 성기를 잘라 과다 출혈로……."

"귀를 찔러 질식을 시켰단 말이죠? 귀……."

순간 동물 피습이 생각났다. 박달은 재빨리 시신의 귀 쪽을 살펴보았다.

"사망 추정 기간은요?"

"파리란 놈들은 사망 후 바로 눈 귀 입 항문 등과 같이 습기가 있는 신체의 자연구나 창구를 통해서 산란하거든. 그럼, 창의 모양이 바뀔 수도 있어. 파리 번데기들 선탈한 껍질이 있는 것으로 봐서 열흘은 넘은 것 같아. 이것만으로 사망 추정 일자를 정확하게 잡아내기가 수월찮아."

"우연인가요? 대략 추정해도 열흘 간격으로 사건이 터졌군요."

그는 동물 피습사건을 다시 상기했다. 동물 피습 역시 열흘 간격으로 일어났었다. 그렇다면 동물과 인간을 가리지 않는 뭔가가…….

"또 다른 살인 사건이 분명하군요. 그런데 이번 사건은 도저히 감이 오질 않습니다. 경찰은 뭐라고 합니까?"

"이제 접한 일이라……."

"누님! 위장관의 내용물 등을 토대로 가평 일대를 탐문해 봐야겠습니다. 이 사람 마지막 식사를 누구와 무엇을 먹었는가를 알아낼 수만 있다면 사망 추정 일자와 시간을 예상할 수 있겠죠?"

"참고로 난 자네 누님이 아니야. 다음부터는 최 박사님이라고 깍듯이 존칭을 써 주시지."

"옛썰 누님, 아니 박사님."

7-3

체리 바

휴대폰으로 수다를 떨고 있던 미진이 박달을 발견하고는 서둘러 종료 단추를 눌렀다. 수다의 여운이 아직도 남아 있어선지 멍한 눈으로 박달을 바라보았다. 동공의 떨림으로 보아 기대와 설렘의 공명이 여간 아니다. 박달은 그런 그녀의 눈길을 애써 외면하였고, 그녀는 내밀함을 숨긴 채로 투정을 부렸다. 그러나 표정만은 플레이보이 잡지에 마지못해 취재에 응한 정숙한 미망인 같았다.

"발길을 뚝 끊어 버리더니 웬일이래요?"

그는 그녀의 어투에 묻어난 감정을 내심 즐기며 말했다.

"같은 걸로 한 잔 줘."

그녀가 사무적으로 말했다.

"그러죠."

그러고는 칵테일 잔에 올리브를 넣은 다음 박달을 힐끗 바라다보았다. 박달이 쌩끗 미소를 머금고 절정에 오른 눈빛으로 분위기를 반전하려 들었다. 오나가나 밀당이다.

"간절해서 그래."

사랑의 고수가 그냥 넘어갈 리 없다. 그의 리비도를 빼앗아 작전시

이성과 본능

킴으로써 앙탈을 수확하기 위해서다.

"오늘 밤은 안 돼요."

미진의 따가운 반응에 외려 박달의 고단백 아미노산(amino acid) 비상구가 들썩했다. 아랫배에 불쑥 힘이 들어가고 있다. 남성 호르몬이 급격히 증가한다. 놀랍기 그지없는 뇌라는 성감대의 부추김과 그 메커니즘(mechanism)을 무시하고 본론을 말하지 않으면 정념이 정복하고 욕망이 풀무질할 것이다.

"미진이 ID 생각해 봤는데, 좀 시골스럽긴 하지만 맘에 들었으면 좋겠어. 기도하는 소녀."

그녀는 '이 남자가 나를 놀리고 있구나.'라고 생각했는지 어처구니없는 표정을 지었다.

"완전 '허걱'이다."

"말했다시피 남자들은 단순해. 여자들이 내숭 떠는 줄 알면서도 내숭 떠는 걸 좋아하거든. 일말의 희망이랄까?"

"진창에서 청초한 꽃을 발견하고 싶은 희망 말이죠?"

"여자의 매력은 절반이 속임수라는 거, 자기가 더 잘 알 건데. 건수 좀 올려야 해. 대한민국의 생사가 미진이 어깨에 달려 있다면 좀 거창한 명분인가?"

"차라리 지구를 구하기 위해서라고 해 두죠."

"이것도 엄연히 경제 활동이야."

"뚜벅이 생활이 지겨웠던 모양이죠?"

그녀가 킬킬 웃는다. 웃는 모습마저도 색기가 넘친다. 하긴 색기 없는 그녀는 상상하기도 싫다. 까다롭지 않고 퀄리티도 높으니 이처럼 향기 나는 여자는 대한민국 어디에도 없을 테지만 고개를 돌렸다. 사내들을 빤히 내다볼 줄 아는 그녀가 앙탈을 부렸다. 그녀가 말려든 척한다.

"자기, 나 외롭게 만들면 알죠?"

그녀의 비음이 간신히 잠재워 놓았던 보따리를 다시 덜컹대게 만든다. 비포장도로를 달리는 기분이다. 그녀는 그렇게 사내의 열정을 달구어 놓고 사내가 기대치를 높이면 슬며시 물러서는 고감도 밀당의 달인이다.

"아잉! 고단백 아미노산이 필요하단 말이에요."

사내들은 그녀의 그 한마디에 자존감을 살리고 기대감으로 다시 체리 바를 찾는다. 빤히 아는 거짓말에 속아 넘어가는 것이 남성들의 성이다.

그녀는 장사하는 것이 아니라 경영한다는 자부심으로 일을 하고 있다. 그녀의 꿈은 강남 최고의 룸살롱 마담이 되는 것이다. 그래서 바(bar) 순이라는 치욕에 맞서 실물 경영학을 배우는 중이라고 자신을 타일렀다. 그는 그런 그녀의 프로 정신을 사랑했다.

"자긴 무슨 말을 해도 추하게 들리지 않아."

두 사람의 잔이 위태위태하게 부닥친다. 박달이 음욕을 감추고

"일전에 부탁하려고 했던 것이 뭐냐 하면……"

그가 몇 번을 망설이다가

"페티시들 말인데……."

"페티시라면 이성의 물건에 성적인 호기심을 갖는 그런 사람들을 말하는 거 아니에요?"

"그걸 미진이 어떻게 알았어?"

그녀가 '내숭이란 이런 것이다.'라고 보여주기라도 할 것 같은 태도로 물었다.

"내 친구 딸기가……. 페티시들한테 자기 속옷을 팔아서 짭짤하게 재미를 보고 있다는 소린 얼핏 듣긴 했는데 정말 그런 사람들이 있단 말이죠?"

박달은 연이어 서너 잔의 술을 넘기고서야 생기가 넘치는 목소리로 말을 이어갔다.

"우리 그 사업하자."

미진이 박달의 눈을 뚫어지게 바라본다. 어떤 의밀까? 긍정? 부정? 혐오?

"그대 정도라면 이 바닥에서는 초대박 터진다는 소리 나오지."

그는 염미진의 표정을 놓치지 않기 위해서 그녀의 눈과 입술을 번갈아 세심하게 살피는 중이다. 그녀의 눈빛은 순수함과 색기를 동시에 머금고 있었으며 입술은 찰나의 순간조차도 모양을 바꿔가며 유혹했다. 순간 염미진의 눈빛이 살벌해지는가 싶더니 박달의 눈에서 별빛이 반짝했다.

"철썩!"

구석 자리에 앉아 위스키 잔을 주물럭거리고 있던 갈색 머플러의 중년 남자조차 눈을 돌릴 만큼 살벌한 손찌검 소리였다. 박달은 예상이라도 한 듯이 뺨을 문지르며 헤벌쭉 웃어 주었다. 그녀는 TV 드라마 순정녀로 변신한다. 눈물 한 방울을 주르르 흘리고는 주방을 향해 쪼르르 달아났다. 그는 그녀가 다시 나타나기를 기다렸지만 끝내 모습을 보이지 않자, 마저 술잔을 비우고 슬며시 자리를 떴다. 과연 그녀의 진실은 어디까지이며 여자란 어떤 존재인가? 저건 내숭일까? 진심일까?

"진심이었나 보네."

남자들은 언제나 여자들보다 한 수 아래다. 그래서 세상을 지배하는 것은 남자이나 그 남자를 지배하는 것은 여자라고 했나 보다. '복종하라, 그리고 지배하라.'모든 여자에게 딱 들어맞는 말이다.

7-4

박달의 컴퓨터

박달이 ID 오선달과 다시 접속을 시도했다. 상당히 의심도 많고 겁도 많은 놈이다. 수변만 뱅글뱅글 돌 뿐 쉽게 접근을 꺼린다. 좀 더 후끈한 야설이 필요할 것 같았다. 그는 페티시 사이트에서 이것저것 조몰락조몰락한 것들을 적당히 양념을 쳐서 유인하기로 했다.

"어제 자취를 하는 여친 방에서 망사 스타킹 슬쩍 했는데 냄새가 죽여주네여."

"……."

남녀 간에만 밀당이 존재하는 것은 아닌가 보다. 슬며시 옆구리를 찔러보기로 했다.

"칭구 넘이……. 팬티나 스타킹을 얻기 위해서 살인까지 불사하는 페티시가 있다는데, 스릴을 즐기는 섹스처럼……."

"허거덩;;"

"……?"

놈이 악마의 유희를 제안한다.

"군기반장님도 관심 있으세여?"

박달이 미끼에 걸려든 척한다.

"미주알부터 옴질옴질 간지럼을 타네여."

"고수 기질이 있어여^^."

"경험담을 들어 볼래여?"

"흠 ㅠㅅㅠ……."

"언젠가 한 번은 골목길을 가다가…… 참고로 저는 커피색 스타킹과 분홍 망사 팬티를 좋아하걸랑요. 글구 나이와 얼굴을 상관하지 않아요. 근데 진짜루 커피색 스타킹 여자를 만났슴다. 강렬한 살의가 느껴지더라니까요."

"꿀꺽!!!"

"저질러? 말어…….

그 순간 여자가 자기 집으로 쏙 들어갔어염ㅠ.

어찌나 허전하던지.

그런데 정신을 차리고 보니까 우리 집 아니겠어요? ㅋㅋㅋ.

　제 여동생이었던 거죠."

"큰일날 뻔했네여.

　저도 그런 경험이 있걸랑요."

"어디서요?"

"오늘은 여기까지……."

놈이 돌다리도 두들겨 가고 싶은지

"짱구 굴리지 마세여!"

"무슨 말씀인지!"

"나 붕신 아니지."

다급해졌다. 놈을 잡아야 하는데 놈은 없다. 모처의 PC방이라는 증거 밖에는……. 매달리자! 애원하자!

"여친 거 동영상 띄울까여?

　간절하다고요.

　아시죠?

　그 자식 보채면 미쳐버릴 것 같은 심정!"

놈이 보따리라도 움켜잡고 있나 보다. 잠시 침묵 중.

"^n^"

박달이 다급하게 보챘다.

"지금 만나여."

"ㅎㅎㅎ……. 나는 지금 당장 당신을 경찰에 꼬발릴 생각입니다."

이자 역시 심리전을 펼칠 심산이다.

"프로(pro)답지 못하군요."

"담에 봅시다.

차 조심!

남자 조심!

여자 조심!

개 조심!

불조심!

풋 풋 풋! KIN(즐)."

그렇게 놈은 비웃음과 함께 사라졌다. 조급해진 박달이 긴 한숨을 몰아쉬며 모니터를 떠난다.

7-5

박달은 양 검사로부터 전화를 받자마자 심 박사와 미팅을 가지기로 했던 약속을 뒤로 미루고 운전대를 돌렸다. 올림픽대로를 지나 팔당 댐을 지날 무렵부터 계기판 RPM을 올렸다. 마음이 급해서다. 몇 대의 차를 추월하고도 시원찮았던지 갓길 주행도 서슴지 않았다. 강촌 5km라는 표지판을 보고서야 숨찬 달리기를 줄였다. 강촌의 야경이 서서히 시야에 들어오면서 물병을 들어 목을 축였다. 국과수로부터 내용물을 정확하게 파악하여 통보받은 시각은 오후 7시쯤이다. 라디오를 틀자 기다렸다는 듯이 뉴스가 흘러나왔다.

"양구 일대에서부터 시작된 동물 피습사건을 대수롭지 않게 여겼던 경찰이 강원도 신북 살인 사건을 연계시켜 수사에 나서기로 하는 한

편 수사관을 급파해 사망 경위들을 조사할 방침인 것으로 알려졌습니다."

자신을 언급하고 있는 아나운서가 가까운 친구처럼 느껴진다.

곰장어 집

중절모자를 깊숙이 눌러쓴 80년대식 조폭 나부랭이 비슷한 인물이 선뜩 다가왔다.

강촌 일대를 주름잡고 있다는 좀 모자라 보이는 양아치다. 사내는 산발 탄 표적지 같은 콧등을 어루만지더니 들쑥날쑥한 이를 보이며 웃었다. 지껄일 때마다 연이어 튀어나오는 침 때문에 식사 자리를 꺼리는 동료가 많다는 이야기는 거짓이 아닌 것 같았다. 몇 마디 형식적인 인사를 주고받았을 뿐인데 박달의 얼굴에 적어도 다섯 번의 침이 튀었다. 게다가 인상마저도 3라운드를 마친 격투기 선수처럼 부어터지고 일그러져 있어서 아무리 곱게 보려 해도 절로 찡그러진다. 외모로 사람을 판단하지 말아야 한다고 놈을 소개한 이의 얼굴을 눈여겨보아 둘 걸이란 생각이 들었다. 이 양아치는 박달이 공안부에서 사회 질서를 어지럽히는 인물을 추적하던 중 알게 된 일종의 정보원이 짚어준 자다.

놈이 허리를 90도 아래로 숙이자, 마룻바닥에 코를 처박을 것만 같았다. 권력에 아부하는 모양새가 여느 양아치들과 다르지 않았다. 강자에게는 약하고 약자에게는 강한 근성이 몸에 배어 있다. 박달이 단도직입적으로 물었다.

"이번에 발견된 시신, 당신들 조직원 중 한 사람 맞죠?"

"조직원이라니요. 건전한 비즈니스맨이라고 해주시지 않고……. 그 자식 똥꼬 엄청 밝혀서 똥털이란 별명이……."

"똥털 비즈니스 맨?"

"형님, 강촌까지 오셨는데 눈탱이 튀어나올 만큼 상큼 발랄 시한 거시기……. 인생 별거 있습니까?"

"피리 불지 말고 묻는 말에나 대답하지. 죽은 똥털이라는 자를 마지막으로 본 사람이 누구지?"

"제가 형님……."

"이 사람이 말끝마다 형님이래!"

이 바닥에서 심하게 때가 묻은 양아치라는 것을 입증이라도 하려는 듯이 박달의 엄포에도 놈이 헤실헤실 웃는다.

"부하직원의 일거수일투족을 감시하는 것은 비민주적인 행위죠."

"똥털이 사망 전 먹은 음식이 삼겹살에 쇠주요. 그래서 묻는데……."

"……."

"특이한 것은 거기다 짜장면이 곁들었어. 돼지 새끼도 아니고!"

놈이 잠시 뭔가를 생각하는가 싶더니 혼잣말처럼 중얼중얼 주워 섬기기 시작했다.

"저희들끼리 사다리 타서 짱깨 시켜 먹기는 하지만……."

"그게 언제요?"

"그날이 우리 나이트 대박난 다음 날이니까……. 한 이십일 된 것 같습니다."

"정확하게!"

"우리 회사 매월 25일 대박 날이걸랑요. 공돌이 공순이 월급날이잖아요. 오늘이 15일이니까 정확하네요."

"대박 다음 날이면 십구일이지! 정확하게 열흘 간격! 그렇다면 오늘 비슷한 사건이 터질 수도 있다는 계산이 서는군."

"무슨 말씀인지……?"

박달이 다급하게 일어서며 건성으로 말했다.

"그럼 난 바빠서 이만……."

"혀 형님도……!"

"이 사람이!"

놈이 모자를 벗으며 또다시 구십도 인사를 한다.

"시켜놓은 쇠주나 드시고 가시지. 하여튼 시간 나시면 우리 나이트 들리십쇼. 발랄 상큼   시한 거시기……. 욜라 뽕빨나게 해 드린다니까 그러시네."

박달이 자동차 시동을 걸자마자 휴대폰이 울렸다. 양 검사의 다급한 목소리가 귀청을 때린다.

"지금 어디야? 됐고. 지금 당장 강촌으로 가게. 수색대가 살인 사건 용의자를 추적 중인데 체포 즉시 지체하지 말고 압송해 와."

"연쇄 살인 사건 용의자 말입니까?"

"……말고. 하여튼 빨리 출발하지 않고 뭐하나?"

"지금 가고 있습니다. 추적 위치나 일러 주십시오."

7-6

강촌 여관 앞

사건 현장에서 멀찌감치 떨어져 있던 구경꾼들은 눈앞의 상황에 대한 궁금증을 풀기 위하여 정보를 주고받기에 바빴고, 경찰관들은 목격자들을 불러 그들의 입에서 작은 단서라도 찾아내려는 수고를 아끼지 않았다. 이마의 붉은 점이 인상적인 경찰관이 박달의 신분증을 보고 정중하게 거수경례를 붙인다. 그러고는 피해자의 용태와 사건의 개략적 설명을 위해서 헛기침을 두어 번 하더니 자신보다 한 계급 낮은 경관을 불러 세워 두고 몇 마디 확인 질문을 받고서야 시작했다.

"지금 실려 간 사람은 40대 중반의 남성이구요, 혀와 성기가 절단된 사건입니다. 금일 22시 11분경에 여관에 입실하고 나서, 여기 주인의 말에 의하면 입실할 당시엔 여자와 다정하게 들어갔다고 합니다. 그 후 한 삼십여 분 지났나……. 이 봐 박 순경! 주인이 그렇게 말했다고 했지?"

"정확하게 삼십삼 분입니다."

"하여튼 그리고 나서, 에 또……. 사건이 발생했다고 합니다. 그 쬐그만 여자가 어떻게 그런 등치 남자를 작살을 내버렸는지 미스터리이긴 하지만, 하기사 뭐 남녀 관계라는 것이 우리가 생각하는……."

박달이 말을 자르고 묻는다.

"피의자가 여자라고 했습니까?"

"네."

"혹시 귀에서 피가 흐르지 않던가요?"

"그걸 어떻게……?"

"용의자를 추적 중이라고 들었습니다."

"저기 야산 아래 축사 있죠? 그쪽으로 여자가 사라지는 걸 본 목격자 증언에 따라 추적대가 쫓고 있긴 한데……."

박달의 차가 S자로 구부러진 길을 직선으로 내 달린다. 두 개의 전봇대를 지나서야 마을 초입을 알리는 표지석이 나타났다 사라진다. 금잔화가 흐드러진 언덕을 넘자, 하늘 위로 치솟은 손전등 불빛들이 부산하게 움직이는 곳이 보였다. 파란 양철 지붕 축사에서 쏟아내는 불빛이다.

박달이 도착했을 때는 전경 몇 명과 형사들이 개집을 두고 반원을 그린 채 뭔가를 주시하고 있었다. 그는 손전등 불빛 아래 내장이 쏟아져 나온 송아지만 한 누렁개에게 다가가 귀밑을 살폈다. 곱슬머리를 단정하게 빗어 넘기고 붉은빛이 살짝 느껴지는 가죽점퍼의 형사가 말했다.

"개 짖는 소리가 하도 요란해서 달려와 보았더니 이렇게 뻗어 있지 뭡니까. 그런데 댁은 누구요?"

박딜은 개의 복을 만지며 대답했다.

"서울지검 박달입니다. 강촌사건 범인과 동일한 인물 맞네요."

"이렇게 송아지만 한 맹견을 말입니까? 그 여자가!"

"개의 체온이 아직 따뜻한 것으로 보아 이 근처 어딘가에 은신하고 있을 것이니 축사 안팎을 샅샅이 뒤져 보는 것이 좋을 것 같습니다."

이때 박달의 시선 안으로 미미하게 흔들리는 개집이 들어왔다.

"등잔 밑이 어둡다더니……."

수색대들의 손전등 불빛이 한순간에 개집으로 쏟아져 들어갔다. 불빛을 향한 맹렬한 반항 의지를 보이며 여린 뭔가가 나타났다. 무모하고 조심성이 결여된 경관이 다급하게 그 뭔가를 잡아채려는 순간 그의 팔이 수렁에 빨려 들어가듯 개집 안으로 사라졌다. 비명과 함께 경관이 덜렁대는 약지를 부여잡고 나뒹굴어졌다. 가죽점퍼 형사가 개집을 향해 총구를 겨누었다. 박달이 총구를 밀치고 랜턴 불빛을 개집 안으로 밀어 넣었다. 미상의 물체가 새끼를 잃은 어미 살쾡이처럼 살벌한 눈빛으로 그들을 쏘아보았다. 긴 항해 끝에 육지를 발견한 항해사처럼 놀라움과 두려움, 그리고 호기심 어린 눈빛을 머금고 외쳤다.

"사 사람이다!"

이런 외침에도 불구하고 개집에서는 앙칼진 고양이 소리가 연이어 흘러나왔다. 추적자들은 생포냐 사살이냐를 두고 망설임을 보였다. 가죽점퍼 형사가 권총의 노리쇠를 당기려는 순간 박달이 그의 권총을 살짝 눌러 방향을 바꾸고 대원들과 함께 개집을 엎었다. 자그만 체구의 여자가 상자 안의 물건처럼 쏟아져 나왔다. 그녀는 산발한 머리 사이로 이빨을 드러낸 채 놀랍도록 큰 눈을 하고 포위한 대원들을 노려보며 야생 살쾡이처럼 크르릉거렸다.

형사계장이 박달의 보고서를 점검하고는 양 검사의 눈치를 살폈다. 양 검사가 자꾸만 피어오르는 미소를 감추느라 신경을 쓰면서 본론으로 들어갔다.

"신북 살해 사건과 이번 강촌 여관 상해 용의자가 가축을 피습했던 그 조그만 여자다?"

"좀 더 조사해 봐야 알겠지만 모든 정황이 그렇습니다."

양 검사가 믿어지지 않는다는 듯이 고개를 절레절레 흔든다.

"체포 당시 그 여자가 수색대원의 손가락 하나를 잘라 버렸다면서?"

"다행히 봉합 수술을 받아 이상 없이 회복 중이라는 소식을 들었습니다."

"현재 그 여자는 어쩌고 있다던가?"

"잔뜩 웅크린 채 꼼짝도 하지 않고 있다고 들었습니다."

"언론에서는 난리 났겠군."

"대단한 얼짱이라는 소문이 파다합니다. 그래선지 일간지는 물론 인터넷 언론들 그리고 유튜버들, 거기다 학계에서는 학계에서 대로 연구 대상으로 삼겠다고 난리이구요."

"이런 미모지상주의 인간들이 있나! 동정 여론이라도 형성된다면 어쩌자는 거지? 연쇄 살인 사건과 무슨 연관이 있을 지도 모르니까 철저히 조사해서 보고 하게. 그리고 그 그 뭐냐 페티신가 뭔가 하는 일에서는 손을 떼고 이번 조사에 집중하란 말이야. 내 말 알아들었어?"

"사이버상에 용의점이 또렷하지는 않지만, 의구심이 드는 자가 있어서……."

"지저분한 취미생활이나 즐기는 놈들 뒤져봐야 시간 낭비야. 페 페티시라니 입에 담기조차 민망스러워서 원!"

"이번 경우는……."

"사이버에서 알아서 할 테니 자네는 내 지시대로만 따라."

양 검사가 이마에 손을 얹고 한동안 생각에 잠겨 있다가 굳은 결심이나 한 듯 말했다. 그런데 양 검사의 표정이 수상했다. 자신의 의중을 들키지 않기 위한 사전 행동처럼 보이기도 했고, 정말로 고민하는 것처럼 보이기도 했다. 박달은 양 검사의 그다음 말에서 힌트를 얻기로 했다.

"그 여자 후송해 올 때 유독 자네 말에 순종적이었다고 했는데 사실인가?"

박달이 쑥스러운 듯이 얼굴을 붉히며

"아- 네! 제가 좀 친절해 뵈는 얼굴이라서요."

"그 여자 보는 지능이 퍽이나 낮은 모양이군."

"갑자기 승방 씨 IQ가 궁금해지는데요?"

양 검사가 헛기침하며 말했다.

"날 닮아서 꽤나 명석하다는 소릴 듣곤 했지. 수석 졸업."

"승방 씨가 제게 관심을 두는 이유를 알겠군요."

양 검사가 피식하고 웃더니

"내가 졌다. 하여튼 이 여자 자네가 어떻게 좀 해봐. 빠른 시간 내로 만나 보고 그에 합당한 답안지를 내놓으란 말이야."

박달이 주춤하면서 양 검사를 뚫어져라 바라본다.

"이 사람이 놀라긴? 그런 악마 같은 여자를 어떻게 하란 소리로 들리나? 그동안 불신을 말끔히 씻어낼 기회를 주는 거니까 철저히 조사해서 보고하란 말이야. 악마를 만나면 그 주변에서 바늘을 찾으라는 말 명심하고."

박달은 양 검사의 말에 어떤 의미가 숨어 있는지 잠시 혼란을 겪다가 모르면 배우는 것이 상책이라는 생각으로 물었다.

"그 여자의 바늘 말입니까?"

박달의 일차원적 자의적 질문에 놀란 양 검사가 숨겨두었던 비웃음을 내비쳤다.

"악마가 괜히 악마가 된 줄 아니? 바늘처럼 찔러댄, 아니 괴롭혀 악마를 만든 누군가가 있을 것이다 그 말이야. 게다가 어쩌면 자네가 그 여자의 또 다른 바늘이 되어 더 큰 악마를 만들 수도 있음을 명심해야 할 것이야. 그러니 조심해서 다루라고. 이런 원론적인 말도 못 알아듣다니 난 놈이 말이야."

그러고는 연타석 홈런을 날릴 요량으로 말했다.

"내 안에 불이 타야 남의 열정에도 불을 붙일 수 있는 거야. 알아듣겠어?"

"넷."

"비단 그 짐승 같은 여자애를 두고 하는 소린 아니라는 거……."

이건 또 무슨 소린가? 박달은 깊은 한숨이 절로 흘러나왔지만, 꼭꼭 숨긴 채 문을 나서며 중얼거렸다.

"양승방에게 말입니까? 홍! 떡 줄 사람은 생각도 안는데 김칫국부터 마시기는……."

8. 생각은 이성이 알 수 없는
논리의 압박에 시달린다

8-1

특수 감방

박달은 소장의 지시대로 두 개의 철문을 지나 지하 계단으로 들어섰다.

세상과 단절된 도식적인 벽과 쇠창살들이 을씨년스럽다. 터널을 지나는 자동차처럼 앞만 보고 걷자니 목적지를 잃은 듯 서먹했다. 허벅지가 유난히 굵은 소장의 발걸음 소리가 자신의 발걸음 소리인 양 무겁고 둔탁하게 들렸다. 보이지 않는 손이 목을 조이고 있는 듯 답답하더니 거미줄에 걸린 곤충처럼 맥이 없다. 철창의 개념화가 억압에서 비롯되어서다. 눈을 비비고 턱을 어루만지며 큰기침을 해 보지만 상황은 변하지 않았다. 또각또각 발걸음 소리만이 요새 같은 감옥 안에서 전자음처럼 날카롭다. 턱 밑 아래로 길게 자리 잡고 있는 흉터 때문에 마음 고생을 했었을 성싶은 소장이 침묵을 깬다.

"연약한 여자라고 깔봤다가는 큰코다칩니다. 건강 진단을 받던 도중 링게루 바늘을 뽑아 들고 설치는 바람에 쌩 난리 그런 난리 없었어요. 어제는 밥을 먹이려던 여교도관의 손가락이 잘려 나갈 정도로다가 물어뜯어 놓았구요. 긴급하니 조치를 취한 덕분에 이상은 없다고 하니깐 두루……. 큰일날 뻔했죠. 민첩하고 영악하기까지 합니다. 야생 살쾡이라고들 그러던데 맞는 것 같아요."

교도소장의 노파심을 잠재울 필요를 느꼈다.

"내가 그 여자를 인솔해 온 사람입니다."

"아하, 그리고 보니께 TV에 나온 미남 형사 맞네."

"……"

"그 여자 때문에 특수 감방을 만드느라 고생은 했지만, 덕분에 이 교도소 유명세를 탔지 뭡니까."

소장이 불룩한 배에 힘을 주어 철창 너머 책상머리에 앉아 있는 교도관을 향하여 헛기침해 보였다. 졸고 있던 교도관이 부동자세로 거수경례를 마친 뒤 재빨리 문을 열었다.

감방 안은 생각 밖으로 어두웠다. 소장이 그 이유를 말했다.

"빛을 싫어해요."

소장의 지휘봉이 여자가 감금되어 있는 철창을 두드린다. 여자를 동물로 취급하고 있다는 생각이 들었다. 만일 박달마저도 같은 취급을 한다면 동향 보고서를 꾸밀 대상이 아니라 조련사들의 조사를 통해서 학계의 입장이 반영된 보고서가 작성되어야 할 것이다.

언론을 통해 비운의 살인마라는 동정적인 단서를 제공받았던 탓일까 박달의 사고는 그들과 달랐다. 그는 '여자 구하기'라는 미묘한 책임의식을 느끼며 두 번째 대면을 하게 된 오늘의 상황이 어떨지 떨리는 마음으로 여자가 있는 곳을 향하여 조심스럽게 다가갔다.

살아 있는 생명체가 그곳 어딘가에서 꿈틀대고 있을 것이란 상상을 하자 갑자기 두려움이 몰려왔다. 여전히 부동자세로 서 있던 교도관이 자신의 보고가 필요한 시점이라는 것을 눈치채고 입을 열었다.

"벌써 삼 일쨀데요. 구석 자리에서 온종일 웅크리고만 있습니다. 여기 매 시간마다 저 여자 동태를 작성한 생활 일지입니다."

유난히 입가의 팔자 주름이 깊어 나이보다 훨씬 늙어 보이기는 했지만, 말투만큼은 젊은이처럼 카랑카랑했다. 박달이 관심을 보이자 충실히 복무 중임을 내심 알리고 싶었던 교도관의 움푹 들어간 눈에서 은밀함이 엿보였다. 소장이 교도관의 보고서를 보는 둥 마는 둥 하고는 박달에게 내밀며

"거참!"

이라고 내뱉고는 습관적으로 배를 쓰다듬더니 박달에게 나머지 문제를 넘겨주겠다는 의지가 확연한 고갯짓을 했다. 박달이 여자의 행동 일지를 받고는 정중하게 두 사람을 향하여

"자리 좀 비켜 주시겠습니까?"

소장이 기다렸다는 듯이 말했다.

"그럼, 소장실에서 기다리겠소."

여자의 행동일지에는 시간별로 작성되었는데, 09:00- 좌로 50cm 이동. 10:00- 우로 80cm 이동. 11:00- 얼굴을 무릎 깊숙이 처박고 있음. 12:00- 화장실 다녀옴. 13:00- 호기심 어린 눈으로 사방을 두리번거림. 14:00- 움직임이 감지되지 않음. 이런 식이었다.

이성과 본능

조심스럽게 다시 철창 앞으로 다가갔다.

최대한 빛이 닿지 않는 구석 자리에서 번득이는 눈빛을 발견한다. 오로지 강렬한 시선만이 말을 걸어왔다. 여기 사람이 있다고.

그녀에 대한 얼마간의 상식으로 그녀를 조금은 이해할 수는 있을지 몰라도, 호감을 기대할 수는 없는 노릇이다. 그는 자신이 친절해 뵈는 누구이며, 이번이 구면임을 밝혀 그녀에게 위협적인 존재가 아니라는 것을 알려야 한다고 생각했다.

그녀는 어떤 계기로 동물처럼 행동하고 있거나 공격 성향을 보일 뿐이다. 인간은 절대로 본능만을 따르지 않는다. 이성이라는 안전장치가 있기 때문이다. 단지 그녀의 뇌가 퇴화하였거나 녹슬었을 가능성은 배제할 수는 없다. 고장 난 기계처럼 서서히 녹을 벗기고 기름칠하고 다음에는 조여주자. 살인이 어떻고 범죄 구성이 어떻고 하는 문제는 이론가들의 몫으로 남겨두자. 박달의 가슴이 설렘으로 벌쭉거렸다.

그녀의 눈에서 뿜어져 나오고 있던 불꽃 같은 섬광이 한순간의 무지개처럼 나타났다 사라진다. 적의를 거두었다. 인류학 강의를 듣기 잘했다. 이제는 한 가지 지식으로는 성공할 수 없다. 지식 경영을 해야만 살아남는 시대가 분명해졌다.

"우리 안면 있죠? 나 박달이라는 사람이요."

"……."

같은 말을 반복하면서 눈길을 끌 만한 몸짓을 해 보였다. 손을 흔들거나 철창을 퉁퉁 치거나 조심스럽게 박수치거나 일부러 철창에 이마를 박고 아픈 시늉을 보이는 어설픈 몸 개그까지 동원해 보았지만, 소용이 없었다. 그렇다고 물러설 박달이 아니다. 그는 조심스럽게 교도관을 불러 그녀의 행동에서 그녀의 반응을 끌어낼 동기를 부여받고자 했다.

"행동 하나하나 놓치지 말고 기록해 놓으세요. 교대 근무자에게도 꼭 일러두시고요."

"일지를 보시구서도……."

"좀 더 구체적으로 작성해 주세요. 이를테면 주로 어디에 시선을 주는지, 식사 습관은 어떤지, 손가락으로 무슨 짓을 하는지 등등 말입니다."

"식사? 통 안 합니다. 저러다 죽어 버리지 않을런지 모르겠습니다. 강제로라도 링게루를 놓아야 할 겁니다. 꼼지락거리는 맛이라도 있어야 말을 걸어보지. 고작 고양이 소리니 말입니다. 크르릉, 크르릉."

8-2

"내내 지켜보고 있었지만 꿈쩍도 하지 않았습니다."

또다시 찾았을 때 교도관이 얼굴에 눌린 보고서 자국이 선명함에도 거짓말을 했다. 박달의 등 뒤에서 입을 가리고 하품하는 모습이 그가 앉아 있던 벽면의 작은 거울에 비쳤다. 주의를 주고 싶었지만 가진 거라고는 나이밖에 없는 사람이 변할 가능성은 없기에 그만두었다. 인생을 쉽게 굴리는 것은 크고 작은 장애물을 무심히 흘리는 것이다. 그의 삶 속에서 빛이 바랬던 이런 사고방식은 낙관주의에서 비롯되었기에 교도관을 이해했다.

여자의 철창 앞에서 어떤 조짐이라도 발견해 내고 말 것이라는 당찬 생각으로 감방 안에 비치된 소박하지만 갖추어야 할 것들은 제대로 갖추어진 가구와 일용품들의 변화의 흔적을 살펴보았다. 거짓말처럼 작은 변화도 없었다. 그녀는 처음 방문했을 때처럼 그 자리에 그대로 쭈그리고 앉아 친절해 보이는 방문자의 동태를 살피고 있었다.

그는 심 박사가 추천해서 들고 온 큼지막한 곰 인형에게 살짝 입맞춤하고는 창살 안을 살폈다. 교도관이 여자의 행동일지를 펼쳐 들면서 호들갑스럽게 말했다. 실수를 모면하고 싶은 본능적 행동으로 보였다. 모른 척 넘어가 준 것을 눈치챈 모양이다.

"저 암탉이 말이죠, 알 낳을 때처럼 말입니다. 꾸구꾸구 꾸꾸꾸
…… 그러더라구요."

여자를 암탉으로 비유하는 교도관의 야만적 인성에 시비를 걸기보다 급한 질문을 한다.

"음식은요?"

"손도 대지 않았습니다."

"잠시 나가 계시죠."

그가 철문을 열고 나서는 발걸음 소리가 비웃음 소리처럼 들렸다. '하긴 이 계통의 박사라는 사람들조차 팔짱을 하고 어디서부터 시작해야 할지 고민하는 마당에'라고 중얼거리다 말고 '이런 한심한 자격지심

을 보았나!'라는 내면의 속삭임에 힘을 얻는다.

들고 온 인형을 철창 안으로 밀어 넣었다. 교교하던 공기가 어느덧 따사롭다. 먼발치에서 번득이는 눈빛이 곰 인형을 사르고 있다. 아마도 박달의 베타(beta)파에 영향을 받은 모양이다.

여자가 아주 조금씩 주변을 살피는가 싶었는데 이내 앉은뱅이걸음으로 형광등 불빛 속으로 들어왔다. 여자의 파란 옷에 붙어 있는 수형번호 2030이 또렷해졌다. 헝클어진 머리카락 사이로 얼굴의 윤곽이 나타났다. 천사와 악마의 가면을 번갈아 바꿔 쓰고 있는 듯한 표정을 제거하고 보면 갸름하고 반듯한 얼굴이다. 그러한 윤곽에서조차 몹시 지쳐있어 보인다. 아니다. 겁먹은 모습이다. 아니다. 증오의 모습이다. 어둠 속에서처럼 무섭게 빛나던 눈빛이 아니다. 슬픈 눈빛이다. 애타게 그리는 눈빛이다. 천 번쯤 웃고 만 번을 울었음 직한 눈빛이다. 자신을 동여맨 이 비참한 운명이 낯설어 슬퍼하고 있는 건 아닌지 하는 의문과 동정의 여지를 가지고 말했다.

"곰 인형이에요."

"……."

"당신 거라구요."

여자는 더욱더 입술을 깨물며 몸을 웅크린다. 핏기를 잃어버린 입술은 파리하지만 앙칼져 보였다. 그런데 무슨 조화인가? 아름답다. 그냥 아름다운 것이 아니라 매우, 이는 숨겨져 있다가 조금씩 흘러나와 마침내는 중독을 시키고 말 것만 같은 신묘한 마력의 미이다.

"오! 신이시여 당신은 지금 이 여자를 통해서 무엇을 보여주고자 하십니까? 보이는 것을 보게 하시되 보이지 않는 것을 볼 수 있는 눈을 저에게 주십시오."

그렇게 혼잣말처럼 중얼거리고 있는데 그녀가 귀를 쫑긋해 보였다. 혹시 박달의 말을 알아듣지 못하는 건 아닐까? 쥐의 행동을 보고 오로지 먹고 싶다는 생각만 하는 고양이처럼 본능적 사고밖에 없는 것은 아닐까? 그는 막다른 골목에 들어선 듯 답답하기만 했다.

"혹시 내 말을 알아듣거든……."

이 계통에 박사라는 사람들이 섣불리 못질해 버리기 전에 어떻게든 교감을 하고 싶다.

"갖고 싶거나 먹고 싶은 것 있으면 말해요."

그녀는 고양이 소리밖에 모르는 것처럼 크르릉대기만 했다. 잠시후, 그러니까 박달이 잠시 한눈을 파는 사이, 그녀는 순식간에 곰 인형을 잡아채 불빛 뒤로 몸을 감추고 말았다. 어둠이 그녀를 앗아가 버리자 또다시 적막이 앞을 가로막아버렸다. 허탈이 먼저 찾아와 의기소침하게 만들었다. 그는 한동안 묵묵히 그녀를 바라보다가 체념의 언저리에서 말했다.

"오늘은 그만 가야겠소."

그럼에도 여자는 거기 그렇게 놓인 정물처럼 꼼짝도 하지 않는다. 박달의 입에서는 자신도 모르게 한숨 소리가 흘러나왔다. 벌써 한계점에 이르렀는지 몸이 먼저 알고 비틀거리고 있지 않은가. 그녀의 곁을 떠나고 있었지만, 환영 같은 미혹(delusion)이 뒤 머리카락을 잡아끈다.

8-3

심동일 교수 사무실

"벌써 닷새가 지났어. 여전히 크르릉대기만 할 뿐 아무 말도 없이 그저 음식에 손도 대지 않는단 말이지?"

박달이 그나마 할 이야기가 있어서 다행이라는 듯이 말했다.

"인형을 대하는 태도가 예사롭지 않습니다."

"고양이 소리를 낸다고 했지? 그렇담 오랫동안 문명이 닿지 않는 곳에서 고양이와 함께 살았다는 추측도 가능한데? 잘 구슬리어 보지 그랬나?"

"도대체 비집고 들어갈 틈을 주지 않습니다."

"이태리에서 유사한 사건이 있었지. 동네 총각들과 난잡하게 바람을 피우는 사촌 여동생을 자기 집 지하실에 20년 넘게 감금 방치했는데, 그 열악한 환경에서도 살아 있었다는구면. 곤충과 설치류 등을 잡아 먹고서 말이지. 틈을 주지 않는다는 이야기는 역으로 그만큼 틈을 많이 가지고 있다는 이야기야. 가급적 자주 만나게."

"어딘가에 감금되었다는 것을 가정해서 말씀이죠?"

"감금이든 유기든 인간처럼 질긴 동물도 드물다네. 지능이 매우 낮을 거야. 뇌도 쓰지 않으면 퇴화하잖나. 외로운 사람들은 인형과 대화하기를 좋아하다네. 일방적이니 대하기 편한 거야. 인형은 자신의 어떤 마음도 이해한다고 생각하지. 일례로 얼마 전 술만 취하면 폭행을 일삼던 자신의 동거남을 넥타이로 목 졸라 죽인 선천성 소아마비 여인 뉴스 말이야. 어려서 부모도 잃고 사람들로부터는 늘 왕따를 당해 왔는데 그 외로움을 인형으로 풀었지. 그래, 돈만 생기면 인형을 샀는데 이유는 그녀의 외로움을 달래 주는 유일한 소통이었으며 희망이었기 때문이지. 그 여자 고양이 흉내를 아주 잘 낸다면서? 다음번엔 고양이 인형을 넣어 보게. 아마 그 여자를 이해할 수 있는 단서를 포착하게 될지도 모를 일 아닌가."

"동감입니다."

"그처럼 열정적으로 일을 하는 모습을 보니 보기 좋아. 네티즌들 사이에서 그 여자를 두고 얼짱 살쾡이라는 소문이 돌고 있다더군. 정말 그렇게……."

남자에게 있어서 여성의 미모는 아름다운 보석을 보고 느끼는 여성의 마음과 동일하다는 것을 전제로, 남자는 여성의 천성과 환경 그리고 교육이나 교양 정도는 미모에 비해 그렇게 민감한 반응을 보이지 않는다는 것은 명백하다. 이는 여성이 아름다운 보석에 대하여 어느 광산에서 채굴되었고 어떤 방법으로 가공되었으며 누가 소유하고 있었는지 크게 관심을 크게 두지 않는다는 것과 맥이 통한다. 그녀의 미모를 감탄의 눈으로 바라보고 경외의 마음으로 느껴버린 박달의 심정은 아름다운 보석을 대하고 있는 여성의 심리와 다를 바 없었다. 그 때문에 박달은 그 어자에 대한 자신의 감정이 어떤 종류의 것인지 드러내놓고 바라다보는 것이 두려웠다. 진실까지 숨길 필요는 없을 것 같아 있는 사실 그대로를 표현해 버림으로써 심 박사에 대한 예의를 다 하기로 했다.

"예쁩니다. 아니 예쁘다는 말로는 표현 못할 그 어떤 마력이 있긴 하지만 다가가기가 두렵습니다."

"자네가 그 정도로 느꼈다면 대단한 미인인가 보군."

시간이 흐르자 이상하게도 홀가분하다기보다 혹부리 영감에게 혹이 하나 더 붙어버린 것과 같은 무게감을 느꼈다. 순간 결코 가볍다 할 수 없는 그녀라는 짐을 부릴 곳을 찾았다. 심 박사가 이를 눈치챈 것일까. 그녀의 아름다움에 대한 그가 느낄 부담감-통제되지 않는 본능에 대한 끌림-을 덜어 주기 위한 배려 차원에서 입을 열었다.

"편견을 버리게. 달라져 보일 거야. 태초에 신이 인간을 만들 때 예쁘거나 그렇지 않거나 둘 중 하나를 선택했다네. 그래서 예쁘면서 미운 사람이나 미우면서 예쁜 사람은 없었다네. 오늘날 미의 만능주의가 황금 만능주의만큼이나 판을 치게 될 것이라는 것을 염려하여, 신께서 이미 만들어 놓은 미의 공통관념을 되돌릴 수 없는지라 고민하고 고민하다가 인간들의 생각의 눈을 바꾸기로 했지. 물론 미의 기준은 그대로 두고 말이야."

"어떻게 말입니까?"

"아름다움의 가치 기준을 사람에 따라 애매하게 정해 버린 거야. 누가 봐도 폭탄인 남자와 퀴카인 여자가 커플이 되는 현상을 보게. 물론 그 반대의 경우도 말이야."

"대부분의 남자가 아름다운 여자에 절대적인 지지와 호감을 보이는 불평등은 신께서도 해소하지 못한 것 같습니다."

이야기가 깊어질 조짐을 보이자, 심 박사가 슬그머니 발을 뺐다.

"이 문제는 진화론적 입장에서 다뤄야 할 것 같으니 그만 하세. 자네 심성을 의심해서 하는 소리는 아니네만, 그 아가씨도 어엿한 인간이란 걸 명심해서 접근하길 바라네. 그리고 오선달과 접속은 어떻게 되어가나?"

"섣불리 접근했다가는 꼬리를 자르고 달아나거나 버릴까 봐 살짝 밑밥만 던진 상태입니다. 줄다리기를 열심히 하고 있으니까 조만간 결론이 날 것으로 확신합니다."

"오선달도 오선달이지만, 식스나인(69)이라는 자의 뒷조사를 해봐야 할 것 같네."

"저는 오선달 쪽에 더 무게를 두고 있습니다."

"그럼 뜸 들이지 말고 체포해 버리게. 이런 일은 속전속결이 최선일세."

평소 세심하고 냉정한 판단을 하던 심 박사가 아니다. 채연 때문에 평정심을 잃고 조급하다. 박달의 마음도 조급해지기 시작했다.

이성과 본능

9. 도구적 이성의 맹목적인 힘에 의지

9-1

특수 감방

실물과 가까운 고양이 인형을 철창 사이에 끼우고 여자를 불렀다.

여자의 반응은 의외로 싱거웠다. 멀뚱멀뚱 바라다만 볼 뿐 이렇다 할 행동을 보이지는 않았다. 여느 때처럼 박달이 먼저 말을 걸었다.

"고양이 인형이에요."

탐색의 시간이 흐르고 흥미를 잃어갈 무렵 여자가 조금씩 움직이기 시작했다. 역시 앉은뱅이걸음이다. 며칠 전보다 수척해 보이긴 했지만 조금은 다듬어진 얼굴이다. 오늘따라 묘한 풍미가 느껴진다. 그 이면에 나타난 또 다른 모습에서는 임종을 앞둔 노인의 표정에서조차 찾아볼 수 없는, 회한과 굴절 많은 인생의 매듭을 풀지 못한 원망 같은 표정이 스쳐 지나갔다.

박달을 찬찬히 뜯어보던 그녀의 얼굴에는 공포와 외로움과 슬픔과 괴로움이 교차하여 나타났다 사라지는 기이한 현상을 보였다. 그는 그녀가 자신에게 '호감을 가지고 있거나, 익숙해지기 시작하고 있구나.'라고 생각했다.

한 사람의 얼굴에서 그 많은 요소와 원망이 투영되었다는 것은 무엇을 말하고 있는 것일까? 엉킬 대로 엉켜버린 저 영혼의 실타래를 풀어 보기 전에는 누구도 그 영혼을 손질해선 안 될 것이다.

그의 가슴 속에서 서서히 싹트고 있는 정체 모를 긴장감, 도전정신, 연민의 정, 간혹 열정이 지나고 난 뒤의 허탈이 판단을 흐리게 했다. 그의 가슴 속에 있어야 할 눈물 한 방울이 눈가에 맴돈다. 이는 자신도 깨닫지 못한 채 주르르 흐르고 있었다. 어쩌면 감정선이 닿지 않은, 아무런 상관도 없는 눈물이거나, 지나치게 감정에 도취한 나머지 눈물이 흐르고 있었다는 사실을 깨닫지 못했을 뿐이라고 생각했다. 그는 교도관을 의식하고 눈에 티끌이 들어갔다고 투덜거리며 눈물을 닦아냈다. 그러고는 아주 낯선 음성으로 속삭였다.

"나에게도 이런 착한 구석이 있었다니……."

삶이라는 이름표를 달고 다른 인간이 무작정 정해 놓은 질곡과 그녀가 본능적 갈급(be irritable)에 못 이겨 몸부림치는 처참한 모습이 애처롭다. 그렇다고 법질서에 위반된 행위가 그런 이유로 정당화될 수 없거니와 피해자와 그 가족들의 고통을 감수하면서까지 동정의 여지를 남겨 두기에는 그의 준법정신이 용서하지 않았다.

그녀 때문에 내비친 눈물 한 방울의 진솔한 의미를 되새기며 절망의 목소리로 중얼거렸다.

"저 여사를 위해서 내가 할 수 있는 것은 아무것도 없어. 달리 살인마야? 이유야 어떻든 살인을 저지르면 살인마지."

어쩌면 이 말로써 모든 절망 그리고 법질서 위반에 대한 도피처를 마련한 셈이다. 그는 이 말 저 말로 갈아타고 있으면서 원론적 결말에

이성과 본능

대해서만큼은 물러서지 않았다.

"내 임무를 다할 뿐이야."

그녀가 먹이를 발견한 고양이처럼 공격 자세를 하고 그를 노려보았다. 그는 마치 그녀가 자기 마음의 소리를 듣고 하찮은 동정과 과도한 자기애에 분노하고 있는 것만 같아 얼굴이 달아올랐다. 자신의 이중성이 어느 정도일까 어림하면서 한 발짝 다가섰다. 지켜보고 있던 교도관이 박달의 유리 같은 감성의 물결에 단단한 돌을 던졌다.

"저년! 동물이라니까요. 그런데 섹시한 동물이란 말이죠."

그렇게 적적한 심정을 내뱉었을 뿐 별다른 감정은 없어 보였지만 참 미웠다. 그의 말을 무시한 채 여자의 시선을 인형 쪽으로 유도했다. 때를 맞춰 인형을 철창 안으로 밀어 넣자, 감방 안은 긴장감이 감돌았다.

약간의 정적이 흐른 뒤 여자의 몸이 '붕' 하고 뜨는 것 같았는데, 어느새 인형을 움켜쥐곤 어둠 속으로 사라지고 말았다. 그야말로 눈 깜빡할 순간이다. 가슴이 아팠다. 도대체 어떻게 해야 마음의 문을 활짝 열게 할 수 있을까? 교도관이 아직도 조잘거릴 여분이 남아 있는지

"오늘 아침에는 꼴에 여자라고 머리를 매만지더군요."

"정말입니까?"

"장난삼아 손거울 하나를 던져 주었거든요. 지 얼굴을 유심히 살펴보더니 씨익 웃기까지 하던 걸요."

"거울은 흉기가 될 수 있으니까 곧바로 수거하세요."

"순순히 내놓을 것 같지가 않은 걸요."

"소장님이 그 말을 들으면 어떤 조치를 취할지 궁금하군요."

교도관의 표정에 '어린 놈이 낮살이나 먹은 사람한테 이래라저래라군.'이라는 유교적 관점이 명백한 표정을 짓고는 구시렁댔다.

"저런 짐승이 뭘 알아서 사고를 친다고 걱정하는지 모르겠습니다만……."

"짐승이라뇨. 엄연한 인격체입니다. 단지 사람답게 살지 않았을 뿐입니다. 그게 저 여자의 죄는 아니잖아요?"

교도관은 또다시 그녀의 성적인 매력에 관심을 보였다.

"하긴 다듬지 않아서 그렇지 잘만 가꿔 놓으면 강남에서도 일류로 통할 겁니다."

여자의 얼굴로 모든 것을 판단하고 그 죄를 덮으려 드는 자기애가 강한 동물에게 일침을 가할 생각으로 물었다.

"행여 이상한 생각을 하고 있는 건 아니겠죠?"

교도관이 정색을 하며

"노 농담이라도 그런 소리 마쇼. 이래 봬도 사람이 가야 할 길은 분명히 알고 있습니다."

그나마 절제의 칼집을 지니고 있어서 얼마나 다행인가? 비록 헐렁할지라노…….

"……."

교도관이 자신의 성이 더러움을 탔기 때문에 말끔히 씻어 내려는 듯이 나름대로 이유 있는 철학을 논했다

"저대로 사는 것이 저 여자에게는 행복일지도 모르죠. 어떤 미친 이발사 이야기 아세요? 책에서 봤는데요. 그 사람 정신병원에서는 OO그룹 회장님으로 통했죠. 아침마다 계열사 사장들의 문안 인사를 받으며 행복하게 병원 생활을 했습니다. 그러던 어느 날, 제정신이 돌아왔는데 말이죠, 사장님 대우를 받던 사람이 하룻밤 사이에 변두리 이발사로 전락했으니 견딜 수가 없었던지 그만 자살하고 말았죠. 저 여자 운명도 그러지 말라는 법이 없잖습니까?"

"모든 사람을 같은 잣대로 재단할 순 없다고 봅니다."

"반면교사라는 말이 있지 않습니까?"

내일 그녀는 얼마나 변해 있을까? 아주 조금? 그것도 좋다. 박달은 그 희망의 씨가 발아 할 조건이 무엇인가를 곰곰이 생각하면서 혼잣말로 중얼거렸다.

"저 여자를 변화시키려면 내가 먼저 변해야 한다. 내가 저 여자를 위해서 할 수 있는 일은 변함없는 친구가 되어주는 것뿐이다."

9-2

다음날 특수 감방

그녀가 어쩐 일로 백열등 아래 다소곳이 앉아 있었다. 며칠째 음식에는 손도 대지 않은 탓에 눈은 휑하고 턱선이 또렷해 보였다. 푸른 죄수복에서 반사된 빛이 창백한 얼굴 곳곳에 연보라색 음영을 만들어 신비감에 휩싸이게 했다. 절대 신이 절대가치를 부여하여 만들어 낸

천작(natural nobility)마저도 거부한 아름다움이 그녀의 면면에서 숨 쉴 틈도 주지 않고 명멸한다. 그가 이런 아름다움을 발견할 수 있었던 것은 그녀의 내면이 조금씩이나마 들여다보여지는 시점부터였다. 이는 잦아진 만남이 빚어낸 결과이기도 하겠지만, 그의 진심이 그녀의 특이한 뇌파를 우호적으로 작동시켰을 가능성이 더 높다는 것이 그의 판단이었다. 교도관이 고개를 갸우뚱대면서 여자에 대한 솔직한 감정을 드러냈는데 이는 희석될 수 없는 리비도 앞에서 초라해지는 사내들의 갈망 같은 것이었다.

"저러고 있으니 지지바 참 묘하네. 사람 맘을 싱숭생숭하게 만든단 말이여. 어찌 보면 깃털 빠진 꿩 같고⋯⋯. 화가가 저 모습을 캔버스에 담아낼 수만 있다면 대박인데⋯⋯. 이럴 게 아니라 낼 디카(digital camera)로 몇 장 박아놓아야겠어요."

교도관의 말에 동감은 하면서도 입에서 풍기는 단내는 싫었다. 자신의 본능적 욕구에 대한 절제를 찬양하면서도 그 절제를 힘들어하는 사내다. 왠지 예감이 좋지 않아 또다시 단속에 들어갔다.

"사진 촬영 안 됩니다. 그리고 여자에게 함부로 접근하지 마세요."

"본능 안에 잠들어 있는 이성이라도 깨워 주시려나. 아무리 예뻐도 닌 저린 짐승 같은 기집은 딱 질색입니다!"

그가 그렇게 녹이 슨 칼을 휘둘러대자 쥐어박고 싶을 정도로 얄미웠다. 대답을 무시하고 여자를 향해 먹는 시늉을 하면서 물었다.

"먹고 싶은 거 있음 말해 봐요."

여자는 깎아놓은 돌부처럼 꿈쩍도 하지 않는다. 여자의 관심을 유도해 낼 요량으로 소녀 인형을 철창 사이에 끼워 넣고 흔들었다.

"맘에 들어요?"

여자의 표정이 여느 때와는 완연히 달라 보였다. 눈가에 보라색까지 띠고 있다. 여자가 배곯은 암고양이 쥐새끼를 바라보는 것 같은 간절한 표정을 지었다. 보라색 눈가에 경련이 일면서 파르르 떨기 시작한다. 여자의 입술이 조금씩 꿈틀대는가 싶었다. 분명 무슨 말인가를 하려는 기미다. 박달의 귀가 크게 열렸다.

"무슨 말이 하고 싶은 거죠?"

여자가 고양이 소리를 내며 어수선하게 사방을 기어다니더니 마치 새끼 잃은 짐승처럼 애달픈 눈으로 인형을 바라다보았다.

"왜 왜 그래요?"

교도관이 끼어들었다.

"이 인형이 어째서요? 혹시 안 좋은 추억이라도……."

여자가 인형을 향해 다가오면서 속삭이듯 말했다.

"내- 니 닌 여영!"

박달이 교도관을 향해 고개를 돌렸다. 교도관이 고개를 살래살래 저었다. 여자가 자신을 가리키며 중얼거렸다.

"내- 니 닝 - 여 - 여!"

눈치 빠른 교도관이 재바르게 말했다.

"자기 인형을 말하는 거네요."

"자기 인형이 어쨌다는 거지?"

박달이 자기 머리를 '탁'치면서 그거였어! 라고 소리쳤다. 교도관이

'이놈도 저년처럼 미친 거 아냐?'하는 눈으로 박달을 바라다보았다.

"저 여자 체포 당시 아주 허름한 인형을 품고 있었어요. 아마 그걸 찾는 걸 겁니다."

"그렇구나."

박달은 그녀를 향하여 손을 흔들어 보였다. 그리고는 쏜살같이 특수 감방을 빠져나갔다.

교도소 사무직원이 옷 보따리와 함께 쩔그럭대는 열쇠 꾸러미를 책상 위에 올려놓는다.

그가 그녀의 보따리를 풀자 야릇한 냄새가 서너 평이나 될까 말까 하는 사무실 안을 가득 메웠다. 비바람에 방치된 쓰레기 하차장에서나 있어야 마땅한 옷가지들 사이에서 낡을 대로 낡아 그 오라기조차 버슬버슬한 개구멍바지를 발견하고 들어 올렸다. 금방이라도 먼지가 되어 날아갈 것만 같았다. 오래된 관 속에서 미세한 약탈자들의 밥이 되어가고 있는 수의 같은 옷가지를 내려놓고 물었다.

"허름한 인형 같은 것은 없었습니까? 주먹만 한데……."

"글쎄요."

"분명히 있었을 겁니다. 체포 당시 품에 안고 있었으니까요."

이때 다른 직원이 다가와 말참견을 한다. 그의 매부리코가 눈에 거슬린다.

"그거요? 하도 낡고 더러워서 버린 것 같던데……!"

"버렸다구요?!"

그는 변명 대신 토사물을 치운 사람처럼 당당하게 말했다.

"낡아도 너무 낡았던걸요. 실밥조차 안 보였어요. 저 개구녕 바지도 버려 버릴까 하다가 혹시나 해서 보관하고 있었던 걸요. 근데 저 쬐끄만 바지를 뭣땜시 가지고 다녔는지 모르겠습니다."

귀중한 수사단서를 일선 공무원이 자의적으로 해석해 쓰레기를 만들어 버리다니! 한심한 노릇이다. 이미 사라진 물건을 놓고 왈가왈부 시간을 낭비하고 싶지 않았다. 허탈에 빠진 박달이 '사건 현장이나 그와 관련된 일들을 조사할 때는 꺼진 불도 다시 본다'는 심정으로 임해야 한다고 귀가 닳도록 충고를 아끼지 않았던 공안부 선배의 말이 얼마나 실효성이 있을지 의문을 품고서 나머지 옷가지들을 뒤적였다. 이때 오물과 핏물이 배어 있는 잔잔한 들꽃 무늬 블라우스(blouse)를 발견한다. 자칫 다른 옷들과 뒤엉켜 묻힐 뻔한 물건이다. 그가 잔뜩 관심을 보이자, 직원이 수사관이나 되는 것처럼 말했다.

"저기 저 옷들과 함께 어디서 훔쳐 모은 것 같습니다. 낡아빠진 개구녕 바지가 본래 그 여자 옷이었구요."

"블라우스(blouse)는 이리 주시고요, 그 바지는 국과수로 넘겨야겠어요."

"수사에 필요하시다면 여기 서명하시고 가져가시죠."

9-3

체리 바

미진의 요염함은 본능적이다. 그렇게 남자를 달아오르게 만들어 놓고 정작 본인은 한 걸음 물러서 있다. 연애의 정석을 재해석하여 자신에게 맞도록 응용할 줄 아는 미진에게 당할 남자는 없을 성싶었다.

오늘도 박달이 허기진 젊음을 숨기기에 바쁜 순간 그녀의 입술이 뜨겁게 달아오른 채로 바싹 다가왔다. 잠시 나타났다 사라지는 남자의 본능적 욕구마저도 살필 수 있는 예민한 육감이 있어야만 가능한 그녀만의 장기다.

어둡고 불쾌하기 짝이 없는 감성적 욕망과 정념의 맹목적 지배하에 있는 그의 두 개의 맥(pulse)-특히 정념-이 굶주린 맹수처럼 날뛴다고 해도 오늘 밤만큼은 그의 이성적 의지로 통어(management) 될 것이고, 정신의 자립성은 돌덩이처럼 견고해서 결코 부서지지 않을 것이라고 다짐한다.

그의 당위 의식(oughtness consciousness)은 유혹의 실마리조차 용납하지 않을 태세다. 비록 거친 숨이 끝없이 차오른다 해도 순수이성이란 방어막은 뚫리지 않았다. 미진의 반격도 만만치 않아서, 그녀의 영원한 매력 포인트 줄 듯 말 듯, 다가가면 도망가고 도망가면 다가오는 그림자 같은 유혹으로 뭇 사내의 어수룩한 방어막을 무너트린 것처럼 응대했다.

문제는 술이었나. 여성이 마신 술은 상대가 무너트리지만, 남성이 마신 술은 스스로 무너진다. 이런 면에서 빠꿈이인 그녀에게 속아주지 않으면 남자도 아니다. 이로 인해 사내들은 체리 바에 돈을 뿌리고 하체에 힘이 빠진 채 속절없이 떠난다 거기에 연미진이라는 희려한 꽃이 피어 있는 한, 이 같은 일은 끊임없이 재생산될 것이다.

어느 날인가, 박달도 그중 한 사람으로 남아 있기를 바라는 그녀의 코맹맹이 소리는 이미 그물에 걸려든 고기를 조심스럽게 걷어 올리기 위한 수순에 불과했다.

"술 끊어 버린 줄 알았잖아요, 동업자 양반."

박달이 화들짝 놀라며 설핏 미소를 지었다.

"그날 맞은 내 볼따구가 아직도 얼얼한 걸 보면 여간 화가 났던 것이 아닌 것 같은데 맞아?"

그녀가 눈을 흘기며 대꾸했다.

"맞아도 싸지. 여자 맘도 하나 못 읽는 사람이 어떻게 사업을 한다고?"

"그래서 말인데 군소리 빼고 본론만 이야기할게. 우선 69 아이디를 가진 자와 접촉을 해. 놈은 그 바닥에서 페티시 물건으로 초대박을 터트린 인물이야."

"초대박……?"

"믿어지지 않는 모양인데……. 한 사람이 불특정 다수의 사람을 상대로 어마어마한 돈을 끌어 모으는 사업이야말로 수백만 원대 가치를 지닌 포르노 사이트야. 놈이 이점을 입체화시킨 거지. 속옷 하나로 말이야."

"뻥이죠?"

"대동강 물 팔아먹은 김 선달은 그자의 장사 술에 비하면 애들 장난이라고. 포르노 사이트처럼 공급 무한대, 수요 무한대, 이익 수십, 수백 배……. 대박 나지 않을 이유가 없지. 물론 공급과 수요에 조건이 붙기는 했지만 말이야."

그녀의 침 삼키는 소리가 이처럼 요란했던 기억이 없다.

"놈은 지금쯤 새로운 속옷을 지속해서 생산해 낼 미모의 여인을 찾고 있을 거야. 포르노 사이트의 여주인공 같은, 가능하면 미모의 여인을 말이야. 미진이라면 놈이 먼저 거액을 제안하고 덤벼들 거야. 일단 접속해……. 가장 중요한 우리 사업의 수익 배당은 7:3으로 하자."

"달 씨!"

"좋아 좋아, 6:4."

"재주는 곰이 부리고 돈은 주인이 챙긴다더니……. 우리 같은 생산자들은 시효가 짧잖아요. 그런데도 6:4라면 치고 빠지는 입장에서는 너무하다고 생각하는데요?"

"이봐, 미진이 자기가 6이야."

미진이 코맹맹이 소리로 아양을 떤다.

"7:3으로 해 줘요. 네? 이제는 남한테 돈 벌어주는 일 그만하고 싶다고요. 그 사람과 접속해서 내가 할 일은요?"

"무슨 수를 써서라도 고객 명단 빼 와. 그럼 8:2다."

미진이 메모지와 볼펜을 내밀며

"계약서!"

두 사람은 사업이 번창하기를 기원한다는 이유로 포옹과 키스를 마치고 건배를 들었다.

"그동안 연락 한번 없다가 이렇게 불쑥 나타나기 없기."

"애인이 생겼거든. 아주 아주 스페셜한……. 그래서 좀 바빴지."

미진이 뜨악한 표정 대신 정곡을 찔렀다.

"채연 씨는 어쩌고요?"

"……."

박달의 무표정에 그녀가 황급히 수습에 들어갔다.

"미 미안해요."

"……."

"경찰이 총력을 다하고 있잖아요."

그녀의 입에 바른 위로가 참 공허하게 들렸다.

"칠공팔공 시절에 버스나 택시 기사들이 룸미러에 대롱대롱 매달아 두었던 기도하는 소녀 인형 있지. 구할 수 있을까?"

"달 씨! 그거 내 ID 하라고 당신이 그랬잖아요. 남자들은 순수한 것을 좋아한다면서……."

"그 그랬었나?"

"달 씨가 복고적인 물건을 좋아하는 줄 몰랐네. 어따 쓰게?"

"우리 애인이 갖고 싶다고 어쩌나 졸라 대는지……."

"자기 애인은 공주? 아님, 코흘리개?"

"꼭 필요해서 그러니까 구할 수 있음 구해 줘."

"자기 정말로 여자 맘을 모르는 거예요, 아님 모른 척하는 거예요? 자기 지금 얼마나 잔인한 부탁을 하고 있는지 알고나 있어요?"

"글쎄, 질투의 대상이 아니라니까 그러네."

박달의 컴퓨터 앞

ID 오선달이 접속해 왔다. 순간 맥박이 급속도로 치솟아 올랐다.

"요즘 강력 사건이 너무 자주 터지는 바람에 짭새들 독이 잔뜩 올라 있을 겁니다."

"⋯⋯IBM(이미 버린 몸)."

"OTL(좌절)⋯⋯?"

슬슬 낚시를 드리우기로 했다.

"완죤 대박 물건 있져."

"물건 횅자(주인공)는? ^^"

"⋯⋯."

"님 페티시 버닝(burning 열렬한) 맨?"

컴퓨터 비속어에 능한 거 보니 어지간히 캠(cam) 질을 해대고 있는 인물이다.

"5K. 이지컴 이지고(easy come, easy go).⋯⋯⋯⋯."

"우리 통하는 데가 있는데 비친(비밀 지켜주는 친구)하죠. 님도 뽐뿌(더 좋은 물건 사고 싶은 욕구) 작살?"

"물론."

"요즘 삑치는 깅력 사건 때문에 짭새들 독 올랐죠. 소심해야 할 듯 ^.^!"

이쯤 해서 놈이 어떤 자인지 판단 짓기 위해 직구를 던지기로 했다.

"오성 물건 입수했져. 관심 있음 그만한 값어치 있는 것으로 물물교 환합시다."

"무훗!:"

잠시 연결이 끊어졌다 이어진다. 놈이 대담하게 묻는다.

"명륜동 물건 있져. 어쩔?"

박달 숨이 멎을 것만 같은 충격으로 자판기를 두드리는 손이 바들바들 떨린다.

"대박!"

"다시 접속합시다."

박달은 쾌재를 부르며 놈과의 정면충돌을 상상했다. 범인의 손목에 수갑을 채우고 있는 자기 모습이 그렇게 자랑스러울 수가 없었다. 이어서 기자들의 질문과 플래시 공세를 받는 모습이 떠올랐다. 마음은 급한데 시간은 제자리걸음이다.

10. 신은 응답하라.
당신이 존재한다면 악은 왜 없지 않으며,
당신이 존재함에도 선은 왜 있는가?

10-1

특수 감방

경기도 만선 옛 달기네 집 천장에서 각시 거미가 줄을 타고 내려와 집을 짓기 시작한다. 이 곤충이 집을 짓는 일은 극히 드문 일이다. 거미집은 두 시간 만에 완성되었다. 그리고 한 시간 만에 재수 대가리 없는 풍뎅이 한 마리가 걸려들었다. 각시 거미가 풍뎅이의 가슴에 침을 꽂고 체액을 빨고 있을 때, 특수 감방에서는 책상 위에서 두 다리를 까닥거리던 교도관이 본능적 이끌림에 진저리를 치고 있었다. 사내는 아름다운 고문과 통렬한 쾌락이 공존하는 이 신비한 힘의 진원지를 찾아내기 위하여 이런저런 생각에 빠졌다. 오늘 자신이 무엇을 먹었는지를 생각했다. 저녁에 삼겹살과 함께 먹은 마늘 때문인가? 마누라가 남자구실도 못 한다며 달여준 보약 탓인가? 친구 놈이 혈액순환에 좋다며 오메가(omega)-3을 권해 오늘 처음 먹었는데……

아님 보이지 않는 손인가? 맹렬한 정염의 솟구침은 상상의 범위를 넓히고 수위를 올려 혈압을 상승시켰다. 그러자 부교감 신경에서 그 통렬한 쾌감을 부추기는 물질 아세틸콜린(acetylcholine)이 분비되었고 어김없이 성기가 부풀어 오르기 시작한다.

때를 맞춰 여자가 오늘따라 감방 안을 휘젓고 돌아다니다가 사내를 향하여 묘한 표정을 짓곤 했다. 여자의 모습에서 매음굴을 기웃대고 있는 자기 모습을 발견하고는 소스라치게 놀랐다. 그는 냉엄한 이성(rational)을 불러내기 위하여 박달의 경고를 떠올렸다. 가슴 깊은 곳에서부터 타오르기 시작하고 있는 정념의 불길을 잠재울 수만 있다면 얼음 구덩이 속으로 뛰어들 각오가 되어있기 때문이다. 잠시 불길이 여위는 듯했다. 여자의 행동을 유심히 관찰하여 작성해야 한다는 본연의 임무만을 생각했다. 여자의 행동은 어느 때와 달랐다. 좀 풀어진 눈으로 그를 넌지시 건너다보는 품새가, 발정 난 암컷이 수컷의 애간장을 태우기로 작정하고 자신의 심볼을 애무하는 느낌이랄까? 몰책한 이놈의 칭얼거림을 달래느라 종이가 찢기고 볼펜 심이 휘도록 여자의 행동일지를 기록하는 손목에 힘이 들어갔다.

여자가 침을 흘리며 자기 입술과 혀를 빨고, 얼굴과 가슴을 더듬고, 산발한 머리를 흐트러트리고, 사지를 비틀었다. 이 순간 사내의 사유는 가질 수 없는 것을 가질 수 있다는 야수의 본능이 절제의 칼집을 부수고 정도의 길을 막더니 우려의 각막을 찢어놓고는 망아의 경지(fall into a state of stupor)에 빠지고 만다. 성기가 주는 이 강렬한 메시지를 존중하고 위로하며 자존감의 상승이라고 합리화해 가면서 본능의 질주를 어떻게든 막아버리기 위한 눈물겨운 분투를 한다.

"나는 근무 중이야!"

그렇게 한 여자의 남편이며 두 딸의 아버지는 이성의 강을 건너기 위하여 이번에는 애국가를 무려 4절까지 불렀다. 그러나 밀려오는 정념은 그 어떤 장애물도 장애물이 될 수 없었다.

"어쩌라고! 그러니 어쩌라고! 눈도 코도 귀도 머리도 없는 것이 뭘 안다고 이 지랄이다냐!"

결국 에로틱(erotic)한 환상은 문을 열고 들어선다. 뇌는 성욕 유지에 필요한 물질을 쏟아낸다. 이어서 성욕에 관련된 신경전달 물질인 도파민(dopamine) 세로토닌(serotonin) 감마아미노낙산(gamma aminobutyric acid)이 무차별적으로 증가한다. 자꾸만 심장이 뛰고 얼굴이 달아오르면서 호흡이 가빠져 숨쉬기가 버거워진다. 그는 자조적이면서도 위안 삼을 말을 생각해 냈다.

"인생은 저지르는 자의 것이라고 했겠다."

고개를 돌리고 눈을 감아도 목구멍에서 달아오르는 강렬한 불길을 잡을 수가 없다. 신바람이 난 것처럼 홍얼거렸다.

"항구에 있는 배는 안전하지만, 그것이 배를 만든 이유는 아니라잖아! 돛은 올려졌고 이제 출항만 하면 되는 거야. 어차피 인생은 한 번 살고 말 것을……. 젠장, 알 게 뭐야!"

삼단봉을 들어 절장을 두드렸다. 추근거리는 빛을 가리고 안을 살폈다. 둘의 눈길이 만나고 마침내 남녀의 뇌파가 공명하자 사내의 가슴에서 페닐에틸아민(phenylethylamine)이 분비된다. 오늘따라 어찌 저리 요염할까? 신의 목소리가 들린다. '창주에 입주하라.' 기녀의 미모가 창조를 도모하기 위한 밑거름이니 이 충분조건은 신탁을 의미한다.

여자의 행동이 그 어느 날보다 이상하다. 아랫배를 움켜쥐고 어찌할 바를 모른다. 사내는 여자를 꼬드기는데 목소리의 영향이 38%나 차지한다는 믿음으로 구강을 지나 인두강을 거친 중저음 톤(ton), 즉 100Hz 음성으로 말을 걸어야 한다는 미국 앨버트 메라비언(Albert Mehrabian) 교수의 연구 결과를 신뢰하였다.

"캬! 고년, 요삽을 떨어도 기똥차구나. 천사가 영락한 존재인가. 이봐! 이 나무꾼한테 시집올 생각은 없니? 내가 그거 하나는 끝내주거든 쿡쿡쿡. 근데 저것이 배가 고픈 거야, 거시기가 고픈 거야?"

여자가 알아듣기라도 했는지 뚝뚝 끊어지는 저음으로 대꾸했다.

"배....... 꿉....... 빠."

"그러기에 어째서 넣어준 음식은 손도 대지 않았어? 식사 시간까지는 나도 어쩔 수 없다."

남자란 참 단순한 동물이다. 아니 그 본능이라는 것이 참 순진하다. 가능성이 없을 것이라는 판단이 서면 금방 마음을 바꾸고 새로운 뭔가에 관심을 두거나 졸음이 먼저 알고 찾아온다. 방해자가 나타나면 호르몬이 작용을 일으켜 언제 그랬냐 싶게 물러나는 것처럼. 조물주가 절제의 호르몬이란 놀라운 물질로 한순간의 폭동을 잠재우고 양심이란 놈을 쥐여주자 사내는 늘 그랬던 것처럼 꾸벅꾸벅 졸기 시작했다.

여자의 몸이 파충류처럼 꿈틀거리다 아주 조심스럽게 철창 가까이다가갔다. 철창을 움켜잡고는 주변을 조심스럽게 살핀다. 이어 가슴의 단추를 하나둘 풀기 시작하더니 몸을 꼬면서 입술을 핥아대기 시작했다. 누가 가르쳐 준 것도 아닌 이런 행동이 무엇을 의미하고 있는지 여자는 학습된 행동처럼 정확하게 알고 있었던 것이다. 원초적인 신음으로 남자의 잠들어 있는 육신과 본능을 깨우고 싶었나 보다.

"으 으 으음……."

풀풀 거리며 잠에 취해 있던 교도관이 게슴츠레 눈을 뜨고 두리번거렸다. 신음 소리가 점점 농익어 간다.

"어 어라. 이 요물 좀 봐라. 진짜로 배가 고픈 게 아니잖아."

따라서 이를 무심히 지켜보던 교도관의 눈동자와 그녀의 유기적인 움직임에 따를 뿐인 눈도 코도 입도 귀도 없는 성기가 다시 부풀어 가고 있었다. 자꾸만 눈치를 주고 있는 본능의 요체가 실행으로 옮길 것을 강력히 권고했다. 사내는 콧노래를 부르며 지껄였다.

"그 그래 갈 데까지 가보는 거지 뭐. 난 그저 봉사할 뿐이잖아. 누이 좋고 매부 좋고. 큭큭큭."

이 순간 교도관에게 남아있는 것은 본능에 충실한 것뿐이었다. 그는 철저하게 본능의 요구에 따라 철창 가까이 다가갔다. 붉게 타오른 여자의 입술에서 금방이라도 욕정 덩어리들이 쏟아져 나올 것만 같았다. 여자의 애끓는 신음 소리가 들불이 되어 온 들녘을 태울 듯하다.

"너 너 뭐 뭘 알기는 아는 거냐?"

남자의 손이 철창을 넘어 여자의 얼굴을 감싸안았다. 그 손이 어찌

이성과 본능

나 떨리는지 굵은 창살마저도 윙윙 울리는 것만 같았다. 그는 감시카메라를 사정거리 밖으로 슬며시 돌려놓았다. 그러고는 울컥 쏟아져 나오는 듯한 음성으로 속삭였다.

"오! 이 악마적인 아름다움이여!"

남자의 손바닥이 뇌 역할을 대신하는 양 지시에 열중이다. 뜨겁다고. 타 오른다고. 거세게 몰아칠 홍분을 예기하며 철창을 사이에 둔 남녀의 몸이 하나가 되었다. 남자는 천천히 그리고 부드럽게라는 상식을 알고 있었지만, 여자의 성급함을 모른 척했다. 상체에서 이루어질 수 있는 모든 행위가 갑자기 여자의 주도하에 아래로 내려왔다. 남자의 바지 지퍼를 여는 여자의 손끝이 맵짜다.

"오, 세상에!"

여자가 남자의 탄성 소리에 슬그머니 눈을 치켜뜨고 남자의 시선을 찾았다. 남자는 눈을 감고 기대에 찬 표정으로 천국 문이 열리기를 기다리고 있었다. 여자의 혀로부터 전해 받은 쾌감이 성기의 감각 신경을 타고 시상하부 성 중추에서 대뇌의 전두엽으로 전해지자 자지러질 듯한 쾌락의 찌꺼기들을 뱉어냈다.

"오 오 오 오 우 예스"

야동 속 남자들을 흉내 냄으로써 쾌락에 가속도를 붙였다. 남자가 피로를 느낄 만큼 강렬한 흡기 작용이 지속되자 심줄이 곤두서고 동공이 확대되더니 반발 신경이 발작을 일으켰다.

도파민(dopamine)의 자극이 사정을 촉진하고 있음에도 불구하고, 주변 여건을 살피던 남자의 시선이 뇌에 불안한 정보를 주자 뇌는 사정을 억제하는 세로토닌(serotonin)을 분비했다. 성기가 잠시 주춤거리자, 여자가 격렬한 흡기 작용을 통하여 도파민(dopamine)의 자극을 극대화했다. 남자의 정신이 몽롱해 지면서 올챙이 공장이 배출 시스템을 작동했다. 정액 선이 통로를 넓혔다. 무수히 많은 올챙이들이 앞다투어 쏟아져 나왔다. 갑자기 남자의 동공이 확대되었다. 성기가 임무를 마치고 막 수축하여 가는 순간 여자의 입안에서 서성이던 고깃덩어리가 잘근하고 잘려졌다.

"아 아 아 아 악!"

남자의 성기 해면체에 몰려 있던 피가 분수처럼 솟구친다. 정액 섞인 고깃덩어리가 피를 머금고 여자의 입에서 툭 하고 떨어졌다. 남자가 힘없이 주저앉았다. 여자가 남자의 머리채를 휘어잡고는 귀를 찾더니 귓바퀴 밑에 날카로운 쇠붙이를 쑤셔 박았다. 또다시 처절한 비명 소리가 감방 안에 가득 찼다.

"아 아 아 아 악!"

허혈성 쇼크 상태에 빠져버린 남자를 내려다보는 여자의 피로 물든 입술이 슬며시 벌어졌다. 남자의 배를 어루만지는 여자의 손등에 심줄이 곤두선다. 여자의 얼굴이 벌겋게 상기되면서 아식도 피로 물들어 있는 이빨을 드러내고는

"문대 새끼!"

여자는 죽은 자의 복장에서 열쇠를 찾아 철문을 연다. 시신을 감방

안에 끌어다 넣고, 책상 위에 놓인 손거울로 자기 얼굴을 요리조리 살핀다. 철문을 나서는 여자의 모습은 너무나 자연스러워서 교도관 그간의 행동이 제대로 학습된 듯하다. 그녀는 알지 못했다. 자신을 감금하기 위해서 얼마나 많은 철창문을 만들어 두었는지를…… 불과 수분이 지나지 않아 비상벨이 울리고 교도관들이 우르르 떼로 몰려왔다. 목 주변에 비정형 멜라닌(melanin) 세포반이 또렷한 교도관이 전자봉을 휘둘러 여자의 등을 쳤다. 그녀가 기절하자 애꾿살 때문에 눈이 처져 눈곱이 낀 교도관이 수갑을 채우고, 쪽박귀가 스트레스의 원인이라고 생각하는 교도관이 각시 거미가 먹이를 동여매듯 포승줄을 감았다. 나머지 교도관들은 입안에 재갈을 물리고 뒤늦게 도착한 깻잎머리 간호사의 손은 그녀의 작은 얼굴을 가죽 마스크를 씌운 뒤 신경안정제 주사를 놓았다. 탱크처럼 창문이 없는 네모난 깡통 차에 실려 네 명의 완전무장을 한 경찰 특공대의 호송 아래 그녀는 모처로 이동되었다.

10-2

신림동 PC방

오선달을 체포하기 위하여 PC방 지하 계단을 내려가는 박달의 맥박이 사정없이 뛰기 시작했다.

권총에 실탄을 장전하고 안전장치마저 풀어두었다. 어쩌면 희대의 살인마와 일대일로 상대하게 될 것이다. 마음 한구석에서는 지원 요청을 하라고 부추긴다.

그러나 욕심이 앞섰다. 차려진 밥상을 다른 사람과 나눠 먹을 수 있는가, 투수라면 해내고 싶은 완봉승 같은 것을 기대하고 발걸음을 재촉했다. 이 순간 특수 감방의 여자가 보고 싶은 이유를 모르겠다. 그녀가 위안이 되어 주고 있다는 생각조차 든다. 보이지 않는 힘 같은 것이라도 작용시킨 것일까? 그러면서도 불길한 예감이 엄습한다. 문제는 이런 유의 예감은 한 번도 틀린 적이 없었다는 것이다. 이때다 싶게 '미진이가 기도하는 인형을 구해 놓았을까?'라고 반문함으로써 생철학적인 구토에서 벗어난다.

"PC방에 들어오거든 화끈 채팅방에 접속하시오."

놈이 그렇게 지시했을 때 다 잡은 고기를 어떻게 손질할 것인지 만을 염두에 두었다.

"군기반장님! 방가."

"물건 가져 왔져?"

"오선달님은여?"

"곱게 모시고 있져. 그곳을 나와 봉천동 쪽으로 30m쯤 가다 보면 독일베이커리 옆 골목."

"지금 막 돛을 올렸슴다."

"골목에서 좌측으로 보면 러브텔 (love-tel) 303호."

가급적 허술하게 보이기 위하여 머리를 헝클거나 말려 들어간 양복 칼라를 구겨두었다. 도수 없는 안경은 코끝에 걸었으며 구두는 꺾어 신었다. PC방을 나와 한눈에 봐도 게으른 가게 주인을 짐작게 하는 너저분한 분식집 앞을 지나 러브텔이 있는 골목으로 접어들었을 때 웬 사내 서너 명이 박달의 앞을 가로막더니 다짜고짜 손을 비틀었다.

"당신들 누구요?"

"박 형사, 김 형사 이자가 연쇄 살인범 용의자야! 아주 포악한 놈이니 조심해. 당신을 살인 및 시체 유기죄로 긴급 체포한다."

눈에 익은 이자는 살짝 벗겨진 이마 그리고 연갈색 긴 곱슬머리는 노란 고무줄로 질끈 묶여 있었고, 검은 뿔테 안경 속 안구는 붉은 기운이 도는 적갈색을 띠고 있었는데 어딘지 모르게 돈키호테의 저돌성과 그의 하인(servant)-상식이 풍부한 속물의 표본인 산초 판자(sancho panza)-의 우수가 느껴졌다.

"우리 시대를 엄습하고 있는 모든 악은 아마도 이런 작자들로부터 기인하였을 것이라는 나의 고매한 사고를 마침내 드디어 분명하고 또렷하게 밝히게 되었도다."

그는 그렇게 말장난을 일삼으며 수하 형사들이 박달에게 수갑을 채우는 동안 머리에 묶인 노란 고무줄을 풀러 입에 물고 있던 검정 고무줄로 바꿔 묶으며 계속했다.

"경이롭게 발전한 풍부한 상상력의 소유자인 나에게서 너의 꼬질꼬질한 영혼을 세탁할 기회를 제공받은 것을 영광으로 생각해라."

이어서 입술의 거스러미를 떼어내며

"행복 없는 쾌락에 중독된 현대인들을 비난하다 일어난 내 입술의 거스러미는 나의 표상이며 자존심이지."

이처럼 난감한 지문 언어(text language)를 남발하는 자는 사이버 수사대 육봉이 경정이었다. 박달이 비웃듯 중얼거리며

"말은 하기 좋게 하는 것이 아니라 듣기 편하게 해야 합니다. 사이버 수사대 육봉이 경정님."

"그래그래, 나 오선달 맞아. ID 군기반장! 당신을 잡기 위해서 얼마나 공을 들였는지 알아? 음지에서 서식하며 제 영혼을 파먹는 줄도 모르고 악마의 유혹에 이끌린 채 더러운 악습에 멱살 잡힌 불쌍한 인간 같으니……. 네 영혼의 출처를 태양 아래 피조물이라 말하지 말라!"

박달은 썩은 호박처럼 풀썩 주저앉으며 거의 넋이 나간 표정으로 오선달을 올려다본다. 오선달이 기다렸다는 듯이 염장을 지른다.

"나의 얼토당토 않는 그러면서도 불쾌하기 짝이 없는 입맞춤 같은 언어들이 네 놈의 무너져 버린 희망 앞에서도 고집을 부리며 불안전한 모습으로 물어뜯고 있다는 생각에 여념이 없겠구나."

박달에게 또렷하게 돌아온 이 문법에 대한 기억은 지울 수 없는 고통과 비극이었다. 그렇게 철학에게 사복을 입히고 등장시킨 육봉이를 향하여 그의 말로 박달이 외쳤다.

"아군에게 저격당한 이 상황의 아이러니야! 살그머니 내 마음을 훔쳐 달아난 도덕아! 너의 함정이 나의 함정에게 이처럼 기여 당한 거니?"

그리고는 누먼 육봉이 경관에게 가슴을 힘껏 움켜잡으며 침담한 기

분을 숨기지 못하고 퍽퍽하게 말했다.

"나 나는 검찰 수사기획관 대행 박달이요."

육봉이 박달의 정수리를 친다.

"어쭈구리, 이 자가 나만의 문법까지 차용하는 기만의 독을 마셨구나. 수사기획관 대행?! 그런 게 있기나 하냐? 검찰 사칭을 하려면 제대로 알고 말해 이 음욕의 충성스런 하수인아. 인간들의 간사함이란 도대체 헤아릴 수가 없단 말이야. 예상대로 보통 놈이 아니야. 근데 잠깐만…… 저 예리하고 집요한 시선과 재수 대가리 없이 잘난 미모의 소유자를 어디서 봤지?"

무주의맹시(inattentional blindness)에 빠진 육봉일 재차 상기시킨다.

"육봉이 경정님! 나 검찰 수사관 박달이란 말입니다."

"그러고 보니 맞네. 오 태어나자마자 죽어 버린 내 행복이여! 경찰청 회의실에 만났지. 그대는 모두의 상식의 경계선 밖에서 기웃대던 미남 수사관……."

10-3

양선택 차장검사실

"자네가 작성한 그 살인마 여자 말인데, 동향 보고서를 보니 기도 안 차더군. 어디 볼까? 일명 살캥이 여자, 최초 발견 당시에 비해 분노 조절 능력이 나아지고, 시간이 지날수록 자기 인식, 즉 자신의 모습을 거울을 통해서 발견해 가듯 내면에 존재하는 자신의 가치를 부여하는 과정에 있다. 과격한 듯 보이나 연약하고, 외양에서 느끼는 표독스러움은 내면에 잠재한 불안을 감추기 위한 일종의 생존 본능의 일환으로 유추된다. 지속적인 관계망 속에서 마음의 문을 열 수 있는 기회와 동기를 유발해 진심 어린 사랑과 보살핌에 대한 감사하는 마음이 서서히 열리고 있으며 향후……."

양 검사가 살쾡이 여자의 동향 보고서를 내려놓으며 빈정거리듯이 말한다.

"입이 있음 변명이라도 해야 할 거 아닌가!"

"죄송합니다."

양 검사 갑자기 머리를 감싸 쥐며 버럭 소리치며 쏘아댔다.

"명문 법대에서 줄곧 수석을 했다는 놈이 사이버 수사대 함정에 걸려들어 개망신을 당하고 있을 때 살쾡이 계집은 교도관을 살해하고 탈출을 시도했어. 그것도 잔인한 수법으로 말이야. 그런데 뭐 페티시, 페티시 추적?"

낮고 부드러운 음으로 시작했다가 돌연 절정으로 치닫는 어떤 대중음악처럼 기승전결을 무시한 양 검사의 태도가 오히려 신선하게 느껴졌다. 이럴 땐 변명 대신 침묵이 최선이다.

"……."

"왜 말이 없어?"

그는 양 검사의 지속되는 다그침을 침묵으로 일관한다는 것은 불가능했다. 마지못해 입을 열었다.

"상상도 못 했던 일이었습니다."

양 검사가 아무런 관전 포인트가 없는 천정을 바라보며 밭은 웃음을 실실 흘리고는

"페티시? 그렇게 그만두라고 일렀건만, 내 말은 귓등으로 흘려보내고 결국 이런 개망신을 당하고 말았어. 피살자들 스타킹 몇 장 없어진 걸 가지고, 범인이 페티시 짓이라고 단정을 내리더니 고작 하는 짓이 함정 단속에 걸려? 그걸 부추기는 심박 사나 좋다고 춤을 추는 네 녀석이나 심 박사나 도긴개긴이다."

"그 나물에 그 밥이라니요? 다 단지 시간이 필요한 작업입니다."

양 검사가 책상을 짚고 벌떡 자리에서 일어나며 그 어느 때보다 굵고 단호하게 잘라 말했다.

"공안부로 재발령 냈으니까 잔말 말고 이 사건에서 손 떼!"

"살쾡이 여자는 어쩌시렵니까?"

"법정에서 묻겠지. 너희같이 어쭙잖은 인도주의자들에게…… 한 집의 가장이며 두 자식의 아버지를 살해한 죄와…… 다른 한 사람…… 색정 질을 하다가 당하긴 했지만 그 그건 그렇다 치자. 하여튼 고귀한 생명 둘을 살해한 살인마야."

"두 사람 모두 그 여자를 성적 노리개로 삼으려다가 당한 일입니다. 정당방위라고까지 말씀드릴 수는 없지만……"

박달은 결코 자기 입에서 나온 소리가 아니기를 바랐다. 왜냐하면 양 검사의 반응이 다음과 같을 것이라는 예상을 하고 있었기 때문이다. 그는 자신의 머리통을 움켜쥐었다. 양 검사의 얼굴이 처음엔 새하얗다가 다음엔 푸르스름해지더니 차츰 붉게 물들어간다. 장마철 날씨

처럼 변덕을 부리는 것만 같았다. 그렇다고 이런 문제로 체신머리없이 버럭 화를 낸 모습을 보일 수 없다고 생각했던지 숨 고르기에 들어간 모양새를 보였다.

"동기가 뭐건, 사람을 죽인 일이야!"

"결과는 동기에 의해서 촉발됩니다."

이 또한 박달은 자기 입에서 나온 소리가 아닐 것이라고 생각했다. 자신의 뇌 속에 누군가가 숨어 있다가 그렇게 대꾸를 지시하고 살며시 사라져 버린 것 같았다.

"어이쿠, 그래서 박달 수사관께서 살쾡이를 모시고 사실 모양입니다, 그려."

양 검사가 저처럼 턱도 없는 반어(irony)를 이 순간에 구사할 줄은 꿈에도 생각 못 한 박달은

"부 분명히 사람다운 사람으로 다시 태어날 수 있는 여자입니다. 화환경이, 만일 그 여자가 최소한의 인간적인 삶을 살았다면 이런 불행한 사건은 일어나지 않았을 것입니다. 그렇다고 해서 그 여자의 행위를 두둔하고 싶은 마음은 없습니다. 사람을 둘씩이나 살해한 여자를 어떻게 해달라는 이야기가 아니라 최소한의 인간적인 대우를 말씀드리는 것입니다."

그는 이처럼 말과 생각이 따로 노는 것은 잠재된 반항 의식이 어떤 계기에 의해 자신도 모르게 폭발한 것이라고 이해했다. 그렇다고 이런 자신의 질주를 계속 방치해둘 수만은 없는 노릇이다. 왜냐하면 생각지도 못한 유리 재떨이가 그의 발아래에서 산산조각이 났기 때문이다.

"그 사람들 가족에게는 뭐라고 말할 테냐? 단지 이 여자의 자란 환경이 문제다. 그러니 '그 빌어먹을 환경을 탓해야지 이 여자 잘못은 아니다.'라고 할 테냐? 이놈아! 그릇이 불결하면 무엇을 담아도 상하는 법이야. 이렇게 세상 물정에 어두워서야 쯧쯧쯧……. 살인마에게 인권? 지놈이 무슨 대단한 휴머니스트라도 되는 줄 착각을 하고 있네!"

박달이 거칠게 문을 열고 나가 버린다. 위계질서가 엄연히 살아 있는 검찰 내부에서 감히 상상할 수도 없는 행동이다. 방을 나선 박달은 분기가 여전하여 혈압이 오르고 얼굴이 붉게 달아올랐다. 무엇에 홀린 것도 아니고 이처럼 강단 있게 하늘 같은 차장검사에게 대들었다는 사실이 믿어지지 않았다. 자신은 자애롭고 인정이 많은 편도 아닌데, 그 살인마 이야기라면 자신도 모르게 쌍심지를 돋우고 마는지……. 마치 보이지 않는 어떤 끈에 그녀와 함께 엮여 있는 것만 같았다. '떨쳐버릴 수 없는 이 미혹의 잔인함이여 물러가다오!'어느새 오선달의 말투를 흉내내며 박달은 그렇게 검찰청을 나섰다.

양 검사는 박달이 제정신이 아닌 사람 같다는 생각을 지울 수가 없었다. 그는 아직도 벌름대고 있는 콧구멍을 잠재우기 위해서 휴지를 말아 콧구멍 청소를 시작했다. 청소를 마쳤을 때 비로소 머리끝까지 치밀어 올랐던 화가 다스려졌기 때문에 또 다른 보고서를 살펴보았다.

어깨가 축 처진 박달과는 달리 심 박사의 얼굴 표정에는 뭔가 한 건 올린 듯싶었다.

"용의점이 뚜렷한 페티시 한 놈을 찾아냈어. 자네의 실수를 만회할 결정적인 기회라고 생각하네."

"저 그만두었습니다."

"이제 와서 무슨 소리야!"

"공안부로 돌아가랍니다."

"이런 난감한 일이 있나. 놈을 붙잡으면 뭔가 나올 것 같은 예감이 들었는데."

심 박사의 그늘진 얼굴이 안쓰럽다.

"전 이제부터 예감이나 심증만 가지고는 수사를 하지 않습니다. 명문 법대에서 줄곧 우등만 했으니까요."

심 박사는 박달의 자조 섞인 말이 어색하게 들렸는지 잠시 그의 표정을 기웃대는 듯했다. 그러고는 마치 개그 프로그램을 보다가 방청객의 웃음소리에 따라 웃는 사람처럼 시간차를 두고 폭소를 터트렸다. 채연이 실종된 이후 이처럼 천진난만하게 웃는 심 박사의 얼굴을 본 적이 없었던 것 같았다.

"이 사람아! 양 검사와 통화했네. 자네가 지나치게 앞서 나가는 것 같아서 제동을 걸었대. 그뿐만 아니라 자네의 그 살쾡이 여자 동향 보고서에 내해서 상당히 공감하는 눈치너군. 수사관으로 썩기에는 아까운 인물이라며 은근히 자랑스러워하고 있는 것 같았다니까."

"서 설마요."

"그 양반 칭찬에 인색은 하지만 속마저 좁은 건 아닐세. 조만간 다시 자넬 부를 거야. 만반의 준비를 하고 있어."

　　　이성과 본능

그날 박달은 심 박사로부터 숨 막힐 만한 제안을 받는다. 또한 그가
수사선상에 올려놓고 있던 용의자를 추적하기 위한 준비도 서두른다.

11. 정염의 혼란이라는 열병

11-1

서울 강서구 습지 생태공원 맹꽁이가 산란을 끝내고 며칠이 지난 후였다. 맹꽁이 올챙이들은 포식자들을 피해 개구리밥 사이에서 식사를 즐기고 있었다. 기회를 엿보고 있던 소금쟁이 한 마리가 재빨리 올챙이의 몸에 침을 꽂았다. 그러고는 모기가 피를 빨듯 체액을 빨기 시작한다. 남의 생명에 빨대를 꽂아 자신의 생명을 구원하는 것이 자연계에만 있는 것은 아니다. 자연계에서는 이를 두고 생명의 이동으로 보고 있지만 인간 세상에서는 전혀 다른 해석을 통하여 질서와 균형을 잡는다. 남의 불행이 나의 행복이 되는 경우는 자연계의 빨대 꽂기와 무늬만 다를 뿐 같은 행위다. 사람들은 자신들의 행위를 포장하고 합리적 이론을 만들어 어딘가에 빨대를 꽂고 수확을 한다. 오늘도 수많은 사람이 궁극적으로는 자신의 생명을 위하여 어디에 어떻게 빨대를 꽂을지 그리고 승리의 확률을 계산하기에 바쁘다.

체리 바에서는 별 신통치 않은 체구에 진회색이 완연한 눈동자의 사내가 주변을 두리번거리다가 크게 기침을 한 뒤 위에서 언급한 종류의 빨대 보관함 손가방을 열었다. 마주 앉아 있던 사내가 가죽 모자를 눌러쓰고는 흘러내린 머리카락 몇 올을 모자 속으로 밀어 넣었다.

두 사내가 무슨 말인가를 주고받는데 미진이 술병을 들고 나타난다. 가죽 모자 사내가 가방의 지퍼를 올린다. 미진이 술잔 등을 세팅하는 동안, 가죽 모자 사내의 눈초리가 머문 곳은 그녀의 완곡한 다리 곡선을 한층 돋보이게 해주고 있는 커피색 스타킹이었다. 사내의 눈이 그녀의 허리 변곡선(inflection line) 아래 엉덩이를 거쳐 한 뼘이나 될까 말까한 치마 아래로 내려오더니 이번에는 염치없기 그지없는 손이 시선의 정보에 따라 스타킹 안에 숨겨진 허벅지를 더듬는다. 미진이 기겁하며 다리를 뺀다. 두 사내가 번갈아 가며 폭소를 터뜨린다. 가죽 모자 사내가 히벌죽대던 입을 소변 후 바지 지퍼를 채우듯 재빨리 올리고는 진회색 눈동자에게 눈짓을 한다. 진회색 사내가 오른손으로 OK 사인을 보내자, 적갈색 가방을 들고 솔밭에 바람들 듯 사라진다. 미진이 눈치 없이 물었다.

"육구 손님, 저분 오늘도 그냥 가시나 봐요?"

진회색 눈동자가 오래된 사업 동반자를 대하듯 여유롭게 답한다는 것이 심한 말더듬증을 숨길 수 없었는지 육구 손님이 말했다.

"바 바 바쁘신 부 분이거든."

미진이 가죽 모자 사내의 손길이 묻어난 다리를 쓰윽 문질러 그 흔적을 지우려 애쓰면서 태연하게 말했다.

"간첩들 접선하는 것 같아요."

"애 애 애먼 사람 자 잡을 일 있어!? 가 간첩이라니."

"화- 나셨어요? 말이 그렇다는 거죠."

그녀가 슬쩍 윙크하며 엉덩이의 미미한 힘으로 진회색 눈동자의 어깨를 밀친다. 그녀의 요염한 몸짓에 홀린 남자의 손이 파르르 떨며 콧등을 긁더니 진회색 눈의 시선이 그녀의 배꼽 아래로 떨어진다.

"저 저 저기……. 그 그 그러니까……."

"그렇게 말을 더듬으시는 거 보니까 아직 술기가 덜 오르셨나 보다. 제가 대신 말해 볼까요? 제 속옷과 스타킹이 필요하다고 했죠? 육구 선생님."

사내가 반갑게 고개를 끄덕이며 애먼 술잔만 톡톡 쳤다.

"그 금방 나 나간 사람 말인데……. 자 자기 거 구해 다 달라고……. 뭐 돈은 다 달라는 대로 주 줬댔거든. 내 내 말대로만 하 하면 자기 하 한 달 처 천 보장한다."

돈의 강한 자성(magnetism)에 끌려다니는 것만큼 추한 것도 없지만 끌려다니지 않는 것 또한 비인간적이다. 끌려다닐 이유가 남산만 한 미진이 망설임 없이 물었다.

"말해 봐요. 내가 어떻게 하면 되죠? 아 아니 뭘 하면 되죠?"

미진을 바라보는 진회색 눈 육구의 입가에 비리디 비린 느낌의 미소가 잠시 머물다 지나간다. 이내 진회색 눈은 엉큼한 속성을 드러낸다.

"내 사 사 부실로 가 가지. 거 거기서 촤 촬영도 해 해야 하고……."

"정말로 속옷만 팔아서 그렇게 벌 수 있어요?"

"내 내 고 고객 지 지금 봤잖아."

"나는 그런 타입 딱 질색이거든요?"

"소 속옷 자 장사를 하는데 타 타입이 무슨 사 상관이야."

"그래도……."

미진의 표정이 일그러진다. 육구가 미진을 안심시키기 위한 말을 찾기 위해서 점점 넓어지는 이마를 문지르며 실긋이 웃었다. 미진이 딱 부러진 음성으로 묻는다.

"혹시 몸 팔라는 소린 아니죠?"

육구가 두 손을 크게 흔들었다.

"조 조금 거 거시기 한 것이기는 하 하지만……. 그 그건 절대 아 아니니까 여 염려 푸 푹 놓으시라니까."

미진이 잠시 화장실을 다녀오겠다며 자리를 뜬다. 육구가 이마를 문지르며 뭔가를 생각하는가 싶더니 술값 이상의 돈을 식탁 위에 놓고 유유히 사라진다.

미진을 통해 육구의 사무실을 알아낸 박달이 들이닥쳤을 때는, 놈이 추적에 필요한 흔적을 폐기 처분하고 어디론가 사라져 버린 후였다. 놈이 자르고 달아난 꼬리에서 단서를 찾아내려 했지만 허사였다. 육구는 아무리 믿음이 가는 동업자(여자)라 해도 늘 비상 퇴로를 마련해 두곤 했다. 미진 역시 예외일 수는 없었다. 그는 돌다리를 두드려 보고도 건너지 않는 조심성 때문에 지금까지 단속에도 걸려들지 않았으며, 만만치 않은 돈을 거머쥐게 된 것이다.

놈의 사무실에서 풍기는 야릇한 잡냄새는 박달이 최초 사건을 맡으면서 느꼈던 감정과 맞닿아 있다는 생각에서 벗어날 수가 없었다. 이런 형이상학적인 냄새는 공감각(synesthesia)적 기억 표상적(remembrance emblem)인 경우가 대부분이지만 박달의 경우는 인지(cogitation)로 작용했다.

놈은 박달과 달리 기억 표상적 공권력 냄새를 맡는데 신출한 능력이 있었다. 그 때문에 박달이 나타나기 수 분 전에 체리 바를 빠져나갔다고 미진은 불평했다. 이런 귀신같은 놈을 어떻게 잡아야 할까? 쓰레기뿐인 육구의 사무실을 닭 쫓던 개처럼 멍한 눈으로 바라보면서 박달은 쓴웃음을 머금었다.

11-2

육구가 5만 원짜리 두 장을 미스 염의 은밀한 곳에 깊숙이 찔러 넣을 때 놈의 손가락은 그 깊이를 느끼고 싶은 충동을 이기지 못하고 장차 아가의 물건에 손을 대고 말았다. 이 신성한 물건을 만진 대가는 의외로 눈 흘김뿐이었다. 돈의 가치가 여지없이 미진의 입속에서 튀어나왔다.

"뭘 또 조르시려고 이러시나? 말씀만 하시죠."

사내는 술에 잔뜩 취해 있었으나 정신은 말짱한 듯이 보였다.

"저 저 전번에 호 혹시 내가 가고 난 뒤에 겨 경찰이 오 오 오지는 않았어?"

염미진이 화들짝 놀라는 척을 하며 두 손을 내저었다. 그가 고개를 갸우뚱하더니 진회색 눈동자를 좌우로 굴리며 마른침을 꿀꺽 삼키고는 번들거리는 이마를 문질렀다.

"이 이 이제 나 나도 느 늙었나 봐. 초 촉이 예전 같지 아 않으니 말이야."

그러고는 그가 지을 수 있는 가장 애틋한 표정으로

"부 부탁 하나 드 들어 줘야겠어."

술에 취하면 말더듬이도 덜하다. 소심하다는 증거다.

"말씀만 하세요, 오라버니."

오라버니라는 우호적인 단어는 돈의 권력 앞에서만큼은 절대복종이라는 그녀의 달근한 표현이다. 사내가 주머니를 뒤적거리더니 영화표 한 장을 불쑥 내밀었다.

"이 이거……."

"달랑 한 장 뭐죠?"

"그 그러니까……."

"오라버니도 참네. 방귀 말고는 다 텄잖아요, 우리 사이. 근데 뭘 그렇게 수줍어하신담?"

"수 수줍은 것이 아니라 거시기……."

그가 뒷머리를 긁적댄다. 술잔을 단숨에 비우고는

"우 우리 사업을 이 이해해?"

돈의 위력은 여전하다.

"담배나 술처럼 일종의 개인적 기호에 불과하므로 별문제가 되지는 않는다고 생각해요."

"여 역시 미스 염이야!"

그가 자꾸만 이마를 문지른다. 그것도 살갗이 벗겨질 정도의 힘이 실려 보였다. 그러나 통점이 없는 물고기처럼 태연하다. 특히 난처한 요구를 할 때 이런 행동을 한다. 이번에는 수표 한 장을 내민다. 돈으로 상대를 유혹하고자 할 때 한 번에 목돈을 주는 것보다 점층적으로 높여 나눠 주는 것이 효과적이라는 것을 경험으로 잘 알고 있는 것 같았다. 기대 심리를 한껏 이용하자는 심사다. 돈이 주인 노릇을 하는 동안에는 그 여자의 정신은 이미 그 남자의 하인이 될 준비가 되어 있었다. 주인은 하인에게 하고 싶은 말을 숨기지 않는다.

"머 멋진 남자를 소 소개 하 할게."

"그 남자하고 같이 영화를 보란 말이군요. 왜요?"

"그 그래. 내 내 다 디 단골인데……. 여 영화를 보면서 재 재 재미 좀 봐."

"어머? 쪽팔리게 극장 안에서……. 그것도 모르는 남자와 말입니까?"

"이 이 일을 마치면 여 영화가 끝나기 전에 헤어지는 거야. 그 그러니 서로 얼굴 붉힐 일도 없지."

이런 걸 두고 우물 푸고 동전 줍는다고 하는 건가? 그녀는 까르르 웃었다. 육구의 시꼬롬한 눈동자가 벌써 흥분에 들떠 핑핑 돌고 있는 듯이 보였다.

"시 싫어?"

"글쎄요. 상대가 어떤 사람이냐에 따라서 다르겠죠?"

"이 인물, 갑빠 다 좋아."

"제 부탁도 들어준다면……."

그녀가 말끝을 흐리자 호기라도 잡은 듯

"마 말해. 지 지옥에라도 다 다녀오라면 그 그럴게."

"정말요? 육구님 단골 고객 명단……."

사내의 표정이 굳어지면서 진회색 눈동자에서 빛이 흘러나왔다.

"우 우리 동업하기로 했는데 고 고객 명단은 뭐에 쓰려고? 그 그리고 자 잘 몰라서 그 그러는 모양인데, 호 혼자서는 저 절대로 할 수 없는 일이야. 조 조직이 이 있어야 하 한다고. 호 혼자 했다가는 다 단골도 잃고 사 사 사이버 수사대에 걸려들기 시 십상이거든."

그녀가 까르르 웃은 뒤 눈을 흘기며 놈의 마음을 흔들었다.

"용돈벌이 좀 하려고 했더니……. 그나저나 싫으면 그만두세요."

"아 아니야. 아 아니야. 주 줄게. 그 그대신 가 각서 써야 해. 저 절대 개인 해 행동하지 않는다고."

"고마워요."

"그리고, 절대로 2차는 안 됩니다."

"아 알았어."

말이 끝나자마자 사내는 여자 앞에 무릎을 꿇었다. 그러고는 그녀의 발을 애무하기 시작한다.

"간지러워요."

놈은 자신이 정해 놓은 철칙에 따라 그녀가 잠시라도 자리를 비우거나, 자기 눈에 그녀의 행동에 조금이라도 의심이 간다 싶으면 바로 자리를 떴다. 오늘도 놈은 미진이 자리를 비운 사이 바람처럼 사라져 버렸다.

11-3

극장 안

오전이라 사람은 별로 들지 않았다. 이런 환경은 고상한 페티시들의 놀이터로 안성맞춤이었다. 이런 취미를 즐기는 사람들 사이에 끼어 한몫하고 있는 미진과 육구의 고객 서너 명은 적당한 거리를 두고 앉아 서로의 관심사에 집중하느라 영화는 뒷전이다. 육구는 좌석 번호와 상관없이 미진이 잘 보이는 전망 좋은 자리에서 그녀의 상대남에게 메시지를 보냈다.

영화의 시작은 참으로 도식적이었다. 천만 관객을 몰고 다니는 영화감독 아래 조감독으로 있다가 독립한 사람의 작품이기 때문인지 연출 능력은 비슷했지만, 흔히들 말하는 2%가 부족해 보였다. 그러다 보니 구태의연한 데다가 지루하기까지 했다. 음악가(musician)와 예술가(artist)의 차이만큼이나.

주인공은 애인의 사랑을 얻기 위해서 고전적인 방법을 차용하고 있다. 차용 당한 여자는 옷을 벗고 사랑 행위를 준비하고 있다. 이때 영화 속 여주인공과 미진의 상대남이 동시에 나타났다.

미진은 영화에 취한 척 의뭉을 떨며 다리를 꼬고 앉았다. 영화 속 남녀 주인공들이 술에 취해 비틀거릴 즈음, 기다렸다는 듯이 그 남자의 손이 슬며시 그녀의 허벅지 위에 안착한다. 미진의 가슴이 벌름거리기 시작했다. 남자의 손이 치마 속을 염탐하기 위해 파르르 떤다. 그녀의 사타구니에 힘이 들어간다. 엉덩이 관절 굴곡근과 엉덩이 관절 신전근이 움츠러든다. 남자의 손에서 품어져 나오는 열기가 여자의 허벅지를 녹인다. 잠시 정체기를 거친다. 남자가 손을 빼고 주변을 두리번거린다. 여자는 이 작자가 육구가 말한 그 남자라는 사실을 눈치채고 의도적인 신음 소리를 내기 시작하여 몰입을 유도했다. 여자의 신음 소리는 작고 은밀했지만, 남자는 별 관심이 없어 보인다. 이 남자 역시 돈으로 엮여 나왔기 때문인가라는 의구심이 들었지만, 미진은 유구와 약속대로 은밀한 신음의 볼륨을 서서히 높여 나갔다. 어디선가 육구와 그의 고객의 침 넘기는 소리가 귀청이라도 뚫어버릴 것처럼 크게 들리는 듯했다. 묘하게 얽히고설킨 오묘한 삼각관계가 휘청거릴 즈음 영화 속 주인공들은 물 흐르듯 자연스럽게 섹스를 마쳤다. 관음증 환자 육구는 무슨 짓을 하고 있을까? 치골에서 꼬리뼈에 걸쳐 있는 PC 근육이 활동을 시작하는지 몸을 꼰다.

영화의 화면이 밝아지자, 미진의 상대남이 불문율이나 마찬가지인 행동을 저지른다. 그녀의 얼굴을 정면으로 바라다본 것이다.

"미 미진이!"

"달 씨!"

영화는 계속된다.

"어 어떻게 된 거야?!"

"그런 자기는……"

두 사람은 한동안 말이 없다. 두 사람이 동시에 입을 열었다.

"난……!"

그녀가 양보했다. 그가 당황한 나머지 무의식중에 자신의 신분을 드러냈다.

"나 난 임무 수행 중이었어."

그녀 역시 변명의 근거를 마련하기에 바빴다. 재빠른 여자다.

"이 이런 짓을 해야 하는 줄은 미처……"

그리고 침묵이 흘렀다. 이번에도 동시에 입을 열었다.

"변태!"

그녀가 까르르 웃었다. 곤경에 처해있을 때 대범해지는 것은 오히려 여자라는 것이 입증된 웃음이다. 주변을 흘끔대던 박달이 소리친다.

"놈들이 사라졌어!"

"놈들이라뇨?"

"우릴 지켜보고 있던 변태 자식들 말이야. 나가지."

"여 여러 명이 왔단 말이에요?"

"그놈 고객들이겠지."

그녀가 무릎에 올려놓았던 핸드백을 어깨에 걸치고 벌떡 일어난다. 박달이 그녀의 뒤를 따른다. 영화는 흥미 위주로 빠르게 전개하고 있었고, 몇 안 되는 조조(early morning) 시간대 관객들은 의자에 파묻힌 채로 시각적 흥분상태에 빠져든다.

극장 라운지로 나온 미진이 앞으로 상영될 포스터를 단숨에 둘러본 뒤 말했다.

"달 씨가 경찰 흉내 낸다고 오늘의 기억이 지워질지 모르겠네요."

"육구 아니 식스나인 새끼 꼬시랬더니?"

"고액 알바뛴 거라고요."

"악랄한 살인범과 고액 알바라……?"

"유치한 상상이군요. 그 사람 벌레 한 마리도 못 잡을 사람이에요."

"언제부터 변태 놈 대변인이 되셨나?"

"하긴 그 사람 경찰을 가지고 놀 때가 가장 스릴 있고 짜릿하다고 그랬걸랑요. 겉보기와 달리 강단 있는 남자던데……. 그로데스크(grotesque)한 매력도 있고!"

"취미 한번 참 고상하네."

미진이 핸드백을 뒤지더니 박달에게 뭔가 내밀었다.

"자요."

"이건 뭐지?"

"이건 달 씨가 그동안 내게 준 사랑의 보답이에요. 사업 번창하시구요. 그나저나 달 씨, 이런 취미가 있는지 몰랐네요. 들어가서 영화 즐감하세요. 그럼……."

방귀 낀 놈이 성낸다고 이건 아니다 싶었다.

"적반하장도 유분수지! 난 앉자마자 자기라는 걸 알고 있었어."

"그러면서 그렇게 놀라 내 이름을 불렀군요! 그리고……. 그럼 난 뭐예요?"

"그걸 내게 묻는 이유를 모르겠군."

"조만간 그 이유가 뭔지 알게 될 겁니다."

"어떤 이유인지는 몰라도 오늘 일은 머릿속에서 결코 지워지지 않을 것 같은데…… 안 그래?"

"우리 사랑은 머리가 아닌 가슴으로 했다면 답이 될까요?"

그녀의 눈가가 불그숙숙해진다. 이 순간 그녀의 어떤 행동이나 말도 추하게 들렸다. 박달이 서운한 마음에 소리쳐 말했다.

"가버려!"

그녀는 그렁거리는 눈으로 박달을 쏘아 보다가 코를 팽 풀고는 냉기를 풀풀 풍기며 회전문을 향하여 뛰어갔다.

영화는 절정으로 치닫고 있는데 그녀는 없다. 금연이라는 것을 뻔히 알면서 담배를 물었다. 담배 연기가 영사된 빛 위에서 한가롭게 춤을 춘다. 심 박사의 말이 머릿속에서 담배 연기처럼 떠다닌다.

"식스나인 이 자식, 자기 여자와 재미 볼 용모 준수한 남자를 찾는다고 했을 때 자네 생각이 나더구. 어떤가?"

이성과 본능

"놈을 잡을 수만 있다면 수단과 방법을 가리지 않겠습니다."

"내 ID로 자네 사진을 그자의 블로그에 올리게."

"여자와 무슨 짓을 하라는 거죠?"

"흉내만 내고 있게. 그러나 어설픈 미끼는 고기를 더 멀리 쫓아 버리는다는 사실을 명심하게."

"네?"

"놈은 두 사람의 행위를 주변에서 지켜보고 있을 걸세. 놈은 전형적인 관음증 환자에 페티시에다가 사이코패스(psychopathy)야."

"쉽진 않겠는걸요."

"다시없는 기회가 될 거야."

영화가 끝이 났다.

11-4

미진을 사랑한 보답으로 받은 페티시 명단을 보는 순간 울컥 눈물이 솟구쳤다. 당장이라도 그녀에게 찾아가 용서를 빌고 자신의 정체를 밝혀버릴까도 생각했다. 반나절을 햄릿만큼이나 고민의 시간을 허비하고 나서야 정신이 들었다. 그가 생각하는 대의라는 것은 사적인 감성적 애정 낭비가 아니라 공적인 명분의 실리였다. 식스나인 아니, 육구의 체포는 뒤로 미루기로 하고 우선 페티시 명단 중에서 가장 의구심이 짙은 오병철이란 자를 추적해 보기로 했다. 이 자는 육구의 단골이면서 특히 염미진과 직접 만나 거래를 할 만큼 대범하고 스타킹에 대한 집착이 여타 페티시의 기호와는 확연히 다르다고 적혀 있었다. 이 남자와 첫 만남을 통해 모처에서 스타킹을 벗어 주고 돈을 받은 적이 있었으며, 두 번째는 스타킹뿐만 아니라 팬티까지 요구하며 예상을 뛰어넘는 돈을 내밀었다고 했다. 그러면서 이번에는 큰 목돈을 준비할 테니 세 번째 만남을 원했지만 느낌이 너무나 좋지 않았다는 것이다. 살기마저 느껴졌다고 했다. 세 번째 만남은 금주 토요일 오후 7시 명륜동 카멜레온 모텔 특실이라고 못 박았다. 첨부된 그의 신상명세서는 가히 가관이었다. 박달은 미진이에게 감사하는 마음을 품고 부리나케 차장검사실로 달려갔다.

박달이 허겁지겁 양 검사 사무실에 들어서자, 양 검사가 휘둥그레 눈을 뜨고

양선택: 이 사람 품위 없이 눈발에 개 뛰듯, 뭐야?

박달: 미심쩍은 인간을 쫓고 있는데 그것이…….

양선택: 그래서?

박달: 그것이 좀…….

양선택: (버럭) 박달 수사관!

박달: (군기가 바싹 들어간 모습으로) 단도직입적으로 말씀드리겠습니다. 사이코패스(psychopath) 성향이 있는 자를 쫓고 있습니다. 여성의 속옷에 지독한 집착을 보이고 있을뿐더러, 연쇄 살해범의 행위와 유사한 행동을 하고 있기에…… (듣고 있던 서류천은 내민

며) 이것이 그 자의 신상정보입니다.

양선택: (내내 쓴웃음을 머금고) 이름 오병철. 나이 43세. 건물 경비원. 미혼. 전형적인 은둔형 외톨이로서 직장과 집을 오갈 뿐 왕래하는 사람이 없어 보인다. 여성 속옷에 지독한 애물증이 있어, 여성이 신었던 수십 종류의 스타킹을 수집 보관하고 있으며, 직접 만남을 통해 수집하는 것을 가장 선호한다. 특이 사항으로는 한번 수집을 한 여성에게 지속해서 구입하는 경향이 있다. 선호하는 만남 장소로는 명륜동 일대를 벗어나지 않는다. (양 검사 서류철을 내려놓으며) 한 달 수사 끝에 이런 걸 정보라고 내놓다니(혀를 찬다).

박달: 아시고 계시듯이 연쇄 살해 여성 중 한 명은 명륜동 지하 주차장에서 발견되었습니다.

양선택: 그래서?

박달: 오병철이 물건을 여성들로부터 획득하는 장소로 명륜동을 고집하고 있는 점도 그렇고, 여러 가지 정황으로 미루어 볼 때 이 자를 체포해서 심문하도록 체포영장을 발부해 주십시오.

양선택: 이 친구야 쌔고 쌘 게 변태야! 속옷 몇 벌 구입한 걸 무슨 죄목으로 무얼 어쩌라고 그래. 인권위원회 권고안 때문에 그보다 더한 놈들도 강 건너 불 보듯 하는 판에.......

박달: 오병철! 뭔가 있습니다.

양선택: (말없이 수화기를 들고는) 이봐! 이유 따지지 말고 박달 수

사관 체포영장 발부해 줘. (박달을 보며) 나는 내 감을 믿는데 이
건 백 퍼센트 아니다. 승방이하고 약속이나 잡아.

박달: 네?

양선택: 변태 놈 잡아넣고서 말이야.

박달: (신나게) 네!

명륜동 카멜레온 모텔 잠복에 들어간 박달. 두 사람이 만나기로 한
시간이 훨씬 흘러 버렸지만, 미진이 말한 인상착의가 비슷한 놈은 나
타나지 않았다. 미진에게 전화를 걸어 혹시 약속 장소나 시간이 정확
한지 확인하려 했지만, 그녀의 전화는 꺼져 있었다. 크게 낙담하고 돌
아서려는데 90년대 크게 유행했던 손지창 머리를 한 사내가 갈색 서류
가방을 메고 카멜레온 모텔을 나오면서 자꾸만 주변을 되돌아보는 모
습이 포착되었다. 사내를 미행할까 하다가 모텔로 들어섰다. 그리고 종
업원에게 자신의 신분증과 오병철의 사진을 보여주면서 물었다.

"이 사람 투숙한 적 있었습니까?"

입술이 유난히 얇은 여자 종업원이 사진을 받아 들고 고개를 끄덕
이며 자기네 단골손님 중 한 사람이라고 말했다. 그러면서 묻지 않은
말까지 대답해 주었다.

"한 달에 한두 번은 묵었죠. 뭐 하는 분인지 씀씀이도 크구요. 이
동네 산다고 했는데……. 맞다. 우리 건물 건너편 뒤로 순대 세상이라
는 소문난 맛집에서 보면 미색 타이루 건물이 삐죽이 보이거든요? 거

기 오피스에 산다는 소릴 들은 기억이 납니다. 제가 이런 말 했다고 하시면 안 됩니다. 사장님이 아시면 고객 정보 유출했다고 난 끽이에요. 해고 말입니다. 내 정신 좀 봐. 좀 전에 서류 가방 메고 나간 사람이 오병철씨에요. 무슨 예술을 한다는 소린 들었는데……. 근데 그 사람 무슨 죄를 지었대요?"

박달이 오병철 오피스텔 벨을 누르자 자주색 격자무늬가 선명한 점퍼를 걸친 사내가 빼꼼히 문을 연다. 숭숭한 눈썹 아래 진한 쌍꺼풀, 주먹코에 얇은 입술이 첫눈에도 느끼한 인상이다. 눈을 부릅뜨고 희번덕이는 것으로 보아 박달을 심히 경계하고 있다는 것을 알 수 있었다. 박달은 신분증과 압수수색 영장을 내보이며 권위적이고 질박한 말투로 시작했다.

"오병철 씨, 지금 당장 나와 함께 경찰서로 동행해야 합니다. 당신은 변호인의 도움을 받을 수 있고, 묵비권을 행사할 수 있으며 진술을 거부할 권리가 있습니다."

이런 위압적인 자세에도 불구하고 용의자는 눈썹 하나 까닥하지 않고 위협적으로 대들기 시작했다.

"닝기미! 내가 뭐를 잘못 했는지 실질적으로다가 대란 말이요! 무턱대고 미란다 원칙인지 뭔지 들이대지 말고."

허약하기 짝이 없는 공권력을 한탄할 사이도 없이 용의자는 박달을 밀치고 도망을 쳤다. 사생결단으로 도망치는 범인을 잡기란 신출내기 박달로서는 어림도 없는 일이었다. 그는 비상계단을 날아 거리에서 바람처럼 사라지고 말았다. 그는 연이어 헛물만 켜대면서도 허허 웃어 버리는 자신에 대한 관대함에 놀라지 않을 수 없었다. 그러나 양 검사의 생각도 그럴까? 부딪치고 깨지고 넘어지면 일어나서 안 되면 될 때까지 라고 외쳐대는 직업을 선택한 이상, 과정이 험난할수록 성공에 대한 쾌감이 어떤 것인지 공안과에서 이미 경험한 터라 마음의 짐이 되어버린 양 검사를 마음속에서 떨쳐내는 일이 시급했다.

그는 사과 박스에 비견될 만큼 작은 오병철의 오피스텔 안에서 은밀한 유혹이 느껴지는 캐비닛을 발견하고 손잡이를 비틀었다. 당연히 잠겨 있었을 것으로 추측했으나 자연스럽게 문이 열리면서 엄청난 양의 수집품과 함께 유기체 비린내가 났다. 육구의 사무실에서 풍기던 냄새와 똑같았다. 정신을 혼미스럽게 했다. 각양각색의 여성 스타킹과 속옷들을 여러 가지 모양으로 블록을 쌓듯 정성스럽다. 음욕을 다듬어 놓은 설치미술을 보고 있는 것만 같았다. 만일 이 모습이 전시장에 있었다면 어떤 평가를 받았을까? 내면에 숨어 있는 작가의 음욕을 제거해 버린 채, 작가의 우연한 창의성으로 상상력이 만들어 낸 걸작이라는 평가를 함으로써 자신의 안목을 금전과 바꾸려는 평론가의 입방아에 오르내리겠지.

"혹시 예술가. 오병철이?"

그가 픽하고 허무의 웃음을 흘렸다. 거짓의 옷을 벗어버린 오병철의 진실한 작품이 솟내 풍기는 캐비닛 안에서 음욕이 포지를 변식시기며 쾌락의 도구로 활용되고 있으니 이 얼마나 아이러니한 문화 현상에 대한 배반인가! 예술은 도처에 널려 있지만 주인은 따로 있으니, 소위 말해서 그 방면에 명분을 제일로 삼는 이론가들이 그 역할을 맡을 것이다.

추함을 아름다움으로, 거짓을 진실로 변환시키는 재주를 가진 사람들로 들끓는 세상 속에서 예술의 지평이 무한이 넓어지고 있는 것은 당연한 일이다. 예술이 개념적 학문화된 이후 수많은 사관이 변증법적으로 발전하여 오늘날 변태 행위조차 문화화하고, 다른 한편에서는 낯선 예술로 승화시키려는 사람들로 문전성시를 이루고 있다. 박달은 이 하잘것없이 추락한 '낯설게하기'오병철의 작품 속에서 피해 여성의 물건을 건져낸다는 것은 거의 불가능에 가깝다는 생각이 들었다. 그는 차갑지만, 따뜻한 시선으로 사내의 취미를 존중함으로써 단서를 찾아낼 근거를 만들어야 한다는 결심을 했고, 그 취미 속의 오염된 균마저도 이해한 것은 아니라는 변명을 자신의 양심에 늘어놓았다. 그리고 엉뚱한 상상력이 만들어 낸 예술가 오병철을 그 집 쓰레기통에 처넣어 버리고 그가 경비로 근무했다는 명륜동 삼전 빌딩 잠복에 들어갔다.

"저런 것이 예술이면 게나 고둥이나 다 하겠다."

1층 롯데리아, 2층 요리학원, 3층 비뇨기과, 4층 입시학원, 5층 이, 미용학원이 성업 중인 명륜동 5층 건물.

제복을 입은 롯데리아 여직원들이 수시로 건물을 오르내린다. 요리학원 여자 수강생들이 떼를 지어 몰려나온다. 비뇨기과 간호사들의 오가는 모습이 창문을 통해 연극무대처럼 안온하게 보인다. 입시학원생들이 한 무리는 올라가고 한 무리는 내려온다. 페티시들의 서식지로 이보다 좋은 환경은 없을 듯했다. 이곳에 둥지를 튼 오병철의 탁월한 선택에 놀라울 뿐이며 활약상이 눈에 선했다.

잠수탈 가능성이 농후한 자다. 이런 자일수록 속전속결이다. 직접 부닥쳐 보기로 했다. 마침 건물 외벽의 광고지를 떼어내고 있던 청소 아주머니에게 다가가 말을 건다.

박달: (정중하게) 안녕하세요. (신분증을 보여주고) 검찰에서 나왔는데요. 혹시 오병철 씨 이곳에서 근무하십니까?

아줌마: 그런데....... 경찰이 무슨 일로? 그 사람이 무슨 사고라도 쳤습니까? (박달이 별일 아니라는 듯이 미소를 지어 보이자) 그렇지 않아도 병철 씨가 며칠 째 출근하지 않아서 걱정하고 있었는데? (고개를 갸우뚱하며) 그 사람 벌레 한 마리도 못 잡아요. 그런 사람이 무신 사고를 쳤을까? (손뼉을 치며) 맞다. 경비 주임한테 며칠 못 나온다며 자기가 뭘 모으는 취미가 있는데 그게 풍기 뭐라나 그런 죄로 쫓기는 신세가 됐다고 하더래요. 혹시 그게 기집애들 스타킹 때문이라면.......

박달: (주춤) 알고 있었군요?

아줌마: (까르르 웃는다) 그 때문에 오셨수? 에이, 그거 내가 죄다 모아다 줬지요. 여자애들 화장실 가면 널렸에요 요즘 애들 물

건 아까운 줄 모르고 오줌을 지리거나 조금만 올이 나가도 막 버리거든. 그리고 병철 씨가 하는 행위가 현대 뭐라더라?”

박달: 현대미술 말이군요. 전위 혹시 설치미술 뭐 그런 소린 못 들었습니까?

아줌마: 맞다. 그 사람 화가라는 소릴 설핏 들은 성도 싶네요. 그러고 보니.”

박달: 소 속옷은 어떻게?

아줌마: 그런데 남자들은 왜 그런 걸 모은대요, 지저분하구러. 시장 나가면 요즘은 새것도 다섯 장에 만 원이던데.......

박달: 남자들이 그런 걸 모으는 것이 아니라 오병철 화백님이 수집한답니다. 고상한 작품을 위해서.

아줌마: (어안이 벙벙한 눈으로) 네에?

박달: 페티시가 개인 선호의 문제라고 생각은 하지만 법이 규정하는 범죄의 원인이 될 경우 개인의 자유를 침해하지 않는 한에서 처벌될 수 있음을 간과하지 말라고 꼭 전해 주세요. 예술 행위도 예외는 아니라는 점도!

박달은 그렇게 군대에서 복무규정을 외우듯 외워대고 나자 힘이 쏙 빠져버린다.

아줌마: (고개를 갸우뚱) 맞다! ‘물질 비물질.......’ 그리고 뭐라 했는데. 뭐 이런 주제로 전시를 한다던데 사실이었나 보네.

온몸에 힘이 쏙 빠져 버렸다. 한숨 돌릴 겸 거리공원 벤치에 몸을 눕혔다. 그러자 양 검사의 말이 맴돈다.

"나는 내 감을 믿는데 이건 백 퍼센트 아니다. 승방이하고 약속이나 잡아."

그는 벌떡 일어나며 가슴을 치고 소리쳤다.

"미치겠군!"

명품 옷을 입은 애완견에게 끌려가던, 명품 가방을 든 젊은 여자가 힐끔거리며 지나간다.

미진이 사라진 체리 바는 젊음을 잃은 대학로처럼 활기가 뚝 끊긴 느낌이다. 단골들이 그녀를 꽃보다 아름답다는 말로써 확실한 존재감을 각인시켜 놓은 탓에 사장 송 마담은 속을 끓이고 있었다. 박달은 칼날을 잡고 피를 흘리며 꺼이꺼이 우는 못난 자식이 되지 말라는 아버지의 말씀이 미진을 통해서 새롭게 떠올랐다. 칼자루를 쥔 미진은 칼날을 쥔 송 마담의 피눈물을 즐기기라도 하는 걸까? 그녀는 그날 이후 내내 나타나지 않았다. 그는 그녀의 집이라도 알아 둘걸 이라는 생각이 미치자, 자신이 미진과 그렇게까지 가까운 사이가 아니었다는 점에 놀랐다.

박딜은 미진일 곁에 두고 채연일 사랑하고 있다는 말을 할 수는 없다. 미진인 채연일 대신해 줄 뿐이라는 자기기만에 빠져 있으면서도 아주 가끔 이런 뻔뻔스러운 자신이 대견스럽기도 했다. 이는 도덕관념에 가두어져 있었던 자아 대탈출의 일환일 뿐이라는 실료 기가 마친 변명거리를 만들어 놓고서 말이다.

그는 단지 울상을 하는 송 마담에게

"우리 사이도……. 서먹서먹한 일이 있어가지고 통 연락을 못 했다니까요."

라고 말을 하자 송 마담은 육구에 대해서 말했다.

"혹시 육구라는 사람과 우리 미진이가…… 그 사람하고 무슨 사업인가를 구상 중이라고 자랑스럽게 떠들어 대던데……."

박달이 긍정도 부정도 하지 않자 송 마담이 성급하게 결론을 내렸다.

"어머머, 정말인 모양이네. 얘는 아무리 돈이 좋다지만 어떻게 그 그런 사람하고 눈이 맞을 수 있어?"

박달이 송 마담의 말을 수정해 주었다.

"눈이 맞은 것이 아니라 사업을 했겠죠."

이성과 본능

12. 황폐하고 화석화된 지성인들의 취미

12-1

고추가 약이 오를 즈음 진딧물은 판을 친다. 개미들은 고추나무 줄기를 오르내리며 진딧물을 이리저리 옮겨 놓고 다닌다. 개미들이 진딧물의 달디단 배설물을 즐기고 있을 때 무당벌레 한 마리가 무자비한 포식을 시작한다. 기겁한 개미가 나타나 포식자들을 방해한다. 인간이 간섭하지 않는다면 곤충들의 삼각관계는 선순환구조를 띤 건전한 생태계가 유지될 것이다. 그런데 인간은 눈앞의 이익과 개인주의 그리고 나만 잘되면 그만이라는 식의 이기주의가 발동하여 농약이라는 탈순환구조를 선택하고 만다.

서울 검찰 공안부 사무실에 등산모를 깊숙이 눌러쓴 사내 하나가 박달의 책상을 향하여 잰걸음으로 다가왔다. 그러고는 달다 쓰다 말없이 책상 위에 걸터앉더니 담배 한 대를 빼 물었다. 심기가 불편해진 박달의 입에서 좋은 말이 나올 턱이 없다.

"뭐 하는 물건인지 싸가지 하나는 허벌나게 없구만."

사내가 등산모를 슬며시 들춰 보이며 노란 고무줄로 질끈 동여맨 머리를 푼다. 기묘한 웃음소리와 함께 손을 내민다. 입술에서 걸리적거리는 거스러미를 뜯어내며 예의 철학적 어조로 지껄인다.

"젊음과 매력과 미묘함이 깃든 나를 모른다고 말하고 있는 그대의 어리둥절하고 격렬하고 잔인한 행동을 용서해야 할지 말지 대단히 신속하게 결정해 버렸소."

박달이 사내가 내민 손을 빤히 바라다보다가 시선을 돌려 얼굴을 찬찬히 뜯어보고는 눈살을 찌푸렸다. 사내의 풀어 헤친 머리가 형사 이미지와는 전혀 상관없어 보였던 그 사이버 수사대 육봉이 경정이었기 때문이었다. 박달은 바보가 되어버린 듯 멍한 눈으로 그를 바라다보았다. 어설픈 사이버 수사관 철학자 육봉이 조롱 섞인 한마디를 뱉는다.

"젊은 사람이 입만 걸지 눈썰미라고는 통 없구만. 망각을 압류당한 채 그렇게 멍한 시선으로 세상을 관조하고 있는 눈빛은 거두시지 않고."

박달은 터무니없고 제멋대로인 작자를 느낀 순간 현기증이 일었다. 육봉이 히죽 웃더니 거두었던 손을 내밀며 이어갔다.

"참담한 무시와 얼룩진 능욕에도 불구하고 나를 소개하면 사이버 수사대 육봉이요."

"경정님의 느낌적으로 요사스러운 개똥 철학적 언어는 여전하시군요. 이번엔 또 무슨 일로 왔는지 잘은 모르겠지만 그쪽 사람들 만나고 싶지 않으니까 그만 돌아가는 것이 좋을 겁니다."

"나의 타협적 태도에 거짓 노력의 함의(undertone)를 품고 있는가? 아직도 꽁하고 있구 ㄱ 때문에 너도 문책을 당했수. 우리 공생 합시다.

개미와 진딧물처럼 말이요. 그건 그렇고 아직도 페티시들 쫓고 있다는 소식이 들리던데……."

"오 반장님 덕분에 그만 뒀소이다."

"박 수사관과 나의 공통된 관념으로 쉽게 귀결시킬 문제가 있어서 말인데, 정보 하나 공유합시다. 단물을 생산하는 진딧물은 내가 될 테니 그대는 개미가 되어 나를 인도 하시오. 식스나인을 쫓고 있는 걸로 알고 있는데……."

박달이 물벼락이라도 맞은 듯 깜짝 놀라며 육봉이 반장에게 다그친다.

"그걸 어떻게?"

"내 밥그릇에 손대고 있는 사람이 그대라는 걸 알았을 때 '이거 참 대단한 인연이로구나.'라고 생각은 했소만……. 그놈 그거 아주 지저분한 놈이요. 그놈 쫓다가 젊음 다 갔소. 어찌나 영악한지 조금만 이상하다 싶으면 꼬리를 자르고 도망을 가 버린단 말이지. 요새 그놈 사업 파트너로 새로운 매력적인 여자가 나타난 거 알아요? 결국 놈의 먹잇감으로 전락하고 말겠지만……."

박달은 그의 새로운 사업 파트너가 미진이라는 사실을 밝힐 수가 없었다. 육봉이로부터 담배 한 대를 구걸함으로써 화해의 의사를 비치고 물었다.

"담배 한 개비 외상합니다. 페티시들에 대해서 많이 알고 계신 거 같은데, 그 바닥 이야기 좀 해주시죠."

육봉이 책상에서 내려와 박달이 끌고 온 의자에 앉으며 필터 근처까지 담배를 빨아 낸 다음에야 입을 열었다.

"이 거시기한 본질적인 문제를 어디서부터 시작할까요?"

"신문 기사를 통해서 대략적인 건 알고 있습니다. 현장에서 보고 느끼신 것들을 위주로 말씀해 주시면……."

"그 세계는 간계와 농락의 별천지라고나 할까? 달큰한 역겨움이 판치는 곳이라고나 할까?! 아니 열정이란 극단의 칼날 위에서 비린내 나는 쾌락을 좇아 자기 상실을 통찰하지 못한 최악의 행위를 위로받는 세계라고 해두지. 이 빌어먹을 놈의 페티시들만 생각하면 불쾌하기 짝이 없는, 붕알에서부터 피어오르기 시작하는 긴 간지럼에 오금이 저려 오거든요!"

그러고는 맛나게 담배 한 대를 더 피우더니 계속했다.

"그들을 조금이라도 이해해야 한다는 것을 전제로, 페티시는 학습으로 생긴 결과물이죠. 학습에는 여러 가지 조건이 있는데, 고전적 조건적 인지 학습으로 나눠지죠. 페티시는 이 중에서 고전적 조건화로 생겨난다고 합디다. 처음에는 어떤 기능도 하지 않았던 자극이 특정 반응을 유출할 수 있는 능력을 갖추게 됩니다. 전혀 성적 흥분을 느끼지 못하던 이성의 물건이 이성의 나체 사진, 포르노 등을 통해서 연계되어 반응을 일으키는 거죠. 그런데 문제는 이게 진화한다는 겁니다. 처음에는 속옷으로 시작해서 소변은 물론 대변, 먹다 만 빵, 생리 팬티, 여성의 소품이나 체취 모두 다예요. 게다가 이성이 어릴수록 상품의 가치가 높아지고 있어서 골칫거리가 된 지 오랩니다. 이런 내용들로 인터넷 유명 포털 사이트 카페는 물론 메일 등을 통한 택배 거래에, 카카오톡 ID를 주고받으며 직거래를 하기도 합니다. 어떤 때는 고객의 취향에 따라 박하 향이나 레몬 향 뭐 그런 것들을 첨가하기도 하고……."

박달이 말을 잘랐다.

"VIP 고객은 직거래도 한다는 소릴 들었습니다. 육구란 자가 새로 시작했다는 여자 파트너를 통해 직거래시킨다는 정보는 없었습니까?"

육봉이 고개를 끄덕이며

"그래서 내가 이렇게 박 수사관을 찾아온 거 아닙니까? 어때요, 이번 기회에 부식한 쇳덩어리마냥 이 사회에 아무런 쓸모가 없는 놈을 잡아 처넣어야 하지 않겠습니까? 삶의 형상을 죽여 버리고 지옥에서조차 버림받은 존재들에게 철퇴를 가한다는 생각만 해도 절로 쾌감이 일지 않느냐 이 말이지요?! 그대와 나의 실수를 만회할 기회를 만들어 볼 겸……."

12-2

특수 감방 2

얼굴엔 가죽 마스크가 씌워지고 허리띠에 달린 가죽 혁수정(hand-cuffs)을 찬 여자. 존재의 어떤 형식이 그녀의 모든 것을 앗아가 버렸는가? 인간 형식인가? 동물 형식인가? 아니면 인간적 동물 형식인가? 모든 걸 빼앗기고도 빼앗길 것이 남아 있는 여자가 흐느낀다. 모든 이들로부터 조건화 되어버린 신체적 구속을 당연한 의무처럼 받아들이면서도 빼앗긴 분노에 대해서는 허기져 있다. 그녀의 최악이 그녀의 최선일 수도 있는 정신 속에서 달아난 분노에 집착한다. 고도로 비만한 문명을 향유하고 있는 바로 그대들을 향하여! 웃음을 빼앗으면 울음으로 살았고, 안일을 침탈당하면 분노를 앞장세웠는데, 지금 그녀는 무엇으로 웃고 울고 분노할 것인가? 무뇌 인간으로 전락하는 과정을 밟고 있을 따름인가? 인간으로 산다는 것은 수다스러운 일이다. 그리고 어떤 원칙에 길들어야 하며 투쟁의 법칙에 준거(standard)한 삶을 승리로 이끌어야 한다. 법칙이라는 것이 무리의 붕괴를 막기 위한 최선일 뿐 개인의 감정이나 환경 등은 고려될 수 없다. 어떤 종(species)에서도 찾아볼 수 없는 이 집단적 이기주의를 우리는 사회성이라고 부른다.

그녀는 영리했다. 그녀의 두뇌 속에 꼭꼭 숨겨 둔 과거만큼은 당차게 움켜쥐고 있다. 그녀는 거기에서 삶의 명근(life root)을 찾았다. 아무리 지독한 과거라 해도 그녀의 추억이며 오늘을 이겨낼 수 있는 양분이기 때문이다. 먼 과거뿐만 아니라 가까운 과거에서도 꿀 같은 양분을 섭취했다. 그녀의 본능 속에 자리하고 있는 성(sex)에 대한 그리움은 전략적 자기도취를 만난다. 만신창이가 되어버린 이성 속에서 온전하게 지탱하고 있는 그리움의 대상이 누구였던지 상관없다. 그녀는 그리움을 먹고 살 뿐이다. 그런 애타는 그리움을 품고 우리 모두로부터 문명 속 패역(treason)의 죄를 뒤집어쓴 채 그녀는 과거 속으로 잠적해 버렸다. 이런 그녀를 화자(narrator)는 쫓아가 보려 한다 이달기에 대한

이성과 본능

우리의 담론(discussion)이 서사적 상황에만 머물 수 없는 증거를 수집하기 위해서 말이다. 아! 그 지긋지긋한 세월 속에서 용하게도 살아낸 그 참 진실을 발견해야 한다. 인간이 살아갈 수 있는 환경이란 따로 없다. 인간은 환경을 지배하고 때로는 만들어 가며 살아왔다. 화석시대부터 살아온 동물처럼 끈질긴 생명력과 지시대명사가 아닌 인칭대명사로 살아왔기 때문이다.

13. 삶의 참극에 막 도착한 이방인

13-1

10년 전 그날 기도원 지하실

박달이 서울에 있는 모 명문대 법학과 지원을 위하여 형사소송법에 관련된 서적을 뒤적이고 있을 때 기도원 건물에서는 이달기가 최춘삼의 뒤를 쫓아 폴짝폴짝 뛰어가고 있었다.

"튠삼 옵빠야. 무섭다."

"뭐 뭐가. 귀신 나올까 봐?"

"기신이 머야?"

춘삼이 이성을 불러내 자기 머리를 친다.

"내가 이런 벽창홀 댈꾸 무슨 짓을 할 참이지? 씨불거!"

춘삼이 욕을 앞세우는 자신을 타이르며 이달기의 손목을 잡아끌어 앞장을 세웠다. 손전등 불빛이 그녀의 여린 몸을 흡수하자 어둠이 앞을 가로막았다.

조그만 창문을 드나드는 어스름 달빛에 여리고 퇴락한 물체들은 고유색을 벗었다. 세월의 더께가 낀 천장은 정신 사나운 전선, 거미줄, 석면 덩어리들이 뒤엉켜 난장을 이루고 있다.

춘삼이 손전등 빛을 휘갈기자, 빛 따라 뿌연 먼지가 광풍 속 싸락눈처럼 이리저리 몰려다녔다. 내딛는 걸음걸음 실지큐들의 발사국이 산

만했다. 검은 콩자반 같은 쥐똥들이 얼멍얼멍 흩어져 있다.

복도의 장애물을 넘어 부엌에 이른다. 지하실로 통하는 빗장이 3개나 걸린 철문이 나타났다. 춘삼이 무서움을 떨쳐 버리기 위해서 묻지도 않는 말을 떠들어 댔다.

"정신병자들을 수용했던 곳이래."

"닌영 궁장이라고 했짜나."

"그 그래. 인형 공장이라고 했지……."

춘삼은 자기의 머리를 쿡쿡 찍으면서 입맛을 다셨다. 그녀 역시 춘삼일 따라 한다. 그와 친밀해졌다는 그녀만의 행동이다.

지하실로 통하는 빗장 철문을 열자, 지옥에서도 가장 후미진 곳에서나 있음 직한 냄새가 콧구멍을 통해 폐부 깊숙이 공략했다.

손전등 불빛이 만들어 낸 그림자들이 명멸하는 동안 춘삼은 콧등에 송골송골 맺힌 땀을 닦아내며 깊은 수렁 같은 어둠 속에서 무언가를 찾아내기에 바빴다. 달기가 재촉했다.

"닌영은? 튠삼 옵빠야?"

예민해진 춘삼이 버럭 화를 냈다.

"저기 저 안에 있다고 했지! 그니까 존 말로 할 때 아가리 닥치고 있어라 웅!?"

그는 오도카니 서 있는 그녀의 어깨를 쳤다.

"어서 가!"

그러자 어둠 따위는 문제가 없다는 듯이 앞장을 서서 성큼성큼 걸어 나갔다. 손전등 불빛이 그녀의 작은 얼굴을 어루만지자 눈이 부신 듯 인상을 찌푸렸다. 그녀의 그림자가 누르스름한 지하 계단 벽에서 거인처럼 버티고 서 있다가 춘삼에게 손짓했다. 빨리 따라오라고.

간간이 마주치는 거미줄이 땀에 젖은 얼굴을 괴롭혔다. 한발 한발 내려설 때마다 오래된 관 뚜껑을 열기 직전의 기분에 사로잡혔다.

"달기야. 지 지금부터 내 말 잘 들어야 한다. 알았지?"

그녀가 올망한 눈을 이리저리 굴리다가 실망한 표정을 감추지 않고 춘삼을 보며

"앙 것도 없짜나."

춘삼이 달기의 관심을 돌릴 요량으로

"오빠 좋지?"

그녀는 수줍게 웃었다.

"닌영……."

"오빠 존냐고?"

그녀가 주먹만 한 원을 그렸다.

"요따 만끔."

"나보다 아직도 문대 옵빠야가 좋아?"

"……."

"그 구박을 당하고도 변태 새끼 말더듬이 무 문재가 조 존 냐고 이 소 속없는 지지배야."

달기의 머리통을 쥐어박는다

"압뽀."

"내가 너를 얼마나 사랑하는지 알아?"

"사랑이 몬데?"

"너무너무 좋아하는 거."

"그럼 나를 왜 그케 몽살게 했져?"

"사랑은 관심이야. 관심 없는 사람을 괴롭히는 병신이 어딨냐? 하기사 너 같은 저능아가 뭘 알겠어. 그저 밤낮으로 입 안에 처넣는 것만 생각했지."

"그래서 문대 옵빠야가 달기 괴롭힌 고야? 사랑해쩌?"

"할 말 없네."

춘삼이 침을 꿀떡 삼키고는

"그 자식이 널 괴롭힌 건 순전히 장난질이었고, 정말로 너를 사랑한 사람은 나란 말이야."

그녀가 피식피식 웃으며 혼잣말처럼 중얼거린다.

"그래서 문대 옵빠야가 나를 괴롭펴꾸나."

"……."

그녀가 삼이를 보며 아양을 떤다. 여자의 생존 본능 중 가장 우위에 있는 것이 아양일 것이란 생각이 들었다.

"여기서 문대 옵빠야랑 같이 살고 싶따."

춘삼이 혼잣말처럼 내뱉는다.

"비극이 따로 없네."

나선형 계단을 돌아 내려오자 더 이상 인간이 침범할 수 없는 신성한 땅 인양 손가락 굵기만 한 철창이 누런 자물쇠로 굳게 닫혀 있었다.

철창문에는 US라고 새겨진 누런 열쇠가 한여름 소불알처럼 축 처진 채 긴 세월을 용케도 버텨 왔다는 것을 증명이라도 하려는 듯이 검푸른 녹이 슨 채 굳건하다. 달기가 속삭이듯이 말했다.

"닌영은 오디 갔져?"

"쉿! 누가 살고 있는 것 같다, 그치?"

그녀가 도리머리를 했다. 그가 안도의 숨을 뱉어내고 자아에게 말했다.

"그렇지?"

춘삼이 들고 온 둥근 쇠막대를 열쇠고리에 끼워 넣어 비틀면서 감방 안을 두루 살폈다. 손전등 불빛에 백 년은 감추어졌을 성싶은 물건들이 하나둘 모습을 드러내기 시작했다. 적어도 3~4명 이상은 수감되어 있었을 정도의 휑한 공간에 군데군데 거미줄을 제외하고는 눈에 띨 만한 장식품은 없었다. 검은 곰팡이가 덕지덕지 낀 벽에는 땀방울처럼 물방울이 맺혀 있었고, 이곳저곳 갈라진 벽 틈에서는 노래기 떼들이 모여 있었다. 별다른 장식이 없는 오로지 하나뿐인 직사각형 가구 위에는 언제부터 있었는지 모를 이불이 제법 각을 맞춰 단정하게 올라앉아 있다. 바로 곁에는 섭이식 군용 침대가 있었는데 침대 바닥은 원래 탁한 올리브색이었던 모습을 버리고 하얗게 빛이 바랜 채 푹 꺼져 있었다. 그 아래에는 용도가 불분명한 쭈그렁 양은그릇에 마른 흙이 가득 담긴 채 누군가의 손길을 기다리고 있는 듯이 기우뚱해 보였다.

나무로 된 마루는 제법 윤기가 날 만큼 닦여 있었지만, 방안의 반은 천장에 닿을 만큼 많은 양의 흙과 돌이 쌓여 있었다. 마치 공사를 하다가 중지된 현장 같은 분위기였으나 아주 섬세한 사람의 손길이 묻어난 것처럼 정돈되어 보였다.

탐색을 마친 춘삼은 달기를 향해 나직이 속삭여 주었다.

"오늘부터 네 방이야. 문재네 니 방보다 딱 두 배는 좋다 그치?"

"닌영은?"

"우리 들어가서 찾아보자. 그니까 열쇠나 꼭 잡아, 지지배야. 거 거기 말고 열쇠 몸통을 잡아야지……! 멍청하기는!"

그녀가 약간은 응석 어린 목소리로 말했다.

"옵빠야 멍청하다는 소리 쫌 하쥐마아!!"

열쇠는 충실한 견공처럼 그네들의 공격에도 끈질기게 버텨냈다. 몇 번을 비틀고 용을 쓴 후에서야 몸통이 떨어져 나갔다.

"미국 놈들 기술 하나는 정말 좋아!"

쇠창살 문을 열고 한 발 내디디자, 창살 밖과는 확연히 다른 묘한 공간감 때문인지 안온함이 느껴졌다.

"냄새 한번 예술이네."

달기가 소풍이라도 온 아이처럼 팔랑거리며 감방 안을 돌더니 말했다.

"닌영 없잖나! 고런데 달기 여기서 사라?"

"이 오빠가 종종 찾아올 테니까 징징거리지 말고 있어야 한다. 알았지? 그렇게 서 있지만 말고 침대에 앉아 봐."

그가 침대에 앉아 발아래서 얼쩡대는 쭈그렁 양은그릇을 흙구덩이에 처박았다. 그리고 안주머니에서 담배를 꺼내 일회용 라이터로 불을 붙였다. 필터를 짓씹어가며 연기를 흡입하고 뱉어내더니 이내 침대의 흙먼지를 털어내고는 달기를 번쩍 안아 자기 무릎 위에 앉혔다. 침대는 두 사람의 무게를 견디지 못하고 금방이라도 무너져 버릴 듯이 삐거덕대며 아우성친다.

춘삼이 달기의 몸을 더듬자, 그녀가 짜증을 내며 몸을 털어댔다. 그가 부드럽게 말했다.

"오빠는 달기 신랑이고, 달기는 내 색시가 되는 거야. 이제는 그 지긋지긋한 문재 엄마 안 봐도 돼. 좋지?"

"응."

그리고는 다시 이제 막 피어나기 시작하는 그녀의 여린 몸을 어루만졌다. 그녀가 몸을 비틀어 빼며

"간쉬럽다, 옵빠야!"

춘삼이 은근하지만 강압적인 목소리로 말했다.

"아 알았으니까 여기 누워봐. 빠 빨리 지지배야!"

달기가 눈을 흘기며 본능적으로 방어 자세를 취했다.

"시러."

"신랑 각시는 �렇게 하는 거야."

"시러! 시러!"

양기가 음기를 눌러 정점에 이른 놈이 마지막 카드를 빼 들었다.

"이 지지배가! 너 맞을래?"

체념이 습관화된 그녀로서는 슬그머니 물러섰다.

"튠삼이 옵빠야!"

놈이 다시 어르고 등골 빼려 든다.

"내 말대로 하면 인형이 어디선가 톡 튀어나온다, 너? 그니까 빨랑
⋯⋯."

"늣게. 옵빠야는 저리 가."

그녀가 누더기 침대에 눕자, 해먹처럼 푸욱 내려앉는다. 하루의 피
로가 녹아내린다. 놈이 왜소한 그녀 위로 몸을 뉘었다. 그녀가 꿈틀하
면서 몸을 비틀었다. 놈은 팔 근육을 불뚝 세우며 위협했다. 그녀가
밀치며 소리친다.

"시러! 싯다고!"

그녀의 몸부림이 성난 파도 같다. 그녀는 단 한 번도 누구에게 그처
럼 격렬한 반항을 한 적이 없었다. 놈이 울컥 화를 내며 눈알을 부라
렸다.

"이 싸가지 없는 것이 은혜도 모르고 어서(어디서) 지랄이야!"

문재가 그녀의 성기에 미꾸라지와 청개구리를 집어넣을 때도, 잠자
리 날개와 머리를 떼어내고 입속에 처넣을 때도, 살아있는 개구리를
삼키라고 윽박지를 때도, 소쿠리 속에 가둬 놓고 위에서 짓밟을 때도
그녀가 묵묵히 입술을 짓씹고만 있을 때 말렸던 게 누구인가? 춘삼이
자신이다. 화가 났다. 따귀라도 올려 칠까 하다가 그녀의 헝클어진 머
리채를 움켜잡았다.

"한 번만 더 까불면 죽여 버릴 거야."

"징그져 징구려워. 이르지 마, 튠삼이 옵빠야!"

그녀의 애원이 놈의 욕정을 더욱더 부추긴다. 남자란 동물은 성적 본능 앞에서 청개구리 심보가 발동하기 때문이다. 그녀가 비명을 지르며 발버둥을 쳤지만 어디까지나 칼자루를 쥐고 있는 건 남자이고 피를 흘리는 것은 여자다. 씨앗 공장 안의 정세관(seminiferous)은 연중무휴다. 오늘도 생식세포들이 수 차례 분열을 거듭하여 씨앗들을 생산해 놓고, 수억 마리의 정자를 배출시킬 기회만 엿보고 있다.

숭고한 생명을 잉태시키는 거룩한 물건이 범죄의 원흉이 되어 팔월 원숭이처럼 재주를 부린다. 혐오스럽기 그지없는 정력제 킬러의 선봉장이 되어 그녀의 살 속을 파고든다. 그 절정의 순간, 그녀의 입술을 찾았다. 혀와 혀 사이를 연결하고 있는 설고유근이 운동을 시작한다. 뱀처럼 꿈틀거린다. 혀의 점막에 있는 설선에서 연달아 침을 생산하여 그녀의 입속을 가득 채운다. 그녀는 그 눅눅함, 물컹거림, 꿈틀거림 때문에 진저리를 친다. 뱃속으로부터 부패한 뭔가가 울컥 치밀어 올라온다. 멀미가 난다. 그녀는 물컹거리는 물건을 힘껏 깨물어 버린다. 순간 놈의 동공이 튀어나올 것처럼 붉어진다. 놈의 발버둥에 손전등이 저만큼 달아나며 그 역할을 다한 듯 지하실은 짙은 어둠에 휩싸인다. 이어서 숨이 끊어지는 듯한 야트막한 신음이 흘러나온다. 1.2.3 신경계의 가지에 연락이 두절된다. 혀의 근육이 굳어 간다. 온전한 말을 만들지 못한다. 그가 갑자기 귀를 감싸 쥐면서 바람맞은 병신처럼 비틀 거리더니 쿵 하고 바닥에 떨어지며 본능적으로 소리친다. 귀에서 흐르는 피가 지천을 이룬다.

"사- 라 사려. 무- 무재……"

13-3

"오 옵빠야!"

달기의 입안에서는 춘삼의 헛바닥 한 점이 바닥으로 툭 하고 떨어졌다. 혀의 앞쪽 3분의 2지점 삼차 신경이 있는 곳이다.

그러나 그녀는 자신이 어떤 상황에 처해 있는지, 그리고 춘삼이 어떻게 되었는지 알지 못했다. 단지 자기 입과 춘삼의 입과 귀에서 피가 흐르고 있다는 사실이 두려워 엉엉 울고 있었다. 바로 이때 지하 계단을 내려오는 인기척이 들렸다.

이문재다. 그의 손전등 불빛이 달기를 겨냥한다.

"문대 오 옵빠야!"

"추 추 추 추 춘삼아! 추 춘삼이 맞지? 거 거기 있음 말해! 무 무 무 무 무슨 일이 벌어진 거니? 다 달기야! 추 추 춘삼인 어디 있는 거니? 마 말해, 이년아!"

손전등의 불빛이 달기의 눈을 부시게 했다. 손바닥으로 눈을 가린 달기가 춘삼이 쓰러져 있는 곳을 손짓했다.

"조기 있쪄."

"추 추 추 춘삼아!"

피범벅이 되어 있는 춘삼이의 얼굴을 바라보던 문재가 바들바들 떨기 시작했다. 달기가 나지막하게 말했다.

"달기가 안 그랬쪄. 근데 주건나 봐."

그 순간 문재기 계단을 뛰어오르기 시작했다. 그리고 소리쳤다.

"사 사람 살려!"

달기가 부리나케 쫓아 올라갔다. 문재가 철문을 닫고 빗장을 건 뒤 정신 나간 사람처럼 중얼거렸다.

"저 저 저 저 저년은 사람이 아 아니야! 저 저년이 추 춘삼일 죽였어! 저년이!……."

"문대 오빠야, 달기가 안 주거쩌."

달기는 팔과 손이 피멍이 들고 살갗이 벗겨지도록 철문을 붙잡고 실랑이를 했다. 시간은 여지없이 흘러갔고 그녀는 울고 또 울면서 철문을 두드렸다. 그러다 피로에 지친 그녀가 넋을 놓자 무심한 신체는 잠을 불렀다. 그녀가 남아 있는 자리에는 문재가 서둘러 사라진 흔적 (whereabout)만이 어지럽게 널려 있다.

14. 인생은 불균형과 충돌로 늘 시끄럽다

14-1

형사소송법 공부에 지친 박달이 도서관 자판기에서 마일드 커피 (mild coffee) 한잔을 뽑아 들고 창문을 열자, 늦가을 스산한 밤바람이 노란 은행잎 하나를 몰고 날아들어 왔다. 그 잎을 주워 가을 냄새를 맡고 있을 때, 달기는 기도원 지하실 철문 앞에 앉아 꾸벅꾸벅 졸고 있었다. 희망을 모르는 그녀의 본능은 언제나 현재진행형이었다. 지금 당장 편하면, 지금 당장 배가 부르면, 지금 당장 매를 맞지 않으면 그만이었다. 근심이란 미래에 대한 불안 때문에 오는 것이다. 그녀에게 미래란 없다. 그 때문에 불안도 없다. 그녀는 참 많은 것을 잃었지만, 잃은 만큼 강해지고 있었다. 어떤 환경에서도 적응할 수 있도록 신체의 방어기전은 발달하여 있었다. 숨 쉴 수 있는 산소와 눈을 뜰 수 있는 에너지와 혈액을 운반할 수 있는 최소한의 물만 있어도 그녀는 죽지 않는다. 사람이 죽는 것은 생존 조건이라기보다 생존 부정에 있다는 것이 그녀를 통해 증명될 것이다. 졸음에 빠져 있던 그녀의 몸은 나선형 계단을 구르기 시작했다. 그리고 까마득한 수렁으로 빨려 들어가는 깊은 꿈을 꾸었다.

그녀는 며칠째 침대 위에서 깨어나지를 않고 있었다.

낡고 닳아빠져 너덜너덜한 흙투성이 침대가 무슨 어미 새의 깃털처럼 포근한 양 고이 잠들어 있을 뿐이다. 엄마의 자궁 안에서 원시적 삶을 영위하고 있는 것처럼 배냇짓을 하고 있었다. 영원히 그렇게 잠들어 있고 싶었나 보다. 그러나 현실의 문은 더 많은 시간을 용납하지 않고, 그녀의 코앞에서 널름거리고 있었다. 까닭 모를 중력이 머리에서 작용한다. 아주 먼 곳으로부터 시작해 긴 여정을 마친 나그네 앞에 나타난 세상은 짙은 안개 속처럼 어스름했다.

그녀의 머리맡에는 동물 기름으로 불을 밝히고 있는 등잔이 숨이 넘어갈 듯이 깔딱거리고 있었다. 그 때문에 주변의 잡다한 물건들이 흐리마리하게나마 아른거렸다. 그녀는 무인도 한가운데에 떨어진 듯 낯설고 두려웠다.

철창 쪽에서 뭔가가 움직이는 듯했다. 대단히 조심스럽고 예민한 움직임이었다. 생명체가 틀림없었다. 이처럼 끈적거리고 음침한 곳에 그녀 말고 다른 생명체가 있다는 것이 마음을 들뜨게 했다. 몸을 일으켜 세우려다 비명을 지르며 다시 누웠다. 근육을 지배하고 있는 척수신경계에 이상이 생겼나 보다. 그녀는 간신히 모재비로 누워 영아들처럼 투레질(blowing from the mouth)로 외로움과 두려움을 달래고 있는데 자신을 뚫어지게 응시하고 있는 생명체와 눈이 마주쳤다.

"야옹!"

소리나는 쪽에는 제법 살이 오른 암갈색 고양이가 쥐 한 마리를 물어다 놓고 천연덕스럽게 앉아 있었다. 마치 그녀의 칭찬을 기다리고 있는 것 같았다. 너무나 반가운 나머지 자신도 놀랄 만큼 큰 소리로 고양이를 불렀다.

"고냥아!"

고양이가 눈치를 살피더니 철창을 타고 사라져 버린다. 간신히 몸을 굴려 침대 아래로 내려서려고 할 때 뭔가가 그녀의 어깨를 눌렀다. 매캐한 담배 냄새가 주변을 맴돌았다.

"누 누 누구야?"

기침 소리에 뒤섞인 그녀의 음성은 어둠에 젖어 들 뿐이었다. 그녀를 빤히 내려다보고 있는 정체는 누런 연기 같았다. 그녀는 물리적 형태를 발견해 내기 위해서 수 차례 눈을 비볐다. 수정체에 쌓인 퇴적물 단백질이 흩어지자 희끄무레한 물체가 서서히 사람의 모습을 하고 나타났다. 도톰한 돋보기를 어긋버긋하게 걸친 요상하게 생긴 남자가 틀림없었다. 도롱농 알집 같은 물컹한 눈동자에조차 누런 눈곱이 덕지덕지 눌러앉아 있었다. 남자는 말린 명태 눈알같이 개개풀린 눈동자를 이리저리 굴리거나 머리를 갸우뚱대며 그녀를 살피고 있었다.

그녀는 흐물대는 것을 싫어한다. 눈을 감아 버린다. 시신경이란 검문소를 통과한 지식은 눈을 감고 있어도 정보를 제공한다. 아주 짧은 순간 개개풀린 눈이 다시 달기를 살피다가 그녀가 눈을 뜨자 다시 몸을 숨겼다.

사내는 생쥐가 구멍에서 주변을 살피듯 침대 아래에서 모가지만 길게 빼고 두리번거렸다. 달기가 꿈쩍도 하지 않자 슬그머니 기어 나와 그녀의 주변을 배회한다. 먹이를 입에 문 다람쥐처럼 주변을 살피더니 그녀 곁으로 바싹 다가가 손가락 끝으로 톡하고 건드려 본다. 자기 행동에 자신이 놀랐는지 얼른 침대 밑으로 숨어 버리기를 반복한다. 숨바꼭질을 좋아하는 장난꾸러기 새끼다람쥐 같았다. 다시 나타난 사내가 외딴집 계집애처럼 수줍고 가느다란 목소리로 입을 열었다.

"무슨 잠을 삼일씩이나 그리 잔담! 쩝."

남자는 담배를 뻑뻑 피워댔다. 달기는 여전히 누더기 허물을 벗어버릴 생각이 없다. 남자가 누더기를 조심스럽게 만지작거린다. 개구쟁이 아이처럼 그녀의 치마를 들치며 '아이스케키'라고 속삭이듯 재빠르게 누더기를 걷어낸 뒤 몸을 숙였다가 일어나며 중얼거렸다.

"맹구 읎다."

달기의 눈과 남자의 눈이 마주쳤다. 낯가림이 심한 남자가 새물새물 웃으며 몇 개 안 되는 그나마 썩어 무너지기 직전인 이를 감추었다. 달기가 인상을 찌푸린다. 남자가 고개를 돌리고는 키들키들 웃는다. 달기는 남자의 웃음소리가 언젠가 논두렁에서 들었던 무당개구리 울음소리를 닮았다고 생각했다. 남자는 보기에도 가년스러운 꼽추에다가 얼금뱅이다. 오랫동안 햇빛을 보지 못해 구루병(곱사병)에 걸린 탓이나. 오랜 가뭄 끝에 쩍쩍 갈라신 논처럼 주름신 얼굴은 하얗다 못해 녹즙 빠진 호박잎 같았다. 성근 수염은 강낭콩 순처럼 꼬불꼬불했고, 옥수수수염처럼 힘이 없어 보였다. 입을 벌릴 때마다 뼈다귀에 곰팡이가 핀 것처럼 검푸르게 보이는 듬성듬성한 이가 흉물스럽다. 달기가

이성과 본능

용기를 내어 입을 열었다.

"아 아쩐 누 누구냐? 기 기신이냐?"

남자가 말없이 또 키들키들 웃고는 침대 밑으로 숨어 버렸다. 그리고 한동안 나올 생각을 하지 않았다. 잠시 후 침대 밑 남자의 말소리가 생가지 타는 연기처럼 매캐한 냄새와 함께 솔솔 올라왔다.

"생물학적 기능을 총괄하는 너의 뇌가 충분한 휴식을 취했으니 얌순이가 잡아 온 단백질 덩어리인 요 요 쥐로 맛 좋은 수프를 끓여 주마. 어린 아가들은 적절한 활동과 균형을 유지하기 위해서 충분한 에너지를 공급해 줘야 하거덩. 쩝!"

그렇게 두 사람의 어색한 동거는 거스를 수 없는 운명처럼 시작된다.

남자가 심하게 낡아 그 형태조차 애매한 수건을 목에서 잡아 뺐다. 눈곱과 코를 닦은 뒤, 거북등같은 손바닥 위에 담뱃불을 비벼 끄는 재주를 보였다. 그런 남자의 몸은 낫처럼 굽어 있다. 낙타 등허리 같은 혹 주위는 언제부터 그랬는지는 모르지만, 맨살에 축축하게 젖은 흙이 이끼처럼 달라붙어 있어서 지렁이라도 기어 나올 듯이 보였다.

달기가 두 눈을 빠끔히 내밀고 사내를 살피다가 누더기 이불을 뒤집어써 버렸다. 그리고 나직이 중얼거렸다.

"찡굴어. 진짜루 찡굴어."

절망이다! 불행을 몰고 다니는 달기 자기 삶이 너무나도 한심했나 보다. 반면 남자는 입술을 삐죽거리다가 피식피식 웃었다. 반전 없는 자신의 인생에서 이처럼 완벽한 상황을 만난 적이 있었던가? 또다시 피식피식 웃기 시작했다. 남자는 그렇게 웃다가 말았다가 반복했다. 좀 시간이 지나고 남자는 여자의 환심을 사고 싶었다. 자신을 가장 화려하면서도 아름답게 디자인하기 위하여 여자의 눈높이를 바꿔 놓아야 했다. 형편없이 낮아 보이는 여자의 지능을 뒤죽박죽으로 만들어 놓는 것은 식은 죽 먹기다.

"나를 징그럽다고 생각하는 건 네 눈이 주는 바보 같은 정보와 태초의 편견 때문이다. 진화 심리학자의 말에 의하면 번식에 남보다 유리한 조건을 가지고 있을 적에 아름답다는 생각이 든다고 했다. 동물들은, 잘생긴 사내들 말이다. 그저 번식만을 생각하지. 내 외모는 좀 거시기해도 지식이 넘쳐나기 때문에 어떤 불리한 상황도 이겨나갈 수 있단다. 이런 내면의 정신과 감정을 시각화해 보렴. 넌 천하의 이쁜 사내를 보게 될 것이야."

그녀는 이 심각한 개소리가 무슨 개똥 굴러가는 소리냐는 듯이 인상을 찌푸린다. 그는 작전을 바꾼다.

"단순히 시각 정보로 만들어진 외모의 아름다움 말이다. 그거 있잖니? 뇌의 오류란다. 생각해 봐라. 세상사 옳고 그른 것들을 뇌라서 판단할 수 있겠니? 뇌가 이건 그른 거야 하니까 그른 거이고, 이건 옳은 거이야 하니까 옳은 거이야. 만약 너의 뇌가 내를 아름답다고 하면 내는 아름답게 보이는 거이지. 함 해 봐. 정말로 세레나데를 불러주고 싶을 만큼 내가 멋진 대장부로 보일 것이고, 우린 둘 다아 행복해지는 거이야, 쩝!"

정말 요상하게 생긴 남자가 무슨 말을 지껄이던, 그녀는 연이은 뱃속의 아우성에도 불구하고 남자를 바라보는 일이 고역처럼 느껴졌는지 깊은 한숨과 함께 누더기로 얼굴을 가려버렸다. 반면 남자는 어느정도 설득이 되었다고 생각했나 보다. 남자의 손이 그녀의 머리를 아주 조심스럽게 어루만졌다. 그녀가 자지러질 듯 몸을 웅크리며 소리쳐 말했다.

"저리가! 저리 가란 말야! 달긔는 싯타구!"

"쩝!"

사내가 재빨리 침대 밑으로 몸을 숨겼다.

"아찐 이름이 누구냐?"

서로가 어느 정도 익숙해졌을 무렵 달기가 그렇게 물었다. 남자가 기가 막힌다는 듯이

"그케 말하지 마란 말이다."

"……."

"니가 내를 모르는 것은 당연하지. 그런데 내가 누구냐고 묻는다는 것은 내가 너를 모른다는 것과 같지. 그런데 이게 맞는 소린가? 하여튼 내는 내이고……. 그런데 내는 누구지? 내가 누군지 내도 모르는데 왜 내가 너한테 내가 누군지 가리켜, 아니지 가르쳐 줘야 해?"

경계심이 느긋해진 달기가 딱 부러진 음성으로 쏘아 붙였다.

"아찌가 너무 못 생겼쪄!"

"내 말을 몬 알어 들었구남 음- 이건 불행이로구나. 인물은 단지 한

까풀에 불과한 데도 넌 그 까풀에 계속해서 응집하고 있으니 말이다. 쩝."

"아찌 시러. 찡굴어."

"아름다운 건 쉽게 좋아지지만 추한 건 점점 좋아지지. 미와 추에 대해서는 담에 논하기로 하고 지금은 처먹는 일부터 해결해야겠구나. 넌 그동안 피죽 한 종지도 못 얻어먹은 쌍통을 하고 있잖아."

남자는 흙에 파묻어 둔 쥐를 움켜잡고는 혓바닥을 널름거린다. 입가에 고여 있던 침이 목을 넘기는 소리가 요란하다.

"우리 귀여븐 얌순이 손님이 온 걸 어찌 알았을꼬? 이 고단백 식품을 맛본 지가 얼마 만인가! 서둘러 만찬을 준비하마. 술을 담가 놓았어야 했어. 샴페인을 터트렸어야 했다고. 낄낄낄."

남자는 여전히 싱글벙글이다. 그러고는 숙달된 솜씨로 쥐의 배를 가르고 먹을 것과 먹지 말아야 할 것들을 분리하더니, 한 입 거리도 안 되는 쥐 고기를 황홀한 눈빛으로 바라다보면서 말했다.

"오늘은 특별한 날인 관계로 다리 짝 하나씩을 뜯고 남는 거이는 냉장고에 넣어두자."

그러고는 두 다리를 떼어낸 뒤 나머지는 산처럼 수북이 쌓여 있는 흙더미 속에 다시 묻었다.

달기가 이맛살을 찌푸리며 돌아누웠다. 남자가 달기의 몸을 툭툭 치며 엄지손가락만 한 쥐 다리를 내밀며 말했다.

"어서 묵자니까."

그녀가 침을 뱉으며 소리쳤다.

"정말 찌긋찌긋해!"

"아까운 침을 함부로 뱉어 내다니! 침이란 나 같은 중간 늙은이에게는 회춘 비타민이고 너에겐 다이제스트나 다름없는 것이다. 옛날에는 오죽하면 침을 옥수라고 칭송했겠냐! 다시는 함부로 버리는 일이 없도록 해라. 이곳엔 물이 귀해."

남자가 쥐 다리를 입안에 넣고 우물우물 씹었다. 이가 제구실을 못하기 때문에 잇몸으로 쥐 고기를 뭉개고 있다.

그녀의 시각과 청각이 조건반사를 일으켜 위 안의 공기가 소장으로 빠져나가면서 연거푸 꼬르륵 소리를 냈다. 입안에 또다시 침이 고였다. 삼 일을 굶은 탓이다. 사내가 인심이라도 쓰려는 듯이 뭔가를 내밀었다.

"간과 콩팥이다."

남자가 그녀의 손 위에 덥석 쥐어 준다. 몇 번 망설이던 달기의 손이 서서히 입으로 간다. 눈을 딱 감고 입 안에 넣는다. 씹는 속도가 점점 빨라진다.

"든든할 게다. 자라나는 청소년들은 영양가가 풍부한 음식을 묵어야 한다고 어저께 텔레비전에서 내 동창 황 박사가 그랬어."

달기의 뇌는 그 작은 양만으로도 금방 기분이 좋아졌는지

"여그 떼레비도 있쪄?"

"응."

달기가 남자의 얼굴을 요리조리 살핀 뒤, 자신의 머리통에 대고 손가락을 빙빙 돌린다.

"미쳤어."

남자가 버럭 화를 냈다.

"내 내가 미쳤어?! 그럼, 너도 미쳤어. 아니 세상 사람들은 모두 미쳤어. 그렇지 않고서야 어떻게 이런 또라이 세상에서 살아갈 수 있겠어."

14-2

"튠삼 옵빠야는……?"

"튠삼이가 누군데?"

"나하고 같이 왔섰짜나."

"너를 묵으려던 놈을 말하는구나? 아작내 버렸으니 신경 꺼 버려라."

"아찌가 주겨쩌?"

"분명히 내가 잡았지. 이걸루."

남자는 의기양양한 태도로 덥수룩한 머리털 속을 뒤지더니 기다란 핀(pin)을 여린 불빛에 비춰 보였다. 대바늘처럼 길고 풀잎처럼 얇고 가늘었지만, 탄력이 있어 보이는 머리핀이다. 그는 귓바퀴를 만지작거리며 말했다.

"요로게, 요로게 필치면 시나란 송곳이 뇌거든. 이것으로 여기를 ……."

달기가 사내를 따라 귓바퀴 아래를 만진다.

"아 아니, 여기 귓구멍 짚숙한 곳 말이야."

그는 소년 병사처럼 해맑게 웃으며 계속했다.

이성과 본능

"너같이 이쁘장한 아가는 짐승 놈들의 먹이가 되기 십상이다. 짐승들은 모든 것을 포기해도 아름다운 여자는 포기하지 못하는 지랄 같은 속성이 있단 말이지. 쩝! 네가 너를 지키기 위해서는 기본적인 자기 방책은 알아두어야 하니까 잘 들어."

사내가 신이 났는지 두 번이나 침을 꼴깍꼴깍 삼켜가며 말을 이어 갔다.

"짐승이 너를 묶었을 적에 잠자코 지다렸다가 놈의 모든 신경계가 총동원되어 열 마지기 논 빼미와도 바꾸지 않을 만큼 미쳐 날뛰는 거시기한 순간을 노려라. 그때 놈의 귓구멍 짚숙한 곳의 세반고리관에 이 핀을 푸욱 담구면 그만이다. 어머니가 그러셨는데 뱀에게 물리면 얼른 그 뱀을 깨물어 버리라고 했어. 그럼, 독이 독사에게로 다시 돌아간다고. 그것과 똑같은 이치지."

세상 물정 모르는 달기조차 고개를 갸우뚱하며 말은 말인데 말이 아님을 전했다.

"아찌 말 몰라겠떠."

남자는 달기의 말뚱말뚱 빛나는 눈과 꼬물거리는 입술을 훔쳐보며 흥분을 감추지 못하고 있었다. 어쩜 저리도 키스를 부르는 입술인가? 남자는 두 손을 움켜쥐고 그 귀여운 모습에 바르르 떨면서 계속했다. 남자가 우그렁쭈그렁 거리는 귀를 드러냈다. 그러고는 머리핀을 펼쳐 찌르는 시늉을 해 보이며

"여기 요로케! 외이도를 지나 고막을 뚫고 그 안쪽에 있는 청소골로 가면 망치뼈와 모루뼈 그리고 등자뼈가 있지. 거길 통과 해야만 바로

세반고리관이 나온다. 거길 냅다 쑤셔 버리면 아무리 코끼리 같은 놈이라도 썩은 호박이 담장에서 떨어지듯이 픽 소리를 내며 까불어지게 되어 있다. 그리고 배아지를 열어 죽음과 가장 절친한 창자 두 개를 떼어 내면 상황 끝! 그 두 개가 뭔지는 다음에 설명해 주마. 쩝."

남자는 가슴을 내밀며 그녀를 훑는다. 이제야 자신의 존재를 제대로 인식시켰을 것이라는 수컷다운 강인함을 자랑스러워했다.

"아직도 몸이 아플 텐데 잠이나 더 자 두어라. 내는 일터에 나가야 하니까."

외로움이 죽음보다 싫었던 여자는 이 노트르담의 꼽추 같은 못난 남자조차도 곁에 있는 것이 좋았던 모양이다.

"가쥐 마!"

"쩝!"

남자의 우글쭈글한 얼굴이 환하게 펴지더니 힐끗 눈치를 살핀 뒤 조심스럽게 속삭였다. 목소리는 파르르 떨리고 있었다.

"그 그럼 심심한데 뭐 뭘 할까? 그 그래 사 사랑을 나누면 어떨까? 사랑을 나누는 것은 세상의 모든 근심 걱정을 잊게 해주는 묘약 중에 묘약이란다."

"모 나누무거? 배꾸파……."

남자의 얼굴이 심하게 붉어지며 자꾸만 눈치를 살핀다.

"사랑을 나누다 보면 배고픔 따위는 아무것도 아니라고."

그녀가 보챈다.

"달긔랑 나누모고 빨냥!"

그녀의 말이 들어올 리 만무한 사내가 자꾸만 몸을 꼬며 속삭이듯 이 말했다.

"사랑을 나누면 무려 일흔두 시간 동안이나 모든 인체의 세포가 행복해지거든. 그럼, 우리 몸은 활발하게 병원균을 때려죽인다. 또한 사랑을 나눌 때 포스타그라딘이란 물질이 분사되는데 몸에 더러운 활성 산소를 싹 다 잡아 버리고, 음- 혈관을 넓게 해주며 심근경색이나 뇌경색 치료는 물론 정신분열증과 치매에도 지대로라는 보고서가 있다."

"말은 쫌 그만하고, 그니까 모 나누모고?"

"그 그건……"

남자는 대답 대신 그녀를 덥석 안았다. 그러고는 입술을 포개기 위하여 다가왔다. 남자의 수상한 행동을 거니챈(sense) 그녀가 남자의 가슴팍을 밀어버렸다.

"전니 가! 달기 쩡굴어!"

남자의 몸이 저만큼 나뒹굴어진다. 순간 그녀는 자신도 깨닫지 못하는 어떤 강인한 힘으로 사내에게 다가가 짓밟아 대고 있었다.

"문대 옵빠야도 맨날 같이 그러고, 튠샵이 옵빠야도 그러고……. 남자들은 이런 짓밖에 몰라. 한 뽄만 더 지랄햇따간 주교 보릴 꼬야! 지 에미 년을 닮모가지고!"

간신히 여자의 몰매를 피한 남자가 뒷걸음질을 치며 매 맞은 암캐가 앙알거리듯 지껄였다.

"나 남자들이 그러는 건 다 당연한 일이란다. 도 동물을 봐라. 수놈이나 암놈이나 그 일에 모두 관심이 없다면 그 종은 죄다 없어져 버리지. 그러나 둘 다 관심이 지대하다면 성을 차지하기 위해 노력할 필요가 없지 않니? 그러면 그 종은 앞으로 나아가지를 못해. 수놈이 암놈보다 발전적일 수 있었던 이유는 바로 성적 욕구가 암놈보다 크기 때문이지. 성욕이 강한 자가 전략적이고 능력도 앞서거든. 남자들은 최강이 되어야 한다는 생물학적 분명한 목표가 있기 때문에……"

달기가 생콩 씹은 표정으로 눈망울을 떼룩떼룩 거리자 사내가 말을 멈추고 어둠 속으로 기어들어 가면서 중얼거렸다.

"강아지 새끼도 나이 들면 새로 나온 기술을 가르칠 수 없다더니, 쩝."

그가 스쳐 가며 일으킨 작은 바람에 기름등잔 불꽃이 애처롭게 가물댄다. 이 숙명의 감방 안은 어둠으로 인해 모든 것들이 사라지고 있다. 달기가 놀라 두 손을 모아 불꽃을 달랜다.

남자의 흔적은 감방 어디에도 없었다. 이상한 일이다. 이 좁은 지하 감방에서 감쪽같이 없어지다니, 남자는 요술을 부리는 것일까? 하늘로 솟았을까 땅으로 꺼졌을까? 그녀의 단편적인 지식은 어떤 추리도 해낼 수 없었다. 지하 감방 안은 말 그대로 지하 감방 안일 뿐이기에, 온통 검은 곰팡이가 슬고 물이 맺혀 눈물을 흘리고 있었으며 군데군데 갈라진 곳에는 노래기, 곱등이, 바퀴벌레, 좀벌레, 귀뚜라미 등이 천장과 철창 등 공간에는 생전 듣도 보도 못한 거미와 거미줄들이 먼지를 뒤집어쓴 채 장식품처럼 널려 있었다.

"쪼그랭 탱이가 지굼 오디로 사라진 고야 혹시 튜샵이 옵빠야가 말한 기신 아늬양?"

이성과 본능

그녀는 몇 시간째 선택할 수 없는 행동을 반복하고 있었다. 누더기를 뒤집어쓰거나 벗거나, 앉거나 일어서거나, 서성이거나…….

이 작은 세계 안에 생명체가 없다는 것. 아무리 흉물스러워도 생명체가 그립다는 것. 그리고 그 생명체를 간절히 원하고 있다는 것. 장래 그녀가 이보다 더한 비운의 여인이 될 수밖에 없는 환경은 그렇게 서서히 만들어져 가고 있었다.

14-3

남자가 게트림하며 어둠 속에서 불현듯 나타났다.

그건 마치 요술 램프 속의 요정 같았다. 그녀는 반가운 마음에 남자의 가슴에 덥석 안길 뻔했다. 희미한 불빛 속에서도 그녀의 얼굴은 빛이 나는 듯 아름답고 간절해 보였다. 사내가 곱장다리를 하고 그녀 곁으로 바싹 다가갔다.

"넌 글쎄 심청 애비가 봐도 이뻐."

그렇게 나직이 중얼거리고는 손바닥을 펼쳐 그녀에게 내민다.

"이 이것 좀 묵어 볼래?"

남자의 음성이 꿀에 절인 듯 달콤하다.

"씨러."

그녀는 쳐다보지도 않고 대답했다.

"자 자 자 묵어 보렴. 이 이건 근사한 간식이다."

사춘기인 그녀가 돌이라도 소화할 위장을 가지고 있다는 것은 명백했다. 사실 그녀는 먹는 이야기만 나와도 입안에 침이 잔뜩 고이곤 했다.

"땅강아지란 깨소금처럼 구수한 놈이지. 땅이 촉촉하고 기름진 곳에서만 살고 있단다. 알이 통통하게 밴 것이 영양 만점이거든. 번데기 있지? 꼭 그걸 씹는 맛이야."

그녀는 투정 부릴 상대가 있다는 것만으로도 행복했다. 그 행복을 확인하고 싶어 자꾸만 투정을 부렸다.

"나눈 그땅 거 인제 안 먹을 꼬야."

"곤충이 얼마나 영양분 덩어린 줄 몰라서 그러는구나. 말린 유충 100g에는 약 53g의 단백질과 15%의 지방, 17%의 탄수화물이 들어 있고, 열량은 무려 430kcal나 된단다. 그뿐인 줄 아니? 거기엔 칼슘(calcium)과 아연, 마그네슘(magnesium), 철분 같은 풍부한 미네랄(mineral) 성분은 물론 각종 비타민(vitamin)까지 골고루 포함되어 있지. 벌레 100g만으로도 사람이 하루에 꼭 묵어야 하는 영양분을 묵을 수 있단다."

"싯다고 몇 번을 말해야 알아 듣겠쩌! 달긔는 볼레 같은 건 졸때 졸때 안 모그 꼬야."

그러던 그녀의 투정은 빈정거림으로 변해가고 있었다. 인간 세상에서 먹이사슬의 최하위 개념으로 살아왔던 그녀가 자신보다 하위개념의 먹잇감이 있다는 사실을 즐길 줄 알았다. 그녀는 문재가 지껄인 소리를 그대로 복사해 냈나. 그녀의 말은 대부분 문재에 의해서 학습되어 있었기 때문이다.

"누가 미칭놈 아니라까바 다람뒤 도토니 까터처묵는 소리하고 자빠졌네. 너나 실컷 처모거. 지 에미 년을 닮모가지고……."

사내는 그녀의 투정을 아랑곳하지 않고 계속했다.

"몇몇 곤충을 제외하곤 징그럽다는 이유만으로 인간들로부터 구박받은 것이 멸종의 위기를 피할 수 있었던 이유 중의 하나가 될 수 있었던 점은 그나마 다행이라고나 할까? 이런 곤충은 향후 인류의 식량 대신으로 각광받을 거라고 내 일찍이 논문을 발표한 적이 있었는데, 사람들로부터 무시당한 건 지금 생각해 보면 정말로 잘된 일이었어. 하마터면 우린 굶어 죽을 뻔했으니까 말이다."

"이 밥뿐야! 두데기는 그냥 두데기라고!"

남자는 난감한 표정과 동시에 웃음을 지어 보였다. 남자의 때에 찌들고 쪼그라진 얼굴이 더욱더 쭈글쭈글해 보였다.

"그렇게 웃지 마. 달고 찡굴어!"

"아름다움에는 어딘가 모르게 비인간적인 면이 있다더니만 네가 그렇구나. 너의 아름다움이 언젠가는 너를 울릴 날이 올 것이다. 쩝!"

"강아지 물찌똥 싸는 소리는 그만하고 밥이나 내노라고. 이 밥뽀 아찌야!"

"밥이라."

사내가 쿡쿡 웃었다.

며칠간 남자는 소득 없이 어디론가 사라졌다 나타나기를 거듭했다. 그때마다 그의 손에 들려 있는 자발량이 그릇에는 누르스름한 흙이 소복이 담겨 있었다. 감방에 산을 이룰 만큼 수북한 흙들은 사내가 어디선가 퍼내 온 것이 분명했다.

"배꾸파……."

그녀는 하루에도 백번을 그렇게 말했다. 체중이 줄고 무기력해지기 시작했다. 상상력과 창조력은 상실된 지 오래다. 입에 넣을 수 있는 것이면 무엇이든 처넣을 것이다.

남자의 몸도 그녀 못지않게 기력이 떨어져 보였다. 그러나 눈빛만은 살아 있다. 그 흐물흐물함 속에서도 강렬한 빛이 쏟아지고 있다. 성취욕에 불타는 사람에게서 나타나는 전의와 해 내고 말겠다는 일념에서 비롯된 집착 때문이다.

"배꿉파……."

마침내 여자는 가뭄 든 밭 어린 강냉이처럼 군드러지기 시작했다. 그런 여자를 슬픈 눈으로 바라만 보고 있는 남자가 허깨비 같은 몸을 일으켜 산처럼 쌓인 흙에 몸을 묻고 한동안 깊은 생각에 잠긴다. 몇 번을 망설이다가 굳은 결심이라도 한 듯이 어디서부터 비롯된 힘인지 모를 열정과 인내로 흙더미를 뒤지기 시작했다.

14-4

"먹어."

노리착지근하고 물컹한 뭔가가 자발량이 종기에 수북하다. 달기가 슬금슬금 다가가며 물었다.

"무슨 꼬지야?"

"……."

남자가 먼저 입에 넣었다. 우물우물 씹는다. 그 모습을 뚫어져라 지켜보던 달기가 불쑥 다가간다. 남자가 슬쩍 몸을 돌린다. 달기가 쫓는다. 남자가 몸을 숙여 감춘다. 달기가 달려들어 빼앗는다. 남자가 못 이기는 척 빼앗긴다. 달기가 종지에 남은 고기를 단숨에 입안으로 몰아넣는다. 배곯은 본능은 식감을 무시한다. 맛, 향, 감촉은 그 너머의 것이다. 어느 정도 배가 채워지자 건건 찝찝하면서도 비릿한 식감이 뇌를 자극했는지 야릇한 울렁거림 때문에 구토가 일었다. 뭔가 해서는 안 될 일을 한 것처럼 찜찜했다. 이 절망의 냄새가 달기를 보채게 했다.

"무슨 꼬지냐고?"

사내가 얼버무린다.

"등 따시고 배부르면 장땡이지 따지긴 뭘 따져!"

"이 쭈그렁 땡아! 무슨 꼬지냐니까?"

"때로는 너가 알아서 나쁜 것도 있는 법. 더 이상 귀찮게 굴었다간 배고파 뒤져도 내는 상관 않는다."

그녀의 예지력이 몰아붙이기를 강요한다.

"그러니까 무슨 꼬지냐고 달기가 무짜나!"

"야, 얌순이가 보 보름 전에 물어서 댈꼬 온 고 고긴데……. 써 썩기는 했지만 마이야 뭐 지랄 같기는 해도 이런 열악한 환경에 처한 창자는 너나 내나 금방 알아서 길 것이다. 내를 봐라. 이렇게 멀쩡하잖니!"

그러고는 두 팔뚝을 불끈해 보였다.

"얌수니가 누꾸야?"

"고양이 말이야. 침대 아래서 살잖아. 네 동생이니까 앞으로 우애 있게시리 지내야 한다."

"그런데 아찌가 입고 있는 그 샤쯔(shirts) 튠삼이 옵빠야 것 아니냐? 다 담배도 튠삼이 옵빠야가 피던 거고."

"그래. 그놈 거야. 라이터(lighter), 담배, 그리고 볼펜(ball point pen)."

"구니까 주근 튠샴이 오빠야 어따 뒷써?"

"조오기 흙 속에 묻어 버렸지."

"혹시 방굼 먹은 꼬지……."

사내가 벌떡 일어났다. 굽은 등을 최대한 펴더니 당당하게 소리쳤다.

"그 그래서 어쨌다는 거야?! 현 하나가 끊어지면 나머지 3개로 연주하는 것이 인생이라고 이 바보야."

달기는 가슴을 치며 뒹굴기 시작했다. 그리고는 온몸을 쥐어뜯으며 토악질을 해댔다. 그녀의 발광에 넋을 놓고 있던 남자가 독기를 품고 불같이 화를 냈다.

"시끄러!"

남자의 표독스러움에는 이미 모든 걸 달관한 표정이 있다.

"아무것도 안 처묵고 살아갈 자신 있어? 자신 있냐고 이 가시내야!"

달기는 여전히 토악질을 해대며 징징거렸다. 사내가 그다운 당위성을 떠들어 댔다.

"산다는 것 자체가 폭력이고 살생이며 죄악이다. 지구상의 어떤 동물 치고 이 원래 죄를 벗어날 수 있는 살아가는 놈이 있으면 나와 보라고 해라. 그래서 저 똑똑한 디오니소스(Dionysus)의 시종인 현자 실레노스(silenus)가 이렇게 말했지 않니. '세상에 태어나지 않는 일이 최고로다가 좋은 일이며 그다음으로 좋은 것은 빨랑 죽어 버리는 것이다.'라고. 우리가 먹는 음식은 곧 다른 생물체의 주검이 아닌 것이 있더냐! 너 삼 일만 굶어 봐라. 나까지 잡아 처묵으려 들 것이다."

달기는 남자의 변명을 알아들을 턱이 없었다. 또한 남자의 엄포 따위는 안중에도 없었다. 그녀는 쉼 없이 징징 짜고 있었다. 그러자 사내가 정말로 매를 들 것처럼 벌떡 일어났다. 그녀가 화들짝 놀라며 주춤주춤 뒷걸음질 쳤다.

그녀는 매가 무서운 것이 아니라 앞으로 살아갈 일이 무서웠다. 그것이 무엇인지 정확하게는 몰랐지만, 본능적으로 느껴지는, 무엇을 먹고, 무엇을 하며, 무슨 희망으로 살아야 하는가?

차라리 고통스럽던 과거가 그리웠다. 얼마나 무서운 습성의 독소인가. 매서운 눈초리로 한참을 쏘아보던 남자가 태도를 바꾸었다. 매보다 강한 것은 사랑이라는 것을 실천해 보고자 했나보다. 그녀를 안고 눈물을 씻어주고 등을 토닥이고 부드럽게 속삭이며 그녀의 영혼을 감동하게 했다.

"미안해. 정말 미안해."

그녀는 엄마를 생각했다. 포근한 품이, 눈물을 닦아내는 손이, 등을 토닥이는 정이, 속삭이는 음성이 예쁘게 차려입은 아름다운 엄마의 것이라고 믿어 의심치 않았다.

달기의 울음소리가 차츰차츰 줄어들었다. 마침내는 어깨만 들썩거리고 있다. 남자가 목에 두른 시키먼 수건을 풀어 살며시 감싸 주었다.

그녀의 눈가에는 또 다른 뜨거운 눈물이 흘렀다. 울 줄 모르던 그녀를 울게 한 것은 꿈속에서 찾아오곤 했던 엄마의 사랑이었다.

이성과 본능

15. 거짓도 권력에 봉사할 때는 진짜가 된다

15-1

감금 한 달째

대학 수능시험을 한 달 남겨 두었을 즈음, 양 검사가 박달에게 자신의 딸 양승방일 들먹이며 지금이라도 함께 유학을 떠나는 것이 어떠냐고 설득하고 있을 때, 달기는 그녀의 침대 위에서 늘쩡대고 있는 얌순이를 발견하고는 보듬어 안아 얼굴에 비벼댔다.

고양이가 배를 드러내놓고 장난을 걸어왔다. 간지럼을 태웠다. 고양이가 파드득대다가 그녀의 손등을 할퀴고 말았다. 화가 난 달기가 고양이의 머리통을 침대보로 싸서 짓누르기 시작했다.

"이이씨이! 니까지께 몬데! 나를 할퀴냐고 니가 몬데! 맛 좀 봐라. 이 못된 년아!"

일회용 라이터로 고양이 꼬랑지를 태웠다. 누리척지근한 냄새가 진동하면서 비명과 함께 몸부림을 쳤다.

"할쿄봐 할쿄보라고!"

고양이가 앙칼지게 크르릉 소리를 내며 온몸을 비틀었다. 그럴수록 그녀는 더욱더 잔인해지기로 작정이라도 한 것처럼 남자가 땅굴 속에서 캐내 온 까팡이(potsherd)로 고양이의 머리통을 찍어 댔다.

"한 뻔만 더 엉겨봐라. 이 귀꾸녕 콱 뚜셔보리 꼬야. 알았쪄? 인두로 눈꾸녕 안 지진 거 고맙게 생각해라. 지 에미년을 닮모가지고!"

그녀는 한동안 고양이를 꼬느다(take sight)가 꼬리를 잡아 한 바퀴 휭 하고 돌리더니 철창을 향해 던져 버렸다. 고양이는 날아가는 듯 보였으나 어느새 공중제비 돌기를 하더니 철창에 붙어 달기를 쏘아보고는 어디론가 휘리릭 사라져 버리고 말았다. 그때까지도 달기는 제 분을 못 이겨 헉헉거리며 고양이를 찾아 좁은 방안을 뱅글뱅글 돌고 있었다. 이때 감방 안의 유일한 벽 쪽에 붙어 있는 가구가 들썩이더니 손전등을 든 남자가 기어 나온다. 그녀는 어느새 고양이와의 혈투를 잊고 너구리 굴속 같은 입구를 유심히 바라다보며 남자에게 묻는다.

"거기가 아찌 집이냐?"

"우리들의 유일한 희망이란다. 그렇다고 그 독한 병균에는 감염되지 말아야 한다. 그냥 전술로 삼아야 할 것이다."

그녀가 남자의 대답을 들은 둥 마는 둥 하고는 만화 톰(Tom)에게 쫓기는 제리(jerry)처럼 순식간에 굴속으로 사라져 버린다.

남자가 따라 들어갈까 하다가 그녀가 다시 기어 나오기만을 쪼그리고 앉아 기다린다. 마치 토끼 굴에 연기를 피워 놓고 토끼가 나오기만을 기다리는 어설픈 사냥꾼처럼. 수분이 지나고 그녀가 흙투성이 몸으로 기어 나오며 끙끙 앓는 소리로 발했다.

"길을 이죠 목었져."

"허니(honey) 허니!"

이성과 본능

남자는 언제부턴가 달기를 그렇게 불렀다. 그럴 때마다 맛난 곤충들을 살며시 쥐어주곤 했다. 그녀는 시도 때도 없이 그렇게 불러줄 것을 요구했다. 그가 말했다.

"뵈여줄 거이 있어."

그녀의 관심은 오로지 배를 채우는 것이었다.

"달긔는 머그꺼 주꼬야?"

"그보다 더 중요한 것이야."

남자는 허리춤에서 헝겊으로 둘둘 말려 있는 종이 한 장을 끄집어냈다. 몹시 낡고 흙투성이였지만 정말로 귀한 보물처럼 조심스럽게 다루고 있었다. 그녀가 희미한 등잔을 끌어당겼다. 등잔불은 죽어가는 심장처럼 느리고 가늘게 팔딱거리고 있었다. 끄먹대는 등잔 아래 종이를 펼치자, 깨알 같은 글씨와 함께 개미굴처럼 복잡한 그림이 나타났다. 그리고 남자만이 알아볼 수 있을 만한 다양한 표시가 꼰질꼰질하게 적혀 있었다.

남자가 꺽죽대며 말했다.

"길을 잃어버렸고 했지. 봐라. 지난 몇 년간에 걸쳐서 무르팍 팔뚝 심을 모태서 파 놓은 땅굴 지도다. 여기 이 삼각형 모양은 돌땡이가 많고, 검게 칠해 놓은 곳은 땅강아지들을 발견한 곳이고⋯⋯. 땅강아지들은 지름진 간식거리란다. 이쪽은 굼벵이가⋯⋯. 굼벵이는 영양덩어리지. 고단백이거든. 그리고 이쪽은 지렁이⋯⋯. 지렁인 활력을 불어넣어 준단다. 스태미나로는 그만이지. X자는 바위가 있는 곳이다. 더 이상 파들어 갈 수가 없었다는 뜻이야."

"지도가 모하는 고야?"

"오- 우리 무식한 허니야 지도란……."

그녀의 호기심은 오로지 배고픔이었다.

"달기는 배꾸프다니까 그 땅거 가지구 지랄 떠냐!"

"허니의 본능적 욕구가 허니를 멍청하고 무식하게 만드는 거야. 배를 고프게 하는 음식이란 화장실만 더럽히잖아? 하지만 대굴꽉 속의 지식은 마음을 풍요롭게 한다. 그러니 대굴꽉 채우는 일을 게을리하지 말아야 해."

"지식이 머야? 그땅 거 먹는 것도 아니자나."

사내가 난감하다는 듯이 고개를 흔들었다.

"쉽게 설명하지. 입으로 처묵는 음식은 몸을 살찌게 하나 지식은 맘을 살찌게 하는 것이란다."

"어쪼케 맘이 살쬬?"

그는 더욱더 난감해졌다.

"쩝, 그러니까……."

"밥뽀, 그것또 몰라? 달기는 아는데."

그녀가 으스내며 피식 웃는다.

"배가 부누푼 기분 좋아!"

"하니는 몸뚱아리 욕구가 맴을 지배하고 있기 때문에…… 그만두자."

이성과 본능

달기가 남자를 빤히 바라다본다. 아무래도 이 남자는 자신이 지금까지 만났던 사람들과는 어딘지 모르게 다르다고 판단하는 것일까?

"아찌는 박사냐?"

남자는 달기의 질문에 너무나 자랑스러운 나머지 함몰되어 가는 잇몸을 감추던 금기를 깨고-그의 자존심- 건풍(talk boastfully)을 떨었다.

"그래, 의학박사다. 그 뿐만 아니라 내 지식의 커다란 섬을 알고 있던 사람들은 문학과 철학까지 무려 다섯 개의 박사 중을 준다고 했다만 거절했단다. 낄낄낄……."

달기는 남자의 간드러질 듯한 웃음소리에 가슴이 철렁했다. 계모의 웃음소리와 너무나 닮아 있었다. 계모는 아버지와 함께 있으면서 기분이 좋을 때 그렇게 웃었다. 그녀의 눈가가 서서히 보라색을 띠기 시작했다. 그녀가 갑자기 발광했다.

"이 뿅알을 깔 놈! 그 지됴 이리 내누아! 안 그러면 죽여 버릴 꼬야! 너처럼 하차눈 인간 주교 버리는 것은 식은 죽 목기야."

남자가 놀라 벌러덩 넘어지며 소리쳤다.

"가 갑자기 왜 그러니, 허니야!"

"머그 꺼도 안주면서 맨날 같이 그르케 부르지 마!"

그녀가 남자의 머리를 움켜잡았다. 그리고 미친 듯이 흔들어 대며 소리쳤다.

"아 드러라. 이 좀 부아. 서캐 새끼로 하얏짜나. 도야지 머리털을 제다 잔나(잘라) 주지! 아니지 아니야! 지집(계집) 구실도 못 하구러 젖꽁지를 잔나 주끄야."

남자가 벌레를 털어내듯 달기를 털어내며 뒷걸음질을 쳤다.

"너 갑자기 왜 그래?"

"찬장에 있돈 간소매는 네년이 다 처묵었지!"

"간스매라고?"

"지 에미년을 닮모가지고!"

달기는 손톱을 세워 달려들었다. 남자가 어둠 속으로 사라지며 소리친다.

"저년 미쳤다. 저년 미쳤어!"

사내가 굴속으로 사라진 뒤에도 달기는 여전히 미친 듯이 날 뛰었다.

15-2

"기분이 좋아졌어?"

"응."

"그런데 아까는 왜 그랬져?"

"뭘?"

"간스매를 다 묵었다고 소리치면서 내를 죽이려고 했잖아."

"달기가?"

"기억이 안 나?"

"응."

남자가 혼잣말처럼 중얼거리다

"젠장, 정신분열증이군."

"그게 몬데?"

"넌 분명히 다중인격자야."

"따중 닌격?"

"네 속에 또 다른 인간이 득시글댄다는 뜻이야. 큰일이로구나."

"아찌가 내 맘에서 다른 사람 만났쪄?"

"내가 의학박사라고 했잖아."

그녀가 의학박사가 훌륭한 사람을 말하는 것이냐고 물었지만 사내는 개의치 않고 계속한다.

"의료사고가 있었다. 내 때문에 사람이 죽었어."

남자는 울기 시작했다. 그것도 아주 서럽고 애처롭게. 달기가 눈을 부릅뜨고 묻는다.

"사람 죽였져, 아찌가?"

"응."

"그럼, 아찌는 나뿐 노미네?"

"응."

"멀로 주교써? 빠리채? 인두? 삽자루? 나무때기? 부지깽이? 뙤 막때구? 똥 작때구? 말해 빵니(빨리) 말해 봐봐."

"어렸던 너의 고달팠던 인생사를 씨부렁대고 있구나. 불쌍한 하니."

"아니믄 쥐똥 먹었어? 빠리똥? 순둥이 똥? 된장? 아니믄 꼬추장? 꾸정물? 소금 퍼 머겼져?"

"간땡이를 치료받던 사람이 있었는데 진균증 감염 사실이 발견되었지. 내 딴에는 최선을 다해 항진균 니조랄(Nizoral)을 처묵였거든. 그런데 이게 웬일이라니? 반복해서 흉통과 발작과 일시적 혼수상태에 빠지는 거야. 니조랄(Nizoral) 때문이었어. 내는 그 사실도 모르고 심장 계통에 이상이 있을 것이라는 의심을 하며 계속 같은 약을 처묵였지. 쩝!"

"뽕 치지 마. 그래 각고 사람이 죽냐?"

"명백한 의료 사건 이였다. 그쪽 가족들은 소송을 걸었고 대법원까지 갔는데 졌다. 내는 쪽박 찬 신세로 떨어졌지. 그때부터 우울증에 걸려 정신병원 신세를 져야 했다. 밤마다 뒤진 환자 놈이 나타나 내 간땡이 내놔 내 간땡이 내놔 하는 헛소리가 들리기 시작했어. 그러자 마누라가 내를 였다 처넣었지. 기도원 원장 년은 내게 귀신이 붙었다며 이곳에 가두고 말았어."

"지금도 기신이 내 간 내놔라 구래?"

"가끔."

"아찐 정말 미친 노미구나."

남자는 히죽히죽 웃었다. 긍정과 부정을 한 번에 표현하고 싶었나 보다. 그는 지도를 펼치며 화제를 놀렸다. 희망을 말하고 싶어 안달이 난 표정이다.

"한 짝으로만 쭉 파고 들어가다 보면 언젠가는 바깥으로 뚫어지게 되어 있지."

"구럼, 요기를 도망칠 수 잇쩌?"

달기의 두 눈이 노골적으로 커지면서 언젠가는 지도를 자기 손에 넣어야겠다고 다짐했다.

"그렇지만 생각 없이 파들어 가기만 한다고 도망을 칠 수가 없단다. 세상에는 숱한 길들이 있다. 하늘이 아무리 높아도 하늘 질이 있고 바다가 아무리 넓어도 바닷질이 있단다. 그렇듯이 땅굴에는 땅굴 질이 있어야 하는 거이야."

"치! 뭐가 그로케 머리땡이가 아푸냐! 달긔 머글거나 잡아 조라."

"인간은 누구나 때가 되면 배가 고픈 거야. 언제 끝이 날지 모르는 이 삶의 낭떠러지에서 살아남으려면 본능을 억제할 수 있는 심을 키워야 해."

사내는 허공을 바라다보며 한참을 더 구시렁대다가 다시 땅굴 지도에 시선을 주었다.

"이렇게 여러 짝으로 파고들어 간 것은 모래가 쏟아졌거나 바웃덩어리가 맥혀 있어서다. 내일부터는 숟가락 대신에 꼬챙이로 굴을 파야겠어."

그러면서 춘삼이 들고 온 쇠막대기를 어루만졌다.

"달긔는 잠잘 꼬야. 움직이면 배가 꼬루루루해."

남자가 벽에 붙여 둔 너덜너덜한 수건을 주먹 만한 종지 속에 비틀어 짜 입안으로 털어놓으며 투덜거렸다.

"무엇인가 하려는 사람은 내처럼 방법을 찾지만, 너처럼 몸뚱아리

아끼는 인간은, 묵을 것만 찾는 사람은 핑곗거리를 찾는 법이다. 요새는 버러지 특히 굼벵이와 땅강아지도 귀하고 얌순이도 통 뭘 물어오지 않아서 걱정이다. 기억해 둬라. 물 받는 일을 게을리했다가는 우린 죽고 만다. 진짜 게을리하지 말아야 해."

달기가 물 짜낸 수건을 낚아채 얼굴을 닦으며 말했다.

"그니깐 볼레도 못 잡음서 땅은 그만 파라, 쫌!"

"발전하지 않는 사람은 퇴보한단다. 내가 지금까지 살 수 있었던 건 희망이 있었기 때문이다. 언젠가는 여길 도망칠 수 있을 것이라는 희망 말이야."

"뽑뽀."

달기의 토라진 얼굴을 사내가 빤히 바라다본다. 목젖이 오르내린다. 사내가 두 손을 비비며 그녀에게 다가간다. 그러고는 그녀의 허리를 다빡 휘어잡는다. 그녀의 눈알이 뙤록뙤록 구른다.

"왜 왜 구래?"

사내의 얼굴이 붉게 달아오르기 시작했다.

"버 벌써 몇 년이 흘렀다. 참을 수가 없어."

그녀가 네둥스럽게 몰아쳤다.

"왜 구러냐니까?!"

그녀가 본능적으로 몸을 움츠린다.

"내 씨앗 공장은 진짜로 하루도 쉬지 않고 일을 하고 있어. 이 비참

이성과 본능

한 환경에서도 씨를 뿌리라고. 근데 품어낼 장소가 없었다. 저수지의 물이 썩어가듯 전립선에 울혈이 생겼는지 밤마다 몽정과 함께 피가 나오고 있어."

"피가 나와?"

"그래, 피."

그는 달기가 나타나기 전까지는 이 열악한 환경에서도 사타구니에 텐트를 치고 있는 상황을 저질스런 입체적 본능이라며 무시하고 있었다. 그런데 달기를 만나고부터 입체적 본능을 무시한다는 것이 얼마나 힘들고 얼마나 고통스러운지 새삼 깨닫게 되었다. 텐트치는 일이 결코 저질스런 입체적 본능이 아닌 씨를 뿌리기 위한 도구를 사용할 권한을 몸이 준 것이라고 생각을 바꿨다. 살아 있다는 분명한 증거. 어떤 환경에서도 씨를 뿌리고자 하는 줄기찬 번식욕! 앙스트블뤼테(Angst-blute, 불안 속에서 피는 꽃)의 절대적 요구를 거스른다는 것은 죄악이라고까지 확장했다. 조르주 바타유(Georges Bataille)의 주장을 예로 들었다. '사람의 섹스는 동물성이 기초이고 이것을 배격하는 것은 금기다. 사람은 금기를 위반하더라도 짐승으로 완전히 돌아가지 않는다.'사람의 위반은 규칙이 있기 때문이라고 했다. 이러함에도 어찌 성욕을 달래고만 있을 수 있단 말인가? 이는 자존감을 잃는 일이면서 크게는 창조주를 모독하고 있는 일이다. 여자를 꼬드기려는 남자의 마음은 한결 가뿐해져 있었다. 사내는 자신의 불룩 솟은 사타구니를 가리키며 간절한 눈빛으로 말했다.

"이 이것 좀 봐라. 입체적인 본능을 무시하기란 여간한 참을성을 가지지 않고는 불가능하단다. 분명 성경에도 그런 말이 있을 게다. 니는 잘 모르겠지만 내를 받아들이지 않는다면 니는 신을 모욕시킨 죄로 지옥 불에 떨어지고 말 거야. 자연계를 어지럽히고 그 순수성을 무시하며 새 생명을 지달리는 물리적 힘을 내다 버리는 짓을 되풀이하도록 내버려두지 말아다오."

사내는 소귀에 경을 읽고 있다는 것을 모르고 있었다. 어쩌면 자신의 본능적 욕구를 그런 식으로 풀어냄으로써 위안을 삼고자 했는지도 모른다. 아니나 다를까 그녀가 엉뚱한 질문을 했다.

"나도 피가 나오는데, 아찌도 문대 옴마야가 땟찌해서 그랬져?"

남자가 마른침을 꿀꺽 삼키며 대꾸했다.

"그건 사내의 경우와 다른 거다. 일정한 간격을 두고 주기적으로 반복 쏟아내는 자궁내막으로부터의 출혈을 월경이라고 한다. 다 큰 여자면 다 있는 현상이다."

"빱뽀! 문재 옴마가 땟찌해서 구래."

"조물주의 뜻이지."

"조몰주 나뿐 놈!"

사내가 지렁이 같은 입술을 핥아냈다.

"그래, 그래 조물주는 나빠. 우리에게 이따위 운명을 맹글어 놓고서리 저만치서 바라만 보고 있잖아."

그녀는 계모가 아비를 두고 지껄이던 말을 뇌까렸다.

"하여튼 사뇌들이란! 그땅 것밖에 몰라."

"허니야! 그따구로 사내를 비하다간 것은 죄로 간다. 그 분명한 이유로 내 사랑의 여의봉을 보면 그 이치를 알게 될 것이다. 단지 쾌락을 위해 내 여의봉이 근덕댄다고 생각하면 큰 오산이다 이말이여. 새끼를 치기 위하여 쾌락이란 단맛으로 포장해 놓았기 때문이라면 이해가 빠를까? 조물주가 말이다. 쾌락은 단지 수단으로써 당근이었을 뿐 목적은 따로 있었다 그 말이지. 번식 말이야. 쩝쩝쩝!"

그렇게 주장을 마친 사내의 코가 심하게 벌름대기 시작하더니 달기의 손을 잡고는 지그시 눈을 감고 냄새를 맡기 시작했다. 달기가 소스라치게 놀라며 벌레를 털어내듯 사내의 손을 뿌리쳤다.

"달기 시르니까 절루 가. 절루 가란 말이야. 절루 가!"

"네가 발버둥을 칠수록 내 욕망의 강은 배곯은 악어들로 득시글거리는구나. 이 울부짖음을 어찌할거나!"

"시러! 찡굴어. 볼레(벌레) 가터. 남자들은 맨날 같이 달기 만지고 맨날 같이 덤벼 드러."

"'남자들에게는 자식을 낳기 위해 여편네가 있고, 기분 전환을 위해 갈보가 있으며, 즐기기 위해 노예가 있을 뿐이다.' 데모스테네스(Demosthenes)의 말이다. '너희 여성들은 불알 깐 사내에 불과하다. 사내야말로 유일한 생식자고 지집은 단지 수단이나 재난을 당한 열등한 사내이다. 신의 본질을 지닌 사내는 인식능력이 있는 신성한 씨앗 덕분에 종식구를 영속시키고, 지집은 출산을 혼자서 할 수 없기 때문에 자손을 낳기에 부족한 자연의 실수이다. 지집은 열등하고 완전하지 않은 사내라는 것이다.'지독하게 지집을 싫어했던 아리스토텔레스의 말이다. 너는 하찮은 지집일 뿐이야! 그러니 허니야……."

이 끔찍한 이야기를 태연하게 지껄이는 사내는 음울하면서 간드러진 웃음소리로 마무리했다. 이 처참한 환경과 여자의 끈질긴 악지 속에서도 사내의 요술 방망이는 더욱더 헛심을 쓰고 있다. 그럴수록 달기는 뱀이 몸을 타고 기어오르는 것 같다며 발버둥을 치며 침을 뱉었다.

"사내들은 평생 성욕과 전쟁을 치러야 한다. 문지방 넘을 힘만 가지고도 말이다. 이 빌어먹을 성욕과 패배를 전제한 전쟁을 치른다는 것은 무엇을 뜻하는 거니?"

그는 당위성을 설명해야 했기 때문에 이성적인 힘을 빌었다.

"문제는 이 쌍놈의 양면성이다. 선과 악을 함께 가지고 있거든. 이 쌍놈은 어떤 경우에도 참지 못해. 일이 끝나야 고개를 숙일 뿐 절대로 물러서지 않는 닌자(ninja) 같은 놈이다. 이 쌍놈은 삶을 풍요롭게 하는 천사이거나, 죄악을 부르는 악마이거나, 거룩한 성인이거나, 위대한 폭군이거나, 괜찮은 봉사자거나, 심심풀이 장난감이다."

"그노미 누군데? 이빨 뽀죠케? 뿔 달려써? 기신이야?"

"이해하렴. 먹은 것은 썩어버리지만 베풀어진 것은 장미꽃이 된다는 말이 있지 않니? 그 그러니 너도 내를 위하여 뭔가를 해주어야 한다. 한 송이 장미꽃을 피우기 위해서 말이다."

"장미 꽃 달기가 오데 있는지 아는데 알켜 줘?"

"넌 너의 아름다운 그 한 가지만으로도 모든 것에 우선한다."

평소에는 상상도 못 했던 힘이 사내의 육신에서 펄펄 솟구치고 있었다. 그의 뇌에 페닐에틸아민(phenylethylamine)이라는 신경전달 물질이 분비된다. 열정이 샘솟고 이성적인 판단과 제어 능력이 떨어진다. 피를 흘릴 수밖에 없는 여자는 그 힘에 압도당한 나머지 꿈쩍도 할 수 없었다. 사내의 손이 그녀의 가슴 속을 뒤지기 시작했다.

"이 나쁜 노마!"

"루소의 '에밀(emil)'에서도 지집은 사내의 뜻에 따르고 그 부당함까지도 감당하기 위해서 만들어졌다고 했어. 그 그러니 허니(honey)! 내 말 잘 들어. 사람의 손은 300~900나노미터(nanometer)나 되는 전기에너지(energy)를 발생시킨다. 서로 어루만지고 쓰다듬고 주무르고 사랑하면 신체의 면역기능이 강화되거든. 그러니 허니와 내가 자주 성교를 하게 되면 우린 건강하게 이 감옥소에서 살아갈 수 있어. 탈출하는 그 날까지 말이다."

그녀가 욕설과 침을 뱉고 몸부림을 쳤지만, 그리도 알량했던 남자는 초월적 힘을 쏟아내고 있었다.

"도룩놈! 도룩놈! 절루 가! 절루 가란 말야!"

남자는 끈질기게 여자를 애무하고 사랑스런 언어들을 늘어놓는다. 마침내 여자의 몸이 조금씩 변해가기 시작했다. 서서히 아주 서서히 달구어지기 시작하더니 급기야는 몸을 비틀고 야릇한 신음을 냈다. 지금까지 단 한 번도 들어보지 못한 사내의 달콤하고 쌉싸래한 말은 그녀의 굳어 있던 대뇌를 자극하여 서리 맞은 홍시처럼 말랑말랑해지고 말았다.

"허니 꽃의 향기는 건네는 자의 손에 머무니, 나 그대를 향해 그대 나를 향해……."

그렇게 거부하던 그녀의 신체가 반전되기까지 그의 달콤한 언어와 손은 동시에 그녀의 감성과 촉수를 쉴 사이 없이 자극했고 마침내 그녀는 자신의 지 스포트(G-spot)에 당도한 점령군을 관대하게 맞이하였다. 세상에서 제일 어울리지 않을 것 같은 한 쌍의 교접을 위하여 여자가 소리쳤다.

"성교 빠 빠니…… 해."

옥시토신(oxytocin)의 분비량이 늘어 간다. 여자는 남자의 머리채를 휘어잡고 몸부림치기 시작했다. 여자의 생리적 흥분이 시작된 것이다. 외성기와 질 쪽으로 혈액이 증가한다. 질 내의 점액선 및 모세혈관에서 애액이 쏟아진다. 음핵과 음순이 충혈되면서 질이 깊고 넓어진다. 자궁이 골반강 내에서 위로 치켜 올라간다.

심장 박동수가 증가하자 근육들이 수축한다. 유방은 충만감을 느끼고 유두는 발딱 선다. 성기에 몰린 피가 활발하게 순환한다. 음순과 음핵이 더욱더 충혈된다. 음핵의 발기가 최고조에 다다르자 치골쪽으로 달라붙는다. 질 근육이 늘어나면서 클라이맥스가 형성된다.

여자의 몸부림. 음핵 부분의 강한 자극이 극치감으로 치닫는다. 산성 포스파타아제(phosphatase)라는 인산 분해 효소가 유두를 통해 흡러나온다. 질 벽의 경련과 골반 운동, 질, 회음부, 항문 등의 근육들의 수축 과정이 자궁수축으로 옮겨간다. 그녀가 까무러칠 듯이 소리를 지른다. 여자의 성적 극치감은 남자에 비해 다양하게 나타났다. 여자는 되풀이되는 극치감으로 거의 초주검 상태에 빠진다.

근육의 긴장이 풀리면서 이완감과 행복감을 느낀다. 골반강의 울혈(congestion)이 감소하며 기분 좋은 느낌으로 눈을 뜬다. 여자가 중얼거린다.

"또 하자."

15-3

그 일이 있고 난 뒤, 여자는 시도 때도 없이 남자를 보챘다.

"빤니 성교하자!"

그럴 때마다 남자는 어둠 속으로 도망을 쳤다. 남자의 물건은 달기의 눈빛만으로도 심하게 위축되었기 때문이다. 따라서 달기의 본능도 억제될 수밖에 없었다. 마치 발정기가 끝이 난 짐승처럼 천연덕스럽게 보내고 있었다. 정념의 폭풍이 사라지자 두 사람은 혼자 노는 일에 익숙해지기 시작했다. 그러면서도 상대방이 무슨 일을 하는지, 자신에게는 관심이 있는지 알고 싶어했다. 서로는 서로에게 얼마나 중요한 존재인지 잘 알고 있으면서도 서로를 등한시했다. 남자는 땅굴을 파기 위해서 굴로 사라졌고, 달기는 벽에서 땀방울처럼 스미어 나오는 물을 받기 위해서 누더기 천을 넓게 펴 붙였다. 반나절이 지나 누더기가 촉촉하게 적셔졌다. 조심스럽게 양재기에 짰다. 그렇게 하루 종일 받아 낸 양이 반 종지 정도다. 한참 잘 스며들 때는 서너 종지까지 받아낸 적이 있었다. 그때는 얼굴을 씻기도 했었는데 요새는 먹는 물도 모자 랐다. 양재기의 물을 조심스럽게 구석 자리에 감추어 두었다. 등잔의 기름을 살폈다. 흙 속에 묻어 두었던 동물 기름 한 덩어리를 손바닥에 받쳐 들고 와서 넓적한 등잔 위에 올려놓았다. 기름마저도 바닥을 보 여서 잠을 잘 때는 꺼두어야 했다. 그녀는 남자가 땅강아지라도 잡아 올 것이라는 기대를 하고 구석 자리에 웅크리고 있다. 배가 고플 때는 꼼짝하지 않고 누워 있는 것이 최선책이라는 것을 터득하고 있었다.

그녀는 나이팅게일(nightingale)처럼 어둠 속에서 노래 부르는 것을 좋아했다. 계모가 즐겨 듣던 이미자의 '여자의 일생'이다.

참을 수가 없도록

이 가슴이 아파도

여자이기 때문에

말 한마디 못 하고

헤아릴 수 없는 설움

혼자 시닌 채

고달픈 인생길을

허덕이면서

아~ 참아야

한다기에

눈물로 보냅니다

여자의 일생……

그렇게 노래를 부르면서 내내 울었다. '고달픈 인생길을 허덕이면서'
라는 부분에서는 정말로 많은 눈물을 줄줄 흘리기도 했다. 물론 계모
가 그 부분에서 몹시 흐느껴 울었기 때문만은 아닌 듯싶었다.

그녀는 울 줄을 알고부터는 종종 눈물을 비쳤다. 눈물은 그녀의 아
픈 상처를 치유하기도 했다. 그럴 때면 맨드라미처럼 뭉쳐진 머리털을
움켜잡았다.

그녀의 모진 세월은 그렇게 흘러가고 있었다.

15-4

감금 일 년째

명문 법대를 과 수석으로 입학한 박달이 아버지의 뜻에 따라 정의
사회 구현을 위한 사회 일선에 나가기 위하여 복수 전공으로 법의학을
선택할지 말지 망설이고 있을 즈음, 지하 감방의 식구들에게는 복사해
놓은 날처럼 똑같은 일만 반복되었다. 남자는 땅을 팠고, 달기는 물을
받거나 기름을 채워 넣었다. 얌순이는 종종 조류나 설치류, 파충류 등
을 물어와 잔칫상을 벌이기도 했지만, 요새는 통 일할 생각을 하지 않
는다. 침대 밑에서 낮잠을 자거나 마른세수를 하면서 거드름만 피우고

있었다. 그렇다고 얌순이를 다그칠 수도 없었다. 그나마 집을 나가 버리기라도 한다면 꼼짝없이 벌레들로 목숨을 유지해야 할 판이다.

그날도 얌순이는 꼼짝도 하지 않고 낮잠만 즐기고 있었다. 허기진 달기는 어떻게든 얌순이를 불러내어 일을 시킬 생각뿐이었다.

"얌수나, 일루 나와 봐봐. 어서. 온니야가 맛난 거 주께!"

아무리 애원하고 꼬셔 봐도 얌순이는 딴청만 피우거나 낮잠을 즐겼다. 잔뜩 약이 오른 그녀는 침대 위를 방방 뛰기 시작했다. 침대가 금방이라도 부서질 듯 발악을 했지만, 얌순이는 꼼짝도 하지 않았다. 이번에는 쇠창살로 침대 밑을 쑤셔 대며 을러댔다.

"이래도 안 나올 테냐! 이래도 말이야! 이 징그러운 고양이 년아!"

달기의 집요함에 지친 얌순이가 어슬렁어슬렁 기어 나오더니 방해받지 않을만한 장소를 찾아 두리번거렸다.

"게을러터진 고양이 년! 달기 굶겨 죽일 꼬야?"

그녀가 고양이를 향하여 쇠창살을 휘두르며 쫓기 시작했다. 고양이는 비좁은 감방 안에서 용케도 도망을 치다가 양재기 물을 쏟고 말았다. 물은 흔적도 없이 사라졌다. 쏜살같이 달려간 그녀가 얼룩뿐인 흔적을 허겁지겁 핥기 시작했다. 이어 침대보를 걷어들고 조심스럽게 다가가 고양이에 넌졌다. 침대보에 가두어진 고양이는 그녀의 폭력 앞에서 실신이라도 해버렸는지 잠잠해졌다.

"눈깔을 지져 버린다고 햇쪄 안 햇져?!"

그녀는 축 늘어진 고양이의 성기에 헝겊 조각을 몰아넣었다.

이성과 본능

"이 망할 놈의 고냥이 년. 지 에미년을 닮모가지고 일도 안 하더니 물까지 쏘닷쪄!"

그녀는 고양이가 죽기를 간절히 원했다. 축 늘어져 있던 고양이가 어느 순간 파득파득 거리자 그녀는 꼬리를 잡고 흔들어대기 시작했다.

"어서 주고라. 제발 좀 주고라. 웅!"

그녀의 음성은 절규에 가까웠다. 정신을 가다듬은 고양이가 몸부림을 치며 그녀의 손을 빠져나갔다. 그러고는 슬금슬금 눈치를 보는가 싶더니 어느새 창살 사이로 사라져 버렸다.

"거기 서! 달긔 배 꿉프단 말야!"

남자가 흙이든 양재기를 들고 나타났다. 조금 놀란 표정이었지만 이내 근엄함을 잃지 않겠다는 듯이 목소리를 내리깔았다.

"고양이가 또 허니를 괴롭혔저?"

"얌수니 일도 안 해. 달긔 배꿉픈데……"

남자가 손을 벌리자, 머리가 뭉개진 굼벵이가 남자의 손바닥 위에서 꼬물거린다.

"오늘은 재수가 좋은 날이다."

그녀는 원망 서린 눈빛으로 남자의 손바닥을 바라보면서 투정을 부렸다. 그녀가 굼벵이를 받아 들고 꿀꺽 침을 삼키며

"벼룩 부랄보다 쬐끄매."

라고 속삭이더니 손이 닳도록 빨아 댄다. 그런 달기를 싱둥겅둥한

시선으로 바라보고 있던 남자가

"갈증을 좀 달래야겠어."

여자가 자기 잘못을 알고 있는 듯이 멋쩍게 히벌쭉 웃으며 말했다.

"얌수니가 쏟아 보룐딩."

남자가 타들어 가는 입술을 연신 핥아대며

"큰일이구나. 우린 그동안 너무나 쬐끔씩만 물을 묵었다. 우리 몸의
80%가 물이다. 물은 조직세포에 영양분과 산소를 운반하고 노폐물을
날라다 없애며 병원체의 박멸과 몸뚱이 조절 등 너무나 중요한 존재
다. 해서 하루에 최소한 한 잔 정도는 마셔 두어야……."

"얌수니년 말썽만 피우는데……. 이번 참에 잡아 모고 버리자 웅?
달기 꼬지 머꼬 시포."

"얌순인 니 동생이야. 꿈에라도 그따구 소리 말거라."

"아찌 일 하러 가면 달기가 확 잡아먹어 버릴 꼬야."

"허니 제발……."

달기는 작심이나 한 듯이 바락바락 대들었다.

"달긔가 잡아먹을 꼬야."

남자가

"당장 먹기 좋은 게 곶감이라고……. 하나하나 빼묵다 보면 낭중에
는 곶감 뼈대만 남는단다. 다시는 얌순이가 물어온 고기 맛을 못 본다
해도 상관없단 말이지?"

"달긔 배꿂픈 곤 오쪼케?"

심통이 잔뜩 난 달기는 누더기 이불을 뒤집어쓰고 엉엉 울었다. 남자도 그런 달기가 안타까웠던지 눈물을 꾸욱꾸욱 찍어내다가 불현듯 이렇게 말했다.

"허니, 우린 꼭 여길 탈출할 거야. 그때 백화점에 가서 이쁜 옷 마아니 사자 응? 울음 뚝!"

달기가 번쩍 눈을 떴다.

"닌영이랑 구뚜는?"

"물론, 병원 일만 잘 되면 신데렐라가 신었다는 유리 구두 있잖아, 그것도 사 줄 수 있지."

"그럼, 달기 옷은 새 걸루 사 줘야 해. 아나찌(알았지)?"

"처음에는 다 새것이란다."

"바보야! 달기는 새 옷 못 입어 봐따."

"허니, 밥도 많이 묵으면 배부르지?"

"웅."

"그런 것처럼 옷도 새로 사면 새것인 거야."

"……?"

"생각이 앞서가는 사람은 미쳐 보이는 법이지."

"달기 배꼽과 죽겠다."

"그렇다고 쥐 잡으려고 놓아둔 미끼는 절대로 손대지 마라."

"미꿰?"

"비눌기 고기 말린 거 말이야."

"꼬지가 있었단 말이지?"

"미끼라니까."

"달기 꼬지 먹고 싶포다!"

남자가 머리를 긁적이며 달기를 이해시킬 쉬운 표현이 무엇인지 생각하다 말고 엉뚱한 설명을 했다.

"그건…… 그건 말이다, 맞으면 아프다는 뜻과 마찬가지란다."

"이 씨! 빱뽀 멍청이 아찌 놈아야. 꼬지가 있었으면서도 달기를 왜 쫄쫄 굶겼쩌!"

"미끼는 먹는 것이 아니야. 수확을 위한 종자 같은 것이지. 하여튼 쥐를 잡아야 하니까 그런 줄 알아."

달기는 남자를 용서할 수 없다는 듯이 쏘아보며 소리쳐 말했다.

"미뀌가 꼬지면 먹는 거잖아. 어서 내 누아. 어서 내 누란 말이야."

"언젠가 너도 불린 누룽지로 쥐를 잡아먹었다고 했지? 그게 미끼라고. 쥐를 잡고 나면 쥐 고기도 묵고 미끼도 묵으면 되잖아. 알았지?"

"……."

15-5

흙너미 근처에서 뭔가가 예민하게 움직이고 있었다. 남자의 청각이 뭔가를 감지한 듯 나직이 속삭인다.

"쉿! 오고 있다. 쥐다. 그것도 두 마리씩이나!……"

납작 엎드린 남자의 손에는 날카로운 머리핀(pin)이 들려 있었다. 쥐와 인간 간의 사활이 걸린 신경전이 시작되었다. 쥐는 미끼로 배를 채워야 하고 인간은 쥐로 배를 채워야 한다. 이 얄궂은 운명의 한판 승부는 쉽게 끝날 것 같지 않았다. 쥐는 그들 못지않게 조심스러웠고, 그들은 쥐 못지않게 인내하고 있었다. 두 생명체의 눈빛만이 서로의 양식 앞에서 살기를 머금고 있었다. 생존의 법칙은 냉정하다. 쥐는 미끼를 먹지 않으면 굶어 죽을 것이고, 그들은 쥐를 먹지 않으면 굶어 죽을 것이다. 서로 양보하면 어떨까? 둘 다 굶어 죽을 것이다. 이런 원시적 충돌 앞에서는 결국 어느 쪽이 더 간절한가에 달려 있다.

마침내 사정거리 안에 들어선 쥐. 그 쥐를 향한 응집력의 절정에 오른 인간. 인간이 상상할 수 없는 빠른 속도로 쥐를 덮쳤다.

"잡았다!"

이렇게 이야기가 전개된다면 그녀가 흥분에 들떠 남자에게 매달릴 것이다. 암컷은 사냥에 능한 수컷에 흠뻑 취해 버릴 수밖에 없어서다. 수컷은 의기양양하게 자신의 전리품을 암컷에게 선물로 줄 것이다. 암컷은 충만한 영양 상태로 수컷의 2세를 잉태할 것이다. 그런데 쥐가 한 수 더 빨랐다. 둘은 모두 굶어 죽을 것이다. 그런데 쥐는 죽을 수 없기에 다시 온다는 것을 인간은 알고 있다. 두 생명체에게는 또 한 번의 기회가 찾아온다. 인간은 쥐를 놓친 실수를 다시 저지르지 않기 위해서 장소 거리 속도를 셈하고 있다. 쥐는 좀 더 세심함과 주의 그리고 욕구 의지를 높인다. 그러나 여기에는 전혀 예상하지 못한 것이 있다. 바로 운이다. 승부는 여기서 결정 난다. 인간의 136억 5,300만 개의 뇌

세포가 총동원된 전쟁은 다시 시작된다.

쥐가 좀 더 느리고 좀 더 예민하게 주변을 살피며 미끼 곁으로 다가간다. 쥐의 청각은 박쥐만큼이나 발달하였기 때문에 인간은 쥐의 청각 능력 밖에서 행동해야 한다. 인간은 인간이 아닌 것처럼 위장하고 숨마저 멈춘 채, 오로지 번득이는 눈빛으로 쥐의 콧수염을 통해 놈이 어떻게 행동할 것인가를 간파한 뒤, 담배씨만큼씩 접근하며 일순간 광속으로 덮칠 기회를 엿본다. 인간의 판단은 옳았다. 쥐는 꼬랑지가 잡힌 채 이를 드러내고 거북등같은 남자의 손을 물어뜯는다. 나머지 한 마리는 빛의 속도로 도망을 쳤다. 인간은 나머지 놈은 다음번 양식이라고 생각하며 미련을 떨쳐 버렸다. 그런데 여자가 문제다.

"오와, 만세! 두 마리 다 자바쩌?"

남자의 손에서 피가 흘렀지만 상관하지 않았다. 그리고 씩씩하게 말한다.

"한 마리."

"뻡뽀!"

"두 마릴 한꺼번에 잡기란 불가능한 거야!"

"멍충이!"

"욕심장이들은 두 마리 토끼를 쫓다가 두 마릴 다 놓치거든."

그녀가 남자의 곱사등을 마구 흔들며

"토끼가 아니고 찍찍 쥐 말야! 찍찍 쥐 잡으라고 했잖아. 달기가 올마나 배 꾸푼데…… 아찌 너하고는 디신 말도 안 할쏘야."

"벌판의 사자도 먹이를 두고 잡을 수 있는 확률이 고작 30 프로도 안 된다고 했다. 내가 그 어려운 일을 이렇게 해냈단 말이다. 그런데도 지랄이구나. 내 혼자 먹어도 좋다는 이야기로 알겠당."

남자는 신바람을 불며 쥐 고기 손질에 들어갔다. 그녀는 침을 삼키면서도 주인의 품에 안긴 애완견처럼 앙알앙알 댄다.

"그딴 찍찍 쥐 꼬지 안 목어. 구대신 아찌 너 나한테 쪼꼼이라도 가까이 오지 마. 주교 보릴꼬야."

사내가 피식피식 웃으며 물었다.

"배고파 뒤진다고 해도 내는 몰러."

"그 그래 이 빱뽀야!"

정말로 삐져버린 그녀가 돌아앉더니 고개를 무릎 사이에 처박고 울기 시작했다. 남자가 달기의 어깨를 어루만지며 달래보려고 했다.

"허니야!"

그녀가 영원히 그런 자세로 있을 것처럼 꿈쩍도 하지 않았다. 남자가 약을 올렸다.

"너무나 맛나서 내 혀까지도 함께 먹어 버릴까 봐 걱정되긴 하다만……. 그래도 싫다면 할 수 없지."

남자는 휘파람을 불었다. 날렵한 솜씨로 쥐 고기의 손질이 끝나갈 무렵 빠꼼이 지켜보고 있던 달기의 눈동자가 유난히 빛을 쏟아냈다. 이를 눈치챈 사내가 슬머시 몸을 돌렸다. 여전히 꿈쩍도 하지 않고 지켜만 보고 있던 달기가 고양이보다 날랜 몸으로 남자의 손에서 들려 있는 쥐 고기를 낚아챘다. 당황한 남자가 그녀를 덮쳐 눌렀다. 침대 위에서 시작되었던 아귀다툼은 바닥으로 나뒹굴어져서도 계속되었다. 쥐 고기는 그녀의 손에서 그 남자의 손으로 그리고 다시 그녀의 입에서 그 남자의 입으로 옮겨 다니는 동안 사라져가고 있었다. 남자와 여자는 짓이겨진 조각들을 핥아대며 나머지를 빼앗기 위해 필사적이었다. 실랑이가 길어지면서 쇠미(decline)한 남자는 지쳐가기 시작했다. 그녀의 강포(atrocious)에 눌린 사내가 포기라도 한 냥 숨을 헐떡이며 자신의 입가에 묻은 조각들을 핥고 있었다. 그녀가 반으로 줄어든 쥐 고기를 입안으로 처넣었다. 숨을 고른 남자가 그녀의 목을 눌렀다. 그녀의 얼굴이 붉게 물들어가기 시작했다. 그러나 입은 벌려지지 않았다. 남자가 그녀의 코를 움켜잡았다. 힘겹게 버텨내던 그녀의 입이 벌어지며 고기 조각들이 입술을 타고 흘러내렸다. 남자의 입이 그녀의 입술을 덮쳤다. 고기 조각들은 그의 입안으로 빨려 들어가고 있었다. 남자는 그녀의 얼굴에 흐트러져 있는 고기 조각들을 핥기 시작했다. 눈 코 입 목과 귓불까지 고기 점이 있는 곳이면 사내의 혀는 거침이 없었다. 전신에 퍼져 있는 그녀의 에로토닉 존(erotogenic zone)에 불이 붙기 시작했다. 불길은 걷잡을 수 없이 퍼져나갔다. 그녀의 몸이 자지러질 듯 파르르 떤다. 그녀의 눈은 넋이라도 빼앗긴 듯 멍청해 보였다. 입에서는 지금까지 한 번도 들어보지 못한 묘한 신음이 흘러나오고 있었다. 남자는 여자의 묘한 신음에 놀란다. 그리고 자신이 그녀를 흥분시켰다는 것을 안다 먹는 것을 포기하고 성이 올부짖고 있는 곳으로 시선을 돌린다. 그녀가 강력한 힘으로 남자를 타고 앉았다. 불끈 선 남자의 물건이 회오리바람에 빨려 들어가듯 사라진다. 그녀의 회음 근(perineal muscle), 질 괄약근(sphincter vaginae), 전정구근, 회음 저부(perineum bottom)를 형성하고 있는 근육이 흥분하기 시작한다. 질의 하위 부분이 오르가슴(orgasm)인 질 주위 조직을 0.8초 간격으로 율동시킨다. 수축이 이루어지면서 서서히 흥분을 맛본다. 이어 정체기에 이른다. 수축하였던 긴장이 폭발한다. 회음부와 질의 근육조직 심부에 있는 입각 수용기(receptor) 그리고 내장감각 수용기가 오르가슴(orgasm)을 전달한다. 머리로부터 강력한 쾌감이 도착한다. 질과 질 주위의 근육이 수축운동을 계속한다. 질과 골반 심부에서 광범위하게 흥분이 형성된다. 곧바로 척수반사(spinal reflex) 중추의 지배를 받는다. 운동성 섬유로가 회음 근(muscles of perineum)과 골반 내 장기로 달려간다. 중추는 전 외성기의 감각 신경으로부터 여러 가지 다양한 정보를 받아들이며, 특히 음핵으로부터는 좋은 정보를 흡수하여 쾌감의 질을 높인다. 대뇌 피질이나 간뇌(interbrain)를 포함한 보다 고도의 중추신경조직(center nervous tissue)으로부터 촉진과 억제의 입력이 중추에서 혼합된다. 자궁을 둘러싸고 있는 근육을 조여주자, 절정에 이른다. 수 분간 지속되던 절정의 속도가 서서히 떨어지면서 척수(spinal cord)로부터 시작된 항문과 질의 입구를 감싼 그물 같은 치골근(pectineal muscle)이 파르르 떤다. 그들의 성교는 그렇게 환상적인 기분을 경험하고 끝이 났다.

15-6

달기가 한쪽 구석에 쭈그리고 앉아서 올망한 눈동자를 이리저리 굴리면서 도망친 나머지 한 마리가 나타나기를 기다리는 동안 남자가 미주알고주알 떠들어 댄다.

"사람들은 내가 하도 떠벌리자 얼레벌레 떠벌레라는 별명을 붙여 주더라. 쿨쿨쿨."

사내의 묘한 웃음소리에 달기가 힐끗거리다 자기 놀이에 빠진다. 얼레벌레 박사는 슬쩍 이야기의 순도를 높였다.

"사람 새끼 하나도 없는 데다가 떨궈진 사람처럼 외롭고 무서웠다. 그래서 닥치는 대로 책을 읽었다. 책은 일방적으로 '이래라저래라, 이것이 좋고 저것은 나쁘다.'라고 잔소리 늘어놓지 않아. 내란 존재는 원래 지시를 싫어한다. 그래서 인형과 놀기 시작했는데 이상한 일이 벌어졌다. 밤마다 내 간(liver)을 내놓으라고 악지를 부리던 귀신이 사라진 거야."

쥐를 잡는 일에만 정신이 팔렸던 달기가 소리쳤다.

"달기가 옴마나 배가 꾸뿐지 몰라? 언제까지 쥐똥 가튼 이야기만 찌주굴찌굴 꽁데 멍충이!"

그는 이야기에 빠져 있었기 때문에 달기의 투정 따위는 아랑곳하지 않았다.

"나는 꼭 도망칠 것이다. 우리 인생에서 가장 큰 실수는 포기해 버리는 것이다. 왜냐하면 실패한 사람들은 자기가 얼마나 성공에 가까

306 이성과 본능

워졌는지 모른다는 것이다. 더 심각한 것은 의욕을 잃은 텅 빈 영혼의 파산이라고 한다. 목표가 또렷한 내는 결코 실패나 좌절이란 단어를 입에 올리지 않는다. 목표하는 바이를 목표하기 때문이다. 내 영혼은 사막의 뻘건 태양처럼 이글이글 타오르고 있거든."

사내는 벌떡 일어나 가슴을 쥐어뜯으며 소리쳤다.

"내를 이 쌩 지옥 속에 팽개친 마누라! 두고 봐라. 꼭 탈출하여 이 고통을 열 배, 아니 백배 천배로 갚아주마. 용서를 말하지 마란 말이다. 용서가 최고의 복수, 용서는 내면의 평화를 열어 주는 열쇠? 웃기는 개수작! 너희가 이 통증을 알고서 하는 소리냐!? 꿀보다 달콤한 복수여. 그대는 나의 영원한 동무로다."

달기가 귀를 쫑긋하고 듣는 듯싶더니

"나도 하꼬야, 그거."

"아무렴, 너의 그 악랄한 계모와 문대란 놈 절대로 가만두지 마라. 아니다. 내가 대신 해 줄 테니 너는 굿이나 보고 떡이나 먹어라."

"똑이 어딨죠? 똑 줘. 똑 내놓으라고."

"내가 독약을 마시믄서 상대가 죽으라고 하는 것이 복수라지만······. 아! 모리겠다. 정말 뭐시 뭔지 모리겠다."

그는 경멸의 웃음과 함께 비애의 눈물을 뿌렸다. 그러고는 결의를 다지기라도 할 것처럼 씩씩하게 땅굴 속으로 사라져 버렸다. 뒤를 이어 달기의 넋두리가 시작되었다. 그녀는 얼레벌레 박사와 달리, 기도하는 소녀 인형을 물끄러미 바라보다가 눈물 한 방울을 떨어트렸다. 어떤 감정이 그녀의 눈물샘을 자극한 것일까? 어쩌면 인간의 조건을 갖추어가고 있는지도 모른다. 환경은 처참했으나 인성은 발달하여 가는 것인가? 얼레벌레 사내의 무한한 사랑을 통해서······. 사랑을 받음으로써 그녀의 인격은 동등해졌고, 결국 사랑으로 이루지 못할 일은 아무것도 없는 듯했다.

"어젯밤에 달기 옴마 만낫쪄. 근데 옴마는 울기만 해쪄."

그녀가 붉게 충혈된 눈을 비비며 계속했다.

"문대 옵빠야가 총(청)개구리 잡아서 내 입에 처넣을 때 얼굴에 찍하고 쉬아 깔기자나."

순간 그녀의 눈가가 보랏빛으로 변해가기 시작했다.

"총개구리 식기 눈깔을 확 잡아 뽑아 버렸떠."

그녀의 입술이 심하게 일그러지면서 이를 빠드득빠드득 갈기 시작했다. 이런 비참한 환경과 독기를 품은 얼굴에서조차 빛나게 아름다운 그녀는 악의 꽃이라 칭할 만했다.

"총개구리는 나쁜 노미야. 나쁜 놈은 혼내조야 해. 다리에 못 빡꼬 배를 죠 버릴 꼬야. 닌영이 너 눈 참 이쁘다. 나도 너처럼 이뻤으면 조겟다. 그럼, 날기 옴마도 달기 보고 싶다 그러겠찌? 내가 이르케 더럽고 못생겨져서 옴마도 시러하는 고라고 문대 옴마가 그랬쪄."

그녀가 눈가의 상처를 어루만지더니 파르르 떨었다.

"덴쟝 발라서 골방에 처넛짜나."

그녀의 독기 어린 시선이 인형의 얼굴에 떨어졌다. 그녀가 인형을 잡아 마구마구 바닥에 내리쳤다. 이어서 짓이겨 밟아대기 시작했다.

"주거. 주거. 주그란 말야!"

15-7

어린 달기 옆집 필순이네 수탉이 순식간에 교미를 끝내고 거만하게 두리번거린다. 산소 공급을 받기 위하여 땅 밖으로 기어 나온 지렁이를 수탉이 발견한다. 그 즉시 물고 닭장으로 들어갈 때 문재가 달기를 끌어안았다.

"너 너 너 배고프지?"

"으응."

"우 우 우와기 벗어."

"왜 옵빠야?"

"배 배 배 고프다며?"

그녀가 서슴없이 상의를 걷어 올린다. 그녀의 봉긋한 가슴이 수줍은 듯 쭈뼛거린다. 문재가 피식피식 웃더니 매직펜으로 가슴에 낙서를 한다. 젖꼭지를 중심으로 눈도 그리고 입도 그려 넣더니 키들키들 웃었다. 달기가 간지럼을 타며 몸을 꼬았다.

"그 그만해라, 옵빠야."

"두 두 두 손 들고 있어. 보 보 보기 조 좋잖아. 이 이년아!"

"쪼(쪽)팔려."

"드 등신 머 머저리가 쪼 쪽 팔린 것도 아나벼. 머 그 그렇지만 이쁘긴 이 이 이 쁘니까 그 그나마 내 내가 이렇게 노 놀아주는 거야. 아 알았지? 다 다 다 달기야 우 우리 도망가서 가 같이 살까?"

"응."

"저 저 저 정말?"

"응."

문재가 그녀의 코에 방귀를 난사하고 방을 나가며 한 소리 했다.

"이 이 이거나 머 먹어라. 이년아!"

달기의 눈가가 보라색으로 변했다. 두 손으로 움켜쥐고 있던 가슴을 퉁퉁 친다. 가슴의 근원섬유(muscle fabric)가 증가한다. 혈관이 부풀어 오른다. 근원세포(megakaryocyte) 안에 액틴(actin)과 에오신(eosin)이라는 단백질이 작용한다. 발작을 하듯이 온몸을 쥐어뜯으며 감방 안을 휘휘 젓고 다녔다.

"문대 새끼 죽여 버릴 꼬야. 정말 죽여 버릴 꼬야. 총개구리 배처럼 좌악 찢어버릴 거라꼬!"

기도하는 인형을 물어뜯는다. 그러고도 성이 안 풀렸던지 바닥에 놓고 짓뭉개 버렸다.

"에미년을 닮모가지고!"

서서히 아주 서서히 그녀의 눈가에 어리던 보랏빛이 사라진다. 기도하는 인형을 잡는다. 가슴에 품는다.

이성과 본능

"기도하는 닌영아! 누가 너를 이렇게 만들었　?"

땀 섞인 눈물이 볼을 타고 내려온다. 깊은 잠에 빠진다.

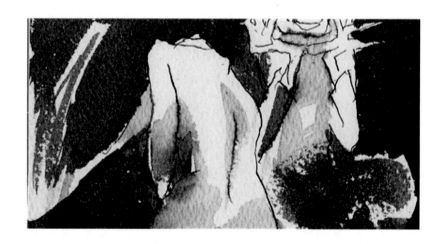

16. 고독하고 초조하며 절망적인 시간

16-1

감금 생활 3년째

공수부대 탑팀(top team)이 된 박달이 포상 휴가를 받아 법의학 스승이신 심동일 박사를 만나기 위하여 시내버스에 올라타고 있을 때, 지하 감방에서는 경사스런 일이 벌어졌다.

"얼레벌레 떠벌레 박사야! 일나. 얌수니가 애기 마니 댈꾸(데리고) 왔다."

남자가 두르고 있던 검은 천을 벗기며 부스스 일어났다. 그리고는 아주 쉰소리로 중얼거렸다

"뭐 뭐야? 얌순이가 뭘 어쨌다고?"

"빱뽀야. 아가 마아니 여기다 댈꾸 왔다고."

"경사로다 경사야. 그것도 다섯 마리씩이나. 찬장에서 미역 한 주먹만 가져다 물에 불려 놓아라. 어서 허니야!"

달기가 머리에 손가락을 대고 돌리며 계모가 일상처럼 지껄이던 말을 퍼부었다.

"식충이 또라이 벼엉신 미췬년······. 점점 더 미쵸가고 이짜나. 미역꾸기 어뒀냐?"

"허니! 인간의 모든 세포는 언어 중추에 의레 90프로 지배를 받는

다. 불평이나 욕 대신 감사하고 향기 나는 말을 해야지. 그래야 얼굴도 이뻐지고 마음씨도 고와지는 거란다."

"글구 달긔는 못 먹는 미역꾹 고냥이 주냐? 굴지 말고 고냥이 아가 도 마니 각꼬 왔는데 한 명만 잡아 묵자. 달긔 배가 꾸파 자바먹겠다 고."

"생명이 탯줄 끊은 날 그 생명을 빼앗겠다니, 너의 이 처참한 비극적 말투에 눈물이 솟구치는도다.!"

"바부우야 달긔 배가 너무너무 너무 꾸프단 말야."

"고양이 아가들이 자라서 쥐도, 뱀도, 비둘기도 잡아 올 거란다. 그 때는 배가 터질 만큼 고기를 묵게 될 것은 뻔한 것이야. 그러니 오늘 만 날이 아니잖니? '바람과 함께 사라지다.'라는 영화 봤냐? 근데 그 주 인공 지집이 너만큼 예뻤다니까. 스칼렛 오하라 말이야. 그 지집이 비 비안 리인데 이렇게 말했다. '내일도 해는 다시 뜬다.' 그게 뭐인고 하 니, 오늘만 날이 아니다 그런 뜻이지. 그니까 내일 다시 해가 뜨는 거 잖아."

그녀가 까르르 웃으며 비아냥댔다.

"빱뽀 얼레뻘레 또벌레야! 요기 해가 오뎠냐?"

"쩝!"

그녀가 툭 하면 손가락을 머리에 대고 빙빙 돌리자, 사내가 그녀의 가슴을 가리키며 말했다.

"네 가슴 속에 해를 말하는 거야."

그녀가 더욱더 키들거리며

"해는 떠거운 거자나. 건데 가슴안에 어뜩케 있냐?"

"오! 불쌍한 허니 그대의 해는 이미 뒈져 버렸구나."

"해가 뒤져? 미친 노마. 헛소리 그만하고 고냥이 아가 내놔!"

"뻑창호가 따로 없네. 쩝."

"달기 배꾸프단 말야!"

마침내 두 사람 간에 고양이 새끼들을 두고 혈투가 벌어졌다. 새끼들은 자신들의 생명을 담보로 한 싸움을 천진난만하게 눈알을 굴리며 바라보고 있었다.

달기는 남자의 힘을 능가할 만큼 성숙해 있었다. 힘에 밀린 남자는 고양이 새끼들을 끌어안았다. 새끼들은 남자의 품속에서 멀뚱멀뚱 그녀의 난폭한 행동을 바라보고 있다. 그사이 남자의 민둥산 같은 곱사등은 달기의 악지에 물어뜯기고 할퀴어져 살이 파이고 피가 흘렀다.

"이 씨! 내놔!"

"시 싫어!"

"주교 버릴 꼬야!"

사내는 최대한 몸을 웅크린 채 여전히 떠들어 댔다.

"맨정신을 차리라. 그거를 이성이라고 하는데 그래서 사람이다. 그처럼 본능적으로만 행동하면 넌 짐승이 되고 말 거야!"

"뵹옹신 또라이 쑤레기! 고냥이 아가 내놓으라 말야!"

그녀는 배가 고프면 먹어야 하는 것이 그녀가 아는 전부였다. 그녀의 눈두덩은 그 어느 때보다 짙은 보라색을 띠기 시작했다.

"이 씨! 다 자바서 배 터지게 먹을 꼬야."

그녀가 쇠창살을 찾아 사방을 두리번거렸다. 그 사이 남자가 고양이 새끼들과 함께 굴속으로 도망쳐 버렸다.

"거기 서 미친노마!"

달기는 미친 소 양잿물 마신 듯 감방 안을 휘젓고 다녔다.

16-2

한 때의 발광으로 기력이 쇠약해진 그녀가 구석 자리에 쭈그리고 앉아 있었다.

무기력한 그녀의 눈이 찾아낸 것은 마루 위에서 먹이를 찾아 방황하고 있는 독일 바퀴벌레다. 크고 통통하게 알이 밴 놈이다. 이런 느려터진 독일 바퀴벌레를 생포하는 것은 그녀로서는 식은 죽 먹기였다.

바퀴벌레의 더듬이를 잘라냈다. 자유를 갈망하는 벌레는 방향 감각을 잃고 그 자리만을 맴돌았다. 그녀가 개선장군이라도 된 것처럼 으스대며 비아냥거렸다.

"븅웅신!"

이번에는 날개를 떼어냈다. 날개를 잃은 바퀴벌레가 할 수 있는 일은 네 다리를 꼼지락거리는 것밖에 없었다. 그러나 달기는 자기가 들었던 이야기만을 했다.

"븅웅신 같은 년이 길누운은 발가 가지고⋯⋯."

두 다리를 잘라냈다. 바퀴벌레는 생명으로서 존중되어야 할 최후의 몸부림조차도 없이 기진한 모습으로 처형자의 눈을 바라다보고 있었다.

"얼레 이 븅웅신 좀 봐! 지 에미년을 닮모가지고 꼼짝도 않네. 어서 도망가! 어서! 옷츨 홀러덩 벗겨서 땅꿀 속에다 가둬 버릴 꼬야!"

그녀는 손바닥으로 바퀴를 내리쳤다. 뭉그러진 바퀴는 그녀의 손바닥과 마루에 약간의 흔적을 남겼을 뿐이다. 그녀는 서둘러 마루와 손바닥을 핥았다.

"담 뻔엔 젖꼬지를 짤라 버릴 꼬야."

그녀의 악에 받친 소리는 지하 감방을 한동안 맴돌다 흔적도 없이 사라져갔다.

"문대 째끼 나뿐노미야! 아 아니야. 옵빠야는 나를 짜랑했져. 그래서 나를 귀찮게 했던 고야. 사랑은 관심이라고 튜삼이 옵빠야가 그랬짜나. 기도하는 소녀 닌영아! 배꾸프지? 달기 정말 배가 꾸프다. 얼레 벌레 또벌레 미친놈! 고냥이 아가를 하나만 주지. 혼자 다 처먹어 버리면 주교 버릴 꼬야"

원망이 슬픔이 되어 홀쩍이기 시작했다.

"슌둥이 밥 훔쳐 먹꼬 있을 때였떠. 지네들은 다꼬지를 배가 터져라 처먹고는 나 보고는 슌둥이 밥을 도둑질했다고 국물을 머리다 부었짜나."

달기가 쿡쿡 웃었다.

이성과 본능

"다꼬지 굿물이 머리에서 흘러 내려서 입으로 드러갓져. 얼마나 마 싯넌지! 아 목고 싶프다. 다꼬지 굿물……."

그녀는 잠시 허공을 바라보며 진저리를 쳤다.

"슌둥이 밥 도룩질한 거슨 슌둥이한테넌 미안했지만, 어쩔 수 없었 쩌. 근데 슌둥인 알고 있었나 봐. 눈만 껌뻑대고 있었져. 그치만 슌둥 이 새끼논 똥을 너무 많이 싸서 시러. 문재 옵빠야 옴마가 슌둥이 똥 은 약이라면서 내 얼굴에 처바르고 먹으라고 그랬짜나. 개똥 냄새 정 말 시러."

그녀가 이번에는 '쿡'하고 웃었다.

"쉿! 이건 비밀인데……."

그녀는 또다시 키득키득 웃으면서도 얼굴이 달아오르는지 손부채질 을 했다.

"문대 옵빠야 한테 배가 고프다고 하니까 지가 씹어 먹덩 거 나보고 와서 빠라 머그랬져. 그거 또 먹고 시프다. 문대야 옵빠야가 또 와서 빠라 먹그라고 그랬으면 조켔다. 아, 배꾸푸다!"

이 순간 그녀의 눈가엔 보라색 대신 붉은 색이 물들어가기 시작했 다. 넘실대는 저수지 물처럼 제방이 위태롭다. 어느 순간 순식간에 둑 이 무너진다. 바닥을 홍건히 적셔가기 시작했다. 배고픈 설움만 한 것 이 이 세상 어디에 또 있을까?

아무리 울어도 눈물은 마르지 않았다. 오늘 흘린 눈물의 양은 그녀 가 평생 흘린 눈물의 양보다 많아 보였다. 그전 삶의 모진 학대에 대한 분노와 현실의 암울함 때문만은 아니다. 이 눈물은 그녀를 배반한 모든 것들로부터 잊혀버렸다는 것을 말하며, 다시는 찾아오지 않을 것이란 것을 말하며, 이 또한 사라져 버릴 것이라는 것을 말한다.

어둠과 배고픔과 더러움과 적막이 전부인 세월은 누구에게나 공평한 것처럼 흘러가고 있었다. 지하 감방 식구들의 감정은 한겨울 삭정이처럼 메말라 버렸고, 50 중년의 얼레벌레 박사의 기력은 90살을 넘긴 노인 같아 보였다.

16-3

공수부대에서 제대한 박달이 법대에 복학하고 한 학기를 마칠 무렵, 달기의 지하 감방 생활은 상당한 변화가 찾아왔다.

한쪽은 점점 왕성해지고 한쪽은 자꾸만 시들어 가면서 힘의 논리가 판을 치기 시작했다. 자연히 지배자와 피지배자라는 신분이 생겨났다. 지하 감방의 지배자는 논리적이지도 그렇다고 이성적이지도 않은 신세대였다. 피지배자의 논리나 이성 그리고 경륜 따위는 한순간에 간계라는 오명을 뒤집어쓴 채 사라져 버렸다. 힘의 균형이 깨지면서 그녀는 자연스럽게 단숨에 감방 세계를 지배해 버렸다. 폭력이 머리를 내밀자, 대화가 사라졌다. 이때부터 독재자의 오만이 꿈틀대기 시작했다. 말은 에너지 낭비일 뿐이기에 행동만을 요구했다. 시도 때도 없이 행동하라고 외치며 땅굴 속으로 사내를 몰아넣었다. 또한 혼자서 중얼거리는 시간을 용납하지 않았다. 이 척박한 아웃사이드(outside)에서 박사의 감성은 삶에 어떤 도움도 주지 않으며 오히려 사람을 나약하게 만들 뿐이라는 것을 알고 있는 듯했다. 당연히 소모적인 일이며 사람을 나약하게 만든다는 것이 이유였다. 자신의 무지를 그런 식으로나마 감추고 싶기도 했겠지만, 한편으로는 얼레벌레 박사의 감성에 신물이 나 있던 터였다. 그러면서도 자신은 기도하는 인형과 속삭이는 특권만큼은 포기하지 않았다. 그럼에도 불구하고 독재자는 모든 걸 얻었으면서도 정작 중요한 상징성을 부여받지 못했다. 그것은 감방 안에서 가장 위협적인 무기인 접은 머리핀. 그 머리핀은 그녀의 생명과 권위를 위협하는 마지막 무기다. 언제 어느 때 얼레벌레 박사가 머리핀으로 공격을 해 올지 모르는 일이다. 평화 시에는 힘으로 눌러 놓을 수 있었지만, 막상 전쟁이 터진다면 그 강력한 무기가 어떤 힘을 발휘할 줄 몰라 조바심이 났다. 그러다 보니 완전한 권력의 단맛을 즐길 수 없었다.

어느 날 달기가 강력한 폭력을 휘두른 뒤 위협적으로 말했다.

"얼레뻘레 또벌레 박사! 내누아."

"뭐, 뭘 말하는 거야?"

"달긔 사냥할 꼬야."

"머리핀? 아 안 된다."

"이 씨!"

그녀가 주먹을 불끈 쥐어 보였다. 남자가 비애를 삼키며 그녀의 심성에 호소한다.

"제발 이것만은 내 내게 맡겨다오."

"이 씨!"

남자가 의외로 완강하게 버텼다. 머리핀을 가슴 깊숙이 품고 몸을 잔뜩 웅크린 채 눈치를 살피며 악지를 썼다.

"주 죽어도 이 이것만은……!"

그녀가 더욱더 완강하게 몰아붙일 태세다.

"이 씨!"

독재자의 시퍼런 눈은 살기를 머금고 있었다. 사내는 한발 물러설 때를 안다.

"주 줄게. 그 그러나 아 아직은 때가 아니다."

"그럼 오늘부터 굶머!"

"그 그렇지만……."

"굶므는 줄 알어!"

독재자는 강경했다. 그러면서도 사내가 스스로 굴복할 날을 기다렸다. 그래야 명분이 선다고 생각했다. 진정한 권력은 무력 없는 지배에서 나온다는 것을 터득한 것이다.

얌순이가 물어 온 설치류(rodent) 등은 독재자 차지였다. 물은 한 모금 징도만 허락했다. 그래도 박사는 머리핀을 포기하지 않았다. 머리핀을 포기하는 날 두 가지를 잃기 때문이다. 견제라는 단어와 박사라는 단어를 앗아갈 것이다. 머리핀은 신비하게도 독재자의 무한 독주를 어느 정도나마 견제해 주는 역할을 했다. 박사의 끈기는 대단했다.

이성과 본능

점점 힘이 막강해지고 있는 독재자와 머리핀 뿐인 얼레벌레와 전쟁은 너무나 싱거운 결말을 예고했다.

심동일 박사는 마지막 법의학 강의를 끝낸 뒤 박달을 자기 집으로 초대한다. 그 많은 제자를 배출했지만, 단 한 번도 없었던 이례적인 일이었다. 박달은 기꺼이 초대에 응했고 칠레산 와인과 말린 건포도와 망고 그리고 심 박사가 유달리 좋아하는 훈제 연어를 마련했다.

예상하지 않은 손님이 자신이 그토록 바라던 이상형이라는 사실에 놀란 나머지 채연이 접시를 깨트리거나 컵의 물을 엎질러 그들을 난감하게 만들고 있을 때, 지하 감방의 달기는 노쇠한 얼레벌레에게 윽박지르고 있었다.

더디기만 한 시간은 비정한 과거를 양산하며 계절이 옷을 바꿔 입고 있을 때 얼레벌레는 더 이상 버틸 힘을 잃어가고 있었다.

"내놔!"

사내가 간신히 몸을 일으켜 그녀 곁으로 곱작곱작 다가가며 애원했다.

"허 허니! 왜 이러니?"

"이 씨! 죽일 꼬야."

"나 난 네 신랑이야. 서방님을 함부로 대하는 부인을 사람들은 악처라고 부른단다. 악처가 남편을 철학자로 만들기도 하지만 바보가 되어버린 남편을 보며 난감에 빠지는 수도 있다."

"지 에미를 닮모가지고! 빤니 내누아!"

우악스런 달기는 얼레벌레의 머리카락을 뒤지기 시작했다. 치렁치렁하고 떡이진 머리카락 속에서 머리핀을 찾기란 그리 쉬운 일은 아니었다. 달기가 그의 목을 졸라 머리핀을 찾기에 분주할 때 얼레벌레의 늑간(intercostal)은 오그라들었고 마침내 시들어 가는 모닥불처럼 순식간에 군드러지고 말았다. 머리핀을 찾아낸 달기는 두 주먹을 불끈 쥐고 환호성을 질렀다.

얼레벌레의 예언대로 독재자의 독주는 무서웠다. 모든 권력을 틀어쥔 그녀가 두려워할 것은 아무것도 없었다. 그녀는 펄펄 날 것 같은 힘으로 박사를 부렸고, 감방으로 들어오는 설치류나 파충류 따위들을 잡기 시작했다. 한두 번의 실수는 있었지만, 그 다음부터는 거의 동물적인 감각으로 단 한 마리도 놓친 적이 없었다. 그녀는 점점 권력의 단맛에 취해 지난날 정 따위는 까맣게 잊어가고 있었다.

얼레벌레 박사의 유식은 그녀의 무지를 당해 낼 재간이 없었다. 만고 이래(from immemorial antiquity) 절대 무너지지 않는 법칙이 있으니, 유식은 절대로 무식을 이길 수 없다는 것이다. 무식하다는 것은 두려워할 것이 없다는 것을 의미하며 막힌 것은 뚫게 하고 없는 것은 있게하며 모자라는 것은 남게 한다. 무식한 눈으로 저 먼 하늘을 보라. 모든 별은 그가 생각하고 있는 것이며, 그가 관계하고 싶지 않은 것이며, 그가 존재 밖으로 퇴출해 버린 것이며, 질문의 존재가 아니라 의문의 존재일 뿐이다.

얼레벌레의 반항은 그녀가 그랬던 것처럼 굶주림을 의미했다. 얼레벌레는 굶지 않기 위해서 굽어진 허리를 더욱더 굽히며 비굴해질 수밖에 없었다. 그건 그가 숙명처럼 받아들이곤 했던 그런 운명의 하나였을 뿐이었다. 인간에게 더 이상의 비극이 없을 정도의 비극이 일어난다면 바로 얼레벌레 떠벌레 박사를 두고 하는 말일 것이다.

16-4

감방 생활 7년째

박달이 법대를 졸업하고 검찰 공무원에 도전장을 던지기로 한 해엔 가뭄이 몹시 심했다. 그로 인해 수돗물은 시간제로 공급되었고 각 지방단체별로 물을 아끼자는 캠페인을 벌이고 있었다. 게다가 몇몇 곳의 원전에 불량납품 비리가 터져 그해 겨울까지 원전의 상당량 가동을 중단해야 할, 국무총리의 말대로 천인공노할 일이 터진 탓에 박달은 제대로 씻지도 못한 채 더위와 씨름을 하며 컴퓨터 앞에 앉아 인터넷 강의를 준비하고 있을 때, 달기가 살고 있는 지하 감방은 물 부족은 기본이고 식량마저 고갈되고 있었다.

설치류가 감방 안으로 들어오는 날도 거의 없었다. 심지어 갈라진 벽 틈에서 서식하던 눈곱만한 벌레들조차 씨를 말려 버렸기 때문에 쪼그라질 대로 쪼그라진 위를 채우는 일마저도 눈물겹도록 힘겨운 나날이었다.

감방 벽에서 스며드는 생녕의 물마저도 하루가 다르게 말라 가고 있었다. 얌순이와 그 자식들마저도 빈둥거릴 뿐 개미 새끼 한 마리 물어오지 않았다. 감방 식구들은 배고픔과 목마름으로 정신마저 혼미해지고 있었다.

독재자는 비상계엄을 선포했다. 말려 둔 바퀴벌레, 땅강아지, 지렁이, 굼벵이 등 모든 곤충은 자신의 허락 없이 먹을 수 없었다. 땅굴 작업은 허락되었다. 그러나 곤충을 잡아 오지 않는 날은 입술에 물도 축일 수 없었다.

다행히 얌순이 가족들은 자유가 보장되어 있었던 터라 외부에서 마음껏 배를 채운 뒤 그들의 굶주림에는 관심이 없다는 어슬렁어슬렁 기어들어왔다.

기력이 쇠약해 질대로 쇠잔해진 남자가 땅 파는 일도 포기한 채 구석 자리에서 쪼그리고 앉아 딸꾹질하고 있던 어느 날이었다. 얌순이 새끼 중 제일 뚱뚱한 먹보가 뭔가를 토해 내고 있었다. 남자가 바싹바싹 말라 들어가는 입술을 핥는다. 독재자는 침대에 누워 기도하는 인형과 무슨 이야긴가를 긴밀하게 속삭이고 있었다. 힐끗 독재자의 눈치를 살핀 뒤 조심스럽게 먹보에게 다가간다. 먹보가 토해낸 것들을 재빠르게 종지에 담는다. 눈치 없는 독재자는 자신의 말에 도취하여 있었다.

"기도하는 닌영아! 누룽지 주까? 어젯밤에 솥당지에서 홈쳐 온 고야. 자, 어서 목어. 얌얌얌. 정말 밋나다 ㄱ지? 밥을 다 목었으니까 세수하고 옷 닙어야지. 니번엔 머리 빗겨 주께. 문대 옴마야에게 들키문 까까머리 중이 될 꼬야. 그니까 빤니해."

다행히 먹보는 독재자가 늘 이렇게 혼자 노는 시간에 남자 앞에 먹은 음식을 토해 놓았다. 이성을 기대할 수 없는 고양이 새끼조차도 독재자의 폭정을 알고 있는 것만 같았다. 먹보는 다섯 새끼 중에서 가장 욕심이 많았던 녀석이다. 짜구난 배를 질질 끌면서도 사냥감을 물어오는 법이 없었던 녀석이다. 독재자는 먹보의 이런 행동을 알 턱이 없었다. 독재자에게 있어서 고양이는 걸어 다니는 고깃덩어리일 뿐이었다. 그 또한 남자에게는 커다란 행운이었다. 남자가 독재자의 식량 배급에만 의존했었다면 이미 굶어 죽었을 것이다.

16-5

채연이 이별을 통보했다. 불 같았던 사랑이 일순간에 식어버린 이유가 석연찮은 밀고 당기는 연애의 정석에서 시작되었다. 미는 힘과 당기는 사랑의 힘이 균형을 잃게 되면 오기라는 악마가 꾀어들게 되어 있다. 이즈음 지하 감방의 어긋난 사랑도 치유는커녕 다시는 돌아오지 않을 강을 건너고 만다.

독재자의 눈이 살기로 번득이고 있었다. 더는 참을 수 없다는 듯이 배를 움켜쥐고 고양이들을 노려보았다. 그러고는 머리 깊숙이 감추어 두었던 머리핀을 끄집어냈다. 이는 곧 피비린내 나는 살육을 예고하는 것이었다. 독재자는 걸어 다니는 고깃덩어리들을 박사 때문에 그냥 방치했다는 사실에 화가 나 있었다. 그녀는 독기 품은 말투를 내뱉었다.

"고냥이 한 명씩 잡아먹을 꼬야."

남자의 간망(entreaty)이 여지없이 무너지려는 순간이다. 간담이 서늘했다. 그녀의 비정함이 싫었다. 그러나 감히 독재자의 권위 앞에서 군소리할 수 없었다. 남자는 혼잣말처럼, 그러나 독재자가 들어도 아무 소용이 없는 말을 시부렁댔다.

"이건 재앙이야. 상상할 수 없는 재앙이라고."

독재자는 고양이를 노려보고 속삭였다.

"먹뽀 노마는 살이 뽀동뽀동해서 젤루 먼저 머꼬 시프다"

이 말 속에 숨어 있는 의미는 지하 감방 세계의 미래를 훤히 들여다보게 했다. 얼레벌레가 기겁을 하며 읍소했다.

"허 허니⋯⋯. 머 먹보만큼은⋯⋯. 그 그러니까 내 말은 우리들의 마지막 희망이기 때문에 남겨 둬야 하지 않겠느냐 그런 말이지."

"웃기지 마. 달긔가 하고 시프면 뭐든 다 달긔 맘대로 하는 고야. 그늬까 먹뽀 창시라도 머꼬 시프면 아과리(아가리) 닥치고 있쪄."

독재자는 남자가 빤히 보는 앞에서 단숨에 먹보를 잡아 배를 갈랐다. 그리고는 남자에게 창자와 염통 허파 등 특별히 맛이 없는 것들을 히사했다. 남자는 차마 먹보를 먹을 수 없었다. 지금까지 자신의 새끼처럼 아끼고 돌봐 왔던 놈이었다. 게다가 남자가 굶어 죽기 직전엔 음식을 토해 내어 배를 채워 주었던 놈이다.

분명 독재자는 먹보 한 놈으로 끝나지 않을 것이다. 먹보를 개감스럽게 먹어대고 있는 모습에서 그걸 느낄 수 있었다.

이성과 본능

그렇게 먹보는 독재자의 입속으로 깔축(show no deficiency)없이 사라졌다.

독재자는 하루 종일 잠만 잤다. 그녀는 꿈속에서 정말로 예쁜 옷을 입은 아름다운 엄마를 만났다. 그 이튿날도 그다음 날도 그런 엄마를 만나기 위해서 잠을 잤다. 마치 겨울잠에 들어선 동물 같았다. 그렇게 열흘이 지나자, 독재자는 또다시 머리핀을 뽑아 들었다. 다음은 촐랑거린다고 해서 초랭이라는 별명이 붙은 막내가 희생되었다. 그때도 독재자는 약간의 하사품 외에 모두를 혼자서 먹어 치웠다. 박사는 마침내 자신까지 잡아먹을 것이라는 공포에 시달리기 시작했다. 마지막 남은 얌순이가 희생되던 날 남자는 한 없이 울었다. 생전 그렇게 많이 울었던 적은 없었다. 열흘 간격으로 벌어지는 비속 살해. 얼레벌레는 반란을 꿈꾸었다.

잔뜩 취한 박달이 채연과의 이별의 아픔을 달래기 위하여 체리 바를 찾아가 바텐더 염미진의 부축을 받고 있을 때, 지하 감방 남자는 땅을 파던 쇠창살을 가슴에 품고 어둠 속에서 기어 나왔다. 남자의 골골거리는 몸은 어느새 살기로 부르르 떨기 시작했다. 하나 둘 셋과 동시에 그녀의 머리통을 박살 낼 생각이다. 움켜쥔 쇠창살이 부들부들 떨린다.

"세상이 너를 버렸다고 생각하지 말라. 세상은 너를 가진 적이 없다. 잘 가라 내 사랑."

달기는 평화스럽게 잠들어 있었다. 그런 그녀의 모습이 어찌나 곱던지 남자의 손이 툭하고 떨어졌다. 모든 것을 다 잃는다 해도 그녀의 아름다움과는 바꿀 수 없었다. 스스로 구속을 자청한다면 그건 분명 구속이 아니다. 물처럼 스며들 뿐이다. 남자는 달기를 지독하게 사랑했던 것이다.

남자는 말을 잃어 가고 있었다.

마치 실어증에 걸린 사람처럼 단 한마디도 하지 않았다. 결국에는 땅을 파는 일조차 포기한 듯이 보였다. 하루 종일 한 종지를 퍼내거나 땅굴 속에 남아 있었다. 남자는 시시각각 눈에 띄게 쇠약해지고 있었다.

16-6

감금 십 년째

검찰 공무원이 된 박달이 공안부로 발령을 받던 때, 지하 감방의 달기는 농익은 성년이 되어 있었다. 반면 이제는 생명의 불꽃이 얼마 남지 않은 남자는 더더욱 처참하게 변해가고 있었다.

행동은 말을 밀어냈다. 오로지 본능만이 그들을 버티게 했다. 본능 속에는 이기나 질투 그리고 증오 같은 것은 없었다. 먹고 자고 싸는 일만이 전부였다. 어쩌면 생존을 위해서가 아니라 살고 있기 때문에 살아지고 있었다. 얼레벌레 떠벌레 박사가 예견한 대로 고양이들이 잡아먹히고 땅굴을 파고들어 갈 힘조차 사라지자, 비상식량마저 바닥을 드러내고 있었다. 그즈음 감방 안에서는 개미 새끼 한 마리도 발견되지 않았기 때문에 굶기를 밥 먹듯이 했다. 그나마 다행이었던 것은 물이 제대로 스며들기 시작했다는 것이었다.

어떤 환경에서도 인간은 살아갈 수 있다는 것이 이들을 통해서 명백해졌다. 이 지구상에 바퀴벌레 말고 환경에 적응을 잘하는 동물은 인간뿐일 것이다.

꼼짝없이 누워 있는 피골이 상접한 남자 곁으로 다가간 달기가 그의 앙상하고 까칠까칠한 손을 잡았다.

"꼬림보(sickly person)야, 또 아파?"

남자는 시르죽어(be dispirited) 가는 막다른 골목에서 꼭 남겨주고 싶은 유산을 그녀에게 쥐어 주었다. 땅굴 지도다.

"내 내 말 잘 들어, 허니. 딸꾹⋯⋯. 따 땅굴 위쪽으로만 파고 올라가. 그 그냥 위쪽으로만 파고 올라가면, 딸꾹딸꾹. 그 그럼 되는 거야."

그는 죽음에 이르러서야 제정신으로 돌아온 것이다. 이는 지독한 중병을 앓던 사람이 죽기 바로 전에 반짝 정신이 돌아오는 현상과 같았다.

"위쪽?"

남자가 실눈을 뜨고 을씨년스러운 감방 안의 천장을 가리켰다.

"딸꾹 저 저기에⋯⋯."

기침이 뒤따르자, 동공이 금방이라도 뛰쳐나올 것처럼 불거져 보인다. 횡격막(diaphragmatically)의 급격한 수축으로 짧고 날카로운 흡기 운동이 시작된다. 연이은 딸꾹질!

달기의 모성 본능이 얼레벌레를 품으며 물었다.

"위 위쪽에 머시 있져?"

남자가 고개를 간신히 끄덕인다. 달기가 남자의 가슴을 쓰다듬어 주면서 눈물을 글썽인다. 남자가 죽을 것이라는 본능적 직감 때문이다.

"주그지 마."

"지 지도를 펴, 허니."

그녀가 지도를 편다. 남자가 간신히 손을 들어 가리킨다.

"오 오른쪽 X자가 있는 곳……. 그 위를 파 올라가야 해. 아! 해 해를 보고 싶어. 딸꾹……."

"바보야! 주그믄 밥 안 줄꼬야. 정말 안 준다고."

남자가 애잔한 미소를 지으며 물었다.

"허 허니. 배……. 고프지? 딸꾹."

"달그 배꾸파. 정말 배꾸파."

"그러기에 고 고양이를 자 잡아먹지 마 말라고 했…… 딸꾹."

"얼레뻘레 박사야, 달그 잘못했져. 먹을 꺼 생기면 달그가 주께. 약속하께, 주그지마라."

달기의 콧등이 벌겋게 물들어 갔다. 남자가 달기의 손을 더듬어 잡았다.

"허 히니, 딸꾹."

사내가 가쁜 숨을 몰아쉬며 간신히 말을 이어 갔다.

"내 내가 허니를…… 딸꾹. 얼마나 사 사랑…… 했는지 아 알아? 딸꾹."

"이 바보야, 사랑이 멍는 것도 아니짜나!?"

"사 사랑하는 마음은 딸꾹, 모든 것을 딸꾹, 다 주고도 더, 딸꾹, 더 주지 못해서 딸꾹, 애가 타는 것이야. 허 허니, 저 저기 나무 궤짝 안에 보면 허 헝겊으로 싸 둔 말린 고양이 고기가 이 있어. 딸꾹."

"시방 고냥이 꼬지가 있따고 했져?"

"정말, 딸꾹…… 배 배가 너무 고파서 정신이 혼미해질 때 딸꾹 …… 조금씩 먹어둬."

그녀가 남자를 팽개치고 궤짝으로 다가갔다. 궤짝 안에는 정말로 누더기 헝겊으로 정성스럽게 싸 놓은 말린 고양이 고기가 있었다. 고기에 핀 검은 곰팡이를 털어낸 다음 우물우물 씹으며 남자 곁으로 다가왔다. 남자가 흡족한 표정을 지으며 말했다.

"조 조금씩 딸꾹…… 천천히 먹어. 딸꾹."

남자의 눈가가 붉어지기 시작했다. 이어 눈물 한 방울이 툭 하고 그녀의 손등으로 떨어졌다.

"허 허니……"

남자의 말이 끝나기 무섭게 그녀가 우물거리던 고기를 뱉어내어 사내의 입안으로 욱여넣었다. 고기는 사내의 목을 넘기지 못하고 입안에서 맴돌다 입가로 흘러나왔다. 그녀가 손을 오므려 모아 다시 밀어 넣었다.

"모 목어! 목으라고! 어서 목으란 말이야!"

사내의 눈에서는 진액을 짜낸 것 같은 눈물이 우르르 쏟아져 나왔다.

"허니가 있어서 딸꾹…… 이 지 지옥 같은 감방 생활이 딸꾹…… 얼마나 행복했는지 딸꾹…… 몰라, 딸꾹."

"밥뽀야! 밥뽀야! 주그지 마! 주그지 말라고! 달기 정말 화났다. 시러! 주그면 시러! 목어. 목그면 살아. 이거 목그면 사니까 목어 목어 목어! 내가 잘못해쩌. 내가 잘못했다니까!"

그녀는 절규에 가깝도록 울부짖었다. 그런 그녀의 얼굴을 간신히 어루만지던 사내의 손이 힘없이 툭 하고 떨어지며 힘겹게 말했다.

"허 허 니...... 한 우 우물…… 그 그리고 보 복수 그런 거 하지마. 죄다 헛. 된. 거니. 까."

한 우물을 파라는 소리를 하고 싶었을 것이다. 그렇게도 악에 받쳤던 복수가 얼마나 허무한 것이었는지를 이 거친 인생을 다 소비하고 나서야 깨달은 것이다. 그녀는 남자의 마지막 가는 손에는 땅굴 지도를 쥐어 주었다.

"이거 각고가. 도망칠라면 각고 가라고. 이 멍충이 빱뽀야!"

남자의 폐 간장 췌장 신장 등 몸을 구성하고 있는 중요한 장기가 기능부전(hypofunction)에 빠진다. 목 부분의 내동맥과 추골동맥(arteria vertebralis)을 매어둔 것처럼 호흡과 혈액 순환이 정지하여 개체 전부의 죽음에 이르고 만다.

그녀는 사내를 흔들었다. 이미 존재 너머로 훌쩍 떠나버린 한낱 살덩어리를 어루만지고 흔들어봐야 아무 소용도 없다는 것을 모르는 양 한나절을 그렇게 보냈다.

남자의 땅굴은 실로 열 개가 넘었다. 그 어떤 것도 끝까지 파 들어간 것이 없었다. 모래가 나와서, 바위가 가로 막아서, 돌들이 쏟아져

서, 방향이 아닌 것 같아서, 너무 멀리 돌아가고 있는 같아서……:

달기는 남자의 시체를 땅굴 제일 깊숙한 곳으로 옮겨 놓았다. 그리고 그쪽 땅굴을 막아 무덤을 만들어 주었다. 철저하게 혼자가 되어버린 세상. 그녀가 비로소 완전한 절망이 무엇인지를 느낄 수 있었다. 죽음보다 무서운 외로움. 하루가 지나고 이틀이 지나고 사흘이 되었건만 그렇게 고프던 배도 거짓말처럼 고프지 않았다.

"얌수나! 먹보야! 푼수야! 초랭이……."

그렇게 자기 목구멍 속으로 사라진 고양이들을 하나하나 불러냈다. 이번에는 남자를 불러냈다.

"얼레뻴레 또벌레야. 빤니 오라고. 거기만 있지 말고 빤니 오라니까!"

남자가 새물새물 웃으며 바람 새는 목소리로 나타나서 말했다.

"한 우물……."

"응?"

남자의 손가락이 천장을 가리켰다. 그녀가 진지한 표정으로 물었다.

"저 저기……. 거기 우물 있져?"

남자가 웃었다. 그러고는 어디론가 사라지고 없다.

"가조 마! 가조 말란 말이야. 이 빱뽀 멍충이야!"

그녀는 안간힘을 써서 남자를 붙잡으려 했다. 그리고 절망했다. 어느덧 그녀의 손에는 쇠창살이 들려 있었다. 희망을 찾아 나선 것이다. 아니 우물을 찾아 나선 것이다. 남자가 말한 지도에 X자 표시를 찾기 위해서 굴속으로 들어갔다. 그리고 우물이 있다는 위쪽을 향하여 흙을 파 올라갔다. 그녀는 입안이 가뭄 든 논처럼 갈라져 피가 흐르고 있었기 때문에, 물에 대한 집념이 필사적이었다.

"헛된 거. 우물!"

그렇게 며칠이 지났을 때였다. 그녀의 머리 위에서도 응답이라도 하는 것처럼 뭔가를 갉아대는 소리가 지속해서 내려왔다. 땀과 흙으로 범벅이 된 그녀의 얼굴이 긴장으로 파르르 떨렸다. 세상과 소통할 그 무언가가 바짝 다가오고 있다는 느낌. 늘 꿈속에서나 조우했던 낯선 세상과 사람들. 장님과 다를 바 없는 시선으로 바라보고 느껴야만 했던 것들과의 이별. 그녀는 정신없이 땅굴을 기어다녔다. 10년이라는 감금 생활이 그렇게 해서 종지부를 찍을 것이라는 막연한 기대 같은 것이 본능적으로 그녀를 사로잡고 있었다.

이성과 본능

17. 날카로운 이성적 판단조차 투과될 수 없는 두꺼운 존재들

17-1

그해 4월 초봄 기도원 건물

눈이 부시도록 찬란한 태양이 봄기운을 싣고 온 누리에 자양분을 날라 주던 날이었다. 기도원 육중한 철문 기둥 아래 땅굴에서 곤충들의 최상위 포식자 장수말벌 한 마리가 기어 나온다. 마침 그 곁을 지나던 사마귀와 마주친다. 두 곤충은 소 닭 보듯, 닭 소 보듯 무관심했다. 정확하게는 사마귀는 장수말벌을 보았으나 장수말벌은 사마귀를 발견하지 못한 것이다. 사마귀로서는 장수말벌은 위험한 사냥감이면서 조상 대대로 별맛도 없는 놈이라는 인식이 전해온 마당에 목숨을 걸고 사냥할 필요를 느끼지 않고 있었다. 그러나 장수말벌은 사정이 달랐다. 식구는 늘어가고 사냥감은 자꾸만 줄어가고 있는 환경에서, 강력한 턱과 무시무시한 독침을 가진 최상위 포식자인 자신이 별미인 사마귀를 그냥 지나칠 수는 없었다. 막 비행을 시작하려던 장수말벌이 사마귀의 기척(sense) 소리를 들은 것은 사마귀에게는 지극히 불행한 일이었다. 두 곤충의 전쟁은 불가피했다. 공중전은 물론 지상전에서 백병전까지 다양한 무기를 보유한 말벌을 대항해야 하는 사마귀의 무기는 강력한 턱과 낫처럼 구부릴 수 있는 앞발이 전부였다. 적어도 풀벌레들의 저승사자인 사마귀에게는 체면-쇠수레 앞에서도 당당하게 맞섰던 당랑거철이란 유명세 때문에 자존심을 굽힐 수 없었다. 뻔할 것으로 예상했던 두 곤충의 싸움은 반나절을 넘었고, 장기전에 약한 말벌이 저승사자의 강력한 턱에 잘려 나가고 말았다. 식사를 마친 사마귀가 아직 다 채우지 못한 배를 마저 채우기 위하여 말벌의 땅굴을 기웃거리고 있을 때였다. 고욤나무와 떡갈나무가 악마디진 기도원 정문 앞에서 다섯 명의 우락부락한 사내들이 나란히 앉아 한가하게 잡담을 나누고 있다. 양아치 영화에서나 보았음 직한 이들의 면면을 살펴보면 술집에선 삥땅 뜯고, 도박판에선 사기를 치며, 노숙자들을 괴롭히고, 갈보에겐 성폭행 등을 취미로 삼고 있는 자들의 전형이었다. 그들 중 몸뚱이가 거쿨지게(commanding) 크고 날콩 씹은 상판을 한 놈이

"발바리! 기부이 어땟트노?"

그렇게 묻자, 모나미 153 숫자에 버금가는 키에 옴팍 들어간 눈과 불쑥 불거진 이마 때문에 별다른 표정 없이도 음흉해 보이는 발발이가 되물었다.

"기분이라니요?"

"이 씨뱅이야! 춧(첫) 경험 말이라!"

"욜라(정말) 짜릿했습니다, 행님."

"짚은 심연의 나락케서 갑작시레 뛰치 나온…… 그런 수준 높은 기부이 아이고?"

"차이고, 행님 같은 학교파(하구빠)도 아닌데 거까지는 쩨매……."

막내 발바리와 얼굴이 못생겼다고 해서 얼빵이라는 불리는 사내와의 대화다. 이들 별명은 특이하게도 직접 자신이 붙였다. 유소년 시절 거울 속에 비친 자기 얼굴을 유심히 바라보다가 자기도 모르게 얼빵이라고 내뱉은 말을 옆에 있던 친구가 듣고 퍼트린 것이다. 얼빵의 모습은 골계적(humor)이거나 이형적(allomorph)이라기보다 배타적(exclusive)이다. 이런 저주받은 얼굴에도 불구하고 썰을 풀어댈 때마다

"대한(korea)의 모든 까이들은 나의 매력에 헤어나지 못할 끼다."

라고 너스레를 떠는 것을 보면 단점을 장점으로 바꿀 수 있는 것은 자신감에 있다는 것을 증명한다고, 그를 아는 사람 중 일부는 느끼고 있었다.

그들과 서너 발짝 떨어진 곳에서 코뿔소 뿔처럼 칼끝이 휘어진 사냥용 칼을 볼에 비비고 있던 쇠 이빨이 슬그머니 둘의 이야기에 끼어든다.

"쇄들! 촌시럽기는……. 나! 특전사 출신이야! 내 경험담 함 들어 볼텨? 한 번은 말이다……."

그러고는 말을 잇는 대신 입을 크게 벌려 오른쪽 위아래 어금니를 드러내 보였다. 그 모습은 맹수가 만만치 않은 적수를 만났을 때 이를 드러내는 모습과 흡사했다. 놈은 자기 어금니에 쇠를 해 박았다고 주장하고 있으나 확인된 바는 없다. 그러나 맥주병 한 박스를 순식간에 딴다든가, 호두알 정도는 우습다는 듯이 박살을 내는 괴력을 본 사람이라면 놈의 주장에 근거가 있을 것으로 생각했다.

쇠 이빨의 곁에 앉아 5분마다 담배 한 개비씩을 갈아 피우는 골초가 지나가는 투로 이죽댄다.

"쇠 이빨! 바퀴벌레 껍딱지 뜯어먹다 이빨 빠지는 소리 듣고 싶은 사람 여긴 한 사람도 없거덩."

꽁초에 남은 불을 새 담배에 옮겨 붙이는 놈의 앞니는 니코틴의 습격으로 반 토막이다. 잇몸이 함몰되어 아래턱이 내려앉아 볼썽사납게 처진 턱을 연신 들어 올리며 담배 필터까지 빨아 대더니 또다시 건풍을 떨었다.

"난 첫 경험 후 큰 형님께서도 내 눈을 똑바로 볼 수 없다고 하셨다. 눈에서 쏟아내는 광채에 형님 눈이 멀어버릴까 걱정이 되셨던 게지. 발바리 새꺄! 넌 눈빛이 죽었어."

발바리가 새근발딱대며 소리쳤다.

"그렇지 않습니다. 골초 행님!"

도살자가 녹이 슨 도끼를 사포로 갈아낸 뒤 계란 알처럼 울퉁불퉁한 기형적 팔뚝의 여체 문신에 힘을 준다. 주독에 걸려 콧등에 붉은 실핏줄이 선명해서 딸기코라는 별명을 하나 더 가지고 있는 놈이다. 놈이 불쾌한 느낌을 주는 잉크빛 잇몸을 훤히 드러내며 말했다.

"느덜 소 잡아 봤나? 사람은 암 것도 아녀. 그러니께 내 앞에서 첫 경험이 어쩌고 아가리 닥치고 있어. 것들아!"

얼빵이 빈정댔다.

"쇠끼, 쥐디이만 열마 개하고 똥 다툰다 아이가."

도살자가 상관하지 않고 계속했다.

"난 말이여 소 마빡을 걍, 함마 한 방으로 보낸단 말이지. 그 덩치가 코피를 줄줄 쏟으면서 풀썩 주저앉아 버리면…… 느덜 카타르시스(catharsis)라고 들어 봤냐? 그걸 느낀단 말이여."

얼빵이 피식 웃었다.

"개머루 먹듯이, 타르 머라 냐! 혹시 카타(cutter)날 말이가?"

"뭐 그 비슷한 뜻이여. 아마 일본 철학자 야마모또가 대한민국 독립군들의 용맹성을 그렇게 최초로 지칭했다고나 할까?"

놈의 신소리에 모두가 키득키득 웃고 있을 때 기도원 철문이 굉음소리와 함께 깡마른 얼굴엔 핏기조차 없어 유령처럼 보이는 자그만 체구의 사내가, 공격 직전의 거위처럼 양 날개를 편 모습으로 나타났다. 나머지 놈들이 깊숙이 허리를 숙여 인사를 한다. 인사를 받는 사내의 뱀눈에서는 살기가 흐르고 있었다.

"여서 뭣들 하는 기야!"

빛바랜 가죽 모자를 깊숙이 눌러쓴 사내가 허스키한 목소리를 그렇게 외쳤다. 알파치노를 흉내 냄으로써 권위와 위엄을 과시하고자 하는 의도가 분명했다.

얼빵의 키에 비하면 거의 반토막만 한 사내. 발바리보다는 미세하게나마 클 것이라는 위안으로 작은 것에 대한 콤플렉스를 극복하려 들지만, 번번이 발바리의 키 높이 구두에 속아 절망에 빠지기도 한다. 째진 눈가에 기생하고 있는 편평 사마귀가 자신의 자존감에 상처를 주고 있다는 강박으로 피가 날 때까지 갉아내는 탓에 눈가에 피딱지가 마를 날이 없다.

저마다 '잔인함이란 이런 것이다.'라고 자랑하고 있는 존재들을 제 손안의 호두알처럼 자유자재로 굴리는 큰 형님이라는 이 자의 이름은 유일하게 실명을 쓰고 있는 목점두다. 골초가 한 손으로는 헝클어진 머리를 쓰다듬고 나머지 한 손으로는 피우던 담배를 손안에 감추면서 나직이 말한다.

"햇볕이 여간 따사한 게 아니라서……."

목점두가 가죽 모자챙을 살짝 올리며 즐비한 담배꽁초들을 구둣발로 모아 쥐구멍 쪽으로 몰아넣는다.

"꽁초하며 발자국들, 여서 모여 모사 꾸미고 있소 광고라도 하고 싶은 기야?! 눈에 잘 보이지도 않는 개미구멍이 둑을 무너트린다는 것 모리나? 아무리 작은 증거라 캐도 그기 우리 조직을 위험에 빠트리는 거이를 모리나 말이다?"

모두 고개를 숙이며 합창한다.

"죄송합니다. 큰형님!"

"도살자, 화장장은?"

"이지 콘트롤 시스템(easy control system)을 장착한 최신형으로 지금 막 시험 운전을 마쳤습니다."

"시운전을 해 봐야지. 누가 테프 끊을 기가?"

쭈뼛대는 놈들을 요리조리 살피던 골초가 앞으로 나섰다.

이성과 본능

"제가 하겠습니다. 큰형님!"

목점두가 늘어선 사내들을 따라 원을 그리며 돌다가 발바리 앞에서 우뚝 섰다.

"첫 사업이 무엇보다 중요하다. 어쩌면 우리 조직의 앞날을 가늠할 수 있는 바로미터(barometer)가 될 것인 고로, 느덜찌리 철저하게 연구 분석 검토한 다음에 보고해라. 명심해 둘 것은 확실한 증거 인멸인 기야. 따라서 복창한다. 자나 깨나 중. 거. 인. 멸! 죽으나 사나 중. 거. 인. 멸!"

사내들이 새내기 초등학생들처럼 똘망똘망한 목소리로 복창한다.

"좋아, 발바리! 천만 불 파 강령 하나 외와 바라."

"넷, 큰 행님. 우리는 죽어도 함께 죽고 살아도 함께 살며 의리는 우리가 마지막까지 지켜야 할 최고의 덕목이다."

"덕목이란 말은 학자 놈들 냄새가 나. 골초 네가 뭘 좀 아는 것 같던데 혁명적이며 진취적인 말로다가 연구해 봐라. 그다음?"

"강령 둘이. 우리는 부자를 증오하며 부자들의 금고 안에 돈의 씨를 말린다."

"애들아! 요즘 같은 디지털 시대에 금고 안에 돈의 씨를 말린다는 아날로그적 표현은 좀 그렇잖나?"

"저도 형님 의견에 절대적으로 동의합니다. 시대에 뒤떨어진 구닥다리가 아닌 쌈빡한 거시기로 바꿔야겠습니다. 이어서 강령 서이를 대겠습니다. 우리는 돈을 위해서라면 영혼도 팔 준비가 되어 있다."

"난 개인적으로 이 세 번째가 가장 마음에 와닿아. 몸뿐만 아니라 영혼까지 팔만큼 정신 무장이 확실하게 되어 있다 그 말이지 이? 이거이는 죽는 그 순간까지 뼛속 깊이 새겨둬야 한다."

악당들이 다 같이 합창한다.

"역시 큰형님이십니다."

무리의 충성도 높은 음성에 한껏 고무된 목점두의 뱀눈이 더욱더 살기가 등등해 보였다. 그는 특유의 진회색 눈동자를 사방으로 휘갈기며 무리를 한 사람 한 사람 노려본 뒤 헛기침을 두어 번 하고는 초청받은 늙은 연사처럼 여유롭게 뒷짐을 지더니 자운영이 돋아나기 시작하는 곳으로 발걸음을 옮기며 다시 입을 열었다.

"뼈 삭이는 야리 그만들 까고(담배 피우고) 들어가서 요번 첫 사업을 어떻게 성공적으로다가 완수하여 다음번 사업의 발판을 마련할 것인지 전술적 책략을 마련해야 한다. 차후 완전범죄를 성립시키기 위한 야전 교범을 만드는 데 많은 도움이 될 기야. 고거이 완성되면 우리들의 범죄는 보다 지능화 조직화 되어 완전범죄는 있을 수 없다는 범죄학자 놈들의 주장이 얼마나 공허한 것인지 본때를 보여줄 것이다. 완전범죄가 성립하기 위해서는 절대로 간과해서는 아니 되는 것이 있으니, 범행 시 흔적을 남기지 말아야 한다는 것이다. 비록 큰 이득이 눈앞에 있다 해도 발각될 여지가 0.01%만이라도 있다 싶으면 과감하게 포기하고, 손해를 보았다 그게도 투자의 개념으로 이해해야 한다. 언제 어디서나 너희들은 범죄자가 아니라 수사관이라는 생각을 가져야 한다. 느이덜이 범죄 현장에서 어떻게 처신해야 할 것인지 분명한 답이 나오기 때문이다. 답을 알면서 피하지 않을 이유가 없다. 이런 생각만으로도 실수를 줄여가다 보면 결국에는 완전범죄에 이르게 된다. 나의 연설은 너희들의 피가 되고 살이 될 것이며, 이 조직이 영원불변하고 전설적 존재로 길이 남을 것을 확신한다. 알다시피 나의 마음의 멘토(mentor)는 시카고 암흑가를 주름잡던 카포네(Capone) 님이시다. 뉴욕에서 매춘업과 마약 밀매로 막대한 돈을 챙긴 럭키 루시아노(Lucky Luciano)와는 차원이 다르신 분이다. 사내다운 행동과 존경받는 행동으로 최고의 패밀리를 만드셨지. 그 분에게 있어서 배신이란 죽음이며 의리는 신의 말씀이었다. 우리 패밀리 중 누군가 배신을 한다면 난 그분처럼 직결처형 할 것이다. 이상."

놈이 힘주어 가래를 뱉고는 그 어느 때보다 양어깨에 힘을 주더니 육중한 기도원 철문 속으로 사라져 버렸다. 사내들은 두목의 이야기에 주술이라도 걸린 것처럼 경악과 존경의 혼란을 겪으며 허번덕이던 눈동자에서 다량의 눈물을 주르륵 쏟아냈다. 어떤 놈은 '오! 형님.'이라는 말을 세 번이나 부르짖고 어깨를 으쓱이며 떡갈나무와 고욤나무를 지나 목점두를 따라 건물 안으로 사라졌다.

이자들의 대화에서 나타난 것처럼 그들은 반사회적 인격 장애자들임에 틀림없어 보인다. 사회의 규율과 질서 따위는 엿이나 먹어라 다. 질서 파괴와 타인의 권익을 침해하는 일에는 이골이 나 있는 작자들이다.

학창 시절부터 잦은 결석 가출 폭력 폭행 무분별한 성행위 담배 및 약물남용 절도 등에 빠져 있었던 인간쓰레기들의 집합체다. 이런 류의 쓰레기 중에서도 가장 악랄하고 저질 잡종들이다. 좀 더 목점두와 일당들의 신상을 털어보자.

쓰레기들의 두목 목점두는 영등포에서 잔악하기로 소문난 육손이 파 행동 대원이었다. 그는 불우한 어린 시절부터 작고 허약한 신체적 핸디캡을 극복하기 위해서 깡과 악을 신봉해 왔다. 마포 이무기 패와의 전쟁에서 그쪽 행동 대장의 머리 가죽을 벗기는 등, 그들만의 전쟁 때마다 엽기적인 행동을 보임으로써 목점두라는 이름은 어둠의 세계에서 악랄함의 상징이었다.

놈은 히스테리 인격 장애자다. 성격이 과민하여 자신을 실제 이상으로 뻥튀기는가 하면, 여자와의 성관계가 미숙하여 피해망상증에 시달렸다. 감정을 노출하는 일이 잦고 이기적이며 쉽게 흥분하거나 우울증에 빠지기도 했다. 또한 말과 행동이 연극적인 요소가 많아 다중 성격을 의심받기도 했다. 누군가로부터 네로(Nero) 황제 같다는 말을 듣고 그 영화를 백 번도 넘게 보았다는 이야기가 있다.

이들 조직의 2인자나 다름없는 좌 얼빵과 우 도살자의 잔인성 역시 목점두를 뺨칠 만했다. 이들은 폭력 단체 조직 및 강간 폭행죄로 10년 형기를 마치고 출소하자마자 이 조직에 가담하게 되었다. 두 놈은 살인 연습을 제안하고 제일 먼저 시범을 보임으로써 목점두의 신임을 두텁게 쌓은 인물들이다. 둘 다 망상성(delusional) 인격 장애자들이다. 이

심이 많고 상대를 불신한다. 누군가 자신들을 공격할 것이라는 두려움에 떨기도 했다. 자신들이 저지른 행동에 대한 책임 회피를 밥 먹듯이 하면서도 자신들의 편파 된 판단을 굳게 믿었다. 성격은 괴팍하고 고집이 세며 병적 질투심이 매우 강했다. 그 때문에 사소한 일에도 시비를 걸기 일쑤였다.

골초와 쇠 이빨은 목점두가 감방장을 할 때 깍듯이 모신 충성을 인정받아 행동대원이 되었지만, 잔인성은 그들 버금가는 인물들이다. 골초는 많이 알고는 있지만 제대로 아는 게 없고, 그것마저도 대충 알고 있어서 악으로 깡으로 상대의 논리를 뒤엎기 일쑤다. 쇠 이빨은 정신분열형 인격 장애자다. 언어와 사고가 엉뚱한 인물이다. 미신 육감 텔레파시 독심술 등의 마술적 사고에 심취하기도 하고 한때는 유사 종교에 빠진 적도 있었다. 주변 일을 자기와 연관 지어 생각하거나 타인에 대하여 냉담하고 불충분한 감정 소동을 자주 일으키기도 했다. 여성 편력이 많은 편은 아니나 육체적 사랑보다 정신적 사랑을 중시한다.

이들 패거리 중 유일하게 교도소를 출입한 적이 없는 막내 발바리는 지하철 소매치기로 우연히 목점두의 주머니를 털다가 인연이 되어 이 조직에 가입하게 되었는데, 이번 살인 연습에서 제일 먼저 나서는 충직함을 보여 신뢰를 쌓았다. 그 첫 번째 희생자가 바로 오산 부녀자였다. 그는 페티시였다.

17-2

4월 13일

오래전부터 피해자를 물색해 둔 덕에 좌 얼빵 우 도살자의 첫 임무는 대박을 터트렸다.

평창동 주택가에서 납치해 온 40대 중반의 여인은 식이 엄마로 통하는 큰손이었다. 풍채 넉넉하고 온화한 얼굴을 하고 있었지만, 그들 앞에 무릎을 꿇린 채 시퍼렇게 겁먹은 얼굴로 바들바들 떨고 있는 모습은 덫에 걸린 암사슴 같아 보였다. 사내들은 양주병을 돌려가며 태연하게 쭉쭉 빨아대고 있었다. 아무리 남의 목숨이라지만 저토록 히틀러적일까 싶다. 북통 같은 배를 쓰다듬던 얼빵이 을러대듯이 물었다.

"아주매요! 그 비곗덩어리에 주렁주렁 매달고 있는 거이 돈 되나? 짜가 아이제?"

여자가 새파랗게 질려 바들바들 떨면서도 살아야 한다는 일념으로 자기 허벅지를 쥐어뜯고 있다.

"제 제발 모 목숨만 살려 주십시오."

그녀의 신체는 활발하게 삶을 염원하고 있었다. 보검 주머니(urea pocket) 속으로 걸러진 요소(urea)는 요세관(urea tube)을 따라 흘러 신우(pyelitis)에 모이고 여기서 수뇨관(hydroureter)을 따라 방광으로 채워지기도 전에 살아야 한다는 절박함이 조건반사를 완성, 요의감을 부채질했는지 아랫도리가 축축하게 젖어 들었다.

자신의 해체된 어깨 문신을 자랑삼아 내보이며 도살자, 콧등이 시큰

거란다는 듯이 울적한 인상을 쓰더니 아주 낮고 느린 음성으로 아줌마를 쥐락펴락한다.

"나도 우리 이모 어떻게 하고 싶지 않아요. 그니께 통장과 카드 비밀번호하고 돈이 될 만한 귀금속이 당신 집 으디에 있는지 그것만 말혀. 이모 주렁주렁 걸친 잡동사니나 탐내는 양아치들이 아니여, 우리는! 지랄하고 이 자리서 끝장내버리기 전에 어서 말해. 씨바!"

여자가 극도의 긴장 상태에 빠져버린다. 연신 식은땀을 흘리며 입술을 달달 떨고 있다. 손끝의 거스러미를 뜯어내고 있던 골초가 벼룩의 선지를 내먹을 역성을 들었다.

"살살들 해라. 이모님 떨고 계시잖아. 어머나? 오줌도 싸셨네. 그것도 욜라(매우) 많이. 낄낄낄."

여자가 그들의 계획을 거니챈 듯 불쾌, 흥분과 침정(past panic), 긴장과 이완을 거듭하며 간신히 입을 열었다.

"다 다 말할게요. 제 제발 살려만 주십시오. 장롱 서랍…… 아니, 드레스룸……. 거기 벼 벽 쪽으로 그 금고가……."

목점두가 빨고 있던 양주병을 탁자 위에 내려놓으며

"거 봐라. 여자하고 강아지는 쓰다듬어 주어야 말을 잘 듣는다는 거. 거춤거춤 뽕빨(끝장) 내라."

사내들의 눈빛이 살기로 번득였다. 여자가 극심한 공포로 인한 구토와 함께 공황 상태에 빠지고 만다.

이들은 여인을 통해 가족들을 집 밖으로 유인해 낸 뒤 무혈 입성하여 금고를 털어 수억대에 달하는 귀금속과 돈을 챙겼다. 그러고는 번갈아 성폭행을 마친 놈들은 화장장 시험 가동이라는 이유와 완전범죄를 완성하기 위하여 잔인하게 살해한 후 850도에서 1,200도 사이를 오가던 불길에 던져 버림으로써 두개골과 척추의 일부만 남기고 모두 녹여 버렸다. 그들은 절정에 오른 불을 보며 자신들의 악행에 대한 최소한의 예의를 갖추었다.

이때 목점두가 술을 뿌리더니 여자의 영혼을 위로하고 자신들의 행악에 대한 개뿔만도 못한 당위성을 지껄였다.

"오! 위대한 죽음의 신이여, 우리들 천만 불 파를 위하여 기꺼이 이 한목숨 내놓으신 이모님을 영면에 들게 하소서. 이모님의 피와 살로 혁명의 물꼬를 틀 것입니다. 이 솟구치는 무지한 힘으로 부자들의 금고를 털어 무한의 자유를 획득하는 그날까지 오른손엔 칼을, 왼손에는 살진 돼지와 함께 할 것입니다. 우리들은 비록 이 땅에서 축복받지 못한 존재들이오나 피로서 피를 불러 어둠의 자식들을 인도할 등불을 밝혀주십시오. 우리들의 정의는 오로지 돈입니다. 세상 인간들은 온통 똥만도 못한 논리와 개만도 못한 행동과 벌레만도 못한 욕심으로 가득 채워져 있습니다. 이들을 지배하고 파탄으로 몰아갈 수 있는 것은 돈뿐입니다. 돈 앞에서 인간은 인간이 아니며 그저 충실한 개새끼이고 배고픈 돼지입니다. 이제 살진 돼지를 잡아 죽음의 신에게 제물로 바치오니, 싹쓸이 파는 삼일 마림파 사월 비로 오월에는 꽃이 활짝 피어나도록 인도하여 주시오소서."

　그리고는 주변을 휘리릭 살피고는 이내 어디론가 잠적을 해버리는가 싶더니 잠시 후 쥐새끼 같은 모습으로 다시 나타나 악의 무리들을 일일이 끌어안고 키스를 퍼부었다. 이런 목점두의 퍼포먼스(performance)에 사내들은 감격의 눈시울을 적시며 충성 맹세에 앞장섰다. 사이비 교주 행세를 통해 부하들의 충성 맹세를 끌어낸 놈이 더욱더 탄탄한 입지를 공고히 할 수 있는 토대를 구축하기 위하여 두 번째 지령을 공포한다.

　"우리 천만 불 파는 단 한 번의 작업으로 수억을 챙겼다. 남들이 빠지게 평생을 고생해도 쌓지 못할 부를 쌓아가고 있단 말이지. 개고기와 술을 즐기면서 말이다. 서둘러야 한다. 우리들의 목표를 향하여. 내일은 내가 나선다. 목적지는 종로. 목표물은 이미 찜해 둔 바가 있는 개 얼짱녀. BMW를 몰고 다니며 과외 학생을 가르치고 있는, 미모면 미모 지성이면 지성 그 어떤 것도 빠지지 않는 킹킹 중의 킹카다."

　악당들이 일제히 환호성을 질렀다.

　"우와!"

　그는 책상 서랍에서 전자 충격기를 끄집어냈다.

　"순간 전류 이십만 볼트! 2초면 기절. 여기 수정에 충격을 가하면 전기가 방출된다. 눈깔이 튀어나올 일이지. 문명의 발전과 함께 범죄도 진화한다. 그렇지 않으면 도태되고 말지. 문명의 혜택을 받을 권리는 누구에게나 동등하다. 쓰임새를 고려해서 진화하는 문명은 없기 때문이다. 선택은 자유다. 결과가 좋으면 어떤 악행도 면죄받는다. 인류의 역사는 승자 편이지 않는가?!"

놈이 사이비 교주 흉내에 재미를 붙였는지 두 팔을 벌려 하늘을 우러러보았다. 부하 놈들이 목청을 높여 소리쳐 합창한다.

"옳소!"

목점두가 상기된 표정으로 발바리를 끌어안고 속삭였다.

"발바린. 내일 나와 함께 한다. 전리품은 네 것이니 구워 먹든 찜 쪄 먹든 회 쳐 먹든 마음대로 해도 좋다."

발바리가 찢어진 입을 다물지 못하고 주변을 훑어보았다. 나머지 악당들의 얼굴이 묘하게 일그러지면서 억지웃음으로 아부를 종결지었다. 얼빵이 냉소를 머금고 전리품에 대한 목점두의 인식을 바꾸려 들었다.

"큰행님, 일마는 팬티 한 장이면 안 되겠십니꺼? 전리품 새끈이(멋진 여자)는 저희에게……. 요새는 헛 좆 새우마 날밤 새우는데 미치겠습니더."

나머지 사내들이 배꼽을 틀어쥐며 웃었다. 목점두의 표정이 일그러진다. 무리의 표정도 일그러진다. 목점두가 버럭 소리 지르며

"이성의 팬티를 좋아하는 건 발바리의 기호다. 기호란 식품과 같은 기다. 지금부터 동료를 무시하거나 비하하는 말을 남발하는 놈은 절대로 용서치 않겠다."

"죄 죄송합니다 큰행님!"

그들의 살벌한 농담과 음탕한 이야기는 밤이 지새는 줄 모르고 계속되고 있었다.

악의 꽃에서 향기가 날 리 없으며 음지에서 서식하는 곰팡이가 햇볕을 좋아할 리 없다. 놈들은 악의 포자(spores)를 퍼트리기 위해서 최악의 쾌락을 발판으로 삼는다. 난무하고 있는 이야기마다 피 맛이 들었고 이는 궁극적 쾌락과 연계시켜 전개해 나갔다.

두목이 던져 줄 잉여물(surplus)이 어떤 것이라는 것을 누구보다도 잘 알고 있는 패거리들은 막내 발바리를 시기와 질시의 눈으로 바라보며 손상된 자존심을 덮어두려고 애를 썼다. 철없는 발바리는 귀에 걸린 주둥이를 내려놓지 못하고 슬며시 물었다.

"큰형님! 큰형님께서는 찜하신 초일류 새끈이를 어찌 저에게……"

목점두가 발바리의 등을 토닥이면서 알 수 없는 미소를 머금고는

"느그들 아나? 느그들 안에 불타오르는 욕정의 불을 끄마 잠시라도 행복할 것이다. 이것을 반복해내면 누구나 무리의 지존이 될 수 있는 것이다. 내는 그런 측면에서 느그들 안에서 미쳐 날뛰는 포악한 욕정으로부터 해방되었기 때문에 느그들 두목이 된 것이다. 기집이 바로 욕정의 원흉이다."

패거리들의 눈이 더욱더 커지면서 함성이 절로 터져 나왔다.

"역시 큰형님이십니다!"

이 순간 독자는 어떤 예민한 소리에 집중해야 한다. 그 소리는 새끼 새가 알을 깨고 나오는 소리보다 조금 컸으며 병든 노인이 문 닫는 소

리보다는 작았다. 이런 소리는 특별히 훈련된 개가 아니더라도 알아챌 수 있으며 인간이 최대한 청력을 높일 때 전달될 만했다.

목점두는 단번에 이 소리가 바닥 어딘가에서 나는 것이라고 단정 짓고 울림에 의문을 품었다.

"쉿!"

"⋯⋯?"

"며칠 전부터 이 시각이면⋯⋯."

"저 정말입니까, 큰행님?"

"누구 건물 밖 동태 좀 살피고 와라."

모두 무기가 될 만한 것들을 집어 들었다. 골초가 담배를 꼬나물고 비틀거리며 사무실 문을 나섰다.

"밖이 아닌 것 같습니다."

쇠 이빨이 얼른 마룻바닥에 엎드려 귀를 대 본다.

"뭔가 둔탁하게 찍어대는 것 같은데요."

도살자가 입맛을 다시며 중얼거렸다.

"귀신이 종종 나타난다는 소문이 돌더니⋯⋯ 정말로 그렁가?"

쇠 이빨 슬그머니 도살자의 옆구리를 움켜잡으며 중얼거린다.

"지난밤 꿈자리가 뒤숭숭하다 했는디⋯⋯."

목점두가 쇠 이빨의 정수리를 '툭'하고 치면서 비웃듯이 말했다.

"생각이 많으면 심약해지는 기다. 생각도 눈과 귀가 있다는 말 못 들어봤나!"

순간 바닥에서 들려오던 소리가 뚝 하고 그친다. 얼빵이 꼬부라진
음성으로 아양을 떤다.

"큰행님께서는 기신도 제압하십니다."

목점두가 벌건 눈을 비비며 흡족한 미소를 머금었다.

18. 여자는 남자 욕망의 완성체(향단의 연기)

18-1

15일 22시

기도원 외곽 벽 틈 사이에서 얼굴을 내밀고 눈치를 살피던 등들쥐 한 마리가 상수리나무 가지에서 지켜보고 있던 수리부엉이 발톱에 채여 하늘로 날아오를 때,

도시는 삶의 터전에서 돌아오는 사람들과, 그곳으로 돌아가는 사람들로 북적였다. 그들의 표정은 저마다 사는 방식이 다른 이유로 밝거나 어둡거나 이도 저도 아니거나이다. 도시의 불빛에 묻힌 하늘 위로 유럽행 비행기가 붉은빛을 번쩍이며 지나간다. 일등석에는 정무장관이 수행비서의 브리핑을 듣다가 여승무원이 지나가자 기내식으로 매운 라면을 먹을 수 있는지 묻는다. 지상의 차들은 다툼이라도 벌이듯 눈알을 부라리며 사라진다. 어두운 골목길에서는 장님 부부가 밝은 가로등 빛을 찾아 앞서거니 뒤서거니 한다. 이 부부가 밝은 불빛이 필요한 것은 남에게 피해를 주지 않기 위한 행위였다고 K 의대 5년 차 채연은 생각한다. 이들의 고단한 삶과 마음의 새살인 이타심(altruism)에 감동한 그녀의 자동차가 동시에 주춤댔다. 뒤따르던 성질 급한 운전자가 경적을 울림과 동시에 하이(hi) 등을 깜박이며 몰아댄다. 그녀가 겁을 먹고 RPM을 높인다. 성질 급한 운전자가 옆 차선으로 빠져 그녀

와 나란히 달린다. 조수석 문이 열리고 한밤중에 그것도 검은 선글라스를 한 사내가 그녀를 보고 지극히 비린내가 진동할 것만 같은 미소를 지어 보인다. 그녀가 속도를 높인다. 고급 외제 승용차의 성능에 대한 자신감과 똥은 피하고 봐야 한다는 평소의 소신이 작용한 것이다. 성질 급한 운전자가 성질을 죽였는지 순식간에 그녀의 시야에서 사라진다. 그녀는 미로 속에서 빠져나온 듯 홀가분한 기분으로 광화문 사거리를 달린다. 잠시 후 그녀의 자동차는 종로에 있는 모 입시 학원 지하 주차장으로 들어섰다. M5 스페셜 튜닝 버전(special tuning version) BMW는 거기 둥지를 틀 것처럼 차분하게 자리를 잡더니 숨을 멈춘다. 어디론가 사라진 줄로만 알았던 성질 급한 운전자의 차가 갑자기 나타나 그녀의 차에 박치기한다. 그녀가 주차 브레이크(break)를 채운 뒤 차의 상태를 점검하기 위하여 나오려는데 작달막한 사내가 앞을 가로막는다.

"아가씰 모시고 오랍니다."

그녀가 그녀 자신의 키에 눌린 사내의 외양에 눈 하나 깜짝하지 않고 따지듯 묻는다.

"아저씨가 받았잖아요. 제 차!"

그녀의 말이 떨어지기 무섭게 사내가 그녀의 사타구니 사이로 팔을 넣더니 어깨를 축으로 그녀를 들어 걸친다. 보기보다 실한 놈이다.

"그럼 모시겠습니다."

그녀의 허리춤에서 지갑이 바닥으로 떨어졌다. 사내는 자신의 승용차에 그녀를 밀어 넣는 일에만 신경을 쓰고 있어서 그녀의 지갑이 누군가에게는 횡재가 될 수도 있다는 사실을 알지 못한다. 여자의 발버둥이 거칠어지고 사내가 휘청대자, 운전석에서 묵묵히 바라만 보고 있던 목점두가 차 문을 열고 나와 여자의 정수리를 툭 하고 쳤을 뿐인데 그녀가 도축된 고기처럼 축 늘어진다. 목점두가 그녀의 엉덩이를 두어 차례 툭툭 치고는 발바리를 도와 그녀를 종이상자처럼 구겨 차 안으로 집어넣었다. 차가 막 주차장을 벗어났을 때 그녀의 막힌 혈전이 뚫리고 새로운 피가 공급되면서 정신이 돌아왔다. 자신에게 처한 상황의 심각성이 인지되는 순간 불쑥 눈물이 솟구쳤다. 두 손으로 목을 어루만지며 생명에 대한 강한 애착과 동시에 납치자들의 약점을 살피는 여유까지 부렸으나, 놈들로부터 벗어날 확률을 계산하지 않았다. 두 놈은 평균 이하의 작은 키에도 불구하고 억센 주먹과 살기 어린 두 눈 그리고 엽기적 표정만으로도 자신들보다 두 배나 큰 상대도 때려눕혀 버릴 것같아 보였기 때문이다. 게다가 놈들은 전자 충격기까지 들고 있었다. 그래도 할 말은 해야 했다.

"지 진실은 그쪽에서 먼저……."

"진실이란 놈은 참으로 복잡한 거예요. 세상 이치가 그렇다 그 말입니다."

"죄 죄송합니다. 저의 운전 부주의가 그만, 보상을 바라시면……."

목점두가 점잖게 입을 열었다.

"문제는 ㄱ 금액이 얼마냐겠지요? 아니면 우린 아가씰 납치할 생각이거든요. 보아하니 금수저에 먹물 좀 먹은 같은데……. 저 고급 차가 말하고 있네요."

그가 발성할 수 있는 최대한 낮은 음으로 그렇게 지껄이고는 룸미러에 비친 채연을 향하여 음탕한 표정과 윙크를 보낸다. 그녀가 피할 수 없는 이 상황에서는 최대한 고분고분해지는 것이 놈들의 영혼에 긍정의 울림을 준다고 생각했다.

"저 차는 제 것이 아니라, 그니까 과외하는……."

"이미 아가씨 뒷조사 다 끝났습니다. 그니까 허튼수작 부리지 마시길……."

목점두는 이무기 파의 이무기가 여자 때문에 비참한 최후를 마친 사실을 상기했다. 자기 여자에 의해서 조직의 모든 비밀이 새어 나가는 줄을 까맣게 모르고 있다가 복부를 난자당하면서 이렇게 중얼거리지 않았던가!

"너 너만은 믿었었는데……."

"브루투스 너마저!"

이 유명한 말로 상대편 이무기를 영웅화한 것은 바로 목점두의 무기력한 성을 감추기 위한 고도의 심리 전술이었다. 그를 아는 모든 깡패 양아치는 이를 모방한 패러디(parody) 열풍을 만들어내는 데 열을 올렸다.

"네 네가 어찌 나를! 짝귀 네가 어찌! 너 너를 믿은 건 실수였어……!"

그 후로 그는 여자를 가까이하지 않았다고 전해진다. 여자란 남자가 성공하는데 극복해야 할 최대의 과제이자 장애물이라고 주장했다. 사실인즉, 놈은 늘 살해 위협에 시달렸다. 그로 인한 심리적 압박감 때문에 조루증을 유발했고, 시간이 흐르면서 조폭 세계에서는 치명적인 약점인 발기부전을 앓게 된다. 관계를 맺으려는 여자들의 보이지 않는 비웃음은 깊은 수렁이었다. 성(sex)이 공포로 작용하면 멀리하면 그만이다. 그러나 마음까지 고자는 아니었기에 늙은 남성의 성처럼 끈질기게 잔존하여 추근거리고 있어서 문제다.

그들 사회에서 성욕과 발기는 곧 힘이고 능력이며 추진력이라는 원시적 남성관을 맹신하는 편이어서 물리적 고자의 반열에서 벗어날 수 없었던 목점두가 늘 자신의 무기력한 성욕을 포장하기 위하여

"사나이는 큰일을 앞두고는 절대로 여자를 가까이 하지 말아야 한다. 어머니는 그걸 부정 탄다고 하셨지!"

이렇게 셀프(self) 위로를 받았다. 놈이 결국 완성되지 못할 성적 충동을 해소하시켜주기 위하여 찾은 것은 페티시였다. 이런 사내일수록 아무리 강한 의지도 아름다운 여인에게는 힘없이 무너지게 되어 있다. 장사 앞에 무너지지 않을 씨름꾼 없으며, 미인 앞에 무너지지 않을 사내도 없다.

채연을 납치한 차량은 북적대는 도심을 무사히 빠져나와 규정된 속도를 무시한 채 폭주 기관차처럼 내달리더니 차들이 뜸해진 국도에서는 오히려 속력을 줄였다. 운전 내내 목점두는 과묵함으로 자신의 검은 속내를 숨겼다. 마침내 놈이 발바리에게 자신의 검은 속내를 뒷감

당하도록 조종을 시작했다.

"터널이다. 행동하라."

"감솨합니다. 큰행님."

발바리는 큰형님이 원하는 바를 자신의 눈높이에 맞춰 묻는다.

"여기서 말입니까?"

"서둘러."

"주차를 하시면 자리를 비켜 드리겠습니다."

"이 쉐이가! 뒈질라고……."

그러고는 상표도 뜯지 않은 속옷을 들어 보였다.

"새 생각이 짧았습니다. 형님."

눈치 빠르기로는 족제비 못지않은 발바리는 목점두의 손에 들린 스타킹과 팬티를 보고 비로소 큰형님이 자신과 같은 취미를 가지고 있다는 사실에 쾌재를 불렀다. 그는 재빠르게 채연의 명품 다리를 훑고는 마른침을 삼키며 설익은 미소를 머금었다. 목점두가 은밀한 기품을 간직한 명품 팬티와 달달한 느낌의 연분홍 스타킹을 내밀며

"이 이걸로 정중하게 신겨드려."

연분홍 스타킹을 벌룽대며 바라다보는 발바리의 눈이 야릇하게 빛났다. 채연으로부터 수거할 물건들이 자기 것이 될 수 없다는 안타까운 반사작용 때문이다. 놈은 욕정의 부산물이 큰형님의 것일 수밖에 없는 비애를 삼키며 대신 그녀가 자기 여자가 될 것이라는 희망으로 위안을 삼았다. 발바리는 두 눈을 질끈 감고 있는 채연의 손에 은밀한

물건을 쥐여 주었다. 무력 없는 전쟁을 기대하면서……. 그러자 불알에서부터 시작된 낮고 부드럽지만 견고하고 질긴 간지럼이 성기를 지나 목울대를 넘어 콧구멍으로 새어 나와 신음을 만들었다.

"내 내가 할까, 그대가 스스로 할 텐가?"

선택의 여지가 없는 그녀다. 순순히 물건을 받아 들고 잠시 주춤거린 다음 몸을 돌려 벗어 주었다.

지옥을 경험하고 있는 채연은 이런 상황에서 자기 심장이 뛰고 있다는 것이 이상하다는 생각이 들었다. 그녀가 지금까지 터득한 어떤 상식으로도 이해할 수 없는 일들이 앞으로 얼마나 더 벌어질 것인지 가늠조차 할 수 없다면 심장은 멈춰졌어야 했다. 그러나 인간에게 있어서 최선은 생존하는 것에 있다. 그것도 치열하게. 그녀를 납치한 차는 어느새 광치터널을 지나고 있었다.

18-2

4월 16일 0시 30분

채연이 실종되어 공개수사 중이라는 소식을 접한 박달은 근래 발생하고 있는 연쇄 살인 사건과 관련이 있을지도 모른다는 생각이 들자, 마음이 다급해지기 시작했다. 그는 그동안의 연쇄 살인 사건 수사 기록을 살펴보기 위하여 36개월 할부로 구입한 현대 SUV 지프(jeep)차를 몰고 경찰청으로 향하고 있을 때, 채연은 기도원 싱경싱경한(somewhat cold) 방안에서 땀으로 흠뻑 젖은 옷을 움켜쥐고 바들바들 떨고

이성과 본능

있었다.

손바닥만 한 창문으로 들어오는 흐릿한 달빛을 제외하고는 그녀를 인지시켜 줄 만한 어떤 불빛도 없다. 어둠은 불안을 증폭시켰다. 교감 신경계가 자극 받아 생리적 반응이 일어났다. 입안의 침이 바싹바싹 말라 갔다. 손바닥과 등에서는 식은땀이 솟고 호흡기 평활근(smooth muscle)이 확장되어 호흡량이 증가했다. 심장은 박동수가 증가하고 혈관의 평활근(smooth muscle)이 수축하면서 상승했다. 장운동은 가급적 많은 양분을 흡수할 수 있도록 억제되었다. 머리끝부터 발끝까지 검은 옷을 걸친 화장한 남자가 그녀의 손을 잡아끌었다. 그 남자의 몸은 차츰차츰 진한 연무 속으로 사라지고 있었지만, 손만은 끝까지 놓지 않았다.

"싫어! 싫어!"

연무는 수렁처럼 짙고 깊었기 때문에 그녀가 허우적거리면 허우적거릴수록 더 많은 연무에 휩싸여 버리고 만다. 둥둥둥……어느덧 북채를 잡고 춤을 추었다. 둥둥둥……. 와우신경(cochlear nerve)이 와우의 골축 속으로 달려갔다. 나선형 신경절이 형성되었다. 소리는 달팽이관의 나선기관(spiral organ)에 분포하였다. 뇌는 쿵쿵거리는 소리라는 정보를 주었을 뿐인데 귓구멍을 쑤셔대는 것만 같았다. 머릿속 신경세포와 신경섬유(nerve fiber) 및 그 사이를 채운 신경조직과 뇌막이 덩달아 울렁거렸다. 뇌 활동이 감정 원인이 되고 감정은 뇌 활동의 결과를 낳았다. 머리가 실로폰 건반처럼 파르르 떨렸다.

번쩍 정신이 들었다. 눈을 뜨자 눈이 주는 지식이 판단에 들어갔다. 해마가 3차원적인 영상을 감정 이입시켰다. 정보가 입력된다. 썰렁한 정사각형의 방안에는 어설픈 목수가 대충 만든 것 같은 볼품없는 직사각형 가구 위에 군용 담요 하나와 여자가 일을 보기에는 불편해 보이는 나무에 양철을 덧대어 만든 수제 변기통이 눈에 들어왔다. 바닥은 다행히 낡기는 했으나 야무진 공이가 박힌 송판으로 이어져 있어서 뼛속 깊이까지 파고드는 냉기는 피할 수 있었다.

나황으로 다듬어 만든 갈색 십자가가 누런 벽면 중앙에 걸려있다. 예수님은 거기 없었고 단지 먼지만이 수북했다. 현실로 돌아와서도 북치는 소리와 다름없는 소리가 바닥으로부터 올라왔다. 그녀의 지식이 현상과 조합을 하자 이 북소리는 나무를 갉아대는 소리로 변환되었다. 막연한 희망의 목소리로 물었다.

"누 누구세요?"

어떤 인기척도 들리지 않았다. 오로지 같은 소리만 지속해서 들려오다가 뚝 하고 멈춘 뒤부터는 엄청난 적막이 기다렸다는 듯이 찾아왔다. 또한 달빛은 사라져 사방은 칠흑처럼 어둡고 괴괴했다. 어둠 저편에서 누군가의 발걸음 소리가 차츰차츰 다가오고 있었다. 그녀는 천적을 만난 게처럼 후미진 구석 자리에 몸을 웅크렸다. 빗장 여는 소리와 함께 문이 열렸다.

앞가슴이 떡 벌어진 건장한 사내가 담배를 문 채 들어서더니 촛불을 밝혔다. 손에는 플라스틱 물병이 들려 있었다. 곧초다.

"그대, 욜라 예쁜 얼굴을 이 가냘픈 불빛이 어찌 감당할까마는 여기 사정이 그러니 이만저만하다고 생각하구려! 어디 어디 보자."

사내가 그녀의 가슴 쪽을 향하여 손을 뻗었다. 그녀가 반사적으로 몸을 웅크렸다. 놈이 수치심도 없이 자신의 은밀한 곳을 쓰윽 문지르며 거친 숨을 몰아쉰다. 입안 사정이 시궁창과 같은지 역한 구린내가 확 몰려왔다. 사내가 식판을 들고 땅에 유식을 떤다.

"쉐이들이 숙녀에게 인정머리 없이 이딴 걸 짬밥이라고……. 오불리지 오불라다(노블리스 오블리쥬 noblesse oblige) 정신이라고는 듯도 없다니께."

"사 사 살려 주세요."

"난 아가씨와 똑같이 심장이 팔딱팔딱 뛰는 낭만을 아는 사내 중의 사내이지, 저승사자가 아니거든요? 그러니께 우리 사이 살벌하게시리 살려 달라 말라 그딴 이야긴 하지 말자구요."

"……."

"옳지 옳지, 그래야지. 그대가 사는 길은 그대 부모가 넘치는 돈으로 그대를 구할 수 있는 방법을 모색하는 일이여. 그것이야말로 부모가 자식에게 해줄 수 있는 최선의 카리스마적(charismatic) 행동에 따른 방책이 아니겠어? 우헤헤헤."

이런 와중에도 채연은 사내의 엉터리 단어를 바로잡아 주고 싶은 충동을 느꼈다.

"지 지의 아비지는 부 부자가 아니에요."

그녀를 납치한 이유가 외제 승용차를 타고 다녔기 때문이었다는 것을 그녀만 모르고 있었다.

"뒷조사 다 했어. 그니까 지금 그걸 믿을 사람은 아무도 없다는 걸 옙쁜이가 더 잘 알 텐디."

"아니에요. 정말 아니에요."

"좋은 부모 노릇 하기도 힘들지만, 좋은 자식 노릇하기도 힘들지. 그대 의지와 상관없이 육체는 그대를 불효자로 만들고 말 테니 어쩐다지? 가슴 아픈 일이여. 그런 눈으로 보지 말어. 숏빵의 말에 의하면 인간은 말이여, 타인의 눈길에서 지옥을 경험한디야. 그니까 남을 의식하면서 살면 힘들다 머 그런 뜻 아니갔어? 말하자면 궤변가란 말이지. 말을 만들어 막 하는 사람 말이여. 그건 그렇고 그대 부모가 그대를 얼마나 사랑하는지 진실의 저울 눈금이 말해 주겠지."

골초는 채연의 뺨을 살며시 어루만지더니 마른침을 꿀꺽 삼킨다.

"아름다움은 사람을 기분 좋게 만든단 말이여. 그래서 화장실마다 아름다운 사람이 머문 자리는 아름답다는 말을 붙여 놓았것지."

많이 모르면서 조금 아는 것마저도 대충 말하는 사내가 혐오스럽다. 귀를 막고 싶은 충동 때문에 직면한 상황의 심각성을 잊곤 했다. 사내의 손이 눈가에 닿았다. 채연이 움찔한다. 놈이 떨린 목소리로 지껄인다.

"멀리서 보니께 존나 이뿐 줄 알았는데 가까이서 보니께 졸라 졸라 이뿌구먼. 본인이 다시 돌아왔을 때 그대 부모님이 신금을 울릴만한

이성과 본능

편지를 완성해 놓아야 할 겁니다. 예쁜 아가씨야."

그는 연신 입맛을 다시더니

"이 삭막한 밤에 졸라 아름답게 핀 꽃이여, 너의 황홀함에 입 맞추고 싶구나. 그럼 있다 봐여."

사내는 가고 없으나 사내가 쏟아낸 혐오스러운 부유물들은 홍수에 떠내려온 똥 덩어리들처럼 그녀를 괴롭혔다. 그녀는 정신을 잃고 말았다.

18-3

그녀가 정신을 차리고 눈을 떴을 때 세상은 여전히 저들 편이었다. 그녀는 감금되어 있었고 저들은 밤의 정령을 불러 파티를 열고 있었다.

그녀는 그 순간 뭔가를 하지 않으면 미쳐버릴 것만 같은 흥분 상태가 지속되었다. 웅크리고 있던 몸을 일으켰다. 저들의 질퍽한 파티가 언제까지 계속될지 가늠하면서 생존본능에 따라 탈출구를 찾았다. 불행하게도 그녀의 간절한 절망이 주리를 틀 작정인지 빈 머릿속에서는 오래되고 낡아 빠진 종소리만이 딩 딩 딩 울릴 뿐이었다. 도대체 생각이란 애당초 없었던 것처럼 먹먹하기만 하다. 이때 또다시 바닥을 두드리는 소리가 들렸다.

"뭐 뭐지?"

처음에는 쥐가 자신들의 이를 단련시키기 위한 본능적 행위라고 생각했다. 그러나 설치류가 이를 통해 낼 수 있는 데시벨(decibel)이 아니었다. 누군가 기적적으로 구조신호를 보내고 있음을 부인할 그런 이유가 없다. 기적에는 어떤 원인도 없다. 단지 결과만 있을 뿐이다. 그리고 뜻하지 않는 곳에서 갑자기 이루어진다. 하늘이 무너져도 솟아날 구멍이 있고 땅이 무너져도 헤쳐 나올 틈이 있다. 희망 없는 난관은 없다. 희망은 난관을 전제로 있다. 난관은 희망을 주기 위해 시험하는 것뿐이다. 그녀는 긍정의 힘이 얼마나 크고 위대한 것인지, 간절한 기원이 얼마나 엄청난 결과를 낳는지 본능적으로 알고 있었다.

이 거부할 수 없는 이끌림으로 인해 그녀의 심장 동결절(sinoauricular node)에서 흥분이 인다. 심방이 수축한다. 이어서 좌우의 심실근(ventricular muscle) 전체에 신속하게 전달되어 심실의 수축을 돕는다. 얼굴이 달아오른다. 소리의 진원지를 찾아 마루에 귀를 밀착했다. 그것의 파동을 따라 직사각형 가구 아래로 옮겨갔다. 알 속에 있는 병아리가 알을 쪼고, 알 밖에 있는 어미 닭이 그 소리를 듣고 함께 알을 깨어 병아리가 세상에 나온다. 벌떡 일어나며 식판의 포크(fork)를 움켜잡는다. 음식을 이리저리 휘저어 깨지락거린 시늉을 해 놓고 이내 시멘트벽에 문지르기 시작한다. 날카로워진 포크(fork) 날을 여린 불빛에 비춰본다. 날이 선 포크(fork)는 오래되어 퇴락해진 마루를 잘라내는 데 적합했다. 바닥 아래 그 무엇과 조우할 시간이 점점 다가옴에 따라 그녀의 손놀림은 더욱더 분주해졌다. 손바닥에서는 피가 흘러나오고 있었지만 땀일 것이라는 생각밖에 들지 않았다.

18-4

4월 25일 21시

채연을 납치한 여러 날이 되어가고 있었지만, 두목은 발바리의 기대를 저버렸다. 어떤 조치도 취하지 않았고 지켜만 보고 있었다. 나머지 사내들도 발바리와 별반 다르지 않았다. 먹기 좋은 떡을 보고만 있자니 놈들의 뱃속에서도 저항 의지가 불끈불끈 솟아나곤 했다. 그들의 불만이 정점에 이를 무렵, 잠복해 있었던 채연에 대한 처리 문제가 수면 위로 떠올랐다. 목점두의 포악한 성정을 잘 알고 있는 사내들이 자신들의 의견이 어떤 결과를 초래할 줄 잘 알고 있었지만, 멈출 생각은 없는 듯했다. 왜 사내들은 아름다운 여인 앞에서라면 위험을 무릅쓰는 바보짓을 일삼을까? 대답은 뻔하다. 욕정이란 꿀 때문이다. 그것이 인류 문명을 이만큼 발전시켰으나 아이러니하게도 지구를 그만큼 파괴하였다. 욕정을 쫓는 허세가 만들어 낸 세상이 지금 우리가 사는 세상이다. 골초가 그 허세를 부리기 위하여 잔머리를 굴렸다. 놈이 채연의 소지품 들을 찬찬히 살펴보다가 굳은 결심이라도 한 것처럼 입을 열었다.

"큰형님! 이 가시나 고급 까이통(창녀)이 분명 하다는 결론을 도출하게 되었습니다."

쇠 이빨이 골초의 결론에 동참이라도 해서 욕정을 채우고 말겠다는 강력한 의지를 내비쳤다.

"강남 일급 룸살롱(room salon) 고급 까이통 말입니다."

얼빵이 부리부리한 눈알을 이리저리 굴리며 그들의 말에 힘을 보탰다.

"큰행님. 저희들의 갤론을 존중해 주입쇼. 쥑여 없앨 가치조차 없다 아입니꺼."

곁에 서 있던 골초가 반 토막난 앞 이빨을 아랫입술에 올려놓더니 무릎을 꿇었다.

"크 큰형님! 남성 호로몽은 아침에 태양이 뜨자마자 생산됩니다. 새벽 달근이가 발광하는 원인이지 않습니까. 오리는 태양이 뜨자마자 알을 낳는다는 이치를 놓고 보더라도 모닝 라이스(morning rise)는 젊은 청춘인 저희들에게는 고문과 다름없습니다. 수컷들이 해결해야 할 숙제입니다."

목점두가 골초의 말을 자르며 예상치 못한 말을 뱉어냈다.

"계륵(chicken ribs)이다."

그는 이 한마디를 던지고는 휑하니 나가 버렸다. 그러니 알아서들 하라는 의미다. 사내들이 두목의 말뜻이 무엇을 의미하는지 몰라 우왕좌왕했다. 그들 사이에서는 대충 무엇이든 알고 있는 골초가 해석을 내놓았다.

"들자니 무겁고 놓자니 깨질 것 같다 그 말씀 같은데? 느그들 생각은 어뗘?"

"그러니까 그게 무슨 뜻이냐고?"

도살자가 성급하게 묻자, 얼빵이 핀둥거리듯 대답한다.

"씨알, 똥두 아니다 그 뜻 아이가."

골초가 담배를 갈아 물며 실눈을 뜬다. 뭔가 애매한 한마디를 주절 대고픈 표정이다.

"시방부터 내 말 잘 듣거라. 누구도 저 여자 넘보지 마라. 그건 바로 죽음이다. 왜냐고 묻지 마라. 형님이 계륵이라고 말씀하셨기 때문이다."

"골초 너……. 골 빈 소리 잘하는 줄 안다만 알아듣게 좀 지껄여 봐라."

도살자가 거들었다.

"그림에 떡이라더니 채연이 그 짝일세. 그것도 아주 아주 기가 막힌 떡!"

"절간에서 새우젓이라도 얻어먹으려면 눈치가 있어야 하잖아 이것들아! 형님 계집이다, 그 말씀이라니께."

모두의 표정이 심하게 일그러졌다. 발바리가 못내 아쉬운 듯 한 소리 한다.

"큰형님께서 제게 전리품으로 주신다고 약속하셨드랬는대요. 구워 먹든 삶아 먹든 찜 쪄 먹든 회 쳐 먹든 맘대로 하라고……. 형님들도 들었잖요."

골초가 물고 있던 담배를 짓씹어대더니 발바리의 멱살을 움켜잡는다. 나머지 놈들이 구경거리라도 생긴 양 헤실헤실 웃기만 한다.

"돗만한 쇠끼가!"

전에 없이 퉁명스럽게 받아치는 빌바리.

"전 큰형님이 약속하셨다고 말씀드렸을 뿐입니다!"

골초가 발바리의 정수리를 후려치며 말했다.

"계륵이 무슨 뜻인지 몰러? 큰형님 여자라고 했잖여. 대굴박에 피도 안 마른 쇠끼가 껄떡댈 걸 껄떡대야지. 틈만 나면 시시콜콜 심채여 니를 우짜까 그 생각만 하는구만."

발바리가 정수리를 어루만지며 대들었다.

"시시콜콜이 아니라 호시탐탐 아닙니까? 그리고 저도 스물이 넘었는데 대굴빡에 피도 안 말랐다고 그 그러십니까?"

"어쭈구리? 돗도 모리는 놈이 뭘 안다고 나를 가리켜?"

발바리가 이때다 싶었는지 나머지 사내들을 바라보며 비웃듯이 묻는다.

"이럴 땐 '암 것도 모르면서 시시콜콜 가르쳐'라고 하지 않나요?'형님 들?"

평소 골초의 잘난 척에 진절머리를 내고 있었던 나머지 사내들이 고소하다는 듯이 키들키들 웃는다. 자존심이 상할 대로 상한 골초가 한발 주춤하더니 담배 연기를 폐 깊숙이 들이마신다. 그의 장기에서 걸러진 담배 연기가 발바리의 얼굴을 공략한다. 발바리가 맞짱이라도 뜰 것처럼 씨근벌떡 대며 일어나 골초를 노려본다. 골초가 담배를 짓이겨 끈 뒤 긴 호흡과 함께 발바리를 향하여 주먹을 날리려는 찰나, 목점두가 나타나 골초의 손목을 잡아 비틀음과 동시에 다리 관절을 치자 힘없이 나뒹굴어진다. 순견히 상대의 힘만을 이용한 놀랄만한 솜씨다.

"발바리 말이 옳다. 저 지지바는 발바리 것이다."

나뒹굴어졌던 골초가 벌떡 일어나며 소리친다.

"아 안 됩니다. 형님! 이는 어불상사입니다."

목점두가 골초의 어깨를 툭 하고 치면서 뱀눈을 높이 치켜뜨고 지껄였다.

"어불성설이다. 우두머리 된 자가 말을 바꾸면 돌아오는 건 배신밖에 없다. 난 발바리에게 전리품을 주겠노라고 약속했기 때문에 그 약속을 지키는 것뿐이니 그리 이해해라."

모두는 고개를 숙여 합창한다.

"역시 큰형님이십니다."

못마땅한 표정이 역력한 골초가 지푸라기라도 잡을 심산으로 덧붙였다.

"그럼, 비둘기는 어떻게 할까요?"

"허당이야."

"네?"

"골초 말이 맞다. 채연 의상과 액세사리(accessory) 몽땅 길표다."

이때 도살자가 새삼스럽게 그들과는 정 반대의견을 내놓아 무리들을 잠시 술렁이게 했다.

"채연은 무엇으로 보나 까이통은 아닌 것 같습니다. 한 떨기 개망초 같은 청순미가 흐르는 모주방(얼굴)에 깔쌈하고 뽀대나는 옷걸이 하며,

신사임당 어머니 같은 인자한 행실이 확실히 그걸 말해주고 있습니다. 외산 차를 몰고 다닐 정도라면 잘나가는 외동딸이라는 것도 증명되었고요. 그녀의 길표 액세서리(accessory)가 말해 주듯 근면 검소하다는 것입니다. 그래서 말인데 채연을 우리 싹스리 파 미의 여왕으로 모셔야 한다고 본인은 강력하게 주장하는 바입니다. 달리 말을 바꿔 말하면, 싹스리파 를 상징하는 캐릭터(character)화 하자 머 그런 뜻입니다. 그렇게만 된다면 저희들은 큰형님께 이 한목숨 기꺼이 바칠 용의도 있습니다. 안 그렇습니까 여러분?!"

사내들이 휘파람과 함성을 지르며 손뼉을 쳤다. 놈들을 하나하나 꼬집듯 바라보던 목점두가 입을 열었다. 혼미한 놈들의 정신을 일깨워 놓기 위해서는 현실의 문을 열어 아름다운 여인에 대한 광적 감수성에 일침을 가해야 한다고 생각했는지

"심채연, 이 가이나 겉만 빤드레한 고급 까이통이라고 골초가 그랬지? 맞다. 창녀 계집애 하나 때문에 꼬리라도 잡혀봐라. 대사를 그르치는 수가 있다. 계집 예쁜 건 사내 후리는 갈보질 밖에 아무짝에도 쓸모가 없으니 그런 줄 알고 발바리 일 끝내고 나면 화장장 가동해. 여왕은 싹스리 파 왕국을 세운 다음에, 영화배우 섹시 아이콘 있잖냐 상 거시기 말이야. 그 애 납치해서 세워 놓아도 늦지 않아. 이 세상에서 돈으로 안 되는 일은 너희 놈들 정신 상태를 바꿔 놓는 일밖에 없다."

채연을 없애 버려야 한다는 목점두의 강력한 의지에도 불구하고 악

당들은 저마다 공황 상태에 빠진 듯했다.

"오! 형님……."

그렇게 합창을 마친 사내들의 표정이 심상치 않았다. 목점두가 그런 사내들을 못마땅한 눈으로 바라보다가 휙 돌아서서는 야릇한 미소를 머금었다. 골초가 머리를 긁적대며 목점두의 뒤통수에 대고 애원조로 말했다.

"혀 형님. 그냥 보내기에는……!"

"절제는 미덕이다."

"지독한 고문입니다."

"싹스리파 가 목적을 달성하기 위하여 넘어야 할 산은 아직도 많다. 그런데 저깟 창녀 기집 하나 넘지 못한 데서야 장차 어찌 큰일을 할 수 있단 말이냐. 못난 놈들……. 약속한 대로 발바리 일 끝내면 처치해 버려."

목점두 얼른 술병을 집어 든다. 오크통에서 21년을 버텨온 알코올이 목울대를 타고 넘어간다. 41%의 알코올이 위의 점막으로 흡수되고 남은 양은 소장으로 이동 흡수된다. 인체의 화학 공장인 간으로 들어간 알코올은 90% 정도를 분해하고 나머지 아세트알데히드(acetalde-hyde)는 혈관을 타고 온몸으로 퍼진다. 독성물질에 의해서 혈관이 확장되면서 목점두의 온몸이 타오른 것처럼 벌겋다. 알코올의 경보장치가 가동되었지만 상관하지 않고 또 빨아 댄다. 간장에 고통을 주고 숙취의 원인이 되기도 하는 아세트알데히드가 계속 늘어난다.

"발바리 너도 마셔둬라! 그리고……."

목점두가 한 줌도 안 되는 분홍색 여자 팬티와 커피색 스타킹을 내밀었다.

"여자란 양발 하나 벗는 것만으로도 성욕을 불러일으키는 존재다. 재미보고 갈아입혀."

발바리가 구십 도로 허리를 굽혀 인사를 한 뒤 신성한 물건을 받들 듯 두 손을 벌린다.

"혀 형님! 감사합니다."

18-5

같은 날 22시

적당히 술에 취한 발바리는 앞으로 벌어질 일들이 믿어지지 않는다는 듯이 계속해서 웃음을 실실 흘리고 있다. 도끼빗으로 곱슬곱슬한 머리를 정성스럽게 다듬자, 휘파람이 절로 흘러나왔다. 카드를 돌리던 나머지 악의 무리가 못마땅한 눈초리로 연신 헛기침을 해댔다. 그러거나 말거나 사무실을 나온 놈은 한동안 주변을 서성이는가 싶더니 이내 채연의 방 쪽으로 급선회했다. 시찰구를 열고 꼬름한 눈으로 안을 살폈다. 희미한 촛불 아래 담요를 뒤집어쓰고 죽은 듯이 잠에 빠져있는 채연. 발바리는 자신도 모르게 진저리를 치며 빗장 문을 스르르 열고 크게 기침을 한 번 한다. 방안을 건성건성 훑고는 그녀가 뒤집어쓰고 있는 담요 속으로 손을 쓰윽 밀이 넣는다.

"채연 씨! 벌써 자는 거야? 오늘 형님께서 자네캉 신방을 차리라고 특별히 허락을 하셨거릉."

부산한 발바리의 움직임에 따라 촛불이 춤을 추었다. 알코올에 점령당한 발바리의 정신은 본능이 손짓하는 대로 움직일 뿐이다. 목점두가 채연에게 갈아입히라고 준 팬티와 스타킹을 슬며시 내려놓는다. 담요를 뒤집어쓴 채 바들바들 떨고 있는 채연의 몸을 더듬더듬하다가 발을 잡는다.

"채연 씨!"

그렇게 애끓는 음성으로 불렀지만, 대답이 없자 슬며시 그녀의 다리를 어루만진다. 마치 값진 보석을 다루듯 조심스럽고 경건하기까지 하다. 그녀가 다리를 빼려고 힘을 준다.

"에이, 수줍어 하기는……."

발바리는 그녀의 발가락을 어루만지다 냄새를 맡는다. 냄새에 취한 발바리가 들까불기 시작했다.

"캬! 죽인다, 죽여. 킁킁킁"

극심한 흥분으로 들뜬 놈이 그녀의 엄지발가락을 입안에 몰아넣고 알사탕 빨 듯 빨아대기 시작했다. 간지러움에 진저리를 치는 여자를 느끼자, 발바리의 흥분이 절정에 이르렀다.

"좋아. 좋아. 정말 좋아."

놈의 옹알이는 지칠 줄 모르고 계속되었다.

"채연 씨 생긴 거완 다르게 발냄새 예술! 진짜 진짜 예술이다. 일찍이 이처럼 황홀한 발냄새를 맡아본 적이 없었거릉."

성적 황홀 지경에 빠져버린 발바리는 판단이 흐려지기 시작했다. 자신의 흥분이 상대의 흥분을, 상대의 흥분이 또 자신의 흥분을 연쇄적으로 증감시키면서 두 사람은 절정을 향하여 치닫게 될 것이라고 굳게 믿는 눈치다. 이런 사내의 오해가, 오해가 아님을 증명이라도 하듯이 여자의 신음이 점점 커지기 시작했다.

두 육신은 교감 신경에서 분비하는 호르몬 아드레날린(hormone adrenalin)으로 심장 박동수가 증가하면서 엄청난 양의 에너지(energy)를 소모하기 시작했다. 맥박이 분당 70에서 150으로 상승하였다. 오로지 성을 위하여 동공이 확장하며 소화 기능이 억제되었고, 모세 혈관이 수축하더니 혈압이 끝없이 상승 곡선을 그렸다. 입맞춤이 시작되면서 30여 개의 근육이 운동량을 높인 반면, 나머지 12개의 근육은 입술의 움직임을 통제하였다. 또 다른 12개의 근육은 혀의 움직임을 통제하였다. 혀에는 성감대가 없지만 그다음 단계의 상상력으로 아드레날린(adrenalin)은 더욱더 분비되어 갈 무렵 여자가 속삭였다.

"빨랑 해죠!"

마침내 한 몸이 되었고 정점에 이르자 중추에 전달되는 폭발적인 신경 근육이 반응한다. 쾌감은 곧바로 골반의 생리적 동시반응을 동반한다. 그녀의 생식기, 유두, 피부 전반의 혈관이 확장되며 눈동자가 커진다. 발바리의 지나친 흥분으로 절정이 빨리 찾아왔다. 고환 속에서 울부짖고 있던 올챙이들이 꾸역꾸역 기어 나왔다. 피가 온몸을 도는 고작 46초 동안에 모든 상황은 끝이 나고 남자가 허탈에 빠져갈 무렵 여자의 손이 사내의 굇바퀴를 어루만진다. 이어서 뭔가가 측두글(ostemporale) 암양부의 내이 부분에 이르자 공격을 시작했다.

"아악!"

사내가 부르르 떨면서 벌떡 일어나는가 싶었는데 평형감각을 잃고 무릎을 꿇는다. 연이어 토악질이 시작되더니 붉은 살덩어리가 툭 떨어진다. 발바리가 자기 혓바닥을 뱉어낸 것이다. 그러고는 쿵 하고 모로 쓰러지고 말았다. 입과 귀에서 쏟아지는 피가 바다를 이루었다. 곧바로 허혈성 쇼크(shock)사. 여자가 옷을 추스르며 씽긋이 웃었다. 이달기다.

구석 자리에 정물처럼 서 있던 물체가 여린 촛불 영역으로 들어왔다. 채연이다. 어쩌나 떨고 있는지 보기에도 안타까울 정도다. 그런 그녀가 강단 있게 내뱉었다. 삶과 죽음 사이에서 나올 수밖에 없는 방어 기능이 작동한 것이다.

"이 이 이젠 어쩌죠?"

발바리의 시신을 살피고 있던 달기가 부들부들 떨고 있는 채연의 손을 잡아끌었다. 그러고는 발바리에게 다가가며 입을 열었다.

"이거 달긔가 델꾸 가께?"

채연이 재빠르게 시찰구를 통해 밖의 동정을 살피더니 문을 열었다. 달기가 능숙한 솜씨로 발바리의 양발을 벌려 양어깨 위에 올려놓고는 방문을 향하여 끌었다.

"조기로 가면 지하실로 가는 문이 있쪄."

"……"

"무서워 마러."

억만년 같은 시간을 보낸 채연은 서성이던 발걸음을 멈추고 가구를 밀어 달기와 발바리가 사라진 통로를 감추었다. 이로써 모든 알리바이 (alibi)는 완벽하게 성립되었다.

이성과 본능

19. 이론과 사상은 시작과 동시에 부패된다

19-1

같은 날 23시

캘리포니아 서쪽 연안에서 해달 수컷 무리가 수영을 즐긴다. 수컷들은 늘 힘자랑을 하면서 논다. 누군가는 그들 무리의 대장이 되고, 누군가는 그 대장 자리를 넘본다. 대장은 암컷을 절대로 나눠 갖지 않는다. 특히 아름다운 암컷을 양보하는 경우는 없다. 다른 수컷들은 대장 자리 못지않게 암컷에게 관심이 많다.

이런 사실을 모를 리 없는 대장 수컷은 대단히 폭력적인 방법으로 암컷과 교미한다. 교미가 끝난 수컷은 자기 유전자가 잉태 중이라는 표시를 위하여 암컷의 코에 커다란 상처를 낸다. 암컷의 코에 난 상처를 본 다른 수컷들은 가급적 자연계의 질서를 깨트리지 않기 위해서 다른 암컷을 찾아 나선다. 이즈음 기도원 건물에서는 채연의 방안을 유심히 살피는 사내가 있었으니……. 방문이 열리고 성큼 들어선 자는 목점두다. 사방을 두리번거리며 뭔가를 찾는 눈치다. 고양이 발걸음 소리만큼이나 작은 소리를 내며 사방을 돌아다닌다. 놈은 지금 발바리가 채연에게 갈아입혔을 것으로 예상되는 그녀의 속옷과 스타킹을 찾고 있다. 담요를 뒤집어쓰고 있던 채연의 몸이 사시나무 떨듯 떨고 있다. 사내가 허탕을 친 채 문을 나선다. 가늘지만 또렷한 발소리가 그녀의 고막에서는 천둥이 친다. 놈이 사라지고 난 후 단 몇 초 만에 그녀의 두뇌는 오만가지 생각들로 범벅이 되어 있었다. 누가 무엇 때문에 자신의 방안을 서성이다가 서둘러 사라지는가? 발바리가 살해된 것을 눈치라도 채고 흔적을 찾아내려고 했을까? 지하 감방에서 살고 있다는 달기를 따라갈걸 그랬나? 기회를 엿봐 탈출을 시도할 수도 있었을 텐데…… 라는 후회가 밀려오자, 놈들의 대대적인 수색이 시작될 것이고, 자신은 물론이고 달기의 정체까지 드러나고 말 것이라는 생각에 이르자 결심이 섰다. 달기가 희망이다. 그녀만이라도 탈출시켜 경찰에 알려야 한다. 어떻게……?

같은 날 23시 30분

또 다른 사내가 죄의식의 무게도 없이 나타났다. 하나의 큰 시련 뒤에 따라오는 시련은 그 무게가 가볍게 느껴지기 마련이다. 시간차를 두고 그녀의 방을 순차적으로 방문하고 있는 목적의 단순성에 대한 그녀의 대책은 기도뿐이었다. 절대자를 향해서 막연히 내미는 손은 나약해지기 마련이다. 기도는 문제해결 방법을 끌어 내기 위한 과정이며 혼란과 공포를 잠재운다. 영혼은 그 집중력을 통해서 흘러나와 생각지도 못한 해결책을 슬그머니 놓고 간다. 오랑캐는 오랑캐로 더위는 더위로 잡아라. 세상의 모든 실패의 역사는 외부가 아닌 내부에서 발생하여 만들어진다.

사내는 바들바들 떨고 앉아 있는 채연을 모지미지 싱금싱금 그녀 곁으로 다가가 앉았다. 놈은 끝없이 성장한 정염의 시달림에 이끌려 굶주린 맹수가 이미 포획된 사냥감을 찾아가듯 거의 본능적으로 나타난 것이었다. 그들이 책정한 순번-위안부가 되어버린 것에 대한 가정-이 아닌 이기적 본능에 따른 행동에는 거칠기는 하지만 분명 어떤 약점이 있기 마련이다. 취기와 함께 성장하고 있는 극한 본능에 따라 채연을 어떻게 요리할 것인가 핏발선 눈으로 바라보고 있는 사내는 골초다. 놈은 생각한다. 발바리가 없다. 벌써 일을 마치고 가버렸단 말인가? 다시 한번 눈을 씻고 사방을 두리번거려 본다. 죽 떠먹은 자릴 두고 호통을 칠 큰형님이 아니다. 어쩌면 자신의 거친 행동과 사내다운 발양머리를 높이 사줄 수도 있다. 놈이 키들키들 웃는다. 완벽하게 인테리어되어 있는 자신의 물건이 근덕대기 시작한다. 잠자리에서 여자를 녹여버리고 싶다. 남자의 물건을 최대한 크고 단단하게 오래 고정해야 한다는 친구 놈의 충고가 맞아떨어진다면 오늘밤 그녀를 기분 좋게 만드는 일은 식은 죽 먹기뿐이라는 자만심이 주책없는 놈의 물건만큼이나 불룩 솟아오르게 한다. 놈이 입을 연다.

"일전에 부탁한 아버님 전상서는 다 된 기야? 워짠 기야?"

담요를 끌어안은 채연이 발을 밀어 엉덩이를 뒤로 끈다. 두려움으로 까칠해진 그녀의 얼굴이 안쓰럽다. 골초가 그녀의 얼굴을 어루만지며 흥분으로 들뜬 음성을 감추지 않는다.

"패 팬지 땜에 왔다니께. 그렇다고 꼭 팬지만이 목적은 아니라고 말할 수도 있겠지마는, 그것이……"

놈이 잠시 숨을 고르고는 계속했다.

"누가 그랬잖아. 모든 목적은 행동 때문에……. 아니 모든 행동은 목적 때문에 행동한다고 말이야."

"……."

"발바리 쇡끼처럼 그대의 심장에 해를 끼치는 동물적인 목적에 따른 행동은 하지 않을 거야, 이 밤."

채연은 이 능글맞은 인간의 대책 없는 언어가 신경에 거슬리기는 했지만, 그 점을 잘만 이용한다면 술지게미 냄새와 거친 숨소리를 잠재울 수 있을 것으로 기대했다. 그러면서도 놈은 심한 발정을 견디지 못해 안쓰러울 정도로 부들부들 떨고 있었다. 사색이 된 채연의 깨문 입술에서 피가 흘렀다.

"쯧쯧쯧, 발바리 그 무식한 계륵 같은 놈!"

"아 아무도 오지 않았어요. 여 여기 아무도요."

놈이 놀리듯 말했다.

"내가 봤는데……."

"……."

"이 시점에서 중요한 것은 말이야."

그리고는 그녀를 덥석 안았다. 그녀는 본능적으로 비명을 지르며 발버둥을 쳤다.

"아 악 아버지!"

놀란 골초의 우악스러운 손이 그녀의 입을 막았다. 놈은 지금까지 내벨은 언어유희를 버리고 욕설과 함께 목적을 향해 거침없이 손을 놀린다. 이미 프로그램화되어 있는 일이 기적이라는 이름으로 벌어지지는 않는다. 그녀가 품고 있던 날캄한 포크를 골초의 목에 댔다. 그리고 놈의 입체적 본능이 진정되기를 기다렸다. 놈을 겨냥한 그녀의 가녀린 손에서 용도에 맞지 않는 일을 벌이고 있는 포크는 무기가 될 수 없었다. 그녀는 단지 시간을 벌고 싶었다. 놈이 목적을 달성하는 시간을 늦추기 위해서다. 비록 그 시간이 빛의 속도만큼이나 빠르게 지나가고 말지라도 그 짧은 순간에도 세상은 백번도 더 넘게 뒤바뀔 수가 있다. 갑자기 놈에게 심장마비가 올 수도 있고, 천장이 내려앉을 수도 있고, 마루가 꺼질 수도 있으며 전쟁이 터져 기도원이 날아갈 수도 있다. 이것이 그녀가 마지막까지 희망을 버리지 않는 이유다. 어떤 경우에도 포기를 하지 않는다면 적어도 50%의 확률은 남아 있는 셈이라는 아버지의 말씀을 귀에 못이 박히도록 듣고 살아오지 않았던가!

그녀의 포크 날은 놈의 목구멍을 뚫어 버릴 듯이 깊숙이 들어가고 있었다. 그러나 골초는 히죽히죽 웃는 여유를 부렸다. 포크 날이 목살의 피부 끝까지 들어가고 이제 표피를 지나 진피에 이르면 피가 솟구칠 것이다. 그럼에도 골초는 자신의 생명을 위협하는 채연의 악지를 욕정의 일부분으로 편입시킨다. 프로이트(Freud)적으로 말해 고통에서 쾌락을 느낀다는, 더 정확하게 말해서 고통과 함께 쾌락을 동시에 느낀다는 생애 발생적(erorogenic) 마조히즘(masochism)에 가까운 주이상스(jouissance) 빠져 버린 것이다. 채연은 자신의 의도와는 다르게 놈이 점점 더 거친 숨소리를 내며 '조금 더!'라고 보채자 그녀의 힘이 급격하게 떨어진다. 골초는 유기체 썩은 냄새가 풍기는 주둥이를 그녀의 가슴에 박았다. 그리고 창의성과 엽기성을 겸비한 주둥이 놀림을 통해 그녀의 쾌감을 끌어내려는 개지랄을 지속했다. 대부분 남성이 그렇듯이 골초의 남성성의 착각은 그녀에게 쾌감 대신 고통에서 벗어나려는 극도의 혼란을 야기했고 마침내는 혼절 직전으로 몰아갔다.

놈의 모든 감각기관과 사지가 그녀의 몸 위에서 꽃밭에 사뿐히 내려앉은 나비처럼 여유와 부드러움을 보일 때 그녀가 벌떡 일어나며 최악의 발작을 보였다. 그런 갑작스러운 발작에 놀란 골초가 그녀의 따귀를 올려 치려는데 벌컥 문이 열렸다. 결국 그녀가 기대했던 작으나마 이 시점에서는 바람직한 기적이 일어난 것이다. 목점두가 들어서고 그 뒤를 나머지 악의 무리가 어미 쥐를 따르는 생쥐들처럼 유순한 모습으로 문턱을 넘었다. 골초가 반쯤 내려온 바지를 추스르며 소리쳐 말했다.

"혀 형님!"

골초의 멱살을 움켜쥔 목점두의 손이 바르르 떨린다. 골초가 고자 힘줄 같은 소리로 애원했다.

"주 죽을죄를 졌습니다. 차 참을 수가 없어서 저도 모르게 그만……."

목점두가 움켜쥔 손가락 마디의 힘을 풀면서 푸하하 웃다가 말고 갑자기 채연의 턱을 부여잡더니 부드럽고 낮은 소리로 말했다.

"골초! 계란을 먹고 싶으면 암탉 소란 떠는 것쯤이야 참을 줄도 알아야 하는 거 아니냐?"

골초가 목점두의 의중을 몰라 눈동자를 뙤록뙤록 굴렸다.

"혀 형님!"

놈이 또다시 채연의 뺨을 쓰다듬으면서 중얼거리듯이 말했다.

"꿀은 달아도 벌은 쏘는 법이다. 노고 없이 되는 일이 있더냐?!"

골초가 어찌할 바를 모르고 대답했다.

"네 네……. 혀 형님."

목점두가 채연을 붙잡고 얼굴을 씰룩이며 뚫어질 듯이 바라다본다. 한순간 집중적으로 이성을 바라보는 눈은 성적으로 깊이 빠져있다는 증거다. 놈이 배부른 고양이 새끼 냄새 맡아보듯 채연의 얼굴과 가슴과 엉덩이를 더듬어 보더니 나머지 사내들을 일일이 지목한다.

"골초 다음엔 도살자, 그다음엔 쇠 이빨……."

을빵이 불퉁한 입으로 말했다.

"제가 꽁바리입니까, 행님."

"의미 없는 순번 따지지 말라. 그리고 너 채연, 창녀 주제에! 죽기 전에 밥값은 해야지?"

사내들이 동시에 합창한다.

"역시 큰형님이십니다."

"골초, 뭐 하고 있어!"

골초가 따듬작따듬작 다가가 채연을 담쏙 안았다. 그녀가 기회라고 생각했는지 골초의 팔을 뿌리치며 놈이 거부할 수 없는 명백한 언어로 입을 열었다. 자신도 놀라는 눈치다.

"부탁이 있어요."

골초는 물론 나머지 사내들이 채연의 부탁이라는 것이 무엇인지 긴장하는 눈치다. 목점두가 기묘한 표정으로 그녀 곁으로 바싹 다가가 오래된 연인에게 문득 달달하게 물었다.

"무슨 부탁인지 말해볼래요, 채연 씨. 뉘 부탁이라서 거절하겠어요?"

"발바리 아저씨를 불러주세요."

"시방 무슨 소릴 하는 거지? 발바리는 방금 전에 다녀간 걸로 알고 있는데……."

놈은 씨익 웃으며

"그사이 정이 들었는갑네?"

"오지 않았습니다."

목점두는 자신이 이 방에서 그녀의 속옷을 발견하지 못한 점을 상기하며, 그녀의 주장이 틀리지 않았을 가능성에 나머지 사내들을 향해 물었다.

"골초, 어떻게 된 거냐?"

서로를 돌아보던 놈들이 이구동성으로 답했다.

"모르겠습니다."

목점두가 다시 말했다.

"내 두 눈으로 똑똑히 봤다. 그런데 발바리가 오지 않았다. 너희들은 모르겠다 시방 이게 말이 된다고 생각하냐?"

　　　　이성과 본능

이때 골초가 다소곳이 입을 열었다.

"발바리는 오지 않았습니다."

악의 무리가 서로를 돌아보며 중구난방으로 떠들어대기 시작했다.

"발바리 이 자식 꽃 본 나비처럼 환장을 하더니, 순전히 구라였나? 고자 새끼가 아니라면 없어질 이유가 없잖아."

"내 말이. 언젠가 숨어서 여자 속옷 물고 딸딸이를 치던 모습을 본 것 같아. 고자 맞네."

목점두가 버럭 화를 내며 말했다.

"느그들 지금 무슨 개 뼉다구 같은 소릴 지껄이고 있는 기야! 당장 흩어져서 발바리를 찾아보라!"

19-2

"여기 지하실로 통하는 철문이 열려 있다!"

누군가 그렇게 소리쳤다. 사내들이 우르르 몰려간다. 골초가 앞장을 섰다. 얼빵과 쇠 이빨이 뒤를 따른다.

"근데 이 자식이 뜬금없이 귀신들 잔칫집 같은 지하실은 왜 들어간 기야. 이 이 쿠린내는 뭐지? 발바리야!"

사내들은 담력 시험이라도 하는 사람들처럼 달팽이 속 같은 나선형 계단을 성큼성큼 걸어 내려갔다. 인간은 모든 중요 부분이 앞에 달린 바람에 눈앞의 정보에 따라 매우 민감할 수밖에 없다. 때문인지 그들의 표정은 수렁 속으로 빨려 들어가고 있는 것처럼 비장감마저 엿보였다. 파묘 앞에선 기분이라고 사내들은 생각했다.

인기척에 놀란 달기는 채연이 주문한 대로 발바리를 누더기로 덮어 놓고 자신은 엉큼한 고양이처럼 땅굴 속으로 몸을 숨긴 채 밖의 동정을 살폈다. 그녀가 사라진 텅 빈 공간엔 태곳적부터 남아 있었을 것만 같은 하찮기 그지없는 물건과 죽어서도 염치없이 남의 자리를 차지하고 있는 발바리만이 적막에 보탬을 주고 있었다. 막돼먹은 손님들은 불빛을 먼저 보내고 그 뒤를 서서히 따라 들어오고 있었다.

골초는 움켜쥔 강력한 손전등만이 유일무이한 무기인 양 의심스러운 곳이면 여지없이 비춰보면서 작은 떨림을 감추고 속삭이듯이 말했다.

"그동안은 굳게 잠겨 있었는데……. 어 어떻게? 여기 침대 하며 흙더미 좀 봐. 사람이 살고 있었던 흔적이 남아 있잖아."

"미친 멍멍이 소리 작작 해라."

악의 무리에게도 무서운 것은 상상 속에 있는 것들이다. 어쩌면 악의 무리일수록 상상 속의 그 무엇이 더 무섭고 더 집요한 존재일 수도 있다. 그들이 저지른 악행은 결코 그들을 떠나지 않기 때문이다. 끝없는 공포감을 폭력이라는 허세로 몰아내려 하지만 결정적인 순간에 그 허세가 부메랑(boomerang)이 되어 돌아온다는 사실을 모르고 있다. 악행이 악행을 낳는 이유다. 놈들은 두려움이 자신들과 상관없는 일인 것처럼 가장하기 위하여 일일이 살피는 실수를 저지른다.

"저기!"

쇠 이빨이 움찔하며 손을 뻗친 곳! 누더기 사이로 벌거벗은 두 발이 보였다. 도살자가 얼른 누더기를 걷어냈다. 피범벅이 된 발바리의 시신이 눈을 뒤집어 깐 채 그들을 노려보고 있다.

"헉!"

"자세히 살펴들 봐라 쫌. 어찌 뒤졌는지 말여. 죽은 자는 물어뜯지 않는단 말도 모르냐!"

그러면서도 바들바들 떨며 입가의 담배를 툭 하고 떨어뜨린 뒤 슬금슬금 뒷걸음을 친다. 서로에게 시선을 주고 있던 사내들이 뒤질세라 골초 뒤를 따른다. 순간 번개처럼 빠르게 계단을 향해서 뛰기 시작했다. 산 사람이 죽은 사람을 두려워하는 아이러니가 어찌 일반인들에게만 적용되겠는가?

20. 영혼 없이 자기 자신과 수신하는 자들의 위험

20-1

다음 날 오전

천안역 부근 여관 입구에서 길고양이와 시궁쥐가 막다른 골목에서 마주쳤다. 식욕이 동한 고양이가 시궁쥐를 슬금슬금 몰아 붙이다가 느닷없이 공격을 퍼부었다. 길고양이가 시궁쥐의 숨통을 물고 가쁜 숨을 몰아쉬고 있을 때, 담배 연기 자욱한 기도원 사무실 안은 살기가 번득이고 있었다. 사내들은 너나 할 것 없이 심각한 표정으로 목점두의 눈치만 살핀다. 결국 치킨게임의 조짐마저 보여서 희생양이 필요한 암묵적 분위기다. 이 시점에서 희생양이 될 암묵적 존재를 만드는 데에는 친분 따위는 '엿이나 먹어라.'다. 가장 만만하거나 티끌만 한 허점이라도 보이면 일단 물어뜯겠다는 심사들이다. 아니면 당신이 물어 뜯긴다.

세상만사 반전 없는 것은 없다. 분위기라는 것은 언제든지 어떤 조건만 일치된다면 일시에 바뀔 수도 있다. 어떤 전제는 공격의 빌미가 된다. 이런 상황에 의리는 사치라는 말로도 모자란다. 이들은 목숨을 걸고 자만을 떨 만큼 무모한 자들은 아니다. 돈을 위해서 만들어진 조직이기 때문에 애초부터 동지애라는 말은 고기 싼 포장지 정도의 값어치로밖에 생각하지 않고 있다. 자신의 이익과 쾌락에 대해서는 한없이 관대하지만, 상대의 불행에 대해서는 지그시 눈을 감아 버리는 속성 또한 이처럼 구성된 자들의 특징이다.

목점두가 자기 뺨에 예리한 칼날을 살그머니 문질렀다. 이슬처럼 맺히기 시작하던 피가 땀방울과 섞여 하악골(jawbone)로 떼구르 구르더니 책상 위로 으악 소리를 내며 떨어졌다. 목점두의 자해는 필요 이상의 효과를 거두는 경우가 많았다. 이럴 때 그를 상대하고 있던 열 중 아홉은 자기 목에 칼을 맞은 느낌이었다고 했다. 놈은 자기 피의 대가가 어떤 것인지 부연 설명하지 않았다. 단지 그 눈초리와 표정으로 말하고 있었다.

"누구냐?"

얼빵의 왕방울만 한 눈이 골초를 쏘아보았다. 골초의 안색이 굳어졌다. 얼빵이 무릎을 꿇는다. 매사에 선수 치기 선수다.

"큰행님! 지기 주십시오."

"너냐?"

"아입니다. 하지만도……."

"내가 찾는 건 발바리를 죽인 놈이다. 계집을 탐하는 것은 이해할 수 있다. 하찮은 창녀 계집 때문에 피로써 맺은 동료를 살해 있을 수 없는 일이야! 내가 느그덜에게 제일 강조한 것이 의리였다. 그러고도 너희 놈들이 우리들의 미래를 말할 수 있겠느냐?!"

목점두의 살기가 등등한 뱀눈은 무슨 일인가 저지를 것만 같은 기운을 뿜어내고 있었다. 얼빵이 일어나 자기 어깨로 골초의 어깨를 툭

하고 쳤다. 그러자 목점두가 눈가에 흐르는 눈물을 닦아내며 골초를
본다. 놈의 눈물은 '그만큼 너희들을 사랑했으나 너희들은 그 크기로
나를 배반하였다'라는 연극적 요소가 짙은 퍼포먼스다. 얼빵이 겁먹은
눈으로 이번에는 골초의 옆구리를 푹 하고 찔렀다. 골초가 허물어지듯
무릎을 꿇고 목점두의 두 발을 잡는다.

"저 저는 아닙니다. 부 분명히 그 그 여자밖에 없었습니다."

얼빵이 소리쳤다.

"늬는 첨부터 발바리가 심채여니캉 숑숑하는 기를 못마땅하게 생각
하고 있었제. 그래가 쥐새끼맹키로 몰래 심채여니한테 간 기 아이가."

얼빵이 골초를 희생양으로 삼아야 한다는 암묵적 동조자로 쇠 이
빨과 도살자를 끌어들였다. 이런 서바이벌 게임에서는 적과 동지를 최
대한 빨리 구별 짓는 것이 상책이다. 이를 눈치챈 도살자가 가세했다.

"그 후 발바리는 무참하게 살해된 채 지하실에서 발견되었다. 무얼
뜻하지?"

목점두의 눈빛이 사나워진다. 골초가 희생양이 될 확률이 높아진 셈
이다. 마녀사냥에 걸려들었음을 눈치라도 챈 걸까 악을 쓰며 반항한다.

"내 내가 아니라니께 그러네! 어 어떻게 그런 무모한 행동을 하겠
어!"

도살자가 마침표라도 찍을 것처럼 언성을 높였다.

"바로 그 점을 노린 거 아니냐?!"

막다른 골목에 몰린 고양이 앞에 쥐 꼴이 되어 버린 골초가 좀처럼

내보이지 않던 송곳니를 드러내고 게거품을 물며 완강하게 대들었다.

"어 억울해! 억울해! 정말 억울하다고! 크 큰 혀 형님 전 아 아닙니다. 정말 아닙니다."

도살자의 팔꿈치가 골초의 등을 내리쬔다. 도살자는 골초가 어떤 알리바이도 성립시킬 수 없도록 일목요연하게 상황을 정리했다. 이는 물에 빠진 적의 목을 눌러 버림으로써 티끌만 한 반전의 기회도 주지 않겠다는 비열한 의도다.

"잘 들어! 우리 모두 같은 시각에 포카를 하고 있었었다. 그러다가 발바리가 슬그머니 일어나 채연이에게 갔다. 얼마 지나지 않아서 골초네놈도 주방에 안줏거리가 있는지 어떤지 찾아본다면서……. 그리고 뭐라고 구시렁대면서 나갔잖아. 이후 네 놈은 채연을 강간하려다 우리에게 들킨 거야. 채연이 말대로 발바리가 그 방에 오지 않았다면 뭘 의미하냐? 너는 그 짓이 하고 싶어 정신이 돌아 버린 나머지 발바리를 지하 감방으로 유인하여 살해한 것이 분명해. 이 끼야! 네가 남자라면 사내답게 고백해라. 차라리 형님의 처분을 기다리란 말이야. 좃 달고 추접시럽구러 어디서 변명질이가?"

목점두의 눈빛이 먹이 놓친 뱀처럼 잠시 살기를 잃었는가 싶더니 이내 먹이를 발견한 매처럼 쏜살같이 달려들어 골초의 멱살을 움켜잡고 항변 따위는 관심 없다는 투로 자신을 엮어 넣었다. 목점두 자신의 알리바이가 불안했던 것이다.

"나 역시 같은 시각에 사무실에 없었다. 그러면 난가?"

"그 그런 뜻이 아니라……!"

목점두가 먼지를 털 듯 골초를 털어냈다. 골초의 몸이 책상 모서리에 부딪히면서 관자놀이가 찢어졌다. 붉은 선혈이 장마철 지렁이처럼 꿈틀거리며 볼을 타고 내려왔다. 피를 본 놈들이 흥분한다. 덫에 걸린 쥐가 빠져나올 확률은 쥐덫이 튼실한지 그렇지 않은지에 달려 있을 뿐이다. 튼실하지 않은 덫은 덫이 아니라는 모두의 상식이 틀린 적은 없었다. 쇠 이빨이 목점두의 부담감을 덜어주려는 투로 강력하게 말했다. 마지막 쐐기를 박아두자는 심사다.

"큰형님! 장차 더 큰 일을 위해서는 엄한 규율을 씌우셔야 합니다."

놈들에게 엄한 규율이란 처형을 의미한다. 내치거나 신체 일부를 훼손하는 형벌은 배반의 싹을 키울 뿐이다.

사색이 된 골초가 악의 무리에게 무릎으로 기어가 바지를 잡고 매달린다. 마지막으로 감정에 호소하려는 처절한 몸짓이었지만 제 명줄 바쁜 놈들이 골초의 감정 따위를 염두에 둘 리가 없다. 놈들은 못마땅한 얼굴을 하거나, 먼 산을 바라보거나, 심한 놈은 벌레를 털 듯 털어내기까지 했다. '살고자 하면 살 것이요, 죽고자 하면 죽을 것이다.'골초가 이순신 장군의 말씀을 기억해 내고는 그렇게 행동하기로 마음먹었다. 그런데 이 기억의 오류가 기여한 것은 생명줄을 단축이었다. 적당히 아는 것은 차라리 모르는 것만 못하다는 증거다.

"제발 살려줘. 내가 안 그랬어. 정말 내가 안 그랬단 말이여. 큰형님! 이건 분명 무함입니다 저 전 정말 발바리를 죽이지 않았습니다!"

골초의 입에서 '분명 모함입니다'라는 말이 날카로운 가시가 되어 목점두의 목을 찔렀다. 이 말의 방향이 어디로 흐르느냐에 따라 분위기가 뒤바뀔 수도 있다. 놈은 채연의 방 안에 있었던 치명적 약점이 있지 않은가. 목점두가 판결을 내렸다.

"넌 조직의 룰을 어기고 동료를 죽였다."

도살자가 거들었다.

"니는 발바리를 죽이고 그 까이방에 갔던 기야."

"아 아니야. 그 그땐 발바리가 없었어! 밖에 빗장이 걸려 있었단 말이야."

"내 말이. 니가 까이에게 가기 전에 발바리를 쥑이 버렸다는 결정인 증거야, 그것이."

"아니라니까. 정말 미치고 환장하겠네."

이번엔 목점두

"골초 네 말은, 우리 말고 누군가 이 건물 안에 있다가 발바리를 살해한 후 지하실에 옮겨 놓았다, 그거냐. 아니라면?!"

"······."

"사내답게 털어놓고 처벌을 바라는 것이 평소 너답지 않니?"

"크 큰형님 어 어떻게 설명해야 할지 모르겠습니다. 하지만 전 정말 아닙니다. 제가 어떻게 그 그깟 창녀 계집애 때문에 형제나 다름없는 동료를 살해한단 말입니까?"

"그동안 조직을 위해 헌신한 점 고맙게 생각한다. 그러나 좀 더 사내다뒀으면 좋았을 것을……!"

"새 생각이 납니다. 비록 술에 취했다고는 하지만 사무실을 막 나서려는데 누군가 채연의 방에서 나오는 것을 똑똑히 보았습니다."

골초는 상대의 패를 읽을 줄 모르기에 그저 최선을 다하고 있다. 그 최선이 오히려 독이 되어 목점두를 서두르게 했다.

"헛것을 본 기야!"

"아 아닙니다. 분명히 보았습니다. 발바리……. 발바리 같았습니다."

목점두는 시간을 끌수록 자신의 약점이 노출될 우려가 현실이 될 수 있다는 불안감으로 가슴이 타들어 가는 듯했다. 그래서 서두르기로 했다.

"그래! 그렇지. 그 여자를 먼저 차지하기 위하여 네 놈이 발바리를 지하실로 유인해서 죽인 기야."

"그 그게 아니라……. 생각해 보니 바 발바리가 아닌 것 같았습니다. 키는 비슷했지만, 몸동작이 분명히 발바리는 아니었습니다."

한 번 헛발을 디디면 계속 헛발을 디디는 것이 인생이라지만 지혜롭지 못한 골초의 헛발은 그 정도가 심했다. 목점두가 너털웃음을 웃더니 사내들을 휘리릭 바라보며 소리쳤다.

"내가 발바리와 키가 비슷하니 내가 맞네, 맞아. 내가 이 복점누가 죽였다고 발바리를!"

"혀 형님! 그 그런 뜻이 아니라……!"

목점두가 다시 무리를 보고 소리친다

"그럼 누기야?"

그러고는 미친 듯이 한 놈 한 놈 돌아가며 멱살을 움켜잡고 눈알을 부라리며 물었다.

"쇠 이빨 너니? 아님 얼빵 너니?"

놈들이 기겁하며 손사래를 친다. 그러자 목점두가 자기 가슴을 치며 소리쳐 말했다.

"다 아니면 내가 맞네!"

사내들이 골초에게 주먹을 날리며 울부짖는다.

"골초 개쉭끼!"

목점두가 모두를 말리며 골초를 감싸더니 눈물을 흘리며 물었다.

"내가 발바리를 죽였어. 안 그러냐, 골초?"

철없는 골초의 입에서 안도의 한숨이 흘러나온다. 목점두가 자신을 죄인으로 모아간 것은 어떤 결단의 순간이 왔다는 역설적 표현이라는 것을 깜박한 것이다. 순간 목점두가 골초를 끌어안는다. 그리고 귓가에 조용히 속삭인다.

"미안하다 골초. 천만 불을 모을 때까지 같이 가려고 했었는데……."

어느새 목점두의 칼이 골초의 옆구리를 깊숙이 찌르고 있었다. 힘없이 주저앉는 골초의 입에 담배가 물렸다. 얼빵의 배려다.

"잘 가라. 가거든 발바리에게 사과하는 거 잊지 말그래이."

목점두가 피 묻은 칼을 바라보며 속삭였다.

"너의 죽음은 헛되지 않을 것이다."

사내들이 합창한다.

"역시 큰형님이십니다."

골초가 마지막 말을 내뱉으려는지 입술을 벙긋거린다.

"주 죽음은 하 한 순간의 고통이지만…… 삶은 기 기나긴 고 고통이다. 이 머 멍청한 놈들아……."

마지막 순간에서야 제대로 된 명언을 지껄이는 놈의 모습에서 피곤한 삶의 여정이란 저런 것이로구나 하는 생각이 들게 했다. 도살자가 눈꺼풀을 덮어 주며 속삭인다.

"섹끼, 뒤지면서도 쩍이네."

골초의 복부에서 적혈구와 백혈구 그리고 혈소판과 혈장이 쏟아져 나오고 있다. 그의 얼굴이 빙판처럼 하얗게 변색하더니 이내 푸르스름한 빛을 띤다. 목점두가 핏물이 뚝뚝 떨어지는 칼을 닦으며 살인자가 아닌 처단자의 입장으로 낮고 간결하게 말했다. 권위와 덕을 함께 챙기자는 속셈이다.

"내일 날이 밝는 대로 고인을 발바리와 함께 묻어 주거라."

그러나 다음 날에도 그다음 날에도 놈들에게는 어떤 움직임도 없었다. 내부의 동요를 감지한 목점두가 자중지란을 잠재우기 위해서 예상보다 긴 추모의 시간을 가질 것을 명한 것처럼 보였다.

20-2

ㄱ 영향은 채연에게ㄷ 미쳤다.

이 어수선한 시기를 틈타 채연은 달기에게 반복 학습을 통해 소통할 방법을 습득했다. 처음에는 소귀에 경 읽기만 같았던 학습이 반복의 시간이 길어질수록 조금씩 달기의 머릿속으로 스며들기 시작했다. 반복이 대가를 만든다는 말은 반복하는 매 순간 다른 일을 하고 있다는 경악스러운 의미가 함축된 것이다. 이 놀라운 말은 눈에 보이지 않는 발전을 의미하고 있으므로 큰 그릇은 꼴이 없다는 의미와 다를 바 없다. 결국 아무리 큰 그릇도 그 꼴을 드러낼 것이므로 대가가 만들어지기까지의 반복과 상통한다.

채연은 달기와 가까워지기 위해서 무엇을 해야 하는지 잘 알고 있었다. 그녀는 감금 생활에 따른 자폐증과 우울증 대인 공포증에 관한 적절한 대응 방법을 공부한 적이 있었다. 장애아와 독거 노인 등의 봉사 활동을 통한 경험은 달기의 정신적 외상을 치료하는 데 큰 도움이 되었다. 오랫동안 방치되었거나 홀로 살아온 사람들에게 가장 무서운 것은 외로움으로 인한 우울증이다. 정신적 외상 환자의 닫힌 마음의 문을 여는데 스킨십은 가장 우선시되는 치료제라는 채연의 인식은 옳았다.

채연은 그녀가 수줍어하는 곳까지 일일이 살펴주고 어루만져 주었다. 물론 채연의 생각일 수는 있겠으나 달기는 채연의 손길이 닿는 어느 곳에서나 그녀가 지금까지 생각하고 있었던 엄마를 느끼고 엄마를 발견한다. 달기가 그렇게 그리워했던 상상 속의 엄마 모습과 채연은 너무나 흡사했다는 우연도 무시할 수는 없었다. 그처럼 아름다운 옷과 아름다운 얼굴, 그리고 따뜻한 마음씨를 가진 사람이라면 자신의 엄마일 것이라고 확신하고 있는 것 같았다. 그런 탓에 담요를 치우고 마룻장을 들어내고 나타나곤 했던 달기는 채연을 옴마라고 불렀다. 정말로 어린 딸이 되어 채연의 품에 안겨 한동안 훌쩍댔다. 채연은 그녀의 등을 토닥거리며 함께 슬퍼해 줌으로써 신뢰를 쌓아갔다. 마침내 채연은 달기로부터인지, 즉 대인지각이 어느 정도 발달했는지 판단할 수 있는 말을 끌어 냈다.

"달귀는 옴마 하눌만꿈 땅만꿈 보고 싶었져. 울 옴마 왜 이제 왔져?"

"이름이 달긔에요?"

그녀가 고개를 힘차게 끄덕였다. 채연은 달기의 엄마가 되어 마음껏 사랑을 주었고 마침내 자신의 품에서 새근새근 잠이든 모습까지 볼 수 있었다. 그러나 달기는 엄마가 가버릴까 노루잠을 잤다. 그 순간에도 채연은 그녀와 탈출이라는 공감대를 형성하기 위하여 그녀의 인지능력에 맞는 표현 방법을 생각했다. 판단을 끝낸 채연은 시찰구를 통해 밖의 상황을 세심하게 살핀 후 달기의 두 손을 덥석 움켜잡았다.

"내 말 잘 들어요. 말했다시피 저 사람들이 지키고 있는 한······. 내 말 이해해요? 우 우린 여기서 바로 나갈 수가 없어요. 저 사람들은 흉악범들이고, 달긔 씨가 여기 있다는 사실을 알지 못해요. 그러니 어떻게든 이곳을 탈출해서 경찰에 신고해야 해요. 무슨 말인지 알겠죠?"

이성과 본능

달기의 관심은 오로지 채연의 윤기 나고 찰랑거리는 생머리와 뽀얗고 부드러운 얼굴이었다. 그녀를 뚫어지게 바라보던 달기가 들꽃 무늬 잔잔한 블라우스에 시선을 멈추었다.

"입뽀."

"여길 빠져나가는 방법을 찾아야 해요."

채연의 간절함이 통했을까 달기는 본능적으로 자신들이 어떤 위험에 처해 있다는 것쯤은 알고 있다는 듯이 고개를 끄덕였다. 따라서 저들이 몹시 나쁜 사람들이라는 인식 또한 각인되어 가고 있었다. 채연의 설명은 계속되었고 달기는 이에 호흡이라도 맞춰 주어야 한다는 듯이 말했다.

"알았져."

"주 죽은 발바리라는 사람, 지하 감방에 있죠?"

"응."

"지금부터 내 말 잘 들어요."

채연의 집요하고 일목요연한 설명에도 불구하고 달기의 관심은 그녀의 들꽃 무늬 블라우스를 떠나지 않았다. 달기는 블라우스를 어루만지고 쓰다듬고 입을 맞추었다. 채연은 절망할 수밖에 없었다. 그러나 포기하지 않았다. 우선 그녀의 관심에 동참함으로써 그녀도 자신의 관심에 동참할 것이라는 생각으로 버텼다.

"그렇게 맘에 들어요?"

"달긔 이 옷 가꾸시뽀……."

"달기 씨!"

"달기 이 옷 정말 가꾸시포……."

채연이 스스럼없이 옷을 벗자마자 달기가 낚아챈다. 그리고는 구석 자리에서 쓰다듬고 어루만진다. 채연이 다가가자 달기가 먹이를 물고 있는 맹견처럼 이를 드러내며 크르릉 소리를 통해 경계와 징벌의 강도를 조절한다. 채연이 한발 물러서며 맹견의 눈높이에 맞춘 제스처와 동시에 낮은 목소리로 읊조리었다.

"그 그러지 말아요. 오 옴마한테 그러는 거 아니에요. 나 나는 달기 씨 옴마라구요. 그리고 이거 달기 씨 거예요. 달기 씨가 내 말대로만 하면 정말로 달기 씨 거예요. 약속할 수 있죠?"

달기가 움켜쥐었던 손을 내리며 속삭인다.

"옴마!"

채연의 따뜻한 눈빛이 그녀의 강렬한 눈빛을 품자 언제 그랬냐는 듯이 천진난만하게 웃는다. 잠시 후 두 사람은 은밀한 대화를 나눈다. 달기가 채연의 말을 충분히 이해했다는 듯이 자신감이 충만한 목소리로

"알았져, 옴마. 고로케 할 꼬야."

채연은 달기에게 자신의 블라우스를 입혀주었다. 그리고 그녀의 눈을 빤히 바라보며 친근한 미소를 지어 보였다.

20-3

4월 28일 20시 30분 지하 감금 방

달기는 채연의 음식을 대부분 먹었음에도 그녀의 식습관대로 열흘이 되면 심한 허기를 느끼기 시작했다. 그녀는 배고픔을 분노로 표출했다. 그녀의 눈가가 서서히 보라색을 띠면서 야수의 얼굴로 맹수 같은 행동을 저지를 것만 같았다. 그녀는 이성적 행동보다 본능적 행위를 연기해야 하는 배우처럼 감정 몰입에 들어갔다. 그녀에게 본능은 먹어야 한다는 한 가지 생각뿐이다. 먹어야 하는 물질이 무엇인가에 대해 두뇌가 삭제해 주기를 간절히 바라고 있었다. 그녀는 발바리를 노려보고 있었다. 배가 고파 죽을 지경이 되었을 때 떠벌레 박사와 춘삼이의 일부를 먹었던 기억이 되살아 난 것이다. 두뇌는 그녀의 의도를 외면했다. 자꾸만 채연이 떠올랐기 때문이다. 훼방꾼은 좀처럼 물러나지 않았다.

그녀는 채연을 지우고 또 지우면서 머리핀을 뽑아 들었다. 그러고는 발바리의 다리를 들어 허벅지 쪽을 유심히 바라다본다. 잠시 주춤하는가 싶더니 아주 익숙하고 자연스러운 모습으로 살점을 도려냈다. 채연의 모습이 떠오른다. 그녀가 간절히 부탁한 말들을 이해하려고 애를 썼다. 그녀는 배고픔의 비애와 고통을 채연의 위로와 약속으로 전환하기 위하여 핀을 접어 머리에 꽂았다. 그리고 자신이 발라낸 발바리의 유기체 조각을 얼굴에 문지르며 침대에 몸을 눕히고 누더기를 덮었다. 그녀는 배고플 때마다 잠을 청했던 버릇 그대로 잠에 빠져들어 갔다.

다음 날 얼빵과 쇠 이빨이 지하 계단을 내려오기 위해서 손전등을 비추며 잡담을 나누고 있었다. 막상 마지막 철장 앞에 서자 선뜻 들어서지 못하고 주춤거리고 있는 것 같았다. 사내 하나가 나머지 사내의 등을 떠다미는지 약간의 실랑이가 벌어지고 있었다. 잠깐의 소동이었지만 그 여운은 길었다. 마치 사내들의 말소리가 살아서 지하 감방을 떠돌고 있는 듯했다. 도살자가 말했다.

"어서 들어가 봐."

"네가 앞장 서그라."

"죽은 놈이 물어뜯느냐면서 큰소리칠 땐 언제고 이제 와서 지랄이야!"

"니는 그 쇡끼 뒤진 모습 몬 봤제? 눈깔벵이는 이 이래 치키 뜨고 쥐딩이는 피범……. 생각만 해도 으흐흐흐."

"등치 값도 못하네, 비켜 인마 내가 앞장설게. 담부터 좆 찼다고 하지 마라."

도살자가 용감하게 감방 안으로 들어섰다. 연이어 얼빵이 주춤주춤 따라 들어간다. 거침없이 시신 곁으로 다가간 도살자가 침대 누더기에 싸여 있는 발바리를 들어 거들에 올려놓는다.

"얼빵, 서둘러."

"냄새 한번 고약하네. 씨바."

"시체는 하루만에도 썩는다더라."

"칵 그마 화장장에 싸질러 삐지."

"그거 그렇고 그 까이는 어쩍 셈이지? 그녀 때문에 두 사람이나 희생되었는데 형님은 일언반구 언급을 회피하고 있으니 말이야.”

“글쎄…… . 그 까이 년을 대하는 행님 맘을 통 이해할 수 없단 말이
다.”

“여자를 밝히는 것 같지는 않은데…… . 근데 그날 밤 형님 행동이
이상하지 않았나?”

“니도 그리 생각했나?”

“알리바이라면 형님도 자유롭지 못하잖아. 골초를 서둘러 죽여 버
린 것도 그래.”

“니만 알고 있그래이. 쇠 이빨이 정낭(화장실)을 갈라꼬 문을 여는데,
분맹히 행님이 그년 방에서 나오는 걸 봤다는 기야.”

“그 그럼 골초 말도 틀리지 않네.”

“하여튼 나도 머가 먼지 모르겠다.”

“그렇지만 형님이 발바리에게 그년을 가지라 했잖아. 근데 그 까이
를 먼저 차지하려고 골초가 죽었다? 이해가 가질 않아.”

“그기 다 무신 꿍꿍이가 있는 거이 아이까?”

“뭔가 있어. 형님이 그 까이년을 좋아하고 있는 것이 사실이라면 말
이야.”

“그라고 행님이 서울 갈 때마다 들고 가는 그 가방 말이다. 보물처
럼 물고 빨고 하는 걸 보마…… .”

“넌 여태 그것도 몰랐냐?”

“니는 알고 있었단 말이가?”

도살자가 얼빵의 귀에 대고 뭐라고 속삭인다.

"그 그것이 정말가?"

"죽이지, 그치?"

"야! 쌍발, 그 그런 일이……. 형님이 채연이를 발바리에게 넘긴 것
도 실은……."

"밤톨만 한 놈이 뭐가 이렇게 무겁노. 화장장에다 확 싸질라버리마
될끼를, 뜻도 아닌 변태 놈을 묻어주라고 그카는지 모르겠네, 행님은."

그들이 기도원 정문을 나서자 한바탕 먼지를 품은 바람이 몰려왔
다. 검은 하늘에서는 금방이라도 비를 퍼부을 것만 같았다. 두 사내가
잠시 시신을 내려놓고 얼굴을 감싸 쥐고 있는데 어디서 나타났는지 목
점두가 우뚝 서서 무게가 느껴지는 말로

"마지막 가는데 인사는 해야지."

"혀 형님!"

"누더기 걷어 봐라."

"썩어 문드러져 보기에도 흉측합니다."

"걷어 보라니까."

놈들이 얼굴을 외면한 채 누더기를 걷어냈다. 시신 옆으로 바싹 다
가간 목점두의 눈살이 심하게 일그러진다.

시신의 얼굴은 피와 유기체 조각으로 범벅이 되어 있었고 심지어는
내장의 일부도 눈에 띄었다. 놈은 고개를 돌리고 헛구역질을 해대며
극도로 격앙된 목소리로 골초의 배반을 비난하고는 시신의 머리를 더

듬더니 눈물을 뚝뚝 흘렸다. 난감한 상황에 놀란 도살자와 얼빵은 시신을 내려놓고 함께 울어주는 시늉을 할 수밖에 없었다. 웃음이 전염되듯 울음 또한 전염된다. 목점두의 가짜 울부짖음이 도살자와 얼빵의 억지 울음을 통해 진짜 슬픔을 만들었는지 닭똥 같은 눈물을 뚝뚝 흘렸다. 그러나 이처럼 어처구니 없는 상황은 장례식장 상주들의 곡소리처럼 구슬프지도 오래 끌지도 않았다. 목점두가 어떤 징후도 없이 울음을 뚝 그치더니

"정중하게 묻어 주거라."

그렇게 속삭이듯 말하고는 철문 안으로 유유히 사라졌다. 도살자가 약지를 펴 자기 머리에 대고 빙글빙글 돌린다. 얼빵이 키들키들 웃으며

"큰행님이 대부 영화에 말론 뭐라 카더라? 그 그래 갱단 보스 말론 브란도(Marlon Brando)라꼬 그 유맹한 자를 흉내를 낸 기라 시방."

"냉정하고 잔인하지만 인간적인 그런 거 말이냐?"

20-4

태양은 종착역을 얼마 남겨놓지 않고 마지막 열정을 불태우기 위하여 항거하는 먹구름과 옥신각신 자리다툼을 벌인다. 지난 여름 막강했던 초록의 흥망이 가신 자리를 연분홍 진달래꽃에게 내어준 태양 아래 산은 성급한 나무들에게 희망의 메신저를 띄워 놓고 악의 무리들을 무심히 내려다보고 있다. 작년에 무성했던 잡풀들이 후손들의 분출하는 생명력에 밀려 밀거름이 되어가는 순환 작용이 해를 바꿔가

며 지속되고 있는 자리에서 담배의 각종 독성 물질을 폐부 깊숙이 빨아 대고 있던 도살자가 소주병을 들어 나팔을 분다. 거나하게 취한 놈이 이미 도착해 있는 골초의 시신 옆에 발바리를 꼬나보더니

"남이 눈 똥에 주저앉은 꼬락서니들이라니……!"

그러고는 벌러덩 자빠져서 먼 하늘을 무심한 눈으로 바라본다. 쇠이빨이 가쁜 숨을 다듬으며 한 소리 한다.

"파놓으라는 땅은 안 파놓고 귀신 씨나락 까먹는 소리하고 처자빠져 있네."

"막상 이것들을 대하니 기분 참 똥 같네. 인생 뭐 있냐 술이나 푸자 씨알거."

"골초 새끼 살아 있을 땐 못 잡아먹어서 안달이더니 섭하긴 섭한 모양이다?"

"툭 까놓고 하는 말인데! 느덜이나 나나 언제 어느 때 골초처럼 허무하게 버림받을지 모르는 신세. 발바릴 골초가 죽었다는 증거가 고작 ……."

"쉿! 더운 죽에 혀 데지 말고 주둥아리 닫아걸고 술이나 처마시고 있거라."

"입은 삐뚤어졌어도 말은 바로 하랬다고, 주둥아리 닫아걸고 술은 어떻게 처마시냐? 미친놈아. 엿이나, 막가는 인생 무서울 게 없다! 느덜도 조심햐. 형님 근래 행동이 아무래도 수상쩍어. 돈은 혼자서 몽땅 움켜쥐고 우리들한테는 냄새도 못 맡게 하잖아."

얼빵이 나섰다.

"일마가 뒤질라고 환장을 했나? 고자가 뭐신지 까마귀가 뭐 신지도 모르마 쥐뎅이 닥치고 있으라 안 카나. 그 돈은 우리들 장래 큰 사업을 하는데 말캉 밑거름이 될끼라꼬 안 카드나 행님이."

도살자가 남은 술을 흔들어 보더니 쭈욱 들이킨 뒤 진달래 무성한 꽃밭으로 던져 버렸다. 얼빵이 주변을 살피다가 소리쳤다.

"근데 이 자식이 귀신에게 따라줄 술까지 먹어 치웠네."

"뒤진 놈들이 술맛을 알아? 사업 밑거름이라고! 겁쟁이 쇠끼들. 허튼 소리 그만하고 삽하고 곡괭이 가져와서 거들어라. 잔돌 투성이다. 파내기가 여간 고역스럽지 않아요."

얼빵과 쇠 이빨이 알았다는 수신호를 보내고 산을 내려가자 도살자가 삽 대신 버린 술병을 찾아 나서며 구시렁댄다.

"못난 놈들아, 목 떨어진 뒤 몸뚱아리 숙여봐야 아무 소용없다는 거 느덜이 당해봐야 알끼다. 둣도 말은 좋지! 삼월 바람과 사월의 비가 오월엔 꽃을 피운다고?"

그들이 사라진 자리를 바람이 쓸고 간다.

벌러덩 자빠져 누운 도살자는 풀잎을 뜯어 입에 물고 있다가 시시각각 변하는 하늘에 대고 뱉어냈다. 그 사이로 진달래 꽃잎이 날아들고 아직 흙냄새 가시지 않은 나뭇잎들이 지나간다. 흔적도 없이……. 거친 바람이 분다. 나무들이 저마다 괴성을 내지른다. 진달래 꽃잎들이 나비가 되어 날아다닌다. 술이 머리 꼭대기까지 오른 도살자 제법 구성지게 정선아리랑을 부른다.

"눈이 올라나 비가 올라나

억수장마 질라나 만수산

검은 구름이 막 모여든다."

발바리의 누더기 시신 위로 진달래 꽃잎들이 날아든다. 진달래 꽃잎을 삼킨 누더기 시신이 꿈틀거리더니 진달래 꽃잎들을 토해낸다. 토해낸 진달래 꽃잎들이 도살자를 덮친다. 연분홍 세상에 흥이 붙는다. 노래에 맛이 든다.

"산란한 봄바람아

네가 불지를 말아라.

알뜰한 이내 맘이

또 산란하구나."

아가위나무에서 새들이 날자 아가위 순백색 꽃잎들이 우수수 떨어져 바람을 탄다. 종이비행기처럼 날아 수직으로 오르다 가파르게 떨어진다.

이때 꿈틀대던 시신이 뱀이 허물을 벗듯 누더기를 벗고 탈출한다. 생명을 되찾은 시신은 옷매무시를 다듬고 얼굴에 덕지덕지 덮고 있던 유기체 조각들을 털어낸다. 그 자리를 진달래 꽃잎들이 대신한다. 분칠한 것처럼 창백한 시신이 이내 민첩하면서도 예민한 동작으로 도살자에게 다가간다. 도살자의 노래가 절정을 이룬다.

"내가 왔다 간 뒤에

개구쟁이 물이 불거든

내가 왔다 간 뒤에

울고 간 줄 알아라."

시신이 입고 있는 채연의 잔잔한 들꽃 무늬 블라우스가 햇살에 눈 부시다. 먹구름이 가시고 나무들이 자지러질 듯 소리를 지르자 달기의 얼굴이 진달래처럼 발갛게 물이 든다. 십 년을 숨겨두었던 백색 피부가 눈이 부시다. 도살자의 눈 속으로 선녀 같은 여인이 들어선다. 들꽃 무늬 블라우스가 때마침 나타난 햇살에 눈 부시다. 텅 빈 머릿속이 환희의 물결로 일렁인다. 놀라움과 경이로움으로 검은 하늘이 연분홍과 순백색으로 물들여진다. 사내가 웅얼거린다.

"채 채연이가 채연이가……. 꿈이냐 생시냐?"

그녀의 가슴 단추가 하나둘 풀어진다. 사내의 확대된 동공에 기름이 진다. 사내가 눈을 부비며 소리쳐 말했다.

"나 안 취했는데. 왜 왜 헛것이 보이지? 훼이 훼이 귀신이면 썩 물러나라."

사내는 이 신비로운 여인의 출연에 공포와 연민을 격렬하게 방출하며 그녀의 몸을 허락받는다. 세상은 온통 진달래꽃과 아가위나무 꽃잎으로 가득하다. 마침내 한낮의 열정적인 정사가 시작되었다. 사내의 절정이 극에 치달을 무렵 달기의 손에는 예의 머리핀이 슬그머니 펴지고 있었다.

5월 6일

세상에 툭 하고 던져진 우연과 고난의 딸인 달기는 양구에 있는 가 오작이라는 마을 쪽으로 흘러 들어갔다.

그녀는 화전민이 떠나버린 빈집에서 열흘 동안을 꼼짝도 하지 않고 숨어 있었다. 그녀를 버린 세상은 그녀를 이방인으로 남겨둘 참인지 이번에도 절대 호락호락하지 않았다. 모든 것이 낯설고 거인처럼 두려 운 존재로 다가왔다. 간간이 눈에 띄는 농사일 하는 사람들이 그랬고, 문명화된 것들이 그랬고, 상상력의 한계를 느끼게 하는 것들이 그랬 다. 그 모든 것들 속에는 두려움이라는 정령이 숨어 있다가 불쑥 나타 나 그녀를 또다시 그 지긋지긋한 지하 감방으로 처넣을 것만 같았다.

그녀는 하루 종일 채연의 블라우스를 어루만지며 모양뿐인 기도하 는 소녀 인형과 함께했다. 인형 본래의 모습은 까맣게 잊어버리고 지금 의 모습에 익숙해 있었기 때문에 형체도 아련한 소녀의 모습이 아직도 자신의 손안에 있다는 것으로 만족하고 있었다.

그녀는 아가위나무에서 울어대는 새들을 쫓아내고 그 나무 아래 누워 지난 십 년간의 세월 속, 얼레벌레 떠벌레 박사와 고양이와 그 새 끼들을 생각했다. 마치 스타벅스 영화관에서 빠삐용(papillon) 영화를 보고 있는 소년처럼 불타는 희망을 품고 어젯밤 민가에서 훔친 날 강 냉이를 팝콘처럼 씹으면서. 때로는 인상을 찌푸리거나 때로는 눈물을 훔치거나 때로는 깔깔깔 웃기도 했다. 한쪽 귀퉁이가 항아리 모양으로 깨진 손거울을 들여다보고는 이 소녀가 누구지 몰라 어리둥절한 표정

이성과 본능

을 짓는가 하면 성이 난 고양이처럼 이빨을 드러내고 크르릉 거려 보기도 했다. 지난 십 년간 잊고 있었던 그 많은 것들이 가져다준 행복은 충격이었고, 가차 없게도 위협이 되어 밤마다 거친 꿈에 시달리기도 했다. 그럴 때마다 깨어나 어둠 속을 뚫고 미친 듯이 내달려 민가로 내려갔다. 마침내 자유형에 처한 그녀는 민가의 방안에서 흘러나오는 희미한 불빛과 농부의 딸이 혼사 문제로 엄마와 말다툼을 벌이는 이야기를 귀 기울여 듣는다. 시장기가 들자, 부엌으로 들어가 닥치는 대로 입에 퍼 넣고, 추위를 느끼면 마당에 널어놓은 빨랫줄에서 맘에 드는 옷을 골라 사라졌다. 그녀는 고양이만큼이나 빠르고 본능적이기 때문에 닭을 잡는 일 따위는 시시했다. 그녀의 대단한 무기 머리핀은 개는 물론 염소나 어린 송아지까지 잡아 간과 콩팥을 떼어갈 수 있었다. 그 후 민가에 수시로 경찰차가 나타났고 가로등이 서너 개는 더 설치되었으며 사람들은 낫과 쇠스랑을 들고 순번을 돌았다.

그녀는 자유인이면 가질 수 있는 초연한 영역에 서면 떠날 때를 알았다. 물론 민가의 삼엄한 경계 때문만은 아니었다. 그녀는 솟구치는 욕정을 해결할 방법을 찾아야 했다. 밤마다 상상 속에서 문재와 최춘삼 그리고 얼레벌레 떠벌레와 섹스했다. 그것만으로 그녀의 욕정을 잠재운다는 것은 그녀를 만든 창조자의 뜻이 아니었다. 발정 난 고양이 암컷이 수컷을 부를 때처럼 아기 울음소리를 내질렀다. 밤새워 방안을 맴돌다가 수절한 과부의 은장도가 필요할 때면 계곡물에 몸을 담그고 머리를 처박았다.

그녀는 사악한 시선들이 들끓는 도시로 향했다. 그러고는 자기 능력이 성장하는 대지에 뿌리를 내리고자 했다. 욕정 없는 노숙자를 만나 허탈하게 돌아섰고, 그녀의 전부를 빼앗고도 더 빼앗을 것이 없는지 살피다 납치를 강행하려는 양아치를 살해했다. 남자구실도 못 하는 것이 가학적 쾌감을 목적으로 그녀를 촛불로 지지고 허리띠로 채찍질하는 술주정꾼의 혀와 성기를 절단해 버렸다.

이성과 본능

21. 삶의 거대한 충만함과 죄의 병적인 육아 방식

21-1

수감자 정신병동

도봉산 인수봉 아래 너럭바위 옆 졸참나무 숲속 작은 굴속에 사는 다람쥐가 새봄맞이 집 단장에 나섰다. 이는 짝짓기를 준비하고 있다는 신호이다. 암놈의 발정을 눈치챈 수놈이 슬금슬금 암놈의 집 앞에서 얼쩡거리고 있을 때, 이달기가 잠에서 깨어났다. 눈부시도록 하얀 햇살이 긴 띠를 만들며 그녀에게 들이닥치자 빙환(white silk) 같은 얼굴에 혈색이 돌기 시작한다.

흑과 백이 한꺼번에 머릿속으로 파고들어 왔다. 지금까지 한 번도 느껴보지 못한 안락함, 그녀에게도 행복해야 할 이유가 엄연히 존재하는 세상, 그녀 밖에서만 서성거리며 그것이 있는 것조차도 몰랐던 어둠 속에서, 인간이 최초 불을 발견해 낸 기적 같은 세상은 그렇게 달기에게 바싹 다가와 곁에 앉아 있었다. 지금까지 그런 줄만 알았던 어두컴컴한 방안이 아니었다. 거기에는 모든 것이 하얗고 깨끗했다. 창문 밖 해바라기와 함께 붓꽃이 흐드러져 있는 풍경, 어린 시절 배고픔 속에서도 한 가닥 희망으로 남겨 두었던 소중한 추억까지 거기에 있다. 그녀가 벌떡 일어나려고 했지만 조금도 움직일 수 없다. 손발이 묶여 있었다. 이처럼 화사한 세상에 또 다른 구속이 있을 거라고는 상상초

차 할 수 없었던 그녀의 눈 속으로, 들이닥친 사람은 하얀 가운을 입은 사람들이었다. 그들은 천사인가? 그런데 날개가 없다.

"깨어났군요. 무슨 잠을 일주일씩이나 잡니까?"

그녀는 일주일 내내 땅굴 속을 기어다니고 있었다. 그녀의 향수는 오로지 땅굴 속이며 누더기와 꼽추인 얼레벌레 떠벌레 박사와 고양이와 쥐 그리고 온갖 벌레들이었다. 사람은 어쩔 수 없는 습관의 동물이다. 그녀의 뇌리에는 시시때때로 지난 과거가, 몸부림치며 벗어나고 싶었던 추억이 대못처럼 깊숙이 박혀 있다가 뇌압이 올라가면서 뇌의 숨골에 있는 구토 중추를 자극했다. 그럴 때마다 타인은 알지 못하는 고통으로 몸부림을 쳤다.

그녀는 온몸을 부대끼며 결박에서 벗어나려고 했다. 링거병이 심하게 요동을 쳤다. 이를 지켜보던 의사가 간호사에게 말했다.

"이 아가씨 진정제 한방 놓아 주지."

간호사가 재빨리 링거 호스에 진정제 졸피뎀(zolpidem)을 투여했다. 운동이나 지적 기능에는 별 영향을 주지 않으면서 불안, 흥분, 초조, 떨림, 우울, 불면, 간질을 관장하는 중추 신경계를 점령한다. 잠시 후 그녀의 눈이 개개 풀어지며 다시 깊은 잠에 빠지고 말았다.

달기가 교도관을 살해하고 탈출을 시도하다가 붙잡혀 정신병 수감자 특수 병동으로 이감되자 각 계통의 학자들의 논란과 매스컴의 집중적인 보도가 줄을 이어가다가 시간이 지남에 따라 그 열기가 다소

이성과 본능

식어가고 있을 무렵, 양선택 차장검사는 박달에게 달기의 근황을 조사하여 보고하라는 지시를 내린다. 이 명령을 따르기 위해서 그녀를 다시 찾은 수감자 정신병동 안팎에는 벚꽃이 한창이다. 한편에서는 잎이 진 가지에서 슬그머니 새순이 돋아나면서 이미 파란 버찌가 산머루처럼 주렁주렁 열려있는 곳도 있었다.

박달에게 정신병동은 외계의 순결한 사람들이 오염된 세상에 적응하지 못하여 모여 사는 곳이었다. 그들은 그들과 다른 사람들이 설정한 어떤 원칙이나 목적에 항변하다 여기에 있다. 그 목적이라는 것이 불분명할뿐더러 진실과 거짓의 간극 없는 천진난만한 사고가 무시당했다는 사실조차도 모르는 그야말로 연분홍을 머금은 순백의 벚꽃 같은 존재들일 것으로 생각했다. 그 때문에 바닥에 지천으로 널려 있는 꽃잎을 밟는 발에 온 신경이 모여들었다. 따라서 자신은 이 세계 사람들을 더럽히는 오염 물질이 되어 버리지 않을까, 혹은 그들이 그런 눈으로 보지나 않을까 두려웠다.

불행 속에서도 행복해진 달기에 대하여 이미 상당한 정보를 입수한 박달의 감정은 극악무도한 살인범 그녀란 존재에 관하여 획일적 법률을 적용하려는 사람들이나 원칙론자들의 딜레마(dilemma)가 무엇인지 분명히 알고 있었다. 그녀의 원죄는 그녀의 것이 아니다. 누군가 그녀를 악질적으로 프로그램화하여 세상 밖으로 내몬 것이다. 그는 '그녀는 패악한 문명과 극도로 이기적인 인간들의 의기투합으로 희생되었다. 오로지 우리들만의 사회계약의 희생자일 뿐인 그녀는 오히려 구제의 대상이다.'이렇게 주장하고 싶었다. 문명을 향유하기 위하여 사회계약(법 규범 관습 등)을 악용하고 있는 자신을 포함한 우리에게 달기를 대신하여 분노하고 있는지도 모른다.

이런저런 혼란으로 그녀가 감금된 병실에 들어서자, 설렘에 앞서 불안감이 불쑥 찾아들었다. 박달이 그녀를 발견하였을 때는 두 손 두 발이 묶여 있었고 입에는 자줏빛 가죽 마스크까지 쓴 채로 눈동자만이 비 갠 뒤 가을 날씨처럼 투명하게 빛나고 있었다. 이런 그녀의 낯선 모습은 그녀를 보기 전까지 느껴왔던 대단히 발전된 사회계약에 의한 것이라는 거부감으로 기인한 연민이 송두리째 사라질 뻔했다. 비누 거품같이 가볍고 쉬 부서져 버리는 자신의 감성에 진절머리를 내면서 언제 그랬냐는 듯이 환한 미소의 페르소나를 쓰고 그녀가 감금된 방 안으로 들어섰다.

그녀의 정신이 깃들어 있는 얼굴에 마스크가 거두어지고 음성 없이도 깊은 말을 해대는 그녀의 눈을 마주하자 또다시 자신이 얼마나 한심한 변덕쟁이인지 실감했다. 그는 자신도 모르게 달기의 병든 이성에 호소하듯 말했다.

"나 알아보겠어요? 수사관 박달이에요. 거기 이제 보니 참 예쁘네요."

라고 혼잣말처럼 중얼거리다 얼굴을 붉혔다. 창밖 붓꽃마저 부끄럼을 탄다.

"……"

"선물이에요."

그녀의 조심스러운 눈이 분홍 립스틱에 쏠렸다. 그녀가 작은 미소로 답했다. 꽁꽁 닫아 두었던 마음에 문이 조금씩 열리고 있다. 이번에는 꼬마 인형을 내밀었다.

"그리고 이것도……."

"닌영?"

"귀엽죠?"

그녀의 앙가슴에 올려놓았다.

"맘에 들어요?"

"응."

"그동안 무슨 꿈을 꾸었어요?"

그녀는 한동안 텅 빈 천정을 응시하다가 헛구역질을 했다. 빌어먹을 추억들이 대뇌피질에서 구토 중추를 자극하고 있는 모양이다. 그가 팔목을 풀어주고 등을 도닥여 주었다. 그녀의 구역질이 진정된다. 앳되고 파리하고 지친 얼굴로 그의 얼굴을 빤히 응시한다. 아주 작은 미소 한 자락을 흘린다. 립스틱을 만지작거리다 가슴에 인형을 품는다.

인중이 길고 눈썹이 일자이면서 숱이 적은 간호사가 다가왔다. 정신없이 새롱거리기 좋아하는 특유의 성격 때문에 과묵한 환자들로부터 공포의 대상이라는 수군거림을 듣고 있었지만 상관하지 않았다. 왜냐하면 이런 성격의 소유자야말로 그녀에게 알맞은 사회성을 가져다줄 것으로 판단했기 때문이다.

"글쎄 말이죠."

그녀는 그렇게 새롱거림을 시작했다.

"들창코 언니 있잖아요. 아 그…… 개그 콘서트에 나오는 못생긴 여자 닮은……. 그 언니가 점심을 때운다며 컵라면을 먹고 있는데 말이죠. 이 아가씨 그걸 채트리려다 그 언니 손 디고 코 디고 의사 선생님 발등에 국물 쏟고 하여튼 난리도 그런 난리가 없었단 말이죠."

그러고는 박달의 눈치를 살피며 이어갔다.

"선생님들이 말씀하시길 컵라면에는 나트륨도 문제지만 용기에서 나오는 환경 호르몬이 우리 몸을 교란할 뿐더러 젓가락 있잖아요. 일회용 나무젓가락 말입니다. 그거 다 중국젠데요. 표백을 시키기 위해서 양잿물에 담가 둔다는 뉴스 들었죠? 그게……."

그녀의 수다가 길어질 조짐을 보이자 달기의 얼굴이 굳어지기 시작했다. 박달이 간호사의 말을 잘랐다.

"환자가 불편해하는 것 같습니다."

박달의 사무적인 언어가 간호사의 마음을 불편하게 만들었는지 잠시 심드렁한 표정을 짓고는 링거병을 살핀 뒤 차트에 뭔가를 끼적대며 달기를 살짝 꾸짖었다.

"이 깜찍한 아가씨, 그럼 못 써욧! 미남 형사님 앞이라 그런지 엄살이 더 심한 것 같아요."

달기의 표정이 서서히 일그러지며 눈가가 보라색으로 변해가기 시작했다. 이어서 크르릉 소리가 나는가 싶더니 그녀의 상체가 들썩였다. 간호사의 몸이 반사적으로 움츠러들었다.

"어머, 꼴에 질투까지! 저 저 그만 나가 볼게요."

그녀가 병실을 완전히 빠져나갈 때까지 달기의 크르릉 소리는 멈추지 않는다. 박달이 그녀를 진정시키기 위해 양어깨에 손을 올 지그시 누르며 속삭이듯이 말했다.

"진정. 진정해요. 좋아요. 착한 아가씨. 간호사 언니가 말은 좀 많아도 심성은 착한 것 같으니까 이해해요."

달기가 박달의 말을 알아들었다는 듯이 수그러진 얼굴로 박달의 햇살 담긴 얼굴을 향해 싱긋 웃는다.

박달이 다시 달기를 찾아왔을 때 그녀의 변화는 놀라웠다. 단순히 존재하는 생명체가 아닌 생각하고 감정을 제대로 노출할 줄 아는 사람이 되어가고 있음이 분명했다. 이 계통 전문가들의 피나는 노력으로 얻어낸 쾌거라고 언론들은 떠들어 대고 있었으나 박달의 생각은 달랐다. 왜냐하면 그녀의 표정이 그걸 말하고 있기 때문이었다. 표정의 최고 권위자 폴 에크만(Paul Ekman)은 얼굴 움직임 부호화 시스템(FACS)을 통해서 사람은 일만 가지 이상의 표정을 지을 수 있다고 했는데, 박달이 관찰한 그녀의 표정에는 이런 말이 쓰여 있었다. '나는 동물이 아닙니다. 나를 인간답게 대하고 존중해 주세요.' 분명한 것은 그러면서 그녀가 어떤 목표를 세웠다는 것이다. 그 목표를 위하여 자신을 단련시키고 자신의 주변에서 벌어지고 있는 현상에 적응하려 갖은 애를 쓰고 있음이 박달에 읽힌 것이다. 이는 처음 그녀의 몽환적이었던 표정에서, 목표가 또렷한 사람만이 가질 수 있는 강한 눈빛과 신념에 찬 표정으로 바뀌어 가고 있다는 것이다. 목표가 또렷한 사람은 절대로 방황하지 않을뿐더러 나아갈 에너지가 충만하여 눈빛과 표정이 달라지기 때문에 얼굴에는 생기가 돌고 행동은 진취적으로 변하기 마련이다. 그의 마음이 말했다.

'정말 사연 많은 눈이야. 그런데 너무 깊어서 건져 올릴 수가 없는 우물 같아.'

그녀는 자신을 깨우지 않으면 안 될 그 무언가를 움켜쥐고 있었다. 그 어떤 목표를 갈망하는 그녀의 뇌는 상상 이상으로 활발한 활동을 시작했다. 움츠리고 있던 뇌 안의 해마는 수십 개의 신경 물질로 오케스트라를 이루어 연속적으로 그녀가 깨어나기를 지시하고 있는 것이다. 그러자 제일 먼저 언어가 변하기 시작했다. 처음 그녀를 만났을 때 언어는 유아 수준 그 이상도 이하도 아니었다. 해서 그 이상의 발전은 많은 시간이 필요하거나 정체 상태가 꽤 길어질 것이라는 것이 대부분 학자의 견해였다. -전문가들은 현재 그녀의 언어가 사춘기 문턱에 들어선 청소년 정도의 언어 수준에는 크게 못 미치지만, 이런 속도로 발전한다면 머잖아 그 이상노 가능하리라는 희망을 버릴 수 없다며 이론상으로 도저히 납득이 가지 않는다고 했다.- 어릴 때 어휘량이나 어휘의 다양성과 단어의 인출(withdrawal) 및 그 속도가 학습을 수반해야 가능하다는 것이었다. 그녀는 얼레벌레 박사와 동거를 하면서 언어의 기

표와 기의의 상관관계를 설핏 알고 있는 듯이 보였다. 따라서 박달은 그녀가 문명인으로 변해갈 확률이 점점 높아지고 있었음을 직감했다.

박달이 그녀를 찾을 때마다 새롱대기 좋아하는 무따래기(disrupter) 간호사와의 신경전은 거듭되었고, 예측했던 대로 상당 부분 그녀의 학습에도 보탬이 되고 있다는 생각이 들었기 때문에 눈감아주곤 했다. 그녀가 깨나른한 모습으로 입술을 샐긋 거리더니, 딴에는 흥미로운 이야기를 끄집어냈다.

"땅강아지하고 굼벵이는 영양분이 아주 많댔어."

그가 다정스럽게 대꾸한다.

"누 누가요?"

그녀가 입맛을 다신다.

"맛있져."

"먹어 봤어요?"

"웅."

"어디서?"

"거기……."

"거기라니요?"

"웅, 기도하는 닌녕 소녀와 함께 있었져."

그녀는 박달의 질문과는 상관없이 생각나거나 하고 싶은 말을 할 뿐인가?

"밥도 많이 목으면 배가 부르다고 했어. 얼레뻘레가."

"얼레뻘레?"

"아찐 바보구나. 얼레뻘레 또뻘레도 모르냐?"

"누군지 가르쳐 줄래요?"

그녀가 수줍게 웃었다.

"미친 박사야."

그가 호탕하게 웃어주었다. 그러자 그녀가 신이 나서 계속했다.

"옷도 처음에 사면 새 거라고 했져, 얼레뻘레가."

"박사가 말이죠?"

"미친놈이라니까!"

"그 사람 있는 곳을 말해줄 수 있어요?"

"죽었져."

"죽다니요?"

"응. 그니까 죽었다고."

갑자기 그녀의 눈가가 붉게 물들어가더니 그렁그렁한 눈물이 금방이라도 볼을 타고 하염없이 내려올 것처럼 위태로워 보였다. 그녀는 이내 코를 풀고 눈물을 닦고는 멀쩡한 사람처럼 말했다.

"배꼽파서 죽었져. 나한테 고냥이 꼬지 주고 죽었져."

그녀가 당시를 회상하고 있는지 고통스러운 듯 심하게 인상을 찌푸리자 화상 자국이 확연한 오른쪽 눈가 위로 쭈글쭈글한 모습이 도드라져 보였다. 박달이 물었다.

"이 상처, 어떻게 된 거예요?"

"상처?"

"여 여기 눈가 말이에요."

그녀가 얼굴을 붉히며 몸을 꼬았다. 그녀가 부끄러워하고 있다는 것은 무엇을 말하고 있는가? 감정선이 충분히 살아 있다는 증거다. 박달의 가슴이 심하게 뛰기 시작했다. 인간과 동물을 구분 짓는 특징 중 하나는 자기 인식이다. 자신의 출현과 발달 그렇게 형성된 자기 삶과 인간관계 등이 점진적인 영향을 미치게 될 때 그녀는 진정한 인간으로 거듭나리라.

"어디 불에 덴 것 같은데……."

"치지직……."

"화상 흉터 맞네. 누가 그랬죠?"

그녀의 몸이 바르작대기 시작했다. 그러고는 뭔가를 까륵이 내다보는가 싶었다. 이내 귀에 익지 않은 된 소리로 중얼거렸다.

"압빠! 압빠! 압빠!"

그가 얼른 그녀의 손을 잡아 주었다. 심하게 일그러졌던 표정이 서서히 풀어지면서 어떤 영혼의 소리를 담아내려는 듯이 볼살이 사르르 떨며 입을 벌렸다.

"나빠. 그 옴마 여자 나빠."

무너진 이빨 사이에서 흘러나오는 소리치고는 여물다. 박달은 그 여자가 누군지 물어보려다 말고 그녀의 두 손만 꼭 쥐었다. 상대와 충분한 교감을 나눈 뒤 마음의 문을 열어야 한다. 급하다고 서두르면 서두른 만큼의 몇 배를 기다려야 할지 모른다. 사육사들이 동물과 교감을 나누기 위해서 얼마나 피나는 노력을 기울여야 하는지 일반인들은 모른다. 이런 이치로 접근해야 옳다면 그는 결코 물러나지 않을 준비가 되어 있었다.

박달이 찾아오는 횟수만큼 그녀의 정신세계는 무럭무럭 발전하고 있었다. 관계자들은 이런 박달의 생각과 행동에 대하여 아기를 보육하는 엄마의 마음과 사랑에 빠진 사람만이 쏟아낼 수 있는 보이지 않는 강력한 뇌파가 작동하고 있기 때문이라고 했다. 그러면서 박달이 열 명의 전문가 못하지 않다고 추켜세웠다. 그 때문에 병원은 그에게 상담과 모든 편의를 스스럼없이 제공하겠다고 약속했다.

예의 무따래기 간호사가 수액을 교체하기 위해서 들어왔다. 그녀를 본 순간 달기의 눈빛이 달라졌다. 경계와 더불어 공격 가능성을 보였다. 눈가에는 보라색 빛이 보이고 동물이 발톱을 세우듯 손톱을 세웠다. 간호사는 그런 달기의 행동을 하찮게 생각했는지-묶여 있는 손발 때문에 안심하고 있었다-평소의 버릇대로 입술을 삐죽 내밀고 눈을 흘기며 혀를 날름거렸다. 그리고는 박달의 팔짱을 끼는 척했다. 달기의 눈가가 완언한 보라색을 띈다. 침대가 들썩일 만큼 달기의 행농이 격렬해지더니

"쉬익, 쉬이이익!"

놀란 박달이 얼른 달기를 안고 머리를 쓰다듬어 주면서 더 이상의

발작이 일어나지 않도록 다독였다. 그녀의 거친 숨소리가 차츰 잦아지면서 마침내 평온을 되찾았다.

"이봐요! 천사 아가씨. 이분께 자극을 줄 만한 행동은 삼가 달라고 부탁했을 텐데!"

간호사가 못마땅한 표정을 지으며 중얼거렸다.

"딱 길고양이네요."

간호사가 얼굴을 붉히며 기어들어 가는 소리로 중얼거리고는 자리를 떠난다. 그때부터 달기를 아는 사람들은 달기를 길고양이 아가씨라고 불렀다. 살쾡이라는 꼬리표가 떨어지는 날이기도 했다.

박달은 다음부터는 그녀가 화를 돋을 수 있는 환경을 만들지 말 것을 수간호사에게 부탁함으로써 그녀의 정신세계를 혼란시키는 보호막을 또 하나 설치했다. 평정을 되찾은 달기가 박달을 무심히 바라보다가 역시 흐린 미소를 한 자락 흘린 뒤 혼잣말처럼 중얼거렸다.

"불쌍해. 먹보하고 초랭이하고……. 내가 잡아 먹었져. 얌순이도……. 다 잡아 먹었져. 배고파. 머리털을 잘라 버릴 꼬야. 지 에미년을 닮모가지고……."

이해할 수 없는 말들은 한동안 그렇게 지속해서 이어졌다. 사고와 지식이 정립되지 않은 중구난방식의 조각들. 그녀를 이해하는 데 한계를 느낄 수밖에 없는, 그러나 그 속에 어떤 단서가 있으리라는 확신을 가지게 되었다. 그의 녹음기는 작동 중이었다.

"기도하는 닌영 소녀!"

그녀의 담당 의사

임상심리학 박사 진정훈은 그녀에 대해서 완벽하게 정리해 둔 말이 있다는 듯이 여유 있게 입을 열었다. 그는 새로 맞춘 안경의 성능을 확인하기 위해서 벗었다 쓰기를 거듭했다.

"생각 밖으로 지능이 높아요. 그래봐야 예닐곱 살배기 수준이지만요. 그런데 말이죠. 이제는 주사 맞을 때 간호사에게 주문을 해요. 살살 해라, 아픈 건 싫다. 조심해라. 언어가 저처럼 순식간에 자연스럽게 변해가는 것은 분명 둘 이상이 동거하며 살았다는 증거입니다. 간혹 추상명사나 관념적인 언어를 섞어 쓰는 걸 보면 동거자가 지능이 꽤 높고, 학식이 있는 사람일 가능성이 높습니다."

진 박사가 차트를 뒤적이면서 계속했다.

"처음 이 환자의 해마는 보통 사람의 3분지 1정도 밖에 되지 않았습니다. 정서적인 면에서는 만신창이였어요. 집착이 강하고 편협하기까지…… . 그래서 지금도 감정 조절 능력은 고장 난 브레이크와 같다고 봐야 합니다. 뇌의 변연계에 이상이 생긴 탓이죠. 공격적인 성향이 있으므로 경계를 게을리하지 말라고 직원들에게 당부해 놓았어요. 이 환자에게 무엇보다 중요한 것은 끊임없는 애정입니다. 사람을 괴물처럼 대하면 정말로 괴물로 변한다고 합니다. 이런 면에서 박 수사관님의 방문은 이 아가씨의 올바른 정신세계를 구축하는 데 큰 힘이 되어주고 있습니다."

박달은 칭찬에 익숙해져 있어서 진 박사의 칭찬에 별다른 감흥을 받지 못하나 칭찬이 없으면 왠지 허전한 서울대 수석 입학생처럼 입에 발린 소리를 했다.

"아 아닙니다. 아니에요. 전 그냥 이 아가씨 이야기에 흥미를 느낀 것뿐인걸요."

그는 더 이상의 인사성 칭찬으로 시간을 낭비하고 싶지 않아 관심사를 물었다.

"오랜 시간 동안 문명과 격리되어 있었던 것만으로 그처럼 망가질 수 있는 겁니까?"

진 박사가 넌덕스럽게 말했다.

"유전과 환경은 성격 심리학의 영원한 이슈라고나 할까요? 그러나 분명한 것은 환경만큼은 인간에게 절대적인 영향을 끼친다는 것이 학계의 일반적인 의견입니다."

"끊임없이 무슨 말인가를 중얼거리던데……?"

"환자의 지난 생활이죠."

"그걸 조합하다 보면 과거를 엿볼 수 있겠군요."

"조합을 어떻게 하느냐에 따라 다르겠죠."

"망상일 수도 있다는 뜻인가요."

"글쎄요. 다시 말씀드리지만, 애정만이 저 환자를 조금이나마 문명인으로 돌려놓을 수 있을 겁니다."

"고맙습니다."

외국어를 가장 빨리 배우는 방법 중 하나가 그 나라 이성과 사랑에 빠지는 것이다. 사랑은 모든 것을 뛰어넘고 모든 것을 아우르며 모든 것을 주고받을 수 있다. 가장 무서운 것이 사랑이며 가장 용감해지는 것 또한 사랑이기 때문이다. 그는 자신에게 물었다. 지금 그녀에게 쏟고 있는 정열의 종류가 무엇이냐고? 수사관의 임무. 여인의 비참한 운명에 동참하여 그 여인의 부서진 정신세계를 바로 잡아 놓고 난 후의 성취감. 한 번쯤은 만나보고 싶은 특별한 경험. 거창한 인의예지 등등. 그는 자신의 비겁함에 혀를 내둘렀다. 왜냐하면 그 모든 것들이 혼합된 감정 뒤에는 드러내기를 거부하는 존재와 무(nothing)의 경계선 너머 원초적 본능의 보챔이 있었기 때문이다. 그는 원초적 본능을 이렇게 해석했다.

"이성으로 사랑하고 있었어?"

그는 입가에 띤 미소를 주워 담으며 머리를 절레절레 흔들었다.

최근에 채연의 신용카드 인출 사실이 밝혀지면서 수사팀에서는 한바탕 소동이 벌어지고 있었다. 이마가 오목렌즈처럼 살짝 들어간 강력계 이만희 형사가 박달을 보자 흥분된 어조로 입을 열며 흘러내린 머리를 쓸어 올렸다.

"심채연이 카드를 사용한 용의자가 제주 농협 CCTV에 포착되었다는 소식 들었소? 영상이 흐린 탓에 이미지 분석이 끝나면 조만간 용의자의 신원은 밝혀질 거요, 내가 말했잖소! 납치 사건과 연쇄 살해 사건은 범인이 분명히 다르다고."

박달은 놀라움을 감춘 채 태연한 모습으로 심 박사에게 전화를 걸었다. 수신 상태가 고르지 못한 것으로 보아 서울 외곽의 외진 장소에 있음이 분명했다. '혹시 감식반을 손수 이끌고 있다면, 그것도 외곽에서……. 필경 무슨 일이 있는 거야. 아! 채연이……' 박달의 흥분이 채 가시지 않은 음성으로 전화가 다시 연결되었다.

"지금 곧바로 그리 가겠습니다."

한탄강 유원지 쪽에서 젊은 여자 시신이 떠 올라왔다는 연락을 받은 박달의 가슴은 천 길 벼랑으로 추락 중이다. 심 박사가 산적한 업무를 두고 손수 야외 감식을 나간 것은 극히 이례적인 일이다. 자신도 모르게 채연이 아니라고 수백 번도 더 되뇌면서 그 당위성을 여러 각도로 분석했다. 그러나 부정적인 분석이 긍정적인 분석을 압도했다. 아직 시신을 확인하지 못했는지 심 박사의 음성은 차분했다.

"자네가 생각하는 그런 상황은 벌어지지 않을 걸세. 그러니 차분하게 말하게. 무슨 일인가?"

"뵙고 말씀드리겠습니다."

때 이른 장맛비가 앞을 분간할 수 없도록 쏟아지고 있다. 주차장까지 불과 몇 미터도 되지 않았는데도 박달의 몸은 머리와 어깨가 물에 잠긴 듯 축축해졌다. 자동차 와이퍼를 빠르게 작동했지만 여전히 시야가 불분명하다. 최대한 속도를 줄이면서 장님 지팡이로 가늠하듯 조심스럽게 청사를 빠져나갔다.

하천 바닥은 뒤집어져 흙탕물이 범람했고 부유한 산업 쓰레기들은 한강 둑 위에서 방황했다. 서울은 샤워 중인 거대한 조형물 같았다. 그 곳에서 쉼 없이 흘러내린 창수(deluge flood)는 잠수교의 위험 수위를 넘나들었다. 제주농협 CCTV에 포착되었다는 용의자 생각에 잠시 빠져 있었다고 생각했는데, 악착같이 퍼붓던 장맛비는 사라지고 강렬한 태양 빛이 정면으로 들이닥쳐 시야를 더듬게 했다. 가로수들은 횡하니 지나가는 남실바람에 젖은 옷을 털어내고 쏟아지는 햇볕에 다투어 말리고 있다. 행인들은 보석 알갱이같이 반짝이는 물방울들이 짧은 비행 끝에 보도에서 사라지자 아쉬운 표정으로 횡단보도를 건넌다.

"저 찬란한 태양을 봐라! 얼마나 좋은 조짐이냐?! 채연이 아닐 거야."

그는 태양 빛만큼이나 강렬하게 소리치며 자동차의 속도를 높였다.

21-3

차창 밖의 풍경이 터널을 달리는 것처럼 반복적이다. 가속 페달을 밟고 있었지만 느낌이 없다. 차는 파주와 문산을 거쳐 마전 쪽을 향하여 달려가고 있었다. 시내를 빠져나오면서 또다시 먹구름이 하늘을 덮기 시작했다. 마음도 덩달아 불안해진다. 지금까지 발생한 실종 사건들 대부분은 실종자 신용카드를 사용한 용의자가 체포되었을 때 실종자는 생존율이 현저히 떨어져 있었다. 지금 채연의 시신을 확인하기 위하여 달려가고 있는 것이 아니라 누군가의 불행을 확인하고 싶은 욕심과, 그걸 뒷받침해 주는 여러 정황을 생생하게 떠올리려 노력했다. 그럴수록 혼란은 가중되고 시야는 10m 이내로 한정되었다. 불현듯 차를 갓길에 세웠다. 대형 덤프트럭이 지나가고 수십 대의 승용차들이 그 뒤를 이어 달린다. 예민해진 감각을 둔화시키기 위하여 지난밤 개콘에서 음란한 표정으로 폭풍 웃음을 자아내게 했던 개그맨을 떠올렸다. 눈부시도록 하얀 스포츠카가 규정 속도와 상관없이 나타났다 사라질 때쯤 인명은 재천이라는 말을 붙잡고 다시 시동을 걸었다. 그러고는 스포츠카를 따라잡기라도 할 것처럼 속도를 높였다.

차는 어느 틈엔가 한탄강 변으로 들어서고 있었다.

강물은 맹렬한 기세로 흘러 내려가고 있다. 한차례 거세게 쓸고 간 강둑에는 온전한 것이 없다. 모래와 자갈 그리고 나뭇가지들이 뒤엉켜 듬성듬성 몰려 있다. 뿌리째 뽑혀 강둑 주변을 덮고 있는 물꼬리풀을 헤치며 경찰 기동대와 감식반장 그리고 인근 주민들이 몰려 나와 웅성거리고 있는 곳으로 다가갔다. 폴리스 라인(police line)을 넘어 심 박사와 마주 섰다.

"어서 오게."

안경을 들치며 심 박사가 반갑게 맞이했다. 그의 표정에서 익사체가 채연이 아님을 읽을 수 있었다. 꼬리를 물고 따라붙던 불안이란 놈이 한순간에 사라지자 이상하게도 허탈한 느낌이 들었다. 허탈감마저 강물에 떠내버릴 심사로 입을 열었다.

"물의 기세가 여간 아닙니다. 어찌 된 일이죠?"

"단순 익사체 같습니다."

감식반원 중 유난히 하체가 길어 보이는 남자가 던진 말이다.

"단순 익사체라……?"

심 박사가 먼 산을 바라보며 그렇게 말했다. 쉽게 내려진 결론에는 항상 고정 관념이 따라붙게 되어 있다는 것을 숱한 감식을 통해 경험한 심 박사다. 그래서 억울한 죽음이 없도록 꺼진 불도 다시 본다는 신념으로 바늘구멍만 한 단서라도 찾아내려 애를 쓴다. 통념을 뒤집어 보면 없던 것도 생겨나고 고정화된 표상이 사라진다. 관념 그 너머의 것들은 신의 영역이 아닌 경험과 사유의 산물이 축적되어 우러난 것이다. 그곳에는 의외로 문제의 실마리가 있다. 바늘구멍만 한 실마리는 어떤 조건과 그 조건을 충족시킬 수 있는 인내와 확장된 논거에 의해 점점 성장하여 결국 문제의 실체를 밝혀내게 된다. 심 박사가 익사자의 무릎 쪽을 유심히 살피며 하체가 긴 감식반원에게 말했다.

"익사체가 물을 따라 흐를 때는 자세가 계속 바뀌기 때문에 시반(purple spot)이 미약하거나 없는 경우가 대부분인데…… 무릎 관절 아래 보이나? 아니, 아니. 오금 있는 곳 말일세. 시반이 있지 않은가."

"제 눈에는……."

"그래서 경험이 중요한 것이지. 익사자의 상태가 워낙 좋지 않은 게 문제이긴 하지만, 일단은 부검 결과를 보고 이야기하세. 살해 후 강물에 유기되었을 수도 있으니까 말이야."

채연의 신용카드를 사용한 범인 이야기를 하고 싶었지만 좀처럼 기회가 나지 않았다. 기회다 싶으면 입술이 제일을 거부했다.

익사체를 실은 앰뷸런스가 경적을 울리며 앞서 달려가고 있다. 두 사람의 기분도 경적만큼이나 초조와 긴장감에 휩싸여 있다. 심 박사가 엄습해 오는 불안감을 잠재우지 못하고 입을 열었다.

"여기까지 나를 찾아온 이유가 뭔가?"

심 박사는 모든 것을 알고 있다는 듯이 물었다. 그러면서 의외의 말을 기대하는 눈치다.

"시 실은 채연 씨……."

심 박사는 담당 의사가 가족들에게 사망 선고를 하듯이 담담하게 말했다.

"그 앤 이미 죽었어."

'절망에 빠진 사람에게 희망이란 모진 고문을 진행하고 있는 것이라네.'라고 말하는 것만 같았다. 박달이 크게 손사래를 치며 말했다.

"아 아닙니다. 채연 씨 신용카드에서 현금을 인출한 범인이 제주 농협 CCTV에서 찍혔다는……."

"단순히 그 말을 전하려고 예까지 왔단 말인가?"

역시 이미 알고 있었던 것이다. 심 박사가 고개를 돌려 차창 밖 먼 산을 바라다본다. 그러고는 안경을 벗어 촉촉하게 젖은 눈가를 문지른다. 박달이 서둘러 심 박사의 억지스러운 상상력을 바로 잡아 주려 노력한다.

"CCTV 화면이 흐려서 범인 윤곽은 이미지 분석이 끝나는 다음 주 중에나……."

"……."

"범인을 잡기만 한다면 채연 씨의 행방을 알아내는 건 시간문제입니 다."

"……."

"그러니까 박사님께서도 힘을 내시고……."

심 박사가 실긋이 웃는다. 그리고 아무 일도 없었다는 듯이 태연하 게 물었다.

"그래, 그 아가씬 어떤가? 진전은 있었나?"

"네?"

"자네가 사랑에 빠진 그 길고양인가 하는……."

갑자기 화제를 바꾸고 농담까지 걸고 있는 심 박사의 심중을 헤아 릴 수 있었다. 우울하고 답답한 기분을 상대에게 전염시키고 싶지 않 은 소심한 배려 때문이다. 박달은 심 박사의 배려에 응답이라도 하려 는 듯이, 그러나 길고양이와 사랑에 빠진 것이 전적으로 자신의 의지 만이 아니라는 것을 알릴 필요가 있었다.

"그쪽으로 전문시식이 없는데 양 차장검사님에 제게 그 아가씨를 맡 아보라 한 이유를 모르겠습니다."

"지금까지 잘 해주었잖아. 그럼 된 거네."

"수렁에 빠져버린 기분입니다."

"그것도 깊은 수렁 말이지?"

"아 아닙니다."

"깊지 않은 수렁은 수렁이 아니라네."

그녀는 어디서 왔으며 이 문명의 세상과 격리되어 있었던 이유는 무엇인가? 가학으로 예상되는 온몸의 흉터들은 또 무엇을 의미할까? 박달은 이런 의문을 심 박사에게 묻고 싶었지만 차마 입을 열 수 없었다. 침묵이 두려웠던지 심 박사가 또다시 화제를 바꿨다.

"요새는 국과수 부검의들 과부하가 걸려 있어. 열악한 보수에 사회 인식 그렇지. 대학은 대학 대로 법의학을 전공해서 부검의를 하겠다는 학생이 없어. 그러다 보니 안타까운 죽음들이 늘어만 가고 있단 말이야. 법의학자 일을 검사들이 도맡아서 하고 있으니, 기가 막힐 노릇 아닌가?"

박달은 대한민국의 법의학계의 현실을 이분만큼 통렬히 가슴 아파하는 분은 없을 것이라는 생각이 들었다. 심 박사의 표정과 말투에서 그 절절함이 묻어나 보인다. 감히 입을 열지 못하고 차창을 스쳐 지나가는 산야의 풍광만을 무람하게 바라다보았다. 대화가 끊긴 공간엔 간간이 자동차 기어를 바꾸는 소리와 의자가 삐걱대는 소리와 바람이 창틈으로 비집고 들어오려 애쓰는 소리가 공존하여 또 다른 적막을 만들어 냈다. 그 적막은 심연으로 떨어진 물방울 소리처럼 아득히 멀게 느껴졌음에도 한을 품은 여인네의 새벽 한숨 소리처럼 크게 들렸다. 입술을 굳게 다문 심 박사의 입술이 벌어지는 순간 붉은 핏덩어리가 쏟아져 나올 것만 같았다. 하르르 하르르 떨고 있던 심 박사가 그 동안 적막 안에서 버텨왔던 거짓과 진실 간의 숨바꼭질의 실체를 농익 은 과실의 최후처럼 터트려 버리기로 작정한 듯

"익사체가 내 여식 이길 은근히 바랐었네."

'결국 이거였습니까?'라고 역정을 부리려다, 철없는 아이에게 경고하 려는 듯이 소리쳐 말했다.

"박사님!"

심 박사는 자신의 체념이 가져다줄 불이익, 말하자면 부덕함이나 생각하기에 따라서는 옹졸함 등이 포함된 자학적 행위로 박사나 되는 지식인의 품위와 이성적으로 지녀야 할 가치관 상실 등을 명백히 불사 하겠다는 태도다.

"언제까지 자신을 속여 가면서까지……"

박달이 핸들을 꺾는 바람에 심 박사가 말을 멈췄다. 인간은 결국 정 신적 고통을 반출해 버림으로써 얻어지는 이익에 민감할 수밖에 없는 나약한 존재라는 사실에 박달은 화가 났다. 쓴웃음이 절로 흘러나온 다. 그의 이런 심사를 모를 리 없는 심 박사가 내친김에 달려가기로 작 정을 한 듯이 말을 이었다.

"어자피 죽은 아이야. 시신이라도 수습한다면 아비로서 할 일은 다 한 셈이지. 지 에미 곁에 묻어라도 주어야 할 텐데……"
"채연 씨는 절대로 죽지 않았습니다."

"때로는 위로의 말이 흉기가 되기도 하다네"

"절대로 그런 말이 아닙니다. 채연 씨가 살아 있다는 증거를 조만간 찾아내겠습니다."

박달은 심 박사의 자학적이며 직선적인 표현에 노골적으로 불쾌감을 표시하기 위하여 그동안 미루어 두었던 질문을 취조하듯 물었다.

"말씀해 주십시오. 실종 당시 채연 씨 의상은 연두색 니트에 하얀 치마였다고 하셨던데요?"

굳어 있던 심 박사의 안면 근육이 미세하게 떨린다.

"무슨 실마리라도……?"

"그렇습니다."

"그처럼 열심인 자네에게 애비라는 사람이 실망스런 이야기만 주절 대다니……. 미안하네. 실은 그 애가 무슨 옷을 입고 나갔는지 알 수 없었어. 궁여지책으로 그 애 옷장을 뒤져 보았던 거야. 없어진 연두색 니트는 그 애 어미가 스물세 번째 생일날 사준 것이어서 뚜렷하게 기억하고 있네."

"동네 세탁소에는 가 보셨어요? 거기에 맡겨 두었는지도 모르잖습니까?"

"그럴지도 모르지."

"다른 옷이 없어지지는 않았는지 다시 한번 살펴봐 주세요. 채연 씨 실종 당시 계절은 초봄이었으니까……."

"이렇게 힘든 시기에 자네가 있어서 얼마나 마음이 든든한지 모르겠어. 위로의 말이 흉기가 되기도 한다는 말 취소해도 되겠나?"

심 박사의 얼굴에 희미하게나마 미소가 번져가고 있었다. 서서히 차들의 꼬리가 길어지기 시작했다. 벌써 서울 근처에 다다른 모양이다.

21-4

박달의 컴퓨터 앞

염미진이 사라진 채 소식이 끊긴 지도 벌써 한 달이 넘었다. 그동안 그녀의 연고지는 물론 지인들을 모두 탐문 수색했지만, 별다른 수확을 얻지 못했다.

수화기에서 쏟아지는 육봉이 반장의 컬컬한 음성이 양철지붕 위에 떨어지는 우박 소리처럼 시끄럽다.

"눈먼 색욕에 멱살 잡힌 식스나인 그 자식, 의도적 현혹에 진리의 가식이 잔뜩 부여된 팬티 통조림 사업 짭짤한가 봐."

"사이버 수사대는 뭐 하는 겁니까? 나 잡아봐라 하면서 여전히 활개를 치고 다니는 놈한테 농락이나 당하고. 잘 하십니다."

"겨울 북풍 때문에 울어대는 잔가지의 고통이 이러할까? 내 인정하지. 혹시 염미진 소식 들었소?"

"아직……."

"식스나인 생각보다 위험한 인물입니다. 염미진과 같이 있다면…… 그녀가 위험해!"

"그자가 연쇄 살인범일 가능성이 높다는 말씀입니까?"

"자신의 고유한 존재 형식을 파괴당한 피해자들이 모두 페티시 마

이성과 본능

니아(mania)들에 당했다는 것 말고도, 식스나인을 용의자로 지목할 만한 이유가 또 있어. 놈과 깡통 장사를 같이한 여자들은 하나같이 연락 두절에 행불이야. 공통된 관념으로 귀결시킬 수 있는 하나의 예를 들어보면, 연쇄 살인 사건 중 두어 건은 놈과 깊은 연관이 있을 걸세. 그러니 염미진이 위험하달 수밖에는. 그나저나 객관적인 인식의 도구인 양 심채연 카드를 사용했다는 작자 이미지 분석은 어떻소?"

"화질이 너무 떨어져서 실패한 모양입니다."

"또 또 참된 진리에 견고하게 근거하지 않은 진부한 전통적인 방식을 도입한 모양이군."

박달은 인내의 한계를 시험하려는 듯이 컴퓨터 앞에 앉아 전원을 켠 뒤 이렇게 중얼거렸다.

"인내는 쓰다. 그러나 그 열매는 상큼하다. 좋아! 지금부터 시작해보는 거야."

웹 서핑은(web surfing) 밤을 새워가며 계속되었다. 페티시에 관련된 기사는 폴더를 만들어 따로 모아 두었다. 대부분 객원 기자들이 작성한 기사 내용은 신빙성의 문제를 떠나 자신의 감정이 많이 반영되어 있어서 페티시들의 실체를 파악하기에는 한계가 있었다. 검찰 직위를 내세워 간신히 알아낸 기자와 통화라도 되었다 싶으면 열에 하나 다음 날 취재 준비 중이어서 바쁘다는 핑계로 끊어버렸다. 이로써 기사에 관련된 인물 등의 정보를 캐내려 한 노력은 수포가 되었다.

수사는 속도가 아니라 방향이다. 방향이 잡혔으니 멈출 이유가 없다. 박달만의 외로운 싸움은 인내와 노력과 행동으로 시작된다.

문득 염미진이 식스나인에게서 들었다는 이야기를 상기했다.

"저 사람 경찰을 가지고 놀 때가 가장 스릴 있고 짜릿하다고 그랬걸랑요. 겉보기와 달리 강단 있는 남자더라고요."

그 정도 강단이 있는 놈이라면 육봉이 반장의 예감과 일치한다. 연쇄 살인범……. 새벽 3시, 창을 때리는 빗소리에 이끌려 자리를 뜬다. 멍해진 머릿속에 활기를 불어넣고 아직도 잔존해 있을 페티시들과의 통로를 찾아내기 위하여 검은 악마를 탁자 위에 올려놓는다. 누구에게는 고약할 수도 있는 구수한 커피향을 즐기다 슬며시 입가에 댄다. 악마는 미진을 불러냈고, 미진은 그렇게 스릴을 즐기는 식스나인을 불러낸 것이다.

새벽을 넘어 그날만을 위해 존재하는 태양이 뜬다. 그 태양이 머리 위에서 작렬할 때까지, 박달은 여성 속옷 중고 판매 사이트를 순회하고 있었다. 그중 한곳에서 미성년자들이 속옷 등을 몇만 원에 거래한다는 문구가 넘쳐나는 카페를 찾아냈다. 시크미라는 아이디를 가진 소녀의 자기 소개란을 대충 훑어본 내용들은 충격적이었다. 가슴은 또래보다 조금 큰 편이고, 음모 또한 많은 편이라는 노골적인 표현은 기본이고, 속옷 스타킹 타액과 소변 등을 함께 판매한다고 했다. 타액의 가격은 150ml에 10만 원, 원하는 사탕 맛으로 제조해 준다는 친절한 설명도 덧붙여져 있었다. 소변의 가격은 타액보다 지렴했고, 이번 불실

이성과 본능

들이 본인의 것임을 확인시켜 주기 위해 인증 사진이나 동영상을 동봉해 준다고 했다. 딸녀라는 아이디를 가진 소녀는 스페셜로 애액을 논했으며 가격대는 상당했다. 주문일로부터 4~5일이 소요된다는 설명도 덧붙여져 있다. 이뿐만 아니라 생리혈은 물론 생리대와 대변까지도 고가로 판매되고 있었다.

박달은 각종 매스컴에서 파헤쳐 보도한 문제들이 실제로 이처럼 심각하게 난무하고 있다는 사실과 또 생명체처럼 살아 꿈틀거릴 뿐만 아니라 빠른 속도로 확장되어 가는 현장에 뛰어든 자신이 뻐꾸기 둥지로 날아든 새 같다는 생각이 들었다. 이런 기호상의 문제를 두고 누가 누구를 미워하고 누가 누구를 심판할 수 있으며, 자본주의 사회의 시장 논리에 따른 수요와 공급의 옳고 그름을 두고 어떤 것은 옳고 어떤 것은 그른지 누가 누구에게 따질 수 있으며 누가 누구에게 바른 답을 말할 수 있겠는가? 기호 기준이 모호한 이 문제는 인간의 본능이 어떤 것은 옳고 어떤 것은 그른가를 답할 수 없는 함정과도 같은 것이며, 미풍양식이라는 지극히 관례적인 문제로서 풍속 저해 요소가 다분하다는 주장을 받아들임으로써 변태 문화의 확산을 방지하기 위한 법 조항의 개선 시급이라는 결론으로 봉합을 해 두기로 했다. 행여 자신의 결론이 페티시들을 두둔하고 있는 모양새로 비칠 수도 있는 위험을 감수하면서, 아버지 훈계에 종종 등장하는 근묵자흑(black if you put black ink close to it)이 본능이란 단어가 변이성(variability)에 의해 절제의 힘을 얻게 될 것이라고 페티시들을 아름답게 바라보려 애를 쓴다. 그럼에도 이들을 서둘러 근절해야 한다는 생각을 버릴 수 없었다. 페티시가 단지 미풍양식의 저해 요소만의 문제가 아니기 때문이다. 이를 통해서 일어난 범죄가 날로 진화하여 결국에는 연쇄 살인으로까지 발전하지 않았는가?! 쾌락의 발전과 확장은 결국 비극을 낳고 사회를 혼란에 빠트리고 만다.

박달은 마침내 ID69를 발견했다. 놈은 수정같이 투명하고 보티첼리(Botticelli)의 비너스(Venus) 그림처럼 늘씬한 여성의 하반신 사진과 함께 '이 여자의 전부를 알고 싶다면'이라는 글과 함께 블로그 주소를 남겨두었다. 사진을 캡처해서 확대해 본 결과 미진의 하체가 분명하다는 결론을 내렸다. 미진은 면도날을 이용하여 주기적으로 제모를 하다가 무릎 쪽을 베인 적이 있었는데 그 상처가 희미하게 남아 있어서 속이 상한다고 불평하는 소리를 술 취한 입으로 말한 적이 있었다.

이미 페티시에 대한 모든 것을 섭렵한 사람처럼 박달은 그들의 언어를 늘어놓고는 단골이 되고 싶다며 커뮤니티로 접속할 것을 권유했다. 그리고는 육봉이 반장에게 전화했다.

"반장님, 69 위치 추적 좀 부탁합니다. 지금 접속했거든요."

"박 수사관! 놈의 허기진 욕정을 부추겨 말초신경을 건드려 놓으시오. 급작스럽게 먼 길을 떠나버리지 않도록 놈의 흥분된 감정의 속도 조절이 필요하오. 그 시간을 십 분으로 해 두겠소."

"공무 시에는 제발 그 발칙하기 그지없는 현학적 레토릭(rhetoric) 좀 사용하지 말아 주쇼, 엑기스(extract)만요. 십 분은 너무 깁니다."

"그럼 8분, 하여튼 7분까지는 허용되오만……"

"해 볼게요."

'젖은 얼룩과 농염한 향기

팔등신 미인 입던 속옷 팔아염.'

라고 보낸 뒤 박달은 놈이 스릴(thill)을 즐긴다는 염미진의 말을 잊지 않고 있었기에 흥분된 마음을 추스르며 경찰임을 자청하기로 했다.

박달: 나 대한민국 경찰 공무원인데, 좀 부패하긴 했지만, 주어진 공무는 열심이지. 거래합시다."

처음부터 내지른 것이 지나치게 직설적이었나?

69: 아행행... 님 차암 뷁스럽군(가당치 않다).

박달: 인증샷 보낼까여?

69: 함 잡아 보시든지. 빠~

놈이 스릴(thill)을 즐긴다던 염미진의 말과는 판이한 놈이다.

박달: 물건이 필요하오. ㅠㅠ

69: ……

박달: 농 아니구... 대량 구입 의사가 있다니까 그러시네.

69: 요즘 짭새들은 취미도 고상하셔. ㅠㅠ

박달: 동영상은 필수고. ㅜㅜㅜ

69: 현질(현금) 가능하시오? 물건이 달려서.

박달: ……

69: 덴쟝! 역시 낚시질이었군. 빠~

놈이 또 사라지려 한다. 방향을 바꾼다.

박달: 물건이 달린다면 내가 무한히 공급해 줄 수 있는데 어떻소? 이윤을 어떻게 배분할 것인지 그 점을 논의해 보자구요.

69: 이 무슨 황당 시추에이션(situation)?

박달: 내 관할 구역이 집창촌이라면 이해가 가실지……

69: 헐!!!

박달: 물건은 입맛대로 얼마든지 공급할 수 있다니까 그러시네.

69: 님을 어케 믿지?

박달: 뻘쭘하게 왜 이러시나! 우선 인증샷(shot) 보낼까요?

69: 아무래도 이곳 물고기방(PC방) 심하게 구린내가 난단 말이야. 본좌(본인 높임말) 생각할 시간을 주시오. 한 시간 안으로 재접속하겠소. KIN(즐) 뿅~

21-5

육봉이 반장의 열받은 목소리만 쩌렁쩌렁 울린다.

"2~3분만 더 끌었어도……!"

"놈은 이 방면에 귀신입니다. 우리들을 제 놈 손바닥 들여다보듯 훤하게 들여다보고 있었어요. 통신사 제보를 받고 PC방의 위치를 파악 제아무리 출동을 빨리한다고 해도 10분 정도는 걸린다는 것을 계산에 넣은 거죠. PC방을 바꿔 한 시간 안에 재접속을 할 것입니다."

"놈이 다시 접속할 것이라고 믿소?"

"내가 경찰이라고 밝혔거든요."

"지 지금 무슨 소리요?"

"놈은 스릴을 즐기고 있습니다. 덜컥 걸려들 만한 밑밥을 던져 놓았으니까 기대할 만한 겁니다. 이번엔 5분입니다."

"5분 안에 무슨 수로……?"

박달은 자기 머리를 툭 치면서 '놈은 관음증!' 미진이와 영화관에 갔던 때를 떠 올렸다. 그때 놈은 접속이 끝나고 수 분 만에 나타나지 않았던가!

"잠실 롯데월드 근처 PC방일 가능성이 높습니다."

"무슨 근거로?"

"놈을 롯데월드 상영관에서 만난 적이 있었습니다. 당시 접속 후 수 분 만에 나타났었거든요. 대게 PC방을 이용하는 사람들은 갔던 곳을 선호하죠. 지금으로써는 확률이 제일 높은 셈 아닙니까? 주변 일대에 사복 경찰관을 잠복시켜 놓으시죠."

"좋았어! 한번 해 보자구."

게걸스러운 오반장의 웃음소리가 귀청을 간질인다.

한 시간이 채 되기도 전에 69가 접속을 해 왔다. 육봉이 반장이 작전을 개시했다.

69: 나와 동업하려면 우선 신뢰가 구축되어야 하는데 님의 확

실한 아이덴티티(identity)가 필요한데 어쩌지??????

박달: 경찰 공무원으로서 사회적 이미지도 있고....... 그 바닥에서는 상호 신상에 관해서 묻지 않는 것이 불문율 아닌가요? 신용으로 갑시다. ㅜ

69: 지대(제대로) 아행행....... 잼 없다.

박달: 잠시만......

69: 정확하게 오 분 후 종료됩니다. 3분......, 2분 50초, 40초.......

박달: 그렇게 겁나면 관두든지!

69: 님의 신원조회 끝내고 다시 접속하겠슴다.

박달: 위험수당이 커서?

69: 하긴 짭새가 더 안전하긴 한데.......

박달: 내 말이......! 한번 믿고 해 보셤. 우리 같은 공무원 똥물에 발 담그면 그걸로 끝 아닌가요? 그런 약점을 이용하란 말이지!

69: 대한민국 열라 썩어 빠졌군.

박달: 다 썩은 걸 나만 깨끗한 척 그거 더 나빠요.

69: 막가파가 따로 없네. 하여튼 빨리 보내쇼.

박달: 그러기 전에 충고하나 하지.

69: 충고? 네가시(싸가지) 없긴!...... ㅋㅋ

박달: 자수해서 광명 찾으라고. ㅠㅠ

69: 이제야 본색을 드러내시는 건가? 서울에는 김 서방 참 많거든. 이 천재지변(천 번 봐도 재수 없고 지금 바도 변함없는 시킴) 집새야! ㅎㅎ

박달: 당신 뒤를 봐. 아마 이만저만하게 생긴 분이 당신 채워주

려고 은팔찌 들고 계실 테니까.

잠시 시간이 흐르고 문자가 뜬다.

"저 파멸을 바라보는 가증스러운 눈빛을 보라. 명치끝에서 치미는 욕정을 추스르기에 여념이 없네. 상황 종료요. 수고했소. 육봉이."

그의 게걸스러운 웃음소리가 들리는 것만 같았다.

박달은 채연이 실종 직전까지 과외했던 학생의 어머니가 이맛살을 찌푸리며 가물거리는 기억을 더듬느라 애를 쓰고 있다. 그 모습이 마치 연기를 막 시작한 신출내기 배우처럼 어색하기 그지없다. 그녀가 머리를 뒤로 털거나 눈을 동그랗게 뜨고 박달의 말에 진심으로 귀를 기울이기 위하여 목을 빼 갸우뚱거리는 부분에서는 자칫 웃음이 터지려는 걸 간신히 참았다. 기억력에 자신이 없다는 그녀는 참 많은 말을 하고 있으면서도 정작 중요한 옷에 대한 기억 부분에서는 주춤거리고 있다.

"그때가 아마 우리 애가 시험공부에 지쳐서 방황하던 시기였을 겁니다. 채연 학생이 어찌나 우리 애를, 그러니까 옷 때깔이……. 하도 오래된 일인지라……. 옷이 화사했던 기억이 어렴풋이 나는 것 같군요."

두뇌 창고에 저장되어 있는 기억을 재생시키기 위해서는 작은 단서라도 제공받아야 한다. 일부 단서만으로도 쉽게 전체를 유추해 낼 수 있는 것이 기억이다.

"화사했다고 기억하신다면? 혹 연두색 니트에 하얀 치마는 기억하

시겠습니까?"

"하얀 치마는 모르겠는데 연두색 니트? 그건 아니었던 것 같아요."

여자가 반복적인 질문에 약간은 짜증을 낼 만도 한데 사라진 기억을 짜내기 위해 애를 써 주었다. 다시 한번 감사하다는 입에 발린 말을 하려는데

"화사하다는…… 가만, 가만있어 보세요. 분홍색이었어요. 아 아니지. 무슨 꽃무늬가 있었던 것 같기도 하고."

"그 그래요. 꽃무늬……"

"확실하지는 않지만…… 꽃무늬 니트였던 것 같아요."

여자가 자기 머리를 쥐어짜고 있었다.

"블라우스가 아니고요?"

"니트였어요."

박달이 어떤 확신을 가지고 다그쳤다.

"다시 한번 잘 생각해 보시죠. 분명히 잔잔한 들꽃 무늬 블라우스였을 겁니다."

"그랬나? 하여튼 무슨 꽃무늬였던 것은 확실합니다."

이미 확신이 선 박달이 지나가는 말로 물었다.

"기억이 확실해시면 전화 주시겠습니까?"

여자가 잠시 망설이더니 고개를 끄덕였다.

21-6

심동일 교수 병원 사무실

이성과 본능

심 박사가 쇠곤해진 얼굴을 두 손으로 감싸 쥐며 입을 열었다.

"한탄강 시신 말인데."

"기도와 위장관에 물이 차 있었던 것으로 봐서 익사체일 가능성이 높다고 하셨잖습니까?"

"맞네. 허나 사후에도 수압에 의해서 기도와 위 그리고 폐에 물이 들어가거나 모래나 진흙 등 이물질이 발견되기도 하지. 익사체면 격렬한 호흡운동으로 호흡근의 근막하(subfascial synovial bursa) 출혈이 발견되기도 하지만 오래된 경우에는 소실되어 버리는 경우도 있다네."

"무거운 돌 같은 것을 매달아 물속으로 던져 버릴 수도 있잖습니까? 이번 장마로 물이 뒤집히면서 떠올랐을 가능성은요?"

"특별한 경우를 제외하고는 물속에 가라앉지. 익사 후 바로 부상하는 경우는 불과 20~30%에 불과해. 대개 부패로 인해서 체내에 가스가 발생하면 뜨게 되거든. 사체의 손가락을 보니까 다른 부위에 비해서 훼손 정도가 심하던데, 손가락의 표피박탈(exfoliative)이나 손톱의 파열 등 출혈 흔적이 있었어. 물에 빠질 때 자구 수단으로 뭘 움켜쥐려다 생긴 상처더군. 이런 점들로 인해 경찰에서는 단순 익사의 가능성에 무게를 두고 있네."

"박사님 소견도 같나요?"

"억울한 죽음을 막는 것이 우리 일일세."

심 박사는 그 어느 때보다도 열심히 일에 매달렸다. 실종된 채연을 잊기 위한 필사의 노력은, 일 속에 파묻혀 버리는 것뿐임을 숨기지 않았다. 이런 심 박사에게 채연 관련 이야기를 끄집어내기 위해서는 용기가 필요했다.

"저어, 채연 씨 의상 말입니다."

"면목이 없네."

예상대로 심 박사의 목울대가 울렁거렸다. 자책과 동시에 슬픔이 몰려오는 모양이다.

"혹시 채연 씨 들꽃 무늬 니트 기억하십니까?"

"니트?"

"확인해 주시겠습니까?"

"블라우스라면 몰라도 니트는 없었던 것 같은데……"

"그렇죠?"

"왜 그러나?"

"채연 씨 블라우스를 길고양이 아가씨가 체포 당시 입고 있었던 것이 아닌가 해서요."

심 박사가 의자에서 벌떡 일어나 창가로 다가갔다. 건너편 병원 부속 건물을 바라보며 안경을 벗어 들었다. 박달이 슬며시 다가가 심 박사 뒤에 섰다. 그의 신조는 결코 파랄 때 열매를 따지 않는다는 것이었으나, 심 박사의 정신 상태가 너무나 불안정해져 있었기 때문에

"믿어 주십시오. 채연 씬 살아 있습니다."

라고 말을 함으로써 부들부들 떨고 있는 심 박사의 마음을 진정시키려 했다. 하지만 역부족이었다.

"길고양이 아가씨가 그 그렇게 말했단 말인가?"

"죄송합니다. 그 아가씨 아직 충격에서 벗어나지 못한 상태인지라
……."

심 박사의 얼굴은 거의 사색이 되었다.

"정말 모를 일이군."

"그리고 식스나인 말입니다."

"체포했다고 했지? 뭐라 실토하던가?"

"아직은 묵비권을 행사하고 있습니다. 워낙 의뭉하고 질긴 놈이라
프로파일러(profiler)를 투입할 작정입니다."

22. 자기 상실과 회복의 거대한 여정

22-1

사하라 사막에 살고 있는 사막여우가 동이 트자 사냥에 나섰다. 며칠을 굶었기 때문에 오늘만큼은 반드시 사냥에 성공해야 한다. 마침내 사막여우는 전갈을 만났다. 전갈은 독침을 고추 세우고 사막여우에 맞섰다. 치열한 공방전 끝에 사막여우가 전갈의 꼬리 부분, 독침이 있는 곳을 잘라내고는 모처럼 맛난 식사를 즐기고 있는 동영상을 보고 있던 박달은 식스나인을 떠올렸다. 전갈처럼 야행성에 음습한 곳을 좋아하며, 겁이 많고 나약해 보이지만 치명적인 독을 가진 놈이다. 결코 만만찮을 것이다. 사막의 여우처럼 치고 빠지는 전술이 필요한 만큼 육봉이 반장을 대동하기로 했다. 박달 육봉이 식스나인, 이들이 마주 앉은 취조실 안에서는 가벼운 긴장감이 흐르고 있었다. 얼멍덜멍한 식스나인의 표정을 무심히 바라보다 박달이 담배를 권했다. 여전히 꾸부정한 허리에 눈은 퀭하다. 마음고생이 여간 아니라는 생각이 들었다. 놈의 얼굴에 드리워진 어두운 그림자에는 페티시들의 특징이라고 할 만한 모든 것을 숨겨두고 '오냐 할 테면 해 봐라'라고 독기를 품은 표정만 간간이 흘렸다. 그럼에도 온몸에 곰팡이라도 핀 듯이 어둡고 음울하며 의기소침한 외향은 숨길 수 없었던지 움켜쥔 팔이 파르르 떤다. 이처럼 열매를 맺지 못하는 음지 식물처럼 태양을 만나면 타 죽어 버릴 것이라는 놈의 강박을 잘만 이용한다면 생각보다 쉽게 목

이성과 본능

적을 이룰 것 같기도 했다. 69가 떨리는 손으로 박달이 내미는 담배를 받아 물었다. 곁에서 묵묵히 지켜보고 있던 육봉이 심통한 표정으로 입을 열었다.

"지금부터 나는 부드럽고 우아하게 너를 희롱할 참이다. 본명?"

놈이 여전히 입을 다물고 있자 박달이 대신 대답했다.

"이름 문재. 나이 만 28세. 고향 경기도 광주시 곤지암읍 만선리. 현 주소 서울특별시 신대방동……. "

육봉이 문재 얼굴 가까이 얼굴을 들이대면서 속삭이듯이 말했다.

"이 허망한 존재의 손모가지가 만들어 낸 탐욕과 간계와 요설과 음탕함이라니, 초범도 아닌 주제에 구속적부심 신청을 했다고?"

이번엔 박달이 문재에게 물었다. 양공 작전(conduct a feint)을 펼치고 있는 것이다.

"속옷을 팔았다고 해서 형사 처벌받은 사례 없었고 게다가 마땅히 처벌할 근거가 없지. 그래서 묵비권인가?"

육봉이의 시대를 잃은 언어는 나름의 논리를 만들어냈다.

"당신을 보면 절제와 노여움 사이를 오가는 변덕스러운 나를 발견하지. 게다가 똥으로 인해 연상되는 온갖 불쾌한 생각은 지울 수가 없어. 얼마 전에…… 입던 속옷을 판매할 목적으로 인터넷 카페를 운영하면서 야설 등을 게시하여 정통법 위반으로 입건된 여자가 있었다는 사실을 모르고 있구만. 그때는 판매를 위한 음란물 게재만 혐의를 적용하기는 했지만, 이제 그 정통법이 바뀌었어. 이 욕정을 팔아 욕정을 사는 절망의 살이 오른 친구야."

그러고는 법 조항을 읽어 내려갔다.

"중고 속옷 판매자에게 적용할 수 있는 항목은 행위에 공할 목적으로 음란한 물건을 제조, 소지, 수입 또는 수출한 자는 1년 이하의 징역 또는 500만 원 이하의 벌금, 성적 욕망을 유발하거나 만족시킬 목적으로 전화나 우편, 컴퓨터 등 통신매체를 통해 성적 수치심이나 혐오감을 일으키는 말, 음향, 글, 그림, 영상 또는 물건을 상대방에게 도달하게 한 사람은 2년 이하의 징역 또는 500만 원 이하의 벌금, 영리를 목적으로 촬영물을 유포하면 7년 이하의 징역 또는 3,000만 원 이하의 벌금에 처한다. 심채연 카드를 사용한 거 형법상 점유 이탈물 횡령죄에 해당하여 형사 고발된 상황에서 우리가 잘만 엮어 넣는다면 적어도 당신은 3년은 콩밥 실컷 처드시면서 규칙적인 생활을 하게 될 테지. 그러니 계속 묵비권 행사하고 있으라고. 만족과 분노가 엇갈리는 이 시점에서 말이야!"

문재의 얼굴이 조금씩 핏기를 잃어가면서 무슨 말인가를 지껄일 것처럼 입술이 들썩거리기 시작했다. 이를 눈치챈 박달이 갑자기 화제를 돌렸다. 놈의 혼란을 부채질한 뒤 결정적일 때 한 방 먹임으로써 모든 진실을 저절로 토해낼 수 있도록 유도하자는 것이었다. 박달이 육봉이 반장에게 고개를 돌려 한쪽 눈을 찡긋하며 물었다.

"이 사람 전엔 도대체 무슨 죄로 복역했습니까?"

"그 이물스런 작자에게 물어봐."

이성과 본능

"이봐요, 문재 씨!"

육봉이 문재의 머리통을 치면서 빈정거린다.

"쪽팔려서 자기 입으로는 말 못 할 거야 아마. 가녀린 손바닥 위에서 거짓된 삶의 종착역을 맞이할 문재 씨, 안 그래?"

"……."

박달이 단정을 짓는다.

"파렴치범이군요."

"욕정에 굶주린 버러지들 말로는 좆폭이라고 하더군."

"네?"

"있어, 그런 말."

"성폭행 말입니까?"

"이자는 호혜적 자기 긍정의 힘을 믿고 아동 성추행을 위해서 초등학교 앞에서 문방구를 했지. 애기들한테 선험적 구성 조건을 만들어 주고는 엿 같은 짓 저지르다가 우연히 한 학부형의 눈에 띈 거야. 그대로 보편적 자유를 누리기 위해서 사태 속으로 침잠하고자 잠수탔는데 불심검문에 걸렸지. 수감된 상태에서도 목점두라는 빵장 비호 아래 여자가 입었던 팬티와 스타킹 장사를 한 놈이야. 그 자신에게 타자일 뿐인 전자 발찌 찼을 걸 아마? 그렇지 문재 씨."

"목점두라면 저도 들어서 압니다. 사람 머리 가죽을 벗긴다는 잔악하기 그지없는 그쪽에서는 전설적 인물로 통하는 놈이죠. 그놈 꾀가 사막의 여우 같다는 소린 들었습니다."

육봉이 침을 튀겨가며 설명한다.

"잔인이란 경향성으로는 살아 있는 전설이야. 같이 출소한 동기 놈들과 폭력단체를 만들어 세상을 확 바꿔버리겠다고 천만 불을 버는 그날까지 어쩐다나 저쩐다나 허풍을 떨고 다녔다던데 대가리 깎고 중이라도 된 건지, 무슨 지랄들을 꾸미려고 잠수탔는지 요즘은 잠잠해. 지놈도 나이를 처먹어가니 개인적인 고뇌에서 보편적 고뇌로 이전해 가면서리 기가 좀 꺾였나 보지. 포악한 만법 의식에 사로잡힌 이런 놈은 평생 콩밥을 먹어야 하는 건데 법이 너무 물러. 이 봐 변태! 빵 생활할 때 목점두 따까리였잖아. 거짓의 때를 묻힌 채 숱한 여자를 범하고도 모자라 돈을 챙길 목적으로 그 모습을 P2P 사이트에 올려 그 여자들을 두 번 죽인 뱀처럼 사악한 그놈 지금 어디서 뭐 하는지 알아?"

마침내 문재가 엄부력을 떨며 입을 열었다. 그런데 심한 말더듬이다. 그래서 묵비권을 행사하는 것처럼 보였던 것인가?

"모 모 모 모릅니다. 추 추 출소 후 여 여 연락을 끄 끊어 져 졌습니다."

"문재 씨, 지금까지 말을 하지 않은 건 그 말더듬 때문에? 그 그런 거요? 내가 다 말을 더듬는군."

"말 더듬는 거 다 작전인지도 모르니까 확실히 족쳐 놔요."

문재가 항변의 뜻으로 고개를 절레절레 흔든다. 육봉이 문재의 머리통을 서류철로 톡톡 치며 빈정거린다.

"대가리 속 진실은 제거하고 거짓을 이식한 놈에게서 뭘 기대하겠냐마는 그래도 그대의 주둥아리만을 기대할 수밖에 없는 이 기가 막힌 현실이 싫구나."

박달이 소곤거리는 소리로 그러나 문재가 충분히 들을 수 있게 육봉이에게 말했다.

"연쇄 살인범으로 몰아갈 겁니다."

22-2

문재가 박달과 육봉이 반장을 번갈아 쳐다본 뒤 나지막한 목소리로 변명을 늘어놓았다.

"여 여 여 염미진이 자신의 ID로 한 지 짓이요. 나 나 나하고는 사 사 사 사 상관이 없다고요."

그는 여전히 자신은 단지 미진에게 남자를 소개해 주었을 뿐이라며 그 후 그 사람들이 무슨 짓을 하든지, 그건 그 사람들 일이지 왜 자신을 엮어 넣으려 하는지 모르겠다고 하소연을 늘어놓았다. 놈이 그녀의 문제를 주절주절 늘어놓는 이유는 간단했다. 채연 실종 사건에 대해 자신과 연관시키려 드는 두 형사의 소나기를 피하고 보자는 심사다. 박달은 놈을 쥐어박고 싶은 심정을 감추고 직격탄을 날렸다.

"염미진 문제는 그렇다 치고……. 한 달 전에 제주도에는 왜 갔었소?"

"나 나 나는 모 모르는 이 일입니다."

육봉이 무슨 소리냐는 듯이 박달을 본다. 박달이 제주농협 CCTV

에 포착된 사진을 내민다.

"아무리 사진이 흐리지만 당신 뒤통수는 감춰지지 않았어. 여기 이쪽 보여요? 이 납작한 뒤통수 말이요. 게다가 아까 여기 들어올 때 보니까 CCTV에 찍힌 걸음걸이와 똑 닮았더만. 오른쪽 신발 바닥 볼까요? 당신 신발이 안쪽으로 많이 닳아져 있을걸? 이래도 증거가 더 필요해요?"

육봉이 또다시 문재의 뒤통수를 치자 문재가 신경질적으로 머리를 흔든다. 이례적 반항이다. 육봉이 신나게 중얼거렸다.

"어디서 반항이야. 거미줄로 동여매서리 고기밥으로 주어도 시원찮을 인간아. 창백하고 무익한 소리로 시간 낭비하지 말고 시원하게 털어놓으란 말이다."

문재의 몸이 부들부들 떤다. 박달이 놈의 코앞까지 다가가 소리쳐 말했다.

"채연 씨 카드를 왜 당신이 사용한 거야?"

"나 나는 아니란 마 말입니다."

"정히 그렇다면 좋아! CCTV 이미지 분석 끝나는 대로 당신을 채연 납치 살해범 용의자로 정식 기소하기로 하지. 반장님 그만 갑시다. 이 사람 상대할 가치도 없어요."

박달의 말이 떨어지기 무섭게 문재가 파르르 떨리는 손을 맞잡고 죽어가는 소리로 입을 열었다.

"주 주웠어요."

육봉이 탁자를 손바닥으로 내리치며 소리쳤다.

"거짓말! 당신이 채연을 납치해서 어떻게 했잖아!"

그가 얼른 의자에서 내려와 무릎을 꿇는다. 그리고는 정말 믿어 달라는 듯이 애원하면서 말더듬이 심해졌다.

"저 저 저는 정말 아 아 아 아닙니다."

문재는 오줌이라도 지렸는지 허벅지 부분이 축축하게 젖어 있다. 그처럼 심약한 인간이 연쇄 살인범은 물론 채연을 어떻게 했으리라고는 상상하기도 싫었다. 박달이 차분하게 문재를 달랬다.

"카드를 어디서 주었으며 왜 제주도까지 가서 현금을 인출하려고 했는지 타당한 변명을 해 보시오. 아니면 당신은 채연을 납치 살해한 혐의를 받게 될 거요."

"하 하 하 학원 거 거 거 건물 지하 주차장에서……."

"학원? 그래서!"

"……"

문재의 침묵이 길어지자, 육봉이 급한 마음에 서류철을 들어 놈의 정수리를 내려친다.

"박 수사관, 이 작자 인정사정 봐 줄 거 없어요. 죄질이 아주 나빠요. 그냥 채연 씨 납치범으로 몰아 버리자고!"

"거긴 왜 갔어요?"

문재의 얼굴이 파랗게 질려가고 있다.

"스 스 스타킹 때문 이 이 이었습니다."

"당신도 예술인가 뭐 그런 거……."

그는 더듬거리는 말투로 그날 일어났던 일들을 비교적 세심하게 털어놓았다. 중간중간 육봉이 반장의 협박이 효과를 봤다.

22-3

그날도 입시학원생들이 끝나고 학원이 문을 닫을 때까지 문재는 지하 주차장을 시위적대며 시간을 보냈다. 학원은 다음 날 새벽에 청소한다는 것을 경험을 통해 잘 알고 있기 때문이다. 학원생들이 돌아간 직후 여학생 전용 화장실은 그야말로 페티시 중독자들에게는 별천지였다. 놈은 기대와 흥분에 들떠 막 학원 지하 계단 철문을 열고 들어서려는 찰나, BMW 한 대가 시야에 들어왔다. 연이어 흰색 그랜저가 따라 들어왔다. 이 시각이면 아이들을 마중 오는 자가용들이 심심치 않게 들락날락하기 때문에 별 관심을 두지 않았다. 무심히 학원으로 통하는 지하 계단을 오르려는데 여자의 날카로운 비명이 들려왔다. 떨리는 손으로 철문을 빠끔히 열었다. 어스름한 불빛 아래서 채연이 지갑을 떨어트려 차량 밑으로 밀어 넣는 것을 목격한다. 그는 지갑에만 관심이 있었기 때문에 납치 따위는 안중에도 없었다.

"그날 바로 신고를 했다면……!"

육봉이 주먹을 불끈 쥐며 소리쳤다.

"카드 비밀번호는 어떻게 알아냈지?"

"수 수첩에 새 생년월일이⋯⋯."

"납치범들의 인상착의는 기억하겠지?"

"워 워 워낙 침침 한데다 시 시간이 너 너무 지나서⋯⋯. 두 두 사람 다 키 키가 자 작달막했습니다."

"납치범이 두 놈이었단 말이지! 납치당한 여자가 무슨 옷을 입었었는지 기억나나?"

"네?"

"그날 납치된 여자 옷 말이야!"

"모 모르겠는데요."

"똥 냄새나는 팬티와 스타킹밖에는 아는 게 없다 이거지?"

문재의 귓불이 시뻘겋게 달아오르고 있다.

"그 문제는 다음에 더 조사하기로 하고 이번에는 기도하는 소녀 인형에 관한 이야기 좀 해 봅시다."

단지 그렇게 말했을 뿐인데 문재가 고양이를 본 쥐마냥 온몸이 뻣뻣해진다.

"⋯⋯."

육봉이 코털을 뽑으며 한 소리 한다.

"보기는 멍청해 보여도 대가리 속에는 수구렁이 열 마리는 들어앉아 있다니까요. 별거 아닌 거 가지고 시간 낭비하는 거 아녀? 그놈의 인형 때문에 여자 친구하고 헤어지기라도 했나 보지. 안 그런가 탁월한 변태?"

문재가 원군이라도 얻은 양 고개를 주억거린다.

"것 보쇼. 이제 더 물어볼 것도 없는 것 같네. 지금, 이 순간 내 뱃속은 어제 먹은 술이 해장해 달라고 군무하고 있으니 어떡하지?"

육봉이 그렇게 슬쩍 늦추는가 싶었다. 박달이 이런 문재의 감정 충돌을 놓칠 리 없다. 슬그머니 물러서면서도 미련을 버리지 못하고

"기도하는 인형……. 그만둡시다. 우연일 수도 있을 테니."

라고 넘어가는 척하며 다시 문재의 눈치를 보았다. 영악한 문재 놈은 태연히 입을 다물고 책상 바닥만 내려다보고 있었다. 구역질이 났다. 갑자기 박달이 책상을 내려치며 소리를 지른다.

"이문재 씨!"

박달의 갑작스러운 돌변에 기절이라도 할 것처럼 놀란 표정을 지었다.

"채연 씨 생각만 하면 당신을 이 자리에서 때려죽이고 싶은데, 꾹꾹 참고 있는 거요. 묻는 말에 조금이라도 거짓이 있다면 법이고 뭐고 벌레처럼 짓이겨 버리겠어! 알았소?"

"……."

"왜 대답이 없어!"

육봉이 문재의 멱살을 움켜잡아 바싹 잡아당긴다. 힘껏 패대기라도 칠 듯하다가 슬그머니 놓아 버린다.

"헤밍웨이 물고기를 빼앗으려는 상어 떼들도 느이 양아치들보다는 양심적이다. 욕망과 권태 사이를 오가며 정서적 질병에 걸린 오뉴월 미꾸라지 같은 놈! 난 저런 놈들만 보면 대한민국의 법이 원망스러워.

이성과 본능

결정적인 순간에는 모른다! 모른다! 꼭 청문회에 나온 거시기들 같아!
박 수사관, 오늘 내린 결론의 필연성을 믿어 보자고. 휴게실에서 커피
마시고 있을 테니 볼일 보고 나오서.”

그러고는 침이라도 뱉을 것처럼 쏘아 보더니 휭하니 나가 버린다.

“당신 캠(cam)질 할 때 사용하는 비밀번호 말해 보시오. 당신과 접
촉을 시도한 인간들 면면을 살펴봐야겠소.”

“…….”

“내 말 못 알아듣겠소?”

“…….”

“꽤나 많은 물건을 넘겼더군.”

“…….”

“계속 묵비권행사를 하시겠다?!”

박달이 벌떡 일어서서 책상을 부숴버릴 듯 시위를 하자 놈이 바들
바들 떤다.

“아 아 아이디 69, 비 비밀번호 k 날나리 9896.”

“제주도엔 왜 갔었소?”

“외 외 외가 대 댁이 거기예요. 어 어머니가 거기 기셔서.”

“당신 어머닌 아직도 제주도에 계시요?”

“어 어 얼마 전에 오 오 올라오셨어요.”

“그럼 따로 사쇼?”

"네."

"경기도 광주 만선 말이요?"

"……."

문재의 수사 기록을 뒤적이던 박달이 지나가는 말로 묻는다.

"배다른 여동생이 있었는데 집을 나간 지가 10년이 넘었고……. 계부는 어떻게 된 거요?"

"보 보시는 대로, 노름 비 빚에 쫓겨 다니다 그 그만……."

"객사했군요. 사인은 밝혀지지 않았고……. 고향엔 안 내려갈 참이요?"

"……."

"왜 대답이 없소? 고향에 대한 안 좋은 추억이라도 있습니까?"

"……."

22-4

이문재

춘삼이의 죽음을 목도한 문재는 한동안 정신 분열 증세를 보였다. 강순님은 정신과 의사로부터 문재가 새로운 환경이 치료에 도움이 될 것이라는 조언을 듣고 이사를 한다. 그들은 미아리 허름한 반지하방에서 새 삶을 시작한다. 그때 우연히 만난 떡 파는 여자와 색시 장사를 동업하게 된다. 그녀의 장사 수완은 날이 갈수록 빛을 발했고 마침내 영빈장이라는 여관 겸 술집을 인수하게 된다. 문재가 삼수생으로 빈둥거릴 즈음 영빈장은 날로 번창하고 있었다.

문재는 여전히 죽은 춘삼이와 달기에 대한 악몽에 시달렸고, 그럴 때마다 영빈장의 창녀들과 마리화나를 피우며 섹스 파티에 빠져들었다. 그러던 어느 날 문재와 관계를 한 그곳 창녀가 임신하게 된다. 여자의 결혼 요구에 놀란 문재가 유산을 종용한다. 입씨름이 마침내는 폭력으로 이어져 여자는 유산을 하고 만다. 얼마 후 여자는 마약 주사를 꽂은 채 자살하였고, 이에 다라 흉흉한 소문이 돌자, 영빈장을 찾는 고객들이 발길을 끊어 버린다. 겁이 많고 소심한 문재는 재산을 통틀어서 가출한다. 빈털터리가 되어 버린 순님은 제주도 친정집으로 돌아간다.

문재는 대인관계는 물론 이성과의 성관계에서 긴장과 공포를 느끼기 시작한다. 은둔형 외톨이가 되어 버린 문재는 현실을 벗어나기 위하여 P2P 사이트에 각종 포르노를 올려 용돈벌이를 하면서 온라인 게임에 빠진다. 시간이 지나자 이 또한 시시해졌고 마침내는 청소년을 상대로 한 포르노를 수집하다가 어린 소녀들을 유혹하여 원조교제를 일삼는다. 그렇게 남은 재산을 탕진했고 마침내는 롤리타신드롬(Lolita Syndrome)에 빠져 버린다.

소아 기호증이란 아이를 병적으로 사랑한다는 극히 아름다운 말이다. 그런데 사실은 끔찍하게도 13세 이하의 어린이에게 지속해서 성충동을 느끼는 일종의 성도착증세를 말한다. 그는 초등학교 앞에서 조그만 문방구를 하면서 8세에서 11세의 여자 어린이들에게 집중적으로 성추행을 저지르다가 학부모들의 고발로 경찰에 쫓기게 된다. 도피 생활을 하던 중 우연히 페티시 사이트에 접속하여 조건반사(conditioned reflex)적으로 페티시에 물들고 만다. 그는 지극히 오염된 종착역에 도달하자 자신이 알고 있었던 성에 부고장(obituary)을 돌리고 신세계를 발견한 개척자처럼, 그러나 원래부터 그런 기질이 있었었기에 돌고 돌아 고향으로 돌아온 듯이 편안했고, 좋아하는 일을 하다 보면 돈은 절로 따라오게 되어 있다는 일반론에 걸맞게 페티시를 사업화하여 큰돈을 벌게 된다.

이후 아동 성추행 혐의로 수감 중 목점두를 만나 그의 따까리 노릇을 하다가 출소한 뒤에도 페티시 사업을 계속해 오고 있었다.

들꽃 무늬 잔잔한 블라우스(blouse)를 움켜쥔 박달의 손이 바르르 떨렸다.

그는 어떤 전율 같은 것을 느끼며 서둘러 심 박사 병원사무실로 핸들을 꺾었다. 만일 이 옷이 채연의 것이라면……. 도대체 어떤 경유로 길고양이 아가씨가 채연의 블라우스를 입고 있었을까? 단서를 움켜쥔 박달 손등의 노신경과 자신경에서 심한 경련이 일었다. 채연의 옷을 대할 심 박사의 심장이 마치 그의 심정인 듯 심하게 요동을 쳤다. 그녀가 살아만 있다면! 이때 휴대폰이 울렸다.

"빨리 와 보세요. 빨리요!"

국립 정신 병원 간호사의 다급한 목소리에 가슴이 철렁 내려앉았다.

혹시 길고양이 아가씨의 신변에 무슨 일이 생긴 것은 아닌지 해서다.

심 박사를 만나는 일은 뒤로 미뤄야 했다. 핸들을 180도 회전시켰다. 경광등이 번득이자 대단한 특권이라도 부여받은 듯 신호를 무시하고 가속 페달을 밟았다. 평소에도 시내 교통상황이 그렇게 좋은 것은 아니었지만 그날따라 더욱더 심각했다. 그는 도덕적 강박의 알을 깨고 역주행을 시도했다.

22-5

"도대체 무슨 일입니까?"

병원 문을 들어서자마자 간호사들에게 다그치듯 물었다.

"길고양이 아가씨가 담당 간호사 언니 코를 물어뜯어 놓았지 뭡니까. 다행히 봉합 수술을 해서……."

"어쩌다가?"

"형사님이 주신 꼬마 인형을 장난삼아 치운 모양이에요."

"그 간호사 아가씨 사고 칠 줄 알았다니까. 지금 어디 있죠?"

그녀의 굴레처럼 여겨졌던 얼굴의 가죽 마스크와 철제 침대에 묶인 두 손의 자유는 이번 일로 인해서 확고한 지위를 유지할 것이다. 잠깐의 자유를 누릴 기회마저 박탈당한 그녀는 박달을 보자 자신의 결박에 대한 억울함을 호소라도 하고 싶은지 격하게 몸부림을 쳤다. 그가 닭기의 마스크를 벗기며

"진정하고 있어요. 제발……."

그녀의 눈은 분노로 젖어 있었고 입술은 갈증으로 타들어 가고 있었다. 남자로서는 불가능할 것만 같은 예민한 모성 본능은 여성의 전유물이 아니다. 부성을 모성으로 변환하는 것만으로도 얼마든지 모성 본능에 준하는 사랑으로 결속된다. 그녀를 가슴에 품었다. 여자가 엄마의 젖을 찾듯 박달의 가슴 속으로 파고든다. 그의 심장에서 흐르던 뜨거운 피가 그녀의 얼굴로 전이되어 순환한다. 사람이 사람을 해치는 일이 얼마나 나쁜 일인지 설명할 방법을 몰라 눈빛과 눈빛을 교환하며 물었다.

"나하고 약속할 수 있어요?"

장황한 설명이 이보다 효과적일까? 그녀가 고개를 미미하게 끄덕였다. 그 작은 반응이 전율을 일으켰다. 사랑은 사랑을 낳고 그로 인한 교감은 황홀했다. 창백하던 혈색이 연분홍으로 돌아오고 입가에서는 달콤한 미소가 흘러나왔다. 더께 낀 유리창 같았던 눈은 풀잎에 맺힌 아침이슬처럼 초롱초롱해졌다. 행복한 마음이 엔도르핀(endorphin)을 만들어 이처럼 사람의 얼굴을 바꿔 놓는 기적을 그녀가 보여주고 있다. 한동안 이 기적은 지속되었다.

그녀가 어느 정도 진정되었을 때 슬며시 들꽃 무늬 블라우스를 내밀었다.

"이게 뭔 줄 알아요?"

이성과 본능

그녀의 눈이 휘둥그레진다. 망막의 빛이 자극을 받자 뇌에서는 시각 정보를 부교감 신경으로 보낸다. 입안의 침 생산이 증가하면서 목 넘기는 소리가 크다. 그녀가 갑자기 어린아이처럼 말했다.

"내 꼬야!"

묶인 손을 뻗으려는 듯 침대가 들썩인다.

"맞아요. 그런데 이 옷 어디서 났죠?"

그녀가 막무가내로 소리쳤다.

"내놔! 내 꼬야."

그녀의 눈빛이 매섭게 빛이 났다. 박달이 애원하듯 재차 물었다.

"말해 봐요. 제발."

그녀는 대답을 몸부림으로 대신했다. 들고 있던 옷을 그녀의 봉긋한 가슴 위로 올려놓았다. 그녀가 사랑하는 사람을 바라보듯 애틋한 눈길을 놓는다. 그 길을 타고 그녀가 건너와 주기를 바랐다.

"옴마가 줬져."

"옴마……?"

"응. 울 옴마!"

박달의 희망이 깊은 어둠 속으로 잠겨 버렸다. 혼란스러워진 머리를 긁적이며 되묻는다.

"옴마?!"

"이쁜 여자……. 내가 꿈에서 맨날맨날 만났었는데…… 진짜루 나한테 이거 줬져."

박달 가슴을 쓸어내린다. 얼굴이 벌겋게 달아오른다. 좀 더 침착해
져야 한다고 다짐하고 물었다.

"호 혹시 그 이쁜 여자 이름을 알고 있어요?"

"응."

"대답해 봐요. 어서!"

박달이 눈에 힘을 주며 소리쳐 말했다. 그녀가 움찔했다.

"무서워."

"미 미안해요. 이쁜 엄마가 누구죠?"

"음……."

그녀의 망설임이 길어졌다. 박달의 입술이 타들어 갔다.

"모르겠쩌."

"이 이렇게 두 눈을 감고 그때로 돌아가서 생각해 봐요."

"음……."

그녀의 침묵이 길어지자, 박달은 스마트폰에 저장된 채연의 사진을
보여 주며 물었다.

"이 사람 맞죠?"

달기가 채연의 사진을 발견하고는 한동안 모든 집중력을 동원하여
뚫어지게 바라다보더니 아주 조용히 속삭인다.

"옴마다."

"엄마 말이죠?"

"응, 옴마."

박달이 허탈에 빠진다. 그리고 조용히 전화기를 주머니에 넣으면서 절규하듯 말한다.

"아가씨 엄마가 아니라 채연이라구요."

"심떼연?"

"심채연 해봐요."

그녀가 혀를 굴려 되뇐다.

"심떼연이 누구야?"

처음부터 다시 시작해야 한다.

"아가씨가 있었던 장소를 기억할 수 있어요?"

"이 손 풀어줘."

"……?"

그녀가 처음으로 존댓말을 하며 애원한다.

"풀어줘요."

"아무나 물어뜯지 않는다고 약속할 수 있어요?"

그녀가 슬픈 눈을 한다. 감정 표현이 여간 아니다.

"잠시만요."

그가 매듭을 풀었다. 그녀의 손이 자유를 얻자마자 박달의 손을 잡았다. 그리고 손바닥을 펴 달라는 시늉을 했다. 골똘히 뭔가를 생각했다. 결심이나 한 듯 검지를 펴 박달의 손바닥에 뭔가를 열심히 남기려 들었다. 피부밑 신경이 흥분한다. 시상 하부를 거쳐 중뇌 변연계 지역에서 다시 해마를 지나면서 감정의 색깔이 정해진다. 간지럽다. 그가 웃는다.

"뭐 하는 거죠?"

그녀도 웃는다.

"글자잖아."

그녀의 검지가 다시 꼼지락댄다.

"잠깐만!"

박달이 안주머니에서 수첩과 볼펜을 끄집어낸다.

"써 봐요."

생전 펜이라고는 잡아 본 적이 없는 듯 주먹 쥐듯 움켜잡는다.

박달의 손바닥에 뭔가를 열심히 끼적댄다.

"이게 뭐죠?"

"나도 몰라. 옴마가 써 줬져."

마침내 벗겨진 비밀. 그녀의 옴마와 채연은 동일 인물이다. 그렇다면 채연이 그녀와 함께 있었다는 명확한 증거와 어딘가에 감금되어 있을 것이라는 아련한 추측과 채연이 그녀의 손바닥에 뭔가를 남겨 탈출을 도왔다는 그럴듯한 심증이 그의 마음을 다급하게 만들었다.

"엄마가 이걸 써 주면서 뭐라고 했어요?"

그녀는 충분히 박달의 질문을 이해할 수 있었으나 집중력이 현저히 떨어져 있었다. 그 때문에 질문 의도를 이해하지 못하였을 뿐만 아니라, 설령 이해했다고 해도 당시의 상황을 설명할 수 있는 언어의 부실한 조합과 선택적으로 입력된 기억의 한계를 극복하지 못하고 박달만을 멀뚱히 바라다보았다. 그의 고민은 깊어만 가고 있었다.

"도대체 무슨 기홀까?"

그는 고개를 저었다. 생각이 깊어지자 생각이 사라진다. 생각이 생각을 지우고 그 생각이 더 많은 생각의 가지를 만든다. 그는 긴 생각의 터널을 빠져나와 단순하게 사물을 보자고, 새로운 것을 보려 하지 말고, 있는 것을 새로운 눈으로 보자고 다짐한다. 그러자 머릿속이 훨씬 맑아지고 있다는 생각이 든다.

막 잠에서 깨어난 그녀가 너무나 아름답다. 그 아름다움이 절정을 이룬 모양이다. 한여름 오진 태양 아래 눈부신 자태를 뽐내고 있는 분홍 장미가 저럴까? 비 개인 아침 이슬을 머금은 풀잎처럼 청초하고 늦은 봄 비밀 정원에 흐드러진 붉은 작약꽃처럼 화려하며 보랏빛 도도한 팬지의 모습이 그녀의 얼굴에 투영된다.

"언제부터 그렇게 이뻤어요?"

박달의 입에서 절로 흘러나온 말이 그의 본색(one's true)인 듯 얼굴을 붉힌다. 그녀가 웃는다. 부교감 신경이 자극을 받아 예쁘게 웃는다. 그 때문에 그녀의 심장은 편안한 휴식을 취하고 있다. 그가 묻는다.

"이름을 말해 줘요."

"이름?"

"내 이름은 박달이고 거기는……."

"달기."

"달기?"

"응."

이름을 물을 때마다 엉뚱한 소리만 일관하던 그녀가 비로소 마음의 문을 열기 시작했나 보다. 눈물이 핑하고 돌았다.

"성이 뭐죠?"

"성? 그게 모야?"

"내 성은 박이고 이름은 달이에요. 그렇담 달기 씨 성은?"

"밥쁘. 내 성은 달이고 이름은 기."

그리고는 까르르 까르르 웃으며 중얼거렸다.

"박달기……."

달기! 그녀는 농담을 즐길 줄 안다. 세간에서 말하는 백치나 엉성하기 이를 데 없는 용어 사이코패스(psycho-path)가 아님이 분명했다. 그렇다고 정신분열증적 착란에 의한 혹은 편집증적 살인자가 아니다.

"……!"

참 친숙한 이름이다. 주나라 왕 독부의 이름이 달기였다는 기억 때문만은 아니다. 달기. 그녀는 성에 대한 개념이 없었기 때문에 캐묻는다고 해도 성을 알아낼 수는 없을 것이다. 그는 달기라는 이름을 몇 번인가를 되뇌었다. 분명 어디선가 본 듯한 이름이다. 그러나 머릿속에서 맴도는 것은 그냥 친숙한 달기라는 이름뿐이었다.

박달은 형언할 수 없는 기쁨으로 그녀를 꼬옥 안아 버렸다. 그녀가 화들짝 놀라면서도 예상할 수 없었던 쾌적한 전율이 일었는지 파르르 몸을 떤다. 그녀가 박달의 가슴 속으로 파고든다. 육신의 깊이와 정신의 깊이가 다른 것에 화를 낸다. 가슴으로 슬피 울고 있는지 눈가에서는 경련이 일고 입에서는 고통 소리와 확연히 분류되는 신음이 그의 귀를 촉촉하게 적셨다. 이 순간 그녀가 간절히 원하고 있는 것을 말하기 전에 박달은 젖을 탐하는 아기를 떼어 놓듯 그녀를 간신히 떼어놓고 대신 향긋한 미소로 포옹해 주었다. 그녀의 본능을 억제하는 제어 장치 일부가 고장이 난 상태에서 자칫 감당하기 힘든 일이 벌어진다면 감정을 탐닉하는 문명에 적응하기도 전에 자기 인식의 불은 꺼져버리는 상황이 벌어지고 말 것 같았다.

매듭이란 처음이 문제다. 코가 풀리기 시작하면 일상적 무관심으로 치부해 버린 일들조차도 근거가 되어 해결의 실마리가 된다. 해결의 실마리를 움켜쥔 그녀의 심상(image)엔 은연중에 다가선 가녀린 사랑이 싹튼다. 눈과 귀와 입에서 그것을 말하고 싶어 안달이다.

"내 말 잘 들어요."

그녀의 눈동자가 그 어느 때보다 초롱초롱 빛났다.

"그 이쁜 옴마 살아있어요?"

"응."

박달의 심장이 격렬하게 뛰기 시작했다.

"그 이쁜 옴마에게 우리 같이 갈까요, 우리?"

그녀의 초롱초롱 빛나던 눈이 갑자기 피를 본 맹수의 눈처럼 광기를 띠기 시작했다. 격렬한 몸부림.

"진정해요."

박달은 허탈한 심정으로 그녀의 손만을 꼬옥 쥐었다. 그녀는 내내 격렬한 몸부림을 칠뿐이었다. 놀라서 달려온 의사가 손수 진정제를 놓아 주고서야 잠잠해졌다. 그녀는 어느새 깊은 심연의 나락으로 빠져들기 위한 신호를 보냈다. 쌔근쌔근 잠이 든 모습으로 평온의 깊이를 측정케 했다.

"어떻게 된 겁니까?"

달기를 담당하는 임상심리학계의 또 다른 권위자인 홍달수 박사.

"그녀의 악몽을 건드린 거죠."

"내내 멀쩡한 듯이 보였는데……."

"그래서 사람의 정신을 다루는 일이 어렵다는 것 아닙니까? 성장 과정에서 몸과 마음에 심각한 타격을 받은 것 같아요. 종종 만지고, 물고, 빠는 유아기적 퇴행 상태를 보입니다. 교도관 살해 사건도 그런 퇴행적 관점에서 분석하려는 학자도 있습니다. 정신 분석학에서는 항문이나 배설물을 지독히 사랑하는 증세가 나타나면 소아기 때 부모의 사랑을 받지 못했다고 봅니다."

"그 아가씨 성 충동은 젊은 남자 못지않다는 생각이 드는걸요. 혹시……?"

"네. 상상하신 그대로입니다."

"남성들이 시각의 정보에 의해서 성적 충동에 노출이 된다면 보통의 여성들은 청각이나 촉각 등이 수반된 정서적 자극으로 성욕이 발동하지요. 성욕이란 태어나면서부터 존재한다는 설이 있습니다. 그녀는 구순기부터 심한 성적 학대를 거치면서 기형적인 방향으로 발달된 것 같습니다. 때문인지 성에 대한 집착이 대단합니다. 학습이 중독으로 변형된 경우도 있습니다. 성행위는 필수 요소로 성적 자극을 받고 성욕을 느끼면 뇌에서 모노아민(monoamine)이란 신경전달 물질이 나와 안드로겐(androgen) 등 성호르몬(hormone)이 분비되어 성행위를 돕게 되죠. 뇌 깊숙이 위치한 복측선조체(Ventral striatum)가 성욕을 관장하는 중추인데 이곳이 지나치게 활성화되어 있는 것으로 보입니다."

"성욕을 이성적으로 통제를 할 수 없는 병적인 문제가 있는가 보군요."

"대뇌의 변연계에 심각한 문제가 있는 것으로 추리됩니다. 일반인들의 성욕은 분명히 이성적으로 통제되지요. 대뇌의 구피질(paleocortex)은 욕구와 정서로 쾌, 불쾌, 분노, 공포 등을 지배하고, 신피질(neocortex)은 교육에 의해 완성되어 가죠. 또한 욕구를 제어하는 자기 통제력의 훈련과 보다 풍부하고 아름다운 정서 등을 만들어 내는 것으로 알려져 있습니다. 욕구에 따른 행동만이 아니라 욕구를 이성적으로 통제하는 행동으로 이해해야지요. 그렇기 때문에 인간의 성행위는 본능이라는 측면에서만 바라볼 수는 없는 것입니다."

"교도관 살해는 어떤 맥락이지요?"

"교도관이 팻팅(petting)으로 당했다고 했죠? 그렇다면 그동안 남자와 동거했을 가능성이 있군요. 수업된 행동의 연장선상에서 행해진 행동이 아닌가 합니다."

"그렇군."

"이 아가씨는 신체적 학대와 방임, 정신적 학대와 방임, 성적 학대와 방임 등 복합적입니다. 지금은 절제력과 수치심을 동시에 학습시키고 있지만 성과는 장담할 수 없다는 것이 문젭니다. 정신 상태가 만신창이거든요. 이 아가씨를 위해서 인지 심리학인 지각, 기억, 사고 및 언어를 포함한 분야에서 권위 있는 학자들이 수고를 아끼지 않고 있습니다."

"결국 연구 대상이 되고 말았군요."

"정신 분석학에서는 사람을 무의식으로 노예로 보고 있지만, 우리 임상심리학에서는 통제할 수 없는 충동이나 욕구로 행동이 좌우된다고 보고 있습니다. 그녀의 식습관이라든가 종종 나타나는 야생성, 예를 들면 오늘 간호사를 물어뜯은 행위 등은 분명 통제할 수 없는 충동이나 욕구에 의한 것이죠."

"난처한 일이네요."

홍 박사가 손사래를 치며 희미한 미소를 지어 보였다.

"인간은 정신 분석학에서 말하는 무의식적인 충동으로 끌려다니는 피동적 존재가 아닙니다. 현상학적(phenomenological) 접근으로 보면, 인간은 자신의 운명을 통제할 능력이 있고, 스스로 자기에게 유리한 방

이성과 본능

향으로 적응해 나가며, 창조적으로 발전을 한다고 합니다."

"결국 자신만이 자신을 구할 수 있다 그거군요."

"분명 주동적(take the lead)입니다."

"도대체 무엇이 정신세계를 관장하고 있기에 그처럼 복잡합니까? 보이지 않는 손이라도 있는 걸까요?"

친절한 설명이 이어진다.

"사람의 정신세계란 참으로 신기한 것이요. 뇌에서 정신을 움직이고 조절하는 물질이 발견되었다는 사실을 아십니까?"

"세상에!"

마음의 세계를 눈으로 보는 과학적 개념으로 설명할 날도 머지않았다는 이야기가 아닌가?

"인간을 인간답게 만들고, 인간 활동의 최고 주체이며, 인류 문화 창조의 근원을 형성케 했던 중심이 신경 전달물질이었다는 겁니다."

"정신세계를 움직이고 조절하는 화학적 전달물질을 조절할 수만 있다면 달기 같은 환자도 완치가 가능하다 그 말씀인가요?"

"달기?"

"제가 말 안 했군요. 그녀가 자신의 이름을 밝혔어요."

"정말입니까?"

"마침내 마음의 문을 열기 시작한 거죠. 대단한 발전 아닙니까?"

늘 근엄한 표정으로 일관하던 홍 박사의 얼굴이 하회탈처럼 웃고 있다.

"박 수사관이 학자 열 명보다 낫습니다. 그래요. 인간은 사랑입니다. 사랑은 모든 걸 바꿔 놓지요. 희망이 보입니다. 스스로 치유 능력을 갖추기 시작한 겁니다. 가급적 자주 달기 씨를 찾아 주셔야겠어요."

박달은 그녀가 그토록 움켜쥐고 있는 것에 대한 실체와 그 실체로 인해 발전해 가고 있는 것 중의 하나가 자신도 포함되어 있다는데 상당히 고무되어 있었다.

박달이 종이쪽지를 내밀었다.

"그녀가 써준 건데 도통 뭐가 뭔지 모르겠습니다."

홍 박사가 박달이 건네준 수첩을 이리저리 돌려가며 고개를 갸우뚱한다. 박달이 안타까운 듯이 물었다.

"실종된 채연 씨가 달기와 함께 감금되어 있었던 것 같습니다. 그때 반복해서 달기에게 기억시켜 준 내용입니다. 무슨 뜻일까요? 그녀의 기억력을 복원시킬 수는 없을까요?"

순간 홍 박사의 얼굴에 긴장감이 흐른다.

"박 수사관 대단합니다."

"이 기호가 휴지 조각에 불과하지 않았으면 합니다."

"뭔가를 나타내려고 애쓴 흔적이 보이는군요. 순간 기억이란 놈은 보고 들은 것이 기억회로에 저장되시 않은 상태에서 잠깐 남아 있는 현상이고, 단기 기억이란 놈은 수 분에서 수 주까지 지속되는 기억이며, 장기 기억이란 놈은 가족을 알아보는 것, 젓가락질을 하는 것, 가족과 친구를 알아보는 것 등이죠, 그녀가 자신의 이름과 그 기호 같은 것을 기억해 낸 것 등은, 변연계 중에서도 측두엽(temporal lobe)의 안쪽에 해당하는 해마나 편도체(amygdaloid body) 같은 부위가 기억 형성에 기여했기 때문입니다."

"기억 형성에 특별히 관여하는 부위가 존재하고 있긴 있군요. 어려운 부탁이라는 것은 알고 있습니다만 그녀의 기억력을 복원하는 데 최선을 다 해주셨으면 합니다."

"정상적인 인간의 기억도 소실되거나 변형, 창작, 왜곡되어 편견에 찬 해석을 곁들여 만들어진 도그마(dogmas)들로 인해 다툼이 끊이지 않고 있습니다."

"실마리가 될 만한 작은 기억이라도 되살려만 주신다면 수사에 큰 도움이 될 것입니다. 물리적인 자극으로 실마리가 될 만한 기억을 되살리는 방법은 없을까요?

"뇌의 특정 부위에 자극을 가하면 환자는 예전 일에 대한 생생한 기억을 떠올렸다는 임상실험 결과가 나온 적이 있긴 합니다. 오스트레일리아(Australia) 원주민들은 숫자를 셀 때 어떻게 세는지 아세요? 하나, 둘, 셋, 넷, 다섯, 여섯, 일곱……. 여기까지는 우리와 다를 바 없죠. 그 다음부터는 '많이'라고만 한답니다. 달기 씨의 기억 능력과 학습 능력이 그 원주민들과 같다고 볼 수는 없지만 지금으로써는 어떤 장담도 할 수 없어서 안타깝기 그지없습니다. 기억 복원? 글쎄요."

박달은 자신의 도전적인 경박함이 행여 홍 박사에게 부담을 주지 않았나 싶어 먹먹한 기분으로 문을 나섰다.

22-6

심동일 박사 병원 사무실

채연의 블라우스를 움켜쥔 심 박사의 두 손이 부르르 떨고 있었다. 마치 죽은 딸이 살아 돌아오기라도 한 것처럼 가슴에 품었다가 쓰다듬기를 반복했다. 안경 너머로 흐르는 눈물이 그녀의 블라우스로 떨어져 스민다. 한 영혼의 정식성에서 기인한 행위가 박달의 눈물샘을 자극한다. 거부할 수 없는 동공에 물기가 서린다.

조건반사에 능한 심 박사가 아침 햇살에 알몸을 드러낸 풋사과처럼 상큼한 음성으로 입을 열었다. 지켜보는 이조차도 주체하기 힘든 심경의 변화다.

"현재로는 달기라는 아가씨에게 희망을 걸 수밖에 없군. 맨 처음 동물들이 습격당한 곳이 강원도 양구 가오작으로 알고 있네. 그 아가씨 짓이라면 말이야."

"아! 그렇군요. 하지만 문제는 가오작이 여간 넓어야지요. 그곳이 어딘지 알고 있는 것은 달기 씨밖에 없잖아요. 게다가 그녀의 기억에 의존해야 하는데, 양 차장님께서 그녀와 동행을 허락해 주실까요? 박사님께서 차장검사님을 어떻게……."

"그리자면 그민큼 신뢰를 줄 수 있는 뭔가가 있어야지 않겠나?"

박달이 수첩을 펼쳐 들며 말했다.

"여기 이 기호 말입니다. 이것만 풀어낸다면 가능하지 않을까 하는데요."

이성과 본능

"……?"

"달기가 끄적거린 것입니다. 채연 씨가 달기에게 반복적으로 교육한 기호가 분명합니다."

"채 채연이가 달기와 함께 가 감금되었었다고?"

"……."

심 박사가 기호를 살펴보면서도 연신 손부채질을 했다. 얼굴이 후끈 달아올랐는지 붉게 물들어 있다.

"채연이가? 우리 채연이가…….."

"뭘 의미하는지 도통 감이 오질 않습니다."

"채연이가……!"

머리를 움켜쥔 심 박사의 표정은 심각하다 못해 울상을 지었다.

"그렇게 열심히 뛰고 있는 자네를 보니까 마음이 든든하네."

두 사람은 서로가 서로를 위로하고 격려를 거듭하며 정감이 넘치는 여명의 시간을 즐겼다. 그러나 그 미래가 예상할 수 없는 위험으로 가득 차 있음을 숨기지도 않았다.

그날 이후 박달은 자기도취의 벽을 허물고 오로지 명확한 현상에 초점을 맞춰 수사의 깊이를 재고 따지며 암호 전문가, 아동 미술 치료사, 기호학자 들을 찾아다녔다.

"자네가 부탁한 그 기호 말일세. 언젠가 채연이가 아동들은 자신이 받은 강렬한 느낌을 강조해서 집중적으로 그린다고 했던 말이 기억나

네."

박달은 경험심리학에 능하다는 박사를 만나러 가는 도중에 심 박사의 전화를 받고 화들짝 놀라며 물었다.

"채연 씨가 그런 말을요?"

"채연이 미술 심리 치료사 자격증 가지고 있다는 거 말 않던가? 그림에 관심이 많았지."

"무슨 사생회 회원이었던 걸로 알고 있는데요?"

"그랬었지. 채연이 말에 따르면 기호도 따지고 보면 그림이고 아동기에 나타나는 서술적 표현의 일종인 게야. 내가 직접 달기 만나 봐야겠어. 왜 이렇게 마음이 조급해지는지 모르겠군."

"낯가림이 심해서 좀처럼 마음에 문을 열지 않을 겁니다."

"각오해야지. 그리고 말이야. 양 검사에게 넌지시 운을 떼어 놓았네."

"그랬더니요?"

"대답 대신 고개만 끄덕대더군."

"어떤 의미죠?"

"내 부탁이니 면전에서 거절할 수는 없을 테고……. 아마 수일 내로 자네를 부를 걸세. 그때까지 확실한 증거를 확보해야 하네. 양 검사가 깜짝 놀랄 증거 말이야."

"그러잖아도 눈썹이 휘날리도록 뛰어다니고 있습니다."

"고생이 많네. 자네 채연이 그림 보고 싶지 않나? 오늘 저녁 시간 좀 내서 우리 집에서 식사나 같이 하세나."

"네."

"자네와 헤어진 뒤 상심이 컸던 모양이야. 마음 붙일 곳이 없어서 방황하더니만 언제부턴가 주말마다 사생회를 따라다녔는데, 그 앨 지도하던 김기홍 화백이 개인전을 열어도 손색이 없다고 그러시더군."

"역시 채연 씹니다."

"그럼, 이만 전화 끊네."

"자 잠시만요. 저어 혹시 채연 씨 그림을 가르치셨다는 김 화백님의 화실이 어디 있는지 알고 계십니까?"

"갑자기 김 화백님 화실은 왜 찾는가?"

"그분을 뵙고 몇 가지 알아볼 것이 있어서요."

22-7

수감자 정신 병동에서는 달기의 이야기로 떠들썩했다.

의사들은 그녀가 하루가 다르게 변하고 있다고 했다. 변하는 과정 또한 경이롭다는 표현이 모든 근무자의 입에서 스스럼없이 흘러나왔다. 비 온 뒤 죽순 자라듯, 자고 나면 어제의 그녀로 느껴지지 않을 정도로 정신과 육체가 성숙하여 간다는 것이었다. 생각의 크기만큼 행동의 크기도 발달하고, 주어진 현실을 인식하여 그에 걸맞은 행동이 무엇인지 생각하고 행동하려는 모습이 아름답다고까지 했다. 실수로 지적된 일은 절대로 되풀이하지 않으려는 노력 때문에 그녀가 지능의 한계에서 겪는 고통이 오히려 그녀를 괴롭혔다. 정상적인 환경에서 자란 그녀 또래의 여성들이 그렇듯이 신변잡기로 수다 떠는 일에는 절대 과묵하지 않았다. 간혹 술에 취한 사람처럼 같은 말을 되풀이하거나 이해되지 않는 문장 조합으로 상대를 난감하게 만들곤 했지만, 그 점은 그녀의 정신세계가 발전해 가고 있는 단계라고 주장하는 사람들에 의해 희석되어 오히려 장려되고 있었다.

그녀는 매사에 긍정적이었으며 어떤 도전에도 두려워하지 않았다. 한정된 공간에서 한정된 사람들만을 만나 한정된 행동밖에 할 수 없는 그녀의 처지를 놓고 볼 때 대단한 발전이었다. 특히 손발이 강제(compulsion)된 상태에서는 순전히 그녀의 순화된 정신력에 의존할 수밖에 없었다는 것을 가정할 때 기적과 다름없었다. 때문인지 전문가들 사이에서는 인체 어느 곳에선가 막혀 있던 기의 흐름이 어떤 원인으로 인하여 뚫리자, 그 원인으로 발생했던 뇌 질환의 대부분이 이처럼 빠르게 치유되어 가고 있는 것은 인체 메커니즘(mechanism)의 경이로움의 한 일면이라며, 보이지 않는 손이 작용했을 가능성과, 치료 과정에서 우연히 투입된 약물의 반작용에 대응하려는 인체의 놀라운 방어기전(radio protection mechanism)의 결과라는 주장을 놓고 논쟁을 벌이기도 했다. 퇴보를 거듭하여 만신창이였던 그녀의 정신세계가 정체기를 거쳐 혼란기를 맞이하는가 싶더니 이처럼 빠르게 진보하기 시작하자 그 속도에 놀란 정신의학과 의사들은 사이언스 데일리(science daily)지에 기고할 것을 건의했다. 반면 세상의 정보를 통괄하고, 표상하고, 변형시키며 저장하여 사용하는지에 대한 연구에 빠진 인지심리학자들은 그녀의 행동이 변했다고 해서 신경계 또는 호르몬(hormone) 계의 작용에 따라서 저장된 사고가 어떻게 작용할지는 장차 두고 봐야 한다는 신중론을 펴기도 했다. 그녀의 정신세계가 이처럼 빠르게 회복될수록 그에 비례하여 법조계에서는 그녀의 살인 행위에 대한 처벌에 관한 논란이 일기 시작했다. 한쪽에서는 극악한 살인마로, 다른 쪽에서는 문명에서 이탈된 낙오자의 가련한 과거의 삶에 무게를 두었다. 어느 쪽이든 사람들은 그녀의 인격보다 그녀의 미모에 더 관심을 두었고 미모는 결국 미모를 찬양하는 사람들, 특히 젊은 남성들과 일부 여성들의 광기 어린 지지를 얻기도 했다. 이는 일부 언론에서 그녀가 '수감자 병동의 미스 코리아'라는 헤드라인과 함께, 사람들의 호기심을 자극하기 위하여 그녀의 숨어 있는 매력을 낱낱이 열거한 기사를 내보낸 것이 빌미가 되었다고 보수 언론인 모 씨의 '아름다움은 모든 것을 우선하는가?'라는 칼럼에서 지적했다. 어쨌거나 그녀의 동정 여론은 확산하였고, 심지어 온라인에서는 미의 여신으로 모셔야 한다는 광신도까지 생겨나는 기현상이 벌어지고 있었다. 박달은 비록 그녀의 지난 삶의 비애를 아파하고 그 아픔을 함께하고 싶어 했으며, 일부분은 사랑의 감정을 숨길 수 없었으나 그녀를 미의 여신으로까지 떠받드는 것에 대해서는 거부감이 들었다. 이 점은 오히려 대중의 인기는 밀물과 썰물의 이치를 그대로 간직하고 있기 때문에 그녀가 언제 어느 때 처참하게 매장될지 그 또한 장담할 수 없다는 것을 박달은 잘 알고 있었다. 해서 그녀의 인기가 이처럼 하늘을 치솟는 일은 결코 반가운 것만은 아니었다. 박달은 자신이 어떤 위치에 있으며 어떻게 처신하는 것이 그녀에게 도움이 되는지 깊이 생각하지 않았다. 단지 사회적 통념뿐만 아니라 국가의 녹을 먹는 사람의 입장에서 그녀가 저지른 살인, 타인에 의해 파괴된 삶의 아픔을 지닌 연민, 미성숙한 정신에 대한 동정 등을 균등한 위치에서 바라보고 처리할 것이며 그런 쪽으로 수사를 마치면 법질서 수호자의 책무를 무사히 끝낸 점에 만족하기로 했다.

그런데 야물지 못한 그의 생각은 홍 박사의 한마디에 와르르 무너지고 말았다.

"달기, 참 안타까운 이름입니다. 세상 그 누구보다도 빛나게 살 수 있었던 삶이었는데 누군가가 무참히 짓밟아 버린 탓에 씻을 수 없는 죄를 지은 겁니다. 지금의 달기를 보면 누가 그녀에게 자신 있게 돌을 던질 수 있는지 묻고 싶어요."

달기는 거의 완벽에 가까운 메이크업, 잘 정돈된 머리, 다소곳한 자태와 해맑은 웃음으로 박달을 맞이했다. 박달은 완연한 문명을 입어버린 그녀를 보자 처음 그녀를 마주했을 때만큼이나 설레고 두려웠다. 그는 맞선자리에 나온 사람처럼 시먹시먹한 모습으로 그녀에게 다가갔다. 자신이 놀라워하고 있는 정체를 반추(ruminate)한다. 그것은 그가 그녀의 외모뿐만이 아니라는 것을 발견해 내기 위하여 그녀의 관계자들이 귀띔한 모든 것들을 한꺼번에 뒤적이고 있는 자신 안의 타자

이성과 본능

를 달랬다. 그녀가 누구에게서 배웠는지 서양식 몸짓과 다분히 연극적인 요소가 깃든 말을 건넸다.

"달 씨. 너무 오랜만이에요. 이건 비극이 아닌가요?"

분명 누군가가 그를 놀라게 하려고 학습시킨 말과 행동이 분명했다. 그녀의 용모로부터 흘러나온 순화되고 낭만적인 언어와 생경함을 대하자, 그는 어떤 이유 때문인지는 모르지만 자기 언어 기관이 심하게 통증을 앓고 있는 듯이 느껴졌다. 그의 입에서 그녀를 만족시킬 만한 말이 불쑥 튀어나왔다.

"지금 내 눈앞에 앉아 있는 사람이 달기 씨 맞아요? 내가 알고 있었던 달기 씨 맞냐구요?"

그녀가 만면에 홍조를 띠며 고개를 끄덕였다. 그녀의 신체는 정신적 호르몬(hormone)인 도파민(dopamine)이 생성되는 중이다. 이것이 분해되어 감정이 억제된다. 눈물을 비친다. 행복하고 기쁘다는 표현이 아니고 무엇이겠는가. 박달이 그녀의 눈물을 씻어주며

"이건 정말 기적이에요."

라고 속삭이면서도 그녀의 전부를 단숨에 삼켜 버릴 것만 같은 시선을 감추지 않았다. 그녀가 말했다.

"보고 싶었어요."

그는 지독한 사랑앓이를 하다가 그녀로부터 사랑 고백을 들은 듯 경쾌한 비명을 질렀다. 그는 뭔가에 홀린 것처럼 속삭였다.

"실은 나도 그랬거든요."

그녀는 이런 박달의 말에 흥분을 감추지 못했다. 벌떡 일어서려다 말고 묶여 있는 손목을 바라보며 인상을 찌푸린다. 갑자기 그녀의 표정이 달라진다. 교감신경이 흥분하기 시작한 것이다. 그녀의 눈가에는 수분 대신 짜디짠 염화나트륨(natrium)이 대부분인 분노의 눈물이 솟구친다. 박달이 주춤 물러서며 그럼 그렇지라는 절망의 언어를 내뱉으려는 찰나 홍 박사의 말이 떠올랐다.

"희로애락 등 감정의 상태에 따라 흘러나오는 눈물은 동물에게서는 찾아볼 수 없는 인간만의 특권이 아닙니까. 감정에 의해 흘러나오는 눈물은 수준 높은 인간 뇌의 활동 때문이지요."

박달은 그녀가 그렇게 달라졌음에도 불구하고 관계자들의 무사안일에서 비롯된 경직성 때문에 그녀의 신체를 종전과 다름없이 구속하고 있는 상황이 못마땅했다.

"달기 씨, 정말 좋아졌거든요. 그러니까 조금만 더 노력해요. 그럼, 우리 같이 산책도 하고 맛있는 것도 사 먹으러 다녀요. 약속할게요."

"달기는 이제 착한 사람인데……."

"알아요. 그렇지만 아직도 달기 씨 가슴 속에는 또 다른 나쁜 사람이 숨어 있거든요."

"달기 가슴 속에 나쁜 사람이 있어요?"

그는 대답 대신 그녀의 머리를 어루만져 주었다. 달기의 슬픈 눈을 견딜 수 없었다. 그런 눈으로 살인을 저질렀다는 것이 믿어지지 않았다. 그녀가 얌전하게 고개를 끄덕였다.

홍 박사와의 대화가 떠올랐다.

"놀라운 일이에요. 그처럼 빠르게 변화하리라고는 상상도 못 했던 일입니다. 그렇지만 언제 어느 때 공격적인 성향이 나타날지 모릅니다. 분열성(schizoid) 장애를 완전히 극복하지 못한 상태에서는 시한폭탄을 지닌 것이나 다름없거든요."

"다중 인격이란 말이죠?"

"한 인간 안에 둘 이상의 인격이 존재하여 번갈아 출현하는 것인데 스트레스가 방아쇠 역할을 하죠. 이차적 인격이 형성되면 진짜 주인은 어디론가 사라지고 이차적 인격이 주인 노릇을 합니다. 그때 사고를 치는 거죠. 무서운 일입니다."

"도대체 원인이 뭘까요?"

"충격적인 체험을 하게 되면 트라우마(trauma)를 입게 되죠. 그 체험을 기억하고 싶지 않은 방어 반응이 일어나고 마침내는 기억에서 배제되죠. 따라서 기억과 관계된 해마 세포는 보통 사람보다 심하게 위축이 됩니다. 하나의 인격으로서 기억 네트워크(network)를 만들지 못하고 기억이 단편화되어 다른 인격으로 나타나 버리는 거죠."

"저렇게 묶어놓은 상태에서는 발전을 기대할 수는 없지 않나요?"

"물론 두뇌 발달에 장애가 되는 것은 사실입니다. 그러나 안전이 우선이라서요. 어쨌거나 대단히 놀라운 발전입니다. 박 수사관의 정성이 마침내 결실을 이루어가고 있는 거라고 보입니다. 사람이 사랑을 하게 되면 뇌에 이상 물질이 생기게 되죠? 그 이상 물질이라는 것이……."

박달은 뿌듯한 자부심과 함께 '수확을 기다리는 농부의 심정이 이런 것이구나.'라는 생각이 들었다. 물론 전적으로 자신의 정성과 그 사랑 때문이라고 생각하지는 않았지만 적어도 일정 부분은 도움이 되었을 것이다. 그는 욕심이 생겼다.

"잃어버린 기억을 되살릴 길은 없을까요?"

"뇌에는 파페츠 회로(papez circuit)라는 것이 있습니다. 그것을 통한 정보의 저장 과정을 보면 편도체에서 강한 감정적 색채를 보태줄 때 기억이 강화된다고 합니다. 물론 파페츠 회로가 손상되었을 때는 달라집니다. 오래된 기억에는 별 지장이 없으나 최근의 사실들은 기억을 못하게 되거든요. 현대 의학으로 밝혀진 바는 없지만, 어느 날 갑자기 회복되기도 하죠. 허나 그건 기적과 다름없고 대부분 오랜 시간 인내를 가지고 치료하다 보면 좋아지리라 믿습니다."

"언제쯤 기억을 회복할 것이라고 선생님께서는 생각하고 계신가요?"

"……."

인간 뇌의 다양성과 복잡함이 어느 정도인지 가늠할 수 없다는 것을 모르는 박달의 질문은 뇌 전문가들이 보기에 참으로 순진하고 소박했다. 홍 박사는 너털웃음으로 대답을 대신하고 양손을 가운 주머니에 넣은 채 총총히 그의 시야 밖으로 사라졌다.

"달기 씨, 엄마라는 사람……. 음, 채연 씨 그 사람에 대해서 말해 줄래요?"

그렇게 말했을 뿐인데 달기의 인상이 심하게 일그러졌다. 그러면서 서서히 눈두덩이 보랏빛으로 물들어 가기 시작했다. 박달의 간담이 덜

컹 내려앉는다. 흉악범 앞에서도 당당했던 그의 간담이 이처럼 쉽사
리 무너져 내려앉은 것은 모든 일이 한순간에 허사가 될 수도 있다는
판단 때문이었다. 그는 서둘러 그녀를 꼬옥 앉아 주며 등을 토닥이기
시작했다. 그의 품에 안긴 달기의 어깨가 심하게 들썩인다. 울고 있는
것인가? 아니다. 그의 가슴팍을 움켜잡고 어쩐지 부들부들 떨고 있다.
그녀의 내면에 잠재해 있는 또 다른 그녀가 뛰쳐나오려는 것을 막는
중이다. 그녀의 사투는 의외로 길었다. 온몸이 불에 달군 듯 열이 오
르고 땀은 비 오듯 했다.

　실신 직전에서야 긴 호흡을 몰아쉬더니 고개를 들어 지친 눈빛과
푸르스름해진 입술로 박달을 올려다보았다. 박달은 여전히 그녀의 등
을 토닥이며 물었다.

　"괜찮아요?"

　"채연 엄마 아니에요."

　"네?"

　"나쁜 놈들이에요."

　그녀의 표정이 심상치 않다.

　"채연 거기 있어요. 나하고 같이 있었어요."

　"거기라니 거기가 어디죠? 말해줄 수 있어요?"

　박달의 간절함에도 불구하고 달기는

　"왜 지금에야 왔어요?"

　"나도 달기 씨가 보고 싶었어요."

　"정말요?"

"채연 씨 있는 곳……."

그녀가 손가락을 들어 쉿 소리를 냈다. 그러면서 고개를 가로젓는다. 결정적일 때 우회해야 하는 박달은 숨이 헉하고 막히는 것만 같았다.

"얼마 전에 달기 씨가 써준 거 한 번만 더 해 줄 수 있어요?"

그녀가 배시시 웃으며 놀린다.

"잊어 버렸구나. 그쵸?"

"부디 이 바보에게 자비를……."

그녀가 그의 말에 이차적 의미가 있다는 것을 깨닫지 못하고 혼란을 겪는지 케라틴(keratin) 성분이 대부분인 손톱을 물어뜯는다. 그가 글 쓰는 흉내를 내자 비로소 펜(pen)을 받아 끼적인다.

"달기 씨가 말한 거기가 어딘지 말해줄 수 있어요?"

그녀는 말없이 단지 자신이 끼적댄 글씨를 가리킬 뿐이었다. 조금만 예민한 문제를 들먹이면 그것이 방아쇠가 되어 또 다른 그녀, 살인을 저질렀던 포악한 그녀가 뛰쳐나와 모든 것을 엉망으로 만들어 버릴 수도 있었기 때문에 그는 더 이상의 말은 삼갔다.

소박한 밥상에 마주 앉은 박달과 심 박사. 간단하게 와인 한잔씩을 나누고 식사를 시작한다. 가급적 채연의 이야기는 끄집어내지 않으려는 노력이 오히려 채연을 생각나게 한다. 심 박사가 먼저 물었다.

"달기 아가씨에게서 뭘 좀 알아냈는가?"

그러고는 크리스마스 선물을 기대하는 어린 소녀처럼 간절한 눈으로 박달을 바라다보았다. 달기가 끼적거린 것을 정리해 두었던 낙서를 펼쳐 보였다.

"8, B, 31, 13중 하나라는 결론까지는 유추할 수 있었습니다."

"……."

"상상 밖으로 단순한 의미일 겁니다. 채연 씨가 사생을 자주 떠났었다고 하셨죠?"

"그랬지."

갑자기 박달이 손가락을 튕기며 소리쳤다.

"미상불(undoubtedly) 채연 씹니다!"

"무슨 뜻인가?"

"역시 박사님 따님답다는 뜻입니다."

"점점……."

박달은 급히 알아볼 것이 있다면서 식사를 마치기도 전에 심 박사의 집을 나섰다.

22-8

김기홍 화백의 아틀리에

김 화백의 얼굴은 희고, 동안이다. 코 밑과 턱에 난 수염은 분장사의 손길로 만들어 붙인 듯 정갈하게 다듬어져 있었다. 아리안(aryan) 계열 외국인처럼 보인 탓에 중동의 정세나 내전 등에 대하여 상세히 알고 있을 것만 같았다. 김 화백이 들고 있던 붓을 내려놓으며 박달에게 다가가 손을 내밀었다.

"어서 오시오. 심 박사님으로부터 연락받았습니다."

박달은 화백의 입에서 유창한 한국말이 튀어나오자 비로소 친근하게 느껴져 화제를 그림 쪽으로 돌렸다.

"와, 대단하군요. 화가 선생님 작업실에는 처음이라서요. 무식한 질문 같습니다만 이거 다 선생님 작품입니까?"

"그렇습니다. 거기 어디 좀 앉으시오."

"정말 좋으시겠습니다. 저도 이거저거 다 때려치우고 그림이나 그렸으면 좋겠는데 영 소질이 없어서요. 이 작품들은 문외한인 제가 봐도 엄청난 인내가 요구되는 작업인 것 같습니다."

"한마디로 노가다죠. 하하하."

"그 그런 말씀 마십시오."

"그런데 무슨 일로 나를 보자고 했는지……? 내가 시간이 좀 없어서."

"이 이런 결례를……. 다름이 아니라 채연 씨가 화백님께서 운영하시는 사생회 회원이라고 들었습니다만……."

"그 회원님 아직 아마추어 수준에 머무르고 있긴 하지만 재주가 보통은 넘지요."

"주로 어느 쪽으로 사생을 다니셨습니까?"

김 화백이 책상 아래에서 여러 겹으로 접은 전지 크기의 대한민국 지도를 펴며 말했다.

"설악산 쪽으로 사생을 나갈 때는 빠진 적이 없었습니다."

"그 그렇죠?"

박달의 심장이 박동 수를 늘렸다. 그의 예상이 적중하고 있지 않은가.

"제 생각이 맞는다면 설악산 쪽으로 가는 국도 번호가 13번이나 31번일 겁니다."

"어디 보죠."

"가평에서 양구까지가 46번이고…… 이곳을 지나면 광치 터널이 나오고 이어서 개미리가……."

박달의 두 주먹이 불끈 쥐어지면서 이마에 심줄이 돋았다.

"설악산을 가려면 주로 홍천을 거처 인제로 가지 않습니까?"

"그렇지요. 그런데 채연 씨가 그 길을 좋아했어요. 46번 국도변 추곡 약수에서 약수로 지은 밥을 먹고 소양호를 따라가다 보면 경치가 천하제일입니다. 양구 가오작을 지나 광치 터널을 넘으면 개미허리처럼 길다고 해서 개미리 이름이 붙여진 길이 나오지요. 여기 이 국도가 바로 31번이네요."

"감사합니다."

그러나 춘천, 양구, 화천을 잇는 46, 31번 국도만 가지고는 너무나 막연했다. 또 다른 흔적을 찾아야 한다. 또 다른 흔적! 그는 화실을 나오며 회심의 미소를 머금었다. 일단 양 검사의 승낙을 얻어낼 수 있는 단서를 찾아낸 점만으로도 만족하기로 했다.

이성과 본능

23. 성 충동(libido)은 일정량의 이성을 지닌다

23-1

   세렝게티(Serengeti) 국립공원의 수사자가 그늘 좋은 관목 아래서 낮잠을 즐기고 있을 때 암사자들은 톰슨가젤(thomson's gazelle) 사냥에 나선다. 한 놈이 사냥감 무리 중앙으로 질주한다. 놀란 톰슨가젤들이 뿔뿔이 흩어지면서 어린 새끼 한 마리가 뒤로 처진다. 기회를 엿보고 있던 암사자 두 마리가 동시에 공격하여 톰슨가젤 새끼의 목을 물어 숨통을 끊어 놓는다. 사냥을 마친 암사자들이 식사를 시작하려는데 낮잠을 즐기던 수사자가 사냥감을 빼앗기 위하여 다가가 위협을 한다. 암사자들이 꼬리를 내리고 뒷걸음질 친다. 포만감을 획득한 수사자는 남은 잠을 청하기 위하여 시원한 그늘을 찾아 떠나버린다. 그 모습을 바라보는 암컷의 구시렁대는 소리가 요란하더니 뼈다귀뿐인 사냥감 이삭줍기에 나선다. 남이 애써 사냥한 사냥감을 강탈한 수사자가 지녀야 할 양심의 가책이나, 목숨을 걸고 애써 잡은 사냥감을 숙명인 양 내어준 암사자의 분노 따위는 이들 세계에서는 없다. 불공평이란 의미를 나타내는 말을 모르기 때문이다. 이들 세계에 불공평이라는 말이 존재한다면 과연 무슨 일이 벌어질까? 대 혼란과 함께 강자의 세상이 건설될 것이고 멀지 않은 장래에 이들 종(sort)은 멸종될 것이다.

   그런데 인간 세상에는 불공평이라는 말이 버젓이 존재하면서도 멀쩡하다. 머잖은 장래에 인류가 멸망할 조짐도 보이지 않는다. 인간 세상에서는 약육강식(the law of jungle)으로 표상되는 불공평에 대해서 많은 장치를 해 두고 있다. 이달기가 강자의 세상에서 벗어나 불공평을 넘어선 것도 이 장치 덕분이다. 그녀가 사회적 약속에 따라 치러야 하는 많은 문제점은 그녀의 의지에 따라 조금씩 해결될 것이다. 이점을 증명이라도 하듯이 그녀의 정신세계는 상당한 진척을 보였다.

높은 하늘에서 버르적대던 구름은 도봉산 너머에서 찢어져 의정부 쪽으로 내닫고 있다. 숲은 올리브그린(olive green)으로 물든 지 오래지만 아직도 맹렬하다. 바람은 동에서 서쪽으로 불고 햇볕은 등 뒤에서 재촉했다. 새로 포장한 아스팔트가 녹아내리면서 바람이 역한 타르(tar) 냄새를 보탠다. 중동정세의 불안정에도 불구하고 호르무즈(hormuz) 해협을 무사히 지나 현대 오일에서 정제된 기름을 그득먹하게 채운 박달의 차는 급작스럽게 나타난 급커브길을 브레이크 작동 없이 달릴 판이다.

"달기 씨! 꽉 잡아요."

달기가 바싹 긴장한 얼굴을 숙인다. 시각 정보가 차단되자 두려움이 사라졌다. 앞의 정보는 뒤의 정보에 의해서 다음 정보를 예보한다. 요동을 치던 차가 숨 고르기에 들어가자 달기가 마른 미소를 삐죽삐죽 흘렸다. 박달이 한껏 상기된 음성으로 말했다.

"달기 씨와 함께 이처럼 멋진 드라이브 하려고 영감님을 꼬시느라 죽는 줄 알았거든요. 잘할 수 있죠?"

"응."

그녀가 입술을 지그시 깨물며 묻는다.

"나를 믿어요?"

천진스럽고 솔직한 눈

어설픈 감정 전달

그녀는 이 순간 여신보다 더 아름다웠다. 이 순간 누가 이 여자를 사랑하지 않을 수 있겠는가?

"믿어요."

박달이 얼굴을 붉히며 웃었다.

"사랑해요, 박달."

"사랑?"

"테레비에서 여자가 남자에게 그렇게 말했어요."

"그게 무슨 뜻인지 알아요?"

그녀가 씽끗 웃기만 한다.

"어서 말해 봐요."

그녀가 박달의 얼굴을 뚫어져라 바라보더니 재빠르게 그의 볼에 뽀뽀했다. 박달보다 자동차가 더 놀랐는지 휘청했다.

"왜 왜 이래요?"

"무슨 뜻이냐고 물어 봤잖아요. 그렇게 하면 사랑이 완성된다고 간호사 언니가 말했어요."

그녀의 하얀 도화지에는 그려 넣어야 할 것이 너무도 많다.

"사랑은 믿음이죠."

"믿음?"

"그래요."

"박달은 나 믿어요?"

"물론이죠."

"나도 박달 믿어요."

차는 여전히 빠른 속도로 달려가고 있었다. 세상에 태어나서 이처럼 행복한 기분을 느껴본 적이 없는 그녀, 지금 구름을 타고 하늘을 나는 중이었다.

"출출한데 휴게소에서 우동 한 그릇씩 할까요?"

그녀는 차의 고리에 채워진 오른팔 수갑을 바라보았다. 박달이 피식 웃으며 고리에 걸린 수갑을 풀어 자기 팔에 찼다. 양 검사는 어떤 경우에라도 절대로 그녀의 수갑을 풀어주지 말 것을 당부했었다. 심지어 화장실에 갈 때도 그래야만 한다는 서약까지 요구했다. 박달 역시 양 검사의 어떤 개연성도 용납하지 않는 노파심을 존중했다.

23-2

그녀가 알고 있었던 남녀 간의 사랑은 섹스가 전부였다. 그의 성기가 자신의 것에 도착해서야 비로소 사랑이 완성된다고 믿고 있다. 그녀의 기어에는 남자는 권위적인 힘으로, 여자는 순종을 미덕으로 섹스가 시작되고 끝이 났다. 여자의 태생적 감성과 분위기는 무시되었다. 남자가 원하면 받아주는 것으로 인식하는 정도였다. 섹스의 결말도 남자에 의해 주도되어야 했다. 뮤재, 척춘산 등 그녀의 곰만을 남했던 짐승 같은 남자들, 그나마 인간적이었던 떠벌레 박사조차도 그녀를 성적인 도구와 그 부속물처럼 대했다. 그들이 보기에 그녀의 전신은 흥분의 대상이었으며 언제라도 성욕을 불러내어 불사르고 싶은 성기였다. 그들은 그녀가 곁에 있다는 것만으로도 시각의 주선에 따라 인체의 모든 감각기관이 신경을 고추 세우는 황홀한 곤혹 속에서 호시탐탐 기회를 엿보곤 했다. 그녀의 몸이 남긴 흔적과 미열 그리고 체취마저도 그들을 흥분시켰고 마침내 양심이 마취가 된 상태에서 그녀를 찾아가 범했던 것이다. 이런 비이성적인 인간들과는 종자가 다른 박달이 그녀의 학습된 행동에 당황해하는 것은 당연한 일이었다. 또한 달기는 달기대로 박달의 행동에 심한 혼란을 겪고 있었다. 그녀는 박달이 그녀의 성을 학습시킨 인간들이었으면 싶었다. 그러면서도 새롭게 학습된 관성 때문에 모든 대상을 초월한 이성적 요구에 순응했고, 이에 따라 단순 무식한 본능은 합리적 행위를 요구당하고 있었다. 이는 문명화된 문화를 접한 미개 문화의 언저리에 있는 사람들의 혼란과 상통했다.

그녀는 주변을 살폈다. 의외로 사람들은 그녀나 박달에 관심이 없다는 것, 그들의 관심은 자신들에게 있다는 것, 이처럼 자신이 남들에게 관심을 주지 않는 것처럼 그들도 자신들에게 관심이 없다는 것에 그녀는 적잖이 놀라면서도 내심 반가워했다. 그녀는 이제 막 사랑은 꼭 섹스만이 아니라는 것을 다음과 같이 표현할 참이었으니까.

박달이 매운 김치를 먹고 인상을 찌푸리자, 그녀가 아이에게 김치 맛을 들이기 위한 대부분 엄마처럼 재빨리 남은 김치 한 쪽을 입에 넣는다. 고춧가루와 국물을 빨아내고는 태연하게 그의 입으로 가져갔다.

이런 그녀의 급작스럽고 파격적인 행동은 그를 신선한 충격에 빠트리기에 족했다. 이런 돌발적인 행동에 익숙하지 않은 박달이 내뱉은 말은 의외로 순진했다.

"사 사람들이 봐요."

그녀는 눈치라는 지극히 한국적인 언어에는 먹통이었다. 그래선지 먹기 싫다는 아이를 달래는 엄마처럼 이런저런 달콤한 이야기를 섞어 꼬드기는 방법까지 동원했다.

"맵고 신 거 달기가 다 먹었으니까 어서 아 입 좀 벌려 봐요."

이어서 자신의 입을 크게 벌려 꿀꺽 삼키는 시늉을 연출했으나, 그가 여전히 주변을 두리번거리자

"때찌할 거야."

"그게 아니라 음……. 하여튼 그 그건 그냥……."

그녀는 박달의 입이 벌어질 낌새를 보이지 않자 잠시 시무룩한 표정을 짓더니 자기 입속으로 넣고 오랫동안 씹었다. 김치 조각이 물이 될 만큼 시간이 흐르고 나서야 아무 일도 없었다는 듯이 훌훌 털고 일어났다. 서운함이나 섭섭함에 대한 어떤 감정도 사라진 듯 보였다. 그래선지 키스하고 싶다는 말을 식후 담배를 피우듯 맛있게 했다. 당혹한 기분을 감출 수 없었던 그가 수변을 돌아보며 재촉했다.

"그만 가요 우리."

말이 떨어지기 무섭게 그녀가 그의 가슴 속으로 파고 들어가 키스를 퍼붓는다. 공공장소에서의 무분별한 애정 행각은 저급 문화의 침투 때문이라고 판단한 대부분의 사람은 두 젊은것의 즉발적인 욕정의

완성을 위한 전위 행위에 대하여 곱지 않은 눈총을 주거나 자리를 피했다. 그러나 유행과 개방에 적극적이고 진보는 곧 발전이라고 생각하는 극히 일부 사람들은 여유로운 얼굴로 그네들을 지켜보며 부러움의 눈총을 보냈다.

그녀는 자신 있게 말했다.

"사랑하잖아요."

그는 자기 가슴에 참매미처럼 달라붙어 있는 그녀를 떨쳐내기 위해서 몸을 털었다. 그럴수록 달기는 그의 가슴 속으로 파고들었다. 그녀의 뇌는 극도의 흥분상태에 빠져들기 시작하고 있었던 것이 분명했다. 눈은 풀리고 입은 벌어졌다. 그녀 자신도 어쩔 수 없는 묘한 신음이 솔솔 새어 나오더니 점점 거칠어지기 시작했다.

"음 음 으 으 음……. 아 아 아 으아……."

이 난처하고 쑥스럽기 그지없는 신음은 한동안 지속되었는데 그건 '해리가 샐리를 만났을 때(When harry met sally)'라는 영화의 한 장면을 떠올리게 했다. 영화에서처럼 식당에서 샐리(sally)가 식탁을 두드리며 오르가슴(orgasmic) 흉내를 낼 때만 빼면 엇비슷하기까지 했다. 물론 샐리 옆에 있던 중년 여자가 종업원에게 '나도 저 아가씨가 주문한 걸로 주세요.'라고 말하는 재치 있는 대한민국 아줌마는 없었다. 다만 이처럼 대단한 흥밋거리를 만난 남성들의 이글거리는 눈과 이런 상황을 유발한 이유가 무엇 때문인지 궁금해서 힐끔거리는 여성들의 표정이 그네들의 주위를 떠돌았다. 게다가 저들의 행위를 저급 문화 운운하던 사람들도 가고 있던 걸음을 다시 돌려 낯 뜨거운 장면이 어디까지 이어질지, 혹은 시청률에 목숨을 걸고 있는 방송국의 몰래카메라가 숨어 있을지도 모른다고 생각하고 있었다.

박달은 다급하게 머리를 굴려 해리(harry)처럼 별문제가 안 된다는 듯이 담담한 표정을 지을 만큼 담대한 성격이 아니었기 때문에 이런 어처구니없는 상황을 벗어나기 위해서 혼절해 가는 사람을 깨우듯 그녀를 마구마구 흔들어 대며 소리쳤다.

"이 이 이봐요. 저 정신 차려요!"

주변의 시선에서 벗어나고 싶었는데 사람들은 뭘 그러느냐는 듯 멀뚱한 표정을 짓고 있었다. 그렇다고 포기할 수는 없는 노릇이다. 방향이 틀리면 엉뚱한 목적지에 도달할 수도 있다. 그래서 이번에는 노련한 정신의가 정신병 환자를 다루듯 그녀의 등을 토닥거린 뒤 머리를 쓰다듬어 주고 말했다.

"자, 자. 호흡을 크게 하고 마음을 편안하게 가져요. 금방 괜찮아질 거예요."

신기하게도 박달의 말과 행동은 그녀의 격앙되어 있던 본능이 힘을 잃어가고 있었다.

"내 맘도 달기 씨와 같아요. 그러니 이제 그만 돌아가자구요."

그녀는 시정을 마친 남자의 성처럼 일순간에 시들해지더니 그의 품에서 물러났다. 그가 안도의 한숨을 내쉬고 있는데 그녀가 이번에는 오줌 마려운 강아지처럼 촐랑거리기 시작했다.

"왜 왜 그래요? 어디 아파요?"

그녀는 진땀을 흘리며 소리쳤다.

"아휴, 똥 마려워!"

그러고는 아랫배를 움켜쥐었다.

"이럴 때 조용히 '화장실이 어디죠'라고 말하는 거예요. 저기 저 여자 표시가 있죠? 거기로 들어가면 되니까……."

그녀가 다부지게 말했다.

"같이 가요."

"여자 화장실에 남자들은 못 들어가요."

"거짓말!"

그러고는 그의 손목과 연결된 수갑을 빤히 바라다보았다. 그는 수갑을 풀어 뒷주머니에 넣었다.

그녀는 문명인들의 사회적 상호계약에 대하여 너무나 서툴렀다. 남녀 화장실을 따로 두어야 하는 이유라는 것이 서서 싸는 것과 앉아서 싸는 것이라는 것밖에 몰랐다. 그 이상의 복잡한 이유는 그녀의 머리를 혼란에 빠트렸다. 지하 감방 십 년 동안 배설은 부끄러운 것이 아니었다. 얼레벌레 떠벌레 박사가 있거나 말거나, 박사 또한 그녀가 있거나 말거나 배설하는 곳이 화장실이었고, 고양이처럼 흙으로 덮으면 그만이었다.

그녀가 이상하다는 듯이 고개를 갸우뚱했다. 그러고는 재빨리 화장실 안으로 사라졌다. 먼발치로 물러서 있자니 그녀의 예기치 않은 행동에 대비할 시간이 문제였다. 이때 누군가 그의 팔짱을 쏙 낀다. 요즘 들어 부쩍 기승을 부리고 있는 화장실 변태들을 검거하기 위하여 잠복 중인 여순경이구나 라는 생각에 머리를 긁적이며 돌아서려는데

"달 씨!"

참 귀에 익은 목소리에 놀라 돌아본다.

"미진이! 여 여긴 어쩐 일이야? 체리 바로 돌아왔다는 소린 들었어."

"그동안 연락 못 해서 미안해요."

"그럴만한 사정이 있었겠지. 그런데 여긴 무슨 일로?……."

그녀의 표정이 굳어졌다. 굳어버린 입술 사이에서 떠밀려 나온 말이 박달의 마음을 아프게 했다.

"묻지 마세요."

그녀의 아픈 곳을 찔러 실신이라도 시키고 싶었을까? 아님 심술이 발동했을까! 출처도 없는 질투심이 맘에도 없는 말을 뱉어내게 했다.

"고객관리 차원에서 여행이라도……?"

그녀가 공허한 눈으로 그를 빤히 바라다보며 말했다.

"그런 달 씨는?"

긴 설명이 필요할 경우 적당한 거짓말이 마음의 피로를 덜어 준다.

"신선한 사고를 수혈받기 위해서 여행 중이야."

"달 씨답군요. 식스나인 잡혀 들어간 거 알죠?"

"욕하면서 배운다더니……. 왜 하필 그놈과 그 짓을 한 거지?"

"돈을 마아니 벌고 싶었어요. 그 생활이 너무나 지겨웠거든요."

"내 잘못이야."

"달 씨가 저를 이용하고 있었다는 걸 알았을 때 참 씁쓸하더군요."

"그렇지만 미진일 좋아했던 일까지 거짓은 아니었어."

"그나마 위안이 되네요, 박 수사관님."

이성과 본능

그녀의 손을 살며시 잡았다. 그녀의 마음을 감싸주기 위한 배려라기보다 쑥스러움을 감추려는 어리석은 행동이다.

"미진일 이용할 생각으로 접근했던 거, 아니라고 이제 와서 발뺌하지는 않겠어. 수사 속성상 미진일 속이게 된 것은……"

"다 지나간 일이에요."

그녀의 눈가에 설핏 눈물이 맺힌다. 가슴이 뜨끔하다. 미안한 마음에 와락 끌어안아 주고 싶은 충동을 간신히 참고 있는데 뒤통수를 잡아끄는 강렬한 힘에 끌려 고개를 돌렸다. 달기가 목석처럼 꿈쩍도 하지 않고 지켜보고 있었다. 그녀의 얼굴이 붉게 물들어 가면서 눈가에 보라색을 띠기 시작했다. 여자의 감정 변화에 둔감한 그는 태연함을 가장하고 미진이에게 달기를 소개했다.

"인사하지."

미진이 기우뚱하는 모습을 보이더니

"어머 채연 씨!"

라고 일방적인 판단을 내리고선 의문과 놀라움과 어색함을 담은 표정으로 박달을 빤히 바라다보았다. 박달이 그녀의 잘못된 판단을 어떻게 이해시켜야 할지 몰라 침묵하고 있는 사이 미진이의 이 방면에 스마트한 두뇌는 어느새 화들짝 미소를 머금고 손을 내밀라고 지시라도 했는지

"이렇게 만난 것도 인연인데 우리 악수나 하죠. 정말 미인이시다."

미진이 자신의 쿨한 태도에 자신도 놀라고 있을 때 달기가 미진의 뽀얗고 기다란 손을 물끄러미 내려다보더니 자신의 흉터투성이에 까

칠까칠한 손을 엉덩이 뒤로 숨긴다. 미진이 어색했던지 재촉을 했다.

"어머, 손이 부끄럽네요. 그런 눈으로 보지 마세요. 달 씨는 내가 근무하는 체리 바 단골이세요. 나는 거기 바텐더구요."

갑작스럽게 벌어진 난처한 상황을 매끄럽게 풀어나갈 만큼 임기응변에 능하지 못한 박달이 입을 열었다.

"달기 씨, 미진 씨 이야기 들었죠? 그러니까 긴장 풀고……."

박달의 선명성이 결여된 해명 탓이었는지 달기의 표정은 처음 짓고 있었던 표정을 완고하게 고집하고 있었다. 이에 바빠진 미진이 서둘러 마무리를 지었다.

"그 그렇군요. 미안해요. 달기 씨. 그럼……."

달기의 몸이 마치 먹이를 앞에 둔 고양이처럼 바싹 긴장하고 있다. 눈빛 또한 예사롭지가 않다. 동물이 자신의 영역을 침범한 또 다른 동물에게 위협을 가하기 위한 첫 번째는 긴장감 조성이라는 것을 달기는 알고 있었다.

"달 씨, 저 그만 가볼게요. 달기 씨 기분이 안 좋아 보여요. 좋은 시간 되세요."

"그 그럴래? 시간 내 볼게."

그녀가 서둘러 사라졌다. 저만치서 물끄러미 지켜보고 있던 남자가 미진이 곁으로 다가갔다. 그러고는 무슨 말인가 주고받더니 아우디(Audi) 검정 승용차에 탄다. 부와 권력이 그 차 어딘가에 덕지덕지 붙어 있는 듯하다. 박달은 왠지 서운하고 왠지 짜증이 났다.

달기는 침묵을 무기로 자신이 얼마나 화가 나 있는지 알리고 싶었다. 그녀의 침묵 속으로 스며 들어간 박달의 미소가 용광로 속으로 던져진 쇳덩이처럼 일순간에 녹아 사라져 버렸으나 예감이 나쁘다. 불길한 예감이란 기분 나쁘게도 들어맞는 경우가 더 많다.

24. 자기 분열과 소외의 죽음을 견디며

24-1

중국의 루산 국립공원 습지에서 암사마귀 한 마리가 풀밭을 배회하며 괜찮은 유전자를 가진 튼튼한 수사마귀가 나타나기를 기다린다. 때마침 먹이를 찾아 어슬렁거리던 수사마귀가 기름진 암사마귀를 만나자 자기 유전자를 퍼트릴 좋은 밭이라고 판단했는지 탐색도 없이 DNA의 프로그램에 따라 교미가 시작된다. 교미가 끝나갈 무렵, 암사마귀는 앞으로 탄생할 새끼들의 영양분을 미리 섭취해 두어야 하기에 수사마귀 머리를 갉아먹기 시작한다. 수사마귀는 쾌락을 취한 대신에 티끌 만한 저항도 없이 새끼들의 영양분의 일부로 암사마귀의 배 속으로 사라진다. 자기 몸이 남이 아닌 자기 후손의 에너지로 순환되어 가는 과정이란 것이 이처럼 무지막지할지라도, 정작 에너지원인 아버지가 할 수 있는 일이 이것뿐이라면, 자연의 법칙에 이런 식으로 강제 동원될 수밖에 없는 것이 수사마귀의 숙명이다. 인간 사회에서도 방법은 다르지만, 아버지들의 피땀 흘린 돈이 자식들을 위하여 강제(compulsion) 되는 것도 이런 맥락이 아닐까 한다. 지속적인 종(sort)의 존속과 번영을 위한 존재와 무의 반복은 생존 법칙의 엄격성을 말한다. 이는 순환의 법칙에 따른 하나의 고리, 혹은 도미노(domino)가 전체를 형성되는데 절대성을 가짐으로써 이 세상에 존재하는 것들은 그 어느 것도 중요하지 않은 것이 없다는 것을 논증하는 것이다. 인간의 생과 사의 순환의 고리, 혹은 도미노는 무려 300~500만 년 전 오스트랄로피테쿠스(australopithecus)로부터 시작하여 오늘날까지 이어지고 있으며, 도미노의 마지막 축이 될 이것이 언제 끝이 날지는 모르지만, 우리는 생과 사의 순환의 도미노의 단 한 개의 축으로 존재하다가 그 축이 쓰러져 그다음 축을 넘어뜨리는 순간을 살고 있다. 언젠가 인간이란 존재의 틀이 사라지면 단지 인간이라는 환영으로 남게 될 것이다. 우리가 공룡을 환영으로 기억하는 것처럼 또 다른 생명체에 의해서 그러할 것이다.

주차된 박달의 차 앞을 사마귀 한 마리가 암팡진 모습으로 가로막고 있다. 이 전투적인 면면에 실긋이 미소를 흘렸다. 근처 공원에서 방금 교미하며 수컷을 잡아먹었기 때문에 유전자를 받았겠다, 두려울 것이 없다는 태도다.

"당랑거철 네 이놈! 감히 하룻강아지 범 무서운 줄 모르고……."

그는 자동차 가속기를 밟으려다 말고 차에서 내린다.

"내가 무슨 짓을 하려고 했지?"

놈을 쫓아보려 했으나 막무가내다. 정비용 실장갑을 끼고 놈의 허리를 잡아 근처 풀밭에 놓아준 다음 손을 털고 차에 올라탔다. 사마귀란 존재의 틀을 깨버리는데 일조를 할 지도 모르는 사람이 되지 않기 위해서다. 그사이 달기는 조수석에 앉아 박달의 행동을 무람하게 바라보고 있다. 그가 차에 오르자, 수갑을 채워 달라며 오른손을 내민다. 떠날 때 했던 공적인 관계로 돌아가자는 신호다. 그가 말없이 그녀의 손을 슬며시 잡아 내려놓자 순순히 안전띠를 했다. 박달의 '나는 너를 믿고 너는 나의 믿음을 배신하지 않을 것임을 믿는다.'라는 무언의 행동에 대한 그녀의 비언어 '네가 나를 믿었으니 나 또한 너의 믿음을 배신하지 않겠다.'라는 인식 행동으로 박달의 믿음은 견고해졌다. 차가 정상적인 궤도에 올라 속력을 높일 무렵 그녀는 시선을 정면에 두고 몸은 미동도 없이 거의 차렷 자세로 미진의 말을 흉내 냈다.

"달 씨, 저 그만 가 볼게요. 달기 씨 기분이 안 좋아 보여요. 좋은 시간 되세요."

그리고는 약간의 틈을 두더니 이번에는 박달이 했던 말을 흉내 냈다.

"그 그럴래? 시간 내 볼게."

어떤 감정도 삭제한 말투다. 어쩌면 기계음 같기도 했다. 팔십 개의 얼굴 근육으로 무려 칠천 가지의 표정을 지을 수 있다는 인간의 얼굴이다. 그 많은 것 중에서 그녀가 짓고 있는 표정이 어떤 종류인지 알아내는 대는 불과 0.01초면 충분했다. 너무나 오래되어 원시적이라고 일컬어지며 인류가 존재하는 한 늘 함께 할 질투란 놈이 만들어 낸 그녀는 의외로 무표정이었다. 이런 이원성(duality)에 실질적으로 작용하는 무감(insensitive)이나 체념 그리고 질투나 반란 오기 등을 감춘 것이라고 해석되지도 않았다. 그녀의 무표정 속에는 비밀이 숨겨져 있었다. 누구도 예상 못 할 그런 비밀이……. 그것이야말로 그녀의 목표이며 생과 사의 순환 도미노(domino)의 한 축으로 존재할 뿐인, 삶이 아니라 살아야 하는 이유라고 할 것이다.

　그녀는 지금 질투하고 있으며 결코 녹록지 않음을 시위하고 있는 것을 숨기기 위하여 무표정으로 일관하고 있다고 박달은 믿었다. 이는 사랑하는 사람들끼리 종종 벌어지는 고도의 심리전이다. 그는 한결 기분이 좋아졌다. 이처럼 고도의 심리전을 구사할 정도의 두뇌는 아닐 것이다. 이런 심리전은 태생적인 것으로 무의식의 세계에서 퍼온 것이기 때문에 지극히 본능적인 입장에 불과하다고 생각했다. 어떤 종류의 질투이든 그를 사랑하고 그 사랑하는 감정을 완벽하게 보여주고 있다. 피의자에 대한 수사관의 감정이 이처럼 사심으로 흘러가는 위험을 그녀의 미모가 달래 주었다. 또한 자신은 감정에 휩싸여 무분별한 행동을 할 만큼 바보가 아니라는 이성적 힘이 작용할 준비를 마친 상태이기 때문에 위험은 없다. 원칙은 지키되 감정의 무게를 적절히 유지한다면 세상 사람들이 생각하는 일들은 일어나지 않을 것이다.

　그녀가 숙명처럼 다시 손을 내밀었다. 그가 수갑을 들어 두어 번 흔들어 보이고 제 자리에 놓았다. 그녀가 당연하다는 듯이 손을 거두고 여전히 무표정한 얼굴로 사마귀가 사라진 풀밭을 본다. 박달은 달기에게 수갑을 채우지 않는 화해에도 암운이 계속되자 반전의 여분을 찾기 위해 입을 열었다.

　"효자동에 있는 체리 바라고 거기서 일하는 여자예요. 미진이."

　그녀는 여전히 무표정을 잃지 않으려 애를 쓰면서도 되록되록한 눈을 하고 물었다.

"효자동 체리 바 거기가 어디예요?"

"종로구 효자동에 있죠."

"뭘 타고 가야 해요?"

"버스나 지하철 다 괜찮아요."

"그 여자가 거기 주인이에요?"

"거기서 일한다고 했잖아요."

"무슨 일을 해요?"

"바텐더라고, 그게 뭐냐 하면 음……. 그러니까……. 손님들이 원하는 술과 음료수 등을 섞어 만들어 주는 사람이에요."

그녀가 정면을 바라보던 시선을 돌려 박달을 빤히 바라보며 말했다.

"성교하는 사람이구나……."

그녀는 창녀를 말하고 있었다. 다 큰 여자가 그것도 아직은 서먹서먹한 관계에 있는 남성 앞에서 대한민국 용감한 아줌마도 감히 내뱉을 수 없는 성교라는 말을 그처럼 자연스럽게 흘려보내 놓고도 그녀의 입은 여전히 천연덕스러웠다.

"그 그게 무슨 말이에요?"

"박달은 성교가 뭔지 몰라요? 정말요?"

"……."

그녀의 얼굴이 벌겋게 달아오르면서 눈가에 보라색이 퍼져가고 있다. 숨소리가 거칠어진다. 식당에서처럼 성의 본능을 우려낸 신음이 그녀의 깊은 곳에서 서서히 밀려 올라오기 시작했다. 그녀의 성은 젊

이성과 본능

은 남자들의 성처럼 작은 자극에도 성마르고(hot-tempered) 거칠었다. 게다가 자동 절제 장치가 고장이 나 있어서 대단히 위험해 보였다. 다행히 수동 절제 장치는 제법 구실을 하고 있어서 그는 다급한 나머지 라디오의 볼륨을 높였다. 마침 걸 그룹 컴백(girl group comeback)용 노래가 발랄한 랩과 함께 흘러나왔다. 그가 어깨를 들썩이며 그녀의 관심을 유도했다.

"따라서 불러 볼래요?"

노래에 취한 차가 탄력을 받아 쏜살같이 달려가고 있었지만 달기의 표정은 변함이 없다. 줄곧 앞만 뚫어져라 보고 있다. 긴 침묵이 이어지면서 그녀의 눈빛이 아픔과 의혹과 번민과 불안에 가득 차 보였다.

"달기 씨!"

"……"

"우린 지금 어딜 가고 있죠?"

"……"

그는 목에 손을 대며 말했다.

"오늘 안으로 달기 씨가 감금되었던 곳을 찾아내야 한단 말입니다. 그렇잖으면 난 끽이에요. 무슨 뜻인지 알아요?"

"알아요. 그렇지만 그 여자가 형사님에게 이렇게 말했잖아요. '달 씨, 저 그만 가 볼게요. 달기 씨 기분이 안 좋아 보여요. 좋은 시간 되세요.'"

"그 말이 그렇게 기분이 나빴어요?"

"아니요."

"그런데?"

그녀는 작심이라도 한 듯이 그 어느 때보다도 길고 조리 있게 말을 이어 갔다.

"그 여자가 박달을 바라보는 표정이 기분 나빴어요. 나는 그런 표정을 하는 여자들의 마음을 잘 알아요. 형사님하고 성교하고 싶다는 말하고 싶었을 거예요. 마침 내가 거기 있어서 성교하고 싶다는 말을 하지 못했죠. 그렇지 않았으면……. 그건 공평하지 못한 일이에요. 나도 형사님하고 성교하고 싶은데 그 여자가 그런 생각을 하고 있었다는 것은 형사님이 나를 떠나갈 것이란 생각이 들어서 무서웠어요. 나는 밤마다 형사님하고 성교하는 꿈을 꾸었어요. 그러면 형사님이 나를 막 때리고 그러지 말라며 욕을 했어요. 나는 울면서 그랬어요. 잘못 했으니까 가지 말라고. 나는 잠에서 깨어나서 막 울었어요. 나는 밥맛도 없고 기운도 차릴 수 없었어요. 나는 간호사 언니들한테 꿈 이야기를 했더니 형사님하고 성교하는 것은 나쁘다고 했어요. 어째서 나쁘냐고 물었는데 그냥 나쁜 거라고만 했어요. 내가 말할게요. 어째서 형사님하고 나는 성교하는 것이 나쁜 것인지 말해주세요. 나는 배가 고파서 밥을 먹는 것처럼 나는 성교하고 싶어서 성교하는 것이 어째서 나쁜 건지 말해 달라구요. 나는 쉬를 싸고 싶으면 그냥 쉬를 해도 나쁘다고 하지 않잖아요. 이건 정말 불공평한 일이에요."

"그 그건 그러니까, 사람은 음……."

어느 정도 상식이 있는 경우 그 상식을 바탕으로 간단한 설명만으로도 충분히 이해시킬 문제다. 이성적 판단과 감성적 판단을 일치시킬 때 올바른 길이 보인다. 인간에게는 자기 행동을 숙고하고 논리적으로 판단하는 고유한 능력이 있기 때문이다. 그가 머뭇거리자, 그녀가 확신에 찬 목소리로 덧붙였다.

"동물들은 아무 때나 성교하고 싶으면 하잖아요. 나는 그러고 싶어요."

그는 자동차의 속도를 줄이고 서서히 브레이크를 잡아 길옆에 정차시켰다. 그녀는 자폐증 환자처럼 상상의 패턴(pattern)이 제한적이고 반복적이다. 그는 절망의 늪에 빠져 허우적거리는 한 마리 외로운 짐승처럼 가냘픈 한숨을 내쉬었다.

"사람은 본능적인 행동 전에 이성이란 검증 절차가 있죠. 해도 될 일과 그러지 말아야 할 일 말입니다. 이건 너무 어렵나? 하여튼 달기 씨도 언젠가는 이해하는 날이 올 겁니다."

"아하! 알겠다. 그래서 쉬를 할 때도 숨어서 싸는구나."

"그 그래요. 숨어서……."

아라비아 숫자도 모르는 사람에게 산수를 이해시키는 것만큼이나 어려운 문제다. 그런데 이보다 더 어려운 사람은 달기처럼 상상의 패턴이 제한적인 사람이다. 그는 그녀를 이해시키기보다 그녀의 생각 속으로 잠적해 버리기로 했다.

"내 생각도 달기 씨 생각과 같아요. 답답한 것은 그 사람들이 달기 씨와 내 생각을 무시한다는 거죠. 그러니까 우린 다른 생각을 해야 해요. 사람들이 성교를 나쁜 것이라고 그러면 달기 씨는 성교는 아무나와 하는 것이 아니라고 생각해요. 그러면 사람들은 성교를 쉬를 싸는 것처럼 나쁜 것이 아니라고 할 거요."

그녀는 말없이 박달을 물끄러미 바라다보았다. 그러고는 어떤 철학적 숙고라도 하는 사람처럼, 아니면 박달의 내면을 속속들이 들여다보고 그가 진실로 하고 싶은 말이 무엇인지 밝혀내고야 말겠다는 사람처럼 눈가에 잔주름을 만들어 보다 밝은 시력을 확보하려 했다. 아무리 달기라고 해도 여자다. 남자의 비극은 여자의 마음속을 죽었다 깨어난다고 해도 모르면서 자신의 마음속은 훤히 들여다보이게 한다는 것이다. 그는 다시 차의 시동을 걸며 말했다.

"뭐라고 설명해야 하나……."

말주변이 없는 자신이 지금처럼 바보같이 느껴질 때가 있었던가. 자신도 모르게 이마를 치며 젠장이라는 말이 튀어나왔다. 그녀가 설핏 그의 눈치를 살피며 주절댔다.

"나는 그 여자 미워. 형사님을 화나게 했잖아."

"그 그게 아니라니까."

설명이 궁색해지자 그의 얼굴이 굳어지기 시작했다. 그녀의 고집 센 집념을 아는지 모르는지 차는 양구 시내를 벗어나 쏜살같이 가오작으로 들어섰다.

두어 개의 고개만 넘으면 광치 터널이 나올 것이다. 산봉우리를 넘어서려는 햇살이 국도 31번 표지판을 눈부시게 비춘다. 박달은 떨리는 가슴을 깊은 한숨으로 감추고 또렷이 말했다.

"달기 씨! 지금부터 잘 살펴봐야 해요."

"그 여자 정말 미워."

그의 가슴이 다시 한번 덜컹 소리를 내며 내려앉았다. 절망의 살이 오른다.

광치 터널을 지나고 있다. 꾸불꾸불 길이 험하다. 차는 계곡을 따라 리프팅(lifting) 하는 보트처럼 울렁울렁 흘러가고 있었다. 그녀는 또다시 우울한 표정을 짓고 있다. 분위기 반전을 위해 어린아이처럼 촐싹대거나 방정을 떨었지만 변함이 없다. 금방 어두워질 텐데 태평이다. 조바심이 난 박달이 다그쳤다.

"기억해 봐요."

"응?"

"달기 씨 살았던 곳!"

그녀가 진지하게 그러나 남의 말을 하듯

"거기 나쁜 사람들 있어요."

이건 또 무슨 소린가? 갑자기 귓속에서 천둥이라도 치는 것만 같았다.

"지 지금 무슨 소릴 했죠?"

"그 사람들 정말 나빠요. 엄마가 그렇게 말했어요."

"채연 씨가?"

그녀의 표정이 일그러진다. 그리고 그 어느 때보다도 또박또박 말했다.

"채연 씨? 미진 씨잖아요. 아까 두 사람 분명히 말했어요. '달 씨, 저 그만 가 볼게요. 달기 씨 기분이 안 좋아 보여요. 좋은 시간 되세요.' '그 그럴래? 시간 내 볼게.'"

"……"

그녀가 자신의 관심사로 화제를 돌렸다. 아니 그것밖에 모르는 사람처럼 태연하게 말했다.

"체리 바 진짜로 갈 거예요? 시간 낼 게 그랬잖아요."

그러고는 시치미를 뚝 떼고 있는 모습이 여간 귀엽지 않다. 그녀의 귀여움을 즐길 사치를 누릴 만큼 한가한 시간조차 용납되지 않았다. 답답한 마음에 가슴을 치며 말했다.

"갑자기 뚱딴지같은 소릴 하면 어떡해요?"

"뚱딴지가 뭐예요?"

은근히 부아가 치민 박달이 또박또박 각인시킨다.

"달. 기. 씨. 가. 있. 던. 곳!"

그녀는 아랑곳하지 않고 자기 생각만을 물었다.

"정말로 체리 바에 갈 거예요?"

그녀를 더 이상 추궁할 수 없었다. 그러나 추궁할 수밖에 없다.

"어. 디. 서. 살. 았. 냐. 고!"

그녀는 여러 번 고개를 갸우뚱해 보인다. 멀쩡해 보이던 그녀가 갑자기 멍청이가 되어 버린 이유를 모르겠다. 미진이 때문인가? 그 빌어먹을 질투심이 모든 걸 망쳐 버렸단 말인가? 하필 그 순간에 나타난 미진이 원망스러웠다. 자신도 모르게 운전대를 내리쳤다. 달기가 토끼 눈을 하고 물었다.

"미진이라는 여자 때문에 화가 난 거죠, 형사님?"

"달기 씨! 달기 씨. 제발 내 말 좀 잘 들어봐요. 우린 지금 달기 씨 가 있었던……. 잘할 수 있다고 약속했잖아요."

"잘할 수 있어요."

그는 어슬어슬해지는 서산 하늘을 보며 애원하듯이 말했다.

"그럼 기억나는 대로 말해 봐요. 점점 어두워지고 있잖아요."

"배고파요."

그는 한숨을 푹 내리 쉬었다. 뉘엿뉘엿 땅거미가 깔려가기 시작했 다. 산을 넘은 해는 담장 너머 모닥불 불빛처럼 연약해지고 있었다.

"어차피 오늘은 틀린 것 같으니까, 저녁이나 먹고 푹 쉬었다가 내일 다시 시작합시다."

그는 오던 길을 되돌려 달렸다. 양구 시내로 들어가야 배도 채우고 방이라도 잡을 수 있을 것이다.

24-2

양구 시내에서 조금 떨어져 있는 펜션형 산장 모텔.

16년생 조팝나무 터널이 족히 30m쯤 이어져 있다. 아름드리 통나 무를 축으로 실내가 훤히 들여다보이는 모텔 대형 녹색 유리창이 눈 에 들어왔다. 차에서 내려 잡석이 깔린 바닥에 발을 턴다. 달기가 조수석 문을 열고 작은 몸을 내밀자, 박달은 집채만 한 납덩이가 가슴을 짓누르는 중압감이 엄습했다.

그녀는 대부분 여자라면 모텔 입구에서 예의를 차릴 정도의 망설임과 마지못해 응할 수밖에 없다는 정도의 투정은 부려야 한다는 것을 모르고 있었다. 겉치레에 불과한 이런 일들이 어째서 필요한지 누가 가르쳐 준 적도 없었고, 그렇게 함으로써 얻어지는 여성성의 위상이 무엇을 의미하는 줄도 몰랐기 때문이다.

테라스(terrace) 문을 열고 들어서자 온갖 모양의 껍질을 벗겨 광을 낸 나무뿌리가 질서 있게 진열되어 있었고 그 사이사이에는 주변 산과 계곡에서 수렵된 사슴, 꿩, 청둥오리, 청설모 등의 박제가 방문자들을 노려보고 있는 듯이 보였다. 이어진 온실에는 소나무를 필두로 황피성 느릅나무 모과 소사 동백 등의 수십 종의 분재가 나란히 진열되어 있었다.

특히 눈길을 끄는 것은 살아 있는 거대한 후박나무가 유리 천장을 뚫고 올라가 미풍에도 넓은 잎사귀를 팔랑이고 있는 모습이 마치 한 편의 장엄한 드라마를 보는 것만 같았다. 그뿐만 아니라 외벽을 바위로 장식한 벽면에서는 물이 흐르고 있었고, 바위손과 방풍 나무가 긴 귀이끼와 비늘물이끼 사이에서 싱싱한 생명력을 간직한 채 번식에 필요한 영양분을 섭취하기 위해서 몸통을 드러낸 튼실한 뿌리를 바위틈 깊숙이 박아 두고 있었다. 주인은 모든 자연을 한자리에 모아놓고 싶은 이기적 충동을 억제하지 못하는 타입이 분명했다.

박달은 이런 보기 드문 풍경조차 눈에 들어오지 않았기 때문에 재빨리 계산을 끝내고 정수리에 두드러지게 큰 붉은 사마귀가 난 여자 종업원을 따라 2층 7호실로 들어갔다. 달기 역시 아무런 관심이 없는 양 박달의 뒤만 졸래졸래 따라붙고 있었다. 두 사람은 사랑싸움 끝에 서먹서먹한 관계를 일순간에 반전시키기 위하여 육체관계를 화해의 도구로 삼으려는 연인들처럼, 처음에는 서로 딴청을 부리다가 급작스럽게 호들갑을 떨며 어색함에서 벗어나려 했다.

그녀는 자기 방을 드나들 듯 조금도 망설임 없이 불쑥 들어서더니 별다른 장식 없는 카키색 침대보가 정갈하게 정돈된 침대에 벌러덩 누웠다. 그러고는 연신 수줍은 연인 노릇을 하며 박달을 보고 웃고, 베개에 머리를 처박고 웃고, 다시 박달을 보고 웃고, 이불을 거머쥐고 또 웃었다.

반면 박달은 혼비백산 중이다. 처음 이성과 호텔 방에 들어선 숫처녀처럼 초조와 긴장감 때문에 몸이 얼어붙어서 숨도 제대로 쉴 수 없었다. 게다가 엄습하는 까닭 모를 불안감을 이겨내기 위하여 창문을 열고 심호흡했다. 먼 산에서부터 몰려온 바람과 무슨 중요한 이야기라도 흘려보낼 듯이 입술을 달싹거렸다.

바람이 품고 온 온갖 산속 잔재물의 냄새가 두뇌를 이완시킨다. 돌아서서 그녀를 본다. 여전히 키득거리며 침대의 부속물들과 씨름하는 모습에서 천진난만한 소녀가 보인다. 원죄를 벗겨내고 문명까지 걷어낸 순결함이 태초로 거슬러 오르자 거대한 장벽으로만 여겨졌던 마음의 문이 서서히 열리기 시작했다. 그럼에도 양 검사의 불안해하던 얼굴이 떠오르자, 그녀가 순결의 가면 뒤에서 무슨 일을 저지를지 염려하지 않을 수 없었다. 양 검사는 마지못해 박달의 요구에 응하면서 비약적 오류라는 비난을 감수하며 잔소리를 늘어 놓았다.

"자네는 미친 여자와 내 이름을 걸고 모험하려는 거야. 비록 작고 여린 여자라 해도 사람을 둘씩이나, 그것도 건장한 남자와 관계를 맺으면서 살해한 살인마야. 얼굴에 홀려서리 괜히 허튼짓했다가는 큰일 나는 수가 있어."

"비약이 지나치십니다."

"이를테면 그렇다는 이야기지. 하여튼 조심하게."

"저 이래 봬도 태권도가 3단입니다. 홍 박사님 소견서를 보셔서 아시겠지만 이제 달기는 길고양이가 아닙니다. 그녀는 정상적인 여인과 다를 바가 없습니다. 이번만큼은 영감님의 명예에 절대로 누가 되지 않을 것입니다."

허나 양 검사의 노파심은 물러서지 않았다.

"이달기 말이야, 파편으로 남아 있던 기억이 방아쇠가 된다면 엉뚱한 일이 벌어질 수도 있다는 홍 박사의 경고가 자꾸 맘에 걸려."

"채연 씨의 목숨이 경각에 달려 있습니다. 얼마간의 모험은 필요합니다. 말씀드렸다시피 달기가 체포됐었을 당시 채연 씨 옷을 입고 있었던 점은 확실하게 밝혀졌잖습니까. 채연 씨는 달기에게 31번이라는 국도 번호를 통해 자신이 감금된 위치를 알려 주려고 했습니다. 그 길을 따라가다 보면 달기가 뭔가를 기억해 낼 것입니다. 게다가 두 여자 간에 어떤 밀약이 있었던 게 분명합니다."

"이번 일 잘못되면 자네는 물론이고 나도 옷을 벗어야 해."

"그동안 달기와 친분을 쌓을 만큼 쌓았습니다. 다른 사람은 몰라도 저에게는 마음의 문을 활짝 열어 놓았습니다. 홍 박사님도 저라면 믿고 맡겨볼 만하다고 하지 않았습니까?"

"그래도 마음이 안 놓여. 비밀 요원 한 사람 더 따라 붙일까?"

"달기가 눈치라도 챈다면 다 된 밥에 코 빠트리는 수가 있습니다."

"채연 양이 감금된 것으로 추정되는 장소를 발견하거든 혼자 힘으로 구해내겠다는 소영웅주의적 알량한 짓은 꿈도 꾸지 말고!"

밤이 깊어지고 있었지만, 남자와 여자는 여전히 말똥말똥한 눈으로 천정의 실링 팬(ceiling fan) 만을 바라보고 있었다.

달기가 입을 열었다.

"쉬 마려워."

"그럴 때 '화장실 가고 싶어요.'라고 말하는 거라고 했죠?"

"달기 화장실 가고 싶어요."

"훌륭해요."

그녀가 화장실로 들어가자마자 창가로 다가갔다. 습관적으로 담배를 물었다. 저 멀리 양구 시내 불빛이 아련하게 다가왔다. 계절을 잊은 매미 몇 마리가 짧은 시차를 두고 운다. 곤충의 울음소리는 듣는 사람의 기분에 따라 다르게 들리는 미묘함이 있다. 기분이 좋으면 기분이 좋게, 짜증이 나면 짜증스럽게, 우울하면 우울하게, 슬프면 슬프게 그런데 오늘은 처량하게 들린다. 왜 그럴까?

서서히 긴장이 풀려가면서 노곤함이 몰려온다.

잉크색 산타페가 모텔로 들어선다. 헤드라이트 불빛이 산장 너머 고구마밭에 멈춘다. 불빛에 놀란 고라니 한 마리가 수수밭 사이로 사라진다. 그 뒤를 따르던 또 다른 고라니는 잠시 뒤 돌아보더니 이내 몸을 숨긴다. 차에서 내린 여자는 남자 뒤에서 묶은 머리를 풀러 다듬더니 다시 맨다. 남자는 담배를 빼 물고 불을 붙인다. 남자가 활짝 웃으며 여자를 본다. 그리고 산장을 가리키며 무슨 말인가를 한다. 여자가 남자의 어깨를 툭 하고 친다. 남자는 담배를 비며 끄고 여자를 덥석 안는다. 여자가 도전적으로 남자의 입술을 탐한다. 박달은 피식 웃으며 속삭인다.

"급하기도 하지……."

화장실 물 내리는 소리도 들리지 않았는데 달기가 등 뒤에 서 있다. 그녀는 그림자 같은 존재다. 쉬이 사라졌다가 쉬이 나타나면서도 흔적이 없다.

그녀가 숙명처럼 손을 내밀었다. 그는 수갑을 힐끔 쳐다본 뒤 피식 웃었다. 그 모습이 얼마나 아름다웠으면, 얼마나 매력적이었으면 박달은 털썩 주저앉을 뻔했다. 그녀가 숨이 막히도록 탐이 나는 입술을 달싹였다. 저 입술에 키스하고 싶지 않은 남자가 있다면 남자도 아니라

이성과 본능

는 생각이 들었다. 그녀가 그 입술로 속삭이듯이 말했다.

"달기는 잠이 오질 않아요."

그리고는 박달의 허리를 껴안고 등짝에 얼굴을 파묻었다. 그러자 수갑을 채워야 할지 어떨지 망설여졌다. 그녀의 숨소리가 조금은 거칠어지더니 거침없이 속삭인다.

"달기 성교하고 싶어요."

그의 가슴이 철렁 내려앉았다. 머릿속을 배회하던 성욕이 후다닥 달아나 버린다. 서늘해진 기분이 쉽사리 사라지지 않았다. 그녀의 눈빛에 담긴 간절한 욕정이 슬프게 보이는 이유는 무엇인가? 박달은 이 애매모호한 상황의 신비함 속으로 폭주할 것만 같은 방임을 무력화할 그 무엇인가를 찾아 나서려는데 그녀가 마른침을 꿀꺽 삼키며 또다시 조른다.

"달기 정말로 하고 싶은데……."

아무리 바보라도 무시하는 말은 알아듣는다. 이럴 때 여자를 존중하는 언어란 일반적인 것이다. 그는 더듬거리는 음성으로 자신의 속내를 감추고 대꾸했다.

"나 나도 정말로 그러고 싶어요. 하지만 지 지금은 아니에요."

"박달은 왜 싫은데요?"

"나, 형사는 내일 달기 씨가 살았던 곳을 찾아야 해요. 양 차장검사님도 그 때문에 달기 씨를 내보낸 거구요. 그러니……."

그녀는 자신의 관심사만 애타게 속삭였다.

"달기 성교하고 싶다."

박달의 얼굴이 땀으로 범벅이 되어갔다. 그의 솟구치는 젊음이 다 그쳤다. 너는 인생을 낭비한 죄가 있으니 바로 오늘 밤이 될 것이다. 심판받을 것이다. 그의 도덕관은 처절한 응징이 전제된다는 것을 숨기지 않았다. 그는 그녀의 본능적 이끌림으로 노출된 눈길을 애써 피하며 애원조로 말했다.

"제발 달기 씨!"

그녀가 손뼉을 치며 소리쳤다. 그녀의 표정은 마치 수도자가 깨달은 순간을 맞이한 것처럼 경건하기까지 했다.

"알았어. 나는 박달이 왜 그러는지 알았다고."

그녀가 피식피식 웃는다. 슬그머니 무릎을 꿇고 앉더니 거의 들릴락말락 한 목소리로 엄부럭을 떤다.

"짝꾸 내려줘요?"

박달이 자지러질 듯이 놀라며 사타구니를 감싸 쥐고 소리쳤다.

"무 무슨 짓이야!"

"왜 화를 내죠?"

"화 화를 내는 게 아니고⋯⋯. 난 그런 거 할 기분이 아니라고요. 그러니 제발!"

"달기는 정말 하고 싶단 말이에요. 금방 오줌을 싸고 싶다고 했을 때처럼 그러라고 해요. 네?"

갑자기 그녀가 옷을 벗기 시작했다. 박달은 그녀가 한 꺼풀 한 꺼풀 벗어 던지는 모습을 보면서 매음굴이 떠올랐다. 마침내 실오라기 하나 걸치지 않고도 자연스럽다. 여자가 옷을 벗으면 부끄러움마저도 벗는다고 했는데 그런 모양이다. 부끄러움을 벗어버린 여체의 모습은 절대로 아름다울 수가 없다는 것을 그녀는 모른다. 그럼에도 건장한 남자의 본능은 시각의 공격에 무능해진다. 사타구니 물건이 슬그머니 눈치를 준다. 성교란 남자에게 목적이지만 여자에게는 수단이란 상식이 박살 난다. 그녀는 남자처럼 성교를 목적으로 생각하고 있지 않은가? 그러자 정신이 몸을 나무란다. 불꽃이 꺼지면서 목구멍에 남아 있던 불덩이를 토해낸다. 그녀가 누그러진 미소를 머금고 속삭였다.

"거 봐요."

그녀가 깔밋한 손끝으로 박달의 지퍼를 잡는다. 그리고 애원하며 소리쳤다. 그녀의 음성이 흥분으로 파르르 떨린다.

"달기가 해 줄게! 달기가 해 준다고……."

이는 누가 봐도 야수적 울부짖음이요, 필사적인 몸부림이 선연했다. 그가 엉덩이를 뒤로 빼며 뒷걸음을 쳤다. 그때부터 쫓고 쫓김이 시작되었다. 그녀는 발정 난 수탉이 암탉을 쫓아다니듯 박달을 쫓아다녔다. 침대에서 바닥으로 옷장이 있는 구석에서 현관으로……. 박달이 화장실로 들어가 문을 잠그고 식은땀을 흘린다. 여자가 문을 두드리며 장작불을 때고 있는 것처럼 아랫배가 설설 끓는다고, 목구멍에서 불덩어리가 근덕근덕 올라온다고, 머릿속에서 악마들이 다빡댄다고 애원하는 것만 같았다. 시간이 흐르고 여자의 애원이 절망이 되어 군드러진다.

뚜벅뚜벅 걸어가던 시곗바늘이 한시를 넘긴다. 긴 적막!

방안에서는 아무런 인기척도 들리지 않자, 화장실 안에서 졸고 있던 박달이 화들짝 놀라 일어났다. 빼꼼히 문을 열고 방안을 살핀다. 아무도 없다. 순간 정신이 아득해진 박달이 권총을 빼 들었다. 화장실에서 뛰쳐나온 그의 몸이 번개만큼이나 빠르게 방안을 살핀다. 그러고는 방문을 열고 계단을 따라 카운터로 내려간다. 꾸벅꾸벅 졸고 있는 여종업원에게 다그치듯 물었다.

"조금 전에 누구 나간 사람 없어요?"

종업원이 졸린 눈을 비비며 고개를 내 젓는다.

"그럼, 비상구는?"

종업원이 손가락을 위로 치켜들며 연신 하품한다. 개구리가 연잎에 올라앉듯 단숨에 이층으로 올라간다. 비상구는 안쪽에서 잠겨 있다.

"그렇다면 방안 창문으로……?"

방안으로 뛰어 들어갔다. 창문 고리를 확인하려는데 발에 뭔가가 걸린다. 그녀다. 옷을 갖춰 입은 그녀는 침대 아래서 잔뜩 웅크린 채 풀풀 자고 있다. 자신의 섣부른 판단이 가슴을 이리게 했다. 그녀의 이마 위에서 나부끼고 있는 머리카락 몇 가닥이 슬프다. 살포시 그녀를 안고 일어서려는데 그녀의 한쪽 팔이 침대 다리에 수갑으로 채워져 있다. 가슴이 뭉클했다.

"미안해. 정말 미안해!"

이성과 본능

그가 수갑을 풀려는데 그녀의 팔이 박달의 손을 잡는다.

"난 괜찮아요."

"침대에서 편히 자요."

그녀가 울먹이며 속삭인다.

"달기는 정말 하고 싶어서 그랬는데 형사님이 숨어 버렸잖아. 달기가 또 하고 싶으면 형사님이 화장실로 숨어 버릴 거니까, 그러니까……."

그녀의 수갑을 풀고 곁에 누웠다. 가슴 뭉클한 기분으로 허우적대고 있을 때 그녀가 뜬금없이 중얼거린다.

"체리 빠 가지마."

"달기 씨!"

누가 그녀의 기억회로가 망가졌다고 말했는가!

"미진 씨 나빠."

그녀의 시선이 누군가를 쏘아보는 듯 섬뜩하다.

"박달을 화나게 했잖아!"

자기가 기억하고 싶은 것은 기가 막히게 기억하고 있다. 그녀의 눈두덩이 보라색을 띠기 시작한다. 그녀의 나쁜 기억 파편이 방아쇠를 당기기 전 화제를 돌려야 한다.

"달기 씨와 단둘이 여길 가겠다고 하니까 양 검사가 막 화를 내는 거 있죠. 사고라도 치면 어쩌겠냐는 거예요. 그래서 그랬죠. 달기 씨는 이제 옛날의 그 달기 씨가 아니라 시골서 갓 상경한 순박하기 그지없는 뭐랄까……. 순둥이라고 그랬죠."

그의 말이 떨어지기 무섭게 그녀가 깔깔거리며 웃기 시작했다. 그러고는 가슴을 치며 소리쳤다.

"나 순둥이 아니에요. 달기란 말이야."

"그게 아니고……."

"정말 달기라니까."

순간 달기의 얼굴이 심하게 일그러지기 시작한다. 그녀의 입속에서 표독스러운 말투가 절로 흘러나온다.

"순둥이 똥 시러. 지 에미년을 닮모가지고……!"

박달이 기겁하며 물었다.

"시 시방 무슨 소리하는 겁니까?"

달기의 머릿속이 혼란스러워지기 시작한다. 순둥이! 기억의 저편에 꼭꼭 숨어 있던 한 조각이 떠오른다. 순둥이! 그녀의 손이 순둥이의 밥을 아귀처럼 퍼 넣는다. 검은 손 하나가 순둥이 밥에 똥을 비빈다. 그녀가 발버둥을 친다. 박달이 그녀의 조그만 몸뚱이를 부둥켜안는다. 그녀의 눈에는 눈물이 그렁그렁하다.

"잘못했쩌요."

그녀가 부들부들 떤다. 박달이 달기의 양 팔을 붙잡는다. 그녀는 신들린 사람처럼 타락한 영혼 속에서 그 무엇을 건져 올릴 듯 허공을 뒤진다. 박달이 답답한 듯이 자신에게 묻는다.

"뭐 뭐가 어떻게 된 거지?"

그녀가 박달을 밀친다.

"시러! 싯다고! 전니 가. 나쁜 새끼야! 전니 가란 말야!"

그녀가 입을 크게 벌리고 이를 드러낸다. 질식할 것만 같은 증오다.

"주거 버릴 꼬야! 얌순이랑 초랭이처럼 주거 버릴 꼬야! 이 나쁜 년 아!"

그녀의 머릿속에 나타나고 있는 영상.

거칠고 투박한 여자의 손! 머리털을 자르는 손! 한 움큼 두 움큼! 소금으로 범벅 한 밥을 퍼 넣는 계모의 손. 토악질. 토사물에 머리를 처박힌 얼굴. 핥아먹으라는 계모의 고함.

그녀가 머리털을 움켜쥐고 몸부림을 친다.

"지 에미년을 닮모가지고!"

"달기 씨, 정신 차려요!"

"전니 가. 이 나쁜 노마! 날 어쩔라고 그래?!"

그녀가 잠시 주춤한다. 이 틈을 놓치면 어떤 상황이 벌어질지 가늠 조차 할 수 없다. 박달이 서서히 그리고 부드럽게 말했다.

"진정 진정 진정……. 좋아요. 그렇게 가만히……."

그의 호소력 짙은 눈이 그녀의 풀어진 눈을 모은다. 그가 살며시 그녀 곁으로 다가가 얼굴을 살며시 감싸 쥐며 속삭였다.

"잘 생각해 봐요. 나는 박달이고 여긴 양구에 있는 모텔이에요."

그녀가 고개를 갸우뚱하다 말고 갑자기 고양이처럼 이를 드러내며 크르릉거린다. 그녀의 또 다른 영상 속에 수만 마리의 쥐와 벌레들. 모두가 뒤엉켜 한꺼번에 그녀를 향해 달려든다.

그 순간 박달의 손을 물어뜯는 이달기. 심한 통증과 함께 손등에서 핏물이 주르르 흐른다. 그녀의 양 볼을 눌러 간신히 입을 벌려 손을 뺀 뒤 권총을 빼 든다. 화가 머리끝까지 치민다.

"이런 미친 년을 믿고……!"

안전핀을 풀고 그녀의 이마에 총구를 들이댔다. 그녀가 까르르 웃는다.

"어서 쏴! 쏴 보라니까! 아니면 달기가 죽일 꼬야."

박달이 뒤로 물러선다. 그만큼 그녀가 다가간다. 반사적으로 그녀의 손목을 움켜쥔다. 그녀를 결박하고 수갑을 채워 화장실에 처박아 제정신이 돌아올 때까지 기다려야 한다고 그는 생각한다. 이건 필시 악몽이다. 그러니 어서 악몽에서 깨어나야 한다. 그런데 현실은 악몽도 아니었고 그녀를 제압할 수도 없었다. 그녀의 표정 속에 언뜻 나타났다 사라지는 슬픈 눈이 말한다. 나는 모든 것을 빼앗겼으며 내게 남은 건 허리 꺾인 풀잎처럼 영혼 없는 삭정이일 뿐이다. 삭정이 입에서 말이 흘러나온다.

"오 옵빠야. 그루지 마. 나 댈꼬 가서 그루지 마."

그녀가 무릎을 꿇고 두 손을 모으더니 손사래를 친다. 흐트러진 머리카락들이 얼굴 위에서 휘휘 감긴다. 박달이 그녀의 어깨를 찍어 누른다. 두 손으로 그녀의 얼굴을 감싸 쥐고 마구마구 흔들며 소리친다.

"달기 씨 정신 차려! 정신 차리라고! 나야. 나라구 박달!"

"아니야. 무대 옵빠야자나!"

박달이 여짓여짓 물러서며 소리쳐 되묻는다.

"무대 옵빠?"

그녀가 태연하게 대답한다.

"옵빠야, 미안해. 얼마나 보구 싶었는지 아라?"

그녀가 박달의 품에 안긴다. 그가 이때다 싶었는지 휴게소에서처럼 그녀의 등을 토닥여 주고 머리를 쓰다듬었다. 그는 과거 속 또 다른 달기가 사라지기를 희망하며 그녀가 보고 싶었다는 문대 오빠가 되려 했다.

"그래 달기야. 나도 네가 얼마나 보고 싶었는지 몰라. 그러니까 이렇게 가만히 있어 줄래?"

그녀는 어린양처럼 순해졌다. 그녀의 따사한 체온이 그의 몸으로 넘어왔다. 그녀의 몸은 말랑말랑했고 젖 냄새가 났다. 박달은 젖먹이를 안은 듯 조심스러웠다. 한순간의 광풍 뒤에 찾아온 평화는 그렇게 오래가지 않았다. 또다시 그녀가 박달을 밀치며 소리쳤다.

"전니 가. 이 나쁜 노마!"

좀 더 강한 폭풍우가 예상된다. 그녀의 표정이 심하게 일그러진다. 온몸에 열꽃이 핀 것처럼 송이버섯만 한 붉은 반점이 나타난다. 대부분이 흰자뿐인 눈을 하고 거품을 문다. 초승달 같은 검은 자가 좌우로 굴러다닌다. 성치 않은 이가 거품을 품은 채 솟구쳐 나올 듯하다. 손톱을 세우고 공격 자세를 취한다.

"문대 새끼! 시러 시러 시러 시러! 나쁜 놈 맷돌에 갈아 마실 꼬야!"

오기와 증오로 찌그러진 표정 밖으로 도드라진 혈관이 금방이라도 터질 듯 팽팽하다. 희디흰 눈동자가 선홍빛으로 물들더니 피눈물이 흐른다. 사람이 이렇게도 변할 수 있는 것이로구나 라고 혀를 내두르던 박달은 냉정함을 잃지 않으려 애를 썼다. 에너지가 남아 있는 한 광풍은 사라지지 않을 것이다. 박달은 그녀가 제풀에 꺾일 때까지 피하고 보는 것이 상책이라고 생각했다. 싸움을 말리면 더 커지듯이 때로는 무관심이 약이다. 그녀의 사정거리 밖으로 물러서자 자해가 시작되었다. 방바닥을 뒹굴더니 머리카락을 쥐어뜯었다. 뽑힌 머리카락들이 실링팬(ceiling fan) 바람에 실려 사방으로 흩어진다. 잠시 소강상태를 유지하는가 싶었는데 이번에는 가슴을 후벼 파며 여러 차례 발작을 일으켰다. 입에서는 거품이 피어났고 온몸이 석회석처럼 굳어져 간다. 혀를 깨물지 못하도록 볼을 눌러 입을 벌렸다. 기도가 확보되면서 굳어가던 관절이 부드러워지더니 거칠던 숨소리는 평온을 찾아가기 시작했다.

몇 분이나 지났을까. 그녀의 받은 숨소리가 코와 입에서 서서히 고르게 흐른다. 그녀의 절망에 찬 얼굴에 평화가 찾아온다. 신기하게도 천사가 영락하여 그 방에 내려앉은 듯 그녀의 얼굴은 초췌하나 빛이 흐르고 있었다. 터진 입술에서 흐른 피가 립스틱을 바른 듯 붉게 타올랐다. 땀으로 범벅이 되어 버린 연 자색 블라우스 위로 수줍게 올라온 젖가슴이 거의 벗겨진 채 신묘한 자태를 불러일으킨다. 천당과 지옥을 경험한 박달은 축축한 블라우스를 치켜올려 가슴을 가려주었다. 그녀는 쌔근쌔근 잠이 들었다.

그녀를 안아 침대에 눕히고 돌아서서 창가로 갔다. 그는 생각한다. 이성의 지배하에 자신의 성정(temperament)이 지시하고 오감이 관할하여 분별력이 작동한 가짜 나와, 이성 뒤에 숨어 있다가 달기처럼 어떤 동기로 인하여 불쑥 찾아와 한바탕 진실게임에 뛰어든 진짜 나. 창가에 비친 모습에서 후자를 발견한다. 이제부터 그녀를 침대 기둥에 수

이성과 본능

갑을 채워 둘 참이다. 날이 밝는 대로 서울로 이송하여 정신 병동에 가둬 버리고 이번 일에서 손을 떼야 한다고 진짜 나는 말한다. 그러자 가짜 내가 말한다. 비겁한 자는 누가 침을 뱉으면 '비가 온다.'그런다면서? 이만한 일로 너의 모든 양심은 백기를 들 것이다. 그리고 이렇게 말하겠지.

"젠장! 내가 할 수 있는 일은 이것 말고도 세상에 널려 있지."

그는 유리창을 등지고 그녀를 본다. 그리고 지금 자신이 다투고 있는 문제가 과연 그녀의 문제인가 아니면 자신의 문제인가라고 되묻는다. 그러고는 분별력을 상실한 착한 본능으로 그녀의 문제를 되짚는다.

"그렇게 보고 싶다던 사람을 맷돌에 갈아 죽일 만큼 싫다고 한, 애증이 극도로 엇갈리는 문대 옵빠란 자는 도대체 누구일까? 달기를 저 모양으로 만든 장본인이 분명해."

악마 곁에서 바늘을 찾으라는 양 검사의 말이 떠올랐다. 그 바늘이 문대 오빠란 사람이다. 문대 오빠!

꽤 시간이 흐르고 그녀가 잠에서 깨어났다. 무너져 버린 몸에서 생동하는 기운이 서서히 피어오른다. 핏기 가신 얼굴에 붉은빛이 감돌고 초점 잃은 눈동자 속에서 별이 반짝인다. 검푸른 입술은 담홍색 꽃잎이 되어 파르르 떨더니, 정말로 순둥이처럼 순한 모습으로 아무 일도 없었다는 듯이 박달을 힐끗 보고 물었다.

"왜 그러고 있어요. 박달 형사님?"

그녀가 아무 일도 없었다는 듯이 저처럼 천연덕스럽다는 것이 이상했다. 그녀는 정말로 자신의 또 다른 분신이 나타났다 사라진 것을 기억하고 있지 못하는 걸까? 그는 또 다른 그녀를 불러낼지도 모르는 방아쇠를 당기지 말아야겠다고 생각하면서도 수사상 결정적 단서가 될지도 모르는 문대 오빠라는 사람을 흘려보낼 수 없었다.

그녀의 얼굴에 화색이 돌고 맥박이 제자리로 돌아와 심신에 충분한 안정감이 들었다고 생각되었을 때 슬며시 입을 열었다.

"문대 오빠라는 사람이 누구죠?"

그녀가 생소한 이름을 들은 듯 갸우뚱한다.

"문대 오빠……?"

"분명히 문대 옵빠라고 했는데……."

달기 벌떡 일어난다. 정색을 하고 중얼거렸다.

"나쁜 놈이에요. 정말 나쁜 놈이에요. 옴마도 나빠요. 정말 나빠요."

그녀가 생각하고 싶지 않은 듯 싱등한 모습으로 눈을 감는다. 그러고는 주르르 눈물을 흘렸다. 방아쇠를 당길 기력조차 쇠진해진 탓인지 분노 대신 눈물이다.

이때 박달은 문재의 신상정보에서 보았던 이달기라는 이름이 떠올랐다. '그래, 이달기 눈에 익었다 했었는데 이런 바보! 이제야 생각나다니!'박달이 확신을 가지고 물었다.

"문대 옵빠라는 사람 혹시 문재를 말하는 거 아니에요?"

그녀가 문재라고 중얼거리며 입술을 깨문다. 피멍이 든다. 박달이 주먹을 불끈 쥐고 속삭인다.

"문재의 배 다르고 씨 다른 여동생 이달기!"

그는 아직도 피가 흐르고 있는 손을 감싸주고 구석 자리로 갔다.

그의 머리가 복잡하게 굴러가기 시작했다. 그 사이 달기는 잠이 들었는지 풀풀 거리는 소리가 규칙적으로 들린다. 내내 뒤척이던 그는 오만 가지 꿈속으로 빠져든다.

24-3

밤이 깊어질수록 모텔은 고고한 적막에 휩싸인다.

푸르스름한 불빛이 번져 보랏빛 음영을 드리운다. 그림자조차 잠이 들어버린 깊고 깊은 밤, 달기가 부스스 일어나자, 밤눈 밝은 귀뚜리가 더듬이를 접고 동정을 살핀다. 그녀는 사방을 차분히 둘러본 뒤 침대 다리를 들어 수갑을 뺀다. 작정했던 것처럼 자연스럽다. 박달을 한참 동안 물끄러미 바라다본다. 그의 눈 코 입을 차례로 더듬는다. 그녀의 입술이 달싹거린다. 그의 입술을 더듬는다. 체온을 전달하고 건강을 기원한다. 박달이 뒤척인다. 그의 주머니에서 열쇠를 찾아 한쪽 팔에 채워진 수갑을 푼다.

거울 앞에 앉아 머리를 빗기 시작했다. 박달이 선물한 립스틱을 바른다. 씨익 웃어 본다. 눈가의 상처를 살며시 앞머리로 가린다. 참 매력적인 얼굴이다. 그녀가 휴게소에서 염미진을 본 후 박달의 차에 올라탄 뒤 줄곧 짓고 있었던 무표정의 비밀이 얼마나 짜임새 있고 확고했는지 모텔을 나서면서 입가에 번진 웃음이 말해 주고 있었다. 그녀는 그때 비로소 탈출이라는 것을 생각하였고 결심하게 되었다. 그녀의 무표정은 지금까지의 모든 연극 중에서 가장 신선하고 세련된 것중의 하나였다. 박달은 이때부터 그녀에 대한 경계심이 물러지기 시작했고 마침내 그녀가 아무런 저항도 없이 모텔을 빠져나올 수 있는 계기를 만든 것이다.

이성과 본능

25. 지성으로 내려갈 수 없는 의미

25-1

박달이 무릎이라도 꿇을 듯이 어정쩡한 자세로 양 검사의 눈치를 살피고 있었다. 이 어색하고 질식할 것만 같은 시간은 왜 이리 더딘지 ……. 박달은 등골이 시리고 움켜쥔 손이 저리는 고통 속에서 폭풍 직전의 고요를 톡톡히 맛보고 있었다.

반면 양 검사는 견딜 수 없이 지루한 창밖 풍광에 시선을 내리꽂은 채 꼼짝도 하지 않고 내리 30분을 서 있다.

박달은 전제될 수조차 없었던 사건이 벌어지고, 어떻게 수습해야 할지 막막한 시간 속에서 바닥도 보이지 않는 심연으로 빨려 들어가고 있는 자신을 발견하고는 위기는 기회를 동반한다는 위안거리로 버티고 있었다. 깊은 사유 끝에 양 검사가 무에서 유를 창조하라는 선택할 수밖에 없는 명령을 박달에게 내린다.

"3일 내로 찾아내!"

폭발하기 직전의 분노를 삼키고 있는지 말을 꼭꼭 씹어서 내뱉고 있는 모습이 여느 때의 양 검사가 아니다.

"……"

양 검사의 절박한 절대 의지에 그는 미미하게나마 무언으로 반항의 흔적을 남겼다. 지금, 이 순간 이런 여유가 어떤 불벼락을 내려칠지 가늠조차 해보지 않고서 벼랑 끝에 선 사람이 더 이상 물러설 곳이 없자 마지막 자존심이나마 챙기려는 듯이 그랬다.

박달이 침묵으로 일관하자 양 검사의 입술이 심하게 일그러지더니 지금까지의 인내가 무색하게 벌떡 일어나 박달의 멱살을 움켜잡는다. 교양과 지성이라는 면에서는 절대로 남에게 뒤지지 않는다고 늘 주장하던 사람의 태도가 아니다. 그 너머에 있는 이런 야수적 성정이 인간의 본심이고 이것을 오늘 양 검사가 보여주고 있다. 그래서 그도 사람이다. 그렇다고 포장된 것들 안에 싸여 있는 폭압 따위에 주눅이 들 박달이 아니다. 그는 당당하지만 그렇다고 무례하지 않게 답했다. 당당할수록 믿음을 주기 때문이라는 통설에 희망을 품는다.

"면목 없습니다."

"누가 그딴 말 듣고 싶다고 했냐?!"

"최선을 다하겠습니다."

"최선이 아니라 그년을 찾아내란 말이다. 이 정신 나간 놈아!"

결국 양 검사가 정강이뼈를 걷어찼다. 그가 풀썩 주저앉자, 양 검사가 방안을 서너 바퀴 배회한다. 가뜩이나 없는 머리카락을 쥐어뜯다가 붉어진 얼굴로 소리쳐 말했다.

"무슨 수를 써서라도 찾아내. 그렇잖으면 너나 나나 끝이야. 알았으면 나가. 어서 나가서 찾지 않고 뭐해!"

역시 기다린 보람이 있다. 이 어색하고 질식해 죽어 버릴 것만 같은 순간을 벗어난다는 생각만으로도 가슴이 '뻥'하고 뚫리는 기분이다.

그가 다리를 절룩이며 문 쪽으로 몸을 돌리는 순간 뭔가가 옷깃을 스쳐 날아갔다. 유리 재떨이가 내력벽에서 산산이 부서졌다.

"3일이야. 잡아 오지 못하면 그 꼴이 될 줄 알아! 그렇게 신신 당부했건만……"

양 검사의 그 흔한 교양과 지성이 재떨이의 파편으로 남아 있었지만 박달의 입가에는 은밀한 미소가 흘러나왔다.

"오늘부터 모든 권한을 박탈할 테니 그런 줄 알아!"

그는 돌아서던 발걸음을 멈추고 곧 죽어도 할 말은 해야 한다는 심정으로 입을 열었다. 물론 양 검사의 분노에 기름을 붓지 않는 한도 내에서.

"백의종군하라시면 어떻게……?"

그리고 속으로 이렇게 말했다. '지금 당장 저를 감옥에 처넣고 공개 수사를 하십시오. 우리가 생각하고 있는 것보다 그 여잔 훨씬 영악합니다. 여러 명의 또 다른 그녀가 있습니다. 잔인한 살인범은 물론이고, 공포와 불안에 사로잡힌 가련한 소녀와 지식이 충만한 정신이상자 말입니다. 달기는 팜므 파탈(femme fatale)적인 여인입니다. 그 여인이 또 다른 죄를 짓지 않기를 간절히 바라기 때문에 하는 말입니다.'

그는 묵묵히 차장검사실을 나섰다. 자동차에 올라 무작정 거리로 나섰다. 자신의 막막한 심정을 알 턱이 없는 사람들은 저마다 비 온 뒤 전깃줄 위의 제비 떼들처럼 신나게 지지굴대고 있었다. 모든 이들의 행복한 얼굴이 더욱더 비참한 구렁텅이 속으로 몰아댔다.

휴대폰이 울렸다. 심 박사다.

"네, 박사님. 3일 안으로 무슨 수를 써서라도 찾아내랍니다."

"너무 상심하지 말게. 하늘이 무너져도 솟아날 구멍은 있다잖은가."

겨우 삼 일이란 말입니다. 이렇게 고함이라도 지르고 싶었다. 아무리 가까운 사람이라도 자기 일이 아니면 한가할 수밖에 없는가?

"막막합니다."

"자네라면 방법을 찾아낼 것으로 생각하네."

"언론이나 상부에서 알아보세요. 차장검사님의 목이 문제가 아니죠. 게다가 생각하기도 싫지만, 이달기가 사고라도 친다면……. 끔찍합니다."

"그러니까 내 말은 말일세……."

"이만 끊겠습니다. 말할 기운도 나지 않는걸요."

그는 일방적으로 전화를 끊고 체리 바로 핸들을 돌렸다.

이 참담한 삶이 순환의 법칙에 따라 아무 일도 없었다는 듯이 순조롭게 돌아가고 있는 현상의 불변에 대하여 박달은 허탈과 함께 외로움을 느끼고 있었다. 그는 그 법칙에 따라 오늘을 보내면 그만이라는 생각으로 그저 먹먹하기만 한 현실을 놓아 버리기로 작심했다. '고민해서 해결될 일이라면 고민을 해. 아니면 놓아버려. 금방 끝장날 것 같은 세상도 어떻게든 굴러가거든. 지금까지 그래왔듯이 말이야. 대낮부터 술이나 주야장천(in succession) 퍼마셔야겠다.' 그는 피식 웃었다.

25-2

체리 바

너무 이른 시간이어선지 문이 잠겨 있었다.

박달은 계단에 주저앉는다. 건장하던 몸은 206개의 뼈가 차곡차곡 쌓인 듯 작은 무덤처럼 보였다. 미진이의 휴대폰 단축 번호를 누르려는데, 여전히 섹시하고 여전히 매혹적인 그녀가 웃음 띤 얼굴로 나타났다. 무덤덤한 표정으로 손을 내밀었다. 이 와중에도 질투라는 감정이 '우리 사인 앞으로는 이렇게 형식적인 관계를 유지하지 않으면 안 돼.' 라고 강요했기 때문이다. 오늘따라 퍽 야위어 보이는 박달의 손을 물끄러미 바라보다가 그녀가 말했다.

"세상 고민 혼자 다 짊어진 사람처럼 벌건 대낮부터 인상을 쓰면서 진실을 배신한 손을 내밀고 있는 모습 낯설어요."

그가 멋쩍게 웃어 보였다. 그러자 그녀가

"어젯밤 운석이 떨어지더니 하늘이 무너지려나? 천주(pillar support haven) 하나 튼실한 놈으로 세워 놓을 테니 어서 키스나 해줘욧!"

그러고는 얼굴을 쑤욱 내민다. 박달이 그녀의 입술에 손가락을 대며 지나가는 말투로 말한다.

"그날 그 남자! 차 좋던데……. 과부 땡빚이라도 내서 외제 차 한 대 사야겠어."

"나를 드라이브 시켜주는 것이 소원이란 사람이에요. 그 그런 달 씨는 뭐?"

"가야겠다."

"왜 그래요?"

"결국 변명을 듣고 말았잖아. 게다가 똥 묻은 개가 겨 묻은 개한테 시비를 걸었으니, 염치도 없고."

"달 씨 삐져 있을 때가 난 제일 귀엽더라."

그녀가 술잔과 술병을 들고 박달 앞에 앉았다. 술을 따르는 모습이 예전과는 다르다고 생각했다. 사람은 편견의 동물이다. 그가 술을 따라 입안으로 털어 넣으려 하자 그녀가 술잔을 빼앗더니 일어선다.

"어디가?"

"속 버려요. 안주라도 만들어 내 올게요."

"이까짓 속 좀 버리면 어때서?! 될 대로 되라지 뭐."

"그날 그 남자 때문에 정말 삐졌나 보네. 기분 좋은데요?"

"그 외제 차라고. 우리 이 자리에서 열정적인 대낮 정사를 해버릴까?"

박달이 정말 그럴 것처럼 미진의 양 팔을 움켜잡았다.

"피- 달기 씨는 어쩌시고요? 보기와 다르게 속궁합은 영 아닌 모양이죠?"

"……."

"그런데 그 여자 어쩌면 그렇게 차갑게 굴어요? 내민 손이 어찌나 부끄럽던지. 여간 강짜 있는 아가씨가 아니더군요. 달 씨 공주님은."

"……."

"어머? 두 사람 싸웠어요? 헤어졌어요? 달 씨 보기 싯대요?"

그가 달기처럼 말했다.

"섹스하고 싶다. 지금 당장!"

"그럴까요? 스릴 있게……."

그녀를 안아 바텐 위에 눕혔다. 그녀는 저항 없이 키스 세례를 받아들이면서도 하고 싶은 말들을 무사히 마쳤다.

"어디서 많이 본 듯한 얼굴이던데. 내내 그 생각을 했거든요."

달기가 성교하자고 했을 때 그가 느꼈던 역겨움을 왜 미진이에게선 느끼지 못하는 것인가? 그는 명문대를 졸업하고 그럴듯한 외양과 교양은 물론 지성인으로서 고도로 발달한 문명을 향유하며 적어도 해야 할 일과 하지 말아야 할 일들에 대한 명확한 판단 아래 행동하고 그 결과에 책임을 지는 사람이기 때문이라면, 달기는? 미진이만 같았어도, 그랬다면 달기를 놓치는 일은 벌어지지 않았을 것이라는 자책한다. 그녀를 털고 일어나 술잔을 비웠다. 목구멍이 타는 듯했다. 그날 일들을 복기해 대는 자학의 구렁텅이 속은 깊고도 험했다. 이 속에서 그를 구제해 줄 사람은 미진이가 아닌 바로 박달 자신이라는 생각으로 전환된 것은 그녀의 뼈 있는 한마디 때문이었다.

"무슨 일이 있어서 그러는지는 몰라도 달 씨답지 않군요, 오늘. 이런 걸 두고 어디서 뺨 맞고 체리 바 미진이한테 화풀이한다고 해야 하나요? 큭."

그는 또다시 술잔을 비웠다. 그러자 이완된 정신이 불러낸 것은 문

재와 염미진이 얽힌 온라인 깡통 판매 사건이었다. 그는 생색이랍시고 말한다는 것이

"미진일 수사 기록에서 빼느라고 육봉이 형사를 얼마나 구워삶았는지 알아?"

"미안해요. 그런데 식스나인 그 사람이 채연 씨 신용카드로 기마이 팍팍 쓰고 다녔다는 게 사실이에요?"

미진의 말이 끝나기가 무섭게 박달이 화들짝 놀라며 소리쳤다.

"식스나인 문제……. 그래, 내가 왜 그 생각을 못 했지?"

그가 벌떡 일어났다.

"벌써 가시게……?"

"급한 일을 깜빡했지 뭐야. 내 얼굴 어때? 술 먹은 티 안 나지?"

"고작 두 잔쨀 걸요."

"역시 미진일 만나야 머리가 팍팍 돌아간단 말이야. 고마워."

그는 여자가 자지러질 만큼 진하게 키스(kiss)를 퍼붓고 일어섰다.

26. 현재의 십자가에 투영된 장미

26-1

전라도 정읍시 감곡면 용곽리 조그만 시골 마을 이장 집

하얀 서리가 내린 장독 뒤에서 능구렁이 한 마리가 쥐를 삼키며 슬 그머니 담을 넘는다. 능구렁이가 지나간 자리에는 누군가 나무 막대 로 장난삼아 선을 그은 듯 선명했다. 능구렁이 아가리 속으로 사라지 고 있는 쥐는 아직도 세상 밖에서 파르르 떨고 있는 꼬리를 통해서 마 지막 존재감을 나타내고 있을 뿐 구렁이의 피가 되고 살이 되는 과정 에 동참하게 될 운명에 대해서는 무감해 보였다. 존재의 전이가 보편 화된 자연계에서 벌어지고 있는 이런 순환계가 어떤 부작용에 의해서 문제가 발생할 여지는 없어 보였다. 왜냐하면 자연의 생존 법칙에는 부작용의 원인이 될 도덕률과 이에 합당한 규정을 지을 선과 악이 없 기 때문이다. 살기 위해서 잡아먹는 것도 선이고, 잡혀 죽는 것 또한 선이다. 악이란 인간 세상에나 있는 것이다. 인간이 만든 것, 즉 인간 의 조건을 어기면 악이 되는 조건들은 왜 생겨났는가? 자연을 빗대어 보면 너무나 자명하게 드러난다. 자연은 늘 겸손하고 필요한 만큼 취 한다. 그러나 인간의 욕심은 다르다. 물론 욕심이 없으면 진화도 발전 도 없다. 문제는 인간의 지나친 욕심이 악을 전제로 이루었다는 것이 다. 욕심껏 짊어지고 올라온 것들로 그득한 인간 삶의 정상에는 언제

나 만원이다. 고로 악도 만연한 것이다.

능구렁이가 쥐란 놈을 소화하며 늘어지게 잠을 자고 있을 때 서울 구치소 취조실에서는 박달이 꼬롬한 눈으로 문재를 바라다보더니 담배 한 개비를 뽑아 권한다.

"피워요."

문재가 능구렁이 눈치 살피는 쥐란 놈처럼 잔뜩 겁먹는 눈으로 박달을 힐끔거리다가 파리한 손가락으로 받아 입에 문다. 박달은 그 어느 때보다도 집요하고 예리한 눈빛으로 문재를 바라보았다. 마치 생사의 갈림길에 서 있는 쥐새끼 이문재와 절제절명의 능구렁이 박달의 한 판 승부를 보고 있는 듯했다. 야전에서는 쥐새끼가 능구렁이에게 잡아먹혔으나, 인간 세상 쥐새끼 이문재는 결코 호락호락하지 않았다. 박달은 치고 빠질 여유도 없이 선방을 날려 기선을 제압하기로 하고 물었다.

"당신 배 다르고 씨 다른 여동생 이달기!"

박달이 문재의 표정에서 어떤 단서를 발견이라도 한 것처럼

"살아 있소."

단지 그렇게 말했을 따름인데 문재의 얼굴이 석고처럼 굳어가는 모습을 놓칠 일이 없다.

"어찌 됐든 내 관심은 당신이 이달기에게 무슨 일을 저질렀느냐가 아니고!"

문재의 무표정 속에 감춰져 있는 지독한 떨림이 보인다.

"그 불쌍한 아이를 당신이 유기했던 장소를 알고 싶은 거요."

"……"

놈의 입술이 바들바들 떨리면서 피우던 담배가 무릎 위로 떨어졌지만, 미동도 하지 않았다. 그가 서류철을 들어 탁자를 내리치며 소리친다.

"어디냐니까?"

"……"

"비록 공소시효가 지났다고는 하지만 유기 및 감금죄가 도덕적으로 얼마나 비난을 받을 범죄인가를 알고 있을 텐데……"

내내 침묵을 지키고 있던 녀석이 모깃소리만 한 음성으로 주절거린다.

"나 나 나 나 난 아 아니오. 내 내가 한 거 것이 아니란 마 말이오. 고 공소 시 시효가 지 지난 걸 가지고……"

박달이 놈의 면상에 마시던 커피를 뿌렸다. 그러고는 수건을 던져주며 속삭이듯이 말했다.

"이 커피 방금 뽑아 왔으면 당신 얼굴 어찌 됐을까?"

"……"

"아직도 무슨 뜻인지 못 알아들은 모양인데, 당신 어머니 옛날 살던 경기도 광주 집으로 돌아왔다고 했지?"

"……"

"건장한 청년 몇 명을 단숨에 살해한 살쾡이 여자라는 사실 또한 신문 방송을 통해서 잘 알고 있겠지?"

문재가 관심 없다는 듯이 딴전을 피운다. 박달 의자를 바싹 끌어당

겨 문재 눈앞까지 얼굴을 들이밀고 속삭이듯이

"이달기가 병원을 탈출 했어."

"……."

"이렇게 둔감해서야……! 아님 내가 거짓말이라도 하는 줄 아나?"

"……."

"알 만한 사람은 다 알고 있어. 그 때문에 검찰 내부가 발칵 뒤집혀 있지."

그가 바들거리는 손을 뻗어 물컵을 잡는다. 그러면서도 여전히 침묵으로 일관했다.

"이달기가 그러더군. 문재 새끼 맷돌에 갈아 죽여 버리겠다고. 당신 어머니도 함께……. 이래도 내 말뜻 못 알아듣겠어? 한심한 작자야!"

문재 자신도 모르게 흘러나오는 신음. 가슴에서 불이 붙고 있는 모양이다. 거기에 기름을 부어버린다.

"이달기 탈출, 내가 방조했거든. 당신이 이달기에게 무슨 죄를 저질렀는지 아무도 모르는 것처럼, 내 방조가 그녀의 한을 풀어주는 데 일조를 하겠지. 그 또한 아무도 모르게 말이야."

문재의 입술이 바싹바싹 타들어 가는지 연신 침을 바르며

"어 어 어어 어머니 아아 안 돼요. 어 어 어머닌 모 모 몸도 불편 하 하세요."

"그건 이달기가 알아서 할 일이지."

"……."

박달이 취조실을 박차듯이 열고 나가더니 자판기에서 뜨거운 커피 (coffee) 한 잔을 뽑아 손에 들고 놈과 마주 앉는다.

"지금부터 셋을 세겠어. 하나, 둘……."

놈이 고개를 깊숙이 숙이고 몸을 웅크리며 기어들어 가는 소리로

"어어어 어머니 시 시 신변 보호 요청을 해주겠다고."

"약속하지."

"야 야 야 양구를 지나 과 광치 터널이라고……."

"나도 거기까지는 잘 알고 있소."

문재는 급한 마음에 손가락에 침을 발라 책상 위에 지도를 그리기 시작했다. 박달이 펜과 종이를 내밀었다. 그의 정신이 10여 년 전으로 돌아갔는지 이마에 식은땀이 송골송골 맺히기 시작했다.

"개 개 개미리라는 것은 화 확실히 기 기억하겠는데, 거 거기서부터 는 생각이 나 나질 않습니다. 저 저를 그쪽으로 데려가 주신다면 호 혹시……."

"현재 내 입장으론 그건 불가능한 일이요. 그러니 잘 생각해 봐요."

그는 이마를 쥐어짜며 끙끙거렸지만, 결과는 마찬가지였다.

"그때 누가 운전을 했소."

"최 최 최추우 추운 사암이요."

"그럼, 최춘삼이 훤히 알고 있겠군요. 그 사람 지금 어디 있소?"

"해 해 행방 부 불명 된 지 오래됐어요."

"젠장!"

"나 낡은 기 기도원 건물이 여 여 여였던 것 가 같았어요."

"시방 기도원 건물이라고 했소?"

26-2

박달의 자동차는 규정 속도 90을 넘나들며 가을빛으로 짙게 물든 완만한 산과 축구장만 한 분지 몇 개를 지나 20년생 잣나무가 길게 줄을 선 초등학교 앞을 지나고 있었다. 조수석에는 심 동일 박사가 양손을 주물럭대며 마른침을 삼킨다. 잠시 후 신체의 방위 반응으로 일어나는 건성 해소가 괴롭히는지 연신 헛기침을 해댄다. 반쯤 열린 차창을 통해 서늘한 바람이 들어오고 있었지만 구슬땀을 흘린다. 땀은 목덜미를 타고 속옷을 적셨다. 소름이 돋고 한기가 덮친다. 심 박사의 이런 신체 변화에 둔감한 박달 역시 입술을 닫아걸고 표지판과 낯선 길이 일치하고 있는지에만 집중하고 있다. 어느덧 해가 지고 산그림자마저 사라진다. 해 넘어간 자리에 붉은 기운이 감돌자, 마음이 조급해진다. 광치 자연 휴양림을 지나 터널을 만난다. 최춘삼의 삼촌이 언급한 개미리다.

"좀 더 달리겠습니다."

어둠이 완연해지기 전에 민가를 찾아야 한다. 어디선가 개 짖는 소리가 열린 창으로 아스라이 들린다.

"멀잖은 곳에 민가가 있는 것 같습니다."

심 박사가 연신 차창 밖에서 뭔가를 찾고 있는 것이 있기라도 한 사람처럼 요리조리 살피더니 입을 열었다.

"아 아무래도 이 이건 아닌 것 같네."

"전 지금 민간인 신분이나 다름없습니다. 게다가 이문재의 말을 100% 확신할 수 있어야 말이죠. 그러다 허탕을 친다면 제 다리는 양 검사님 구둣발에 정강이뼈가 남아나지 않을 것입니다. 일단 현장을 답사해 본 다음 경찰을 불러도 늦지 않습니다."

"그 아가씨가 채연이와 함께 있었다면……."

"저도 그런 희망을 버리지 않고 있습니다. 쫓기는 상황에서는 아무리 악몽 같은 곳이라도 회귀본능이 발동하게 되어 있으니까요. 설령 이달기가 없다고 해도 채연 씨가 있지 않습니까. 이문재 삼촌 말대로라면 여기 어디쯤 샛길이 있을 텐데……."

그는 문재가 희미한 기억을 더듬어 어설프게 그려준 지도를 펴놓고 차창 밖을 살폈다. 그의 10여 년이 지난 기억 속의 지도는 형편없었다. 그들은 왔던 길을 수 차례 반복해서 돌아다녔지만, 그의 말과 일치하는 샛길은 없었다.

"소금을 뿌린 것처럼 뿌연 메밀밭만이 또렷하게 기억에 남는다고 했습니다."

"무슨 기도원 건물이라고 하지 않았나? 당시 사료를 찾아봤지. 그 기도원 여자 원장이 병을 치유한다는 명목으로 환자들을 감금하고 폭행치사 등 사회적으로 크게 물의를 일으켰던 곳이라고 하더군."

"그처럼 명성을 얻은 곳이라면 동네 사람들……, 모르긴 몰라도 손금 보듯 훤할 겁니다."

박달의 말대로 사람들은 기도원 건물에 대하여 상세히 알고 있었다. 게다가 몇 년 전에 그곳에 들어갔다가 귀신 소리를 듣고는 황급히 도망쳐 왔다는 농부의 생생한 증언으로 내부 구조까지 알아낼 수 있었다.

20촉 흐릿한 전구 아래서 콩을 까고 있던 늙은 농부는 걱정스러운 눈빛으로 자기 생각을 보태가며 말했다.

"사람들 숱해 죽어 나간 곳이드래여. 밤낮 없이 거서 죽어 나간 귀신 소리가 들리는 바램에 우리 내는 수년째 얼씬 안 해요. 무슨 일인지는 몰래도 훤한 날 갱찰하고 같이 가드래여."

솜에 든 물처럼 금방이라도 빗방울을 쏟아낼 것만 같은 먹구름이 정수리 위에서 머뭇거린다. 국도변에 차를 세워 두고 농부가 일러준 대로 수로를 낀 농로를 30여 분을 걸어 들어갔다. 농수로 물막이 벽을 건너서자, 산등성이를 머리에 바싹 인 기도원 건물이 서서히 그 모습을 드러내기 시작했다. 건물은 음산하면서도 삭막하고, 우울하면서도 불안한 눈빛으로 해 질 무렵의 수상한 불청객을 애써 외면하고 있었다.

기도원 밖 줄지어 늘어 서 있던 늙은 포플러 나무는 거친 바람을 온몸으로 이겨낸 흔적을 여기저기 드러낸 채 하늘 높이 치솟아 있다. 가로누운 포플러 고목에서 새 생명이 솟아나 제법 튼실한 몸통을 하고 있었음에도 왠지 불안해 보였다. 미풍에도 곤두박질치고 있는 죽은 나비 같은 이파리들 때문이다. 거기다 빼빼 마른 가지에 둥지를 튼 까치집이 지금 막 휘몰아치기 시작한 바람에 부러지거나 산산이 흩어져 날아가 버릴 것처럼 위태로워 보여 불안감 조성에 한몫하고 있다. 건물은 낡고 금방이라도 무너져 내릴 것처럼 보이긴 해도 생각했던 것보다 고풍스럽다. 마치 유럽의 오래된 수도원 같다는 생각도 언뜻 들었다. 붉은 벽돌을 대부분 뒤덮은 담쟁이는 녹즙이 빠져가고 있으면서도 아직 점령하지 못한 곳을 향하여 여린 줄기를 사방으로 뻗쳐내고 있었다. 녹이 슨 철문과 무너지기 직전의 뼈대뿐인 망루가 어둠에 눌려 내려앉아 보인다. 심 박사가 가슴에 손을 얹고 가는 떨림을 진정시키며 속삭였다.

"정말로 채연이가……."

"이달기 말로는 나쁜 놈들이 다수 있다고 했어요. 채연 씨가 감금되어 있다면 연쇄 납치 살인범들이 틀림없습니다. 날이 완전히 어두워질 때까지 기다렸다가 옥수수밭으로 숨어 들어가야겠어요."

건물 정문에서 조금 떨어져 있는 옥수수밭은 게으른 농부의 손끝을 기다리는 쉰 옥수수들이 지천이다. 간간이 깜부깃병에 시달리고 설치류에 뜯긴 검은 가루가 바람에 실려 날기도 했다. 산천은 어느새 어둠에 갇혀 제 모습을 감추기 바빴다. 옥수수밭으로 스며든 두 사람은 삭정이들 사이로 빠끔히 얼굴을 내밀고 상상력을 동원했다. 이미 머릿속 설계도를 실제 상황에서 어떻게 적용해 무리 없이 삭선을 성공시킬

지 분주하면서도 면밀하게 살펴보기로 했다. 심 박사가 두 손을 파르르 떨며 눈에 넣고 머리에 이고 가슴에 품은 딸이 금방이라도 나타날 듯이 말했다.

"오, 채연아! 살아만 있어 다오. 애비가 왔다."

"오다가 기도원에서 빠져나온 하수관이 넓게 젖어 있는 걸 확인했습니다. 적어도 서너 명 이상이 살고 있다는 증겁니다."

박달이 현실을 끌어들임으로써 심 박사의 오열은 타다 남은 재가 되어 버렸다.

"그 그렇지?"

박달은 적외선 망원경을 들어 사방을 살피기 시작했다.

"비록 낡고 무너질 것처럼 보이지만 한편으로는 육중한 철문과 붉은 벽돌로 쌓아 올린 벽 하며 망루. 철옹성이 따로 없군요. 기도원을 중세 감옥처럼 만들어 놓은 이유가 뭘까요?"

"말이 기도원이지 정신 병원 수용소라고 보는 것이 옳을 걸세. 겨 경찰을 부르세."

"지금 기도원 내부 상황을 모르는데 대치 상황이라도 벌어지면 채연 씨 생명을 보장할 수 없습니다."

"내 딸 살리겠다고 희대의 살인마들을 도망치게 할 순 없잖은가."

"채연 씨를 안전하게 구출할 수만 있다면 상관없습니다."

"애초부터 경찰을 부를 생각이 아니었군."

"……."

박달이 들고 온 가방에서 휘발유 통을 끄집어냈다.

"옥수수밭에 불을 질러야겠어요. 놈들이 뛰쳐나오면 침투하겠습니다. 우선 건물 주변을 살펴보고 오겠습니다."

그에게 건물 침투쯤은 식은 죽 먹기였다. 공수부대 시절 수없이 반복한 침투훈련으로 숙달된 몸이 아닌가? 낮은 포복으로 옥수수밭을 기어 나와 은폐와 엄폐를 거듭하며 건물벽에 바싹 달라붙었다. 그러고는 여우가 굴 밖을 살피듯 조심스럽게 사방에 눈도장을 찍어 두었다.

늙은 고양이처럼 느리지만 영민하게 살짝 벌어진 철문 안으로 고개를 들이밀었다. 건물 깊숙이 희미한 불빛이 그의 망막을 더듬는다. 현관문 입구 창을 통해 두 명의 그림자가 설핏설핏 나타났다 사라진다. 대문을 빼고는 비상구도 없다. 가능한 한 가장 빠른 시간에 채연일 탈출시켜야 한다.

권총을 움켜쥔 손에 잔뜩 힘이 들어간다. 철문에서 얼굴을 빼고 건물의 모서리를 도는데 갑자기 쥐새끼 한 마리가 스쳐 지나가며 간담을 서늘케 했다. 부서진 의자와 벽돌과 거푸집 등이 세월의 풍화에 찢겨 이리저리 나뒹굴어 있다.

달빛마저 시원찮아 기도원 선불은 간신히 형태만 보였다. 휴대폰 불빛으로 심 박사의 의중을 살폈다.

"지금이라도 늦지 않았어. 경찰 특공대를 부르세. 난 간이 떨려서 ……."

"저를 믿어 보시라니까요."

"이 이건 게임이 아니야!"

박달의 허리춤을 잡은 심 박사의 손이 심하게 떨고 있다. 이때 멀리서 차량 헤드라이트 불빛이 위아래로 그래프(graph)를 그리며 다가오고 있었다. 이내 옥수수밭이랑 사이를 파고들어 기도원 정문에 불빛을 드리웠다.

"이 밤에 자동차라니……."

"나머지 일행들일 겁니다. 생각 밖으로 많은데요. 그렇다면……."

박달이 전의에 불타오르는 전사처럼 두 눈에 힘을 준다. 젊음이 폭발할 것만 같은 박달의 자신감에도 불구하고, 심 박사는 두 눈을 질끈 감아 버렸다. 짧지만 날카로운 경적이 세 번 울린다. 곧바로 육중한 철문 열리는 소리가 교교한 가을밤의 적막을 깬다. 두 놈이 어슬렁어슬렁 기어 나온다. 놈들의 랑데부(rendezvous)는 기특하게도 서두르는 기색이 없었다.

"박사님은 여기 남으셔서 저의 휴대폰 메시지를 받는 즉시 불을 질러 주세요."

"아 알았네."

좀 전의 차량에서 내린 사내가 트렁크를 연다. 재갈이 물려 있는 중년 부인을 힘들여 끌어냈다. 무릎을 꿇은 중년 부인이 하늘에 기도하듯 두 손을 모아 놈들을 일일이 올려다보며 애원한다. 전기 충격기로 위협을 가하며 중년 부인의 행동을 제한한다. 약간의 실랑이가 벌어지고 있는 틈을 타서 박달이 기도원 안으로 침투한다. 철문은 어둠과 함께 박달을 삼키고도 태연하다. 심 박사가 이마에 흐르는 땀을 닦았다.

26-3

건물 안

가스 불이 훤하게 밝혀진 사무실은 박달에게 텅 빈 공허함을 달래려는 듯 넓은 가슴을 내준다. 산만하게 흩어진 집기들 사이사이 유명 회사 과자 봉지 하며, 마시다 남은 양주병, 그리고 이런저런 깡들이 찌꺼기를 토해 내거나 일그러진 채 나뒹굴고 있다. 농부에게서 주워들은 정보를 바탕으로 안쪽으로 통하는 문을 찾는다. 긴 복도. 늘어선 방들. 여기 어딘가에 채연이 감금되어 있을지도 모른다. 방마다 시찰구를 연다. 세 번째 방에서 여린 불빛이 흘러나온다.

"채연 씨!"

귀에 익은 너무나도 귀에 익은 목소리에 놀란 채연이 뒤집어쓰고 있던 담요를 팽개치고 문가로 다가온다. 빗장이 열리고 그토록 사랑했던 연인의 품에 안긴 두 사람.

"채연 씨!"

"달 씨……! 어 어떻게 된 일이에요?"

"그 이야긴 차차 하기로 하고 서둘러 이곳을 빠져나가자."

그가 심 박사에게 메시지를 보낸다.

"건물 밖 옥수수밭에 채연이 아버지가 게서. 불 시르실 거야. 그때 빠져나가자고."

"아 아버지가 불을요?"

옥수수밭에서 불길이 솟구치기를 기다리는 시간이 억겁이나 흐른 듯하다.

"박사님이 서둘러 주셔야……."

말이 떨어지기 무섭게 옥수수밭에서 불길이 솟구쳐 올라왔다. 불길은 말라가는 옥수숫대를 거침없이 먹어 치웠다. 사내들 목소리가 떠들썩하게 들렸다.

박달의 정수리에 느껴지는 살의, 등골이 오싹했다. 돌아서려는 찰나 뭔가가 공기를 가르며 날아온다. 그녀를 밀쳐내며 거미처럼 문에 바싹 몸을 붙였다. 박달을 향하여 날아오던 도끼가 재주를 넘어 철문을 뚫고 굉음을 지르더니 불꽃이 튀었다. 날 선 도끼에서 악마의 이빨을 보았다. 도살자가 목구멍을 찢으며 소리쳐 말했다.

"이건 또 웬 쥐새끼야?!"

박달이 비단 자락을 깔아 놓은 듯 부드럽게 되받았다.

"이렇게 잘생긴 쥐새끼 봤냐?"

박달의 여유로움이 놈을 질식하게 했는지 침묵.

"……."

놈이 전공을 세울 절호의 기회라도 만난 듯이 포악을 떨며 무작정 돌진했다. 권총을 빼든 박달이 소리쳐 말했다.

"나 성질 무지 급하거든! 지랄 떨지 말고 그 자리에 서라."

박달이 놈의 정수리를 내리쳐 쓰러트린 후 권총을 채연에게 건넨다. 채연이 놈을 향하여 총구를 겨누기는 하지만 과연 제구실을 할 지 의

문스러울 정도로 떨고 있었다.

"패거리들이 오기 전에 수갑을 채워서 방에 가둬야겠어."

박달이 채연을 향해 고개를 돌린 순간에 도살자의 반격으로 박달의 얼굴에 혹이 생긴다. 예기치 않았던 공격 탓이었던지 박달은 콧대라도 부러진 듯 멍한 눈에서 진한 눈물을 뿌리며 넘어진다. 그의 인중을 타고 흘러내린 코피가 바닥에 떨어지더니 먼지를 뒤집어쓰고 사라진다. 잠시 인식 불능에 빠진다. 놈이 채연을 향해 다가갔다. 놈을 향한 채연의 총구가 심하게 경련을 일으킨다. 박달이 머리를 흔들며 비틀비틀 일어난다. 그리고 이루어질 수 없는 명령에 목을 맨다.

"방아쇠를 당겨!"

놈의 이글거리는 눈빛에서 쏟아내는 악마들이 채연을 삼킬 듯했다.

"어디 한번 쏴 보시지 채연 씨!"

그러고는 철문에 박힌 손도끼를 빼내며 채연을 향하여 욕설을 퍼부었다.

"도끼로 대갈통을 쪼솨 버려 말어. 그 총 버려 갈보 년아!"

놈의 도끼가 크게 원을 그린다. 채연의 권총이 바닥을 굴러 먼지 속에서 코를 처박는다. 박달의 삼전 서기 자세가 이어진다. 놈이 가소롭다는 듯이 피식 웃는다. 놈의 거대한 오른발이 펄펄 살아 날아든다. 박달의 몸이 활대처럼 휘어짐과 동시에 벽을 차고 뛰어올라 놈의 인중을 제대로 가격했다. 놈의 콧대와 입술이 찢어지며 피가 솟구쳤다. 연이은 무릎 관절 차기에 놈이 고목처럼 폴썩 쓰러졌다. 채연으로부터 권총을 받아 든 박달이 놈의 관자놀이에 총구를 쑤셔 박으며

"한 번만 더 쥐약 먹은 개새끼처럼 날뛰는 날엔……"

라고 속삭이듯 엄포를 놓는데 사무실 쪽에서 사람들이 우르르 몰려오는 소리가 들리더니 고막을 찔 듯한 날카로운 웃음소리가 터져 나왔다.

"푸하하하!"

한순간에 세 가지 일들이 벌어진 상황을 요약하면, 목점두의 출현, 심 박사의 목에서 번득이는 칼, 채연의 비명…….

목점두가 박달을 향해 외쳤다.

"총 이리 던져. 어서! 아님 영감탱이 목구멍에 비파소리 나게 하랴?! 머리 가죽을 벗겨 내주랴?"

심 박사의 목에서 핏방울이 땀처럼 솟구쳤다. 채연이 무릎을 꿇고 매달렸다.

"달 씨!"

채연의 비명과 호소가 아니었어도 전의를 상실한 박달이 취할 수 있는 행동은 제한적일 수밖에 없다. 박달이 떨어트린 권총을 주워 든 도살자가 부어터진 인중과 코를 부여잡고 구더기 본 암탉 같은 표정을 짓더니

"뷔웅신같이 잘생긴 놈아, 이거나 드시지!"

피 섞인 가래침을 몰아 박달의 면상에 뿜었다. 실떡대던 목점두가 능글능글한 음성으로 속삭이듯 말했다.

"도살자, 그리고 얼빵! 오줌똥 못 가리고 생파리 좆 구정물 나대듯 나대던 달인가 문(moon)인가 하는 짭새와 인질들, 모두 채연이 방에 처

넣고 정중하게 휘발유로 샤워시켜 드려라. 후끈하게 말이다."

"채연이는 어쩌죠. 그리고 신입생 아지매는……."

"내 차로 데려가. 짭새가 냄새를 맡고 여기까지 찾아오셨다면 당장 증거 인멸하고 철수해야 하는 거 상식 아냐? 짭새들은 떼로 몰려다니는 것이 졸라 재수 없는 습성이 있으니까 서둘러라. 몸수색해서 돈 되는 것 있나 확인하고 휴대폰은 철저히 수거해야 한다. 저 짭새 쇠끼, 저 저 눈깔 좀 봐라. 매를 달라고 통 사정을 하고 계시는구나."

"달라는데 드려야 하지 않습니까, 큰형님?"

도살자가 그렇게 어릿광대처럼 인사를 하고는 박달을 찾아가 주먹에 입김을 불어 넣더니 있는 힘을 다해서 복부를 가격한다. 박달이 억 소리를 내며 거꾸러진다. 간신히 몸을 추스른 박달이 목점두를 향하여 이 상황에서 결코 바람직하지 않은 소릴 한다. 놈의 신경을 바싹 건드려 놓겠다는 심사다.

"오오라 네 놈이 개나 소나 다 한다는 저 어릿광대 같은 양아치 새끼들 두목 목점두구나!"

놈이 경멸의 미소를 지으며 말했다.

"잠시 후면 욜라 재수 없게 씨부린 네 놈 혓바닥은 텅그 스테이크 (tongue stack)가 되어 있을 터! 애들아, 염라대왕 저녁 만찬 때 맛있게 드시도록 잘 구워 드려라."

그렇게 말이 끝나기 무섭게 주먹질의 동선을 크게 잡고 박달의 면상을 후려쳤다. 강건하던 박달의 하체가 연이은 가격에 스르르 무너진다. 목점두가 손을 털며 침을 뱉더니 다시 한번 박달의 복부를 걷어차며 소리쳐 말했다.

"내가 만난 짭새 중 단순 관념적으로도 볼 때 진짜 재수 없는 짭새로구만!"

채연이 감금되었던 방으로 떠밀려 들어간 채연을 제외한 세 사람은 한 몸이 되어 나뒹굴어졌다. 도살자가 권총을 겨눈 채 그들의 전신에 휘발유를 뿌린다. 마치 폐자재 위에 무심코 뿌려대는 것만 같아 보였다.

휘발유는 그들의 옷을 적시고 피부를 뚫고 들어가 붉은 반점을 형성한다. 죽음을 앞둔 그들에게 타들어 가는 것 같은 피부의 고통은 오히려 죽음에 대한 두려움을 앗아가 버렸다. 중년 여인이 미친 듯이 울부짖으며 옷을 벗기 시작한다. 지금 그녀에게 필요한 것은 체면이 아니라 삶이었다. 그럼에도 마지막 하나를 남겨두고 망설인다. 도살자가 코를 움켜쥐고 키들댄다. 심 박사도 예외는 아니었다. 그에게 단정한 옷차림은 사회적 권위 그 이상의 것이었음에도 말이다. 그런데 박달은 예외였다. 그는 면벽을 한 채 가부좌를 틀고 앉아 깊은 명상에 빠져들어 가기를 희망하고 있다. 이런 박달의 희한한 광경을 지켜보던 도살자의 경외의 표정 속에는 안중근 의사의 죽음을 바라보는 왜인의 눈빛이 스친다. 에너지를 빼앗기고 육신을 분자화시킬 거대한 불덩어리가 순식간에 그의 뼈까지 녹여 버릴 것이다. 이를 무시하기란 결코 쉬운 일이 아님에도 불구하고 그의 몸은 꿈쩍도 하지 않았다. 어느 순간 아버지가 대법원 부장 판사 자리를 미련 없이 사양하면서 하신 말씀이 생각났다.

"때가 되었을 때 아득한 벼랑 끝에서 붙잡은 풀뿌리를 놓아라. 또 있다. 천 길 꼭대기에서 서슴없이 한 발 내딛어라. 그것이 사내의 갈 길이다."

모든 것을 내려놓으면 자유로워질 것이고, 그러면 새로운 것을 얻을 수 있다는 뜻이라고 했다. 박달은 면벽에서 돌아서 지옥의 냄새로 가득 찬 횅한 공간을 예리한 눈으로 바라본다. 잠재적 생존 본능에서 솟아나는 거대한 힘이 기적을 낳을 수도 있다는 사실을 박달은 간과하지 않았다. 그는 고도의 집중력과 최고의 인내력으로 현재 상황의 위기에서 탈출할 방법을 찾기 시작했다. 반면 심 박사는 최악의 운명 속에서 전 생애를 포착해 놓고, 좋았던 일보다 후회스러운 일들을 떠 올리고 있다. 죽음을 앞에 둔 사람들이 공통으로 했다는 말들이 절절하다. 이것으로 아버지와 딸의 인연은 끝이다. 때문에 방금 눈앞에서 사라진 딸의 곱고 사랑스러운 모습을 결코 놓을 수가 없었다. 그가 살아온 생의 전부를 통틀어 가장 절실하게 딸이 보고 싶은 순간이다. 아버지는 무릎을 꿇고 그녀가 사라진 곳을 향하여 목이 터지라 외쳤다.

"채연아! 채연아! 사랑하는 내 딸아!"

26-4

사무실

실신 직전의 채연 곁으로 다가간 목점두가 에로틱한 표정을 짓더니 연극무대에선 배우가 독백하듯 속삭였다.

"채연이 네가 살아야 할 이유는 아름다움 한 가지만으로도 충분해.

은혜를 갚고 싶거든 너를 사랑해 버린 내 죄를 용서하는 것이다. 네 아비의 죽음까지도 말이야."

절박하고 격정적이던 채연의 몸부림은 순간 인식 불능에 빠지고 만다. 인간은 현실을 도저히 용납할 수 없을 때 그렇게 도피해 버린다. 이처럼 허무한 도피처에서 나약한 자신을 발견하기까지는 그렇게 긴 시간이 필요치 않다. 그 사이 목점두는 여행용 가방을 끌어안고 나직이 중얼거렸다.

"이 돈이면 니캉 내캉 애새끼 딱 싯만 낳고 존나 행복하게 살 수 있을 끼다."

채연이 언제 깨어났는지 입가를 씰룩이고 있다. 금방이라도 폭풍 같은 울부짖음이 몰아칠 것만 같았다. 그러나

"저분들을 살려 주세요. 시키는 대로 다 할게요."

그녀의 음성은 인간의 목에서 나는 소리가 아니었다. 거문고 넷째 줄 괘상청의 떨림과 맞먹는 청아한 목소리다. 그 소리는 악의 심장에 스며들어 잠시 악행을 반성하는 기미를 보이기도 했다. '이 절박한 순간에도 어찌 이처럼 아름다운 소리를 낼 수 있을까?! 이 여자는 천상의 목소리로 순결한 사내의 심장을 헤집는구나.' 발정 난 수컷이 암컷과 관계를 짓기 위해 서두르듯, 그러나 최대한 암컷의 마음을 상하지 않게 자신의 목적을 달성하기 위한 거짓된 행동을 보이며 속삭였다.

"옳거니, 순순히 내 말만 따라 준다면……. 그대 목소리를 그리 슬프게 만들지 않을 수도 있을 테지."

채연은 자신을 살라서 사랑하는 사람들을 구원할 수만 있다면 이라는 생각으로

"그럴게요. 무엇이든 할게요. 무엇이든……."

이라고 말했지만, 목점두의 입에서는

"내가 지금까지 살아남은 것은 남의 말을 잘 들어주는 대신 남의 말을 믿지 않았기 때문인 기야."

라는 말로서 그녀의 말을 비웃어 버렸다. 그러고는 채연을 얼빵에게 넘겨주며 말했다.

"차에 잘 모셔두고 있어. 내는 황천길 가는 사람들에게 작별 인사를 하러 다녀올 끼다."

그러고는 수건으로 코를 가린 뒤 복도로 나섰다.

26-5

목점두가 나타나자 늘어진 채연에게 보리죽에 물 탄 것 같은 농을 지껄이고 있던 얼빵이 얼른 차 문을 열고 운전석으로 옮겨 가려는데

"내가 한다."

"큰행님!"

얼빵의 어깨를 툭 하고 치더니 운선석 문을 열고 들어섰다. 채연을 뚫어지게 바라보다가 불현듯 얼빵을 보고 말했다.

"아참! 돈가방. 사무실 책상 위에 있을 끼다."

"지금 당장 가가 단데이 챙기 오겠십니더"

목점두가 차에서 내려 얼빵의 두 팔을 잡고 빤히 올려다보며 멀리

이성과 본능

애인을 떠나보내는 듯한 애달픈 눈빛으로 말했다.

"너희들 두 사람 끝까지 내 곁에 있어 줘서 고마웠다. 그 돈은 너희들 몫으로 하자."

"해 행님!"

"그동안 고생 많았다. 당분간 우리 천만 불 파는 잠수를 탈끼다. 세상이 잠잠해질 때까지 해외에 나가서 골프도 치고 기집들도 마음껏 품고 즐기란 말이다. 알아들었냐?!"

얼빵이 넙죽 엎드려 큰절을 올리며 소리쳐 말했다.

"여 역시 크 큰행님이십니다."

"어서 다녀와라."

얼빵의 발걸음이 그 어느 때보다도 빠르게 내닫는다.

목점두는 차창을 통해 여전히 넋을 놓고 있는 채연을 다시 한번 깊숙이 응시하다가 담배를 빼 물었다. 놈의 입에서 품어져 나오는 연기가 그렇게 풍성할 수가 없었다.

잿빛 수건으로 코와 입을 가리고 사무실 집기 하나하나에 마지막 남은 휘발유를 뿌려대는 도살자. 얼빵이 뛰어 들어오며 코를 쥐어짠다.

"그마 하면 쎄(쇠)도 녹여 뿌겠다."

도살자 남은 휘발유 찌꺼기를 얼빵의 몸에 뿌리며 놀린다.

"너 빈대 때문에 미치겠다고 했지? 이번 참에 박멸시켜 버리자 씨방아!"

"일마가 미칫나! 이러다 생사람 잡구러."

얼빵이 휘발유 통을 빼앗아 이번엔 도살자에게 뿌리며 소리친다.

"아 아니지. 진짜로 박멸시킬라 쿠면 나만 묵어서 쓰것나. 니도 묵어야 제."

놈들이 휘발유 통 쟁탈전을 부리며 시시덕거리다가 얼빵이 가방을 어루만지더니 상기된 목소리로 소리쳐 말했다.

"도살자, 행님께서 이 이 돈을 우리 몫으로 남가 주싯다 안카나."

"앵?"

"와 와 그카는데?"

"내가 뭐라고 했드나?"

"뭐 뭘?"

"행님이 채연을 좋아한다코 켓제? 돈보다 좋은가 보더라. 그라고 우리 이 돈 가이고 잠수타란다. 해외로 나가가 듯 꼴리는 대로 써도 좋다 쿠드라."

"천만 불 파는?"

"잠잠해지마 대대적으로 천만 불 파는 세를 키와 진짜 천만 불을 넘어 만만 불까지 가지 않겠나? 그 그 카마 우린 중간 보스 아이가."

남은 휘발유 통을 들고 따라나서는 도살자의 눈은 먹이를 본 짐승처럼 빛나고 있었다.

"희망은 질병이라고 하던데……. 그나마 정이 들었타고 섭하네."

"난 밤마다 헛 좆 세우며 이 거지 같은 곳에서 생고생한 거 생각하면 이가 갈린다! 쓰바, 이 길로 나가면 여자부터 사야겠디."

"쇠끼, 살아 있네!"

이때 목점두가 현관문을 삐긋이 열고 얼굴을 내민다. 휘발유 유증기 냄새가 눈과 코를 찌른다. 그의 입에 물려 있는 담배에서 붉은빛이 번득이는가 싶었다. 이어 풍성한 연기가 코와 입을 통해서 뱉어진다. 뱀눈에서는 살기가, 입가에서는 잔혹함이 뱉어낸 담배 연기만큼이나 피어오른다.

"얼빵! 그리고 도살자! 미안하다. 그 가방 속에는 저승갈 노잣돈이 얼마간 들어 있을 끼다."

그의 손을 떠난 담배가 도살자의 신발 앞에 떨어진다. 현관문에 빗장을 걸고 돌아 뛰기 시작하는 목점두의 몸은 바람과 같았다. 이미 불을 머금은 유증기는 한순간에 불덩어리가 되어 두 사내를 공격했다. 건물을 삼켜 버린 거대한 불꽃놀이는 십여 리를 관통했고, 그 열기는 목점두의 승용차 안에서도 태양을 품은 듯했다.

26-6

불길이 서서히 그 힘을 잃어갈 무렵 목점두는 자신의 차량 앞에 서서 잠시 두 손을 모으더니

"미안하다, 아우들아. 한 마을 사람들의 희생 덕으로 한 사람의 부자가 탄생한다더라. 너희들의 희생으로 이 큰형님이 행복해진다고 생각하면 그나마 위안이 되지 않겠니?"

놈이 자동차 뒷좌석에 처박혀 있는 붉은 여행용 가방을 조심스럽게

어루만진다. 그러고는 저물어가는 태양을 바라보듯, 숨넘어갈 듯 깔딱대는 기도원 건물의 불길을 바라보다가 고개를 돌려 채연에게 나직이 속삭였다.

"나 잘했지, 채연 씨?"

이어 실성한 놈처럼 웃어대기 시작했다. 채연이 웃음소리에 놀라 깬 듯 몸을 곧추세웠다. 이어서 원망과 비통 그리고 분노의 눈물이 건물의 불꽃처럼 솟구쳤다. 건물은 채연의 입에서 터져 나오는 피 맺힌 절규만큼이나 검게 타버리거나 무너져 가고 있었다. 이 세상에서 가장 사랑하는 사람 둘을 눈앞에서 떠나보내야 하는 고통의 소리가 장기를 도려내는 아픔과 비견 될까? 그녀는 결박된 손목에서 피가 맺힐 만큼 몸부림을 쳤다. 이 순간 그녀는 묶인 팔을 자르고 불 속으로 뛰어 들어가 사랑하는 사람들과 함께하고 싶은 심정뿐이었다.

놈이 시동을 걸고 기어를 넣자, 무심한 자동차는 사랑하는 사람들을 거기에 두고 흔적도 없이 떠나려 하고 있다. 놈이 창문을 열고 멍하니 마른 연기로 가득한 검은 하늘을 내다보며 태연스럽게 나불거렸다.

"난 어렸을 때부터 불자동차만 보면 열심히 뒤쫓아 다니곤 했지. 세상에서 불구경처럼 재미나는 일은 없었거든."

몸부림치는 채연의 볼을 움켜잡은 복점두의 손이 앙칼지다. 채연이 놈의 얼굴에 경멸과 증오를 섞어 침을 뱉었다. 놈이 얼굴을 닦아내며 속삭였다.

"사람이 다섯 명씩이나 로스구이가 되어 버렸는데 나라고 맘이 편하겠냐? 내 부하 놈들도 네 애비 저승 가는 길에 심심할 까 봐 길동무 하라고 함께 보내줬다. 그 새끼들 입심 좆나 쎄거든."

채연이 심한 구역질을 하며 소리쳐 말했다.

"더럽고 잔인한 놈!"

"힘이 없는 증오란 자기 학대에 불과하다는 거 몰랐어? 나와 함께 살면서 나한테 두고두고 갚아 나가는 것이 진짜 복수거든요, 이뿐 아가씨?"

그녀는 자기 몸을 분열이라도 시켜버릴 듯이 몸부림을 치다가 솟구치는 불꽃을 보았고, 마지막 인사를 나누었으며, 또다시 이 험난한 현실에서 도망치고 말았다. 깊고 깊은 꿈속에서 사랑하는 사람들을 만나 얼싸안고 있었다.

"기집애 심약하기는……."

놈이 서서히 자동차의 RPM을 올리자 박차를 가한 말처럼 자동차는 속력을 내기 시작했다.

"연극은 끝났고 막은 내려졌으니 이제 배우는 집으로 돌아가야겠지."

그렇게 독백하듯 뇌까리고는 자신이 자랑스러워 죽겠다는 듯이 채연을 향해 몸을 떨었다.

"내 예상은 한 번도 틀린 적이 없었다. 짭새들이 우릴 곧 찾아낼 것이라는 나의 위대한 촉(feel)이 나를 살렸어. 그래서 이쯤에서 끝내야겠다는 마음을 먹었지. 곧바로 너를 이용하여 부하 놈들이 자중지란을 일으키도록 유도했거든. 죽고 죽이는 게임을 즐기도록 말이야. 생각했던 대로 너를 차지하기 위한 암투가 시작되더군. 발바리를 너에게 보낸 것도 다 그런 깊은 뜻이 있었지만, 혹시 예상이 빗나간다면 어쩌나 전전긍긍했던 것도 사실이다. 누군가 발바리를 죽이지 않았다면 아마 내 칼에 피를 묻혔겠지. 녀석은 나에 대해서 아는 게 너무 많아. 일이 잘 되려고 그랬는지 놈들이 하나둘씩 사라져 주는 거야."

놈은 채연의 볼을 어루만지며 이뻐 죽겠다는 시늉을 짓는다. 그리고 계속해서 늘어놓는다.

"내가 영등포 교도소에서 빵장을 하고 있을 때였지. 조개 뚜룩 치다 들어 온 신삥 쇠끼가 있었는데, 페티시 지존이더라고. 채연 씨 듣고 있는 거야? 이런 젠장 맞을. 기절해 버렸잖아 재미없게 시리!"

놈이 한 손으로는 사타구니를 한 손으로는 운전대를 움켜쥐고 채연을 바라본다.

"넌 어쩜 기절해도 이쁘냐? '남자는 그 눈짓으로 욕정을 일으키고, 여자는 그 눈짓으로 몸을 맡긴다.'캬! 명언이다."

목점두는 차에서 내려 뼈대만 앙상한 기도원 건물을 바라다본다. 더 이상 태울 것도 없을 성싶은데 검은 연기가 여전히 솟구친다.

목점두가 다시 차에 오르고 시동을 건 뒤 잿더미가 되어 버린 기도원을 향해 손을 흔들었다. 매캐한 연기는 여전히 기도원 하늘에 머물러 있고, 차는 고약한 냄새와 연기에 취해 비틀거렸다. 모든 깃을 내워 버렸음에도 연기는 질기게 피어올랐다. 건물이 그들의 영혼이라도 떠나보내는지 마지막 붉은 불덩이 하나를 뱉으면서 대단원의 막이 내려졌다.

차가 우거진 풀을 헤치면서 폭삭 내려앉은 기도원으로 이어진 농로에 들어서려는데 군용트럭 한 대가 진입하고 있었다. 목점두가 신경질적으로 하이 등을 깜박이며 날카롭게 구시렁대기 시작했다.

"무식한 군발이 쇠끼들, 차 돌릴 곳도 없는데 무작정 들어오면 어쩌자고……. 혹시 불 때문이라면, 미친놈들 아냐. 굿 뒤에 날장구 치겠다는 거야 뭐야?"

그러다가 화들짝 놀라며 자신을 위로한답시고

"아 아니지 아 아니야. 내 내가 뭘 어쨌는데? 난 그냥 불구경하러 들어온 거라고. 아차! 이 이 년이 깨어나면 무슨 지랄을 떨지 모르는데? 지 애비한테 보내 버려 말어."

놈은 채연의 목을 움켜잡기 위해서 손을 뻗쳤다.

"아 아니야. 그 그럴 수 없어. 채연아! 제발 그대로만 있어 다오. 그럼 너도 살고 나도 산다."

놈의 신경질적인 경적과 하이등 신호에도 불구하고 트럭은 두 눈에 쌍심지를 하고 거칠게 다가오고 있었다. 정면충돌이라도 불사하겠다는 태도다. 목점두가 후진 기어를 넣었다. 순간 트럭이 멈추면서 완전 군장을 한 군인들이 우르르 쏟아져 나왔다. 군인들은 목점두를 향하여 서서 총 자세를 취했다. 인솔자인 듯한 군인이 권총을 빼 들었다.

위기의 순간 놈은 용감했다. 창문을 내리고 목을 길게 뺀 뒤 당당하면서도 위압적인 말투로 떠들어 댔다.

"왜 왜들 이러쇼?! 나 난 간첩이 아니란 말이요. 불구경을 왔다가 ……. 정말이라니까 그러네 씨팔! 다 당신들 지금 큰 실수하고 있는 거야! 죄 없는 민주 시민에게 총부리를 겨누다니. 지 지금 당장 국방부 장관에게 항의 전화를 할 테니 기다려……."

대위 계급장이 유난히 빛나는 인솔 장교가 놈의 소리를 개방귀쯤으로 들었는지 권총을 번쩍 들어 겨누며 소리쳐 말했다.

"차에서 내려 투항하라!"

"보 보아하니 훈련 중이신 것 같은데 저 정말 실수하는 거라구요. 여친하고 설악산으로 단풍놀이 가는데 불이 활활 타오르길래 그 그냥 들어 왔다가……. 초 총부리가 향할 곳은 내 내가 아니라 저 짝에 있는 빨갱이 놈들 머리통이란 말입니다."

목점두의 절절한 변명에도 불구하고 대위는 군더더기 없이 할 말만 했다.

"다시 한번 말한다. 차에서 내려 투항하라!"

"도대체 무슨 일이냐니까?! 씨팔."

놈이 완전한 상황판단을 마친 듯이 더욱더 거칠고 대담하게 욕설과 함께 자동차의 강한 공회전으로 불편함을 쏟아냈다. 대위는 여전히 투항만을 고집했다.

"다시 한번 경고 한다. 수상한 짓을 할 때는 사격 명령을 내릴 것이다. 지금 즉시 투항하라!"

중대장의 말투는 한 치의 빈틈도 없어 보인다. 채연이 때를 맞춘 듯 깨어났다. 목점두가 채연의 관자놀이에 박달에게서 탈취한 총구를 댔다.

"씨팔! 모두 물러가! 안 그러면 이년의 대갈통에 구멍을 내 버린다고!"

중대장이 소리친다.

"쓸데없는 장난치지 말라고 했잖아!"

채연이 눈을 번쩍 떴다. 그녀가 총구를 인식했음에도 불구하고 몸부림을 치며 소리쳤다.

"아버지를 살려 주세요! 살인자! 살인자!"

"군발이들! 저 저리 사라지란 말이야! 이 이년 정말로 머리통 날려도 좋아?!"

목점두의 독기 어린 발악에 놀란 중대장이 주춤하자 기세를 높인다.

"셋을 셀 동안 쫄다구 새끼들 총 내려놓으라고 해. 하나, 둘……."

M16을 겨누고 있던 군인들이 중대장의 눈치를 보았다. 놈의 눈이 악에 받쳤는지 이글이글 타오르는 장작불 같다. 놈이 노리쇠를 당기고 소리친다.

"총 내려놓아!"

막가자는 놈과 단판 승부란 누군가의 희생이 따르기 마련이라는 것을 중대장은 탈영병 검거를 통해서 경험한 바 있다. 중대장이 고개를 까닥하자 모두 총구를 내린다. 놈이 채연을 앞장세우고 돈가방과 함께 차에서 내린다. 그녀를 끌고 뒷걸음질을 친다. 놈은 군인들의 시야에서 유유히 사라졌다. 어둠은 그네들을 삼키고 침묵만을 강요한다.

어느덧 기도원 건물의 불이 사위어 가는지 간간이 재티와 함께 희미한 연기만 솟아오른다. 적외선 망원경을 눈가에 대는 중대장. 어둠 속을 읽는다. 트럭 위에서도 적외선 망원렌즈를 장착한 총구 하나가 중대장의 지시를 기다리고 있다.

망원경에 잡힌 두 남녀. 여자가 뭔가에 걸려 넘어진다. 사내가 가방만을 품에 안고 재투성이 옥수수밭을 향하여 뛰기 시작한다. 놈의 모습은 작은 짐승 같았다. 여자는 건물을 바라다보며 망연자실한 모습으로 앉아 있다. 허겁지겁 달아나는 목점두의 모습이 병사의 망원렌즈 중앙에 잡히는 순간

"타타타타탕!"

요란한 수십 발의 총성이 어둠 속을 뚫고 목표물을 향하여 날아간다.

오 분 대기조 병사들이 지켜보는 가운데 채연의 끝없는 오열이 이어지더니 또다시 실신하자 대위가 위생병을 불렀다. 위생병은 채연의 흉곽 압박을 통하여 최악의 상황을 예방하고 들것에 눕혔다. 병사들이 들것을 들고 일어서려는데 채연이 악몽을 꾸다 깨어난 사람처럼 소리를 지르며 일어난다.

"아 안 돼요. 아버지가 아버지가 저기 계세요. 다 달 씨가 저기 저 속에 있단 말입니다."

기력을 소진한 그녀가 할 수 있는 일은 병사들의 보호 아래 몇 발짝을 걷다가 제자리에 털썩 주저앉아 하염없이 눈물을 흘리는 일밖에 할 수 없었다.

27. 자기 상실과 회복의 거대한 여정

27-1

도봉산 우이령 산장 능선을 넘어 영봉을 지나 하루재를 넘으면 인수봉이 보인다.

하루재 일대를 자기 마음대로 영역을 설정하고 밤이면 나타나 들쥐 개구리 뱀 등을 잡아먹고 사는 너구리가 기지개를 편 뒤 사냥감을 찾아 두리번거린다. 너구리는 다른 야생동물에 비해 몸이 뚱뚱하고 다리가 짧은 데다 경계심마저 둔하다. 근래 들어 부쩍 인간들의 야간산행이 잦은 탓에 먹잇감 사냥도 시원찮다. 때마침 정력에 좋다면 똥물에 구더기라도 삶아 먹을 다수의 사내들이 야생 너구리가 얼마나 정력에 좋은지 속설-요강을 깨고, 물이 가득 찬 주전자를 걸쳐놓고, 창호지 뚫는 것은 예사 통이라고-에도 없는 농을 주고받으며 너구리 쪽으로 다가오고 있다. 느림보 너구리가 사내들의 안테나에 딱 걸렸다. 짱돌 피켈(pickel) 야전삽 몽둥이가 동원된다. 너구리는 생각한다. '경계심 둔하고 뚱뚱하고 다리마저 짧은 내가 만만해 보이겠지.' 너구리는 굴속으로 도망을 쳤고 사내들은 군침만 삼키며 허탈해하다가 굴 입구에 불을 지피기로 했다. 과연 정력제 킬러들이 너구리를 잡아 요강을 깰 힘을 얻을 수 있을까? 그들은 미처 몰랐다. 너구리에게는 들 굴과 날 굴이 있다는 것을…….

감청색 운동모를 깊숙이 눌러쓰고 옷깃을 높이 세운 자그만 사내가 너구리가 굴속에서 기어 나올 때처럼 주변을 힐끔거리더니 구석 자리를 찾아가 앉는다. 눈썰미 좋은 박달이 놈의 행동거지에서 자신이 목적하고 있는 놈을 인식해 내는 것은 당연했다.

박달은 황급히 화장실로 향한다. 구석 자리에 놓아두었던 가방에서 챙 넓은 모자를 깊숙이 눌러쓰고 거울을 본 뒤 권총을 확인한다. 옷을 털며 또다시 여유로운 미소를 머금는다. 가방을 챙겨 들고 화장실을 나서는 발걸음 소리가 유난히 크게 들렸다. 용의자는 여전히 주변을 두리번거리며 누군가를 찾다가 담배곽을 뜯는다. 박달이 용의자에게 다가가 가방을 내려놓았다. 놈이 휘둥그레진 눈으로 묻는다.

"누 누구요?"

"이문재 씨 아시죠? 사정이 생겨 대신 물건을 전해 달라고."

"틀렸어. 우린 누굴 대신 만나지 않아. 다 당신 누구야?"

"눈치 빠르기는, 이봐 목점두! 나야 나. 검찰 수사관 박달이라고. 덕분에 휘발유 샤워까지 했는데 모른 척하기는. 그 열등 한 머리 가지고 살아가기 참 바빴겠다."

눈을 까뒤집은 목점두가 빈정거리며 말했다.

"그 짭새는 이미 뒤졌어. 살아 있을 리가 없다고. 그러니 헛소리 말고 신분을 밝혀라. 아님 그냥 간다."

박달이 놈의 팔에 수갑을 채우며

"퇴폐의 눈병에 걸렸으니 오죽 하겠냐마는 네 인생도 참 거시기하다. '내가 만난 짭새 중 단순 관념적으로도 볼 때 진짜 재수 없는 짭새로구만!' 네가 그렇게 지껄였잖아. 이래도 기억 안 나?"

"그 그래 달인가 문(moon)인가 하는 짭새!"

놈이 저승사자라도 만난 듯이 바들바들 떨더니만 이내 혀를 깨문다. 피가 흐른다. 박달이 손에 잡히는 대로 팬티와 스타킹을 놈의 입에 쑤셔 넣어 재갈을 물린다. 놈이 발작을 시작한다. 사지를 비틀고 두 눈을 뒤집어 까더니 한동안 파르르 파르르 떤다. 놈의 몸이 굳어지면서 숨소리마저 잦아든다. 놀란 박달이 소리친다.

"송 마담! 물 물을 가져와요! 그 그러지 말고 119. 빨리 119를 불러 줘요!"

박달이 심폐소생술에 들어갔다. 그는 교과서적으로 최선을 다하고 있었지만 놈은 이생으로 돌아올 생각이 없는지 재갈 물린 입가에 검은 핏물만을 울컥울컥 쏟아내고 있었다.

힘이 빠진 박달이 축 늘어진 놈을 떠나 바들바들 떨고 있는 마담 곁으로 다가간다. 물 한 잔을 청하며 담배 한 대를 피워 물었다. 무슨 맛인지도 모를 담배 몇 모금을 빨았을 뿐인데 사이렌 소리가 체리 바문 앞에서 멈춘다.

"우리나라 119 정말 빠르디."

그렇게 중얼거리고 있는데 구급대원들이 들어와 목점두의 상태를 이리저리 살피다가 서둘러 놈을 들것에 올리더니 곧바로 문을 나서며 묻는다.

"혀를 깨물었어요. 허혈성 쇼크로 기절했습니다. 여기서 제삼 병원이 제일 가깝습니다. 그리로 갈까요?"

박달이 차분하게 말했다.

"그러시죠. 이자는 중대 범인입니다. 내가 동행할 거니까 딱 3초만 기다리고 있으세요."

그렇게 말하고는 체리 바로 들어가 마시던 술을 비우면서 .

"술에 대한 예의가 아닌 것 같아서 말이지……."

라고 속삭인 뒤 마담을 향해서

"맛 좋은데요. 그거 금방 돌아올 테니까 한 잔 더 말아 놓아요. 마담 것까지."

박달이 문을 열고 밖으로 나섰지만 있어야 할 119구급차가 없다. 단지 저 멀리서 제삼 병원 앰뷸런스가 누군가에게 쫓기듯 역주행을 서슴지 않고 멀어져가고 있었다. 박달 뭔가 알았다는 듯이 머리를 움켜쥐고 체리 바로 들어서며 외쳤다.

"양 마담! 119에 전화한 거 맞아요?"

그녀가 고개를 가로 저으며 대답했다.

"아 아니요. 전화하려고 했는데……. 그 그때 바로 사이렌(siren) 소리가 들려서 그만……."

"당했어."

다 잡은 줄만 알았던 고기를 눈앞에서 놓쳐버린 박달은 휴대폰을 꺼내 들고 마담을 바라보며 말했다. 그러면서도 여유롭게 물었다.

"아까 그 술은 어찌 된 겁니까?"

목점두와 그 일행을 실은 제삼 병원 앰불런스는 경광등과 사이렌 소리를 잠재운 채 아주 정상적인 속도로 서울 시내 한복판을 달리고 있었다. 목점두가 누워 있는 침대 곁에서 회심의 미소를 짓고 있던 사내가 119 구급대원 복장과 모자 안경 그리고 마스크를 벗어 검은 비닐 봉지에 담는다. 목점두가 벌떡 일어나 앉으며 사내를 끌어안는다. 사내가 배시시 웃는다. 문제다.

"이문재, 제 시간에 와 주었기에 망정이지 큰일날 뻔했다."

"그 그 그 그렇다고 이 이런 모험까지 즐기실 피 필요가 있었습니까? 가 가 가 간 떨어져 주 주 죽는 줄 아 알았습니다."

"그게 문제가 아니야. 살아있었다. 내가 말한 그 짭새 쇅끼."

"다 다 다 태 태워 버렸다면서요. 기 기 기도원."

"그랬지. 그런데 어떻게?"

앰불런스가 속력을 늦춘다. 차가 멈추는가 싶더니 운전자가 내리더니 긴 머리를 풀렀다 다시 묶으며 말했다.

"약한 이웃은 나쁘다. 그러나 강한 이웃은 더 나쁘다 이문재. 그치 그치? 죽자 살자 쾌락만 쫓고 쾌락에 혈안이 된 자들이여. 그 뒤에 숨겨진 무시무시한 관념의 가시가 너희 심장을 관통할 지니 기대하시라, 개봉박두다."

육봉이 경정이다. 자동차 앞창을 통해 '국민이 믿고 의지할 수 있는 경찰이 되겠습니다.'라는 현수막이 두 인간의 눈에 확장되어 나타났다.

"어떻게 된 일입니까?"

마담의 질문이 날카롭다. 박달이 여유를 보이며 대답했다.

"내일 아침 조간신문을 보세요."

"서 설마!?"

"맞습니다."

"그새 넘기고 왔단 말씀이세요?"

그는 긴 설명을 거짓말로 간단하게 해결했다.

"구급대 운전자가 동료 경찰이었거든요."

"놈들에게 당했다면서 얼굴이 하얗게 질려서 들어오더니 그것도 연극이었단 말이에요? 범인 잡는 일이 장사하는 것보다 쉽군요. 나도 형사나 할까 보다."

"그렇다면 난 술 장사를 해야겠군요."

"그리 큰일을 마치고 이렇게 한가롭게 술이나 마시고 있어도 괜찮아요?"

"대한민국 형사가 거짓말이나 해서 쓰겠어요? 절세미인이 온다니 그냥 가긴 섭섭하기도 하고……."

"그러지 말고……. 말해줘요. 범인 어떻게 잡았는지. 오늘 술값은 대단한 특종 먼저 듣는 걸로 대신할게요. 거기다 양주 한 병까지 더해서

……. 그만하면 해볼만 한 장사 아닌가요?"

"수사상의 기밀이라 곤란한데요."

"우리 체리 바에서 인간 바퀴벌레를 소탕하는 데 일조를 했다면 그만한 댓가는 지불해야 되는 거 아닙니까?"

"본인의 사생활이 연관된 일이라 놔서……."

"설마 미진이와?......."

박달이 머리를 긁적대다가 체념한 듯이 입을 열었다.

"목점두의 가방에서 미진이의 팬티를 찾아낸 내 눈썰미가 해낸 거죠."

"끝내 주는데요?"

그러고는 깔깔거리며 웃더니 멋지게 추리를 해냈다.

"이문재가 미진이 팬티를 목점두라는 사람에게 팔았고, 그걸 알아챈 박 형사가 이문재 아이디로 목점두와 접속을 하여 체리 바로 유인을 했다. 브라보! 그나저나 미진이 팬티인 줄 어떻게 알았을까요? 그것이 궁금하군요."

"엉뚱한 생각하지 마십시오. 그 패 팬티 홈쇼핑에서 미진이 생일선물로 사줬을 뿐입니다."

"기억나요. 그때 미진이 년이 어쩌나 자랑을 하더라니."

"새로 온다는 아가씨? 눈도장이나 찍어 두고 가려고 했더니……."

"하여튼 남자들이란. 마침 저기 오네요. 저 애도 양반되기는 틀렸군."

흐릿한 조명 속으로 들어선 여자는 강남에서도 일류 간다더니 언뜻 보기에도 참 시골스러워 보였다.

"그러면 그렇지. 연타석 홈런이 어디 생각처럼……. "

때마침 울린 육봉이 전화를 받자 그는 한심하다는 듯이 말했다.

"느리고 차갑고 거대한 움직임이 포착된 이 시간에 한가한 소리나 지껄이면서 술이나 마시고 있을 셈인가? 큰 사건 터졌어요. 잠시 후 뉴스 속보 방송할 예정이니 챙겨 봐요."

"이젠 웬만한 큰 사건 아니면 눈도 깜짝 안 합니다. 그나저나 어떻게 알고 제삼 병원 앰뷸런스를 끌고 왔습니까?"

"지금 침묵 속에서 고뇌의 비명을 지르고 있는 문재란 놈. 지 허리띠에 부착된 추적 장치 겸 도청 장치를 발견하고는 세상은 지놈처럼 멍청한 놈에게는 너무나 벅찬 상대라는 것을 깨달았을 것이야."

"여전히 듣기 거북해 죽겠네, 정말."

"이 산뜻한 만족감의 덩어리를 도려내라는 그대의 생리적 요구가 얼마나 본인을 허탈에 빠지게 만드는지 알고 하는 소리요?"

"좋시다. 목점두 새끼 연극 3막 5장에 붉은 캡슐 물고 지랄 떨 것이라고 왜 진작 말해주지 않아서 사람 간을 떨어트린 건지 그거나 변명해 봐요."

"이 한심하고 끔찍한 운명은 늘 저들처럼 사악한 자들에게 칼을 쥐여 주거든. 그래서 말인데 내 도청 철칙 제 1장 1항에 보면 말이지, 도청한 비밀은 그 비밀의 시효가 지날 때까지는 무덤까지 가지고 간다.

만일 이 비밀을 사전에 발설하게 되면 무덤을 파는 일이다, 였거든?"

"졌시다! 와서 한잔하는 게 어때요? 새로온 아가씨 딱 오 반장님 스타일입디다. 저는 채연 씨 외에는 눈길 한 번 주지 않을 작정이거든요. 마릴린 먼로라도 말입니다."

"죽은 마릴린 먼로 말인가? 나도 사내지만 사내들 참 아이러니해. 박수관의 우월한 본성을 열등한 욕망으로 치장하려 들다니. 지금 뉴스 속보 나오네."

'방금 들어온 긴급 뉴스를 말씀드리겠습니다. 경기도 광주에 사는 강순님 씨가 오늘 오후 5시경 의문의 피습을 당해 병원 응급실로 옮기는 도중 사망했습니다. 강 씨는 귀를 통한 삼반 고리관의 공격을 받은 뒤 실신한 상태에서 복부가 열렸다고 합니다. 정확한 사인은 부검이 끝난 뒤에나 밝혀질 것으로 보입니다. 살해 방법이 현재 정신 병원에 감금 중인 일명 길고양이 여자의 수법과 동일한 점을 미루어 제2의 모방범죄의 가능성을 배제할 수 없다고 합니다. 경찰은 검문검색을 강화하는 한편 특수 기동대를 동원하여 범인을 추적하고 있습니다.'

박달은 달기가 탈출을 감행한 이유를 정말로 몰랐을까? 몰랐다면 무능한 것이고, 알았으면서도 방관했다면 직무유기다. 알고는 있었으나 대처 방법이 서툴렀다면 역시 무능한 것이다. 그러면서도 더 급한 일에 매달리느라 방심했다면 소영웅주의자다. 여러모로 그는 달기와 공범이 되어버린 것이다. 박달은 죄의식에 사로잡힌 나머지 내일이라도 당장 모든 직책을 내려놓고 심 박사의 뒤를 이을 법의학 공부에 내

진할지 말지를 고민하기 시작했다. 그의 말투는 어느 새 육봉이를 닮아가고 있었다.

"절정을 이룬 이 삶의 고뇌는 도대체 그 뿌리가 어디인가? 도시의 규정된 한 구석에서 잔혹한 갈등과 이 빌어먹을 양심에 동냥질을 일삼는 나의 아이덴디티(identity)는?"

마담이 새로 온 아가씨를 소개했다.

"인사해. 우리 집 단골손님이셔."

박달이 조용히 속삭였다.

"이달기!"

달기는 한동안 박달을 뚫어져라 바라보더니 슬그머니 눈을 내리깔았다. 마담이 두 사람을 번갈아 바라다보며 묻는다.

"서 서로 아는 사인가요?"

그네들이 동시에 고개를 내 젓는다. 음악도 쉬어 가는지 유난히 적막만이 길게 흐른다. 마담이 연신 고개를 갸우뚱대며 목점두와 대단히 엇비슷한 단골손님의 주문 소리에 자리를 뜬다.

이달기가 박달의 의지와는 상관없이 박달의 품속으로 파고들어 갔다. 그러고는 자기 분열과 소외의 죽음을 견뎌낸 여인의 낮고 침착한 목소리로 속삭였다.

"꿈의 궁전 예약해 두었어요. 우리 거기서 성교해요."

III

죽음(DEATH)

에필로그(*epilogue*)

이성과 본능

28. 자기 삶의 운명조차 항복을 오청한 팜므파탈

자욱했던 연기가 사라진 야전의 병사들은 철수를 준비하고 사랑하는 사람들을 삼켜버린 기도원의 폭력적 화마 뒤 찾아온 '영혼을 빼앗긴 채연'은, 만 가지 사유의 생산자가 되었다. 1개월 만에 십 년을 살아버렸고 몇 시간 만에 백 년을 보낸 모습으로 맞이한 세 사람이 그녀의 눈앞에 나타났다.

"오 하느님! 진정 꿈이 아니라고 말해 주세요."

박달이 허겁지겁 달려오며 말했다.

"채연 씨, 채연 씨!"

둘은 포옹을 했고 그녀의 아버지는 멋쩍게 웃으며 고개를 숙였다. 박달이 그녀의 아버지와 중년 부인을 동참시켰다. 그의 스승이 안경을 닦으며 말했다.

"채연아! 모든 것들은 소멸되지만 인간만이 죽는다는 걸 그 화마 속에서 깨달을 즈음 너의 남친이 우릴 구했다."

채연이 눈물범벅이 된 얼굴로 말했다.

"아 아빠, 돌아와 주셔서 고마워요."

박달이 심 박사의 말에 주석을 달았다.

"안쪽으로 당겨야 문이 열리는 방안에 있었을 때, 밀어서 여는 대신 '꼭 열고야 말겠어.'라고 생각을 못 했던 두 건달은 재가 되었지. 우린 채연 씨의 따님 덕분으로 문을 당길 수 있었고 말이야."

"무슨 말씀이세요? 그리고 달기 씨가 거기 있었어요?"

"아니. 하지만 그동안 놀라운 일들이 있었거든."

이때 병사들을 돌려보내고 내내 채연을 지켜보고 있던 박달의 선배 양성택 대위가 다가왔다.

"박달, 시신 두 구는 건물 안에서 발견되었는데 목점둔가 뭔가 하는 조폭 두목은 못 찾았다네. 내일 날이 밝는 대로 대대적인 수색을 해봐야지 뭐. 대신 이거 말이야, 놈이 도망가면서 버린 가방은 수거했어."

"감사합니다. 양성택 소령님."

"이 사람이, 김칫국 먼저 마시게 할 참인가?"

"간절하게 시각화하라. 그러면 이루어진다. 소령 승진 말입니다. 훈장과 함께."

박달이 다급히 총구멍이 송송 뚫린 가방을 열자, 탄환 흔적이 묻어난 돈뭉치들과 팬티들이 우르르 쏟아져 흩어졌다. 그중 유독 눈에 띄는 팬티 한 장을 슬며시 움켜쥐며 채연의 눈치를 살폈다. 다행히 그녀는 자신의 아버지와 그동안의 이야기를 나누고 있었다. 양 대위에게 말을 걸었다.

"선배, 목점두 뛰어 봤자 부처님 손바닥 안에 있습니다. 승진 파티나 거하게 준비해 두세요."

양선택 차장검사실

커피 잔을 들고 있던 양 검사의 입가에는 웃음기가 묻어 있었다.

"박 수사관 페티쉬 말이야, 뭐 좀 꺼림직은 했지만, 나나 했으니까 망정이지 다른 노땅들 같았으면 어림도 없었을 거야. 그건 그렇고 도망 간 영등포 육손이 파 행동대장 목점두 졸개 놈들의 시신이 자네가 살 아나온 현장에서 발견되었다고 들었는데, 의문인 것은 어떻게 세 사람 은 털끝 하나 다치지 않고……?"

"안쪽으로 당겨야 문이 열리는 방안에 있었을 때, 밀어서 여는 대 신 '꼭 열고야 말겠어.'라고 저는 생각을 했는데 두 건달은 그렇지 않았 기 때문이겠죠. 그 문이 채연 씨의 따님이었거든요. 이 말로 가름하겠 습니다. 더 자세한 내용은 수사보고서에 올리겠습니다. 그리고 11사단 보병 중대 남성태 대위님의 공이 컸습니다. 검사님께서 육본에 상신해 주신다면……"

양 검사가 피식 웃고는 고개를 끄덕이며 말했다.

"알고 있네. 자네들은 달기의 땅굴로 피해 있었어. 별것도 아닌 걸 가지고 생색은……. 역시 양 씨들은 능력자들이 많아. 음~ 그리고 이 달기 말일세."

"그렇잖아도 열심히 뛰고 있습니다."

"그 말이 아닐세. 자네 다른 부서로 옮겨야겠어. 이 강력계라는 것 이 말이야 좀 험해야지. 승방이 의견이기도 하고. 오늘 모처럼 저녁식 사 함께 하겠나? 승방이한테 그때 거기 오사카 예약해 두라고 하겠네.

수사 보고를 영웅의 입으로 직접 듣고 싶거든."

"영광입니다. 그런데 오늘 선약이 있어서요."

"혹시 채연 양 말인가?"

"……."

양 검사가 헛기침을 한 뒤 지극히 사무적인 음성으로 말했다.

"신문에서 보았는데 사실이었구먼. 아 알았네. 더 볼일 없음 나가 봐. 뭐해 나가보지 않고?"

"달기 문제를 해결한 뒤 저 스스로 물러나게 해 주세요. 이문재가 필요합니다."

"또 모험을 하자?"

"목점두가 이자의 감방 따깔이였습니다. 게다가 목점두와 같은 취미를 가지고 있고요."

"같은 취미라면 페티쉬 말인가? 그래서?"

"제게 미끼가 있거든요."

체리 바 오븐기 타이머 안에서 시커먼 독일 바퀴벌레가 먹이를 찾아 슬그머니 기어 나온다. 일생 동안 자손을 10만 마리 이상을 번식시키는 탁월하고 위대하지만 유독 인간에게만 저주를 받은 이 곤충은 마담이 막 설거지를 마친 그릇 위를 설치고 다니며 미운 짓만 골라서 한다. 마담이 들어오자 수채 구멍으로 숨어들며 눈치를 살핀다. 이 곤충이 유린한 잔에 그녀가 와인에 위스키를 넣고 체리를 장식한 뒤 홀

이성과 본능

쪽으로 나가 박달에게 내민다.

"서비스입니다. 칵테일의 여왕 맨하탄(manhattan)이에요. 그런데 이게 웬일이래요. 이른 시간에?"

박달이 여왕을 입안으로 모시며 말했다.

"바퀴벌레 소탕 작전을 위해서 이렇게 부지런을 떨었습니다. 미진인 돌아오지 않았나보죠?"

"이를 어쩌나 미진이년 연락은커녕 코빼기도 안 비친 걸요. 새로 구했어요 아가씨. 미진이만은 못하지만 기대해도 좋아요. 우리 박 수사관님 타입 같았거든요. 강남에서는 일류라는 소리를 들었다나 어쨌다나."

이 영악한 여인의 자본주의 원리 제공자는 누굴까 싶어 물었다.

"아직 모르세요? 저 애인 돌아왔다는 거."

"아 맞다. 신문에서 봤어요. 심채연 씨, 정말 예쁘던걸요. 그래도 연애 따로 님 따로 아닌가요?"

박달이 손목시계를 보고 말했다.

"어디 보자, 주방의 수채구멍에서 눈치를 살피고 있는 바퀴벌레가 지금쯤 나타날 때가 된 것 같은데……."

송 마담이 펄쩍 뛰며

"어머머! 우린 그런 바퀴벌레 안 키워요. 보름마다 정기적으로 철저하게 소독하거든요."

"인간 바퀴 말입니다."

"무슨 소린지 통 모르겠네. 그나저나 이 애는 첫날부터 지각이네."

그녀가 미진의 걸음걸이를 흉내 내며 주방으로 사라진다. 아무리 그래봤자 호박이 수박되긴 힘들 텐데 고생을 사서 한다. 이때 촌티가 줄줄 흐르는 여인이 등장한다.

이달기다.

*서양화가 고 이병규 선생님의 녕복을 빌며
그분의 영전에 이 소설을 바칩니다.

이성과 본능